KNAUR

Über den Autor:
Christopher B. Husberg wuchs in Eagle River, Alaska, auf. Er studierte Englische Literaturgeschichte an der Brigham Young University und Kreatives Schreiben bei Brandon Sanderson.
Husberg ist verheiratet und lebt und arbeitet in Utah.

Christopher B. Husberg

DIE CHRONIKEN DER SPHAERA

FEUER STUNDE

Ins Deutsche übertragen
von Kerstin Fricke

KNAUR

Die englische Originalausgabe erschien 2017 unter dem Titel
»Dark Immolation« bei Titan.

Besuchen Sie uns im Internet:
www.knaur.de
Besuchen Sie uns auch bei Facebook:
https://www.facebook.com/KnaurFantasy

FSC
www.fsc.org
MIX
Papier aus verantwortungsvollen Quellen
FSC® C083411

Deutsche Erstausgabe Juni 2018

Ein Imprint der Verlagsgruppe
Droemer Knaur GmbH & Co. KG, München

Redaktion: Michelle Gyo
Covergestaltung: Nele Schütz Design, München
Coverabbildung: © Federico Musetti
Satz: Sandra Hacke
Druck und Bindung: CPI books GmbH, Leck
ISBN 978-3-426-51922-6

2 4 5 3 1

Für Rachel (wieder einmal),
weil wir miteinander verwoben sind
und dies ebenso das deine ist wie das meine.

TEIL I

JENE, DIE ZURÜCKGELASSEN WURDEN

KAPITEL 1

Im 172. Jahr des Zeitalters der Menschen
Kerker des Kaiserpalasts in Izet, Roden

Eine Frau schläft. Eine Frau schläft, und sie träumt. Ihre Träume winden sich umeinander und sind voller Löcher, und obwohl sie schläft, fragt sich die Frau, wer sie eigentlich ist. Die Frau ist eine Frau, vermutet sie. Außerdem ist sie Tiellanerin, und das scheint wichtig zu sein, aber es fällt der Frau im Moment schwer, sich einzuordnen. Wenn die Frau Tiellanerin ist, dann ist sie auch eine Tochter; eine Tochter, die gern jagt und fischt, die es liebt, sich zwischen den Bäumen und auf dem Wasser draußen aufzuhalten. Wenn die Frau Tiellanerin ist und eine Tochter, dann ist sie ebenfalls eine Ehefrau. Der Mann der Frau muss tot sein. Die Frau hat ihren Mann geliebt, aber wenn sie an sein Gesicht denkt, sieht sie es nur verschwommen vor sich. Wenn die Frau Tiellanerin ist, eine Tochter, eine Jägerin, eine Fischerin, eine Ehefrau, wenn sie all das ist, dann ist sie mindestens noch etwas anderes.

Die Frau ist eine Waffe.

Doch der Verstand der Frau scheut vor diesem Gedanken zurück. Die Frau weiß, dass sie nicht daran denken darf. Der Frau ist bewusst, dass solche Gedanken ihr nur Schmerz, Kummer und Traurigkeit bereiten.

Also lässt die Frau ihre Gedanken stattdessen wandern. Ihr Geist dehnt sich aus, und sie schwebt durch die

Empfindungen jener, die um sie herum sind. Auch durch die des Wachmanns, der an ihrer Tür vorbeigeht. Der Verstand der Frau beobachtet ihn, folgt ihm, sieht, was er sieht, und weiß, was er weiß, bis sie zu ihm geworden ist.

Draußen ist der Himmel grau, und die Luft ist kalt, aber im Inneren ist die Luft auch nicht viel wärmer. Enri Crawn geht schnellen Schrittes durch den Kerker und dreht eine letzte Runde, bevor er nach Hause zu seiner Frau zurückkehrt.

Enri erschaudert, als er an einer der Zellen vorbeikommt, auch wenn er nicht weiß, ob der Grund dafür die Kälte oder das Mädchen in dieser Zelle ist. Das verdammte tiellanische Mädchen. Das Mädchen, das offenbar ein ganzes Imperium auf den Kopf gestellt hat. Den Gerüchten zufolge ist das Mädchen eine Assassine aus Khale, die man hergeschickt hat, um den Kaiser zu töten. Und jetzt ist der Kaiser tot. Doch dass das zarte Mädchen in dieser Zelle – nur eine Tiellanerin, um Cantas willen! – den mächtigsten Mann in ganz Roden ermordet haben soll, will Enri einfach nicht glauben. Fast wäre er geneigt, Fragen zu stellen. Aber Enri hat noch nie zuvor Fragen gestellt.

Eigentlich war ihm der Kaiser auch ziemlich egal. Enri Crawn wird als Gefängniswärter leben und sterben, ohne dass irgendein Kaiser überhaupt Notiz von ihm nimmt. Es überrascht ihn selbst ein bisschen, dass der Gedanke daran, dass sein Kaiser nun tot ist, nichts als Leere in ihm heraufbeschwört. Und der Tokal-Ceno ist auch nicht mehr. Enri erinnert sich noch an das, was er letztens in Wazels Schenke gehört hat: dass ein Mann wie der Kaiser nach seinem Tod eine Leere hinterlässt, ein großes Loch, das gefüllt werden muss. Derart philosophische Gedanken sind jedoch vergessen, sobald er die Steinmauern des schaurigen Kerkers hinter sich lässt und sich auf den Heimweg begibt.

Die Luft ist drinnen nicht viel wärmer als draußen. Seine Frau Lisala steht in der Küche, und bei ihr ist Keiten Gliss. Enri runzelt die Stirn. Der verfluchte Keiten Gliss. Gliss ist einer der Köche im Haus Amok, und es ist wichtig – erst recht in Zeiten wie diesen –, Verbindungen zu einem solchen Haus zu haben. Aber Enri Crawn fragt sich dennoch, warum dieser Mann so viel Zeit mit Enris Frau verbringt. Enri würde der Sache am liebsten auf den Grund gehen … aber nein. *Nicht heute,* sagt er sich. Heute will er nur zu Abend essen, die Füße hochlegen und seine Pfeifchen rauchen. Außerdem stellt Enri Crawn nie Fragen.

»Ich sollte lieber gehen«, meint Keiten schließlich.

Lisala lächelt ihn an. »Danke für den Besuch«, sagt sie. »Wir freuen uns immer über deine Gesellschaft.« Enri legt polternd die bestiefelten Füße auf den kleinen Tisch vor seinem Sessel und zieht seine Pfeife und den Tabak aus der Jackentasche.

Keiten Gliss tritt in den trostlosen Abend hinaus und verspürt schon jetzt eine leichte Traurigkeit, weil er Lisala verlassen muss. Natürlich bemitleidet er den armen Narren Enri, auch wenn dieser kein schlechter Mann ist – ein guter Mann ist er jedoch auch nicht, allerdings lässt sich das auch nicht von Keiten behaupten. Enri hat schlichtweg die falsche Frau geheiratet. Mit etwas Glück wird Keitens Plan, mit dem er diesen Zustand zu ändern gedenkt, bald ausgereift sein.

Es fängt an zu regnen, und Keiten flucht. Die winterlichen Schneefälle sind eine Sache – zwar furchtbar kalt, aber auch wunderschön, obwohl der Schnee überall haften bleibt. Regen kann Keiten jedoch nicht ausstehen. Dadurch wird die Umgebung nicht schöner, nur nass, glitschig und unerfreulich wie die ganze Unterwelt. Zu dieser Jahreszeit, dem Übergang vom Winter zum Frühling, kann sich das Wetter nie entscheiden, was es will. Keiten zieht die Jacke enger um sich zusammen, als der Regen zunimmt und ihn durch den Stoff bis auf die Haut durchnässt.

Er hastet durch die nassen Straßen, ärgert sich über den Regen und ist enttäuscht, weil er Lisala verlassen musste, bis er sein Ziel schließlich erreicht: Schloss Amok. Mit einem erleichterten Seufzer schlüpft Keiten durch das Tor und nickt dem Wachmann zu, bevor er den Hof überquert und sein Quartier betritt, um sich dort ans warme Feuer zu setzen.

Sergeant Desmon Durii, Torwächter im Schloss Amok, runzelt die Stirn, als der dämliche Koch an ihm vorbeieilt, nickt ihm aber dennoch zu. Höflichkeit hat noch niemandem geschadet, hat Desmons Großmutter immer gesagt. Es gibt diverse andere Dinge, mit denen man anderen wehtun kann, und Desmon weiß viel darüber, aber Höflichkeit gehört nicht dazu.

Der Regen plätschert auf Desmons Rüstung. Von seinem Posten am Tor kann er auf die Stadt blicken, und er fragt sich, was aus Haus Amok, aus Izet und aus ganz

Roden werden wird. Der Kaiser ist tot, und Desmon weiß nicht, was er davon halten soll. Noch viel weniger kann er den Tod des Tokal-Ceno einordnen, des Oberhaupts einer Religion, die in Roden seit Jahrhunderten nicht existierte, in den letzten zehn Jahren jedoch einen neuen Aufschwung erlebt hat. Desmon würde eher um den Kaiser als um den Tokal trauern, doch sein Lord hatte großen Anteil am Wiederauftauchen des Ceno gehabt.

Lord Daval Amok hat Desmon immer gut behandelt, daher trauert Desmon ebenso wie sein Lord. Aber die Spannungen werden immer größer, da die Häuser den leerstehenden Thron umkreisen und Kaiser Grysole weder Kinder noch Erben hinterlassen hat. Den Gerüchten zufolge war er mit Andia von Haus Luce verlobt, und Haus Luce hat jetzt natürlich vor, das bekannt zu machen, um Andia auf den Thron zu setzen, was ohne jegliche Beweise allerdings schwierig werden könnte. Haus Amok verfügt zwar nicht über die größte Armee und ist auch nicht die wohlhabendste Adelsfamilie in Roden, aber trotz allem ein hohes Haus, sodass seine Mitglieder durchaus Ansprüche auf den Thron anmelden könnten. Ob sich sein Herr diese Last tatsächlich aufbürden möchte, weiß Desmon jedoch nicht. Er hat Daval Amok eigentlich immer als eher zurückhaltenden Mann eingeschätzt.

Desmon ist besorgt wegen der Dinge, die sich in den kommenden Wochen zutragen werden. Der Kampf um den Thron wird dazu führen, dass weitere Angehörige von Adelshäusern ihr Leben lassen. Aus diesem Grund muss Desmon Durii auch wachsam sein. Sein Lord schwebt in Gefahr, und es ist Desmons Aufgabe, ebenso wie die der anderen Soldaten, Daval Amok zu beschützen.

»Verzeiht, Sergeant Durii«, sagt jemand hinter ihm.

Desmon dreht sich um und steht einem Jungen gegenüber, den er auf vierzehn schätzt und der sehr nervös wirkt. Sofort stellt sich Desmon gerader hin und wischt sich geistesabwesend einige nicht vorhandene Fussel von der Rüstung, wobei er Regenwasser in alle Richtungen verspritzt.

»Was gibt es, Junge?«

»Eure Ablösung verspätet sich«, antwortet der Junge. »Weslin wollte, dass ich Euch das ausrichte.«

Desmon seufzt. »In Ordnung.« Bei Canta, das ist nicht das erste Mal, dass Weslin zu spät kommt. Desmon nimmt sich vor, ein ernstes Wort mit dem Mann zu reden. Er könnte Hauptmann Urstadt hinzuziehen, aber Desmon kümmert sich lieber selbst um solche Angelegenheiten. »Danke, dass du mir Bescheid gesagt hast, Junge. Und jetzt geh.«

Ich bin kein Junge, denkt Fil Parce und rennt zurück zur Feste von Schloss Amok, um wieder ins Trockene zu gelangen. Wenn Herrin Hamma der Ansicht ist, er würde auch nur einen Augenblick länger als notwendig im Freien verbringen, lässt sie ihn wieder eine Woche lang Schränke schrubben. Fil sieht zwei Dienstmägde, die die Feste durch die schmale, für Bedienstete gedachte Seitentür verlassen, läuft etwas schneller und kann gerade noch durch die Tür schlüpfen. Er grinst breit, als die Mägde draußen überrascht aufkreischen. Aber eigentlich sind sie ihm egal, da sie sein Spiel ohnehin nicht verstehen.

Fil hat sein Tagwerk bereits erledigt und trottet nachdenklich durch den Dienstbotenkorridor. Desmon ist bloß eine Hauswache. Wäre der Mann so gut, wie alle behaupten, dann würde er zur persönlichen Armee des Kaisers gehören oder gar zu den Schnittern. Doch stattdessen ist Desmon hier im Schloss Amok und hält Wache an einem Tor, für das sich niemand interessiert.

Fil erreicht die Tür zur großen Halle, die mit Wandteppichen, Gemälden und glänzenden Rüstungen geschmückt ist. Nein, ein guter Mann ist nicht nur ein guter Krieger, er macht auch etwas aus seinem Leben. Doch bei Desmon scheint nur Stillstand zu herrschen.

Aber Fil ist davon überzeugt, dass es bei ihm anders sein wird. Er hat mit dem Schwert trainiert, was ihm gewiss zugutekommt – na ja, vielmehr mit einem Stock, der seiner Meinung nach etwa die Ausmaße eines Schwertes hat. Weslin hat ihm geholfen. Fil mag Weslin nicht. Der Mann kann zwar einige hilfreiche Dinge über Schwertkämpfe erzählen, doch er sagt auch komische Sachen zu Fil, bei denen sich dieser sehr unwohl fühlt. Fil überlegt, ob er Desmon davon erzählen soll. Vielleicht will Desmon ja auch, dass Fil das Kämpfen lernt. Aber Weslin hat Fil ermahnt, dass er mit Desmon auf keinen Fall über ihr Training sprechen darf.

Die Tür, vor der er wartet, wird ein Stück geöffnet, und Meister Frenn blickt missbilligend auf Fil herab. Bevor der alte Mann jedoch etwas sagen kann, schlüpft Fil durch den Türspalt. Er grinst breit. Zweimal an einem Tag! Dies muss sein Glückstag sein!

Fil geht durch die große Halle. Die Wandbehänge und die Bilder sind ihm ziemlich egal, aber er bewundert die Rüstungen. Hin und wieder malt er sich aus, wie er eines Tages selbst eine solche Rüstung tragen und große Schlachten schlagen wird. Spaßeshalber nimmt er die Fechtstellung ein, die Weslin ihm beigebracht hat, und streckt einen Arm aus, als würde er ein Schwert in der Hand halten. Bevor er auch nur einen Schritt machen kann, hört er jedoch ein leises Lachen hinter seinem Rücken.

»Kämpfst du wieder gegen Geister, Fil?«

Er dreht sich um und steht Cova Amok gegenüber, Lord Davals jüngster Tochter, die ihn anlächelt. Fil wird augenblicklich rot, da Cova Amok seiner Meinung nach der schönste Mensch ist, den er je gesehen hat, und nun hat sie ihn bei seinem Schattenschwertkampf erwischt – wieder einmal. Bestimmt hält sie ihn ebenso wie Desmon für nichts weiter als einen kleinen Jungen. Cova ist fünf Jahre älter als er, benimmt sich jedoch manchmal so, als wäre sie seine Mutter.

»Ich habe nur geübt«, erwidert Fil und starrt zu Boden.

»Man übt auf dem Übungsplatz und nicht in der großen Halle«, erklärt Cova. Ihr hellblaues Kleid fällt ihr perfekt über die Hüften und reicht bis auf den Boden. Fil achtet darauf, weder Covas Kleid noch ihre Figur darunter zu lange anzusehen. Herrin Hamma hat ihn gewarnt, dass ein solches Verhalten ein schwerwiegender Affront gegen jemanden von hoher Geburt sei. Doch einen Blick muss Fil auf sie werfen. Schließlich hält er Cova nicht umsonst für das Schönste, was es auf der Sphaera gibt. Als er ihr in das schöne Gesicht blickt, das von Haar in der Farbe gesponnenen Goldes eingerahmt wird, lächelt Fil.

Cova Amok erwidert Fils Lächeln und wartet darauf, dass er etwas sagt, doch das tut er nicht. Sie findet das schade und befürchtet schon, ihre Worte wären zu barsch gewesen. Dabei ist es ihr einerlei, ob der Junge in der Halle »übt« oder nicht. Aber jetzt, wo er sie mit aufgerissenen Augen und diesem albernen Grinsen anstarrt, stößt sie einen Seufzer aus.

»Ich würde ja gern noch mit dir plaudern«, sagt sie, »aber es ist schon spät.«

Fil nickt beinahe unmerklich und hat die Augen noch immer weit aufgerissen. Kopfschüttelnd schreitet Cova durch die große Halle. Sie mag den Jungen, auch wenn er zuweilen geistesabwesend ist oder sie angafft. Cova kann es nicht ausstehen, von Männern angestarrt zu werden, und das gilt auch für Fil. Aber er ist noch ein Kind und weiß es nicht besser. Bei Männern sieht die Sache schon anders aus. Männer lügen und verändern sich. Sogar Covas Vater, den sie ihr ganzes Leben lang geliebt und respektiert hat, ist irgendwie anders geworden. Cova kann nicht genau sagen, was sich verändert hat, aber irgendetwas ist passiert. Die Art, wie er spricht und wie er sie ansieht, wenn er ihr ein Lächeln schenkt … Er ist noch immer ihr Vater, aber er ist nicht mehr derselbe. Cova weiß, dass ihr Vater dem Tokal-Ceno und dem Kaiser sehr nahegestanden hat, und ihr Tod hat sich auf jeden Adligen ausgewirkt. Bei Canta, selbst Cova spürt die Auswirkungen.

Vielleicht habe ich mich ja verändert, sinniert Cova. *Möglicherweise bin ich diejenige, die nicht mehr so ist wie früher.* Cova ist jetzt eine erwachsene Frau – das jüngste von vier Kindern, das jetzt kein Kind mehr ist. Die Sorgen der Welt betreffen nun auch sie, und der sich anbahnende Krieg bedroht ihre Familie und die Zukunft ihres Hauses. Cova streckt eine Hand aus und berührt einen der Wandteppiche. Wäre ihre Mutter noch am Leben gewesen, dann hätte sie jetzt mit ihr geschimpft. Cova war nie gut mit ihrer Mutter ausgekommen, aber jetzt vermisst sie sie doch.

Sie geht die Stufen am Ende der großen Halle hinauf, um zu den oberen Stockwerken der Feste und den Kammern ihrer Familie zu gelangen. Dabei kommt sie an den Zimmern vorbei, in denen ihre Brüder einst wohnten. Heute sind sie alle verheiratet und leben auf Anwesen außerhalb von Izet oder sind in andere Städte gezogen. Daher ist Cova jetzt so gut wie allein. Sie sieht, dass die Tür zur Kammer ihres Vaters offen steht und er reglos mitten im Raum verharrt. Dann dreht er sich um, als hätte er ihre Schritte gehört.

»Cova«, sagt er und lächelt, aber Cova ist wieder einmal erschüttert, als sie die Leere in seinen Augen erblickt.

»Hallo, Vater.« Cova erwidert sein Lächeln und knickst höflich.

»Komm herein«, bittet er sie. »Komm und setz dich zu mir, so wie du es als kleines Mädchen immer gemacht hast. Ich könnte Rolof heraufbitten, damit er uns einige von Tolokins Sagen vorliest, die du als Kind immer so gemocht hast.«

Zuerst ist Cova derart verblüfft über die plötzliche Nostalgie ihres Vaters, dass sie nicht weiß, was sie sagen soll. Sie haben seit Jahren nicht mehr über solche Dinge gesprochen. Einerseits würde sie sehr gern tun, was ihr Vater vorschlägt, um sich ihm erneut derart verbunden zu fühlen, andererseits hat sie das Gefühl, es wäre besser, nicht durch diese Tür zu gehen.

»Heute nicht, Vater«, lehnt sie ab, »aber vielleicht ein anderes Mal. Ich bin sehr müde und würde mich gern hinlegen.« Cova kann nicht genau sagen, warum das so ist, aber in diesem Augenblick vertraut sie ihrem Vater nicht. Sie weiß nicht, was er tun oder zu ihr sagen wird, sobald sie erst einmal allein in seiner Kammer sind.

»Natürlich, Tochter.« Lord Amok nickt. »Dann eben ein anderes Mal. Schlaf gut, meine Liebe.«

Lord Daval Amok lächelt, als seine Tochter weitergeht. Er liebt Cova und will nur das Beste für sie. Ebenso wie er seine ganze Familie und Roden liebt; ebenso wie er die Sphaera liebt und alles dafür tun würde, damit sich alles zum Besten wendet. Lord Daval Amok schreitet schweigend durch die Kammer zum großen Spiegel über dem Kaminsims. Er ist ein alter Mann, doch der Schmerz, der einst seine Gelenke plagte, und die Müdigkeit, die sich früher schon nach dem Erklimmen eines Treppenabsatzes einstellte, sind verflogen.

Er betrachtet sein Spiegelbild und hat nicht etwa den alten Mann mit der runzligen Haut, dem grauen, zurückweichenden Haar und den müden Augen unter schweren Lidern vor sich, an dessen Anblick er sich inzwischen gewöhnt hat. Nein, er sieht etwas ganz anderes in diesem Spiegel. Eine Dunkelheit. Einen Schädel, nackt und schwarz, als wäre er verkohlt und poliert worden, der von dunklen Flammen umgeben ist.

Winter wachte mit einem Ruck auf und drückte sich in eine Zellenecke, doch sie wusste sofort, dass sie nicht geschlafen hatte. Ihr Verstand schien in letzter Zeit irgendwie unstet zu sein; er wanderte umher und haftete sich an das nächstbeste Bewusstsein. Winter hatte sich fast schon daran gewöhnt. Es fühlte sich nicht unangenehm an, und alles, was sie aus dieser schrecklichen Zelle, aus der Realität und den Erinnerungen an das, was *Vorher* passiert war, herausholte, war ihr mehr als recht.

Aber dieses Mal war es anders. Es kam ihr falsch vor. Das Bewusstsein des Mannes, in das sie zuletzt eingedrungen war, glich keinem der anderen, die sie gespürt hatte. Und das, was sie sah, als der Mann in den Spiegel blickte …

Schwärze. Ein dunkler Schädel, der in finsteres Feuer gehüllt war.

Das Bild blitzte immer wieder vor Winters innerem Auge auf, wenn sie die Lider schloss. Es erinnerte sie an das, was *Vorher* passiert war, an die schrecklichen Dinge, die sie gesehen hatte, und mit diesen Bildern kehrten auch die Gefühle zurück, die wiederum das Wissen mit sich brachten.

Winter ballte die Fäuste und biss die Zähne zusammen. Sie atmete tief und langsam ein und wieder aus. Aber die Enge in ihrer Brust, diese Kraft, die ihr Herz zu umklammern schien, wich einfach nicht.

Mörderin, flüsterte eine Stimme in ihrem Verstand.

Sie schüttelte den Kopf und wiegte sich auf dem Boden ihrer Zelle vor und zurück. Sie war allein. Ihre Freunde waren fort. Ebenso ihre Kraft. Sie war ganz allein, und nichts als der Tod erwartete sie.

KAPITEL 2

Feste von Schloss Amok
Izet, Roden

Es ist Zeit, mein Lord.« Urstadts Stimme drang leise, aber klar aus dem Gang herein.

»Ich brauche noch einen Augenblick«, erwiderte Daval, dessen Aufregung immer größer wurde. Urstadt erging es gewiss nicht besser, immerhin war es ihr Plan, der nun aufging.

Daval kleidete sich an. Die lange dunkelgrüne Robe mit der riesigen Kapuze rief eine ganz andere Art von Respekt hervor als seine verzierte Kleidung, die seine Position in einem bedeutenden Adelshaus mit sich brachte. Als Lord Amok besaß Daval sehr viel Macht, und ihm wurde Respekt erwiesen. Aber als neuer Tokal-Ceno gebührte ihm noch sehr viel mehr.

»Mein Herr«, begrüßte ihn Urstadt, als er aus seiner Kammer trat.

Daval nickte ihr lächelnd zu. Urstadt trug wie immer ihre Halbrüstung: ein stählerner Kürass mit Bauchreif, beides mit einer dünnen Schicht aus Rotgold besetzt, dazu passende Handschuhe und Beinschienen. Das Kettenhemd unter der Platte bestand aus winzigen Gliedern – eine neue Erfindung der kaiserlichen Schmiede, durch die man sowohl leichtere als auch robustere Teile fertigen konnte. In einem Arm hielt sie ihren Helm, eine

Barbuta aus demselben rotvergoldeten Stahl, den man so graviert hatte, dass die Vorderfront wie ein Schädel aussah und die mit schwarzen Edelsteinen nahe den Augen geschmückt war. Das ergab einen seltsamen Kontrast, da Urstadt in ihrer Rüstung beinahe feminin aussah, der Schädel jedoch nicht zum ganzen Rotgold zu passen schien. Doch als sie zu Davals Wachhauptmann befördert worden war, hatte er ihr selbstverständlich die Rüstung schmieden lassen, die sie sich wünschte. Wenn Daval es sich recht überlegte, hatte er seinen Wachhauptmann seitdem kein einziges Mal mehr ohne diese Rüstung gesehen. Es hätte ihn nicht gewundert, wenn sie sogar darin schlief.

An Urstadts Seite hing ein Kurzschwert, dessen Scheide und Griff gleichermaßen aus Rotgold bestanden; ihre Lieblingswaffe hielt sie jedoch in der anderen Hand: ihre Gleve, eine Stangenwaffe mit geschwungener Klinge an einem Ende. Es war ein krudes, hässliches Ding, größer als sie und mit einer eingedellten Klinge aus dunklem Stahl sowie einem Schaft aus verschrammter Schwarzbuche. Einige verspotteten Urstadts Rotgoldrüstung, aber ihre Gleve, mit der sie meisterhaft umgehen konnte, sorgte dafür, dass ihnen das Lachen rasch wieder verging.

»Verratet mir eins«, bat Daval sie, während sie durch den Korridor gingen. »Wie läuft unser kleines Exempel?«

»Recht gut«, antwortete Urstadt. »Haus Farady hat den Köder geschluckt.«

Daval nickte. Davon war er ausgegangen. Die Macht, die sie dadurch erlangen konnten, dass sie Davals Fischhandel untergruben, musste unwiderstehlich auf sie gewirkt haben. Haus Amok war aus vielerlei Gründen eines der hohen Häuser, aber der wichtigste Grund war der Handel. Sie waren seit mehreren Hundert Jahren auf

Fisch und andere Meeresfrüchte spezialisiert, doch im Laufe der Zeit hatten sich die Amok-Lords noch andere Einkommensquellen gesucht, von den Marmorsteinbrüchen in der Nähe der Westküste bis hin zu den Tiermenschen am Gerissenen Horn, der Halbinsel am Nordostende Rodens. Indem es die Fischindustrie von Haus Amok ausschaltete, könnte es einem unbedeutenden Haus wie Farady gelingen, Amok bis in die Grundfesten zu erschüttern.

Allerdings war ein erschüttertes Fundament noch kein zerbrochenes, und aus diesem Grund hatten Daval und Urstadt die ganze Sache inszeniert.

Urstadt führte Daval in die Zellen unterhalb der Feste. Anders als im Kaiserpalast war der Kerker von Schloss Amok bescheiden und bestand aus wenigen unterirdischen Zellen, die in der Nähe der Weinkeller lagen und nicht besonders gut beschützt wurden.

Das war auch gar nicht nötig. Im Allgemeinen hielt man hier nur andere Adlige fest, die kurz darauf wieder freigelassen wurden, nachdem man sich auf entsprechende Bedingungen geeinigt hatte. Aus diesem Grund musste auch ein gewisser Komfort geboten werden. Daval war nicht überrascht, dass Darst Farady in einer der Zellen grinsend auf einer Liege ruhte. In den Zellen rechts und links von ihm wurde je ein anderer Mann festgehalten, doch es war offensichtlich, dass Darst der Anführer der drei war.

»Der große Lord Amok höchstpersönlich.« Darst grinste noch breiter, als er Daval erblickte. »Ich fühle mich sehr geehrt, dass ich so bequem untergebracht wurde.«

Daval verbeugte sich vor Darst und betrachtete den jungen Mann durch die Eisengitterstäbe hindurch. Darst stand nicht von seiner Liege auf, ein Bein hatte er darauf gestützt, das andere hing herunter. Er hatte einen Arm hinter den Kopf gelegt, um sich ein behelfsmäßiges Kissen zu schaffen.

»Dann werdet Ihr also gut behandelt?«, erkundigte sich Daval. Obwohl Darst nur ein Grünschnabel war und einem weitaus unbedeutenderen Haus angehörte, konnte und wollte Daval nicht auf die Formalitäten verzichten. Schließlich durfte er nicht den Eindruck erwecken, dass er das Gesetz brechen wollte.

Der junge Mann, der aussah, als wäre er nicht viel älter als Davals Tochter, zuckte mit den Schultern. »Ja, das kann man so sagen. Wann lasst Ihr mich wieder gehen?«

Daval holte tief Luft. »Das weiß ich noch nicht genau, mein Lord. Ihr wurdet dabei erwischt, wie Ihr auf meinem Boden Feuer legen wolltet.«

Darst lachte auf. »Das könnt Ihr mir doch nicht verdenken. Bei all den Gerüchten über Euer Lagerhaus musstet Ihr doch damit rechnen, dass es Ärger geben würde.«

»Das haben wir durchaus.« Daval seufzte. »Aus genau diesem Grund wurdet Ihr ja auch erwischt.«

»Ich bezweifle, dass Ihr Zeugen habt, die uns tatsächlich bei dieser vermeintlichen Brandstiftung gesehen haben«, erklärte Darst. »Angesichts der Tatsache, dass kein Schaden entstanden ist, sollten ein oder zwei Tage in Euren Zellen doch Strafe genug sein, findet Ihr nicht?«

In Friedenszeiten wurden kleinere Streitigkeiten zwischen den Häusern häufiger auf diese Art bereinigt. Die beklagte Partei wurde für eine vereinbarte Zeitspanne im Kerker des betroffenen Hauses eingesperrt und dann ohne weitere Strafverfolgung wieder freigelassen. Bei schwereren Vergehen gab es hin und wieder einen formellen Prozess, doch so etwas geschah nur selten. Meist regelten die Vertreter der einzelnen Häuser die Dispute bei informellen Verhandlungen.

Doch momentan waren die Zeiten nicht friedlich, daher konnte Daval auch nicht so nachgiebig sein. Außerdem sah ihr Plan natürlich vor, dass er anders handelte.

»Es ist kein Schaden entstanden?«, wiederholte Daval ungläubig. »Ihr erwartet, dass ich Euch das abkaufe?«

Darst schnaubte. »Natürlich erwarte ich das. Seht Euch doch Euer Lagerhaus an, alter Mann. Es steht ja noch.«

Urstadt rammte ihre Gleve gegen die Gitterstäbe, dass es krachte. Daval zuckte bei dem Geräusch zusammen, und Darst wäre beinahe von seiner Liege gesprungen.

»Ihre werdet Lord Amok mit dem ihm gebührenden Respekt anreden«, knurrte Urstadt, deren Stimme so hart klang wie das Eisen, gegen das sie eben geschlagen hatte.

»Bei der aufsteigenden Canta«, murmelte Darst und setzte sich auf. »Ihr müsst deswegen ja nicht gleich aus der Haut fahren.«

»Beherzigt den Rat meines Hauptmannes lieber, mein Lord«, warnte Daval den jungen Mann leise. »Sie ist eine intelligente Frau.«

»Verratet Ihr uns endlich, wie Euer Urteil lautet? Zwei Tage? Drei? Ich bleibe auch vier, wenn Ihr darauf besteht, nur damit dieses Gespräch rasch ein Ende findet.« Darst rutschte auf der Liege herum, und Daval verkniff sich ein Grinsen. So langsam wurde dem Jungen mulmig. Gut.

»So einfach ist die Angelegenheit leider nicht, mein Lord.« Daval stieß erneut ein Seufzen aus. »Das Feuer, das Ihr gelegt habt, hat sich immer weiter ausgebreitet und ließ sich nicht mehr löschen, als endlich Hilfe vor Ort war. Wir mussten mit ansehen, wie das Lagerhaus abbrannte.«

Darst zog die Augenbrauen zusammen und blickte zu Daval auf. »Das kann nicht sein. Eure Männer haben uns erwischt, bevor wir den Brand überhaupt legen konnten.«

Daval zuckte mit den Schultern und hob die Hände. »Das behauptet Ihr, aber wie soll ich Euch das glauben? Ihr habt ja bereits zugegeben, dass Ihr in der Absicht, Feuer zu legen, dort hingekommen seid.«

»Wir ... wir waren das nicht«, stammelte Darst. »Wir wollten Euch doch nur ein bisschen Angst einjagen und nicht wirklich Feuer legen. Eigentlich hatten wir nur vor, ein wenig auf Eurem Boden herumzuschleichen und uns dabei erwischen zu lassen. Das war alles.«

Daval schürzte die Lippen, trat näher an die Gitterstäbe heran und beäugte Darst. »Lügt mich nicht an, mein Lord. Mächtige Männer lügen nicht. Die Wahrheit ist unser bester Verbündeter.«

»Ich ... ich lüge nicht. Wir haben kein Feuer gelegt, Lord Amok. Das schwöre ich.«

Inzwischen konnte Daval die Angst des jungen Mannes förmlich spüren, was er sehr genoss.

»Auch wenn Ihr Stein und Bein schwört, haben wir doch Zeugen, die Gegenteiliges behaupten«, entgegnete Urstadt. »Drei Personen können bestätigen, dass sie gesehen haben, wie Ihr, jeder von euch, das Feuer gelegt habt, durch das das Amok-Lagerhaus abgebrannt ist.«

»Aber ...«

»Das ist eine Lüge.«

Daval runzelte die Stirn. Die letzten Worte waren nicht von Darst gekommen, sondern von einem seiner Begleiter. Zuerst war Daval versucht, den Idioten einfach zu ignorieren, aber diese Vermessenheit ärgerte ihn. Er spürte, dass von Darst Angst ausging wie Sonnenstrahlen an einem Sommertag, doch dieser andere, der gerade gesprochen hatte, wirkte bei Weitem nicht so verängstigt.

Daher machte Daval einige Schritte nach links und baute sich vor der Zelle des Mannes auf. »Ihr bezichtigt mich der Lüge?«, wollte Daval wissen.

»Es ist ein schweres Vergehen, einen Hohen Lord der Unehrlichkeit zu beschuldigen«, sagte Urstadt. »Darauf stehen harte Strafen.«

»Die Strafen interessieren mich nicht die Bohne«, entgegnete der junge Mann. Er unterschied sich sehr von Darst und schien eher Ende als Anfang zwanzig zu sein. Sein blasses, unrasiertes Gesicht war nicht das eines rodenesischen Edelmannes.

»Vielleicht solltet sie das aber«, erwiderte Daval. »Ich würde vermuten, dass sie für Euch noch härter ausfallen als für einen Eurer Freunde.« Wenn Daval richtig vermutete, handelte es sich bei diesem Mann nicht um einen Adligen, und dann wäre er auch nicht durch deren Traditionen geschützt. Hohe Lords hatten schon Männer für unbedeutendere Unverschämtheiten hinrichten lassen.

»Halt den Mund«, zischte Darst aus der Nachbarzelle. »Überlass mir das Reden.«

Der blasse, ungepflegt aussehende Mann starrte Daval weiterhin wütend an, sagte jedoch nichts mehr.

»Wir haben Euer Lagerhaus nicht abgebrannt.« Darsts Stimme klang gequält. »Aber … aber nehmen wir mal an, es wäre so gewesen. Auf welches Urteil würden wir uns dann einigen?«

Daval nickte langsam, damit der Junge glaubte, er würde tatsächlich über seine Antwort nachdenken. »Das lässt sich nicht mit Gewissheit sagen«, meinte er dann. »Ein derart schwerwiegendes Vergehen wurde seit vielen Jahren nicht mehr gegen mein Haus verübt. Ich vermute … es müssten etwa sechs Monate Haft sein.«

Als er sah, wie Darst entsetzt die Augen aufriss, durchfuhr Daval ein wohliges Schaudern.

»Sechs Monate?« Der blasse Gewöhnliche ergriff erneut das Wort: »Ihr könnt uns hier keine sechs verdammten Monate festhalten!«

»Halt den Mund, Svol«, fauchte Darst. »Er kann, und er wird es tun.«

»Diese sechs Monate wären das, worauf wir uns einigen könnten, wenn Brandstiftung das Einzige wäre, das man Euch zur Last legt.« Daval beschloss, langsam zum Punkt zu kommen. »Dummerweise ist da noch mehr.«

Darst starrte Daval fassungslos an. Es war schon erstaunlich, wie sehr sich der Junge seit Beginn dieses Gesprächs verändert hatte. Seine lässige rebellische Haltung war in angespannte Panik umgeschlagen. Daval genoss den Anblick sehr.

»Was haben wir denn noch getan?«, fragte Darst, dessen Gesicht inzwischen beinahe so bleich war wie Svols.

Daval nickte Urstadt zu. Sie trat so weit vor, dass ihre Nasenspitze beinahe einen der Gitterstäbe berührte. »Darst Farady, Ihr und Eure Gefährten seid der böswilligen Brandstiftung angeklagt, durch die eines der produktivsten Lagerhäuser von Haus Amok abgebrannt ist.«

»Das wissen wir doch schon«, schaltete sich der dritte Gefangene ein. »Was werft Ihr uns noch vor?«

Interessant, dachte Daval und sah in die Zelle des Mannes, der gerade gesprochen hatte.

»Und«, fuhr Urstadt fort, »Ihr und Eure Gefährten werdet des Mordes an fünf Menschen beschuldigt, an den Arbeitern, die im Feuer umgekommen sind und die unter dem Schutz von Haus Amok standen.«

In der linken Zelle keuchte Svol auf. Darst machte einen Schritt nach hinten, und sein Gesicht war so kreidebleich wie die Zellenwände. Aber Daval ignorierte die beiden und sah dem dritten Mann fragend in die Augen. Ja, auch hier konnte er Furcht erkennen, ebenso wie Trotz. Doch da war auch noch etwas anderes.

»Die Strafe für eure Verbrechen ist der Tod«, verkündete Urstadt. »Ihr werdet übermorgen im Morgengrauen exekutiert. Gesteht eure Verbrechen, dann werden eure Familien über eure Verurteilung informiert.«

Svol keuchte immer lauter, und Daval hörte ein leises Schluchzen aus Darsts Zelle. Dieser dritte Mann sah Daval jedoch ruhig an.

»Habt Ihr etwas zu sagen, mein Lord?«, erkundigte sich Daval.

»Das habe ich in der Tat«, erwiderte der Mann. Er trat vor, sodass sie nur noch durch die Gitterstäbe getrennt waren.

»Ich kann gegen sie aussagen«, flüsterte er und nickte zu seinen beiden Mitgefangenen hinüber. »Ich habe gesehen, wie sie das Feuer gelegt haben. Sie wussten, dass sich noch jemand im Lagerhaus aufhält, doch das hat sie nicht von ihrem Vorhaben abgehalten. Ich habe alles gesehen.«

Daval musterte sein Gegenüber skeptisch. Er warf Urstadt einen Seitenblick zu, die kaum merklich den Kopf schüttelte. Dann war er also keiner von ihren Männern. Das kam unerwartet.

»Und was ist mit Euch?«, fragte Daval und drehte sich wieder zu dem Mann um. »Ihr wart bei ihnen und habt nichts unternommen, um diese Verbrechen zu verhindern, nicht wahr? Warum sollten wir Euch dann nicht auch verurteilen?«

»Ich gebe zu, dass ich sie begleitet habe«, gestand der Mann und senkte den Kopf. »Und ich werde mich bis in alle Ewigkeit dafür schämen. Aber ich möchte Abbitte leisten. Wenn Ihr mein Leben verschont, werde ich gegen sie aussagen und in Eurer Schuld stehen. Ich werde tun, was immer Ihr von mir verlangt.«

Daval kniff die Augen zusammen. Feiglinge gab es in allen Formen und Größen, wie es schien. Dieser Mann, dieser dritte Mann, war derjenige, der log. Urstadt hatte die Gerüchte über das verlassene Lagerhaus in die Welt gesetzt und jemanden angeheuert, der es in Brand steckte. Sie hatte die Leichen der ermordeten Amok-Arbeiter dort deponieren lassen. Wenn eines mit Sicherheit feststand, dann war das die Tatsache, dass Darst und seine Gefährten das Feuer nicht gelegt hatten. Somit waren sie auch nicht für die Todesfälle verantwortlich.

Und doch war dieser Mann bereit, zu lügen und zu behaupten, es wäre so gewesen, nur um sich zu retten. Er bot Daval im Gegenzug an, für immer in seiner Schuld zu stehen.

»Ihr würdet alles tun, was ich von Euch verlange?«

»Alles.«

»Wie heißt Ihr?«

»Urian, mein Lord.«

Daval betrachtete Urian kurz und nickte dann. »Ich werde über Euer Angebot nachdenken.«

Der Mann nickte, trat zurück und setzte sich ruhig auf seine Liege.

»Kommt, Urstadt.« Daval wandte sich zum Gehen. »Wir müssen ihre Familien informieren.«

»Damit werdet Ihr nicht durchkommen!«

Daraufhin drehte sich Daval noch einmal um. Darst schien seinen Mut wiedergefunden zu haben.

»Meine Familie wird es nicht zulassen! Sie wird kommen und uns retten.«

»Ja.« Daval lächelte, als er mit Urstadt hinausging. »Das will ich doch hoffen.«

KAPITEL 3

In einem der Außenbezirke von Tinska
an der Westküste von Khale

Aufwachen, Nomade.«

Noth seufzte. »Ich schlafe nicht, sondern laufe neben dir her.«

»Du bist so langweilig. Außerdem sind wir bald da. Sieh nur.«

Noth hatte das Gefühl, als wäre er seit einer Ewigkeit gelaufen und hätte dabei den Boden angestarrt. Es schneite, und er marschierte weiter. Die Sonne schien, und er lief. Der verdammte Vampir neben ihm hatte es mit Witzen versucht, war ihm auf die Nerven gegangen und hatte ihn auf jede nur erdenkliche Weise geärgert, aber er hatte immer einen Fuß vor den anderen gesetzt. Er, Astrid, Cinzia und Jane waren jetzt schon seit Monaten unterwegs.

»Ich kann die Stadt ebenso gut sehen wie du.« Tinska war keine sehr große Stadt. Noth hatte diesen Namen schon einmal gehört, erinnerte sich jedoch nicht daran, jemals hier gewesen zu sein. Er hatte geglaubt, eine Stadt, die er nicht kannte, wäre eine willkommene Abwechslung, doch je näher sie ihr kamen, desto nervöser wurde er.

»Lass dir deine Freude nur nicht zu sehr anmerken«, stichelte Astrid. Sie hatte sich die Kapuze ihres großen grauen Umhangs tief ins Gesicht gezogen, obwohl die Sonne schien. *Oder gerade deshalb.* Noth hatte gesehen, was der direkte Kontakt mit dem Sonnenlicht bei dem Vampir bewirkte, und es war kein schöner Anblick gewesen.

»Ich freue mich doch«, murmelte Noth. »Ich lächle nur innerlich.«

Astrid schnaubte, sagte jedoch nichts weiter. Noth hätte zu gern wieder Wortgefechte mit ihr bestritten, wie sie es vor Roden getan hatten, doch die Dinge lagen jetzt anders. Und Noth hatte sich verändert, das ließ sich nicht leugnen.

Astrids Umhang verbarg ihre kleine, dünne Gestalt. Früher war es Noth schwergefallen, genau zu erkennen, wo das Monster endete und das Mädchen begann. Doch im Laufe der Zeit, die sie miteinander verbrachten, war ihm klar geworden, dass stets beide da waren. Irgendwie konnten das Monster und das Mädchen nebeneinander existieren. Noth hatte dafür Verständnis, schließlich war Astrid nicht die Einzige, der es so ging.

»Wo ist eure Familie doch gleich noch mal?«, fragte Astrid.

»Sie wird auf dem Anwesen unseres Onkels sein«, antwortete Cinzia. »Es liegt außerhalb der Stadt.«

»Ist euer Onkel so reich wie eure Eltern?«

Noth starrte Astrid zornig an. Die streitlustige Art, mit der sie der cantischen Priesterin begegnete, ging ihm langsam auf die Nerven.

Die beiden Schwestern Cinzia und Jane warfen sich einen schnellen Blick zu, sagten jedoch nichts weiter.

Astrid kicherte. »Er ist noch reicher?«, hakte sie staunend nach. »Bekomme ich dann einen eigenen Flügel im Herrenhaus? Oder nur eine eigene Etage?«

Sie schrie auf, als ein Kieselstein auf ihrer Kapuze landete. Noth drehte sich überrascht um und stellte fest, dass Jane einen weiteren kleinen Stein mehrmals mit einer Hand hochwarf und wieder auffing. Sie lächelte. »Unsere Familie ist wohlhabend«, stellte sie fest. »Finde dich damit ab.«

Noth kicherte leise. Als Astrid sich schnaufend abwandte, konnte er einen Blick unter ihre Kapuze werfen und erkannte, dass sie grinste. Zwar geriet Astrid immer wieder mit Cinzia aneinander, aber mit Jane schien sie gut auszukommen.

Cinzias Miene war nicht so leicht zu deuten. Es frustrierte Noth, dass sie ihre Gefühle so gut zu verbergen vermochte. Sie hatte ihr kastanienbraunes Haar im Nacken zusammengebunden, wodurch ihre großen haselnussbraunen Augen und ihre hohen Wangenknochen noch besser zur Geltung kamen. Aber Noth konnte nur Vermutungen über das anstellen, was sich unter ihrem ernsten Äußeren verbarg. Sie hatten beide jemanden in Roden verloren. Erst Wochen später waren Cinzia und Jane bereit gewesen, über das zu sprechen, was Kovac, Cinzias Göttinnenwache, zugestoßen war.

Noth hätte sie für verrückt erklärt, wenn er nicht mit eigenen Augen weitaus Schlimmeres gesehen hätte. Jedenfalls war Kovac nun tot, und Noth konnte deutlich erkennen, dass sein Tod Cinzia ebenso zu schaffen machte, wie ein weiterer Toter ihn belastete.

»Hoffentlich geht es ihnen gut«, flüsterte Jane und blickte auf die Stadt hinunter. Sie war die jüngere der beiden Schwestern und sah Cinzia zwar ähnlich, hatte jedoch blondes Haar und blaue Augen.

»Die Denomination wird keine weitere Hexenjägerin losgeschickt haben«, sagte Cinzia. »Noch nicht. Zuerst müssen sie sich neu formieren und einen Weg finden, wie sie erneut an uns herantreten können. Sie werden sich ihren nächsten Zug sehr gründlich überlegen.«

»Mit etwas Glück wissen sie noch nicht, wo wir uns aufhalten«, meinte Jane.

»Sie wissen genau, wo wir sind«, widersprach Cinzia ihr mit einem Kopfschütteln. »Oder zumindest, wohin unsere Familie von Navone aus gegangen ist. Sie überwachen uns.«

Noth nickte. Cinzias Worte deckten sich mit seinen bruchstückhaften Erinnerungen an die cantische Denomination. Diese Leute waren berechnend, gründlich und horteten Informationen aus allen Teilen der Sphaera.

»Du hast gesagt, die Denomination hätte noch keine neue Hexenjägerin losgeschickt«, merkte Noth an. »Aber wird sie es irgendwann tun?«

Cinzia zuckte mit den Schultern. »Das weiß ich nicht. Aber sie werden eine derart unglaubliche Beleidigung nicht ungestraft lassen. Vielleicht versuchen sie es jedoch mit einem … anderen Ansatz, bevor sie uns eine weitere Hexenjägerin hinterherschicken.«

»Welchen anderen Ansatz könnten sie denn wählen?«, wollte Jane wissen.

Noth spürte, dass Cinzia ihn ansah. Sie wussten alle, wer er gewesen war, bevor er seine Erinnerung verloren hatte. Sie waren alle darüber informiert, für wen er gearbeitet und was er getan hatte.

»Oh«, sagte Jane leise.

Noth schürzte die Lippen. Er begleitete die beiden Frauen unter anderem, weil er sie beschützen wollte. Jedenfalls redete er sich das ein. Doch je mehr Zeit er mit Cinzia und Jane verbrachte, je mehr er über das erfuhr, was Kovac zugestoßen war und was sie aus den Neun

Schriften übersetzten, desto mehr hatte er den Eindruck, einen neuen Sinn im Leben gefunden zu haben. Er hatte die Dunkelheit im Kaiserpalast gesehen. Er kannte die Angst und wusste, was die Dämonen in diese Welt bringen wollten. Es waren Opfer vonnöten gewesen, um die Sphaera zu schützen, und Noth wollte nicht zulassen, dass diese Opfer vergebens gewesen waren.

Daher schien es ihm am besten, bei Jane und Cinzia zu bleiben und so Winters Andenken zu ehren. Sie hatten wenigstens ein Ziel. Ganz im Gegensatz zu Noth.

Zu viert machten sie sich auf den Weg in die Stadt, und der Geruch des Meeres erinnerte Noth an Pranna. Pranna war ihm zu einer Heimat geworden, dieses Dorf, winzig im Vergleich zu Tinska, aber ebenso vom Geruch der See und dem Meereswind durchdrungen. All die Gerüche erinnerten Noth auch an andere Dinge – Dinge, die er nicht erlebt hatte, die aber dennoch in seinem Kopf waren. Er erinnerte sich an den Versuch, die ganze Sphaera zu umsegeln, wobei er vor der Küste von Andrinar beinahe sein Leben verloren hatte. Sie riefen ihm sein Leben als Pirat in den warmen Gewässern vor Alizia ins Gedächtnis, wo er nach Lust und Laune Gold, Schiffe und Leben genommen hatte. Und sie ließen ihn an Triah denken, die Stadt am Schlund der Welt, und an die finsteren Machenschaften, denen er dort gedient hatte.

Er konnte nicht behaupten, dass seine Erinnerungen klarer geworden wären, seitdem er in Izet erfahren hatte, wer – und was – er war. Vielmehr schienen sie verworrener denn je zu sein. Aber es machte auch den Anschein, als gäbe es nun mehr Bestandteile, als würden immer mehr kleine Teile hinzugefügt. Das Gefühl, schon einmal an einem Ort gewesen zu sein oder etwas Bestimmtes gesagt zu haben, stellte sich häufiger ein. Das gefiel Noth ganz und gar nicht. Schließlich hatten ihn die Erinnerungen schon einmal zu weit gebracht und sein wahres Ich untergraben. Damals war Jane da gewesen und hatte ihm helfen können, doch er wollte nicht, dass es ein weiteres Mal geschah.

Er musste sich an das erinnern, was echt war. Die Erinnerungen der anderen mochten sich zwar auch um tatsächliche Ereignisse drehen, doch für ihn waren sie nie real gewesen. Nicht so wie Pranna. Nicht so wie Winters Blick, den sie ihm auf dem Fischerboot ihres Vaters zugeworfen hatte.

Während sie durch Tinska gingen, ließ seine Nostalgie mehr und mehr nach. Pranna war kaum mehr als eine festgetretene Straße gewesen, an der sich einige Häuser und Geschäfte befanden, wohingegen Tinska mehrere Tausend Einwohner hatte. Rings um Pranna gab es nichts außer windgepeitschten Ebenen und Tundra, hin und wieder durchbrochen von kleinen Rotkiefernwäldern. Tinska war hingegen von grünen Bäumen umgeben und lag auf einer Art Schelf über dem Wasser, unter dem sich Sandstrände befanden, die nach dem kürzlich gefallenen Regen dunkel waren.

»Wo wohnt euer Onkel?«, erkundigte sich Astrid.

»Das Harmoth-Anwesen liegt gleich jenseits dieses Hügels«, erwiderte Jane und deutete auf die Anhöhe vor ihnen.

»Bei der aufsteigenden Canta«, murmelte Cinzia, als sie oben angekommen waren.

Ein gewaltiges Herrenhaus erhob sich vor ihnen, das auf einem großen, grasbewachsenen Felsvorsprung über dem felsigen Strand errichtet worden war. Zelte, Unterstände, Wagen und kleine Lagerfeuer waren auf den großen Feldern rings um das Haus zu sehen. Hier und da ragten einige hohe Bäume zwischen den Zelten auf, und Pferde, Ochsen und andere Nutztiere liefen zwischen den Dutzenden von Menschen herum, die hier ihr Lager aufgeschlagen hatten.

»Was bei der Unterwelt …« Astrid machte den Eindruck, als hätte es ihr die Sprache verschlagen.

Eine junge Frau, die etwa sechzehn oder siebzehn sein mochte, kam lächelnd auf sie zugelaufen und ging direkt auf Jane zu. »Du bist sie, nicht wahr?«

Noth musterte Jane, auf deren Miene sich Überraschung zeigte. »Ich … ich weiß nicht …«

»Du bist Jane«, sagte das Mädchen, das jetzt zuversichtlicher wirkte. »Du bist Jane. Du bist die Prophetin.«

Noth zog fragend eine Augenbraue hoch.

»Ich … ich schätze, die bin ich«, gestand Jane zögerlich.

Das Mädchen lachte erfreut auf. »Gesegnet sei Cantas Name. Du bist endlich hier.« Schon drehte sie sich um und lief den Hügel hinunter zu den dort Versammelten. »Sie ist hier«, rief sie. »Die Prophetin ist eingetroffen!«

KAPITEL 4

Harmoth-Anwesen,
Tinska, Westliches Khale

Cinzia runzelte die Stirn. Das war nicht gut. »Die Prophetin?«, wiederholte sie und starrte ihre Schwester an.

Jane zuckte mit den Schultern. »Ich habe nie um einen derartigen Titel gebeten.«

Als sie den Ruf der jungen Frau hörten, drehten sich viele der Leute um und blickten zu Cinzia, Jane, Noth und Astrid hinauf.

»Aber du hast bestimmt auch nichts dagegen«, murmelte Cinzia.

Astrid stieß Cinzia an, zwinkerte ihr zu und meinte: »Sehr nett.«

Cinzia verdrehte die Augen. »Wir sollten jetzt lieber unsere Familie suchen.«

»Geht voraus«, schlug Noth vor. »Astrid und ich kommen nach.«

»Seid ihr sicher?«, fragte Cinzia.

Noth nickte. »Ihr wart monatelang von eurer Familie getrennt und solltet das Wiedersehen genießen.«

Cinzia musterte Astrid, die mit tief ins Gesicht gezogener Kapuze zu der Menge im Tal hinabblickte. Sie vermutete, dass ihre Familie nicht wusste, was Astrid wirklich war. Als Astrid im Stadtzentrum von Navone enttarnt worden war, hatte dort bereits heilloses Chaos geherrscht. Wenn ihre Familie von Astrid wusste, könnte es Probleme geben, aber sie würden es ihnen ohnehin früher oder später sagen müssen.

»Wie ihr wollt«, erwiderte Cinzia. »Aber wir werden nicht lange brauchen.«

»Wir bleiben ganz in der Nähe«, versprach Noth.

Diese Worte trösteten Cinzia. Nach Kovacs Tod fühlte sich ihr Herz so leer an. Sie hatte ihn geliebt wie einen älteren Bruder, und trotz der ihm innewohnenden Dunkelheit fühlte sie sich in Noths Nähe ebenso sicher, wie es bei Kovac der Fall gewesen war.

Als sich Cinzia und Jane den Versammelten näherten, streckten diese mit leuchtenden Augen die Hände nach ihnen aus. Sie schienen gespannt auf die beiden zu warten, aber Cinzia rief sich ins Gedächtnis, dass sie eigentlich nur an Jane interessiert waren, nicht an ihnen beiden. Rufe wie »Prophetin!« und »Jane die Auserwählte!« drangen an ihre Ohren.

»Sie werden uns nicht vorbeilassen«, wisperte Cinzia ihrer Schwester zu. »Du wirst schon etwas sagen müssen.«

Jane hob einen Arm, und augenblicklich herrschte Stille. Cinzia lief es kalt über den Rücken. Diese Art von Macht war gefährlich.

»Mein Name ist Jane Oden«, sagte Jane laut. »Das hier ist meine Schwester Cinzia. Einige von euch wissen vielleicht, dass sie Priesterin der cantischen Denomination ist.«

Die Menschen begannen zu murmeln. Vielen der Anwesenden war das anscheinend neu, und Cinzia wurde ein wenig mulmig. Sie blickte sich nach Astrid und Noth um, doch die beiden waren nicht mehr zu sehen.

»Ihr sagt, ich wäre eine Auserwählte, eine Prophetin.«

Jetzt kommt es, dachte Cinzia. Das war der ruhmreiche Augenblick ihrer Schwester.

»Aber da irrt ihr euch«, fuhr Jane fort. Cinzia musterte ihre Schwester überrascht.

»Ich bin nur eine Dienerin«, stellte Jane klar, »das ist alles. Ich hatte eine Frage und habe mich damit an Canta gewandt. Die Göttin hat mir in ihrer Gnade geantwortet, und nun wurde etwas in Gang gesetzt, das die Sphaera verändern wird. In diesen Zeiten, in denen wir uns auf die dunkelsten Tage vorbereiten, die die Welt je gesehen hat, war die Göttin gnädig und hat sich gezeigt. Aber ich bin nur ihre Dienerin. Ich bin keine Anführerin und auch keine Revolutionärin; ich bin nur eine Frau, die den Willen der Göttin ausführen möchte.« Jane drehte sich zu Cinzia um. »Meine Schwester Cinzia hat Canta ihr Leben lang treu gedient. Sie hat das Wort Cantas im großen Seminar in Triah studiert und Cantas Kindern ihr Wesen und ihre Lehre nähergebracht. Und jetzt ist sie an meiner Seite und dient weiterhin Cantas Willen.«

Jane zögerte einen Augenblick, bevor sie weitersprach: »Ihr alle, jeder einzelne von euch, ist aus gutem Grund hier. Einige von euch sollen Lehrer sein, andere werden Cantas Reich auf der Sphaera erbauen. Manche werden Kinder großziehen und ihnen den Weg der Göttin zeigen. Ferner sind unter euch auch jene, die wie ich direkt mit Canta sprechen können. Ihr alle dient einem Zweck, meine Brüder und Schwestern. Ihr alle seid Cantas Diener.«

Cinzia konnte die Energie, die von der Menge ausging, regelrecht spüren. *Nein, die Energie geht nicht von ihnen aus,* wurde ihr mit einem Mal bewusst, *sondern von Jane.*

Jane hielt erneut inne, als müsste diese knisternde Energie ihre Zuhörer erst durchdringen. »Meine Schwester und ich haben einen weiten Weg hinter uns«, sagte sie. »Wir haben große Dunkelheit gesehen. Wir wissen, was unsere Welt bedroht. Daher müssen wir uns erst einmal mit unserer Familie treffen, aber wir kehren bald zurück. Canta hat Großes mit ihren Kindern vor.«

Die Energie ließ zwar nach, doch ihre Wirkung hielt weiterhin an. Alle starrten Jane schweigend an, und sogar die Kinder schienen von ihr fasziniert zu sein.

Cinzia stellte überrascht fest, dass sich auch Tiellaner unter der Menge, die überwiegend aus Menschen bestand, befanden. Sie fielen aufgrund ihres kleineren, schmaleren Körperbaus und der spitzen Ohren umso mehr auf. Zwar waren Tiellaner innerhalb der Denomination nie ausdrücklich von den cantischen Zeremonien und Lehren ausgeschlossen worden, aber sie huldigten der Göttin in eigenen Gottesdiensten, die sich etwas anders gestalteten als die der Menschen und die eher an tiellanischen Traditionen ausgerichtet waren – zumindest hatte Cinzia das gehört.

Sie konnte aber verstehen, dass die Tiellaner von einer Alternative zur Denomination angezogen wurden, schließlich hatte diese sie nie besonders gut behandelt. Man behauptete zwar, sie zu akzeptieren, doch in Wahrheit hatte man sie nur noch erbitterter verfolgt.

Mit einem Seufzen musterte Cinzia ein tiellanisches Mädchen, das einige Jahre jünger war als sie und das sie an die beiden Tiellaner denken ließ, die sie in Roden verloren hatten: Winter, Noths Frau, und Lian, ihren Freund.

Cinzia und Jane gingen auf das Haus der Harmoths zu – die Familie ihrer Mutter –, und man machte ihnen

Platz. Das wirkte schon ein wenig unheimlich, als wäre Jane von einer Energieblase umgeben, die die Umstehenden zurückdrängte. Als Cinzia sich umsah, stellte sie fest, dass die Reihen sich wenige Schritte hinter ihnen erneut schlossen. Endlich hatten sie die große Doppeltür des Herrenhauses erreicht. Jane drehte sich um und winkte der Menge mit einem strahlenden Lächeln zu. »Uns ist bewusst, dass viele von euch weit gereist sind, um uns zu sehen«, sagte sie so laut, dass alle sie hören konnten. »Canta weiß es ebenfalls, und wir sind euch sehr dankbar und werden bald zurück sein.«

»Es gefällt mir nicht, dass du ständig ›wir‹ sagst, Schwester«, erklärte Cinzia, sobald sich die Türen hinter ihnen geschlossen hatten. »Denn ich habe nicht vor, so bald zu ihnen zurückzukehren.«

»Es tut mir sehr leid, dass du das so siehst, Cinzia«, erwiderte Jane mit ihrer nervenaufreibend ruhigen Art.

Cinzia biss die Zähne zusammen. Wie konnte Jane so gelassen bleiben, während sie einen solchen Zorn spürte? »Warum sind sie überhaupt hier? Woher wissen sie von uns? Wie haben sie unsere Familie gefunden?«

»Das weiß ich nicht«, antwortete Jane.

»Wenn uns solche Leute – einfache Menschen, Tiellaner, Dorfbewohner – finden können, wer wird dann noch alles hier auftauchen?«

»Canta wird uns leiten«, meinte Jane. »Solange wir tun, was sie verlangt, müssen wir uns keine Sorgen machen.«

Cinzia schüttelte fassungslos den Kopf. Begriff Jane denn wirklich nicht, dass sie allen Grund zur Sorge hatten? Aber sie fragte sich auch, warum sie selbst so heftig reagierte. Seitdem sie im letzten Jahr in Navone angekommen war, um ihre Schwester zur Rede zu stellen, hatte sie das Gefühl, die Kontrolle über ihr Leben verloren zu haben. Dadurch wurde tiefer sitzender Groll nur umso stärker, und seit Kovacs Tod in Roden hatte sie das Gefühl, als wären diese Gefühle ins Unermessliche gewachsen.

»Da draußen sind doch etwa hundert Leute«, zischte Cinzia, »und wir wissen nicht, was sie hergeführt hat. Die Denomination setzt garantiert alles in Bewegung, um dich – und deine Bewegung – auszuschalten, und du kannst davon ausgehen, dass sie es nicht auf friedliche Weise versuchen werden. Und ich habe meine Göttinnenwache …« Cinzias Stimme brach kurz. »Ich habe meine Göttinnenwache an etwas verloren, das wir weder kennen noch verstehen. Die Sphaera ist in Gefahr, Jane. Da kannst du mir jetzt nicht erzählen, wir müssten uns keine Sorgen machen.«

»Hallo, meine Lieben!«

Cinzia wirbelte herum und sah ihren Vater Ehram im Türrahmen stehen. »Vater!«, rief sie.

»Hallo, Vater«, sagte Jane.

»Ich bin so froh, dass ihr hier seid.« Ehram lächelte seine Töchter an und breitete die Arme aus, und Cinzia und Jane drückten sich an ihn. »Ihr beide habt mir so gefehlt.«

»Wir haben dich auch vermisst, Vater«, erwiderte Jane.

Cinzia sagte nichts, da sie ihrer Stimme nicht traute, und vergrub das Gesicht nur in der weichen Lederjacke, die ihr Vater trug.

»Wo ist deine Göttinnenwache, Cinzia? Wie hieß er doch gleich, Kovac, richtig? Und wo sind die anderen, die euch begleitet haben?«

Bei der Erwähnung ihrer Göttinnenwache wurde Cinzia schlagartig ernst. Das hatte ja als Erstes zur Sprache kommen müssen. »Kovac wurde getötet«, berichtete sie. »In Roden.«

Ihr Vater wurde blass und nickte dann langsam. »Das tut mir so leid, Liebes. Ich habe doch deutlich gesehen, wie viel er dir bedeutet hat.«

Cinzia wusste nicht, was sie noch dazu sagen sollte. Diese Nacht in Izet war mit so vielen unterschiedlichen Gefühlen verbunden. Direkt vor Kovacs Tod war Cinzia allein auf einem Dach gewesen und hatte den Schneeflocken zugesehen, die vom Himmel fielen. Sie hatte sich geliebt gefühlt, geglaubt, eine Bedeutung zu haben, und sich eingebildet, Cantas Gegenwart zu spüren – als würde sie, Cinzia, der Göttin etwas bedeuten.

Doch dann hatte nur wenige Augenblicke später etwas Schreckliches von Kovac Besitz ergriffen, und Cinzia war gezwungen gewesen, ihn zu töten.

»Aber euch beiden geht es gut? Ihr seid gesund?«

Jane nickte. »Ja. Wir haben eine weite Reise hinter uns, und draußen …«

Ehram nickte heftig. »Natürlich, natürlich. Das muss euch alles sehr seltsam vorkommen.« Er bedeutete ihnen, ihm zu folgen, und ging den Korridor entlang. »Kommt, kommt«, forderte er sie auf. »Die anderen werden überglücklich sein, euch zu sehen. Vor allem eure Mutter, möge die Göttin ihre Seele segnen. Sie schläft schlecht, was natürlich nicht eure Schuld ist, aber sie macht sich solche Sorgen … Ihr wisst, wie sie ist.«

»Jetzt sind wir ja wieder zu Hause, Vater«, entgegnete Jane. »Und es gibt viel zu tun.«

Ihr Vater lachte. »Natürlich. Kommt. Sorgen wir erst einmal dafür, dass ihr etwas Warmes zu essen bekommt.«

Er führte sie in den Speisesaal, in dem die Familie an einem großen Tisch saß und sich lautstark unterhielt. Sie waren alle da, stellte Cinzia überrascht fest – sogar ihr Onkel Ronn, der allerdings mehr graue Haare hatte und dünner aussah, als sie ihn in Erinnerung hatte.

Ehram trat vor, als wollte er ihr Erscheinen ankündigen, aber Cinzia legte ihm eine Hand auf die Schulter, woraufhin er sie erstaunt ansah.

Cinzia schüttelte den Kopf. »Gib uns einen Moment«, flüsterte sie. »Ich möchte ihnen gern kurz zusehen.«

Ihr Onkel Ronn saß am Kopfende des Tischs und blickte sich bekümmert um. Das Chaos, das sechs Oden-Kinder anrichteten, war für den auf Formalitäten bedachten Mann gewiss eine große Belastung.

Cinzias Mutter Pascia hatte das blonde Haar zu einem lockeren Knoten gebunden und huschte um den Tisch herum, um ihre beiden Jüngsten, Sammel und Ader, Jungen von zwölf und elf Jahren, auf ihre Plätze zu scheuchen, auf denen bereits zwei dampfende Schüsseln mit Haferschleim warteten. Ihnen gegenüber saßen Wina, Lana und Soffrena, die fünfzehnjährigen Drillinge. Lana schaufelte gerade löffelweise etwas in ihre Schüssel, das nur Zucker sein konnte.

»Lana!«, schimpfte Pascia, die noch eine Hand auf Aders Schulter liegen hatte, um zu verhindern, dass er wieder aufsprang, während sie mit der anderen nach Lanas Hand schlug. »Nimm nicht so viel Zucker, Schatz. Dir gerinnt ja noch das Blut.«

»Ich kann keinen Haferschleim mehr sehen, Mutter«, schmollte Lana. »Ich brauche den Zucker, ansonsten bekomme ich ihn nicht herunter.«

»Wir haben aber keine Unmengen davon, Lana.« Eward, Cinzias Bruder, griff über Lanas Schulter nach dem kleinen Glas. »Heb uns anderen auch noch was auf.« Der große, kräftig gebaute Eward war Cinzia und Jane altersmäßig näher als die anderen mit seinen fast zwanzig Sommern, womit er gerade mal vier Jahre jünger war als Cinzia und zwei Jahre jünger als Jane.

In diesem Augenblick hob Eward den Kopf und sah Cinzia in die Augen. Sofort zeichnete sich ein Lächeln auf seinen Zügen ab, aber sie legte einen Finger an die Lippen, und er nickte.

»Gib ihn mir zurück!«, protestierte Lana. »Mutter! Eward hat mir den Zucker weggenommen!«

»Und das ist gut so«, meinte Pascia, die sich noch immer mit Ader abmühte. Der Junge schien einfach nicht still sitzen zu wollen.

»Ich verstehe gar nicht, wie du so viel davon essen kannst«, merkte Soffrena an, während Wina schweigend weiteraß. Die Drillinge sahen zwar gleich aus und hatten alle rotbraunes Haar, haselnussbraune Augen und Sommersprossen im Gesicht, aber ihr Benehmen hätte kaum unterschiedlicher sein können. Wina war schüchtern und ruhig, ähnlich wie Sammel; Soffrena hatte schon immer ein ausgeglichenes Gemüt besessen, während Lana in ihrem ganzen Leben noch nie ernst gewesen war.

»Wie denn auch. Du bist doch viel zu langweilig«, stichelte Lana.

»Die Tatsache, dass du glaubst, man könnte vom Zuckerkonsum auf den Elan schließen, verrät uns bereits mehr als genug über dich.«

Cinzia warf Jane einen Seitenblick zu. Sie mussten beide lächeln. Zwar waren sie einander ähnlicher als Lana und Soffrena, aber auch sie hatten sich häufig genauso angekeift. *Im Grunde genommen haben wir es gerade eben erst wieder getan*, schoss es Cinzia durch den Kopf. Allerdings kamen ihr diese Streitigkeiten nicht mehr wie solche vor, da sich Jane weigerte, sie anzuschreien.

Lana wandte sich wieder ihrem Haferschleim zu, verschränkte die Arme und zog einen Schmollmund. Dann sah sie zum Eingang des Speisesaals hinüber, und ein Strahlen breitete sich auf ihrem Gesicht aus.

»Sie sind zu Hause!« Lana rannte auf Cinzia und Jane zu und schloss sie beide gleichzeitig in die Arme.

Nachdem sie sich alle begrüßt, mit Tränen in den Augen umarmt und die aufgeregt plappernden jüngeren Kinder beruhigt hatten, setzten sie sich wieder. Sogar Onkel Ronn schien sich zu freuen, sie zu sehen, er hatte sie herzlich, wenn auch etwas steif umarmt. Schließlich saßen sie alle um den großen Esstisch herum.

In diesem Augenblick erschien Gorman, Onkel Ronns oberster Diener, in der Küchentür und blickte den jüngeren Kindern verächtlich über die Schultern.

»Wie ich sehe, ist das Essen kalt geworden«, stellte er fest. »Dann muss ich Shal wohl bitten, noch etwas Neues zuzubereiten.«

»Nein«, beschied ihm Pascia rasch. »Die Kinder werden ihren Haferschleim auch kalt essen. Habe ich nicht recht?« Soffrena, Lana, Wina, Sammel und Ader nickten wenig begeistert.

Gorman schien auch nicht gerade erbaut darüber zu sein, nickte jedoch ebenfalls und trug das benutzte Geschirr ab. Erst da bemerkte er, dass Cinzia, Jane und Ehram auch am Tisch saßen, und verbeugte sich. »Herrin Cinzia. Herrin Jane. Ich bin sehr froh, dass ihr wohlbehalten eingetroffen seid.«

»Er hat sich kein bisschen verändert«, stellte Jane leise fest, als Gorman wieder in die Küche gegangen war.

Cinzia nickte. »Allerdings hätte er sich früher nie dazu herabgelassen, das Geschirr abzutragen. Irgendetwas hat sich verändert.«

»Bitte, wir würden gern alles über eure Abenteuer hören«, bat Pascia.

Cinzia erbleichte. Ihr war es schon zu viel gewesen, mit ihrem Vater über Kovac zu reden.

»Vielleicht können wir euch ein anderes Mal von unseren … Abenteuern erzählen«, erwiderte Jane ausweichend.

»Eher früher als später, hoffe ich«, meinte Ronn. »Ich habe so viel über euch beide gehört.«

»Wir haben Ronn alles erzählt«, erklärte Pascia.

»Ich bin nicht gläubig«, gab Ronn zu und verzog unter seinem ergrauenden Schnurrbart die Lippen. »Aber das, was ich von euren Eltern gehört habe … fasziniert mich, könnte man sagen.«

Cinzia war überrascht über die Erleichterung, die sie empfand. Vielleicht war es ganz gut, nicht die einzige Skeptikerin zu sein.

»Dann berichtet uns wenigstens von der Übersetzung«, bat Eward mit aufgerissenen Augen. »Was habt ihr herausgefunden? Wie viel habt ihr bereits übersetzt?«

Cinzia blickte von Eward zu Jane. Sie hatte nicht gewusst, dass der Rest der Familie über Janes Absicht, die Neun Schriften – den Kodex von Elwene – auf der Reise nach Roden zu übersetzen, informiert war, schließlich hatte selbst Cinzia erst nach ihrem Aufbruch davon erfahren.

»Wir kommen mit der Übersetzung gut voran«, antwortete Jane, die Cinzias Miene ignorierte. »Der Kodex ist in zehn Hauptabschnitte unterteilt. Die ersten neun tragen selbstverständlich die Namen der ursprünglichen

Elevinnen, die den jeweiligen Teil geschrieben haben. Wir haben die Bücher von Elessa, Baetrissa, Arcana, Sirana, Danica, Lucia und Ocrestia übersetzt und werden als Nächstes das Buch Cinzias angehen.«

Ader und Sammel grinsten Cinzia an, als ihre Namensgeberin erwähnt wurde. Wie alle erstgeborenen Töchter hatte auch Cinzia den Namen einer der ersten neun Elevinnen erhalten, die Canta in ihrer Zeit auf der Sphaera gedient hatten.

»Und was habt ihr herausgefunden?«, erkundigte sich Ehram. »Was haben euch die Neun Schriften gelehrt?«

Zum ersten Mal zögerte Jane. Die beiden Schwestern blickten einander an. *Sie sind nicht bereit dafür*, erkannte Cinzia. Der Kodex hatte sie vieles gelehrt, sie hatten mehr über die Erschaffung der Sphaera sowie die Herkunft von Canta und anderer Götter und Göttinnen erfahren. Doch darin standen auch Warnungen vor Dingen, die jetzt passierten und die noch geschehen würden. Cinzia erschauderte.

Jane schien es ähnlich zu gehen. »Wir werden euch beizeiten berichten, was wir gelernt haben«, meinte sie. »Aber vorerst gibt es dringendere Angelegenheiten, um die wir uns kümmern müssen. Beispielsweise die vielen Leute draußen vor der Tür.«

»Das sind nichts als verdammte Landbesetzer, wenn ihr mich fragt«, murmelte Onkel Ronn.

»Das sind deine Anhänger, Jane!« Man konnte Ader die Aufregung deutlich ansehen.

»Sie haben sich zu Ehren unseres Namens ähnlich benannt«, berichtete Lana, die offensichtlich stolz darauf war. »Sie nennen sich die Odeniten.«

Jane lächelte zwar, aber Cinzia bildete sich ein, den Schatten eines Zweifels in ihren Augen zu erkennen.

Gut, dachte Cinzia. *Das soll ihr ruhig unangenehm sein. Dann merkt sie wenigstens, dass diese Sache zu weit geht.*

»Sind sie das?«, fragte Jane.

Ehram und Pascia sahen einander kurz an, dann nickte er. »Mehr oder weniger. Wir wissen natürlich, wie gefährlich so etwas ist. Uns ist auch bewusst, dass ihr der Hexenjägerin in Navone nur mit Mühe und Not entronnen seid. Und dennoch …«

»Wir konnten sie einfach nicht wegschicken«, schaltete sich Pascia ein. »Anfangs waren es auch nur wenige. Sie suchten eine Zuflucht oder waren von der Denomination«, sie sah Cinzia an, als sie das Wort aussprach, »verletzt oder verfolgt worden.«

»Zuerst wollten wir sie ins Haus bitten«, fügte Soffrena hinzu, »aber Onkel Ronn hielt das für keine gute Idee.«

Ronn grunzte. »Das ist mein Haus, und ich entscheide, wer es betritt und wer nicht.«

Pascia lächelte, aber Cinzia konnte ihrer Mutter ansehen, dass sie nicht Ronns Meinung war. »Wir haben in den letzten Wochen sehr oft darüber gesprochen, und wir wissen, wie du darüber denkst, Ronn. Du weißt genau, dass wir deine Autorität hier respektieren.«

»Außerdem sind es längst zu viele, als dass sie alle im Haus wohnen könnten«, sagte Eward. »Und es werden immer mehr. Inzwischen verzeichnen wir fast jeden Tag Neuankömmlinge.«

»Wie ernähren sie sich?«, wollte Cinzia wissen. »Werden sie von euch versorgt?«

»Nicht direkt«, antwortete Ehram. »Sie nehmen Wasser aus dem Teich und dem Fluss, der ihn speist. Einige fangen im Meer Fische, und andere haben am Strand Muscheln gesammelt, und im Obstgarten finden sie auch etwas zu essen. Die Reicheren kaufen sich in Tinska Lebensmittel und Vorräte. Auch wenn Ronn sie nicht im Haus haben will, hat er ihnen großzügigerweise erlaubt, sich an dem zu bedienen, was sein Anwesen zu bieten hat.«

»Ich weiß jedoch nicht, wie lange das noch gut gehen kann«, warf Ronn ein. »Wir hatten zuletzt einige gute Jahre, aber auch meine Vorräte sind begrenzt. Und die hiesigen Fischer werden nicht sehr erfreut sein, dass man ihnen ins Handwerk pfuscht.«

Cinzia empfand eine große Zuneigung zu ihrem Onkel. Ronn war trotz seiner harten Schale schon immer eine mitfühlende Seele gewesen, doch in diesem Fall war seine Barmherzigkeit nicht unbedingt vonnöten.

»Wir haben den Dienern die Wahl gelassen, ob sie gehen oder bleiben wollten«, berichtete Pascia. »Die meisten sind hiergeblieben, und das ist gut, da wir ihre Hilfe mehr denn je benötigen.«

»Vater sagt, diese Menschen werden sich im Nachhinein noch als Segen herausstellen«, sagte Soffrena und sah Jane fragend an. »Sind sie das? Sind sie ein Segen?«

Nun richteten alle den Blick auf Jane, und auch Cinzia musterte ihre Schwester, die jedoch schwieg.

Wenn sie es nicht ausspricht, werde ich es tun, beschloss Cinzia.

»Sie sind ein Problem«, erklärte sie energischer, als sie beabsichtigt hatte. »Sie werden uns nur Ärger machen. Die cantische Denomination kann so etwas nicht ignorieren, und wenn sie sich erst einmal zum Handeln entschließt, wird sie nicht so vorgehen wie in Navone. Beim nächsten Mal werden sie nicht so … zuvorkommend sein.«

Ehram sah aus, als wollte er etwas sagen, daher sprach Cinzia rasch weiter: »Und selbst wenn die Denomination nicht herkommt, stellt sich die Frage, wie lange wir das alles noch stemmen können.«

»Ihr habt beide recht«, erklärte Jane, und Cinzia verdrehte die Augen. »Cinzia, die Leute da draußen sind wirklich ein Problem. Sie werden uns nur Ärger einbringen, wenn wir versuchen, alles selbst zu regeln. Aber Soffrena hat ebenfalls recht.« Jane lächelte Soffrena an, die das Lächeln zaghaft erwiderte. »Canta stellt uns häufig vor Probleme, um uns auf diese Weise zu segnen. Damit wir etwas lernen. Und dies ist ein gutes Beispiel dafür.«

»Wir sollten sie wegschicken«, beharrte Cinzia.

Jane schüttelte den Kopf, und Gorman erschien erneut in der Tür und räusperte sich.

»Ich bitte um Verzeihung«, sagte er steif. »Ich störe nur ungern, aber da ist jemand, der Cinzia und Jane sprechen möchte. Eine sehr beharrliche …«

Da kam Astrid hereingestürmt. »Ihr müsst sofort mitkommen«, stieß sie atemlos hervor. »Es gibt ein Problem.«

»Ich wusste es«, erwiderte Cinzia. »Diese Leute machen bereits jetzt Probleme …«

»Um die geht es nicht«, fiel ihr Astrid ins Wort. »Es ist Noth.«

KAPITEL 5

Ein weiterer Anfall?«, fragte Jane, während sie sich einen Weg durch die Menge bahnten.

»Ja.« *Das ist doch gut, oder nicht?*, dachte Astrid. *Es ist schon einmal passiert, und er hat es überstanden. Dann hört es auch jetzt wieder auf.*

»Und du hast ihn hier allein gelassen? Bei *ihnen?*«, fragte Cinzia.

Astrid warf der Frau einen wütenden Blick zu. »Was hätte ich denn tun sollen? Er wollte mich nicht begleiten. Er hat mich ja nicht mal erkannt.«

»Was soll das heißen? Er hat seine eigene Tochter nicht erkannt?«

Astrid starrte den jungen Mann, der das gesagt hatte, wütend an und musterte dann Jane. »Wer ist das? Wieso begleitet er uns?«

»Er ist unser …«

»Ich bin ihr Bruder«, fiel ihr der junge Mann ins Wort. »Und ich möchte nur helfen.«

Astrid verdrehte die Augen. Cinzia legte ihrem Bruder seufzend eine Hand auf die Schulter. »Eward«, begann sie, »wir sind sehr dankbar für deine Hilfe, aber …«

Ihre Stimmen wurden leiser, als Astrid und Jane schnell zu der Stelle gingen, an der sich ein Pulk gebildet hatte. Astrid runzelte die Stirn. Anscheinend hielt Cinzias und Janes Bruder – Eward – Astrid für Noths Tochter. Ihr hatte diese Lügengeschichte von Anfang an nicht gefallen, da sie ihr so falsch vorkam.

Es ist ja auch gelogen, du dumme Kuh. Wieso sollte es dir dann nicht so vorkommen?

Der Rest der Oden-Familie war glücklicherweise im Haus geblieben. Astrid war froh darüber, da sie nicht wollte, dass ihr erster Eindruck von Noth so … eben so war.

Mit Janes Hilfe gelangten sie zu Noth, der sich in der Mitte der Menge aufhielt.

»Um Cantas willen«, sagte er gerade. »Würde mir bitte jemand verraten, was hier vor sich geht? Wie komme ich hierher? Wer seid ihr alle?«

Astrid lief zu ihm. Alle hielten gebührenden Abstand zu Noth, und eine junge Frau mit hellrotem Haar versuchte gerade, ihn zur Vernunft zu bringen. Noth schien jedoch nicht wirklich zugänglich zu sein, da er sich mit weit aufgerissenen Augen panisch umsah.

»Ich bin wieder da«, verkündete Astrid.

Noth blickte auf sie herab, und sie konnte den Abscheu in seinem Blick kaum ertragen. »Du«, stieß er hervor. »Das Kind. Du hast gesagt, du würdest Hilfe holen. Und, wo ist diese Hilfe?«

»Ich bin die Hilfe«, antwortete Jane und trat vor. Augenblicklich wichen die Umstehenden einen Schritt zurück.

Die rothaarige Frau, die versucht hatte, Noth zu beruhigen, drehte sich zu Jane um. »Euer Gnaden«, murmelte sie und verbeugte sich. »Dieser Mann ist verstört. Er scheint nicht zu begreifen, wie er hierhergekommen ist. Wir haben ihm mitgeteilt, dass er sich in Tinska aufhält, aber er behauptet, diesen Ort noch nie betreten zu haben und aus Alizia zu stammen.«

Noth, oder wer immer er gerade war, schnaubte. »Nicht bloß aus Alizia«, korrigierte er sie und reckte das Kinn in die Luft. »Aus der großen Stadt Cornasa auf der Insel Alna. Ich bin der Hohe Prinz Dorian Gatama, und ich verlange eine Erklärung für das, was mit mir geschehen ist. Falls man mich entführt hat, möchte ich augenblicklich darüber informiert werden. Dann lasse ich rasch das Lösegeld auszahlen, und wir können alle wieder unseres Weges gehen.« Er sah Jane an. »Ihr sagt, Ihr könnt mir helfen, dann helft mir auch.«

Jane trat langsam auf Noth zu. Sie dankte der Frau, die sich sofort wieder unter die Umstehenden mischte, dann sah sie Noth in die Augen.

»Ihr wurdet nicht entführt, Hoher Prinz Gatama, das kann ich Euch versichern. Ihr seid wirklich in Tinska im nördlichen Khale, genauer gesagt befindet Ihr Euch auf dem Anwesen der Harmoths. Ich bin Jane Oden, die Tochter von Ehram und Pascia Oden. Ihr seid hier in Sicherheit. Wenn Ihr mich begleitet, dann sorge ich dafür, dass Ihr die Hilfe erhaltet, die Ihr benötigt.«

Noth, oder Prinz Gatama oder wer immer er auch gerade war, schüttelte den Kopf. »Nein. Ich werde mich erst von diesem Fleck wegbewegen, wenn mir jemand erklärt, wie ich an diesen Ort gelangt bin.«

Nun trat Cinzia vor. »Euer Gnaden«, sagte sie und verbeugte sich. »Ich bin Cinzia Oden, Janes ältere Schwester. Ich kann mich für ihre Worte ebenso wie für Eure Sicherheit verbürgen. Aber es gibt da eine andere Angelegenheit, die von größter Wichtigkeit ist und über die wir zuerst sprechen müssen.« Cinzia redete so leise weiter, dass nur noch Jane und Noth sie verstehen konnten und natürlich Astrid, aber Astrid konnte ein Flüstern auch noch aus einem Dutzend Schritte Entfernung hören.

»Ihr leidet an Blutfäule, Euer Gnaden«, flüsterte Cinzia.

Noth erbleichte. »Blutfäule?«, wiederholte er ebenso leise und bekam die Worte kaum über die Lippen. »Seit ... seit wann?«

»Ihr habt sie Euch schon vor Monaten auf Alna zugezogen und wurdet in den Norden geschickt, damit Ihr Euch in Triah behandeln lassen könnt. Danach seid Ihr verschwunden. Die Blutfäule muss bereits bis in Euer Gehirn vorgedrungen sein, Euer Gnaden. Ihr wart monatelang nicht auffindbar und seid gerade erst wieder aufgetaucht.«

Noth sah aus, als würde er gleich in Ohnmacht fallen. »Seid Ihr ... seid Ihr sicher?«

Cinzia nickte, und Astrid war beeindruckt, weil sie so ernst bleiben konnte und ihr eine so überzeugende Erklärung eingefallen war. Alizianer und erst recht alizianische Adlige waren bekannt dafür, die Blutfäule sehr zu fürchten.

»Wir werden dafür sorgen, dass Ihr die entsprechende Pflege erhaltet, aber bis diese eingetroffen ist, wären wir Euch sehr verbunden, wenn Ihr Euch von meiner Schwester, die Ärztin und Heilerin ist, helfen lassen würdet.«

Noth nickte energisch. »Ja, natürlich. Bitte tut, was Ihr nur könnt.«

Cinzia sah Jane an, die auf Noth zutrat. »Bitte kniet Euch hin, Euer Gnaden.«

Noth zögerte. *Sei keine Närrin, Jane,* schalt Astrid innerlich. *Man bittet einen alizianischen Adligen nicht, sich hinzuknien.* Aber Noths – oder Prinz Gatamas – Entsetzen war so groß, dass er sich tatsächlich hinkniete. Jane stellte sich hinter ihn und legte ihm die Hände auf den Kopf. Sie blickte in den Himmel und bewegte die Lippen, obwohl selbst Astrid keine Worte vernehmen konnte.

Alle um sie herum waren totenstill geworden. Astrid erschauderte und spürte genau dasselbe wie beim letzten Mal, als Jane so etwas mit Noth gemacht hatte. Damals hatte sie behauptet, sie hätte ihn geheilt, und zwar mit Cantas Hilfe. Astrid war nicht davon überzeugt, dass das die ganze Erklärung war, doch Noth war danach wieder der Alte gewesen, und mehr interessierte sie eigentlich nicht.

Einen Augenblick lang herrschte Stille, und Jane murmelte lautlos etwas, um dann ebenfalls innezuhalten.

Noth stand auf und sah sich um. Schließlich blickte er Astrid in die Augen. »Ist es wieder geschehen?«, fragte er.

Astrid nickte und versuchte, sich keine Gefühlsregung anmerken zu lassen. Ihr war gleichzeitig nach Grinsen und Weinen zumute, und sie wusste nicht, was davon sie zuerst tun sollte. »Jetzt bist du ja wieder da, Nomade.«

Die Umstehenden fingen an zu flüstern: »Hast du das gesehen?« »Sie hat ihn geheilt!« »Sie hat Cantas Macht vom Himmel herabbeschworen!« »Sie hat den Dämon aus ihm herausgetrieben!«

Die letzte Bemerkung schmerzte besonders. »Na super«, murmelte Astrid so leise, dass niemand es hören konnte.

»Was reden diese Leute denn da?«, wollte Noth wissen. Astrid stellte erleichtert fest, dass seine Stimme wie immer schroff klang. »War es wirklich so schlimm?«

Sie zuckte mit den Schultern. »Es war ziemlich schlimm, aber nicht auf die dämonische Weise. Du warst ein alizianischer Adliger.«

Noth musterte Jane, die jetzt zu den Umstehenden ging und versuchte, sie zu beruhigen und ihnen alles zu erklären.

Das, was tatsächlich passiert war, ließ sich jedoch nicht erklären, jedenfalls nicht in wenigen Worten. Die Tatsache, dass sich in Noth gleich mehrere andere Seelen befanden, die seit Kurzem versuchten, die Oberhand zu gewinnen, ließ sich nicht so leicht verdauen. Möglicherweise war vorerst doch die bessere Ausrede, dass ein Dämon vorübergehend von Noth Besitz ergriffen hatte.

»Hat sie mich geheilt?«, fragte Noth, der den Blick noch nicht von Jane abgewandt hatte.

Astrid nickte. »Wieso kann sie dich zurückbringen?«

»Keine Ahnung. Aber ich würde das auch gerne herausfinden.«

»Was würdest du gerne herausfinden?«, schaltete sich Cinzia ein. Ihr schien der Umgang ihrer Schwester mit all jenen, die sie nun umringten, auch nicht zu behagen.

»Was deine Schwester mit Noth macht, damit er wieder er selbst wird«, antwortete Astrid. »Du weißt vermutlich nichts darüber, oder?«

Cinzia schüttelte den Kopf. »Ich begreife vieles von dem, was gerade mit Jane geschieht, nicht. Das ist alles so …«

»Absurd?«, schlug Astrid vor und dachte an die vielen Leute, die durch ganz Khale gereist waren, um die Frau zu sehen, die sich gegen die Denomination gewandt hatte. Was hatten die denn davon? Die Denomination würde sich das nicht gefallen lassen, jedenfalls nicht auf lange Sicht.

»Das, was du eben gemacht hast, war übrigens richtig gut«, stellte Astrid fest, als Cinzia nicht reagierte. »Gut, dass dir das mit der Blutfäule eingefallen ist. Du hast es geschafft, dass er sich beruhigt, als ich schon glaubte, ihn könnte nichts dazu bringen.«

Aber Cinzia winkte ab. »Das war doch gar nichts. Ich gehe wieder hinein. Ihr beide könnt mich gern begleiten.«

»Ich hätte gerne eine Weile meine Ruhe«, erklärte Noth.

»Ich auch«, stimmte ihm Astrid zu, die noch immer Gemurmel über das »Austreiben von Dämonen« vernahm. Auch wenn dieser Gedanke wirklich lächerlich war, gab er Astrid doch zu denken. Gerade Jane hatte Astrid nie diese offenkundige Mischung aus Entsetzen und Abscheu entgegengebracht, die jeder andere an den Tag legte, sobald er herausfand, was sie in Wahrheit war. Sogar Noth hatte anfangs Hass und Angst verspürt, nachdem er begriffen hatte, dass sie ein Vampir war. Doch Jane hatte sie nie so behandelt.

Vielleicht besaß Jane ja tatsächlich wahre Macht, wenn sie die Hände auf Noths Kopf legte. Möglicherweise entsprach das, was sie über die Göttin behauptete, der Wahrheit.

Vielleicht konnte Jane ja Dämonen austreiben.

KAPITEL 6

Kerker des Kaiserpalasts in Izet

»Iss, Mädchen.«

Der Gefängniswärter starrte Winter durch die Gitterstäbe in der Zellentür an. Sie erwiderte dumpf seinen Blick. Der Mann hatte vor etwa einer Stunde ein Tablett mit ihrem »Essen« durch eine Luke im unteren Teil der Tür geschoben, aber der unappetitliche Brei war längst kalt geworden.

»Der Meister hat gesagt, dass du was essen musst«, knurrte der Wärter. Er hatte einen starken rodenesischen Akzent und sprach die Worte stets abgehackt aus. »Befehl ist Befehl, und du musst ihn ebenso befolgen wie ich.«

Winter erwiderte nichts. Sie rührte sich auch nicht. Der Mann schlug mit der Faust gegen die Tür, und der Knall hallte durch den ganzen Kerker. Winter wäre zusammengezuckt, doch in ihr herrschte eine derartige Gleichgültigkeit, dass sie sich nicht einmal mehr erschreckte.

»Sieh dir das verdammte Essen wenigstens mal an«, schimpfte der Wärter, doch es klang fast schon wie ein Jammern. »So etwas hast du bisher noch nicht bekommen. Der Meister meint, es müsste dir schmecken.«

Winter runzelte die Stirn. Dies war nicht das erste Mal, dass sie das Essen nicht angerührt hatte, aber bisher war er nie derart hartnäckig gewesen. Es scherte sie auch nicht weiter, warum der Wärter heute derart darauf beharrte, aber es war immerhin eine Abwechslung in der ansonsten eintönigen Gefangenschaft. Sie war jetzt schon seit Monaten hier, und sie hatten sie noch nicht getötet. Man hatte auch nicht mit ihr gesprochen, abgesehen von den wenigen Worten, die die Wärter hin und wieder an sie richteten. Winter fragte sich schon, ob man sie vergessen hatte und ihr die Morde am Kaiser und dem Tokal-Ceno, den beiden höchstrangigen Männern in Roden, angehängt hatte. Sie war davon ausgegangen, dass man die Todesstrafe über sie verhängen und sie vorher vielleicht sogar foltern würde, vermutete inzwischen jedoch, dass ihre Folter darin bestand, dass man sie schlichtweg vergaß. Würde der Rest ihres Lebens so aussehen?

Allein die Tatsache, dass dies hier vom gewohnten Tagesablauf abwich, bewirkte, dass Winter aufstand, zur Tür ging und sich das Essen genauer ansah.

»So ist es gut, Fräulein. Tu, was dir gesagt wird, verdammt noch mal.«

Winter ignorierte den Mann. Er hieß Hubb und war gleichzeitig der grausamste und der dümmste Gefängniswärter. Enri Crawn schien der freundlichste zu sein, allerdings grenzte sein Verhalten beinahe an Gleichgültigkeit.

Enri Crawn legt gern die Füße hoch und raucht seine Pfeife, dachte Winter. *Enri Crawn ist keiner, der Fragen stellt.*

Sie stutzte.

Da, auf dem zerkratzten Holztablett, stand eine Schüssel mit kaltem Brei neben einem Becher mit schalem Wasser, aber daneben befand sich auch noch eine kristalline Substanz, die blass und undurchsichtig war und etwa die Größe ihres Daumens hatte.

Winter brach der Schweiß aus. Die ganze Welt schien zu verblassen, bis nur noch dieser Kristall existierte. *Faltira,* auch Frost genannt, war ein wirksames Betäubungsmittel, das schnell abhängig machen konnte. Außerdem konnte sich ein sehr kleiner Prozentsatz der menschlichen Bevölkerung mithilfe dieser Droge die geistigen Künste, die Psimantie, zunutze machen. Als Tiellanerin hätte Winter durch Frost nicht dazu in der Lage sein dürfen, psimantische Fähigkeiten zu entwickeln, aber es war dennoch geschehen.

Sie hatte vor Monaten das letzte Mal Frost genommen: im Thronsaal des Kaiserpalasts, den sie beim Kampf gegen die riesigen Monster aus einer anderen Welt in Schutt und Asche gelegt hatte. Dabei hatte sie auch den Tod ihrer Freunde mit ansehen müssen.

Winter verspürte sofort Misstrauen. Warum sollte man ihr Faltira geben? Wieso ging man dieses Risiko ein? Mit einer einzigen Dosis konnte Winter womöglich schon die Hälfte der anwesenden Menschen im Kaiserpalast vernichten. Das mussten die Leute, die sie hier festhielten – wer immer sie auch waren –, doch wissen. Und dennoch lag jetzt ein Frostkristall hier vor ihr.

Das konnte auch ein Trick sein, ein Placebo, das man ihr anbot und das gar keine Wirkung entfalten würde.

Es gab nur einen Weg, das herauszufinden. Winter griff nach dem Kristall, der ebenso leicht war, wie sie es erwartet hatte. Doch dann zögerte sie. Als sie das letzte Mal Faltira genommen hatte, als sie die Schattenbrut im Thronsaal vernichtet hatte, war das aus gutem Grund geschehen. Sie hatte es nur getan, um ihren Freunden zu helfen, und es war ihr wie eine Offenbarung erschienen, wie etwas, das ihr Leben verändern würde. Wenn ihre Freunde überlebt hätten, wäre es vielleicht auch so gekommen. Wenn Noth noch da gewesen wäre, wenn es noch jemanden gegeben hätte, der ihr etwas bedeutete, dann hätte sich Winter jetzt vermutlich anders gefühlt. Sie hätte nicht den Drang verspürt, den Kristall zu schlucken.

Aber Winter kannte die Wahrheit. Sie war allein. Ihre Offenbarung kam ihr nun armselig und unbedeutend vor. Es war nichts mehr übrig, es gab nur noch sie.

Und jetzt war hier das Faltira. Winter steckte sich den Kristall in den Mund und schluckte.

Ihre Annahme, der Kristall könnte nicht echt sein, erwies sich augenblicklich als falsch. Rasch breitete sich die Macht in ihrem Körper aus, das Feuer loderte, das Eis kühlte ihre Haut. Winter lächelte. Dann streckte sie eine *Tendra* aus. Dies würde nicht länger ihr Gefängnis sein. Sie würde jene bestrafen, die sie hier eingesperrt hatten, die für den Tod ihrer …

Nichts geschah.

Sie versuchte es erneut, dieses Mal mit mehreren Tendrae; sie streckte die unsichtbaren, schlangenartigen Gliedmaßen zur Tür mit den Gitterstäben vor ihr und dem Wärter davor aus. Nichts. Anscheinend hatte man ihr doch etwas anderes gegeben; eine Droge, die zwar dafür sorgte, dass sich Winter so fühlte wie sonst auch, die ihr aber den Zugang zur Macht verwehrte. Die Leere blieb außerhalb ihrer Reichweite, als hätte sie gar kein Faltira genommen.

Das ist schon einmal passiert, rief sich Winter ins Gedächtnis. Sie erinnerte sich an die Ceno-Mönche, die sie am Fluss Arden angegriffen hatten. Damals hatte sie Frost genommen und ebenfalls nichts ausrichten können. Irgendetwas hatte sie blockiert.

Winter eilte zu den in die Zellentür eingelassenen Gitterstäben. Der Wärter machte überrascht einen Satz nach hinten, aber Winter fauchte ihn nur an. Sie hielt nach jemand anderem Ausschau. Doch obwohl sie so weit in den dunklen Gang schaute, wie es ihr nur möglich war, konnte sie im schwachen Licht der in großem Abstand voneinander aufgehängten Fackeln sonst niemanden sehen.

»Ich weiß, dass Ihr da seid«, rief sie. »Ihr blockiert mich.«

Aus der Dunkelheit kam keine Reaktion. Hubb starrte sie an, als hätte sie den Verstand verloren. Möglicherweise hatte er recht damit.

Winter streckte eine Tendra bis in den Schatten aus, aber noch immer geschah nicht das Geringste. »Ihr könnt mich nicht ewig blockieren«, sagte sie. »Ihr könnt mich nicht für immer hier festhalten.« Doch schon in dem Augenblick, in dem sie die Worte aussprach, wusste sie, dass sie nicht stimmten. Sie hatte nicht die geringste Ahnung, wie lange man ihre Kräfte unterdrücken konnte, und solange diese Leute dazu in der Lage waren, konnten sie sie hier festhalten, schlimmstenfalls bis zu ihrem Tod.

Noch immer war aus der Dunkelheit nichts zu hören.

»Beruhige dich lieber, Kleine«, ermahnte Hubb sie. »Du musst dich ja nicht gleich so aufregen.«

Winter, in deren Adern der Frost noch immer wütete, würdigte Hubb keines Blickes. Sie wandte sich von der Zellentür ab und ließ sich auf den Boden sinken, um die Wirkung des Faltira ganz auszukosten und sich davon wegtragen zu lassen, fort von dieser Zelle, fort von ihrer Einsamkeit, fort von ihrem Schmerz.

Die Frau träumt nicht, weil sie nicht mehr schläft. Sie liegt auf einem dreckigen Strohhaufen in einer Ecke der Zelle, die Beine angezogen, die Arme ausgestreckt. Dass es nicht gerade bequem ist, nimmt sie nur beiläufig wahr. Die Stimmen im Kopf der Frau, die unablässig flüstern, scheinen auch keine Bedeutung mehr zu haben.

Mörderin, flüstern sie.

Vorbotin. Etwas Neues. Etwas, das sie noch nicht gehört hat. Etwas, das sie nicht versteht.

Rache, flüstert ein anderer Teil. Der Teil von ihr, der immer noch glaubt, sie hätte die Kontrolle. Der denkt, ihr Handeln wäre von Bedeutung. *Bestrafe jene, die uns wehtun. Räche die Gefallenen.*

Aber ein anderer Teil der Frau fragt sich, wieso diese Vergeltung überhaupt notwendig ist. Die, die sie liebt, sind tot. Das ist ein dauerhafter Zustand, und sobald er erst einmal eingetreten ist, existiert diese Person nicht mehr und wird von der unabwendbaren Anziehungskraft der Unterwelt mitgerissen.

Die Frau ist nicht tot. Das weiß sie ganz genau. Ebenso deutlich ist ihr bewusst, dass sie auch nicht tot sein möchte. Sie fürchtet nicht mehr viel, aber eines macht ihr doch Angst: das Ende der Existenz. Wahres Vergessen. Bedeutungslosigkeit.

Abgesehen von dieser Furcht empfindet die Frau gar nichts. Der Kerker macht ihr keine Angst, die Einsamkeit ängstigt sie nicht, auch wenn da ein leises Ziehen in ihrem Kopf ist, als wollte es sie darauf hinweisen, dass es zwischen einem einsamen Leben und der Einsamkeit im Tode keinen wirklichen Unterschied gibt. Sie antwortet sich selbst, indem sie sich versichert, dass sie lebend immerhin mit sich selbst allein ist, während sie im Tode ohne sich allein wäre.

Die Frau trauert um jene, die gegangen sind, aber das ist nur ein dumpfer Schmerz, dort, wo zuvor schreckliche Qualen ihr Innerstes gepeinigt haben.

Sie lehnt sich zurück und lässt ihren Geist wandern und umherspringen. Dabei fragt sie sich, ob sie ihren Körper einfach zurücklassen und im Geist anderer leben könnte. Vielleicht wäre sie dann frei, sowohl von ihrer Gefängniszelle als auch vom Kerker ihres Körpers.

Dann heftet sie sich an den Menschen, der ihr am nächsten ist.

Hubb macht sich Sorgen um seinen Bruder Darb. Darb hat sich mit üblen Gesellen eingelassen, Leuten, die noch schlimmer sind als ihre übliche Gesellschaft. Sie haben schon immer gern hin und wieder mal Tarkblätter geraucht oder sogar etwas Teufelsstaub genommen, wenn sie es sich leisten konnten. Doch jetzt investiert Darb immer mehr Zeit und auch Silber in solche Dinge. Er hat Hubb sogar erzählt, dass er Held gekostet hat. Hubb hat Darb nicht gefragt, wie er sich Held leisten konnte; das ist die teuerste Droge überhaupt, die Hubb sich nur vorstellen kann. Jetzt schuldet Darb harten Kerlen sehr viel Geld, und Hubb kann ihm nicht helfen. Mit seinen Gehältern als Gefängniswärter und als Rausschmeißer in der Taverne kann er gerade genug für ihren Lebensunterhalt verdienen …

Die Frau verlässt Hubbs Kopf, da sie seine Gedanken nicht länger ertragen kann. Sie springt in die Person, die Hubb am nächsten ist, und wandert immer weiter.

… Huro kann es nicht fassen, dass er noch immer im Kerker sitzt. Seine Eltern hätten ihn doch längst rausholen müssen …

... Grante würde so gern wie sein Vater Geschichten erzählen können ...

... fragt sich, ob ihre Mutter gemerkt hat, dass sie sich heute Morgen übergeben musste ...

... kann es nicht abwarten, nach Hause zu kommen und mit seinem neugeborenen Sohn zu spielen ...

... beobachtet die Leute um sich herum und hasst sie alle ...

... findet, dass der Rat der Lords nicht ...

... wartet auf ihren Gatten ...

... sieht, wie sehr er es bereut ...

... erkennt nicht ...

... liebt ...

... sich ...

... nicht länger ...

Mit einem Mal wandert der Geist der Frau in weite Ferne. Etwas Derartiges hat sie noch nie zuvor erlebt; es fühlt sich an, als würde sie eine weite Strecke zurücklegen und sich die Dinge aus großer Entfernung ansehen, vielleicht ist es aber auch das genaue Gegenteil und sie ist tief in ihr Innerstes gereist und den Dingen jetzt so nahe, dass sie völlig anders aussehen. Sie findet sich in etwas wieder, das sie an den Nachthimmel erinnert. Es fühlt sich an, als würde sie schweben, aber ganz sicher ist sie sich nicht. Da sind Abermillionen kleine Lichter, die aussehen wie Sterne, jedoch viele verschiedene Farben haben und sie umringen. Sie sieht Schattierungen von Weiß und Gold, zahllose Rot-, Blau-, Grün-, Lila-, Orangetöne und andere Farben, die sie nicht einmal benennen kann.

Als sie an sich herabblickt, kann sie ihre Hände und ihre Füße, ihren Körper sehen, aber sie trägt nicht länger das lange, stinkende Sackleinengewand, das sie seit ihrem ersten Tag im Kerker anhat. Stattdessen ist da die Kleidung aus dunklem Leder, die die Assassine Kali ihr gegeben hat, sie liegt eng an und ist geschmeidig, eine Erinnerung außerhalb der Zeit.

Die Frau macht einen Schritt nach vorn, und ihr Fuß betritt eine Oberfläche, die sie nicht sehen kann; rings um sie herum sind weiterhin die unzähligen winzigen sternengleichen Lichter. Das Lichtecho kräuselt sich wellenartig in alle Richtungen, als hätte man einen Stein in mehrfarbiges stilles Wasser geworfen. Sie macht einen weiteren Schritt, der weitere Lichtwellen auslöst.

Zwischen den Sternen ist das dunkelste Schwarz zu sehen, ein wahres Nichts, das sie an das erinnert, was sie fürchtet, das Einzige, was ihr überhaupt Angst macht. *Hallo?*, ruft sie, aber ihre Lippen bewegen sich nicht und da ist auch keine Luft in ihrer Lunge. *Ist hier jemand? Kann mich jemand hören?* Ganz kurz fragt sie sich, ob das der Tod ist und ob man sie letzten Endes doch hingerichtet hat.

Doch sobald ihr dieser Gedanke durch den Kopf schießt, weiß sie bereits, dass dem nicht so ist. Auch wenn sie hier allein ist, fühlt sie sich nicht allein. Die Lichter um sie herum strahlen eine Bedeutung aus. Nein, der Tod, den sie fürchtet, kann unmöglich so harmlos sein. Im Tod fühlt man sich bestimmt nicht derart verbunden.

Trotz dieser Verbundenheit, die sie empfindet, bemerkt sie etwas Dunkles am Horizont. Es ist eine Form, die auf sie zukommt. Die Gestalt sieht aus wie ein Riese, als wäre sie sehr viel größer als die Frau, und sie bekommt Angst. Sie tritt einige Schritte zurück, und wieder kräuseln sich Farben und Licht, aber der Schemen nähert sich weiter.

Was bist du?, fragt die Frau, deren Stimme in ihrem Kopf ganz zaghaft klingt. Der Schatten antwortet nicht, falls er sie denn überhaupt gehört hat. Er kommt immer näher, wird größer und breiter und versperrt die Sicht auf immer mehr der kleinen Sternenlichter. Der Schemen wächst, und das Licht wird schwächer und schwindet. Angst packt die Frau, schlägt die scharfen Klauen in ihr Innerstes, und die Frau schließt die Augen und wünscht sich woandershin, an einen Ort, an dem sie diesen Schatten nicht sehen muss.

Unverhofft kehrt die Frau zurück. Sie spürt die vertraute Anziehungskraft ihres Körpers. Als sie die Augen aufschlägt, befindet sie sich im Kerker, und das orangefarbene Fackellicht fällt zwischen den Gitterstäben der Zellentür herein. Sie ist wieder allein.

KAPITEL 7

Ratskammer des Kaiserpalasts, Izet

Daval huschte lautlos in die Ratskammer und setzte sich in den hinteren Teil des Raums, um zuzusehen. Der Regierungsrat, ausgewählt, um dem Kaiser sowohl beim Herrschen zu helfen als auch während seiner Abwesenheit die Regierungsgeschäfte zu übernehmen, hatte bereits mit der Sitzung begonnen.

Der verzierte Thron am Kopf des langen Tischs zog Davals Blick sofort auf sich. Der Thron bestand aus Gold und Glas und war für den Kaiser reserviert. Daher war er nun selbstverständlich leer.

Aber das würde sich bald ändern, wenn es nach Daval ging.

Er sah Kirkan Mandiat in die Augen, dem Obersten Ratgeber des Kaisers, dessen Platz rechts neben dem Thron war. Mandiat nickte Daval zu. »Der Rat begrüßt Lord Daval Amok.«

Die Mitglieder des Regierungsrats drehten sich zu ihm um, und Daval verbeugte sich leicht zur Begrüßung.

»Ich gehe davon aus, dass er wegen unseres Gesprächs über Haus Farady hier ist.« Hirman Luce, der Zweite Ratgeber des Kaisers, konnte Daval nicht leiden. Das beruhte zwar auf Gegenseitigkeit, aber der Mann war auch ein wichtiger Mitbewerber im Ringen um den Thron. Luce saß links neben dem Thron und Mandiat gegenüber.

»Ich bin nur als Beobachter hier«, erklärte Daval und verbeugte sich erneut. Jeder Lord hatte selbstverständlich das Recht, den Sitzungen des Regierungsrats beizuwohnen. Zwar durfte er bei den Ratsentscheidungen nicht mitbestimmen, wenn er nicht zuvor eine formelle Petition ausfüllte, aber er konnte viel lernen und sich auf alles vorbereiten, was aufgrund des hier Besprochenen auf sein Haus zukommen würde.

Selbstverständlich war er auch hier, um die Diskussion des Rats über Haus Farady mit anzuhören. Viele vermuteten bereits, dass er beim Untergang dieses Hauses die Hand im Spiel gehabt hatte, da dieser Umstand seinem Haus sehr zugutekam, aber das konnte er öffentlich niemals zugeben.

»Können wir fortfahren?« Jemma Rowady, die cantische Hohepriesterin von Roden, starrte Daval von ihrem Platz an Mandiats Seite aus entrüstet an.

Das überraschte ihn nicht. Die cantische Denomination war jahrzehntelang die einzige Religion in Roden gewesen, hatte jedoch durch das Wiederaufleben des Ceno-Ordens, dessen Vorsitz Daval innehatte, und die Anbetung der Verschmähten Götter Konkurrenz bekommen. Als Tokal-Ceno hatte Daval jedoch keinen Platz im Regierungsrat, was er als überaus bedauerlich empfand. Kaiser Grysole hatte dem vorherigen Tokal dieses Recht eigentlich gewähren wollen, war jedoch vor seinem Ableben nicht mehr dazu gekommen. Eigentlich war es auch nicht mehr wichtig, da Daval den Rat ohnehin bald kontrollieren würde.

Mandiat nickte. »Natürlich«, antwortete er. »Unser nächstes Thema sind die Kuppel des Thronsaals und die Reparaturen am Kaiserpalast. Habt Ihr bereits einen leitenden Architekten gefunden, Sprecher Dagnatar?«

Arstan Dagnatar, der Sprecher der Händler, war ein großer, dünner Mann und noch sehr jung für jemanden, der ein solches Amt innehatte. Hinter seinen runden Brillengläsern funkelten scharfe Augen, und er sah recht gut aus.

»Das haben wir, Ratsherr. Eine Frau mit dem Namen Forst. Sie ist eine …« Dagnatar stockte und starrte den kichernden Mann an, der ihm gegenübersaß: Borce Kuglen, der Kommandant der Wache von Izet, ein großer Mann mit ergrauendem Bart, einer stetig größer werdenden kahlen Stelle auf dem Kopf und einem Gesicht, das aus irgendeinem Grund ständig rot angelaufen war. »Habe ich etwas Lustiges gesagt?«, fragte Dagnatar und starrte Borce empört an.

Kuglen grunzte. »Ihr sagtet, dass eine Frau die große Kuppel über dem Thronsaal entwerfen wird, und, ja, das finde ich witzig.«

»Was ist daran so amüsant?«, wollte Hohepriesterin Rowady wissen.

Während im Rat ein Streitgespräch über die Vorzüge und Nachteile einer Architektin entbrannte, traten zwei Gestalten auf Daval zu. Es waren ein Mann und eine Frau in dunkelgrünen Roben, die ihre Kapuzen abgenommen hatten. Beide knieten sich vor Daval.

»Erhebt euch«, murmelte er. »Was habt ihr zu berichten?«

»Wir haben ihr die Droge geben lassen, wie Ihr es angeordnet habt, Tokal«, sagte der Mann. Er hieß Torun und war einer der Männer im Ceno-Orden, denen Daval großes Vertrauen entgegenbrachte.

»Konnte sie blockiert werden?«

Raya, Davals Stellvertreterin, nickte. »Dafür habe ich selbst gesorgt.«

»Und ihr hattet auch nicht den Eindruck, dass die Blockade gefährdet war?«

Raya schürzte die Lippen. »Nein, Tokal«, antwortete sie nach kurzem Zögern. »Keine … Gefährdung.«

»Gut«, stellte Daval fest. »Wir wissen nicht, über welche Kräfte diese Frau verfügt. Sie ist anders als alle Psimanten, mit denen wir es bisher zu tun bekommen haben, so viel ist jedenfalls sicher. Solange wir ihr die Droge geben, müssen wir Ceno-Wachen in ihrer Nähe haben, die sie blockieren können.«

»So wird es geschehen, Tokal.«

»Gibt es noch etwas?«, erkundigte sich Daval.

»Nein, Tokal«, erwiderte Torun.

Raya schwieg. Daval musterte sie nachdenklich. »Habt Ihr noch etwas zu sagen, Raya?«, hakte er nach.

Die Frau runzelte die Stirn. »Warum spielen wir diese Spielchen mit der Tiellanerin, Tokal?«

Daval holte tief Luft. Es war kein Wunder, dass Raya diese Frage stellte. Aus genau diesem Grund war die Frau seine Stellvertreterin.

»Ihr fragt Euch, warum wir sie nicht töten?«, flüsterte Daval. »Ihr wollt wissen, wieso wir jemanden, der unserer Sache derart gefährlich werden kann, nicht einfach ausschalten?«

»Bei allem gebührenden Respekt, Tokal, aber sie ist unserer Sache längst gefährlich geworden. Sie hat Euren Vorgänger getötet und …« Raya sah sich erneut im Raum um. »Und sie hätte die Auferstehung beinahe vereitelt. Sie ist eine Gefahr für uns alle.«

Daval nickte. Raya hatte natürlich recht; das tiellanische Mädchen stellte eine Gefahr für sie dar. Anfangs hatte ihm sein Instinkt auch geraten, sie zu töten. Aber nun hatte eine Macht das Sagen, der Daval unterstand und die weitaus mehr begriff als er. Er hatte die Instruktionen von Azael, dem Fürsten der Angst, noch immer im Ohr. *Sie ist der Schlüssel zu allem. Überzeuge sie. Und wenn sie sich nicht überzeugen lässt, muss sie dazu gezwungen werden.* Nun, da sie ihr Frost gegeben hatten, war es bald an der Zeit, die nächste Phase von Davals Plan einzuleiten.

»Ja, sie stellt eine Gefahr für uns dar«, gab Daval zu, »aber sie ist noch weitaus mehr. Sie könnte unsere größte Waffe beim Aufstieg sein, Raya. Sie könnte die Waffe sein, die alles zu unseren Gunsten wendet.« Er brauchte die Tiellanerin; sie war für ihn beinahe ebenso wichtig wie sein Drang, Kaiser zu werden.

Raya schürzte die Lippen. »Damit gehen wir aber ein großes Risiko ein.«

»Auf dem Weg zum Sieg muss man nun einmal Risiken eingehen«, entgegnete Daval. »Das gehört zum Krieg dazu.«

Obwohl Raya nickte, wusste Daval, dass sie nicht überzeugt war. Doch das scherte ihn nicht weiter. Es war sogar gut, dass sie so dachte, denn so konnte Daval sich und seine Träume immer wieder überprüfen. »Danke für den Bericht«, sagte er. »Ihr seid entlassen.«

Er wandte seine Aufmerksamkeit erneut dem Rat zu. Der Streit über die Architektin war anscheinend beigelegt worden, und nun sprachen sie über das Thema, das Daval am meisten interessierte. Daval spürte, wie sich Luces Blick auf ihn richtete, und auch die Hohepriesterin beobachtete ihn, als Mandiat auf Haus Farady zu sprechen kam. Daval ignorierte die Blicke. Sollten sie doch ihre Vermutungen anstellen.

»Eine Tragödie hat Haus Farady befallen«, sagte Mandiat. »Und ich muss bedauerlicherweise darauf bestehen, dass diese Angelegenheit geregelt wird.«

Einige Ratsmitglieder keuchten auf. Daval empfand eine tiefe Zufriedenheit. Urstadts Plan war aufgegangen.

»Nach einem schlecht beratenen Affront gegen Haus Amok«, fuhr Mandiat fort und warf Daval einen Seitenblick zu, »bei dem fünf Amok-Arbeiter ums Leben kamen, hat Haus Amok reagiert, wie es das Recht vorsieht, und die vermeintlichen Täter gefangen genommen, vor Gericht gestellt und zum Tode verurteilt. All das geschah unter der Aufsicht eines Judikators und mit dessen Ermächtigung. Als Reaktion auf diese Verurteilungen hat Haus Farady erneut unbedacht gehandelt und versucht, die Gefangenen aus Haus Amok zu befreien. Bei diesem Vorfall sind alle Beteiligten Faradys getötet worden.«

Mandiat räusperte sich. Alle Anwesenden starrten Daval an. Er behielt eine ausdruckslose Miene bei und tat so, als würde er die Aufmerksamkeit nicht einmal bemerken.

»In derselben Nacht«, berichtete Mandiat weiter, »wurde laut der uns vorliegenden Beweise ein Überfall auf Haus Farady durchgeführt, bei dem sämtliche Mitglieder des Hauses ihr Leben verloren.«

»Bei der Göttin«, murmelte die Hohepriesterin leise.

Dieser Augenblick war Davals Lohn und der Beweis dafür, dass sein Plan funktionierte. Aus diesem Grund hatte er mit Urstadts Hilfe die ganze Sache geplant. Die Kunde darüber würde sich verbreiten, und ganz Roden würde wissen, dass man sich mit Haus Amok lieber nicht anlegte – und dass der Kopf von Haus Amok der ideale Kandidat für den kaiserlichen Thron darstellte.

»Ihr wisst nicht, wer Haus Farady angegriffen hat?«, fragte Luce.

»Es wurden keine dementsprechenden Beweise zurückgelassen«, antwortete Kuglen.

»Und das heißt, es gibt keine Zeugen?«, hakte Luce nach.

»Keine Zeugen«, bestätigte Kuglen.

»Aber Ihr wollt doch gewiss nicht behaupten, dass *alle* Mitglieder von Haus Farady tot sind«, warf die Hohepriesterin ein. »Da waren doch Kinder. Kleinkinder …«

Es war keine einfache Entscheidung gewesen. Daval hatte keine Freude daran, den Tod von Kindern anzuordnen. Aber da das Schicksal von Roden auf dem Spiel stand, war er bereit, Opfer zu bringen.

Mandiat räusperte sich erneut, und die Ratsmitglieder wandten sich ihm wieder zu. »Wir stehen nun vor der Aufgabe, die Besitztümer von Haus Farady verteilen zu müssen«, erklärte Mandiat. »Gemäß dem Letzten Willen von Haus Farady …«

Daval hörte gar nicht mehr zu. Es war ihm völlig gleichgültig, was mit dem Land und dem Besitz der Faradys geschah. Er hatte sein Ziel erreicht. Da tauchte im Türrahmen eine imposante, gerüstete Gestalt auf, die den Helm unter einen Arm geklemmt hatte und eine grässlich aussehende Gleve in der anderen Hand hielt.

Sofort winkte Daval seinen Wachhauptmann heran. Urstadt betrat den Raum und kam trotz ihrer Rüstung erstaunlich leise näher.

»Bericht«, verlangte Daval leise. Viele der Anwesenden beobachteten ihn noch immer.

Urstadt beugte sich zu ihm herunter. »Haus Luce hat mit Haus Mandiat verhandelt«, meldete sie. »Es gibt Gerüchte über eine weitere Verlobung.«

Daval riss die Augen auf und warf Hirman Luce einen Blick zu. *Dieser gerissene Mistkerl.*

»Luce ist ehrgeizig«, sagte Daval. Der Mann hatte in dem verzweifelten Versuch, an mehr Macht zu gelangen, seine Tochter vor Monaten mit Kaiser Grysole verlobt. Nun war Kirkan Mandiat, der Oberste Ratgeber des Kaisers, offenbar die nächstbeste Wahl. Dass der Mann Oberster Ratgeber war, bedeutete jedoch noch lange nicht, dass er den Thron sicher hatte, aber wenn er nun auch noch Andia Luce ehelichte, konnte das ausreichen.

»Schickt nach meiner Tochter, wenn wir nach Hause zurückkehren«, ordnete Daval an. »Wenn Verlobungen diese Saison in Mode sind, dann können wir unsere Karten ebenfalls auf den Tisch legen.« Daval hatte diese Spielchen schon immer verabscheut, doch er beschloss, vorerst nach den Regeln seiner Feinde zu spielen. Schon sehr bald würde er sie dazu zwingen, sich den seinen zu unterwerfen.

»Gibt es sonst noch etwas?«, fragte Daval.

»Nichts Besorgniserregendes«, antwortete Urstadt.

Daval nickte. »Sehr schön. Wartet draußen auf mich, Urstadt. Das Treffen wird nicht mehr lange dauern.«

Er wandte sich wieder dem Rat zu, war mit den Gedanken jedoch ganz woanders. Wenn Luce bereits Ehen arrangierte, musste er gute Chancen auf den Thron haben. Daval musste rasch handeln.

KAPITEL 8

Harmoth-Anwesen, Tinska,
Westliches Khale

Noth und Astrid umrundeten bei einem Abendspaziergang das Anwesen, als sie den Aufruhr hörten. In der Nähe des Teichs, der sich in der Südostecke des Geländes befand, hatten sich einige von Janes Anhängern versammelt, und unter ihnen war eine hitzige Diskussion entbrannt.

Astrid stöhnte auf. »Bei der Göttin, ist es denn zu viel verlangt, dass diese Leute ein wenig eigenständiger werden? Sie schaffen es ja nicht mal, beim geringsten Anlass keine Grüppchen zu bilden.«

Noth blieb stehen und stützte sich auf seinen Schwarzborkenstab. »Wir sollten hinübergehen«, meinte er. »Nicht, dass sie sich noch die Köpfe einschlagen.«

»Ich bezweifle, dass sie auf dich hören würden, Nomade. Als sie dich das letzte Mal gesehen haben, warst du ein Adliger aus Aliza, der dummes Zeug von sich gegeben hat. Außerdem machten sie auf mich keinen besonders krisenfesten Eindruck.«

»Wie meinst du das?«, fragte Noth und ging weiter auf die Menge zu.

»Das ist ein Mob«, stellte Astrid fest. »Im Augenblick sind sie Janes Schoßhündchen, aber das kann sich im Handumdrehen ändern.«

»Machst du dir Sorgen, dass sie einen Vampir am Stock rösten könnten?« Er grinste Astrid breit an, auch wenn in diesem Witz ein Körnchen Wahrheit steckte.

»Der Gedanke ist mir durchaus gekommen«, murmelte sie.

»Das klingt ganz so, als hättest du Erfahrung mit solchen Mobs.«

»Du bist wie immer ein Blitzmerker, Nomade. Dir entgeht wirklich nichts. Sollten wir Jane herholen?«, fragte sie leise. »Oder wenigstens Cinzia?«

»Dafür ist keine Zeit, außerdem sind sie sowieso mit Übersetzen beschäftigt.«

Noth sah Astrid an, dass sie nicht überzeugt war, doch jetzt war es ohnehin zu spät.

»Wer könnte es noch genommen haben?«, hörte Noth jemanden sagen, als er sich der Gruppe näherte, die inmitten der Menschenansammlung stand und sich stritt. »Außer euch beiden hatte niemand eine zusätzliche Mahlzeit nötig.« Der Sprecher war groß und spindeldürr, und seine Kleidung hing so locker an ihm herab, dass er unmöglich reich sein konnte, dennoch blickte er hochnäsig auf die beiden Tiellaner vor sich hinab.

»Wir haben Euer Pferd nicht angerührt«, erwiderte einer der beiden Tiellaner. Er war klein wie die meisten seiner Art, reichte Noth nicht einmal bis zur Schulter und wirkte vor dem großen Menschen, der auf ihn herabblickte, nahezu winzig. Seine Begleiterin hatte silbrig-blondes Haar und blassgraue Augen. Ihre Siara, der traditionelle Schal, den fast alle Tiellanerinnen um den Hals trugen, war dick und reichte ihr bis zum Kinn. Der Mann trug den üblichen Araif, den breitkrempigen Hut, der ein wenig schief aufgesetzt wurde. Beide Tiellaner sahen abgemagert aus.

»Ihr Tiellaner seid doch alle Lügner«, fauchte der Mann wütend. Noth gefiel sein Tonfall überhaupt nicht.

»Wir lügen nicht«, entgegnete der Tiellaner, in dessen Blick Furcht stand. Noth konnte ihm die Angst nicht verdenken, denn sie waren vor allem von Menschen umzingelt. Der Frau gelang es besser, ihre Furcht zu verbergen, aber Noth erkannte sie an dem verkrampften Kiefer und dem unruhigen Blick dennoch.

»Mach nichts Unüberlegtes«, raunte Astrid ihm zu. »Ich sehe doch, dass du etwas unternehmen würdest.«

»Da hast du allerdings recht«, bestätigte Noth. Er trat zwischen die beiden Kontrahenten. »Guten Abend«, sagte er. »Was ist das Problem?«

Sie erkannten ihn sofort. »Das ist der Geheilte«, murmelten mehrere, und Noth spürte, dass diese Bezeichnung für sie wie ein Titel war, auch wenn der Vorfall für ihn keine Bedeutung hatte. Doch wenn ihm das zu mehr Ansehen verhalf und er so den Streit beilegen konnte, dann war ihm das nur recht.

Der große Mensch, der die Anschuldigung vorgebracht hatte, starrte Noth mit weit aufgerissenen Augen an. Er schien nicht zu wissen, was er tun sollte. Schließlich deutete er eine Verbeugung an. Noth hätte ihn ausgelacht, wäre er nicht so wütend gewesen.

»Das ist nicht nötig«, knurrte er. »Berichtet mir lieber, was vorgefallen ist.«

Der Mann richtete sich zu voller Größe auf und sah Noth in die Augen. »Mein Name ist Dannel, Herr. Und diese beiden …«

»Dannel heißt Ihr also?« Noth machte einen Schritt auf den Mann zu. Dannel nickte und wollte noch etwas sagen, aber Noth kam ihm zuvor: »Einen Moment, Dannel. Ich möchte erst diese beiden anhören.«

»Aber Herr …«

»*Einen Moment, Dannel.* Und ich bin kein Herr.« Er wandte sich an die Tiellaner. »Erzählt mir, was passiert ist.«

»Ich bin Cavil, und das ist meine Frau Ocrestia, Herr.«

»Nennt mich nicht Herr«, verlangte Noth, diesmal jedoch etwas freundlicher.

Ocrestia trat vor. »Dieser Mann«, sagte sie und nickte zu Dannel hinüber, »beschuldigt uns, dass wir sein Pferd gestohlen hätten. Aber wir haben es nicht gesehen, und selbst wenn, hätten wir gar nichts damit anfangen können. Bestimmt hat der Dummkopf nur vergessen, es irgendwo festzubinden, und sucht jetzt nach einem Sündenbock.«

Noth zog die Augenbrauen hoch und stellte fest, dass er Ocrestia schon jetzt mochte. Wenn er das Gemurmel, das sich um ihn herum erhob, richtig deutete, ging es der Menge jedoch anders. Eine Tiellanerin, die so über einen Menschen sprach, hatte im Allgemeinen einen schweren Stand. Aber das schien Ocrestia nichts auszumachen, und das gefiel Noth.

Dannel sah das selbstverständlich anders. »Wie kannst du es wagen, mich derart zu beschuldigen«, schimpfte er und kam näher. Ocrestia machte einen Schritt nach hinten.

Noth packte Dannel am Kragen und zerrte ihn zur Seite. »Was habe ich eben über das Mundhalten gesagt?«, fauchte er und blickte den Mann finster an.

»Wer seid Ihr überhaupt?«, fragte Dannel. Anscheinend war ihm nicht entgangen, dass Noth in dieser Angelegenheit voreingenommen war. »Welches Recht habt Ihr, mir zu sagen, was ich tun soll?«

»Er ist der Geheilte.«

Die Antwort kam, bevor Noth auch nur den Mund aufmachen konnte. Als er sich umdrehte, stand er einer jungen Frau gegenüber, die ihm irgendwie bekannt vorkam. Sie hatte leuchtend rotes Haar. *Als ich nach dem letzten Anfall aufgewacht bin, habe ich sie gesehen*, begriff Noth. Astrid hatte ihn auf die Frau aufmerksam gemacht und erzählt, dass sie versucht hatte, ihn zu beruhigen.

»Er ist der Geheilte«, wiederholte die Frau. »Er wurde von der Hand der Prophetin berührt und somit von Canta selbst. Er ist auserwählt, ein Geschöpf, durch das wir Cantas Macht ansichtig werden können. Daher sollten wir uns seine Entscheidung in dieser Angelegenheit anhören, denn das sind wir ihm schuldig.«

»Meine Entscheidung?«, murmelte Noth. Er hatte nur dafür sorgen wollen, dass die Tiellaner keinen Ärger bekamen; eine Entscheidung war jedoch eine ganz andere Sache. Möglicherweise war das aber auch die beste Lösung, da er ohnehin ohne Plan eingeschritten war.

Noth sah sich um und versuchte dabei, einen möglichst strengen Blick aufzusetzen. Und seltsamerweise fühlte sich das, genau wie das Kämpfen und das Knotenknüpfen auf einem Fischerboot, ganz natürlich an.

»Weißt du auch, was du da tust, Nomade?«, raunte Astrid ihm zu.

Noth ignorierte sie. »Dieser Mann behauptet, ihr hättet sein Pferd gestohlen«, sagte Noth und deutete auf Dannel.

»Er sagt, wir hätten das dumme Vieh gegessen«, erwiderte Ocrestia. »Das beweist doch, dass er ein Vollidiot ist. Niemand, der im Vollbesitz seiner geistigen Kräfte ist, würde ein kerngesundes Pferd essen.«

Noth sah Dannel an. Wenn er tatsächlich eine Entscheidung treffen sollte, dann musste er beide Seiten anhören. »Stimmt das? Denkt Ihr, sie hätten Euer Pferd gegessen?«

Dannel wirkte nicht nervös und hatte auch gar keinen Grund dafür. Die meisten der umstehenden Menschen würden sich ohne Weiteres auf seine Seite stellen. »Sie haben neulich in der Nähe meines Lagers herumgelungert«, antwortete er.

»Euer *Lager*«, erwiderte Ocrestia und machte einen Schritt auf ihn zu, »liegt direkt neben dem Teich. Der unsere einzige Wasserquelle ist, falls Ihr das vergessen habt.«

Noth sah Dannel fragend an, und dieser zuckte mit den Schultern. »Natürlich habe ich dort mein Lager aufgeschlagen. Das ist doch der beste Ort dafür.«

»Lagert sonst noch jemand am Teich?«

Immerhin besaß Dannel so viel Anstand, den Blick abzuwenden, bevor er antwortete: »Auf der anderen Seite des Teichs ist der Wald zu dicht, als dass man dort lagern könnte. Es war nur genug Platz für meine Gruppe und ein paar andere.«

Bei Cantas Odem, diese Gemeinschaft wird nicht lange Bestand haben, dachte Noth.

»Habt Ihr Euer Pferd gestern Abend angebunden?« Diese Frage hatte die junge rothaarige Frau gestellt. Sie trug einfache, aber gut sitzende Kleidung, daher fiel es Noth schwer, sie einer gesellschaftlichen Schicht zuzuordnen.

»Natürlich habe ich mein Pferd gestern Abend angebunden. Haltet Ihr mich etwa für völlig verblödet?«, entgegnete Dannel.

»Kann Eure Frau das bestätigen?«, hakte sie nach.

»Meine Frau?«, fragte Dannel.

Nun wandte sich die Rothaarige an eine der Frauen, die um sie herumstanden. »Was habt Ihr fast jeden Abend seit Eurer Ankunft hier für Euren Mann gemacht, Karia?«

Die Angesprochene antwortete, aber sie musste sehr klein sein, da Noth sie nicht sehen konnte. Noth fand die Vorstellung, dass eine so kleine Frau mit einem derart großen Mann verheiratet war, seltsamerweise sehr erheiternd.

»Ich habe sein Pferd angebunden«, sagte die Frau. »Fast jeden Abend.«

»Aber nicht jeden Abend«, murmelte Dannel rasch. »Ein oder zwei Mal habe ich es selbst gemacht.«

»Und habt Ihr es gestern Abend auch getan, Karia?«, wollte die Frau wissen.

»Nein, das habe ich nicht.«

Noth nickte vielsagend und sah Dannel an, der blass geworden war.

»Warum hast du mir das heute Morgen denn nicht gesagt?«, fragte er angespannt. »Du hättest uns diesen ganzen Ärger ersparen können, Weib!«

»Du hast mich nicht danach gefragt«, antwortete Karia ruhig. »Du bist sofort losgestürmt und hast was von tiellanischen Dieben gebrüllt, bevor ich überhaupt zu Wort kommen konnte.«

Dannel bewegte lautlos die Lippen. Noth schnaubte, merkte dann jedoch, dass ihn außer Dannel alle ansahen.

»Nun gut«, meinte Noth. »Cavil, Ocrestia, ihr seid beide von den Anschuldigungen, äh, freigesprochen.« Dann bedachte er Dannel mit einem Lächeln. »Wenn Ihr Euer Pferd findet, dann solltet Ihr es zur Abwechslung abends selbst anbinden.«

Die Menge löste sich auf. Noth tat Cavils und Ocrestias Dank mit einem Schulterzucken ab. Die Rothaarige und Dannels Frau hatten ja so gut wie alles alleine geregelt. Cavil und Ocrestia verabschiedeten sich und gingen in den Teil des Lagers, den Noth für den tiellanischen Abschnitt hielt. *Es kann nicht schaden, zu wissen, wo sie sich aufhalten.* Noth fragte sich, ob sich daran wohl etwas ändern ließ, damit die Tiellaner nicht abgegrenzt von den anderen leben mussten. Er beschloss, mit Cinzia und Jane darüber zu reden.

»Danke für Eure Entscheidung, Geheilter«, sagte da die Rothaarige zu ihm.

»Ich habe ja nicht viel gemacht«, murmelte Noth. »Ihr solltet lieber Euch danken, denn Ihr scheint über alles Bescheid zu wissen.«

»Nennt ihn nicht den Geheilten«, mischte sich da Astrid in die Unterhaltung ein.

Die Frau ignorierte Astrid. »Nichtsdestotrotz bin ich Euch für Euer Eingreifen dankbar. Es ist gut für die anderen, wenn sie sehen, wie Ihr mit ihnen sprecht, damit sie sehen, was Canta für Euch getan hat, Geheilter.«

»Ich sagte, Ihr sollt ihn nicht so nennen«, protestierte Astrid.

Noth legte ihr eine Hand auf die Schulter. »Das Mädchen hat recht. Ich bin Noth, und es gefällt mir nicht, wenn man mich den ›Geheilten‹ nennt.«

Die Frau musterte ihn verwirrt. »Ein Titel besagt nicht, wer man ist, sondern was. Aber ich werde Eurem Wunsch selbstverständlich nachkommen.«

»Dieses Wer und Was interessiert mich nicht. Ich weiß einfach, wer ich bin und wie ich genannt werden will.«

»Interessant«, meinte die Frau und legte den Kopf leicht schief.

»Was meint Ihr?«

»Ihr redet wie sie.«

Noth wusste genau, was sie meinte. »Habt Ihr ein Problem mit meiner Art zu reden?«

»Nein, das habe ich nicht«, antwortete sie. »Ich bin bloß neugierig. Und ich findet es sehr interessant, dass Ihr eine solche Begleitung duldet.«

Noth runzelte die Stirn. »Dass ich mich mit Tiellanern abgebe, bedeutet noch lange nicht …«

»Die Tiellaner habe ich nicht gemeint«, fiel ihm die Frau ins Wort, die nun Astrid anstarrte.

Noth kniff die Augen zusammen. »Woher wisst Ihr …«

»Keine Sorge«, erwiderte sie. »Euer Geheimnis ist bei mir sicher. Die Prophetin scheint diese … Kreatur zu akzeptieren, daher werde auch ich es tun. Die Prophetin kennt Cantas Willen.«

»Ihr habt noch viel über Akzeptanz zu lernen«, warf Astrid ein und starrte die Frau zornentbrannt an. »Wenn Ihr das darunter versteht, dann könnt Ihr …«

»Hey.« Noth drückte ihre Schulter, aber Astrid schüttelte seine Hand ab und stürmte davon.

Er blickte die Frau aufgebracht an. »Ihr habt sie wütend gemacht.«

»Sie wird darüber hinwegkommen.«

»Seid Euch da nicht so sicher. Wenn Ihr versucht, Euch mit mir gutzustellen, dann fangt Ihr das falsch an. Wer bei der Unterwelt seid Ihr eigentlich?«

»Mein Name ist Elessa«, antwortete die Frau und sah Noth in die Augen. »Bitte vergebt mir meine Direktheit, ich wollte Euch nicht verletzen. Ich bin es einfach nicht gewohnt, so viele Leute um mich zu haben, erst recht nicht so viele verschiedene … Arten.« Sie reichte ihm die

Hand. Noth zog die Augenbrauen hoch, schüttelte ihr dann aber doch die Hand. Er sah keinen Sinn darin, sich hier Feinde zu machen, und von dieser Elessa ging eine Energie aus, die Noth fast schon spüren konnte.

»Seid Ihr schon lange hier?«, erkundigte er sich.

»Länger als die meisten«, erwiderte Elessa. »Ich bin vor fast einem Jahr hier angekommen.«

Noth runzelte die Stirn. »Was wolltet Ihr denn vor einem Jahr schon hier?« Er rechnete nach. »Die Oden-Familie kann frühestens vor fünf Monaten hier angekommen sein, und selbst dann hätte es noch einige Zeit gedauert, bis die Nachricht von den Vorfällen in Navone hier eingetroffen wäre. Stammt Ihr aus Tinska?«

»Nein«, antwortete Elessa langsam, »aber die Geschichte meiner Ankunft erzähle ich Euch ein anderes Mal. Bitte entschuldigt mich jetzt. Wir sehen uns bald wieder, Geheilter.«

KAPITEL 9

Cinzia rieb sich die Augen. Sie war müde, aber bei Weitem nicht so erschöpft, wie sie es hätte sein müssen. Wieder einmal hatten Jane und sie die Nacht hindurch und auch den Großteil des Tages übersetzt. Nun hätte sie gerne geschlafen, doch gleichzeitig war sie froh, dass sie das mit dem Übersetzen umgehen konnte. Obwohl es beinahe sechs Monate her war, sah sie Kovac noch immer vor sich, sobald sie die Augen schloss. Er tauchte in ihren Träumen auf mit diesen grün leuchtenden Augen und dem schillernden Rauch, der nach oben stieg. Immer wieder sah sie sein Gesicht vor sich, die Wange auf dem Holzboden liegend, nachdem sie ihm sein Messer ins Auge gestoßen hatte.

»Geht es dir gut, Cinzia?«

Cinzia erschauderte. Sie holte tief Luft und nickte Jane zu. »Ich bin nur müde.« Selbst im Haus konnte sie das Meer riechen, und sie musste lächeln.

»Ich weiß, wie du dich fühlst«, sagte Jane. Sie hielten sich in Cinzias altem Zimmer auf, das Cinzia von ihren Besuchen als junges Mädchen jedoch völlig anders in Erinnerung gehabt hatte. Die große Holztruhe, die Schals und Schärpen, die sie darin aufbewahrte, die Bettwäsche, die Vorhänge und alles andere, an das sie sich erinnerte, war verschwunden. Nur die dunklen Eichenfiguren von verschiedenen Helden aus dem Zeitalter der Wunder, die ihr Vater einst geschnitzt und ihr zum Geburtstag geschenkt hatte, waren noch immer da. Sie standen wie immer auf einem kleinen Podest in einer Zimmerecke.

Jane stand am Fenster und blickte auf das Anwesen hinaus. Sie winkte Cinzia zu sich. »Komm mal her und sieh dir das an. Ich glaube, da draußen passiert etwas.«

Cinzia reckte sich und gähnte. »Was ist denn jetzt schon wieder los?«

»Ich bin mir nicht sicher, aber ich glaube, es hat etwas mit Noth zu tun.«

»Bei der Göttin! Nicht schon wieder«, murmelte Cinzia, der ein wenig mulmig wurde. »Wir müssen da raus und ihm helfen.«

»Nein«, widersprach Jane. »Es sieht nicht so aus, als hätte er wieder einen Anfall. Vielmehr macht es den Anschein, als würde er ihnen helfen.«

Cinzia trat neben ihre Schwester. In der Nähe des Teichs hatte sich eine kleine Gruppe versammelt. Sie konnte Noth in der Mitte gerade so erkennen, wo er neben einem sehr großen Mann stand.

»Es sieht so aus, als hätte sich der große Mann mit einigen anderen gestritten«, berichtete Jane. »Das ist von hier aus schwer zu erkennen. Aber Noth ist offenbar eingeschritten.«

Cinzia runzelte die Stirn, vermutete jedoch, dass Astrid bei ihm war. Wenn es Probleme gab, konnte das Mädchen loslaufen und sie holen.

»Es gab einen Streit?«, fragte Cinzia.

»Sieht ganz danach aus.«

»Sie wissen nicht, wie man sich selbst verwaltet«, sagte Cinzia. »Keiner von ihnen hat je so gelebt; und nun leben Menschen und Tiellaner nebeneinander, und sie sind aus demselben Grund hier.«

»Wir müssen etwas unternehmen«, sagte Jane.

»Aber was?«

»Canta hat zu mir gesprochen.«

Canta hat zu dir gesprochen. Cinzia war nicht länger überrascht, wenn ihre Schwester so etwas sagte.

»Ich hatte Visionen und habe Gebote erhalten«, fuhr Jane fort. »Wir übersetzen den Kodex von Elwene und müssen das alles jetzt in eine organisierte Form überführen.«

»In eine Religion«, flüsterte Cinzia. Dadurch wäre ihr Verrat an der Denomination komplett.

»Ganz genau, in eine Religion«, bestätigte Jane.

Die Menge in der Nähe des Teichs löste sich auf. Nun konnte Cinzia sehen, dass Astrid neben Noth stand. Sie war erleichtert. Also hatte er wirklich keinen Anfall gehabt.

Cinzia wandte sich vom Fenster ab und setzte sich auf ihr Bett. »Warum schicken wir sie nicht einfach alle nach Hause?«, fragte sie.

»Cinzia …«

»Wieso nicht? Was nutzen sie uns denn schon, Jane?«

Zum ersten Mal, seit die Schwestern nach der sieben Jahre andauernden Trennung wieder vereint waren, spürte Cinzia, wie Jane wütend wurde.

»Interessieren wir uns nur für etwas, das uns nutzt?«, erwiderte Jane. »Für das, was sie für uns tun können?«

Cinzia zögerte. »So habe ich das nicht gemeint.« In ihrem Inneren wusste sie jedoch, dass sie genau das hatte sagen wollen. Die vielen Leute, die auf dem Anwesen ihrer Familie lagerten, waren eine Last, und Cinzia wollte, dass sie verschwanden. Doch das war nicht der einzige Grund.

»Es geht mir weniger darum, dass sie für uns nutzlos

sind«, widersprach Cinzia, »vielmehr bin ich besorgt, weil sie uns schaden. Unserer Familie. Dir und deinem Kreuzzug.«

Jane riss die Augen auf. »Meinem Kreuzzug? Was willst du denn damit sagen?«

»Sie sind nicht gut für dich, Jane. Du brauchst keine Kriecher, die dich zu ihrer Prophetin ernennen, und das hier«, sie deutete auf den Kodex von Elwene, der aufgeschlagen auf dem Bett lag, »braucht auch keine Gruppe schwacher Leute, die seine bloße Existenz gefährden.«

»Diese Leute sind der Kreuzzug, Cinzia. Wir machen das alles für sie. Sie sind sehr weit gereist, und viele haben ihr Heim aufgegeben, um hierherzukommen.«

»Dann lass sie doch wieder nach Hause gehen. Sollen sie ihr Leben fortführen. Wir brauchen sie nicht.«

»Das sagst du immer wieder, aber ich glaube, du verstehst es nicht. Ich weiß, dass du trauerst. Ich kann mir gar nicht vorstellen, wie schwer dich Kovacs Tod getroffen haben muss. Aber du scheinst vergessen zu haben, unter welchen Umständen er getötet wurde. Er war besessen, Cinzia. Von einem der Neun Dämonen. Vom schlimmsten überhaupt, wenn das, was wir übersetzt haben, stimmt. Daher brauchen wir diese Leute durchaus. Wir befinden uns im Krieg, auch wenn du es bisher noch nicht wahrhaben willst.«

Cinzia erwiderte nichts. Was immer Jane auch war, welche Macht sie auch kontrollierte oder anleitete, so war doch eines offensichtlich: Das, was sie da übersetzten, dieser Kampf gegen die Neun Dämonen, die Auferstehung selbst, um Cantas willen … Das alles war real.

»Du musst dich für einen Weg entscheiden«, fuhr Jane fort. »Ich weiß, dass dir das sehr schwerfällt. Du hast alle Verbindungen zur Denomination durchtrennt, und dennoch widersetzt du dich dem, was wir gesehen haben … dem, was wir zusammen getan haben. Dabei hast du mir doch erzählt, was dir auf diesem Dach in Izet widerfahren ist. Ich weiß, dass du noch immer an diese Übersetzung glaubst, daher begreife ich nicht, warum du nicht auch an alles andere glauben kannst.«

»Ich habe es noch nicht gespürt.« Cinzia hatte sich diese Frage selbst schon viele Male gestellt, und die Antwort lief doch immer wieder auf dasselbe hinaus. »Deine Visionen ergeben für mich keinen Sinn. Ich habe nichts außer der Angst vor dem, was passiert, wenn wir untätig bleiben. Ich fürchte mich vor den Neun Dämonen und vor der Auferstehung. Abgesehen davon empfinde ich rein gar nichts.«

»Und warum musst du es fühlen?«

Weil ich es wissen muss, bevor ich Vertrauen fassen kann, hätte Cinzia am liebsten gesagt.

»Manchmal erfordert der Glaube, dass wir handeln, bevor wir Gewissheit haben, Schwester«, sagte Jane, als reagierte sie auf das, was Cinzia nur gedacht hatte.

Glaubst du, ich wüsste das nicht längst? Cinzia war Priesterin gewesen. Sie hatte den Glauben jahrelang gelehrt und studiert. Aber hatte sie ihn auch wirklich gelebt?

»Ich weiß, dass das sehr schwer für dich ist, aber ich kann es dir nicht leichter machen, daran zu glauben. Mir bleibt nichts weiter übrig, als dir die Wahrheit zu sagen und darauf zu hoffen, dass du sie eines Tages ebenso glaubst wie ich.«

Cinzia wünschte sich so sehr, sie könnte an Jane glauben. Das hätte alles einfacher gemacht. Doch es widersprach auch all ihren bisherigen Überzeugungen.

Und dennoch … Sie musste an das denken, was sie auf dem Dach dieses Gasthauses in Roden erlebt hatte. Das

Ausmaß ihrer Verzweiflung und Unzulänglichkeit war durch die Neun Dämonen nur noch gesteigert worden, sodass sie kurz davor gestanden hatte, sich das Leben zu nehmen. Doch dann war die unglaubliche Leere, die sie zu verschlingen drohte, mit einem Mal verschwunden, und sie hatte plötzlich Frieden verspürt. Sie hatte erkannt, dass die Sphaera und alles darauf zwar gewaltig war, dass es aber dennoch einen Platz für sie gab. Die Leichtigkeit, mit der sie diese Enthüllung wieder vergessen hatte, verstörte Cinzia. Dieses Ereignis war von Kovacs Tod, der Auferstehung der Neun Dämonen und allem, was sie im Laufe der Nacht aus den Neun Schriften erfahren hatten, überschattet worden, aber es war dennoch geschehen. Wie leicht man doch vergessen konnte.

Cinzia wusste, dass sie mit dem, was ihr gegeben war, so viel tun musste, wie sie nur konnte. Vielleicht waren diese Fremden, die zum Anwesen ihrer Familie gekommen waren, ja ein Segen. Janes Frage ging ihr erneut durch den Kopf. Wieso glaubte sie, es erst spüren zu müssen?

»Wir müssen alles daransetzen, die Neun Dämonen aufzuhalten«, sagte Cinzia schließlich.

»Das ist nur eine von vielen Aufgaben, die Canta für uns hat.«

»Werde ich diese Pläne jemals erfahren?«, fragte Cinzia.

Jane holte tief Luft, aber bevor sie darauf antworten konnte, wurde die Tür hinter ihr geöffnet. Cinzia bildete sich ein, ein sanftes grünes Leuchten zu sehen, und wurde für einen Augenblick zurück in das Gasthaus in Roden versetzt, wo sie in Kovacs Augen geschaut hatte.

»Ihr beide müsst etwas wegen eurer verdammten Anhänger unternehmen. Diese bescheuerten Odeniten. Um Cantas willen!«

»Wir haben gerade darüber gesprochen«, erwiderte Jane.

Cinzia drehte sich zu Astrid um. Sie hatte sich nicht getäuscht; Astrids Augen leuchteten im Zwielicht tatsächlich leicht grünlich. Zwar erschauderte Cinzia bei dem Anblick nicht länger, aber sie bekam noch immer eine Gänsehaut. Tagsüber vergaß Cinzia gelegentlich, was Astrid war und was sie anrichten konnte. Doch in der Dunkelheit strahlten die Augen des Mädchens grün und erinnerten Cinzia seltsamerweise an Sterne.

»Es muss etwas passieren«, erklärte Astrid. »Diese Leute gehen sich schon gegenseitig an die Gurgel. Sie finden Wege, sich abzugrenzen, und natürlich trampeln die Menschen dabei auf den Tiellanern herum. Regelt eure Göttin so die Dinge?«

Das war eine gute Frage. Die cantische Denomination behauptete zwar, dass die Tiellaner den Menschen in den meisten Belangen gleichgestellt waren, und das, seitdem sie vom *König, der seine Krone aufgegeben hat,* befreit worden waren. Allerdings war das eine Idealvorstellung, und im Alltag sah es meist anders aus. Cinzia hätte gern gewusst, wie Janes Version von Canta darüber dachte.

»Ich bin mir nicht sicher, ob Canta Dinge regelt«, gestand Jane.

Das war nicht die Antwort, mit der Cinzia gerechnet hatte.

»Äh … Aha?« Astrid schien auch nicht besonders begeistert davon zu sein.

»Größtenteils gestattet sie es uns, eigene Entscheidungen zu treffen«, fuhr Jane fort. »Wir sind nicht ihre Marionetten.«

»Wenn mir der Sinn nach einer Geschichtsstunde stehen würde, wäre ich …«

»Du hast recht«, unterbrach Jane sie. »Canta liebt all ihre Kinder.«

»Dann bist du also dafür, dass sie gleich behandelt werden?«, hakte Cinzia nach. Das war interessant. Sie war schon seit langer Zeit der Ansicht, dass sich am Umgang mit den Tiellanern etwas ändern musste, hatte den Gedanken einer Gleichstellung bisher jedoch nur in der Theorie betrachtet. In Triah waren Begegnungen mit Tiellanern selten gewesen, da sich diese meist in ihren Stadtteilen und damit weit von Cinzias Wirkungsbereich entfernt aufgehalten hatten.

»Ich weiß nicht, ob es nötig ist, das als politischen Standpunkt anzusehen«, meinte Jane. »Aber ja, Gleichberechtigung ist das Ideal. Wie wir an Winter und Lian gesehen haben, können Tiellaner dasselbe tun wie Menschen. Für keinen ist eine geistige oder körperliche Aufgabe unmöglicher als für den anderen.«

»Bla, bla, bla«, schimpfte Astrid. »Was wollt ihr dagegen unternehmen?«

»Wir werden Cantas Religion reformieren«, antwortete Jane.

»Ihr wollt was?«, fragte Astrid.

»Wir reformieren sie.« Jane hielt inne und legte den Kopf schief, als würde sie jemandem zuhören, der nur zu ihr sprach. »Nein«, meinte sie nach einem Augenblick. »Wir werden Canta selbst wiederbeleben, und zwar durch ihre Religion, die einst existierte, als sie auf der Sphaera wandelte, jedoch inzwischen gestorben ist.«

»Und ich dachte, ihr beide macht etwas Vernünftiges«, brummte Astrid. »Stattdessen wollt ihr eine neue Religion gründen, die genau so ist wie die, die die ganzen Probleme erst verursacht hat.«

»Sie wird ganz anders als die Denomination sein«, widersprach Jane ihr geduldig.

»Wenn du das sagst«, erwiderte Astrid, »aber ein Stein ist ein Stein und eine Religion ist eine Religion.«

»Ist das eine Redewendung?«, erkundigte sich Cinzia, die das noch nie gehört hatte.

»Sie wird es vielleicht mal.«

»Eine Religion ist eine Religion, und, ja, es gibt Ähnlichkeiten mit der Denomination. Schließlich hat diese auch mal mit der Wahrheit angefangen. Aber unsere Religion wird auch völlig anders sein, und zwar in allen wichtigen Belangen.« Dann tat Jane etwas, mit dem Cinzia nicht gerechnet hatte. Sie trat zu Astrid, kniete sich vor den Vampir und legte ihm die Hände auf die Schultern. »Hast du mir vorhin nicht zugehört? Canta liebt all ihre Kinder. *Alle*, Astrid.«

Astrid schien es die Sprache verschlagen zu haben. Cinzia wusste nicht, was sie davon halten sollte. Hatte eine Kreatur wie Astrid tatsächlich Liebe verdient? Und wenn Canta sie lieben konnte, bedeutete das, dass Cinzia ebenfalls dazu in der Lage sein sollte. Dieser Gedanke gefiel ihr jedoch nicht besonders.

Jane erhob sich wieder. »Wir müssen noch vieles herausfinden. Cinzia und ich werden die Übersetzung beenden, denn in den Neun Schriften muss es noch nützliche Botschaften geben. Und was dich betrifft … Kannst du lesen, Astrid?«

Astrid schnaufte. »Ich bin mehrere Hundert Jahre alt. Natürlich kann ich lesen.«

»Unsere Familienbibliothek ist recht umfangreich. Vielleicht solltest du dort anfangen«, meinte Jane mit einem Lächeln.

»Ihr habt eine Bibliothek?« Astrids Augen strahlten

derart, dass das übliche grüne Funkeln dagegen richtiggehend blass wirkte. »Ich … ich könnte vielleicht wirklich helfen, wenn ihr das möchtet.«

Das Mädchen sah aus, als wäre sie höchstens neun Jahre alt, aber sie hatte Dinge gesehen, die Cinzia nur aus Büchern kannte. Sie hatte schon auf der Sphaera gelebt, als einige der bemerkenswertesten Ereignisse der letzten Jahrhunderte stattgefunden hatten, wurde Cinzia auf einmal bewusst. Die Gleichberechtigung, der *König, der seine Krone aufgegeben hat,* das Ende des Tausendjährigen Krieges. Astrid hatte möglicherweise sogar einiges davon mit eigenen Augen gesehen.

Bei der aufsteigenden Canta, was für eine Goldgrube an Informationen dieses Mädchen sein muss.

Cinzia fragte sich, wieso ihr dieser Gedanke nicht schon früher gekommen war. Was sie von diesem Mädchen alles lernen konnten …

»Natürlich kannst du uns helfen«, erklärte Cinzia. »Wir brauchen jede Hilfe, die wir bekommen können.«

KAPITEL 10

Schloss Mandiat, Izet, Roden

Daval Amok betrat Schloss Mandiat, dicht gefolgt von Hauptmann Urstadt. Er schüttelte das Wasser von seinem Mantel, zog ihn aus und überreichte ihn einem jungen Dienstboten. Danach richtete er seine Ceno-Robe und wandte sich dem Begrüßungskomitee zu.

In diesem Fall bestand es jedoch nur aus einer Person, den Dienstboten nicht mitgezählt. Daval wurde nur von Kirkan Mandiat erwartet, der ebenso Hoher Lord von Izet und darüber hinaus Erster Ratgeber des verstorbenen Kaisers Grysole war. Der Mann musste wenigstens zwanzig Sommer jünger sein als Daval, und seine Leibeshöhe entsprach fast der Urstadts. Mandiat war überdies breitschultrig, aber seine Muskelmasse hatte sich noch nicht in Fett verwandelt, wie es bei manchen Männern geschah. Er trug stolz seine Hausfarben, violette Streifen auf goldenem Grund, jedoch keine Rüstung. Das war ein gutes Zeichen. Hätte Mandiat seine vergoldete Rüstung getragen, wären mögliche Verhandlungen zwischen den beiden Häusern im Keim erstickt worden. Dies konnte nur bedeuten, dass Mandiat bereit war, sich Davals Vorschlag anzuhören.

»Lord Amok, mein Freund.« Mandiat strahlte. Das dichte braune Haar und der Bart des Mannes waren von grauen Strähnen durchzogen, die ihn jedoch nur noch attraktiver machten. »Oder sollte ich Euch Tokal nennen?« Mandiat verbeugte sich leicht. »Ihr tragt in letzter Zeit viele Titel, Daval.«

Daval verbeugte sich im Gegenzug etwas tiefer. Diese Erniedrigung war nötig, wie er bereits vor langer Zeit gelernt hatte.

»Ich denke, Tokal ist momentan der passende Titel«, erwiderte Daval und seufzte. »Keine Bezeichnung, die ich ausgesucht hätte, aber nun lässt sie sich nicht mehr ändern.« Diese Worte entsprachen nicht ganz der Wahrheit. Als junger Mann hätte sich Daval nie träumen lassen, dass er einmal den Titel Tokal tragen würde, da diese Religion zu jener Zeit schon lange nicht mehr ausgeübt worden war.

»Es macht ganz den Eindruck«, erwiderte Mandiat lächelnd. »Doch es scheint sehr schwer zu sein, diese Position längere Zeit innezuhaben.« Das konnte sowohl als Drohung als auch als Ablehnung verstanden werden, und Daval war sich nicht sicher, was ihm Mandiat damit zu verstehen geben wollte.

»Die Dinge ändern sich eben doch.« Daval machte eine Geste zu Urstadt hin, die hinter ihm stand. »Ihr erinnert Euch an Tirelle Urstadt, den Hauptmann meiner Wache?«

»Aber natürlich«, erwiderte Mandiat und nickte Urstadt zu. »Willkommen in meinem Haus, Hauptmann. Wir fühlen uns geehrt, eine tapfere Kriegerin wie Euch hier begrüßen zu dürfen.«

Urstadt verneigte sich. »Vielen Dank, mein Lord.«

»Kommt«, sagte Mandiat dann und drehte sich um. »Begleitet mich in den Rauchsalon. Dort können wir uns ungestört unterhalten.« Daval und Urstadt folgten ihm. »Ihr könnt Euren Hauptmann hier zurücklassen«, fuhr

Mandiat fort. »Meine Diener werden sich um ihre Bedürfnisse kümmern.«

Noch während er das sagte, traten zwei weitere Dienstboten, beide in violetter Kleidung, aus einem Korridor. Urstadt sah Daval fragend an, und er nickte. In diesem Fall hatte sie ihn ohnehin nur begleitet, um den Schein zu wahren. Im Rauchsalon der Mandiats würde es wohl kaum zu einem tätlichen Übergriff kommen; da war es besser, wenn sie versuchte, bei den Dienstboten den neuesten Klatsch aufzuschnappen.

Mandiat und Daval bogen um eine Ecke und erblickten Hama Mandiat, Kirkans Frau, die auf sie zuhielt. Das Alter hatte Hama nicht so freundlich behandelt wie ihren Mann, aber sie war noch immer sehr schön. Daval erinnerte sich daran, dass sie früher weniger voluminös, sondern eher kurvig gewesen war, doch fünf Kinder und die Last der Jahre hatten sie verändert. Aber so war es nun einmal bei allen. Daval machte das nichts aus, denn er hatte sie als junge, wunderschöne Frau bewundert und tat es jetzt, wo sie eine beeindruckende, reife Dame war, noch immer.

»Ah, Hama«, sagte Mandiat, als seine Gattin näher trat. Sie umarmten sich. »Du kennst doch Lord Daval Amok … äh, den Tokal, wie er jetzt genannt werden möchte.«

Hama verbeugte sich vor Daval und erwies ihm damit mehr Respekt, als es ihr Gatte getan hatte. Kirkan war zwar ein relativ intelligenter Mann mit guten Absichten, aber jeder wusste, wer der wahre Kopf hinter Haus Mandiat war und dass es sich dabei nicht um den Mann handelte, der den Reif trug.

»Wie schön, Euch zu sehen, Tokal«, begrüßte Hama ihn mit strahlendem Lächeln. »Ich muss Euch gleichzeitig beglückwünschen und Euch mein Beileid aussprechen. Letzteres gilt den kürzlich erfolgten Angriffen auf Euer Haus, Ersteres Eurer vor Kurzem erfolgten Ernennung. Das ist eine große Last, die Ihr zusätzlich zu Euren anderen Pflichten schultern müsst.«

Daval atmete langsam aus. »Da habt Ihr recht. Aber ich werde mit der Hilfe der Götter tun, was getan werden muss.« Die Angriffe von Haus Farady mussten nicht explizit erwähnt werden. Diese Angelegenheit war aus der Welt geschafft worden, soweit es Daval betraf, wenngleich er erfreut war, dass die Nachwirkungen noch anhielten.

»Aber natürlich«, erwiderte Hama. »Das hoffen wir in unserem Herzen doch alle.« Sie verbeugte sich noch einmal vor Daval, drehte sich zu ihrem Mann um, küsste ihn und flüsterte ihm etwas ins Ohr. Kirkan nickte, und Hama setzte ihren Weg fort.

»Nun denn«, sagte Mandiat und nickte Daval zu. »Sollen wir?«

Der rodenesische Rauchsalon war eine Tradition unter Adligen, auch wenn es sich dabei eigentlich nur um eine Ausrede handelte, um in Ruhe über Politik und Geschäft reden zu können. Mandiats Rauchsalon sah noch genauso aus wie in Davals Erinnerung. Er war gleichzeitig gemütlich und groß – jeder Lord Izets hätte in diese Kammer gepasst und es wäre noch immer Platz gewesen. Die Wände zierten Ölgemälde, Büsten wurden auf Halbsäulen präsentiert, und große Ohrensessel waren im Raum verteilt. Daval hatte sich vor Jahren häufig hier aufgehalten, als die beiden Männer sich verschworen hatten, um Grysole auf den Thron zu setzen.

In vielerlei Hinsicht sehnte sich Daval nach diesen einfacheren Zeiten, in denen bei Weitem nicht so viel auf dem Spiel gestanden hatte. Doch das, was er heute besaß, war viel zu kostbar, als dass er es wieder aufgeben könnte.

»Ich kann Euch einen traditionellen Gradiant von feinster Güte anbieten, der von den westlichen Ebenen stammt«, sagte Mandiat, »oder etwas Hiesiges von der Tummel-Halbinsel, auch etwas stärker, so wie ich es bevorzuge.« Er beugte sich ein wenig vor. »Selbstverständlich habe ich auch noch etwas Härteres da. Teufelsstaub, Held. Sogar etwas Frostflamme, falls Ihr Euch dafür interessiert, alter Freund.«

Daval schnaubte. »Ich weiß das Angebot zu schätzen, aber ich bevorzuge dann doch den hiesigen Anbau. Etwas Stärkeres habe ich seit Jahren nicht mehr angerührt.«

Mandiat zuckte mit den Schultern. »Wie Ihr wollt.« Er nickte dem Diener zu, der an der Tür wartete, und grinste Daval dann an. »Seit Jahren nicht mehr? Es fällt mir schwer, das zu glauben. Hama erzählte, sie hätte gesehen, wie einer Eurer Leute neulich nach Frostflamme verlangt habe.« Mandiat lachte. »Ich kann mir nicht vorstellen, dass einer Eurer Dienstboten so etwas nimmt.«

Daval wartete, bis Mandiat sich gesetzt hatte, und nahm dann im Sessel gegenüber Platz. Er erwiderte Mandiats Lächeln, schalt sich jedoch innerlich. Natürlich blieben derartige Aktivitäten nicht unbemerkt. Er musste vorsichtiger sein, wenn er das nächste Mal Faltira für die Tiellanerin besorgte. In Roden gab es nur wenige Psimanten, und die wenigen, von denen man wusste, waren für den Ceno-Orden rekrutiert worden. »Hin und wieder genieße ich das Gefühl, das dadurch in mir hervorgerufen wird. Ihr seid noch jung, Kirkan, aber wenn Ihr mein Alter erreicht, werdet Ihr es verstehen.«

»Ich bin noch jung?« Mandiat lachte auf. »Ich weiß nicht, für wen Ihr mich haltet. Wenn ich es nicht besser wüsste, könnte ich glatt auf den Gedanken kommen, wir wären beinahe gleichaltrig.« Er beugte sich mit einem vielsagenden Lächeln auf den Lippen vor. »Was noch lange nicht bedeutet, dass ich nicht hin und wieder auch etwas Frostflamme nehme. Das ist wahrlich eine bemerkenswerte Droge, nicht wahr?«

»In der Tat«, bestätigte Daval, der erleichtert war, dieses Thema erfolgreich umschifft zu haben. Offensichtlich wusste Mandiat nicht, wie viel Faltira Daval tatsächlich erworben hatte.

Der Diener kehrte mit zwei Tabletts zurück, auf denen sich Gradiant stapelte und die er auf den Tisch zwischen Daval und Mandiat abstellte. Daval holte seine Pfeife aus einer Tasche seiner Robe. Kurz darauf war der Raum von beruhigendem Tabakduft erfüllt, und Rauchwölkchen kräuselten sich gen Decke. Dieses besondere Kraut hatte einen süßen, fast schon zuckerartigen Nachgeschmack, und Daval atmete tief ein.

Einen Augenblick später musste er husten. »In Bezug auf den hiesigen Gradiant habt Ihr vollkommen recht«, gestand er, während seine Augen tränten. »Er ist wirklich sehr stark.« Normalerweise war der Geschmack sanft und wärmte einem langsam die Kehle, doch der Gradiant von der Tummel-Halbinsel brannte mehr, war gleichzeitig jedoch auch süßer.

»Ja, nicht wahr?«, meinte Mandiat, lehnte sich in seinem Sessel zurück und legte den Kopf in den Nacken. »Ich hoffe, er ist Euch nicht zu stark?«

»Ganz und gar nicht«, versicherte Daval ihm. »Ich bin sehr angetan.« Er nahm sich vor, Mandiat nach seinem Lieferanten zu fragen.

Die beiden Männer saßen einige Minuten schweigend da. Das war alles Teil des Spiels, denn es wäre unhöflich gewesen, etwas Geschäftliches zu besprechen, solange die Pfeifen noch nicht genossen worden waren. Daval hielt diese Tradition zwar für überflüssig, musste sich aber notgedrungen daran halten.

»Nun denn«, sagte Mandiat, als das vom Gradiant hervorgerufene angenehme Gefühl bis in Davals Zehen vorgedrungen war, »worüber möchtet Ihr denn mit mir sprechen?«

»Über eine Verlobung.«

Mandiat verschluckte sich beinahe am Pfeifenrauch, und Daval musste lächeln.

»Über eine Verlobung?«, wiederholte Mandiat. Er setzte sich aufrecht hin und starrte Daval durch die Rauchschwaden an. »Wie meint Ihr das?« Dabei versuchte er sich an einer gelassenen Miene, aber die Art, wie er ein Bein über das andere schlug – eine für Mandiat völlig ungewohnte Pose, die er nur einnahm, wenn er nervös war –, verriet Daval alles, was er wissen musste.

»Ihr habt mit Hirman Luce über eine Verlobung zwischen seiner Tochter und Eurem ältesten Sohn Girgan gesprochen. Nun bin ich hier, um Euch ein besseres Angebot zu machen.«

Mandiat entspannte sich ein wenig und lehnte sich zurück. Davals Lächeln wurde breiter. Anscheinend war der Mann Angeboten gegenüber nicht abgeneigt. Mandiat zog an seiner Pfeife. »Es ist durchaus möglich, dass es derartige Gespräche gegeben hat.«

Daval beugte sich vor. »Kommen wir doch direkt zum Punkt, Kirkan. Meine Tochter ist jünger, klüger und, wie Ihr gewiss zugeben werdet, auch schöner als Andia Luce.«

»Glaubt Ihr wirklich, mich würde das Aussehen der Frau interessieren, die mein Sohn heiraten wird?«

Daval hob grinsend die Hände. »Natürlich nicht. Aber meine Tochter besitzt noch etwas, woran es Andia Luce mangelt.«

»Und das wäre?«

»Ambitionen.«

»Andia Luce war mit einem Kaiser verlobt«, merkte Mandiat an.

»Und Cova ist die Tochter des Tokal-Ceno«, entgegnete Daval lachend. »Was hat Eurer Meinung nach eine größere Aussagekraft, Kirkan? Eine aufgelöste Verlobung mit einem toten Kaiser oder die Tochter eines der mächtigsten Männer Rodens, der überdies noch am Leben ist?«

Mandiat stöhnte leise auf. »Jetzt fangt nicht mit diesem Blödsinn über Macht an, Daval. Ihr seid vielleicht Tokal, aber ansonsten ein Hoher Lord wie ich.«

Daval hätte gern angemerkt, dass die Verbindung aus diesem Grund nur noch begrüßenswerter wäre, hielt sich jedoch zurück. Ihm war bewusst, dass es ein Fehler gewesen war, sich Mandiat gegenüber als einen der mächtigsten Männer von Roden zu bezeichnen.

»Jedoch sind Eure Argumente durchaus erwägenswert«, gab Mandiat zu. »Eine solche Eheschließung könnte Vorteile mit sich bringen, aber was hättet Ihr davon? Ihr wart nie besonders bedacht auf günstige Verlobungen, Daval. Das wissen wir doch alle. Der Großteil Eurer Kinder hat geheiratet, wen bei der Unterwelt sie auch immer heiraten wollten, und vernünftige Angebote in den Wind geschlagen. Wieso wollt Ihr dieses Spiel jetzt mitspielen?«

»Weil ich es tun muss«, antwortete Daval. Aus Mandiats Sicht hatte Daval alles, was er brauchte: Er leitete den Ceno-Orden und war ein mächtiger Hoher Lord. Was konnte er denn mehr verlangen? Offensichtlich vermutete Mandiat, dass Daval etwas Größeres im Sinn hatte, und damit lag er richtig.

»Lasst uns offen sprechen«, schlug Mandiat vor. »Warum besteigt Ihr nicht den Thron, Daval? Wieso werdet Ihr nicht morgen schon Kaiser? Ihr könntet es tun, das ist uns allen bewusst.«

Daval nickte. »Wenn Ihr Offenheit bevorzugt, habe ich nichts dagegen. Ja, Kirkan, ich könnte morgen in das Ringen um den Thron einsteigen und ihn mit etwas Glück vermutlich bis zum Jahresende bestiegen haben. Aber ein solches Vorgehen würde zu einem Krieg zwischen den Adelshäusern von Roden führen, bei dem viele ihr Leben verlören. Die Adligen würden einander ein ums andere Mal verraten. Blut würde fließen, und das kann ich nicht zulassen.«

Mandiat lachte laut auf. »Seit wann hat Daval Amok etwas gegen Verrat oder Blutvergießen?«

»Seitdem mir bewusst geworden ist, wie viel auf dem Spiel steht«, erklärte Daval mit gesenktem Kopf. »Denn hierbei geht es um weitaus mehr, als mir je klar war.«

»Um den Thron, meint Ihr?«

Daval schüttelte den Kopf. Er musste Mandiat reinen Wein einschenken. »Nein, Kirkan, es geht um viel, viel mehr.«

Als Daval schließlich ging, ließ er einen fassungslosen Kirkan Mandiat im Rauchsalon zurück. Der Mann war zwar bestürzt, hatte sich aber dennoch für Davals Pläne gewinnen lassen. Mandiat war einverstanden, seinen Sohn Girgan Mandiat mit Cova zu verloben, und er wollte tun, was notwendig war, damit Daval an die Macht gelangte.

Daval wusste Mandiats Engagement zu schätzen, denn das war eine seiner Stärken.

Urstadt wartete in der Nähe des Torhauses auf ihn, wo sie sich steif mit einem Dienstboten unterhielt. Daval stellte fest, dass ihr Verhalten so nahe an einen Flirt herankam, wie er es bei ihr je gesehen hatte; normalerweise legte sein Wachhauptmann keinen großen Wert auf ein Privatleben. Das war auch einer der Gründe, aus denen sich Daval für sie entschieden hatte, denn so wusste er, dass ihm einer der engagiertesten Hauptmänner der Stadt zur Verfügung stand.

Als Urstadt ihn kommen sah, beendete sie rasch das Gespräch. Daval nickte ihr im Vorbeigehen kurz zu und hoffte, dass er sie nicht gerade bei der Beschaffung wertvoller Informationen unterbrochen hatte. Zwar war Urstadts Verstand scharf, wenn es um Politik ging, und im Kampf konnte man ihn nur als brillant bezeichnen, doch ihre gesellschaftlichen Instinkte ließen zu wünschen übrig.

Urstadt folgte Daval, und sie schritten durch das Torhaus. »Konntet Ihr etwas herausfinden?«, erkundigte sich Daval, sobald sie außerhalb der Hörweite von Schloss Mandiat waren.

»Nichts Nennenswertes«, antwortete Urstadt kopfschüttelnd. »Nur Klatsch und Tratsch.«

»Aber auch der kann nützliche Informationen erhalten«, gab Daval zu bedenken. »Was habt Ihr gehört?«

Urstadt zuckte mit den Schultern. »Einer der Köche schläft mit Girgans Cousine.«

Daval kicherte. »Ich könnte mir vorstellen, dass Euch derartige Gespräche unangenehmer sind als jeder Kampf.«

Urstadts ausbleibende Antwort sagte mehr als genug.

»Was hat man Euch noch erzählt?«

»Es gibt weiterhin Gerüchte über einen Psimanten in Haus Luce«, fuhr Urstadt fort, »aber mir konnte keiner sagen, wer das sein soll.«

»Die Gerüchte über einen Psimanten in Schloss Luce halten sich jetzt schon seit beinahe einem Jahr. Ohne dass je irgendetwas bewiesen werden konnte. Wohlan. Ist das alles?«

»Das ist alles, mein Lord.«

»Und was habt Ihr ihnen erzählt?«, wollte Daval wissen. Zur Gerüchteküche gehörte auch, dass man selbst einiges ausplauderte; und Urstadt hatte gelernt, nicht nur zuzuhören, sondern selbst auch etwas preiszugeben.

»Dass Ihr nicht geschlafen habt«, antwortete sie. »Jedoch schien sie das nicht besonders zu interessieren.«

Daval nickte. Wenn man die Einzelheiten nicht kannte, hörte sich das in der Tat sehr langweilig an. Aber es stimmte; er schlief in letzter Zeit immer weniger, und das hatte vor allem etwas mit der Beziehung zu seinem neuen Herrn zu tun. Seine Verwandlung ging mit zahlreichen Vorteilen einher, von denen er noch lange nicht alle entdeckt zu haben schien. Es war beinahe so, als würde er ein weiteres Mal die Pubertät durchlaufen, nur dass hier interessantere – und nützlichere – Resultate zu erwarten waren.

»Es ist ohne Belang, ob sie es verstanden haben oder nicht«, erklärte Daval. »Sie werden es über kurz oder lang weitererzählen. Was noch?«

»Gerüchte über das, was sich beim Tod des Kaisers im Thronsaal abgespielt hat. Mehr nicht, mein Lord.«

Daval überlegte. Die Dinge waren in Bewegung gesetzt worden, aber es ging alles so langsam. Er durfte den Rat des Fürsten der Angst nicht vergessen: Ein vorsichtiges Vorgehen war weitaus besser, als ohne Rücksicht auf Verluste vorzupreschen.

Wieder in Schloss Amok, suchte Daval sofort die Zimmer seiner Tochter in der Feste auf. Dieses Gespräch konnte nicht warten. Cova saß auf dem Bett und las ein Buch.

»Hallo, Vater«, begrüßte sie ihn und blickte auf, als er hereinkam.

»Guten Abend, meine Liebe«, sagte er. »Geht es dir gut?«

»Ja.«

»Was liest du da?«, fragte Daval und sah sich dabei im Zimmer seiner Jüngsten um. Überall lagen Kleidungsstücke herum, das Bett war nicht gemacht – es herrschte das reinste Chaos. Sie hatten Diener, die das alles für sie erledigen konnten, aber Cova zog es vor, sich selbst um ihr Zimmer zu kümmern – wenn man es denn so nennen konnte. An mehreren seltsamen Stellen lagen aufgeschlagene Bücher herum, beispielsweise auf der Frisierkommode, unter dem Bett und auf dem Fensterbrett.

»*Die Romanzen*«, antwortete Cova.

Daval räusperte sich. Seine Tochter war klug und weitaus intelligenter als jedes seiner anderen Kinder, daher wunderte es ihn umso mehr, dass sie dieses Geschwafel las.

»Ich habe Neuigkeiten für dich«, verkündete Daval. Er nahm ein Buch von einem Stuhl und legte es auf Covas Schreibtisch, der bereits von Papieren, Büchern und allerlei anderen Dingen überquoll.

»In Bezug auf den bevorstehenden Krieg?«, wollte Cova wissen, hatte die Nase jedoch längst wieder in ihr Buch gesteckt.

»Auf gewisse Weise schon«, meinte Daval und holte tief Luft. Er wusste, dass seine Tochter nicht erfreut sein würde, aber sie begriff auch nicht, was hier auf dem Spiel stand. Daval seufzte. Cova war ihm von seinen Kindern das liebste. Sie war einzigartig, intelligent und sah viele Dinge auf eine Art, wie es kaum ein anderer tat. Aus diesem Grund fiel es Daval auch sehr schwer, die folgenden Worte auszusprechen.

»Ich habe einen Gatten für dich gefunden«, teilte er ihr schließlich mit.

Cova lachte. Es war nur ein kurzer Heiterkeitsausbruch, ein schnelles Schnauben, das jemand von sich gibt, der einem nur mit einem Ohr zuhört. Dann blickte sie von ihrem Buch auf.

»Du hast was?«

»Ich habe einen Gatten für dich gefunden«, wiederholte Daval.

»Ich …«

»Du bist jetzt offiziell mit Girgan Mandiat verlobt. Er ist ein guter Mann und wird dir einen guten Gatten abgeben.«

»Vater … Ist das dein Ernst?«

»Bedauerlicherweise, ja.«

Cova schleuderte das Buch durchs Zimmer. »Meine Geschwister durften alle aus Liebe heiraten. Du hast für keinen von ihnen eine Verlobung arrangiert. Warum tust du es dann bei mir?«

»Weil wir das brauchen.«

Cova starrte ihn an und presste die Lippen aufeinander. Blonde Strähnen waren ihr ins Gesicht gefallen. Sie hatte die Haare ihrer Mutter. *Das ist der entscheidende Augenblick,* dachte Daval. *Jetzt wird sich herausstellen, ob meine Tochter wirklich erwachsen geworden ist.*

Cova starrte ihn noch einen Augenblick lang an. Dann wich der Zorn langsam aus ihrem Gesicht, und sie setzte sich aufrecht hin.

»Warum genau brauchen wir das?«

Daval lächelte. Sie war wirklich einzigartig. »Wir benötigen eine starke Allianz mit Haus Mandiat«, erklärte Daval. »Da wir zwei der mächtigsten Hohen Lords in Izet sind, erlangen wir durch die Hochzeit unserer Kinder die notwendige Unterstützung und die damit einhergehenden Stimmen.«

»Stimmen wofür?«

»Für die Thronbesteigung natürlich.«

Cova riss die Augen auf und schüttelte den Kopf. »Du bist jetzt der Tokal und ein Hoher Lord. Warum bei der Göttin willst du jetzt auch noch den Thron besteigen?«

»Weil es sein muss.«

Sie verdrehte die Augen. »Seitdem du Tokal bist, hast du dich sehr verändert, Vater. Du bist rätselhaft und geheimnisvoll geworden und redest nicht mehr offen mit mir.«

Ihre Worte trafen Daval schmerzhaft. Hatte er sich tatsächlich derart verändert? Er fühlte sich nicht viel anders als früher, jedenfalls nicht in seinem Kopf. Körperlich war durchaus einiges passiert, denn die Last des Alters war von ihm genommen worden, und er war so kräftig, wie es sich viele deutlich jüngere Männer nur erträumen konnten. Sein Augenlicht war besser als jemals zuvor, und er hörte Dinge, die das normale Hörvermögen eines Menschen weit überstiegen.

Trotz allem war er noch immer derselbe Mann wie immer. Oder nicht?

»Du hast recht, Cova, es hat sich vieles verändert. Selbst ich bin in mancherlei Hinsicht anders als früher, aber das liegt nun einmal daran, dass die Welt sich verändert. Der Kaiser ist tot, ebenso der vorherige Tokal. Roden steht kurz vor dem Zusammenbruch, und ein Angriff auf Khale ist zu befürchten. Wir brauchen einen starken Herrscher.«

Das war nicht unbedingt das, was Daval antrieb, aber es kam dem schon recht nahe.

»Und du bist dieser Mann?«, fragte Cova. »Du bist die starke Person, die Roden jetzt braucht?«

»Das könnte sein«, antwortete Daval. »Aber wenn ich es nicht bin, dann weiß ich, wer es sein sollte.«

Cova starrte ihn erneut an, und es dauerte einige Momente, bis es ihr dämmerte.

»Ich?«

Daval erwiderte nichts. Es war immer besser, Cova eigene Schlüsse ziehen zu lassen. Sie lachte nervös auf, so wie sie es immer tat, wenn sie kurz davor war, etwas herauszufinden.

»Ich bin dein jüngstes Kind«, rief sie ihm kopfschüttelnd ins Gedächtnis. »Ich kann nicht über das Kaiserreich herrschen.«

Er schwieg und beobachtete seine Tochter, den Menschen, den er mehr liebte als jeden anderen auf der Welt. Seine Hand zuckte, aber er ignorierte es.

»Wenn ich Girgan heirate, dann wird er herrschen. Schließlich ist er Absolvent der Zitadelle. Aber das ist alles ohne Belang, Vater, denn wenn du nicht Herrscher wirst, besteigt Sraven den Thron. Sollte er es nicht werden, dann ganz gewiss Calan. Ich bin das jüngste deiner Kinder und damit nicht legitimiert …«

Daval lächelte, während er Cova beobachtete, die seine Gedankengänge langsam nachzuvollziehen schien. »Legitimiert ist die beste Partie, und ein Paar kann den Thron nur besteigen, wenn die Ehe von den Eltern der beiden arrangiert wurde.« Es war zwar nicht ungewöhnlich, dass Adlige ohne formelle Verlobung heirateten und dennoch ihre Privilegien behielten – wie es Davals andere Kinder getan hatten –, doch das Gesetz schrieb vor, dass die Ehe möglicher Thronanwärter arrangiert worden sein musste.

Cova rutschte näher an Daval heran und umarmte ihn. »Und genau das ermöglichst du mir, nicht wahr, Vater? Eine gültige Ehe, die einzige in unserer Familie. Und Girgan ist der Älteste, daher wird seine Familie voll und ganz hinter ihm stehen.«

Daval atmete den Duft seiner Tochter ein. Es schien eine Ewigkeit her zu sein, dass sie ihn zuletzt so umarmt hatte.

Dann entzog sie sich ihm wieder. »Aber hierbei geht es noch um etwas anderes«, begriff sie. »Was verschweigst du mir?«

Daval war wie vor den Kopf gestoßen. Die Umarmung, der Augenblick des Vertrauens, alles war so kurz und so schnell vorbei gewesen. »Nichts, das dir jetzt Sorgen bereiten sollte, Liebes«, erwiderte er. »Du bist mit Girgan Mandiat verlobt. Ihr beide werdet den Thron besteigen, wenn ich nicht mehr bin. Du wirst über dieses Reich herrschen. Vorerst ist das alles, was du wissen musst.«

Auf einen Schlag war die Freude aus dem Gesicht seiner Tochter verschwunden. Eben war sie noch so aufgeregt gewesen. Die Vorstellung, dass sie herrschen würde, dass sein Kind, vor allem dieses Kind, auf dem Thron sitzen würde, ließ Davals Herz vor Stolz anschwellen. Aber sie war selbstverständlich viel zu klug, um dieses Geschenk einfach so anzunehmen. Cova wollte wissen, was Daval ihr nicht sagte, aber das durfte er nicht zulassen.

»Du wirst es mir wirklich nicht sagen«, erkannte Cova und kniff die Augen zusammen.

»Ich kenne dich gut genug, um zu wissen, dass du versuchen wirst, es allein herauszufinden«, sagte Daval. »Aber tu das bitte nicht, Cova. Beherzige den Rat deines Vaters. Du wirst alles zur rechten Zeit erfahren.«

Cova schüttelte den Kopf. »Das ist doch Unsinn, Vater.«

»Dann willst du den Thron nicht?«

Sie zögerte. Nein, sie würde nicht so leidenschaftlich handeln und diese Gelegenheit ausschlagen. Noch nicht. »Ich weiß nicht, was ich tun werde«, gab sie zu. »Aber ich werde nicht deine Marionette sein. Wenn du mich zu einem Teil deiner Pläne machen willst, dann musst du mich auch einweihen.«

»Und was ist, wenn ich weiß, wie du darauf reagieren wirst?«, fragte Daval. »Wenn mir schon längst klar ist, was du zu meinen Plänen sagen wirst?«

Cova sah ihm in die Augen. »Dann kennst du die Antwort bereits.« Sie nahm ihr Buch wieder auf und legte sich damit zurück aufs Bett.

KAPITEL 11

Harmoth-Anwesen

Mit einem zufriedenen Seufzer klappte Astrid das Buch zu. Sie hatte eines der frühen Werke von Cetro Ziravi gelesen, einem angesehenen Poeten aus dem Zeitalter des Aufschwungs, dessen spätere Schriften die Essera höchstpersönlich herausgefordert hatten. Aus seiner Feder stammte auch ein großes Epos über die Geschichte der Sphaera und alles darüber hinaus. Doch das interessierte Astrid eigentlich nicht besonders. Seine früheren Werke waren viel faszinierender und menschlicher: Gedichte über das Leben, die Liebe und den Tod, über das, was einen sterblich und vergänglich machte. Wodurch man gut oder zum Monster werden konnte. Dinge, die sie selbst nie begreifen würde.

Astrid strich mit einem Finger – eher einer Klaue, rasiermesserscharf und halb so lang wie ihr Finger – über den Buchrücken und spürte die Rillen und das abgewetzte Leder. Dann sah sie zu, wie sich die Klaue zurückzog und mit ihrem Finger verschmolz. Die Sonne ging auf. Astrid hatte die Nacht hindurch gelesen. Jetzt war es Zeit für einen Spaziergang.

Draußen auf dem Gelände wachten die Odeniten langsam auf. Astrid lief zwischen ihnen hindurch, und der Tau sammelte sich auf ihren Stiefeln. Es fühlte sich gut an, wieder in Bewegung zu sein, nachdem sie die ganze

Nacht herumgesessen und viel über die Denomination und ihre Gründung gelesen hatte. Cinzia bestand darauf, dass sie alles richtig angehen mussten, wenn sie Cantas Religion erneuern wollten, und dafür mussten sie zuerst einmal die Geschichte verstehen.

Astrid war zuerst die wichtigsten Philosophen aus dem Zeitalter des Aufschwungs, wie Bronstin und Hustenheim, durchgegangen. Deren Schriften hatten sich jedoch als nicht besonders hilfreich erwiesen, daher war sie zu weniger bekannten Autoren übergegangen. Nuria hatte sich da von besonders großem Interesse erwiesen. Zwar schrieb sie nichts über Religion im Speziellen, doch ihre Abhandlung über das Verhalten von Massen entpuppte sich als faszinierend. Astrid hatte Cinzia und Jane alles Wissenswerte mitgeteilt, und die beiden Frauen hatten sie gelobt, dabei aber nicht wirklich zufrieden gewirkt. Astrid vermutete, dass sie noch viele weitere Nachforschungen anstellen musste.

Sie freute sich darauf, war jedoch auch ein wenig nervös, was nicht etwa an der Arbeit an sich lag, sondern an der Tatsache, dass sie darüber andere Dinge vernachlässigen musste. Schließlich war sie auch anderweitig verpflichtet, und sie hatte diese Obligationen in letzter Zeit völlig außer Acht gelassen.

Ihre Ohren kribbelten. In einiger Entfernung stand jemand am Teich und redete sehr laut. Astrids Neugier war geweckt, also ging sie näher und stellte fest, dass es sich um eine alte Frau handelte, deren Arme dünn und knochig aus ihrem langen braunen Umhang herausragten. Trotz ihres Alters stand sie aber aufrecht da, und das kurze graue Haar kräuselte sich in feuchten Löckchen.

»Es gibt einen Grund dafür, dass wir alle hier sind«, sagte die Frau. Ein halbes Dutzend Lagerbewohner hatte sich um sie herum versammelt. Die Stimme der Frau klang sanft und glatt, und Astrid vermutete, dass sie auch eine gute Sängerin abgab. »Wir sind nicht zufällig hergekommen«, fuhr die Frau fort. »Eine höhere Macht leitet uns! Es nahen dunkle Zeiten, und Mächte, die weitaus größer sind als wir, führen uns dem Ende entgegen.«

Astrid verdrehte die Augen und wollte sich schon abwenden, doch die nächsten Worte der Frau ließen sie innehalten.

»Die Neun Dämonen haben sich erhoben. Sie sind erwacht, und wir werden fallen, wenn wir den Rat der Göttin nicht befolgen.«

Augenblick mal. Astrid trat auf die Gruppe zu und zupfte am Rockzipfel einer jungen Frau. »Wer ist das?«, fragte sie und deutete auf die Alte.

»Ich kenne ihren Namen nicht«, erwiderte die Frau. Sie schien sich gleichzeitig über die alte Frau zu ärgern und sich von ihren Worten mitreißen zu lassen. »Ich weiß nicht, ob ihn überhaupt jemand kennt. Alle nennen sie die Hexe. Sie ist vor etwa einer Woche hier angekommen.«

Die Hexe? Astrid hätte beinahe laut losgelacht.

»Sie kommen, um zu vernichten«, sagte die Hexe und machte mit einem dürren Arm eine weitausholende Geste, die ihre Zuhörer einschloss. »Sie kommen, um zu vernichten und um die Sphaera in Schutt und Asche zu legen. Sie wollen uns alles wegnehmen, was wir besitzen. Ihre Gier ist unermesslich, und sie werden niemals aufhören.«

»Die Neun Dämonen sind nichts weiter als eine Gespenstergeschichte!«, rief jemand. »Wir sind wegen Canta hier und nicht, um uns Märchen anzuhören.«

Astrid war froh, dass wenigstens einer aussprach, was ihr selbst durch den Kopf ging.

»Wenn wir von den Neun Dämonen sprechen, dann reden wir auch über Canta«, entgegnete die Hexe. »Sie sind untrennbar miteinander verbunden. Ohne unsere Göttin sind wir machtlos gegen die Dämonen. Und ohne sie … hätte unsere Göttin keine Macht.« Sie ließ den Blick über die Umstehenden schweifen. »Ich werde euch sagen, was ich über die Neun Dämonen weiß. Aber ich muss euch warnen: Beherzigt meine Worte! Wir sind alle hier, um einer größeren Macht zu dienen. Einige behaupten, die Neun Dämonen wären die Nachfahren der Brüder-Götter Emidor und der Schwester-Götter Adimor. Andere sind der Ansicht, sie wären die verlorenen Kinder der Ersten Eltern Ellendre und Andara. Wiederum andere meinen, die Neun Dämonen wären einst Männer und Frauen gewesen, die vor langer Zeit verdorben, verflucht und aus unserem Reich verbannt wurden. Sie sind geheimnisumwoben, dabei ist die Wahrheit doch um uns, und wir müssen nur die Augen öffnen, um sie wahrzunehmen. Wir sind der Ansicht, wir würden alles – unsere Gefühle, unseren Zorn und unsere Trauer – nur erleben, weil wir sterblich sind. Das ist nicht ganz falsch, aber wir dürfen die Einflüsse von außen nicht außer Acht lassen, von denen die Neun Dämonen den mächtigsten darstellen. Jeder der Neun manifestiert sich in unseren dunkelsten, tiefsten Abgründen voller Selbsthass und nährt sich von den schlimmsten Teilen unseres Ichs. Mefiston ist der Älteste, und sein Laster ist der Zorn. Er wurde in einem Inferno aus Krieg und Blutdurst geschaffen, und sein Grimm gleicht der von Flammen umhüllten Sphaera. Wenn wir wütend sind, ist Mefiston bei uns und frohlockt. Hade verschlingt unsere Trauer über Tod und

Verlust. Er ist ätherisch und allgegenwärtig und nährt sich von dem, dem wir nie wirklich entrinnen können. Luceraf, die Gefallene, manifestiert sich in unserem Stolz. Feindseligkeit, Rebellion, Arroganz, Narzissmus, all das macht sie nur noch mächtiger. Iblin, die Monstrosität, erfreut sich an Gier und Völlerei. Estille, sowohl Mann als auch Frau und schöner als alle anderen, raubt uns die Kraft zu widerstehen. Nadir ist unvorhersehbar und verschlingt die geistige Gesundheit anderer. Bazlamit, ihre Zwillingsschwester, genießt Betrug und Täuschung. Samann ist der Jüngste und bezieht seine Kraft aus dem Neid. Und dann ist da natürlich noch ihr Meister Azael, der Fürst der Angst, der mächtiger ist als alle anderen zusammen. Sie kommen, um zu zerstören und zu verschlingen. Ihre Auferstehung hat begonnen, und schon bald werden sie ebenfalls auf der Sphaera wandeln.«

Astrid stand wie angewurzelt da. Die Hexe fasste in Worte, was der Vampir instinktiv wusste. *Es gibt Dämonen, die selbst Dämonen Angst einjagen.*

»Aber was sollen wir denn tun?«, rief jemand aus der Menge.

»Seht euch um«, antwortete die Hexe. »Um euch herum gibt es überall Beweise für die Existenz der Dämonen. Einige von uns wurden nach Cantas Vorbild geschaffen. Wir sind kräftig, groß und von reiner Gestalt. Die Menschen.«

Oh nein.

»Andere stammen von Dämonen ab. Und wenn wir den Kampf gegen die Neun Dämonen wahrlich in Angriff nehmen wollen, dann müssen wir zuerst ihre Kinder vernichten.«

Unter den Zuhörern erhob sich Gemurmel. Einige

Menschen wirkten wütend, andere ängstlich. Astrid hörte, wie ein Wort geflüstert wurde.

Tiellaner.

»Verdammt«, sagte Astrid – nicht so leise, dass die Umstehenden sie nicht gehört hätten. Manch einer warf ihr einen seltsamen Blick zu. Kleine Mädchen sollten schließlich nicht fluchen.

Sie wandte sich ab und ging schnellen Schrittes zurück zum Haus. Noth, Cinzia und Jane mussten hiervon sofort erfahren.

KAPITEL 12

Noth zog an dem Seil und straffte die Zeltplane, so fest es ging. Cavil, der Tiellaner, den er zuvor kennengelernt hatte, zerrte am anderen Ende, sodass das Zelt nicht wieder umfallen würde.

»Gut«, meinte Noth. »So muss es sein. Dann regnet es nicht mehr so schnell hinein.«

»Danke für Eure Hilfe«, sagte Cavil ernst. Sein hellblondes Haar quoll an mehreren Stellen unter seinem Araif hervor.

»Das war doch keine große Sache«, murmelte Noth und band das Seil um einen Baumstamm. Als er vorbeigekommen war, um nach Cavil und Ocrestia zu sehen – Ocrestia war nach Tinska gegangen, um einzukaufen –, hatte er bemerkt, unter welchen Bedingungen sie lebten. Keiner der Tiellaner war angemessen vor dem ständigen Regen geschützt. Ihre primitiven Zelte waren im Grunde genommen nichts weiter als zwischen die Bäume gespannte Laken. Die Tiellaner verlegten ohnehin gerade ihren Lagerplatz von einer Stelle in der Nähe von Dannels Gruppe und dem Teich zu einem neuen Platz unter einer großen Esche in einiger Entfernung.

Also hatte Noth Cavil und einigen anderen gezeigt, wie man ein Zelt so errichtete, dass es mehr Schutz bot, und welchen Vorteil es hatte, eine zweite Schicht direkt darüber anzubringen. Ader, Cinzias jüngster Bruder, hatte ihnen dabei geholfen, und Noth war sehr zufrieden mit dem Jungen. Ader schien von Noth fasziniert zu sein, allerdings vermutete er, dass es eher mit dem Schwert zusammenhing, das Ader in Noths Gepäck gesehen haben musste, als mit ihm selbst. Er hatte dem Jungen beigebracht, wie man Orlog spielte, und er konnte nicht behaupten, seine Zeit vergeudet zu haben. Aber es tat auch gut, wieder im Freien zu sein und seinen Körper zu beanspruchen. Noths Muskeln schienen sich nach Betätigung zu sehnen.

»Wo habt Ihr so viel über Zelte gelernt?«, erkundigte sich Cavil.

Das Wissen darüber, wie man in der Wildnis überlebte und auch unter rauen Bedingungen ein trockenes, warmes Lager aufschlagen konnte, war einfach so in seinem Kopf, ebenso wie viele andere Dinge. Noth vermutete, dass er dies einer der Sifts – einer der Seelen – in ihm zu verdanken hatte, doch das konnte er Cavil unmöglich so erklären.

»Mein Vater hat mir das beigebracht. Er sagte immer, ein Mann müsse wissen, wie er allein über die Runden kommen kann. Aber warum verlegt Ihr Euren Lagerplatz überhaupt, wenn Ihr mir die Frage erlaubt?« Hatte es mit diesem Idioten Dannel zu tun, würde Noth den Mann zur Vernunft bringen.

»Eine verrückte alte Frau hat am Teich gepredigt«, berichtete Cavil kopfschüttelnd. »Sie behauptet, die Tiellaner würden von den Neun Dämonen abstammen.«

Noth schnaubte. »Das ist doch lächerlich.«

»Dann erzählt das mal den anderen Menschen. Sie wollen uns nicht mehr in ihrer Nähe haben. Das Lager soll abgegrenzt werden.«

Noth wollte seinen Ohren nicht trauen. »Ich werde das mal zur Sprache bringen«, sagte er nach einem Augenblick. »So sollte das Leben hier eigentlich nicht sein.«

Cavil zuckte mit den Schultern. »Jetzt ist es auch nicht mehr wichtig. Außerdem scheinen nicht alle Menschen den Worten der Frau Glauben zu schenken. Einige sind freundlich zu uns, und dem Großteil sind wir einfach egal, schätze ich. Aber die, die gegen uns sind, schreien einfach am lautesten.«

»Das ist nicht richtig«, beharrte Noth und nahm sich vor, mit Jane und Cinzia über die alte Frau zu reden, wer immer sie auch sein mochte.

Ein Aufruhr auf der Straße in der Nähe erregte Noths Aufmerksamkeit. Ocrestia ritt gerade den Hügel hinunter. Die Tiellaner hatten gemeinsam ein Pferd kaufen können, und Ocrestia hatte es auf sich genommen, in die Stadt zu reiten und Lebensmittel zu besorgen.

Aber sie war nicht allein. Eine Gruppe von fünf Männern begleitete sie.

»Was hat das zu bedeuten?«, fragte Ader.

Cavil fluchte und rannte auf Ocrestia zu.

»Wartet, Cavil!«, rief Noth, doch der Mann drehte sich nicht einmal um. Noth wandte sich stirnrunzelnd an Ader. »Geh Hilfe holen, Junge. Diese Männer sind möglicherweise nicht freundlich gesonnen. Lauf.« Es war besser, dem Jungen eine Aufgabe zu geben, als ihn einfach wegzuschicken. Noth nahm seinen Stab und folgte Cavil.

Zwei Männer ritten rechts und links neben Ocrestia, die anderen drei folgten ihnen. Es sah beinahe so aus, als würden sie Ocrestia zurück ins Lager eskortieren, aber Noth erkannte auf den ersten Blick, dass dem nicht so war. Sie machte sich im Sattel ganz klein und schien vor den Männern zurückzuweichen, die sie offenbar belästigten.

Cavil hatte Ocrestia schon fast erreicht, aber Noth näherte sich der Gruppe vorsichtiger. Er hörte, dass Cavil etwas schrie, und die Menschen bei Ocrestia deuteten lachend auf den Tiellaner. Noth hielt seinen Stab locker in der Hand und war sich dieser Waffe und des Dolchs an seiner Seite deutlich bewusst. Sobald er in Hörweite war, blieb er mitten auf der Straße stehen und beobachtete das Geschehen.

»Dann ist das also dein Mann?« Einer der Männer, die Ocrestia begleiteten, deutete mit der Axt auf Cavil.

»Er sieht eher aus wie ihr Vater«, meinte ein anderer und schnaubte. »Verbring die Nacht mit mir, dann weißt du, wie es mit einem richtigen Mann ist.« Die Männer grölten.

»Geht es dir gut?«, fragte Cavil seine Frau, ignorierte die Männer und nahm die Zügel ihres Pferds.

Ocrestia war den Tränen nahe, gab sich jedoch die größte Mühe, sich das nicht anmerken zu lassen, und nickte. »Ja«, antwortete sie. »Ich möchte nur noch nach Hause.«

»Und wo genau soll das sein?«, wollte einer der anderen Männer wissen.

»Hier ganz bestimmt nicht«, warf der nächste ein. »Tiellaner leben nicht in so feinen Häusern. Es sei denn, sie arbeiten dort als Dienstboten.«

»Dann sind sie Ausreißer und fliehen vor dem einzigen Leben, das sie verdienen.«

Noth machte eine Kopfbewegung in Richtung Lager, als Ocrestia und Cavil ihn erreichten. »Geht nur. Ich komme gleich nach.« Sie setzten ihren Weg schweigend fort.

Die fünf Männer wurden langsamer. »Und wer ist das hier?«, wollte einer von ihnen – der mit der Axt – wissen. Er war groß, größer als Noth, und hatte helles Haar und sehr blasse Haut.

Die anderen Männer umringten Noth mit ihren Pferden.

»Ein Mensch«, stellte einer fest, der sich nun hinter Noth befand.

»Was gebt Ihr Euch mit einem Haufen Elfen ab?«, fragte der Blasse und beäugte Noth. Er hielt die Axt locker in der Hand. Es war eine Holzaxt, nicht für den Kampf geschaffen, aber man konnte mit ihr dennoch einigen Schaden anrichten.

»Das geht Euch nichts an«, entgegnete Noth und sah dem Mann in die Augen.

Der blasse Mann lachte. »Das kann schon sein«, gab er zu, »aber es interessiert mich trotzdem. Erzählt uns, was Ihr hier treibt. Was soll diese ganze Unruhe auf dem Harmoth-Anwesen?«

Noth hielt nur seinen Stab fest und sagte nichts.

Der blasse Mann runzelte die Stirn. »Wie heißt Ihr, Freund? Es gibt keinen Grund für Feindseligkeiten zwischen uns. Zweifellos sind wir einander sehr ähnlich.«

»Mein Name ist Noth, und ich bezweifle, dass wir uns auch nur ansatzweise ähnlich sind.«

»Was hat er gesagt, wie er heißt? Not?« Der blasse Mann sah verwirrt aus.

»Er sagte, er heißt Noth, Mik«, erklärte einer der anderen.

Mik schnaubte und blickte auf Noth herab. »Ihr heißt Noth?«

Noth lachte.

»Was gibt es da zu lachen?«, wollte Mik mit finsterer Miene wissen. Er hielt seine Axt jetzt vor sich.

Noth spannte die Muskeln an und lockerte sie wieder. Das hier war es, worauf sein Körper gewartet hatte. Die anderen Männer waren bewaffnet, aber mit Dingen, die gerade greifbar gewesen waren: Knüppel, Holzäxte, ein oder zwei Langdolche und ein Stab.

»Ich lache über Euch«, gab Noth zu. »Die Sphaera ist wahrlich voller Dummköpfe.«

Bei diesen Worten lief der blasse Mann rot an und schwang grunzend seine Axt gegen Noth.

Doch Noth neigte sich leicht zur Seite und wich so dem Schlag aus. Im nächsten Augenblick hatte er Mik auch schon seinen Stab ins Gesicht gestoßen. Die vertraute Ruhe während eines Kampfes machte sich in ihm breit.

Noths Hieb warf Mik aus dem Sattel. Er landete in einer Staubwolke auf dem Boden, und einen Moment lang sahen die anderen nur schweigend zu. Noth spürte und sah, dass sie überrascht waren. Sie hatten nicht damit gerechnet, dass ihr vermeintlicher Anführer heute auf der Straße landen würde.

Langsam trat Noth vor Mik, beugte sich vor und zog dessen rechten Ärmel hoch. Wie er vermutet hatte, waren auf der Unterseite von Miks Handgelenk ein Kreuz und ein Halbmond eintätowiert.

Das Zeichen der Kamiten – der Menschen, die die tiellanische Sklaverei wieder einführen wollten.

Noth fluchte leise. Die anderen Männer sahen immer noch dumm drein. Er packte den Stab ein wenig anders und schwang ihn dann mit voller Kraft herum. Die Waffe prallte lautstark gegen den Schädel des nächsten Mannes, der vom Pferd stürzte. Noth spürte einen Anflug von

Reue. Er glaubte zwar nicht, dass er den Mann getötet hatte, aber der Schlag und der Sturz würden ihn für einige Zeit ausschalten.

Die Reue verschwand so schnell, wie sie gekommen war. Das, was diese Männer mit Ocrestia getan hatten, war nicht richtig. Wie viele Menschen hatten Winter so behandelt? Die Tätowierung auf Miks Handgelenk war alles, was Noth wissen musste.

Nun setzten sich die anderen drei endlich in Bewegung. Noth warf sich zur Seite, um einem heranstürmenden Pferd auszuweichen. Der Reiter steuerte das Ross nur mit den Beinen und hielt eine lange Heugabel in den Händen. Einer der anderen Männer war abgestiegen und wollte dem Anführer zu Hilfe eilen. Anstatt den Reiter mit seiner Mistgabel anzugreifen, stürzte sich Noth auf Mik und den anderen Mann.

Dabei sah er vor seinem inneren Auge nur Winter und das, was diese Männer ihr antun oder zu ihr sagen würden. Dieser Gedanke bewirkte, dass er immer mehr die Kontrolle verlor. Er würde diese Kerle nicht schonen, und er ließ ihnen auch keine Zeit, sich auf den Kampf vorzubereiten. Sie waren Händler, einer möglicherweise Farmer, und keine Soldaten, aber das war Noth egal.

Er rammte dem stehenden Mann ein Knie in den Bauch, und als der sich krümmte, stieß er ihn heftig in den Staub. Danach trat Noth ihm mehrmals heftig ins Gesicht, bis er sich nicht mehr rührte. Mik kam mühsam auf die Beine, machte die Bekanntschaft mit Noths Stiefel und brach erneut auf der Straße zusammen.

Hinter Noth waren Hufschläge zu hören. Noth rollte sich zur Seite, als der Mann mit der Heugabel vorbeiritt. Der andere Mann, der noch im Sattel saß, rührte sich nicht; er hockte einfach nur da und starrte Noth und seine drei Gefährten an, die blutend auf dem Boden lagen.

Der Mann mit der Mistgabel wendete sein Pferd ein weiteres Mal, zögerte dann jedoch.

»Lass uns verschwinden«, sagte der andere und ritt langsam auf seinen Begleiter zu. »Das ist die Sache nicht wert.«

Noth wischte sich über die Augen, stellte dann jedoch fest, dass der rote Schleier kein Blut war. »Geht«, knurrte er. Wenn sie nicht sofort verschwanden, konnte er für nichts garantieren. Zwar wollte er die Tiellaner verteidigen, aber wenn er einen dieser Männer tötete, ein anderer jedoch überlebte und es weitererzählte, dann konnte die ganze Sache noch viel schlimmer werden.

Der Mann mit der Heugabel sah Noth kurz in die Augen, dann nickte er langsam. Beide beugten sich auf ihren Pferden vor, um den anderen aufzuhelfen. Noth sah zu, wie alle aufstiegen und zurück gen Tinska ritten.

Als Noth eine Hand auf der Schulter spürte, wirbelte er herum, packte ein Handgelenk und verdrehte der Person den Arm.

Erst Ocrestias Schrei holte ihn in die Wirklichkeit zurück.

Er ließ sie sofort los und starrte die Tiellanerin an, die sich vor Schmerzen krümmte. Cavil kam angelaufen und starrte Noth wütend an. Genau diesen Zorn hatte er vor wenigen Augenblicken noch selbst gespürt.

»Was in Cantas Namen stimmt nicht mit Euch?«, fragte Cavil und drückte Ocrestia an sich, wobei er Noth förmlich mit Blicken durchbohrte. »Sie wollte Euch doch nur danken.«

Ocrestia sah ihn nicht an und vergrub das Gesicht an Cavils Schulter. Noth wusste nicht, was er sagen sollte.

»Ihr hättet ihr den Arm brechen können«, schimpfte Cavil. »Und das nach allem, was die Männer ihr angetan haben!«

Nun blickte Ocrestia doch zu Noth auf. »Schon gut, Cavil«, beschwichtigte sie ihren Mann. »Er hat mich gerettet.« Aber sie löste sich nicht aus Cavils Armen.

KAPITEL 13

Cinzia saß in einem der großen Ohrensessel, der am weitesten von der Tür der L-förmigen Bibliothek entfernt stand, und hatte die Neun Schriften aufgeschlagen auf dem Schoß liegen. Falls jemand hereinkam, konnte sie den Kodex rasch verbergen. Jane hatte am Schreibtisch Platz genommen, auf dem ein Papierstapel lag, und hielt die Schreibfeder in der Hand.

Jane mochte zwar ihre Visionen haben, aber Cinzia hatte das hier: die Neun Schriften vor sich. Sie sprach kein Alt-Khalisch, und sie vermutete, dass es auch niemanden mehr gab, der das tat, aber sie konnte die Worte in den Neun Schriften trotzdem lesen. Jane hatte sie als Seherin bezeichnet. Wenn sie die Worte, die in die Metallplatten eingraviert waren, sachlich und mit einem zugekniffenen Auge ansah, dann glichen sie wirren Schriftzeichen, lehnte sie sich jedoch zurück und nahm die Seite als Ganzes wahr, konnte sie lesen, was darauf geschrieben stand. Die Worte verschwammen gelegentlich auf der Seite oder zumindest vor ihren Augen, und sie wechselten hin und wieder zwischen dem ursprünglichen Alt-Khalisch und der Sprache, in der Cinzia sie vorlas, nämlich Rodenesisch. Aber dann musste sie nur kurz die Augen schließen, tief Luft holen und sie wieder öffnen, und schon war die Schrift erneut leserlich.

Es gab einige Kuriositäten, seltsame Symbole auf den

Buchseiten, die Cinzia trotz allem nicht entziffern konnte. Den beiden Schwestern war es bisher nicht gelungen, herauszufinden, worum es sich dabei handelte. Und so übersetzten sie einfach weiter und hofften darauf, dass sich die Erkenntnis irgendwann einstellen würde.

Die Seiten der Neun Schriften waren ein ebenso großes Wunder. Wie war es möglich, dass sie aus einem derart dünn geprägten Metall bestanden und dennoch so beständig waren? Das war Cinzia ein Rätsel. Das dunkle Metall schimmerte außerdem manchmal leicht rötlich und fing das Licht auf seltsame Weise ein.

»Sollen wir weitermachen?«, fragte Jane und rieb sich die Hände.

»Ja, gern.«

Das Buch Cinzia begann mit einer kurzen Liturgie über Cantas Göttlichkeit, widmete sich dann jedoch direkt dem Thema, über das Cinzia und Jane noch am Vorabend gesprochen hatten: die Organisation von Cantas Religion. War es Zufall, dass dieser Abschnitt ausgerechnet jetzt kam? Dass sie, sobald sie beschlossen hatten, ihre selbst auferlegte Pflicht zu erfüllen und Cantas Religion zu reformieren, zu einem Buch geführt wurden, in dem es genau um dieses Thema ging?

Im ersten Teil des Buches wurde die Struktur der Religion skizziert. Canta stand natürlich an der Spitze und sprach direkt zu ihrer auserwählten Dienerin auf Erden, die als die Prophetin bezeichnet wurde. Unter dieser wurden neun Elevinnen eingesetzt, weil es einst die Neun Elevinnen gewesen waren, die mit Canta auf der Sphaera wandelten und die die Neun Schriften geschrieben hatten.

Das war jedenfalls weitaus einfacher als die Struktur der Denomination. Die Essera war die höchstrangige

Person, der eine Dreiergruppe unterstellt war – die Dreieinigkeit, das höchste Konzil der Denomination –, einander in Macht und Autorität gleichgestellt: das Orakel, die Heilige Prüferin und die Oberste Priesterin. Zwar überwachte die Essera jedes einzelne Mitglied der Dreieinigkeit, das als Gesamtes jedoch mit der Essera gleichgestellt war. Die drei Mitglieder der Dreieinigkeit waren wiederum für die drei Zweige der Denomination verantwortlich: den Geist der Offenbarung, den Arm der Inquisition und die Priestersekte. Darunter wurde es nicht minder kompliziert. Der Dreieinigkeit unterstand die Hohe Kamarilla, das zweithöchste leitende Gremium der Denomination, das aus drei Wahrsagerinnen, drei Hexenjägerinnen und drei Hohepriesterinnen bestand, die jede einen Teil der Denomination repräsentierten. Die Hohe Kamarilla besaß zusammengenommen genauso viel Macht und Autorität wie die Dreieinigkeit.

Weiter unten gab es in jedem Zweig unterschiedliche Verantwortungsbereiche. Die Priestersekte war der größte der drei Abschnitte und für die Logistik der Denomination verantwortlich: Sie erließen Verfügungen für die Mitglieder, kümmerten sich um die Kapellen, Kathedralen und Cantas Tempel und dienten den verschiedenen Kongregationen. Der Priestersekte standen neun Hohepriesterinnen vor – es war inzwischen offensichtlich, dass die Zahl Neun in der cantischen Denomination eine große Bedeutung hatte –, darunter die Oberste Priesterin und die drei Hohepriesterinnen der Hohen Kamarilla, denen wiederum je bis zu neun Matronen unterstanden. Jede Matrone hatte die Aufsicht über neun Priesterinnen – diesen Rang hatte auch Cinzia innerhalb der Denomination innegehabt –, und jeder Priesterin unterstanden bis zu neun Elevinnen.

Es war schon seltsam, dass die Elevinnen heute den niedrigsten Rang innerhalb der cantischen Denomination innehatten, wo sie doch einst nur Canta unterstanden hatten.

Der Geist der Offenbarung bestand aus achtzehn Prüferinnen, zu denen auch das Orakel und die drei Prüferinnen der Hohen Kamarilla gehörten. Abgesehen von zahllosen Elevinnen, die den Prüferinnen zur Hand gingen, gab es in diesem Zweig keine weiteren Diener. Ihre Aufgabe bestand darin, die Aufzeichnungen der Denomination zu pflegen und für die Zukunft zu bewahren.

Im Arm der Inquisition gab es siebenundzwanzig Hexenjägerinnen und, wie im Geist der Aufklärung, abgesehen von einigen Elevinnen, die die einfachen Arbeiten erledigten, keine weiteren Dienerinnen. Es war die Aufgabe des Arms der Inquisition, die cantische Doktrin rein zu halten, indem sie die korrekten Lehren innerhalb der Denomination erzwang und die inkorrekten eliminierte. Nayome, die Hexenjägerin, die nach Navone gekommen war, um Jane und den Rest von Cinzias Familie der Ketzerei zu bezichtigen, hatte ihre Pflicht als Teil des Arms der Inquisition erfüllt, dessen Siegel, die weiße Flamme hinter der Trinacrya, weit und breit gefürchtet war, und das aus gutem Grund.

Die Bürokratie der Denomination hörte dort noch lange nicht auf, denn es gab auch noch die Göttinnenwachen und die Söhne von Canta, die Posten im kleinen Rat im Parlament und vieles mehr.

Im Gegensatz dazu war die Organisation von Cantas Religion weitaus weniger kompliziert.

»›Elevinnen in Cantas Priesterorden‹«, diktierte Cinzia, vor deren Augen die seltsamen Symbole Worte formten, »›haben das Recht, in eigenem Format unter der

Anweisung der Prophetin Gottesdienste für Cantas Anhänger abzuhalten. Die Neun Elevinnen verkörpern die Grundlagen von Cantas Lehren und Doktrin; sie halten die Doktrin rein und bewahren dadurch die Reinheit aller Anhänger Cantas. Dies ist ihre Verantwortung, die kein König oder Herrscher je haben oder verlangen kann, da sie alles für die, denen sie dienen, und die Göttin, die sie repräsentieren, opfern. Diese Neun Elevinnen sind angewiesen, Cantas Anhänger zu erleuchten und als Dienerinnen der Prophetin und somit Canta selbst zu dienen, indem sie dem Volke helfen, beistehen, es lehren, heilen und verteidigen. Aber Achtung, denn Cantas Schar wird wachsen, sogar so stark, dass die Neun Elevinnen nicht mehr in der Lage sein werden, sie zu betreuen. Dann müssen andere hinzukommen: Priesterinnen, Prälatinnen, Seherinnen und Weissagerinnen. Sie sind angehalten, den Neun Elevinnen bei ihrer Arbeit zu helfen und somit ebenso Cantas Anhängern zu dienen.‹«

»Cinzia? Ist alles in Ordnung?«

Cinzia sah Jane in die Augen. »Es ist alles so anders«, flüsterte sie.

»Anders als bei der Denomination? Ja, das ist es, nicht wahr?« Jane stand auf und kam zu Cinzia hinüber. »Vielleicht sollten wir eine Pause machen. Wir übersetzen jetzt schon den ganzen Tag. Es ist fast Zeit fürs Abendessen.«

»Ja, das würde uns bestimmt guttun.«

»Dann komm. Sehen wir nach, was die anderen so treiben.«

Cinzia ließ zu, dass Jane ihre Hand nahm und sie auf die Beine zog. Dabei rutschte der Kodex von ihrem Schoß in den Sessel.

»Ist dir bewusst, was das bedeutet?«, fragte Cinzia. »Priesterinnen, Prälatinnen, Seherinnen, Weissagerinnen. Uns erwartet eine ganze Menge Arbeit, Jane.«

Jane lächelte sie an. »Ja, nicht wahr?«

»Es schmeckt so lecker«, sagte Cinzia und nahm sich noch eins der klebrigen Röllchen aus der Form. Sie waren perfekt gebacken, locker und golden und mit einem süßen Überzug versehen, der an Cinzias Fingern klebte.

Gorman räusperte sich. Er war offensichtlich nicht einverstanden damit, wie das Essen serviert worden war. Die beiden Formen standen einfach schmucklos auf dem Tisch. Nirgendwo waren Teller oder Besteck zu sehen. Gorman und einige andere Diener standen in der Nähe. Cinzia hatte ihnen mitgeteilt, dass sie gehen und sich um andere Dinge kümmern konnten, aber Gorman hatte darauf beharrt, dass sie blieben, falls sie doch noch gebraucht wurden.

»Jetzt beruhige dich wieder, Gorman«, sagte Cinzia. »Nur weil wir uns nicht die Mühe mit all dem Glanz und Gloria eines formellen Essens machen wollen, musst du noch lange nicht hinter mir stehen und dich ständig räuspern.«

»Natürlich, Herrin Cinzia«, erwiderte Gorman steif.

Cinzia verdrehte die Augen. Irgendwann musste dieser Mann doch auch mal lächeln. Was war das denn für ein Leben, wenn man ständig so ernst war?

Der Rest ihrer Familie hatte das begriffen. Ihre Eltern steckten lachend die Köpfe zusammen. Sogar Eward, der in Navone viel zu ernst gewesen war, hatte ein Lächeln auf den Lippen, das immer breiter wurde, je mehr Witze Soffrena, Lana und Wina erzählten.

Abgesehen von Gorman – dessen ernste Miene Cinzia schon immer für reine Fassade gehalten hatte – war ihr Onkel Ronn der Einzige im Raum, der keine gute Laune versprühte, aber selbst er konnte nicht widerstehen und leckte sich den Guss von den Fingern.

»Können wir ein bisschen was davon den Leuten draußen bringen?«, fragte Ader.

Er hatte die Frage zwar an Pascia gerichtet, aber sie hatten sie alle gehört. Betretenes Schweigen breitete sich am Esstisch aus.

Pascia lächelte ihren Sohn an. »Wir haben leider nicht genug für alle. Es wäre nicht recht, wenn wir nur einigen etwas geben und andere leer ausgehen müssen.«

»Können wir nicht einfach noch mehr machen?«, wollte Ader wissen.

Pascia warf Gorman einen Blick zu. »Nun … Ich weiß nicht, ob wir dafür genug Zutaten haben, Schatz.«

Gorman schniefte, sagte jedoch nichts. Cinzia wusste nicht, ob das bedeutete, dass ihre Vorräte dafür nicht ausreichten, oder ob Gorman schlichtweg nicht näher darauf eingehen wollte.

Jane stand auf und zerzauste Aders Haare. »Mutter hat recht. Es wäre sehr schwer, diese Röllchen für so viele Leute herzustellen.« Dann sah sie ihre Eltern an. »Aber das ist ein Thema, über das wir ohnehin reden sollten. Können wir ihnen denn gar nichts geben?«

Ehram und Pascia sahen sich an, dann ergriff Pascia das Wort: »Eward und ich waren mehrmals draußen und haben uns vergewissert, dass keiner von ihnen Hunger leiden muss. Einige haben uns um Vorräte gebeten, doch das war auch schon alles.«

Onkel Ronn räusperte sich. »Wir dürfen nicht vergessen, dass unsere Vorräte auch begrenzt sind. Schon jetzt gestatten wir ihnen den Zugang zum Teich und das Fischen im Meer. Ich wüsste nicht, was wir sonst noch für sie tun können.«

Cinzia nickte. Die Stimme ihres Onkels klang zwar gelassen, doch sie wusste, dass ihm die Vorstellung nicht behagte, seinen Reichtum mit den Pilgern vor der Tür teilen zu müssen. Sie konnte es ihm nicht verdenken, schließlich wussten sie überhaupt nichts über diese Leute.

»Du hast natürlich recht, Onkel«, erwiderte Jane. »Aber ich halte es für eine gute Idee, eine Art Volkszählung unter diesen Leuten abzuhalten, damit wir herausfinden können, welche Bedürfnisse sie wirklich haben.« Sie warf Cinzia einen Blick zu. »Ein weiterer Grund, aus dem wir uns so schnell wie möglich organisieren müssen.«

Cinzia lief es kalt den Rücken herunter. Sie hatten mit ihrer Familie noch nicht über ihre Pläne bezüglich der Reformation von Cantas Religion gesprochen. Aber vielleicht war dies ein ebenso guter Augenblick dafür wie jeder andere.

»Wofür sollten wir uns organisieren, Jane?«, fragte Ehram nach.

Bevor Jane antworten konnte, flog die Tür des Speisesaals auf und Noth stürmte schwer atmend herein. Er blieb abrupt stehen und stammelte: »Äh, Entschuldigung. Ich wusste nicht …«

»Schon gut, Noth«, sagte Jane lächelnd. »Setz dich und iss mit uns.«

Noth schüttelte den Kopf. »Ich muss mit euch beiden reden«, sagte er und sah erst Cinzia und dann Jane an. »Es ist etwas passiert, von dem ihr erfahren müsst.«

Bei der Göttin, was ist denn jetzt schon wieder los? Zuerst Noths Anfall und dann der Streit zwischen dem tiellanischen Paar und dem Menschen wegen des verschwundenen Pferds. Erst an diesem Morgen hatte Astrid ihnen berichtet, wie eine Frau – wie nannte sie sich doch gleich? Die Hexe? – gepredigt hatte, dass die Menschen den Tiellanern überlegen wären. Das war schon schlimm genug. Was konnte denn nun schon wieder sein?

»Aber natürlich«, erwiderte Jane und sah sich am Tisch um. »Bitte entschuldigt uns.«

»Aber nun sind alle in Sicherheit?«, fragte Jane.

Cinzia ging in dem Flur auf und ab, während Noth und Jane einander gegenüberstanden. »Ja, wir sind in Sicherheit«, bestätigte er. »Den Männern, die uns angegriffen haben, ist es allerdings nicht so gut ergangen.«

»Oh Göttin«, flüsterte Cinzia und ging noch schneller.

»Heißt das, du hast sie verletzt?«, wollte Jane wissen. »Oder … hast du einen von ihnen getötet, Noth?«

Noth räusperte sich. »Nein, aber … ich habe mehrere verwundet. So schwer, dass sie es so schnell nicht vergessen werden.«

»Bei Cantas verdammten Knochen«, murmelte Cinzia und rieb sich die Schläfen. Die Dinge gerieten immer schneller außer Kontrolle. Sie spürte, dass Jane sie anstarrte, ignorierte es jedoch.

»Einer von ihnen war ein Kamite«, merkte Noth an.

Cinzia hob ruckartig den Kopf. »Einer von ihnen … Woher weißt du das?«

»Er hatte eine Tätowierung am Arm. Die anderen vermutlich auch, aber das konnte ich nicht sehen.«

Cinzia und Jane sahen sich besorgt an. »Was könnte der Orden der Kamiten denn von uns wollen?«, fragte Jane.

»Ihr nehmt Tiellaner in euer … was immer das ist, was hier vor sich geht … auf«, gab Noth zu bedenken. »Das reicht schon aus, um ihre Aufmerksamkeit zu erregen.«

Jane holte tief Luft. »Ich hätte nicht gedacht, dass sich die Dinge so rasch entwickeln würden.«

»Dann sollten wir sie verlangsamen«, erklärte Cinzia. »Wir können die Anhänger auffordern, nach Hause zu gehen. Uns erst einmal sammeln und herausfinden, was Canta eigentlich von uns will.«

»Sie sind hier, weil es Cantas Wille ist. Daher müssen wir für sie tun, was wir können.«

»Wir setzen zu viel aufs Spiel, Jane. Unsere Familie kann sich diese Probleme nicht leisten. Die Menschen und die Tiellaner kommen nicht miteinander aus. Und diese verrückte Hexe macht alles nur noch schlimmer. Wer weiß, was für Zwietracht sie sät. Und sie erzählt allen von den Neun Dämonen …«

»Augenblick mal«, unterbrach da Noth. »Was für eine Hexe?«

»… und jetzt«, fuhr Cinzia einfach fort, »auch noch der Orden der Kamiten? Sei doch vernünftig, Jane. Diese Leute bringen uns nichts als Ärger. Wir können ihnen nicht helfen.«

»Da hast du recht, Schwester.«

Cinzia atmete erleichtert auf. *Danke.*

»Aber Canta kann es«, fuhr Jane fort. »Wir müssen tun, was sie von uns verlangt. Wir müssen ihre Religion reformieren. Canta wird sich um alles kümmern.«

Cinzia fühlte sich, als würden ihr gleich die Augen aus dem Kopf fallen. Aber dann nahm Jane Cinzias Hand, und mit einem Mal wurde sie ganz ruhig.

»Es wird alles gut, Cinzi«, sagte Jane. »So war es in Navone, als ich mich der Hexenjägerin ausgeliefert habe, und so wird es auch hier geschehen.«

In Izet war aber nicht alles gut, hätte Cinzia beinahe gesagt. *Es war überhaupt nichts gut, als Kovac gestorben ist. Als ich ihn töten musste.*

Aber Cinzia wusste auch, dass das etwas anderes war. Sie waren nur nach Roden gegangen, weil Cinzia darauf bestanden hatte – aufgrund einer »Vision«, die, wie sich letzten Endes herausstellte, überhaupt nicht von Canta war. Man hatte sie getäuscht.

So ungern Cinzia es auch zugab, so war der Weg ihrer Schwester womöglich der beste. Immerhin hatte Jane einige beachtliche Erfolge vorzuweisen und hatte bisher niemanden getötet. Wenn Cinzia schon anfangen wollte, anderen zu vertrauen, dann konnte sie doch auch gleich jetzt damit beginnen, oder nicht?

»Ich verstehe ja, dass du besorgt bist«, sagte Jane. »Aber meiner Ansicht nach ist es das Beste, wenn wir nach vorn blicken.«

Cinzia warf die Hände in die Luft. »Mach doch, was du willst«, stieß sie hervor und kam sich entsetzlich hilflos vor. Anscheinend blieb ihr keine andere Wahl, als zu tun, was Jane vorschlug.

Jane schwieg einen Augenblick und starrte ins Leere. »Ich muss darüber meditieren«, sagte sie dann und stieg die Wendeltreppe hinauf.

»Wie hat sie das gemeint?«, fragte Noth.

Cinzia blinzelte, noch immer verblüfft über Janes plötzlichen Abgang. »Was denn?«

»Dass sie Cantas Religion reformieren will. Was hat sie vor?«

Cinzia ließ sich auf eine Holzbank sinken und stützte

den Kopf in die Hände. »Sie denkt, es wäre die Lösung all unserer Probleme, Cantas Religion zu reformieren, die die Göttin erschaffen hat, als sie auf der Sphaera wandelte.«

»Aber es gibt doch die Denomination«, merkte Noth an. »Wurde das nicht längst getan?«

»Das ist etwas anderes«, erwiderte Cinzia kopfschüttelnd. »Jane denkt, dass die Denomination den falschen Weg eingeschlagen hat. Sie ist der Ansicht, die Religion hätte sich seit Cantas Zeit zu sehr verändert. Und sie sagt, Canta hätte ihr aufgetragen, sie zu ihrer ursprünglichen Form zurückzuführen.«

»Was hältst du davon?«

»Diese Idee ist lächerlich«, antwortete Cinzia und lachte auf. Aber die Frage gab ihr zu denken, und sie hob den Kopf und sah Noth an. »Ich behaupte ja nicht, dass sie in Bezug auf die Denomination falschliegt. Ob sie nun in die Irre geleitet wurde, weiß ich nicht, aber … aber sie scheint Cantas Doktrin nicht länger zu vertreten. Jedenfalls nicht so, wie ich früher dachte, dass sie es tun würde. Und ich finde es falsch, wie die Tiellaner behandelt werden. Diese Trennung sollte es nicht geben. Aber es gibt bei der Denomination auch gute Menschen. Doch nach allem, was ich als Priesterin gelernt habe, bin ich mir in Bezug auf die Institution an sich immer unsicherer. Wenn man den Gerüchten Glauben schenken kann – und nach allem, was ich im letzten Jahr gesehen habe, besteht Grund zu der Annahme –, dann gibt es auch einige nicht so gute Menschen bei der Denomination.« Cinzia lachte auf. »Du willst bestimmt keine Schimpftirade hören. Bitte entschuldige.«

»Das klingt beinahe so, als würdest du deiner Schwester zustimmen.«

»Aber die Anhänger …«

»Nicht in Bezug auf sie, sondern auf die Religion.«

Da könnte Noth sogar recht haben. »Ja, möglicherweise sind wir in Bezug auf die Religion einer Meinung, jedenfalls was die Tatsache betrifft, dass sie reformiert werden müsste. Ich weiß nur nicht, ob wir uns auch auf das Wie einigen können.«

»Warum wollt ihr noch warten?«, fragte Noth. »Eure Gemeinde ist bereits hier. Ihr müsst sie nicht erst herholen.«

»Hältst du das für eine gute Idee?«, fragte Cinzia. »Wäre es nicht besser, die Leute wieder wegzuschicken?«

Noth zuckte mit den Schultern. »Ich bezweifle, dass sie gehen würden, selbst wenn ihr sie dazu auffordert.«

Manchmal erinnerst du mich an Kovac, schoss es Cinzia durch den Kopf, aber sie sprach diesen Gedanken lieber nicht aus.

»Wer ist die Hexe?«, fragte Noth.

»Hat Astrid es dir nicht erzählt? Sie hat sie heute Morgen gesehen. Eine alte Frau, die man die Hexe nennt, hat zu einer kleinen Gruppe gesprochen. Sie schien sehr viel über die Neun Dämonen zu wissen und …« Cinzia zögerte. Gerade Noth würde nicht gefallen, was die Hexe gesagt hatte. Aber sie wollte ihn auch nicht anlügen. »… Astrid sagte, sie hätte gepredigt, dass die Menschen den Tiellanern überlegen wären.«

»Bei der blutigen Unterwelt. Das muss Cavil gemeint haben.«

»Dann hast du schon von ihr gehört?«, fragte Cinzia verwirrt.

»Was immer ihre verdammten Predigten auch beinhalten, es scheint bereits bei einigen angekommen zu sein. Ich musste heute Morgen einigen Tiellanern helfen, ihre

Zelte woanders aufzuschlagen, weil ein paar Menschen nicht wollten, dass sie in der Nähe lagern.«

»Bei der aufsteigenden Canta«, murmelte Cinzia. »Wir müssen etwas wegen dieser Frau unternehmen. Ich werde selbst mit ihr reden. Sie darf auf keinen Fall einen Keil zwischen die Anhänger treiben.«

Pass auf, was du da versprichst, ermahnte sich Cinzia. Aber sie wollte Noth versichern, dass es nicht noch schlimmer werden würde.

Cinzia konnte es selbst kaum glauben, dass sie diesem Mann vor gar nicht allzu langer Zeit Misstrauen entgegengebracht hatte. Ihr wurde bewusst, dass sie ihm inzwischen mehr vertraute als den meisten anderen Menschen in ihrem Leben.

Sie holte tief Luft. »Diese Leute sind im Moment vor allem lästig, aber es ist vermutlich die beste Lösung, sie zu organisieren, da es ständig mehr werden.« Cinzia versuchte sich an einem Lächeln. »Wir haben die ganze Zeit nur über mich gesprochen«, stellte sie dann fest. »Hast du dich hier gut eingelebt?«

Noth runzelte die Stirn. »Ja, schon«, gab er zu. »Ich …« Er hielt kurz inne. »Nachdem ich in Roden herausgefunden hatte, wer ich bin, dachte ich, ich müsste mir keine Sorgen mehr machen, dass allen um mich herum etwas geschieht. Doch inzwischen hat schon zweimal jemand anderes meinen Körper übernommen.«

»Das war aber nicht so schlimm«, sagte Cinzia in dem Versuch, ihn zu trösten. »Wir konnten es beide Male schnell regeln.«

»Aber was ist, wenn Jane beim nächsten Mal nicht in der Nähe ist?«, gab Noth zu bedenken. »Oder wenn eine der weniger friedfertigen Sifts zum Vorschein kommt?«

»Ich weiß es nicht«, gab Cinzia zu. »Aber wir werden schon damit fertig. Und es tut mir leid. Ich kann mir nicht einmal ausmalen, was du durchmachen musst.«

Cinzia ließ den Kopf hängen, sodass ihr das Haar ins Gesicht fiel. Sie starrte die Risse im Mörtel an und lachte leise auf. »Wir sind schon eine wild zusammengewürfelte Gruppe, was?«

Als Noth nichts erwiderte, hob sie den Kopf und stellte fest, dass er nicht mehr da war.

»Bei der Göttin«, flüsterte sie. »Wie macht er das nur?«

KAPITEL 14

Schloss Mandiat, Izet

Der Erste, den Cova Amok beim Betreten des Vorraums vor dem Ballsaal von Schloss Mandiat erblickte, war ihr Vater. Das war nicht zu ändern, denn er sollte sie bei ihrem Verlobungsball auf die Tanzfläche führen, aber Cova zuckte unmerklich zusammen, als sie seine finstere Miene sah.

Sie war jedoch nur kurz sichtbar, und als er bei seiner Tochter ankam, wirkte sein Gesicht wieder ganz normal. In den letzten Wochen war ihr Vater immer besser darin geworden, sich seine Gefühle nicht anmerken zu lassen. Diese Veränderung war etwa zu derselben Zeit eingetreten wie all die anderen, die Cova noch nicht wirklich benennen konnte.

»Tochter«, begrüßte Daval sie und lächelte jetzt, wobei man ihm seinen Zorn nur noch ein wenig an den Augen ansah. »Willkommen auf dem Ball. Ich dachte, wir hätten uns darauf geeinigt, dass du dein himmelblaues Kleid trägst?«

»Das kann sein«, erwiderte Cova, »aber ich habe meine Meinung geändert. Dieses Kleid schien mir passender, wenn man bedenkt, wen ich heute Abend kennenlernen werde.« Ihr himmelblaues Kleid, auf das ihr Vater und sie sich tatsächlich geeinigt hatten, glich den Kleidern, die alle anderen Frauen im Ballsaal trugen: Es war hell, hatte lange Ärmel, eine schmale Taille und einen weiten Rock.

Daval fielen bei Covas Worten beinahe die Augen aus dem Kopf, aber erneut hatte er sich schnell im Griff. Cova war irritiert. Der Vater, den sie kannte, der Mann, der er vor wenigen Monaten noch gewesen war, wäre nie derart ruhig geblieben. Noch vor Kurzem hätte sie alles darum gegeben, wenn ihr Vater seine Emotionen in der Öffentlichkeit besser unter Kontrolle gehabt hätte. Aber jetzt sehnte sich Cova beinahe danach, dass er einen Wutanfall bekam.

»Und du findest *dieses* Kleid passender?«, fragte Daval. Seine Stimme klang gepresst, doch er schaffte es, die darunter lauernde Wut zu beherrschen.

Cova zuckte mit den Schultern und blickte an dem Kleid herab, das sie selbst genäht hatte. »Ich fand es ebenso angemessen wie alles andere.«

»Angemessen?«, stieß Daval zwischen zusammengebissenen Zähnen hervor.

»Ja, Vater«, bestätigte Cova lächelnd. »Angemessen.« Sie wirbelte herum, damit ihr Kleid richtig zur Geltung kam. Es lag an den Brüsten und der Taille eng an, wurde nach unten hin jedoch nicht weiter, sondern schmiegte sich an ihre Hüften und fächerte sich erst über ihren Oberschenkeln auf. Einen solchen Stil hatte Cova noch nie zuvor gesehen, und sie war sehr stolz auf sich, weil sie ihn sich ausgedacht hatte. Allerdings überließ das Kleid nun nicht mehr viel der Fantasie.

Der Schnitt war nicht der einzige Unterschied zwischen ihrem Kleid und denen der anderen im Ballsaal. Der Stoff war von dunklem Smaragdgrün und nicht etwa pastellfarben, und während die anderen Kleider lange Ärmel hatten, die die Arme bis zu den Handgelenken bedeckten, war ihres ärmellos. Sie trug dazu lange Handschuhe, die ihr bis zum Oberarm reichten, sodass ihre Schultern frei blieben.

Während sie sich im Vorraum drehte und ihren Vater ansah, bemerkte Cova, dass alle Diener in der Nähe sie mit großen Augen anstarrten.

Ihr Lächeln wurde breiter. Das war genau die Reaktion, die sie sich erhofft hatte.

»Mir ist bewusst, dass dich das überrascht, Vater«, sagte Cova, »und es tut mir leid.« Das war ihr voller Ernst, denn sie wollte ihm das Leben nicht noch schwerer machen, als es ohnehin schon war. »Aber wenn du das, was du bei unserer letzten Unterhaltung gesagt hast, ernst meinst, dann muss ich auf eigenen Beinen stehen. Ich muss mich von der Menge abheben, und zwar ab sofort.«

Die Miene ihres Vaters wurde ein wenig sanfter, und er reichte Cova den linken Arm. »Nun bist du ja schon mal hier«, brummte er. »Dann wäre es sinnlos, dich wieder umkehren zu lassen.«

Cova nahm Davals Arm, und sie gingen gemeinsam weiter. Der Vorraum war nicht sehr groß und durch einen Vorhang vom prächtigen Eingang des Mandiat-Ballsaals abgetrennt. Daval nickte einem der Dienstboten zu, der in einem Seitengang verschwand, um den Herold über Covas Eintreffen zu informieren.

»Da hast du recht«, sagte Cova. »Außerdem wird das bestimmt lustig, denkst du nicht auch?«

»Ganz bestimmt nicht. Aber mir ist schon vor langer Zeit klar geworden, dass wir beide sehr verschieden sind, Tochter.«

Die Stimme des Herolds war durch den Vorhang hindurch aus dem Ballsaal zu hören.

»Lord und Ladys von Izet, es ist mir eine große Freude, unseren Ehrengast anzukündigen: Jungfer Cova Amok, die Tochter des Hohen Lords Daval Amok!«

Zwei Diener zogen den Vorhang auf, und Cova und ihr Vater betraten unter donnerndem Applaus den Ballsaal. Cova grinste. Die Ankündigung war erschreckend kurz gewesen, da ihr keine anderen Titel verliehen worden waren, sie nicht die Erstgeborene war und außer ihrem Namen nichts vorzuweisen hatte – ganz anders als die großen Kaiserinnen der rodenesischen Geschichte. Doch sie hatte noch viel Zeit, um Titel anzuhäufen.

Cova winkte der jubelnden Menge zu und fragte sich, wo Girgan wohl stand. Er hatte die letzten sieben Jahre in der Zitadelle verbracht, und auch davor waren sie einander nie begegnet. Da seine Familie diesen Ball veranstaltete, war er selbstverständlich schon früher angekündigt worden. Zum Abschluss des Abends würde der Herold ihre Verlobung offiziell bekannt geben.

Daval umarmte Cova. »Ich bin sehr stolz auf dich, Tochter.«

Sie musste lachen. Das Jubeln der Adligen war abgeflaut, und die Musiker spielten zum Tanz auf. »Ich wüsste nicht, warum. Es gibt nichts, worauf du stolz sein könntest.«

»Das wird sich aber bald ändern.« Dann ließ ihr Vater sie los und verschwand in der Menge.

Cova blieb noch einen Augenblick stehen und musterte den Ballsaal. Ein halbes Dutzend Kerzenleuchter hingen von der Decke. Man hatte die Kerzen darin entzündet und ihn mit Kristallen geschmückt. Vergoldete Säulen zierten die Ecken des Raums, allerdings bezweifelte Cova, dass es sich um Echtgold handelte. Mandiat war zwar reich, so reich aber nun auch wieder nicht. Sie bevorzugte die Gemälde, Wandteppiche und Skulpturen, die den Amok-Ballsaal schmückten. Dieser hier sah zwar nach viel Geld aus, hatte jedoch keine Seele.

Sie bewegte sich elegant zwischen den anderen Adligen hindurch, lächelte und begrüßte alle. Wo immer sie auch hinging, folgten ihr die Blicke, so wie sie es beabsichtigt hatte. Es gab sogar Getuschel, was noch besser war. Ihr Vater hatte ihr die Idee in den Kopf gesetzt, dass sie eines Tages Kaiserin sein könnte, und so wollte sie diese Rolle lieber früh üben.

»Ah, Jungfer Amok«, sagte jemand, und Cova drehte sich mit einem strahlenden Lächeln um, das jedoch beinahe verblasste, als sie erkannte, wer da vor ihr stand.

»Lord Luce«, begrüßte sie Hirman Luce und seine Tochter Andia und knickste. »Jungfer Luce.« Haus Luce hatte ebenfalls eine Verlobung mit Girgan Mandiat angestrebt, jedoch verloren, worüber man garantiert nicht erfreut war. Es überraschte Cova nicht, sie hier zu sehen, da es unhöflich gewesen wäre, dem frisch verlobten Paar nicht zu gratulieren, und das in dieser turbulenten Zeit auf eine problematische Feindschaft hingedeutet hätte.

»Was für ein wunderschöner Ball«, sagte Andia mit einem Lächeln, das sogar aufrichtig wirkte.

»In der Tat«, bestätigte Cova, der das Ganze auch leidtat. Sie hatte Andia immer gemocht, aber nun würden sie gewiss keine Freundinnen mehr werden.

»Mandiat hätte sich mehr Mühe geben können«, murmelte Hirman Luce, dessen gewachster Schnurrbart, der ebenso rot wie sein Haupthaar war, bebte. Er versuchte sich an einem Lächeln, war aber ein viel schlechterer Schauspieler als seine Tochter. Die Doppeldeutigkeit seiner Worte entging Cova nicht, aber sie beschloss, die Sache auf sich beruhen zu lassen.

»Cova, Ihr Kleid … Ihr Kleid ist wahrlich interessant«, meinte Andia. »Wo habt Ihr es anfertigen lassen?«

Cova errötete. Es war klug, die Unschuldige zu mimen. »Ich habe es selbst genäht. Gefällt es Euch?«

»Das ist schwer zu sagen. Es ist so anders«, gab Andia zu, deren Kleid im gleichen Stil geschnitten war wie das fast aller anderen anwesenden Frauen: mit an der Taille angesetztem weitem Rock, bedeckten Schultern und engen langen Ärmeln. Es hatte einen hellen Pfirsichton, der überhaupt nicht zu ihrem rot-orangefarbenen Haar passte. Falls Andia und Cova doch einmal Freundinnen werden sollten, würde Cova Andia einen neuen Schneider und Friseur besorgen, da die beiden, die sie jetzt hatte, offensichtlich völlig unfähig waren.

»Ihr könnt ruhig ehrlich sein, Andia. Das macht mir nichts aus. Es ist in der Tat anders, daher würde es mich nicht wundern, wenn es nicht jedem gefällt. Damit kann ich leben.«

»Nun … Dann mag ich es wohl wirklich nicht. Jedenfalls nicht auf den ersten Blick. Ich sage Euch Bescheid, wenn sich meine Meinung ändern sollte.«

Cova musste lachen. Diese Begegnung verlief weitaus weniger feindselig, als sie befürchtet hatte. »In Ordnung. Es hat mich gefreut …«

»Habt Ihr mit ihm geschlafen? Konntet Ihr ihn so überzeugen, unser Angebot nicht anzunehmen?«

»*Vater!*«, schimpfte Andia. »Mach dich nicht lächerlich.«

Hirman Luce trat auf Cova zu, bis er unerträglich dicht vor ihr stand. Zwar lag ein angenehmer Weingeruch in der Luft, und fast jeder Gast hatte ein Glas in der

Hand, aber Luces Atem roch nach etwas Stärkerem. Cova machte instinktiv einen Schritt nach hinten, bereute dies jedoch augenblicklich. Eine Kaiserin wich nicht zurück.

»So ist es doch, oder nicht?«, knurrte Luce. »Ihr habt mit ihm geschlafen, und jetzt heiratet er Euch, weil Ihr eine verdammte Hure seid.«

Luce kam noch näher, aber Cova weigerte sich, erneut zurückzuweichen.

»Vater«, sagte Andia erneut, aber sie hatte offenbar keinen Einfluss auf den Mann.

»Bitte haltet Abstand«, bat Cova ihn so ruhig, wie sie nur konnte. Sie stand an diesem Abend ohnehin im Mittelpunkt, daher wäre Luce ein Narr, wenn er etwas Unangebrachtes versuchte.

»Ihr habt ihn uns weggenommen«, erklärte Luce und bohrte einen Finger in die nackte Haut an ihrer Kehle.

Es tat nicht weh, doch es war eine unglaubliche Beleidigung. Covas Wut kochte über, und sie stieß Luce von sich. Der Stoß war kräftig genug, dass der angetrunkene Luce stolperte, auf den Rücken fiel und mit den Beinen in der Luft strampelte. Er hätte einen lustigen Anblick abgegeben, wäre Cova nicht so zornig gewesen.

»Kommt mir ja nicht noch einmal so nahe, mein Lord. Solltet Ihr mich erneut berühren, dann lasse ich Anklage erheben, oder ich bitte den Wachhauptmann meines Vaters, Euch den Finger abzutrennen.«

Andia war längst an die Seite ihres Vaters geeilt. Die junge Frau tat Cova ein bisschen leid. Ihr Schneider hatte nicht nur einen unglaublich schlechten Geschmack, ihr Vater war überdies noch ein betrunkener Idiot, und Cova hatte ihr die Chance genommen, mehr Macht für ihr Haus zu erlangen.

Die Blicke der beiden jungen Frauen trafen sich kurz, aber Cova konnte nicht erkennen, was sich in Andias Augen spiegelte. Vermutlich Wut und Scham.

»Jungfer Cova, geht es Euch gut?«, erkundigte sich jemand.

»Ja«, murmelte sie und wandte den Blick nicht von Andia ab, die ihrem Vater soeben beim Aufstehen half. Die beiden gingen in eine Ecke des Ballsaals. Cova blinzelte. Ihr war gar nicht aufgefallen, dass sich eine Menschenmenge um sie herum versammelt hatte. Wann war das denn passiert?

»Es tut mir furchtbar leid, dass ich nicht früher bei Euch sein konnte. Ich hätte Euch den Mann liebend gern vom Leib gehalten.«

»Wie bitte?« Cova musterte den jungen Mann fragend. Er war selbst für einen Rodeneser groß, hatte kurzes dunkles Haar und dunkelblaue Augen. Wie es der rodenesischen Tradition entsprach, war er glatt rasiert.

»Ich wünschte, Ihr hättet das nicht tun müssen«, fuhr er fort. »Es ist nicht richtig, dass sich eine Frau selbst verteidigen muss.«

Cova hätte beinahe die Augen verdreht. Allerdings war der Mann attraktiv, das musste sie zugeben. Besonders intelligent schien er jedoch nicht zu sein. Er wollte ihren Arm nehmen, aber Cova schüttelte ihn ab.

»Ich kann mich notfalls auch selbst verteidigen«, erklärte sie mit finsterer Miene. »Wenn Ihr mich jetzt entschuldigen würdet …«

Der Mann riss die Augen auf und lief rot an. »Oh, Jungfer Cova, es tut mir so schrecklich leid. Selbstverständlich erkennt Ihr mich nicht. Ich weiß auch nur, wer

Ihr seid, weil es mir meine Eltern verraten haben. Ich bin Girgan Mandiat, Euer Verlobter.«

Cova schluckte schwer. »Girgan … Aber natürlich. Wie schön, dass wir uns endlich kennenlernen.«

»Oh, wir sind uns schon einmal begegnet.« Girgan wollte erneut ihren Arm nehmen. »Wenn ich Euch jetzt an einen ruhigeren Ort entführen dürfte …«

»Wie bitte?« Erneut entzog Cova ihm den Arm. Ob sie nun verlobt waren oder nicht, diesen Hinweis sollte er doch verstehen. Sie konnte nur hoffen, dass er nicht immer so schwer von Begriff war.

»Verzeiht mir, Jungfer Cova, ich wollte Euch nicht beleidigen. Ich würde mich nur gern mit Euch …«

»Ihr sagtet, wir wären uns schon einmal begegnet«, fiel ihm Cova ins Wort. »Wo soll das gewesen sein?«

»Oh.« Sein Lächeln war wieder da. »Als wir noch jung waren, haben wir uns mal getroffen. Ich war erst acht Jahre alt, das war noch, bevor mich meine Eltern in die Zitadelle geschickt hatten. Ihr wart mit Eurem Vater auf einem Ball meiner Eltern …«

Cova schüttelte den Kopf. »Nein, so jung wäre ich niemals auf einen Ball gegangen. Wenn Ihr acht wart, muss ich sieben gewesen sein.«

»Ihr habt mich falsch verstanden«, widersprach Girgan ihr. »Ihr habt Euren Vater begleitet, aber nur, um einen Eurer älteren Brüder herzubringen. Ich weiß im Moment nicht mehr, wer es gewesen ist.«

»Wenn dem so war, dann habe ich Euch nicht falsch verstanden, vielmehr habt Ihr Euch falsch ausgedrückt.«

»Äh … Wie bitte?«

»Ihr sagtet, ich hätte Euch falsch verstanden. Wenn ich Euch aber falsch verstanden hätte, dann hättet Ihr etwas Richtiges gesagt, das ich nicht begriffen hätte. Aber ich habe Eure Worte verstanden, Ihr habt Euch nur falsch ausgedrückt, was der Grund für dieses Missverständnis gewesen ist.«

»Ja, ich schätze …«

»Aber Ihr habt recht«, unterbrach Cova ihn erneut. »Ich habe meinen Vater häufig begleitet, wenn er einen meiner Brüder zu einem Ball gebracht hat.«

Girgan lächelte sie strahlend an. »Ja, genau das habe ich gemeint. Dieses Missverständnis bedauere ich sehr.«

»Ihr müsst Euch dafür nicht entschuldigen.« Jetzt bot Cova ihm den Arm an. »Kommt. Nennt mich Cova, und ich werde Euch Girgan nennen. Das macht alles viel einfacher, findet Ihr nicht? Hattet Ihr nicht gerade vorgeschlagen, dass wir an einen ruhigeren Ort gehen, an dem wir ungestört sind?«

»Ah ja«, sagte Girgan. »Genau das wollte ich vorschlagen.«

»Was hattet Ihr denn im Sinn?« Cova merkte, dass sie zu viel redete. Ihre Geschwister machten sich immer über sie lustig, wenn sie das tat. »Ach, nicht weiter wichtig«, setzte sie rasch hinzu und musste ob seiner verwirrten Miene lächeln. »Nun sind wir einander ja begegnet, und das ist das Wichtigste. Führt mich an den Ort, der Euch behagt, mein Verlobter. Ich muss zugeben, dass Ihr attraktiver seid, als ich befürchtet hatte, auch wenn ich nicht weiß, wie ich auf diesen Gedanken gekommen bin. Eure Eltern sehen wahrlich nicht schlecht aus.«

»Meine Eltern …«

»Wenn wir allerdings danach gehen, dann müsst Ihr gewiss eine Vogelscheuche erwartet haben«, meinte Cova lachend. »Meinen Vater kann man wohl kaum als besonders attraktiv bezeichnen, und meine Mutter … Nun, eigentlich weiß ich nicht viel über sie. Aber Euch geht es gewiss ähnlich.«

»Nein, ich habe Eure Mutter leider nie kennengelernt, Jungfer Cova.«

»Nur Cova, bitte. Nennt mich Cova. Da wir heiraten werden, können wir uns doch schon einmal daran gewöhnen, nicht wahr?«

»Aber natürlich, Jungfer …« Girgan stockte und musste lachen.

Cova fiel in sein Lachen mit ein. Diese Ungezwungenheit gefiel ihr sehr.

»Aber natürlich, Cova«, sagte Girgan. »Ihr habt völlig recht.«

Er blickte auf sie hinab, als er sie durch die Menge führte. »Mir gefällt Euer Kleid.«

»Vielen Dank. Darf ich fragen, warum?«

Cova spürte, wie Girgans Blick über ihren Körper wanderte. Sie war sich nicht ganz sicher, ob sie dieses Gefühl genoss. »Es bringt Eure wunderschöne Figur perfekt zur Geltung«, antwortete er und strahlte sie an. »Ihr seid wunderschön, Cova, ich hoffe, Ihr wisst das.«

Cova hatte gehofft, dass er etwas über die Nähte sagen würde oder darüber, dass es sich von allen anderen Kleidern unterschied. Aber er mochte es, weil es ihre Figur gut zur Geltung brachte. Möglicherweise lag es ja daran, dass es so eng an den Hüften anlag, überlegte sie. Mancher Mann konnte eben nicht mehr als ihren Körper wahrnehmen.

»Da sind meine Eltern«, sagte Girgan. »Wir sollten zu ihnen gehen, damit sie wissen, dass wir uns gefunden haben.«

»In Ordnung«, erwiderte Cova geistesabwesend und

beobachtete die Paare, die sich zur Musik des kleinen Orchesters auf der Tanzfläche drehten. »Könnt Ihr tanzen, Girgan?«

»Ob ich … Ja, ich kann tanzen. Das wurde mir auf der Zitadelle beigebracht.«

»Ich würde gern mit Euch tanzen. Nachdem wir uns mit Euren Eltern unterhalten haben.«

Girgan lächelte sie an. »Sehr gern.«

Die Begegnung mit Girgans Eltern verlief sehr gut, aber Cova konnte während des ganzen Gesprächs nur daran denken, dass sie gleich mit Girgan tanzen würde. Als Heranwachsende war Cova nahezu besessen vom Tanzen gewesen und hatte ihren Vater bekniet, damit sie schon sehr früh Tanzstunden bekam. Die klassischen rodenesischen Gesellschaftstänze unterschieden sich sehr von den Tänzen auf der restlichen Sphaera, da sie weitaus technischer waren und sich eher auf die Schönheit zweier Körper konzentrierten, die sich im Einklang bewegten, und weniger auf den gesellschaftlichen Aspekt. Allerdings hatten sich auch die rodenesischen Bälle in letzter Zeit etwas zurückentwickelt, und inzwischen spielte das Orchester für jeden rodenesischen Walzer – der als die höchste Kunstform angesehen wurde – drei oder vier »Gesellschaftstänze«, bei denen die Tanzenden ihr Gespräch fortsetzen konnten. Aus diesem Grund gab es immer weniger Menschen, die den rodenesischen Walzer noch richtig tanzen konnten. Doch wann immer Cova auf einem Ball war und die langsamen, dunklen Töne eines rodenesischen Walzers hörte, verspürte sie den unbändigen Drang, zu tanzen.

Sie nahm Girgans Arm. »Kommt, Ihr habt mir einen Tanz versprochen. Den dürft Ihr mir zur Feier des Tages nicht verweigern.«

Girgan lächelte sie an. »Das würde ich nie wagen.« Dann wandte er sich an seine Eltern. »Wenn ihr uns entschuldigen würdet, wir haben jetzt eine Verabredung auf der Tanzfläche.«

»Selbstverständlich, mein Junge«, erwiderte Hama Mandiat lächelnd. »Diese Nacht gehört euch beiden, und ihr solltet sie genießen.«

Während Girgan und Cova Arm in Arm zur Tanzfläche gingen, stieg Covas Vorfreude immer mehr. Sie fühlte sich nie so lebendig wie beim Tanzen.

Zu ihrer großen Enttäuschung spielte das Orchester als Nächstes ein sehr schnelles Stück und nicht etwa den erhofften Walzer. Die Tanzenden bildeten zwei lange Reihen aus Männern und Frauen, die einander zugewandt waren. Girgan führte Cova zu einer der Reihen, bevor sie auch nur wusste, wie ihr geschah.

Sie erkannte das Lied, es hieß »Noch ein Hase jagt die Möwe«, und es war ein allseits bekannter Gruppentanz. Zwar hatte sie in diesem Augenblick nicht die geringste Lust darauf, doch sie stand ja bereits in einer Reihe und Girgan war ihr gegenüber.

»Das ist nicht das, was mir vorschwebte«, sagte sie, als sich die beiden Reihen in Bewegung setzten. Die Männer verbeugten sich zuerst vor den Frauen, woraufhin diese einen Knicks machten. Dann traten die Partner aufeinander zu und umkreisten einander mit ausgestreckter rechter Hand.

»Was habt Ihr gesagt?«, fragte Girgan. »Die Musik ist so laut, dass ich es nicht verstanden habe …«

»Nicht so wichtig«, sagte Cova beschwichtigend. Jetzt musste sie sich deswegen auch nicht mehr beschweren.

»Habt Ihr Euer ganzes Leben in Roden verbracht?«,

erkundigte sich Girgan. Die fröhliche, schnelle Musik erforderte, dass sie sich voneinander entfernten, mehrmals mit den Füßen auftippten und dann aufeinander zugingen, um sich die Hände zu reichen.

»Schon mein ganzes Leben«, antwortete Cova und tippte mit den Fersen auf den Boden. Dieser Tanzschritt schien ihr wenig anmutig zu sein, aber man musste zugegebenermaßen nicht besonders aufpassen.

Danach herrschte Schweigen, und Cova konnte Girgan ansehen, dass er sich den Kopf zerbrach und nicht wusste, was er noch sagen sollte. Sie seufzte leise und beschloss, ihm zu helfen. Wenn sie schon zusammen über das Kaiserreich herrschen wollten, dann konnte sie sich auch daran schon gewöhnen.

»Und Ihr seid kürzlich aus der Zitadelle zurückgekehrt?«, fragte Cova. Sie hielten sich an den Händen und gingen die Reihe entlang. Das nannte man heutzutage also »Tanzen«, dabei war es doch Gehen. Cova hätte beinahe laut gelacht.

»So ist es!«, erwiderte Girgan sehr laut. Ob er die Musik übertönen wollte oder so aufgeregt war, wusste Cova nicht. »Erst vor wenigen Wochen.«

»Ich habe schon sehr viel über die Zitadelle gehört«, sagte Cova. »Wie war es dort?«

»Wirklich sehr gut«, antwortete Girgan, dessen Lächeln noch breiter zu werden schien, falls das überhaupt möglich war. »Wir haben dort so viel gelernt und wurden nur von Experten unterrichtet. Das waren die besten sieben Jahre meines Lebens.«

Wie alt seid Ihr doch gleich?, hätte Cova fast gefragt. Wenn es die besten sieben Jahre seines Lebens gewesen waren, er jedoch erst zwölf Sommer gesehen hatte, als er dort hingekommen war, dann sagte das nicht besonders viel aus. »Und nun seid Ihr bereit zu herrschen?«, wollte sie wissen. Die Zitadelle hatte vor allem den Anspruch, die Herrscher der ganzen Sphaera auszubilden. Adlige und wohlhabende Familien aus allen Nationen schickten ihre Kinder dorthin. Der verstorbene Kaiser Grysole war der letzte rodenesische Absolvent gewesen. Die Zitadelle, die sich in Triah, der Hauptstadt von Kahle, befand, hatte aufgrund der zunehmenden Spannungen zwischen den beiden Nationen zuletzt nur noch wenige Studenten aus Roden aufgenommen. Dass Girgan dort studiert und seinen Abschluss gemacht hatte, sagte einiges über seinen Charakter aus – oder zumindest über seine Intelligenz.

Girgan schien jedoch nicht zu wissen, was er von dieser Bemerkung halten sollte. Möglicherweise hatten seine Eltern ähnliche Pläne mit ihm wie Covas Vater für sie, oder ihm war ebenfalls der Thron in Aussicht gestellt worden.

»Nicht, dass man je wirklich darauf vorbereitet sein könnte«, sagte sie deshalb.

Girgan bedachte sie mit einem seltsamen Blick. Sie beendeten den Weg, der sie die Reihe entlanggeführt hatte, und drehten sich nun auf der Stelle. Cova fragte sich immer mehr, ob er überhaupt ein geeigneter Partner für einen Walzer war. Zwar mussten alle Studenten der Zitadelle Tanzkurse belegen, aber sie wusste nicht, wie weit diese reichten. Seine Bewegungen kamen ihr eher unbeholfen vor, und er schien seine Gliedmaßen, die aussahen, als wären sie für seinen Körper etwas zu lang, nicht richtig unter Kontrolle zu haben.

Möglicherweise war es das Beste, dass sie zu dieser Musik tanzten. Covas Lust auf einen Walzer nahm immer mehr ab.

»Tut mir leid«, sagte Girgan, nachdem sie einige Augenblicke geschwiegen hatten.

»Was denn?«, fragte Cova.

»Ich ... ich weiß auch nicht. Das alles ist so neu für mich. Die Verlobung. Roden. Unsere Gebräuche. Selbst mein eigener Ballsaal. Wenn ich ungeschickt erscheine, dann möchte ich mich dafür entschuldigen. Es ist nicht meine Absicht.«

Sie kamen erneut aufeinander zu und reichten sich die Hände. »Ihr müsst Euch nicht entschuldigen«, versicherte Cova ihm. »Das ist mir nicht einmal aufgefallen.«

»Das höre ich gern. Und ... ich könnte Euch sehr viel über die Zitadelle erzählen, aber ich möchte Euch nicht langweilen.«

»So schnell langweile ich mich nicht, aber Ihr könnt Euch das gern für ein anderes Mal aufheben. Es macht ja ganz den Anschein, als hätten wir alle Zeit der Sphaera.«

Bei diesen Worten lachte Girgan leise, und Cova stellte fest, dass ihr diese Vorstellung gar nicht so unangenehm war. Dann wurde die Musik langsamer, Girgan und Cova entfernten sich voneinander, sie machte einen Knicks, er verbeugte sich und der Tanz war vorbei.

Cova lächelte ihn an. »Danke.« Es war doch sehr angenehm gewesen. Nun, wo ihr die Lust auf einen Walzer fast vergangen war, konnte sie sich auf Girgan konzentrieren und sich mit ihm auf die Suche nach ihrem Vater machen.

Als sie diesen Vorschlag gerade machen wollte, setzte das Orchester zu einem rodenesischen Walzer an. Eine einzelne Gitarre stimmte das Lied an, das Cova sofort erkannte, da sie es sehr gerne mochte. Es war »Eine Blume im Winter«. Nach einigen Augenblicken gesellte sich eine Geige zu der Gitarre, und dann stimmten immer mehr Instrumente ein.

Cova verharrte mitten auf der Tanzfläche. Sie könnte Girgan immer noch fragen, ob er weitertanzen wollte. Er musste doch Walzer tanzen können, schließlich war er Absolvent der Zitadelle. Aber … vielleicht war er darin ja auch eine Enttäuschung.

»Wir sollten meinen Vater aufsuchen«, sagte sie entschlossen, obwohl die Musik sie weiterhin zu rufen schien. »Es wird Zeit, dass wir mit ihm reden.«

Girgan betrachtete sie, sagte jedoch nichts. Schließlich ließ er eine Hand an ihrem Arm entlanggleiten, nahm ihre Hand und drückte sie.

»Könnt Ihr Walzer tanzen?«, erkundigte er sich.

Sofort stahl sich ein Lächeln auf Covas Lippen. »Ja, und Ihr?«

»Ein wenig«, gab Girgan grinsend zu. »Wollen wir es versuchen? Mir gefällt dieses Lied sehr gut.«

Covas Lächeln wurde breiter. Wenn sie nicht aufpasste, würde sie bald wie eine komplette Närrin nur noch grinsend herumlaufen. »Dann versuchen wir es.«

Girgan trat einen Schritt zurück, sah sie an und runzelte die Stirn. »Äh … Euer Kleid ist … es ist …«

Verwirrt blickte Cova an sich herab. Hatte sie sich etwa bekleckert? Doch dann begriff sie, was er meinte. Ihr Kleid, dessen Rocksaum erst unterhalb der Hüfte ansetzte, unterschied sich sehr von den normalen Ballkleidern. Anscheinend war Girgan besorgt, dass es sie in ihrer Bewegung einschränken könnte.

Daraufhin schenkte sie ihm ein strahlendes Lächeln. »Ich habe das Kleid selbst genäht und kann sehr gut darin tanzen«, versicherte sie ihm. »Keine Sorge.« So war es auch, sie hatte es sogar ausgiebig getestet. Der Stoff schmiegte sich zwar an ihre Hüften, aber er ermöglichte ihr dennoch die großen Schritte, die sie beim Walzer machen musste.

»Sehr schön.« Girgan hob die linke Hand: das Signal, die Position einzunehmen. Cova trat auf ihn zu und nahm seine erhobene Hand mit ihrer Rechten. Er legte den anderen Arm um sie, sodass seine Hand direkt unter ihrem Schulterblatt lag, und sie stützte den linken Arm leicht auf seinen.

Seine Haltung ist gar nicht so schlecht, stellte sie fest.

Girgan zog Cova sanft an sich, und Cova wusste augenblicklich, dass dieser Tanz anders sein würde. Der rodenesische Walzer verließ sich auf die perfekte Einheit zweier Körper, die Verbindung zwischen den Tanzpartnern. Die offensichtlichen Punkte dafür waren die Stellen, an denen sich die Hände berührten, an denen der Arm der Frau auf dem Arm des Mannes lag und an der der Mann die Hand auf den Rücken der Frau legte, und diese waren sehr wichtig, denn nur so entstand eine gewisse Spannung zwischen den Tanzenden, die einander gleichzeitig anzogen und abstießen.

Was die guten von den hervorragenden Tänzern unterschied, war jedoch die Verbindung an der Hüfte. Oftmals hatten die Tanzenden das jedoch gar nicht gelernt oder scheuten davor zurück, ein Mitglied des anderen Geschlechts auf diese Weise zu berühren, und sie verließen sich dann nur auf die Verbindung der Hände und Arme. Dabei musste man jedoch Taillen, Hüften und Oberschenkel wie eine Einheit bewegen. Cova hatte diese Verbindung bisher noch zu keinem Tanzpartner herstellen können.

Bis jetzt.

Girgan bewegte sich, und Cova wiegte sich mit ihm.

Beim traditionellen rodenesischen Walzer übernahm der Mann üblicherweise die Führung, allerdings hatte Cova dennoch oft genug führen müssen. Bei Girgan spürte sie jedoch sofort, dass das nicht nötig war. Sie wiegten sich zusammen im Takt der Musik und setzten sich in Bewegung.

Dann tanzten sie durch den Ballsaal und schmiegten die Körper aneinander. Cova spürte den Rausch der Musik und der Bewegungen. Girgan kannte die Feinheiten der Auf- und Abbewegungen ganz genau; er bewegte sich vorwärts, ging dabei leicht auf die Zehenspitzen, machte den nächsten Schritt und setzte dabei wieder den ganzen Fuß auf die Tanzfläche. Cova fiel mit ein und war begeistert, dass ihre langen Beine nun endlich die Schritte machen konnten, die beim Walzer erforderlich waren. Selbst ihr Tanzlehrer hatte kürzere Beine als sie gehabt, sodass sie ihr volles Potenzial nie hatte ausschöpfen können. Aber bei Girgan schwebte sie förmlich über den Boden, nur um dann innezuhalten, als die Musik kurz einen Augenblick der Spannung aufbaute, und sofort weiterzutanzen und herumzuwirbeln, ohne die Tanzhaltung zu verändern oder die zarte Spannung zwischen ihnen zu verlieren.

Viel zu schnell verklang die Musik, und Girgan ließ sie anhalten und die letzte Position einnehmen, bei der Cova den Rücken durchdrückte, während die Muskeln in ihren Beinen protestierten. Sie war leicht ins Schwitzen geraten und kam sich vor, als wäre sie soeben aus einem Traum erwacht.

Die letzten Töne verhallten, und Cova und Girgan standen noch immer in ihrer letzten Position da. Rings um sie herum brandete Applaus auf. Cova blinzelte; sie hatte völlig vergessen, dass noch andere Gäste anwesend waren.

Girgan wirbelte Cova zur Seite, und sie machte einen Knicks, während er sich verbeugte. Dann nahm er wieder ihre Hand, und sie verließen die Tanzfläche.

»Das war … einfach unglaublich«, stieß Cova hervor, als sie endlich wieder zu Atem gekommen war. Der rodenesische Walzer wurde zu langsamer Musik getanzt, und die Oberkörper der Tänzer blieben relativ unbewegt, um die Illusion von Ruhe und Gelassenheit zu vermitteln, auch wenn die Beinbewegungen sehr schnell waren. Für die komplizierten Schritte benötigte man jedoch eine gute Koordination, einen hervorragenden Gleichgewichtssinn und selbstverständlich Ausdauer.

Girgan hatte schon wieder dieses alberne Grinsen auf den Lippen. »Ihr wart unglaublich, Jungfer Cova. Keine Dame in der Zitadelle konnte so tanzen wie Ihr.«

Cova spürte, dass sie bei diesem Kompliment errötete, was dieses Mal nicht gespielt war. Sie erwiderte sein Lächeln und hoffte, dass ihres etwas besonnener aussah. »Und ich kann Euch versichern, dass es in ganz Roden keinen Mann gibt, der so tanzen kann wie Ihr.« Sie knuffte ihn leicht gegen den Arm. »Außerdem sollt Ihr mich doch Cova nennen.«

Girgan lachte. »Aber natürlich. Ich werde es nie wieder vergessen.«

»Das will ich Euch auch raten.«

Sie gingen Arm in Arm durch die Menge, und jetzt schien sich keiner mehr für Covas Kleid zu interessieren. *Alle sind verzaubert von mir,* dachte Cova aufgeregt. *Von uns,* korrigierte sie sich. Es war perfekt. Falls sie tatsächlich eines Tages herrschen würde, wäre dies genau der Eindruck, den sie bei den Adligen hinterlassen wollte.

Genau das teilte ihr Daval auch mit, als sie ihn gefunden hatten. Er lächelte sie an, was nur sehr selten vorkam, nahm sie in die Arme und flüsterte ihr ins Ohr: »Das hast du heute gut gemacht, Tochter. Besser, als ich es mir hätte wünschen können. Du wirst eine hervorragende Kaiserin abgeben.«

Diese Worte hallten Cova noch tagelang durch den Kopf.

KAPITEL 15

Harmoth-Anwesen

Cinzia stand in der Nähe des Teichs und hörte der Hexe zu. Die Alte sprach vor allem über die Neun Dämonen, und obwohl Cinzias Neugier geweckt war – die Frau schien mehr darüber zu wissen als sie –, war ihre Meinung über die Tiellaner kaum zu ertragen. Auch ließ sich ihre Predigt nur als beängstigend einstufen. Warum sprach sie das Problem überhaupt an, wo sie doch keine Lösung zu bieten hatte? »Fürchtet euch«, lautete die Botschaft der Hexe. Doch Angst war gefährlich und konnte Cinzias und Janes Fortschritte zunichtemachen.

»Die Sphaera wird wiedergeboren, ob es uns nun gefällt oder nicht«, sagte die Hexe gerade. »Die Welt verändert sich, und wir müssen uns mit ihr verändern. Wir müssen die Dinge der alten Welt hinter uns lassen. Wir müssen uns von jenen lösen, die uns zurückhalten. Unter uns – auch in diesem Lager – sind einige, die unseren Fortschritt aufhalten wollen. Die lieber wieder in frühere Zeiten zurückkehren würden. Doch das dürfen wir nicht zulassen.«

Die Gruppe, die sich heute um die Hexe geschart hatte, bestand nur aus Menschen. Als Cinzia das letzte Mal hier gewesen war, hatte sie auch einige Tiellaner gesehen, die jedoch fast alle noch vor Ende der Rede wieder gegangen waren. Cinzia konnte das gut verstehen.

Die Hexe säte Zwietracht. Sie teilte das Lager, anstatt es zu vereinen.

Nachdem die Menge sich zerstreut hatte, ging Cinzia auf die Hexe zu.

»Ah, Priesterin Cinzia«, sagte die Hexe und verzog das runzlige Gesicht zu einem Lächeln. »Ich hatte mich schon gefragt, wann Ihr mich aufsucht.«

Cinzia war überrascht, wie klein die Frau war – für einen Menschen war Cinzia sehr klein, aber die Alte reichte ihr nur bis zur Schulter. »Wie kann ich Euch ansprechen? Ich kenne leider nicht einmal Euren Namen.«

Die Hexe kicherte, was wie raschelndes Papier klang. »Da seid Ihr nicht die Einzige. Ich glaube fast, ich habe ihn selbst vergessen. Hier nennen mich alle nur die Hexe.«

»Und das … macht Euch nichts aus?« Cinzia konnte nicht begreifen, wie jemand mit diesem Namen einverstanden sein konnte.

Die alte Frau zuckte mit den Schultern. »Es stört mich nicht. Außerdem ist es besser, ich nenne mich so, als dass die anderen es hinter meinem Rücken tun.«

»Ihr habt schon einige Anhänger gefunden«, stellte Cinzia fest und deutete auf die Odeniten, die gerade aufgeregt miteinander redend davongingen. Diese Art der Aufregung hatte Cinzia bei ihren Predigten auch immer in ihren Zuhörern wecken wollen, doch es war ihr nur selten gelungen.

Das Lächeln der Hexe wurde breiter. »Was für ein Wunder, findet Ihr nicht auch? Dass jemand wie ich ein Instrument in den Händen der Göttin sein und so viele erreichen kann.«

Nur mit Mühe konnte Cinzia das Lächeln erwidern. Glaubte diese Frau tatsächlich, sie würde den Willen der Göttin ausüben? »Wir sind alle auf die eine oder andere Weise Instrumente in den Händen der Göttin. Das ist eines der vielen Wunder des Lebens, auch wenn sich nur wenige von uns dieser Tatsache je bewusst werden.«

»Wenn ich anderen dabei helfen kann, das zu begreifen, dann werde ich als glückliche Frau sterben.«

Cinzia hatte gehofft, dass die Hexe mehr darüber erzählte, wieso sie glaubte, zu diesen Leuten predigen zu dürfen, aber so leicht wollte es ihr die Alte offenbar nicht machen.

Während die Frau ihre Habseligkeiten zusammenpackte – darunter auch einige Bücher, deren Titel Cinzia zu gern gewusst hätte –, versuchte Cinzia es erneut.

»Und was hat Euch auf unser Anwesen geführt, Jungfer … äh … Hexe?«

»Canta hat mich hierhergeführt, genau wie sie es bei allen anderen auch getan hat. So wie sie es auch weiterhin tun wird.«

»Aber alle anderen können mir erzählen, woher sie kommen und was sie dazu bewogen hat, den Weg hierher auf sich zu nehmen. Ich höre diese Geschichten so gern, da sie mir … ja, da sie mir Kraft geben und mir ins Gedächtnis rufen, wie wichtig das ist, was wir hier tun. Warum erzählt Ihr mir nicht Eure Geschichte?« Tatsächlich empfand Cinzia das, was sie bei diesen Gelegenheiten zu hören bekam, meist als verstörend: Die Leute hatten Stimmen gehört, etwas Seltsames empfunden oder nicht aufhören können, an Tinska zu denken. Elessa war offenbar erst der Anfang gewesen.

Die Hexe hievte sich ihr Bündel auf den Rücken. »Das könnte ich durchaus«, erwiderte sie. »Mögt Ihr mich zu meinem Zelt begleiten?«

Cinzia nickte. »Aber gern.« Dann streckte sie eine Hand aus. »Ich kann Euer Bündel tragen, wenn Ihr möchtet.«

Doch die Alte winkte ab und setzte sich in Bewegung. »Macht Euch meinetwegen keine Sorgen, meine Liebe. Ich bin zwar alt, aber nicht schwach. Noch nicht, jedenfalls. Doch ich bin mir nicht sicher, ob meine Geschichte für Euch auch so erbaulich sein wird.« Für jemanden ihres Alters marschierte sie mit erstaunlich schnellen Schritten los.

»Ich bin nur neugierig«, sagte Cinzia und eilte hinter ihr her.

Die Hexe seufzte. »Wie Ihr wollt. Ich bin erst vor Kurzem aus Cineste hergekommen. Eigentlich wollte ich mich an der Westküste mit einer alten Freundin treffen, aber als ich nach Tinska kam, war sie nicht mehr da.«

»Ist sie weggezogen?«

»Sie ist gestorben«, erwiderte die Hexe. »So etwas passiert, wenn man erst mal in meinem Alter ist. Wenigstens hat sie all das hier nicht mehr miterleben müssen.« Die Hexe breitete die Arme aus.

»Ihr meint die Auferstehung?«

»Das ist nicht das Einzige, was einen neuerdings zur Verzweiflung bringt, wenn Ihr versteht, was ich meine.«

»Ich bin mir nicht ganz sicher, ob ich Euch folgen kann. Reichen die Neun Dämonen als Bedrohung denn nicht aus?«

»Nein, das tun sie leider nicht, meine Liebe.«

»Dann meint Ihr damit etwa die Tiellaner?«

Die Hexe blieb stehen und sah sich um. »Ich meine damit alles, was heutzutage auf der Sphaera nicht in Ordnung ist. Wie sollte ich mich da auf eine Sache festlegen?«

»Ihr weicht meiner Frage aus«, stellte Cinzia fest, die immer ärgerlicher wurde. »Seid Ihr etwa nicht der Ansicht, dass Ihr Euch gegen die Tiellaner aussprecht?«

»Ich sage nur die Wahrheit.«

»Und Ihr denkt wirklich, die Tiellaner würden von den Neun Dämonen abstammen?«

»So ist es nun einmal.«

Cinzia hätte beinahe die Augen verdreht. »Woher habt Ihr Euer Wissen? Und woher wisst Ihr von der Auferstehung?«

Die Hexe grinste schelmisch. »Ah ja. Ihr seid eben nicht die einzige Frau, die die cantische Denomination verlassen hat, Cinzia.«

»Ihr …« Cinzia konnte es nicht fassen. »Ihr wart bei der Denomination? Als Priesterin?«

»Eine Zeit lang schon. Danach war ich Matrone und schließlich Hohepriesterin. Und nun bin ich das, was Ihr hier vor Euch seht.«

»Ihr wart Hohepriesterin? Wie lange ist das her?«

»Das war noch vor Eurer Geburt, meine Liebe.«

»Aber Ihr seid gegangen. Warum?«

»Wieso seid Ihr gegangen? Weshalb tun es nicht alle? Das, was innerhalb der Denomination geschieht, wird nicht länger von unserer Göttin bestimmt. Ich kann mir gut vorstellen, dass es inzwischen noch viel schlimmer geworden ist. Es überrascht mich daher umso mehr, dass nicht tagtäglich unzählige Frauen das Weite suchen. Ich hätte mein Gewicht in Gold gezahlt, wenn ich dafür hätte früher gehen können, als es mir letzten Endes möglich gewesen ist.«

»Und daher wisst Ihr so viel über die Neun Dämonen?«, fragte Cinzia. »Weil Ihr bei der Denomination wart?«

Die Hexe blieb stehen. Sie waren an einem kleinen Zelt am Rand des Geländes angekommen. »Hier lebe ich«, sagte die Hexe und setzte ihr Bündel ab.

»Hier schlaft Ihr?« Cinzia konnte ihre Verblüffung nicht verbergen. Ihr war zwar klar gewesen, dass manche Odeniten unter nicht gerade guten Bedingungen lebten, aber es war etwas ganz anderes, diese Behausungen mit eigenen Augen zu sehen.

Die Hexe setzte sich auf einen Baumstumpf neben dem Zelt und blickte zu Cinzia auf. »Es kommen Dutzende von Menschen, um mir zuzuhören, und keiner interessiert sich dafür, wo ich mein Haupt zur Ruhe bette. Ist das nicht immer so?«

»Ich schätze schon.«

Die Hexe massierte sich die Füße, und Cinzia stand verlegen da und wusste nicht, was sie tun sollte. Schließlich siegte aber doch die Neugier.

»Wie kommt es, dass Ihr so viel über die Neun Dämonen wisst?«, fragte sie. »Selbst innerhalb der Denomination gab es so gut wie keine Informationen über sie.«

»Als Hohepriesterin hatte ich Zugang zu gewissen Texten und anderen … Dingen. Dingen, die wir den Matronen oder Priesterinnen nicht zeigten und ganz bestimmt nicht der Öffentlichkeit. Dazu gehört auch eine zerstückelte Kopie der Neun Schriften.«

Cinzia blinzelte verblüfft.

»Das hat man Euch im Seminar nicht verraten, stimmt's?«, sagte die Hexe kichernd.

Cinzia schüttelte langsam den Kopf. »Nein«, gab sie zu, »das wusste ich nicht.« Sie fragte sich, was die Hexe wohl sagen würde, wenn sie wüsste, dass Cinzia und Jane die Neun Schriften übersetzten und dass sich die ursprüngliche Version in ihrem Besitz befand. »Würdet Ihr uns verraten, was Ihr wisst?«, bat Cinzia sie. Was immer die Hexe auch über die Neun Dämonen erzählte, musste in einem Teil stehen, den sie noch nicht übersetzt hatten – vorausgesetzt, die Stücke, die bei der Denomination aufbewahrt wurden, waren überhaupt echt. Es hätte Cinzia nicht überrascht, wenn es sich um Fälschungen handelte.

Es mussten Fälschungen sein. Dieser Unsinn über die Tiellaner konnte einfach nicht der Wahrheit entsprechen.

»Ich erzähle jeden Tag am Teich, was ich weiß«, entgegnete die Hexe. »Ihr könnt mir gern zuhören, dann erfahrt Ihr es ebenso wie jeder andere.«

»Ich bin mir nicht sicher, ob es klug ist, von den Neun Dämonen zu sprechen und Eure Zuhörer in Angst und Schrecken zu versetzen. Aber wenn Ihr Euer Wissen mit uns teilt, können wir vielleicht mehr als bloß Furcht hervorrufen.«

»Ach ja? Denkt Ihr tatsächlich, es wäre möglich, sich vor den Neun Dämonen zu schützen?«

»Ja«, sagte Cinzia. Es war keine direkte Lüge, da Jane und sie darauf hofften, in den Schriften etwas zu finden, womit man die Neun Dämonen bekämpfen konnte.

Die Hexe dachte kurz darüber nach. »In Ordnung«, gab sie schließlich nach. »Wenn Ihr wirklich denkt, wir wären dazu in der Lage, diese Leute zu schützen …«

»Ich habe noch eine Bedingung«, fiel Cinzia ihr ins Wort.

»Und die wäre?«

»Ihr dürft die Tiellaner bei Euren Predigten nicht mehr erwähnen und nicht mehr behaupten, sie wären die Kinder der Neun Dämonen.«

»Jetzt klingt Ihr schon fast wie die Denomination«, sagte die Hexe und zog die buschigen Augenbrauen hoch. »Wollt Ihr mir vorschreiben, was ich sagen darf und was nicht?«

Cinzia bekam rote Wangen. »Ihr wollt diese Leute doch beschützen, oder nicht? Dann müsst Ihr tun, was ich sage. Ihr könnt reden, was immer Ihr wollt, wenn Ihr allein seid, aber wir werden diese Gemeinde beschützen, und das, was Ihr da sagt, schadet ihr.«

»Das sehe ich anders.«

»Es ist mir völlig gleichgültig, wie Ihr das seht!«, fauchte Cinzia und war selbst überrascht, dass sie so wütend wurde. »Entweder hört Ihr damit auf, oder wir ergreifen andere Maßnahmen.«

Die Hexe runzelte die Stirn und sah Cinzia in die Augen. Cinzia befürchtete schon, dass die alte Frau sich weigern würde.

Doch dann nickte sie. »Ich werde tun, was Ihr sagt, wenn Ihr wirklich glaubt, dass Ihr uns beschützen könnt.«

KAPITEL 16

Harmoth-Anwesen

Noth lehnte sich an die Westwand des Hauses und sah mit an, wie die Sonne im Meer versank. Zu seiner Rechten hörte er irgendwo von der Nordseite des Hauses die Geräusche der Odeniten. An diesem Tag waren schon wieder fünf angekommen, eine vierköpfige Menschenfamilie und eine ältere Tiellanerin.

Jane und Cinzia waren damit beschäftigt, dieses Buch zu übersetzen, er hatte am frühen Abend bei ihnen hereingeschaut. Doch Jane hatte darauf bestanden, dass er das Zimmer nicht betrat, sondern im Türrahmen stehen blieb, damit er das verdammte Buch nicht sehen konnte. Sie passten unglaublich gut darauf auf. Er hätte gern behauptet, dass das nichts mit ihm zu tun hatte, doch das wusste er seit Izet besser.

Die Sonne stand jetzt direkt über dem Horizont und sah aus wie eine rot-orangefarbene Kugel. Noth hörte Schritte und spannte die Muskeln an. Als er sich umdrehte, sah er Elessa auf sich zukommen.

»Entschuldigt«, sagte sie. »Ich wusste nicht, dass Ihr hier seid.«

Noth zuckte mit den Schultern. »Dieser Platz gehört mir nicht. Ihr könnt Euch frei bewegen.«

»Das mag ja sein, aber wenn ich … wenn ich Euch störe, kann ich auch wieder gehen.«

»Ihr stört niemanden«, murmelte Noth.

Als sie nichts erwiderte, wurde ihm das Schweigen unangenehm. Er überlegte, ob er gehen oder eine Unterhaltung anfangen sollte, und seine Entscheidung überraschte ihn selbst am meisten.

»Ihr seid vor einem Jahr hier angekommen«, sagte Noth, der sich an ihre letzte Unterhaltung erinnerte. »Vielleicht möchtet Ihr mir die Geschichte erzählen?«

Elessa lehnte sich neben Noth an die Wand. Ihm war bereits aufgefallen, dass sie eine ganz bestimmte Haltung an den Tag legte, die er kannte. Er schloss daraus, dass sie von Adel war. Doch da war noch etwas: Sie spannte unauffällig die Muskeln an und bewegte sich mit einer gewissen Geschmeidigkeit, die darauf hindeutete, dass sie allzeit für einen Kampf bereit war und auch darin ausgebildet war, auch wenn Noth keine Waffe an ihr entdecken konnte.

»Wenn Ihr möchtet, kann ich Euch die Geschichte gern erzählen«, erwiderte Elessa. »Aber eigentlich gibt es da nicht viel zu sagen. Das Ganze ist weitaus weniger aufregend, als Ihr vermutlich erwartet.«

»Meine Erwartungen sind sehr gering«, versicherte Noth ihr.

»Na gut«, erwiderte Elessa. »Aber ich kenne Euch nicht besonders gut, Noth, und würde auch gerne mehr über Euch erfahren, immerhin seid Ihr der Geheilte.«

Noth schnaubte. »Der Bitte kann ich gern nachkommen, aber ich habe zuerst gefragt, Schätzchen.«

»Ich kam vor einem Jahr nach Tinska, weil meine Eltern gestorben sind«, sagte Elessa lächelnd, doch in ihrem Blick stand Trauer. »Zuvor hatte ich mein Leben lang in Turandel gelebt, einer Stadt, die etwas weiter südlich an der Küste liegt. Dann starben meine Eltern, und ich … ich hatte keinen Grund mehr, dortzubleiben.«

»Wer waren Eure Eltern?«, fragte Noth.

»Mein Nachname lautet Storonam«, antwortete Elessa mit sichtlichem Widerwillen. »Meine Eltern waren Ingran und Faria.«

Noth blinzelte. Ingran und Faria Storonam. Die Namen hörten sich vertraut an. Ein seltsames Kribbeln rührte sich in der hintersten Ecke seines Verstandes, aber er wusste, dass er dieses Gefühl meiden musste, denn genau das hatte er auch gespürt, als sie auf das Harmoth-Anwesen gekommen waren, kurz bevor …

»Tut mir sehr leid, dass sie gestorben sind«, sagte er und bildete sich ein, dass sie bei seinen Worten zusammenzuckte, doch er konnte es im schwachen Licht nicht sicher erkennen.

»Als mir meine Eltern genommen wurden, hat sich etwas … verändert. Alles, was früher von Bedeutung war, wurde auf einmal unwichtig. Es kam mir seltsam vor, mich als frisch verwaiste Frau in den Adelskreisen von Turandel zu bewegen. Und kurz darauf wurde ich … gezwungen zu gehen.«

»Ihr wurdet gezwungen?«, fragte Noth stirnrunzelnd. »Von den anderen Adligen?«

»Nein, so war das nicht. Na ja, eigentlich schon, aber so habe ich das nicht gemeint. Etwas anderes hat mich dazu gezwungen.« Sie sah Noth in die Augen. »Habt Ihr schon mit Jane über ihre Visionen gesprochen?«

Noth kaute auf der Innenseite seiner Wange herum. Zwar hatte er schon gehört, dass Jane ihre Visionen erwähnte, aber wirklich mit ihr darüber unterhalten hatte er sich nicht. Für Religion interessierte er sich ebenso wenig wie für Politik. Jedenfalls war es bis Izet so gewesen.

»Ich will damit nicht sagen, dass ich eine Vision gehabt hätte«, sagte Elessa rasch. »Ich bin ganz und gar nicht so wie Jane. Aber ich hatte den Eindruck … das Gefühl, dass ich Turandel verlassen und hierherkommen sollte.«

Noth zog die Augenbrauen zusammen. Normalerweise scherte er sich nicht um das, was andere Leute glaubten, solange es ihn nicht betraf, aber ihre Worte klangen schon ein wenig verrückt.

»Wenn es ein Gefühl war, woher wusstet Ihr dann, dass Ihr hierherkommen müsst?«

»Das weiß ich nicht genau«, gab Elessa zu. »Ich weiß nur, dass ich irgendwann hier war und dass ich genau hier sein soll.«

Obwohl das wirklich verrückt klang, nickte Noth. »Habt Ihr mit Jane darüber gesprochen?«

»Noch nicht«, antwortete Elessa. »Ich wollte es, aber sie ist sehr beschäftigt …«

»Ich werde sie bitten, mit Euch zu reden«, sagte Noth. Trotz seiner Skepsis durfte Noth eine andere Sache nicht vergessen. Cinzia hatte in Navone eine vermeintliche Offenbarung gehabt, der sie nachgegangen waren. Diese Offenbarung hatte letzten Endes den Tod von Lian, Winter und Kovac herbeigeführt, und sie hatte auch fast alle anderen das Leben gekostet. Jane und Cinzia hatten ihnen später mitgeteilt, dass dies nicht etwa Cantas Werk gewesen war, sondern das einer anderen Macht, wahrscheinlich ebenjener, die auch Besitz von Kovac ergriffen und sich Noth, Winter und Astrid im Kaiserpalast entgegengestellt hatte. Seltsamerweise nahm Noth es Cinzia bis heute nicht übel, dass sie sie in die Irre geführt hatte, denn sie schien gänzlich schuldlos daran zu sein. Außerdem war es ohnehin seine Idee gewesen, nach Roden zu gehen.

»Das würde mir sehr viel bedeuten«, erwiderte Elessa. »Vielen Dank.«

Falls Elessa ebenfalls von irgendeiner Macht beeinflusst worden war, dann wäre es besser, wenn Jane und Cinzia der Sache auf den Grund gingen, bevor erneut etwas Schreckliches geschah. Sollte es jedoch nichts dergleichen sein, konnte Jane ihnen das vermutlich ebenfalls sagen.

Noth seufzte. »Eure Eltern … Ihre Namen kommen mir irgendwie bekannt vor, aber ich kann sie nicht zuordnen.« Da war dieses seltsame Gefühl wieder, irgendwo ganz weit hinten in seinem Kopf.

»Wart Ihr schon einmal in Turandel?«, fragte Elessa.

»Nein«, antwortete Noth, »nicht dass ich wüsste.« Dieses Gefühl schien ihn zu verspotten. Möglicherweise war er ja doch schon in Turandel gewesen – oder zumindest ein Teil von ihm. »Wie sind sie gestorben?«, wollte er wissen, aber als er Elessa in die Augen sah, kannte er die Antwort bereits.

»Sie wurden ermordet«, sagte sie.

»Geht es Euch gut?«, fragte die Frau.

Die Frau, dachte Lathe. Elessa Storonam, Tochter von Ingran und Faria Storonam.

»Ist alles in Ordnung, Noth?« Elessa klang langsam besorgt.

Lathe starrte sie an und blickte dann zur Sonne am westlichen Horizont hinüber. Er hatte nicht die geringste Ahnung, wie er hierhergekommen war. Oder wo er sich überhaupt befand.

Aber eines war sonnenklar: Er hatte Ingran und Faria

Storonam mit seinen eigenen Händen getötet. Und dass er sich jetzt hier bei ihrer einzigen noch lebenden Tochter aufhielt, konnte nicht gut enden.

Er streckte eine Hand aus und umfasste die Kehle der Frau. Sie keuchte auf und griff sich an den Hals. Lathe wusste nicht, wieso sie wissen wollte, ob es ihm gut ging. Ebenso wenig wusste er, was hier eigentlich vor sich ging, aber eine Sache war klar: Er hatte nicht die Kontrolle.

Und wenn Lathe etwas nicht leiden konnte, dann waren es Situationen, die er nicht unter Kontrolle hatte.

Er drehte sich um, sodass er das Meer im Rücken hatte. Vor ihm ragte ein großes Haus auf. Wahrscheinlich war er bewusstlos geschlagen worden, als er … als er …

Mit finsterer Miene ging er in Richtung Norden um das Haus herum. Als er was? Lathe konnte sich nicht daran erinnern, was er zuletzt getan hatte.

Sobald er um die Ecke bog und die Menge sah, die sich auf dem Gelände aufhielt, fluchte er laut. Sofort ging er wieder in Deckung. Einige hatten in seine Richtung gesehen, da war er sich ganz sicher. Dabei war ihm eine Person insbesondere aufgefallen; ein junges Mädchen mit einem Umhang, doch das war jetzt nicht weiter wichtig. Die Menge hatte nicht im Geringsten feindselig gewirkt, auch wenn Lathe diese Annahme eigentlich gar nicht treffen konnte, da er beim besten Willen nicht wusste, wo bei der Unterwelt er überhaupt war. Einhundert Personen konnten ihm so oder so Probleme bereiten.

Lathe drehte sich um und ging an der dem Meer zugewandten Seite des Hauses entlang. Elessa war an der Mauer zusammengesackt, umklammerte noch immer ihren Hals und gab leise pfeifende Geräusche von sich. Sie streckte eine Hand nach ihm aus, aber Lathe eilte an ihr vorbei und um die nächste Ecke, sodass er sich auf der

Rückseite des Hauses befand. Nachdem er sich durch einen Blick über die Schulter vergewissert hatte, dass ihm niemand gefolgt war, marschierte er in Richtung Süden durch einen Garten.

Früher einmal war dieser Garten gut gepflegt gewesen, jetzt wirkte er jedoch vernachlässigt. Die Büsche und Blumenbeete waren mit Laub bedeckt und von Unkraut überwuchert. In einiger Entfernung schien sich ein Friedhof zu befinden, da war er sich allerdings nicht ganz sicher, denn das Gelände hatte immense Ausmaße. Am besten verschwand er auf der anderen Seite des Friedhofs im Wald und machte sich auf die Suche nach der nächsten Straße in der Hoffnung, bald auf eine größere Siedlung zu stoßen. Er befand sich irgendwo an der Westküste von Khale, wahrscheinlich eher im Norden, so viel verrieten ihm der Sonnenuntergang, der Strand und das frostige Wetter. Mehr wusste er allerdings nicht.

»Wo willst du denn hin, Nomade?«

Lathe blieb stehen. »Ich habe hier nichts zu suchen«, antwortete er. »Ich will einfach nach Hause.«

Er drehte sich langsam um. Ein Kind hatte ihn angesprochen; das Mädchen, das ihm schon eben in der Menge aufgefallen war und das sich die Kapuze tief ins Gesicht gezogen hatte.

»Wer bist du?«, fragte Lathe.

Das Mädchen lachte und trat näher. »Jemand, dem etwas an dir liegt. Die bessere Frage wäre im Augenblick, wer du jetzt bist, Nomade.«

Lathe runzelte die Stirn. Das Kind kannte ihn. Oder glaubte jedenfalls, ihn zu kennen. Aber das war nicht weiter wichtig. Vielleicht hatte er hier eine geheime Mission absolviert und das war der Grund dafür, dass alle dachten, er wäre jemand anderes.

Wenn das stimmt, wieso kann ich mich dann nicht an meine Befehle erinnern? Er erinnerte sich an sein Haus in Triah, an Sirana und an die Nazaniin. Aber nicht an diesen Ort. Und auch nicht an dieses Mädchen. Und er hatte keine Ahnung, was bei der Unterwelt passiert war, was ihn hierhergeführt hatte.

»Ich werde jetzt gehen«, erklärte Lathe. »Aber ich kann leider nicht zulassen, dass du wegläufst und es irgendjemandem erzählst.« Er ging langsam auf das Mädchen zu.

Die Kleine riss die Augen auf. »Was hast du mit mir vor?«, fragte sie.

»Ich werde tun, was getan werden muss.«

»Bitte«, stammelte sie, »bitte tu mir nicht weh.«

Lathe würde ihr nicht wehtun, jedenfalls nicht sehr. Er hatte vor, sie zu fesseln und zu knebeln. Dann konnte er sie irgendwo hinsetzen, wo man sie bald finden würde. Er hatte nicht vor, grundlos ein Kind zu verletzen.

»Bitte«, sagte das Mädchen noch einmal und wich vor ihm zurück. Die untergehende Sonne warf ihre orangefarbenen Strahlen durch den Garten und auf ihre Kapuze, hinterließ aber auch überall graue Schatten.

Lathe ging weiter auf die Kleine zu. Wenn sie schrie, würde er sich beeilen müssen. Er packte schnell ihr Handgelenk und wollte ihr gerade den Mund zuhalten, als sie sich ihm entwand. Lathe runzelte die Stirn. War sie etwa eine ausgebildete Kämpferin? Oder hatte man ihr beigebracht, wie sie sich verteidigen konnte? Sie musste eine Adlige sein, wenn sie in so jungen Jahren schon so etwas lernte.

Er wollte sich auf sie stürzen, doch sie wich ihm aus – schneller, als es überhaupt möglich sein sollte. Lathe griff in die Luft. Er wirbelte zu ihr herum, und da schlug sie ihm auch schon ins Gesicht.

Bei der Göttin, tat das weh!

Lathe blinzelte, als vor seinen Augen kurz alles verschwamm. Dieses Mädchen war nicht das, wonach es aussah. Was bedeutete, dass hier alles völlig anders war, als es den Anschein machte.

»Ganz genau«, sagte das Mädchen grinsend und hatte die gespielte Hilflosigkeit aufgegeben. »Du hast die falsche Frage gestellt, als du wissen wolltest, wer ich bin.«

Lathe konnte es sich nicht erlauben, Zeit zu verschwenden. Er lief von der Kreatur weg und auf das Haus zu. Wenn er sie abschütteln konnte, würde er einfach um das Gebäude herum und gen Osten rennen, um dort im Wald zu verschwinden.

Die Kleine prallte von der Seite gegen ihn, aber Lathe rollte sich im Fallen ab und nutzte den Schwung, um sie gegen die Hauswand zu drücken. Er legte die Arme um sie und presste sie gegen die Wand.

Jeder normale Mensch wäre von dem Aufprall erst einmal benommen gewesen, und ein Kind hätte vermutlich bleibende Schäden davongetragen. Wie immer, wenn er es mit Kindern zu tun hatte, spürte Lathe einen Anflug von Reue.

Aber dieses Kind zuckte nicht einmal mit der Wimper. Lathe presste die Kleine gegen die Wand, und als er ihr gerade die Kehle zudrücken wollte, trat sie ihm fest gegen die Brust und stieß ihn von sich. Bevor er sich von dem Tritt erholt hatte, hockte sie auch schon über ihm.

»Du hättest mich lieber fragen sollen, *was* ich bin.«

Lathe wehrte den ersten Schlag ab, doch der zweite traf ihn in den Bauch. Er spannte die Muskeln an, spürte den Schmerz aber trotzdem. Dem dritten Hieb konnte er ausweichen, und ihre Faust zielte an ihm vorbei, wodurch sie das Gleichgewicht verlor. Lathe packte ihr Handgelenk und verdrehte es, während er sie gleichzeitig von sich herunterrollte.

Der Trick funktionierte, und er hockte sich dem Mädchen gegenüber. Sie schüttelte ihre schlaff herabhängende Hand. Das war ein gutes Zeichen, denn dann spürte sie den Schmerz.

»Du musst Lathe sein«, stellte sie grinsend fest.

Er erwiderte nichts. Das alles ergab für ihn keinen Sinn: dieses Mädchen, das unnatürlich kräftig und schnell war, dass er sich nicht erinnern konnte, wie und warum er an diesen Ort gelangt war. Es fühlte sich an wie ein Traum, doch dafür war seine Umgebung viel zu wirklich.

Das Mädchen griff ihn erneut an, änderte jedoch im letzten Augenblick die Richtung und sprang gegen die Wand, um so seinen Kopf zu attackieren. Lathe sprang im letzten Augenblick aus dem Weg und nutzte ihren Schwung, um sie in den Garten zu schleudern. Die letzten Sonnenstrahlen verblassten soeben.

Lathe wollte gerade losrennen, als ihn etwas innehalten ließ. Es war ein Instinkt, den er seit Jahren nicht mehr eingesetzt hatte. Draußen im Garten in dem Zwielicht, in das er das Mädchen geschleudert hatte, sah er zwei leuchtende, grüne Punkte.

»Vampir«, knurrte er.

»Gut erkannt.«

Lathe fluchte. Nun, da die Sonne untergegangen war, hatte er keine Chance mehr. Ihm war zwar noch nie ein kindlicher Vampir über den Weg gelaufen, aber wenn er die Stärke, die sie am Tag besaß, als Maßstab nahm, dann musste sie in der Nacht sogar für ihn tödlich sein.

Sie stürmte auf ihn zu, und Lathe wappnete sich. Zum ersten Mal seit vielen Jahren – wieder einmal machten sich die seltsame Leere in seinem Inneren und das mangelnde Zeitgefühl bemerkbar – hatte er Angst. Diesen Kampf konnte er nicht gewinnen.

Kurz bevor der Vampir ihn erreichte, griff Lathe in die Leere. Es ging ganz einfach, trotz allem, was bisher mit ihm passiert war. Er befand sich in der warmen Dunkelheit und streckte zwei Tendrae zur Seite aus, um mit jeder einen großen Stein zu packen. Die anderen Tendrae stieß er nach vorn, legte sie um den Vampir und versuchte, ihre Kleidung und so auch sie festzuhalten. Da er Teleniker war, konnten Lathes Tendrae nur mit leblosen Objekten interagieren. Felsen, Waffen und Kleidungsstücke waren gut geeignet, aber seine Tendrae gingen durch alles Lebendige wie Bäume, Tiere und natürlich Personen hindurch.

Er musste feststellen, dass seine Tendrae erschreckend schwach waren. Es gelang ihm gerade so, die Steine hochzuheben, während seine anderen Tendrae – insgesamt neunzehn – den Vampir kaum aufhielten, der immer näher kam.

Die Kleine prallte gegen ihn, sodass er mit dem Hinterkopf gegen die Mauer schlug. Er hätte es besser wissen müssen. Wieso verließ er sich auf die Psimantie, um sich aus dieser Situation zu befreien, wo seine Erinnerungen doch derart … umwölkt waren? Sein Kopf war so leer. Der Vampir zog ihm die Beine weg, und Lathe sackte zu Boden, er hatte sich noch immer nicht von dem Schlag gegen den Kopf erholt.

»Ich wusste doch, dass du deine Fähigkeiten nicht verloren hast«, stellte sie fest. »Du musst nur wieder lernen, wie man sie benutzt.«

Lathe blinzelte, als sie ihn umdrehte, sodass er mit dem Gesicht auf dem Boden lag. Dann spürte er, wie sie ihm die Hände hinter dem Rücken fesselte.

Was macht sie mit mir? Er hatte schon seit sehr langer Zeit keinen so schweren Schlag mehr gegen den Kopf abbekommen, so viel wusste er. *Was stellen Vampire mit jenen an, die sie töten?* Dieses Balg bereitete vermutlich gerade seine nächste Mahlzeit vor.

»Astrid! Was machst du denn da?«

Zwei Frauen bogen um die Hausecke und liefen auf sie zu.

»Er hat wieder einen Anfall«, erklärte der Vampir. »Kommt schnell her, bevor er einen Weg findet, sich zu befreien.«

Lathe spürte weitere Hände auf sich. Er reckte den Hals, um eine der Frauen anzusehen, deren Gesicht im Schatten lag, während sie seine Schultern festhielt. Die andere, eine Blonde, legte die Hände auf seinen Kopf. *Ich kenne sie,* dachte Lathe. Er wehrte sich, aber der Vampir war viel zu stark für ihn.

»Wehr dich nicht, du Idiot«, schimpfte das Monster. »Wir wollen dir doch nur helfen.«

Die blonde Frau sagte jetzt etwas, aber Lathe konnte die Worte nicht verstehen. Ihre Augen waren selbst in diesem Licht strahlend blau. Er kannte ihr Gesicht von einem Bildtransfer, den ihm einer der Haus-Acumanten gezeigt hatte. Ein möglicher Vertrag. Die Gruppe, die sie für den Anschlag in Betracht zog, hatte sie noch nie zuvor angeheuert.

Die cantische Denomination.

Er hatte eine gesuchte Frau vor sich. Und sie wurde nicht nur gesucht, wahrscheinlich war auf ihren Kopf auch ein Preisgeld ausgesetzt. Lathe wusste nicht, wie viel Zeit er verloren hatte, aber es war bestimmt genug, um diesen Vertrag an jemand anderen zu verlieren. Diese Frau war so gut wie tot. Es war nur noch eine Frage der Zeit.

Und dann, als die Frau weitersprach, überkam ihn ein seltsames Gefühl, als würde er einfach so einschlafen und in die Dunkelheit gleiten …

Noth erwachte mit dem Gesicht im Dreck und etwas Hartem im Rücken.

»Fühlst du dich wieder besser, Nomade?« Astrids Stimme kam von oben – vermutlich drückte sie ihn auf den Boden und hielt ihn fest.

»Hatte ich wieder einen Anfall?«, fragte er und musste husten.

Astrid ließ ihn los, und er drehte sich um und schaute zu Cinzia und Jane auf, die ernst auf ihn herabblickten.

»Ja«, bestätigte Jane. »Wie fühlst du dich?«

»Jetzt wieder gut«, antwortete Noth. Er stand langsam auf und klopfte sich den Staub von der Kleidung. »Was genau habe ich …« Noth stutzte und runzelte die Stirn. Dann beugte er sich vor und übergab sich.

Er hörte, wie Astrid laut fluchte und Cinzia leise etwas murmelte. Jane sagte, dass sie einen Lappen holen wollte, dann eilte sie zurück zum Haus.

»Mein Kopf«, murmelte Noth, als nichts mehr kam, und wischte sich den Mund mit einem Ärmel ab. »Was ist mit mir passiert?«

»Das war dann wohl ich«, sagte Astrid leise.

Noth blickte zu ihr auf. »Lathe?«

Sie nickte.

Cinzia betastete Noths Kopf. »Wovon redet ihr da?«

»Das war der Anfall, den wir seit dem ersten vor einigen Wochen befürchtet hatten«, erklärte Astrid. »Lathe ist eine der primären Sifts in Noths Kopf. Es ist Lathes Körper, den Noth in Besitz genommen hat.«

»Und wer ist Lathe?«, fragte Cinzia und sah Noth in die Augen. »Bei der Göttin«, flüsterte sie.

»Lathe ist ein Assassine der Nazaniin«, erwiderte Noth, der keinen Sinn darin sah, lange um den heißen Brei herumzureden.

»Noth …«, flüsterte Cinzia und starrte ihn an.

»Meine Pupillen sind nicht gleich groß.« Noth nickte. Dann hatte er eine Gehirnerschütterung. Aufgrund seiner Kopfschmerzen und der Übelkeit hatte er das längst vermutet.

Cinzia sah Astrid wütend an. »Was hast du mit ihm gemacht?«

»Ich habe verhindert, dass er wegläuft«, erwiderte der Vampir.

»Indem du ihm eine verdammte Gehirnerschütterung verpasst?«

»Immer noch besser, als wenn er entkommen wäre und wir ihn nie mehr wiedergefunden hätten«, entgegnete Astrid. »Oder, schlimmer noch, wenn er jemanden im Lager verletzt hätte.«

Noth bekam einen trockenen Mund. »Ich habe jemanden verletzt«, sagte er und zermarterte sich das Gehirn, bis es ihm endlich wieder einfiel. »Elessa war bei mir. Geht es ihr gut?«

Astrid und Cinzia sahen einander an, sagten jedoch nichts, und mehr musste Noth auch gar nicht wissen.

»Sie wird sich wieder erholen«, versicherte Cinzia ihm

rasch. »Aber du hast ihr wehgetan, und sie wird vermutlich eine Weile nicht richtig sprechen können.«

Noth schüttelte den Kopf. Was hatte er sich nur dabei gedacht, als er hiergeblieben war? Es würde noch genauso ablaufen wie in Pranna. Irgendwann schadete er denjenigen, die ihm am Herzen lagen, allein weil er sich in ihrer Nähe aufhielt.

»Noth …«, begann Astrid, aber er ignorierte sie.

»Wo ist Elessa?«, fragte er. »Kann ich sie sehen?« Er musste sich bei ihr entschuldigen.

»Ich halte das nicht für besonders klug«, gab Cinzia zu bedenken.

Noth nickte, aber seine Schuldgefühle waren beinahe unerträglich. Natürlich wollte sie ihn nicht sehen, er hatte sie schließlich beinahe umgebracht.

»Du musst dich ausruhen«, sagte Cinzia. Sie starrte Astrid erneut zornig an. »Du bist verletzt, und wenn du dich nicht hinlegst, könnte es noch schlimmer werden.«

»Gib ihr nicht die Schuld daran«, knurrte Noth. »Sie hat getan, was sie tun musste.« Aber Cinzia hatte recht, er war verletzt. »Griezetaminblatt«, überlegte er laut. »Das muss hier in der Nähe wachsen. Es wird mir guttun.«

»Ich weiß, was das ist«, sagte Astrid. »Ich hole es dir.« Bevor er noch etwas sagen konnte, war sie auch schon losgerannt.

»Sie fühlt sich schuldig.«

Noth und Cinzia drehten sich zu Jane um, die mit einigen feuchten Tüchern zurückgekehrt war, die sie Noth reichte. »Du musst dich sauber machen«, sagte sie. »Und danach ruhst du dich aus.«

Noth drehte sich noch einmal um und sah Astrid hinterher. Sie musste sich nicht schuldig fühlen wegen dem, was sie getan hatte, denn es war notwendig gewesen, um die anderen zu beschützen und um ihn vor sich selbst zu schützen. An alldem war nur Noth schuld.

»Weiß noch jemand, was passiert ist?«, fragte Noth. Er wusste nicht, warum, aber er wollte nicht, dass man schlecht von ihm dachte. Janes wachsende Anhängerschar würde ihn nicht länger als den Geheilten bezeichnen, wenn sie wüsste, was er getan hatte, und Noth war sich nicht sicher, ob das nicht sogar begrüßenswert gewesen wäre. Aber es gab auch noch andere Menschen wie Cinzias Eltern und Ader, und sie sollten sich auf keinen Fall vor ihm fürchten.

Aber Noth wollte auch kein Grund einfallen, warum sie es nicht tun sollten.

»Noch nicht«, antwortete Jane, »und wir setzen alles daran, dass es auch so bleibt. Sollte Elessa allerdings beschließen, es zu erzählen, können wir sie nicht davon abhalten. Und selbst wenn wir es könnten, wäre ich dagegen.«

»Da hast du recht«, stimmte Noth ihr zu. »Das sollten wir nicht tun.«

Er wischte sich das Gesicht ab und rieb sich das Erbrochene von der Kleidung.

»Wir müssen noch über etwas anderes sprechen«, setzte Jane hinzu.

Noth lachte freudlos auf. »Das habe ich mir beinahe gedacht.«

»Ich begreife nicht ganz, was in dir vorgeht, Noth. Bisher ist es mir mit Cantas Hilfe immer gelungen, dich zu heilen, aber ich weiß nicht, wie lange das noch gut gehen wird. Deine … Du bist jedes Mal schwerer zu finden.«

»Warum hast du uns das nicht schon früher erzählt?«,

fragte Cinzia aufgebracht. »Dann hätten wir schon längst etwas unternehmen können.«

»Ich war mir nicht sicher«, gestand Jane. »Aber jetzt bin ich es.«

Noth holte mehrmals tief Luft und nickte dann. »Verstehe.« Er richtete sich langsam auf.

»Ich helfe dir.«

Er war sich nicht sicher, welche der Frauen das gesagt hatte, da um ihn herum alles dunkel wurde und er …

Noth taumelte, und Cinzia und Jane eilten zu ihm und stützten ihn. »Komm«, sagte eine der beiden. »Wir bringen dich ins Haus.«

Er wollte sich widersetzen und aus eigener Kraft hineingehen, wusste aber auch, dass er das nicht schaffen würde. Nach und nach formte sich in seinem Kopf ein Gedanke, und er wusste, was er zu tun hatte, aber das würde warten müssen, bis er wieder ganz gesund war.

»Ja«, sagte Noth und verdrängte diese Gefühle. »Gehen wir rein.«

KAPITEL 17

Astrid saß unter einem Vordach an der Nordseite des Harmoth-Hauses und hatte die Kapuze abgestreift. Es war erneut ein sonniger Tag, was hier nur sehr selten vorkam, wie Jane ihr mitgeteilt hatte, schon der zweite in Folge. Eigentlich sollte das Klima in Tinska für Astrids Vorlieben perfekt sein, aber in letzter Zeit war es das nicht.

Es war weiterhin kühl, aber sie schrieben auch erst den dritten Monat des Jahres. Die meisten Odeniten trugen noch Umhänge und Pelze. Der Schnee war jedoch fast vollkommen geschmolzen, und das Grün kam langsam durch.

Einige warfen ihr im Vorbeigehen Blicke zu. Die Leute redeten über das, was Cinzia und Jane taten, und irgendwie hatte sie die Kunde über eine neue Religion erreicht. Einige wollten sogar schon Positionen besetzen, um Cantas willen. Die menschliche Gier war wirklich unvergleichlich – oder auch die der Tiellaner. Wenn es um Macht ging, griffen einige ohne Zögern zu.

Astrid sah in der Ferne, dass sich am Teich wieder eine Gruppe versammelte. Die Hexe hatte erneut zu predigen begonnen. Die alte Frau zog von Mal zu Mal mehr Zuhörer an. Astrid wollte schon zu ihr gehen und sich anhören, was sie zu sagen hatte, als jemand ihren Namen rief. Sie drehte sich um und sah Cinzia auf sich zueilen.

»Er ist weg«, sagte Cinzia.

Astrid musste nicht fragen, wen Cinzia meinte. Sie hatte befürchtet, dass Noth so reagieren würde, aber auch darauf gehofft, er wäre so vernünftig, sich erst von der Gehirnerschütterung zu erholen, bevor er die Stadt verließ.

»Wann hast du ihn das letzte Mal gesehen?«, fragte Astrid.

»Heute früh. Er hat in seinem Zimmer geschlafen. Jane und ich haben beide nach ihm geschaut.«

»Dann kann er noch nicht lange fort sein«, sagte Astrid. Bis zur Mittagszeit waren es noch einige Stunden. Das war gut. Er musste noch in der Nähe sein.

Sie seufzte. »Möchtest du, dass ich ihm folge?«

Cinzia musterte sie überrascht. »Wir waren davon ausgegangen, dass du das auf jeden Fall tun würdest.«

Astrid verdrehte die Augen. Das war etwas, das Noth diesen Frauen voraushatte: Er verstand ihren Humor. Sie sah zur Hexe hinüber und beschloss, dass die Alte warten musste.

»Ich werde ihn finden«, versprach Astrid und konnte nur hoffen, dass sie damit recht behalten würde.

Astrid wusste, dass Noth nicht die Straße nach Tinska genommen hatte. Das wäre viel zu offensichtlich, denn dann hätte man ihn gesehen und sich gefragt, wo der Geheilte wohl hinwollte. Nein, Noth besaß noch immer Lathes Instinkte. Ebenso wie Lathe am Abend zuvor, war auch Noth in östliche Richtung und durch den Wald verschwunden.

Das Gute an einer Verfolgung durch ein Waldgebiet

war, dass derjenige jede Menge Spuren hinterließ. Man musste nur einen Anfang finden. So ein Wald war groß. Doch sobald Astrid Noths Weg erst einmal gefunden hatte, wäre sie ihm auf der Spur.

Glücklicherweise dauerte das nicht lange. Astrid entdeckte mehrere abgeknickte Zweige und wusste, welchen Weg sie einschlagen musste.

Aus irgendeinem Grund hatte Noth gar nicht erst versucht, seine Spuren zu verwischen. Astrid entdeckte mehrere Fußabdrücke auf Blättern und auf dem Boden, zerbrochene Zweige und plattgetretenes Gras, sodass sie genau wusste, wo er langgegangen war. Normalerweise besaß Noth weitaus bessere Instinkte. Astrid hatte keine Ahnung, wieso er sie ignorierte.

Andererseits hatte sie ihm auch eine anständige Kopfverletzung verpasst.

»Was genau treibst du da?«

»Du hast dich im Kreis gedreht«, sagte sie und wandte sich ihm zu.

Noth zuckte mit den Schultern und steckte das Schwert wieder in die Scheide. »Ich dachte mir schon, dass du mir folgen würdest, daher schien es mir sinnlos, meine Spuren zu verwischen.«

»Du wolltest, dass ich dich finde«, erwiderte Astrid. Dieser Gedanke erfüllte sie aus irgendeinem lächerlichen Grund mit Hoffnung.

Erneutes Schulterzucken. »Ich wusste, dass du mich einholst«, meinte er. »Das ist nicht dasselbe.«

Astrid verdrehte die Augen. Hoffnung zu haben war so dumm. »Jetzt komm schon, Nomade, lass uns zurück zum Haus gehen. In deinem Zustand solltest du nicht durch den Wald laufen.«

»Ich gehe nicht wieder zurück.«

Sie verschränkte die Arme vor der Brust. »Ach nein? Dann hast du hoffentlich auch eine verdammt gute Erklärung dafür, denn ansonsten kommst du mit zurück, ob du nun willst oder nicht. Bilde dir nicht ein, dass ich dir eine Wahl lassen würde.«

Noth starrte sie mit finsterer Miene an.

»Muss ich dir noch eine Gehirnerschütterung verpassen?«

Er hob frustriert die Hände. »Ich bringe sie alle in Gefahr!«

Astrid erwiderte darauf nichts. Es war am besten, wenn er alles rausließ.

»Sie sind in meiner Nähe nicht sicher«, fuhr Noth fort. »Jane, Cinzia und ihre Familie schweben in Gefahr. Ich könnte jeden Augenblick einen neuen Anfall haben, und wer weiß, was Lathe anstellt, wenn er erneut an die Oberfläche kommt. Oder jemand, der noch schlimmer ist.« Noth machte einen Schritt auf Astrid zu. »Ich bin jetzt auch für dich gefährlich. Wenn Lathe das nächste Mal erwacht, könnte er sich an dich erinnern. Falls er das tut, wird er nicht zögern. Und wenn du glaubst, ich wäre es und nicht er …«

»Ich habe es dir doch schon einmal gesagt«, unterbrach Astrid ihn. »Es ist nicht so leicht, mich zu töten. Du weißt ja noch nicht mal, wie das geht.«

»Das kann schon sein, aber das sagt noch lange nichts darüber aus, was Lathe weiß.«

Astrid dachte kurz darüber nach. Die Nazaniin-Assassine Kali hatte genau gewusst, wie sie mit Vampiren umgehen musste. Daher war es durchaus denkbar, dass Lathe über dasselbe Wissen verfügte, schließlich hatten sie beide für diese Organisation gearbeitet. Astrid wusste nichts von irgendwelchen Nachtbann-Vorräten in der

Nähe, der Göttin sei Dank, aber es gab auch noch andere Methoden, um einen Vampir zu töten.

»Dann ist es also genau wie in Pranna«, stellte sie fest. »Du läufst vor deinen Problemen weg und vor den Einzigen auf der ganzen verdammten Sphaera, denen etwas an dir liegt.«

Bei diesen Worten starrte Noth sie wütend an. Das war gut.

»Denkst du wirklich, es wäre richtig gewesen, Pranna so zu verlassen? Glaubst du, Winter hätte dich nach allem, was in eurer Hochzeitsnacht geschehen ist, nicht mehr sehen wollen?«

»Meinetwegen musste ihr Vater sterben«, sagte Noth. »Ich konnte nicht davon ausgehen, dass sie mich jemals wiedersehen will.«

»Und doch war es so. Sie ist dir gefolgt und hat ihre Heimat für dich verlassen. Was sagt dir das, Nomade?«

Dieses Mal erwiderte er nichts. Der Idiot. Warum wollte er denn nicht mit ihr reden?

»Na los, reg dich auf. Verbiete mir, über Winter zu reden. Ich weiß doch, dass du das gerade denkst. Du läufst weg, weil du diejenigen nicht verlieren willst, die dir am Herzen liegen.«

»Da hast du recht«, gab Noth leise zu.

»Für jemanden, der immer versucht, das zu tun, was für alle um ihn herum das Beste ist, bist du ganz schön egoistisch. Du weißt ebenso gut wie ich, dass Jane und Cinzia in Gefahr schweben. Wir wissen, was all diese Leute hier bald durchmachen müssen. Das ist uns beiden klar, Noth, und du kannst ihnen helfen. Also bleib einfach hier, ja? Bleib bei uns.«

Noth räusperte sich. »Ich sagte doch schon, dass du recht hast.«

Astrid riss die Augen auf. »Stimmt, das hast du längst gesagt, nicht wahr?« Sie lachte erleichtert auf.

»Glaubst du, sie wollte mich nach allem, was in Pranna geschehen ist, noch sehen?«

Astrid blinzelte verwirrt. Ihr war klar, dass er von Winter sprach, aber … was wusste Astrid denn schon darüber? Nur das, was man ihr gesagt hatte. »Ich war nicht dort, Nomade. Ich kann dir nicht sagen, was sie gedacht hat. Aber wäre ich an ihrer Stelle gewesen, dann hätte ich es gewollt.« *Und ich will es jetzt,* hätte sie beinahe hinzugefügt. »Und jetzt komm. Lass uns zurückgehen, bevor du noch so einen verdammten Anfall kriegst.«

Sie setzte sich in Bewegung, aber Noth folgte ihr nicht. Seufzend drehte sie sich wieder zu ihm um. »Was ist denn noch?«

»Ich sagte, dass du recht hast, aber nicht, dass ich mit dir zurückkomme.«

So langsam wurde Astrid wütend. »Jetzt sei kein Idiot«, schimpfte sie. »Was bei der Unterwelt willst du denn tun?«

»Ich muss mehr über die Sifts in mir erfahren«, sagte Noth. »Damit das endlich aufhört.«

»Und du glaubst, du könntest das allein schaffen?«

»Ich muss es versuchen. Du behauptest, es wäre wie in Pranna, aber … Dieses Mal weiß ich, was mit mir los ist, und ich werde mich der Sache stellen.«

Astrid wusste, dass sie vorsichtig sein musste, damit ihr Kopf nicht vor lauter Enttäuschung explodierte. Allerdings hätte Noth das ihrer Meinung nach sogar verdient, weil er sich so dämlich verhielt.

»Und was wirst du tun, wenn du wieder einen Anfall hast und ganz allein da draußen bist?«, fragte sie. »Dann wird keine Jane da sein, um dir zu helfen.«

Noth zuckte mit den Schultern. »Keine Ahnung«, gab er zu. »Aber Jane hat selbst gesagt, dass sie mich nicht mehr viel länger heilen können wird. Irgendwann werde ich so oder so hilflos sein, ob ich nun bei ihnen bleibe oder gehe.«

Dieser dickköpfige Blödmann. Wenn Jane in der Nähe war, konnte sie es wenigstens versuchen. »Und wo bei der Unterwelt willst du hingehen?«

»Das kann ich dir nicht sagen«, erwiderte Noth mit einem Kichern. »Denn dann würdest du mich begleiten. Aber jemand muss in Tinska bleiben und Jane und Cinzia beschützen, wie du selbst gesagt hast.«

»Und was ist, wenn ich gehe?«, fragte Astrid, die diese Möglichkeit erst jetzt in Betracht zog. »Wie wäre es, wenn ich das suche, was immer du auch suchst?«

»Ich kann dich nicht dazu zwingen …«

»Das tust du auch gar nicht«, fiel sie ihm schnell ins Wort. »Ich würde es für dich tun. Du könntest dafür in Tinska bleiben und dich erholen. Jane könnte dich heilen, falls du wieder einen Anfall hast. Das wäre die weitaus bessere Lösung.«

Noth zögerte, und das war gut. Er dachte darüber nach. »Und was ist, wenn Lathe erneut hervorkommt?«, wollte er dann wissen. »Beim letzten Mal warst du die Einzige, die mich aufhalten konnte.«

»Keine Ahnung.« Astrid stellte genervt fest, dass sie den Plan nicht ganz durchdacht hatte. »Wir könnten dich bewachen lassen oder etwas in der Art. Dafür sorgen, dass Jane immer in der Nähe ist, falls du sie brauchen solltest.«

»Jane hat wichtigere Dinge zu tun, als auf mich aufzupassen.«

»Natürlich hat sie das. Ich habe nie behauptet, dass

mein Plan perfekt wäre, aber er ist immer noch besser als deiner.«

»Woher willst du denn wissen, was du tun sollst, wenn du dort ankommst, wo ich hinwill?«, fragte Noth.

Astrid lachte auf. »Was hast du denn vor?«, gab sie zurück.

Noth antwortete nicht, und sie grinste. Nun hatte sie ihn in die Ecke gedrängt.

»Wenn du improvisieren kannst, dann kann ich das auch«, sagte sie. »Und … wir könnten weiterhin in Kontakt bleiben.«

»Wie denn das?

»In dem Bündel, das du aus Tir mitgenommen hast, waren Leersteine.« Astrid erinnerte sich daran, die kleinen Steine gesehen zu haben, die etwa die Größe eines menschlichen Daumens hatten, poliert und mit Runen bedeckt. Sie hatte sofort gewusst, worum es sich dabei handelte, schließlich besaß sie selbst auch einen.

»Ich kann dir nicht folgen.«

Astrid seufzte. »Leersteine. Du besitzt welche. Damit ist es möglich, durch die Leere miteinander zu reden, wenn man darauf zugreifen kann. Und du besitzt diese Fähigkeit, Noth. Du bist ein Psimant.«

»Nicht mehr. Das hatten wir doch schon.«

»Dann frag Lathe«, erwiderte Astrid. »Er hat mich mit Telesis angegriffen. Du hast mich mit Telesis angegriffen, als du Lathe gewesen bist.«

»Er konnte auf seine Tendrae zugreifen?«

»Ja, das konnte er. Sie schienen allerdings nicht so wirkungsvoll zu sein. Du brauchst also nicht darauf zu hoffen, dass du mithilfe deiner Tendrae die Welt übernehmen kannst, denn das wird so bald nicht passieren. Aber er konnte sie einsetzen. Er konnte auf die Leere zugreifen. Das war offensichtlich. Wenn du einen deiner Leersteine prägst, kannst du damit durch die Leere mit mir sprechen. Ich kann dir berichten, was ich herausgefunden habe. Du kannst mir sagen, was ich als Nächstes tun soll. Diese Idee ist viel besser als alles, was du dir in den Kopf gesetzt hast.«

»Du hast gesagt, diese Steine machen es möglich, durch die Leere miteinander zu sprechen. Hast du auch Zugriff auf die Leere?«

»Nicht so wie ein Psimant, nicht über eine willentliche Verbindung. Bei mir geschieht das eher … unterbewusst. Manche sagen, ich wäre eine Kreatur der Leere.«

Nach einem Augenblick holte Noth tief Luft. »Und was ist, wenn ich keinen dieser Steine … prägen kann …?«

»Ich werde dir helfen. Wir gehen jetzt zusammen zurück, und ich sorge dafür, dass es klappt. Danach breche ich auf. Ich werde gehen, wo immer ich für dich hingehen soll, Noth.« Astrid legte den Kopf leicht schief. »Ähm … Wohin soll ich denn gehen?«

»Nach Turandel. Das ist eine kleine Küstenstadt weiter im Süden.«

Astrid hätte sich beinahe an ihrer eigenen Spucke verschluckt. *Ausgerechnet nach Turandel? Warum muss es von allen von der Göttin verlassenen Städten auf der Sphaera ausgerechnet diese sein?*

»Klingt doch gut«, sagte sie grinsend. »Wieso Turandel?«

»Weil Elessa von dort kommt.«

Astrid starrte ihn verwirrt an. »Und?« Was hatte Elessa mit alldem zu tun?

»Ich war zuvor nicht ganz ehrlich zu euch, denn ich

erinnere mich an Bruchstücke des letzten Anfalls. Ich weiß, dass ich nach Turandel gehen muss, wenn ich mehr über mich und die Sifts in mir herausfinden will. Wenn du dort hingehst, werde ich dir sagen, wonach du Ausschau halten musst. Du musst auf jeden Fall bei Haus Storonam anfangen. Bei Elessas Familie.«

Storonam. Sie hatte nicht gewusst, dass Elessa so hieß. Astrid hatte diesen Namen seit sehr vielen Jahren nicht mehr gehört.

Noth seufzte. »Bist du sicher, dass du das tun willst? Es könnte gefährlich werden.«

»Hey, du redest hier mit mir, Nomade. Selbst mein Nachmittagsschiss ist schon gefährlich.«

Noth musterte sie irritiert. »Ich wusste nicht, dass ihr so was macht.«

Astrid lachte laut los.

Am nächsten Tag stand Astrid fast an der gleichen Stelle im Wald.

Dieses Mal war sie jedoch allein. Noth hatte ihrem Plan zugestimmt, sie würde nach Turandel gehen und sich Haus Storonam ansehen, während Noth in Tinska blieb, um sich auszuruhen, sich zu erholen und Cinzia und Jane vor Gefahren zu beschützen.

Astrid spürte ein schwaches Ziehen im Kopf. Das Gefühl war zugleich körperlich als auch mental zu spüren, so als würde etwas leicht an ihrem Gehirn zupfen. Sie seufzte, griff in eine ihrer Manteltaschen und nahm den Leerstein heraus. Der körperliche Kontakt zum Stein war erforderlich, damit die Verbindung hergestellt werden konnte.

Sie legte einen Daumen auf die dunkle, purpurfarbene Rune auf dem Stein und gestattete ihrem Geist, die Leere zu betreten.

»Was willst du jetzt wieder?«, fragte sie. Es ging ihr nicht in den Kopf, dass Noth sie allein an diesem Morgen schon dreimal hatte rufen müssen. Vermutlich war er einfach begeistert, dass dies überhaupt möglich war – oder dass er erneut Zugriff auf seine Tendrae hatte.

Doch am anderen Ende herrschte Schweigen. Das war seltsam. Es gab keinen Grund für Noth, nicht sofort loszuplatzen, schließlich war er …

Das war nicht Noth.

»Hallo, Kind.«

Astrid schluckte schwer. »Hallo, Mutter.«

Erneutes Schweigen am anderen Ende. Die Schwarze Matrone würde eine Erklärung für Astrids unverschämte Worte erwarten, aber die würde ihr Astrid nicht geben – jedenfalls nicht freiwillig.

»Es ist eine Weile her, dass du dich das letzte Mal gemeldet hast«, sagte die Schwarze Matrone nach einem Moment. Astrid kannte den wahren Namen der Frau nicht, und sie hatte sie auch nur einmal gesehen. Sie wusste nur, dass sie ihr gehorchen musste.

»Ich weiß«, erwiderte Astrid. Sie wartete immer, solange sie konnte, bevor sie Kontakt zur Schwarzen Matrone aufnahm. Das letzte Mal hatten sie etwa eine Woche vor ihrer Ankunft in Tinska miteinander gesprochen. Aber Astrid wollte so wenig Informationen wie möglich weitergeben. »Es tut mir leid«, sagte sie. »Es gibt nicht viel zu berichten.«

»Seid ihr immer noch auf Reisen?«

Astrid räusperte sich. »Nein«, gab sie zu. »Nein, wir halten uns in der Nähe von Tinska auf. Wir haben uns mit der Oden-Familie getroffen und beschlossen, vorerst hierzubleiben.«

»Wann seid ihr dort angekommen?«

Verdammt. Astrid konnte lügen und behaupten, sie wären erst seit dem Vortag hier. Aber die Schwarze Matrone konnte auch noch andere Kontaktpersonen in der Gegend haben und längst davon wissen. Diese Frau war unmöglich zu durchschauen. »Vor einigen Tagen«, behauptete Astrid ausweichend. Es waren tatsächlich neun Tage. »Ich hätte mich früher melden müssen, das weiß ich selbst, aber … aber hier geschehen einige seltsame Dinge.«

»Erklär mir das, Kind.«

Astrid seufzte. Sie hasste die Schwarze Matrone, die Denomination und die Tatsache, dass sie beiden verpflichtet war. Aber es gab nun mal keinen Ausweg für sie, und sie musste ihnen irgendetwas geben.

»Es kommen immer mehr Leute her«, berichtete Astrid. »Menschen und Tiellaner.«

»Was genau wollen sie dort?«

»Da bin ich mir nicht sicher«, log Astrid, »aber ich glaube, sie kommen wegen Jane. Sie halten sie für eine Art … Prophetin.«

Die Schwarze Matrone schwieg einen Moment. »Und was macht Jungfer Oden mit ihren Anhängern?«

»Sie bezeichnen sich als Odeniten. Und ich glaube nicht, dass Jane weiß, was sie mit ihnen anfangen soll.« Noch eine Lüge. Aber sie musste beim nächsten Mal noch etwas Neues berichten können, erst recht, wenn sie noch nicht wieder nach Tinska zurückgekehrt war.

»Wie viele haben sich dort versammelt?«

»Über einhundert«, antwortete Astrid. Zumindest das entsprach der Wahrheit. Jedenfalls waren es gestern Morgen so viele gewesen, aber es kamen ja jeden Tag neue hinzu.

»Dann könnte es schlimmer sein. Du wirst mich auf dem Laufenden halten, mein Kind.«

»Natürlich, Mutter.«

Eine weitere Pause. Astrid hatte ihren Weg derweil fortgesetzt, denn um so kommunizieren zu können, musste sie nicht stehen bleiben. Sie wusste, dass einige Psimanten – Acumanten wie Kali – noch auf viel raffiniertere Weise miteinander kommunizieren konnten: Sie sahen einander und blickten durch die Augen eines anderen, der sich sehr weit entfernt von ihnen aufhielt. Das war bei Astrid völlig anders. Sie war gerade so in der Lage, die Stimme der Person am anderen Ende zu hören; sie konnte reden und wurde verstanden. Das war auch schon alles.

Astrid wusste, dass die Schwarze Matrone etwas über Noth – oder Lathe, wie sie ihn nannte – hören wollte. Schließlich war es Astrids Pflicht, von ihm zu berichten, und der Hauptgrund für ihre Anwesenheit hier.

»Was ist mit Lathe?«

»Ihr meint Noth«, korrigierte Astrid sie. Immerhin war das die korrekte Bezeichnung, denn der Lathe, den die Schwarze Matrone gekannt hatte, existierte nicht mehr.

»Ja, das sagst du immer«, murmelte die Schwarze Matrone. »Hast du schon herausgefunden, welche Sift die vorherrschende ist? Es muss doch eine geben, die Besitz von Lathes Körper ergriffen hat.«

»Nein«, antwortete Astrid und wurde immer ärgerlicher. Die Schwarze Matrone hatte ihr diese Frage schon einmal gestellt, und auch da hatte Astrid versucht, es ihr zu erklären. »Er ist keine dieser Sifts … und doch alle zusammen. Es ist, als wäre in Roden eine neue Person erschaffen worden. Er besitzt eine eigene Persönlichkeit und macht die Dinge auf seine Weise. Zwar erinnert er sich an Bruchstücke aus den Erinnerungen der Sifts, die in ihm sind, aber nicht an Einzelheiten.«

»Du musst dich gründlicher damit beschäftigen, Kind. Finde heraus, wer dieser Noth wirklich ist. Er behauptet, keine Erinnerung an seine Vergangenheit und an sein Leben zu haben, die älter als ein Jahr sind?«

»Ja, er kann sich nur an etwas mehr als ein Jahr erinnern«, erwiderte Astrid.

»Sehr schön, mein Kind. Fahre so fort. Aber ich würde es begrüßen, wenn du mich das nächste Mal kontaktierst. Es ist mühsam, immer den Kontakt zu dir aufnehmen zu müssen. Du arbeitest doch an deiner Erlösung, will ich hoffen?«

»Ja, Mutter«, sagte Astrid.

»Gut. Dann bis zum nächsten Mal. Möge Canta dich leiten.«

Astrid stieß die Luft aus. Die Gespräche mit dieser Frau gingen ihr wirklich auf die Nerven, und seitdem ihr Noth ans Herz gewachsen war, konnte sie sie kaum noch ertragen.

Die Schwarze Matrone hatte ihr mitgeteilt, dass sie diesem Mann folgen müsse – dem Mann, von dem sie geglaubt hatte, er wäre Lathe Tallon –, um mehr über ihn in Erfahrung zu bringen. Das ließ sich am einfachsten bewerkstelligen, indem sie den Mann auf seiner Reise begleitete. Die Schwarze Matrone war darüber nicht erfreut gewesen, aber selbst sie hatte zugeben müssen, dass der Plan letzten Endes aufgegangen war – vielleicht sogar zu gut.

Doch eines wusste Astrid mit Sicherheit: Auch wenn

sie Noth sehr mochte, gab es etwas, das noch wichtiger für sie war. Etwas, das sie verfolgte und das sie erst in Ruhe lassen würde, wenn ihre Schuld getilgt war und sie Erlösung gefunden hatte.

KAPITEL 18

Cinzia beobachtete, wie Jane einen Kieselstein über das Meer springen ließ. Er kam acht oder neun Mal auf dem Wasser auf, bevor er schließlich in den Wellen versank. Der Ozean war heute ruhig, und die Wellen schlugen sanft ans Ufer.

Es war später Vormittag, der Himmel grau, die Sonne nur ein heller Fleck im Osten. Der Strand war nass, da es im Laufe der Nacht geregnet hatte. Sie dankte der Göttin, dass es nicht kalt war, aber als warm konnte man es auch nicht bezeichnen. Cinzia hatte sich einen Schal um die Schultern geschlungen und zitterte trotzdem. Sie war nicht passend gekleidet, doch das war nicht allein ihre Schuld, denn Jane hatte ihr nicht mitgeteilt, wohin sie gehen würden. »Wir machen einen Spaziergang«, war alles, was sie gesagt hatte. Janes überhebliche Unklarheit setzte Cinzia immer mehr zu, und sie wusste nicht, wie lange sie das noch ertragen konnte.

»Wann hast du das gelernt?«, erkundigte sich Cinzia. Als Kinder hatten sie das häufig versucht, aber die Steine waren immer beim ersten Aufkommen auf dem Wasser versunken.

»Ich weiß es nicht genau«, antwortete Jane. »Vor ein paar Jahren. Vater hat es mir beigebracht.«

Völlig unverhofft spürte Cinzia einen Anflug von Eifersucht. Dabei hatte sie sich bewusst dafür entschieden,

Priesterin zu werden. Derartige Gefühle sollten für sie nicht mehr existieren. Doch allein der Gedanke, dass Jane die letzten acht Jahre mit ihren Eltern und ihren Geschwistern verbringen konnte, nagte an Cinzia.

»Ich möchte, dass du meine erste Elevin wirst, Cinzia.«

Cinzia blickte erneut aufs Meer hinaus. Irgendwie hatte sie geahnt, dass so etwas kommen würde. Das war der erste Schritt, wenn sie Cantas Religion wiederbeleben wollten.

»Wolltest du deshalb mit mir hierher gehen?«, fragte Cinzia und war selbst überrascht, dass sie so ruhig blieb.

»Dieser göttliche Zufall ist dir doch bestimmt auch aufgefallen, dass du denselben Namen hast wie eine von Cantas Elevinnen. Du warst eine Priesterin der cantischen Denomination. Wer würde sich besser als erste Elevin eignen?«

»Ich bin immer noch Priesterin«, korrigierte Cinzia sie.

Im Grunde genommen stimmte das auch, schließlich hatte sie noch nicht ihre Exkommunikationspapiere erhalten. Wenngleich sie zugeben musste, dass man sie in Roden nur schwer finden konnte. Da die Denomination jetzt jedoch genau wusste, wo sie sich aufhielten, rechnete Cinzia tagtäglich mit einem Boten, der ihr die Papiere überreichte.

Wenn nicht zuvor etwas noch Schwerwiegenderes geschah.

»Ich glaube nicht, dass ich dieses Amt übernehmen kann, Jane«, gab Cinzia betrübt zu. »Ich könnte dir nicht treu dienen.«

»Du sollst ja auch nicht mir dienen, sondern Canta, Schwesterherz.«

Cinzia entspannte sich ein wenig. Sie hatte das auch gesagt, um Janes Demut auf die Probe zu stellen. Wenn Jane dachte, sie könnte dieser Organisation ihren Willen aufzwingen, dann wollte Cinzia nichts damit zu tun haben.

»Deine Worte verraten mir vielmehr, dass du ihr durchaus treu dienen wirst. Eine gesunde Skepsis wird in der nächsten Zeit noch gefragt sein. Ich brauche jemanden an meiner Seite, der nicht jedes meiner Worte als gegeben hinnimmt.«

Cinzia seufzte und fluchte innerlich auf ihre Schwester, weil das alles Sinn ergab. »Versuch nicht, meine Schwächen auszunutzen, um von mir das zu bekommen, was du haben willst. Ich lasse mich nicht manipulieren.«

Jane nickte. »Das habe ich verstanden. Aber ich halte Skepsis nicht für eine Schwäche, vielmehr brauche ich jemanden wie dich, der dafür sorgt, dass ich nicht vom Weg abkomme.«

»Das ist eine große Verantwortung«, erwiderte Cinzia.

»Du musst sie nicht allein tragen. Es wird auch noch andere Schultern geben, auf denen sie ruht, das kannst du mir glauben.«

Cinzia blickte auf die Kieselsteine zu ihren Füßen. Sie hob einen auf und wog ihn in der Hand. Er war mattbraun, etwa halb so groß wie ihre Handfläche und oval. Sie warf ihn zum Wasser und beobachtete, wie der Stein durch die Luft flog und enttäuschenderweise sofort im Wasser versank.

»Und wenn du mir nicht vertrauen kannst, vertrau Canta.«

»Vertrauen ist etwas, das mir in letzter Zeit sehr schwerfällt«, gab Cinzia zu.

»›Jene, die Cantas Wunder sehen wollen, werden sie erblicken‹«, zitierte Jane. »›Jene, die diesen Wunsch nicht verspüren, werden sie nur zufällig zu sehen bekommen‹«, fuhr Jane fort. »Denn viele der Wunder Cantas werden für alle, die nicht zu glauben bereit sind, unsichtbar bleiben.‹«

Cinzia verdrehte die Augen. »Wie in Cantas Namen hast du dir das merken können?«, wollte sie wissen. »Das haben wir doch schon vor Monaten übersetzt.«

Jane zuckte mit den Schultern und ließ einen Kieselstein in der Hand auf- und abhüpfen. »Ich habe unsere Aufzeichnungen ein weiteres Mal gelesen.«

»Wann hast du denn dafür Zeit gefunden?«

»Ich habe sie mir eben genommen.« Jane warf den Stein aufs Meer, und auch dieser kam ein halbes Dutzend Mal auf dem Wasser auf, bevor er versank.

Cinzia versuchte es ebenfalls erneut, doch auch dieser Stein ging augenblicklich unter.

»Denkst du, ich könnte Cantas Wunder nicht sehen?«, fragte Cinzia.

»Ich vermute, dass du es dir zumindest manchmal wünschst.«

Cinzia hob den nächsten Stein auf, er war breit und flach, und wollte gerade werfen, als Jane ihren Arm festhielt.

»Nicht so«, sagte Jane und streckte einen Arm zur Seite aus. »Du musst ihn seitwärts werfen, damit der flachste Teil des Steins parallel zum Wasser fliegt. Achte darauf, ihn beim Werfen zu drehen, aber nutze dazu das Handgelenk, nicht den Arm.«

Cinzia probierte ein wenig herum und schwang den Arm an der Seite vor und zurück. Dann schleuderte sie den Stein und drehte dabei das Handgelenk. Der Kiesel flog durch die Luft, traf zweimal auf dem Wasser auf und versank dann.

»Gut gemacht«, lobte Jane sie.

Als sich Cinzia gerade nach einem weiteren Stein umsehen wollte, sprach Jane weiter:

»Es liegt an mir, nicht wahr?«

Cinzia blickte auf. »Was meinst du?«

»Wenn du die Wunder, deren Zeuge du geworden bist, bei jemand anderem gesehen hättest, würdest du nicht so leicht zweifeln, oder?«

Über die Antwort auf diese Frage musste Cinzia nicht lange nachdenken. »Nein«, gab sie zu. »Dann sähe die Sache anders aus.«

Jane seufzte. »Ich wusste es. Ich …«

»Ich glaube nicht, dass ich so schnell zweifeln würde«, unterbrach Cinzia sie, »aber ich hätte trotzdem Zweifel. Wir haben alle unsere Probleme, aber meine Zweifel am Glauben haben nichts mit dir zu tun.«

Noch während sie die Worte aussprach, wurde Cinzia die Wahrheit darin bewusst. Die ganze Zeit über hatte ein Teil von ihr Jane die Schuld an ihrem mangelnden Glauben gegeben, dabei war es doch stets ihre eigene Entscheidung gewesen.

Vielleicht wurde es jetzt Zeit, umzudenken.

»Wenn ich mich entscheide, deine Elevin zu werden«, sagte Cinzia leise, »wer wird die Verantwortung zusammen mit mir tragen?«

»Ich habe mir da schon etwas überlegt«, erwiderte Jane. »Aber ich möchte vorher noch mit dir darüber reden.«

»Gehe ich recht in der Annahme, dass es alles Frauen sind?«, hakte Cinzia nach. Sie konnte sich ebenso wenig einen Eleven wie einen Priester vorstellen.

»Selbstverständlich«, antwortete Jane.

»Tragen alle Frauen, die du in Betracht ziehst, den Namen einer der ursprünglichen Elevinnen?«

»Das ist nicht unbedingt erforderlich.«

»Cinzia war nicht die erste von Canta berufene Elevin«, gab Cinzia zu bedenken. »Dieses Privileg gebührt Elessa.« Sie hatte erneut einen Stein in der Hand und führte die Bewegung aus, die Jane ihr gezeigt hatte, auch wenn sie ihr unnatürlich vorkam.

»Was macht das für einen Unterschied?«, fragte Jane. »Wir schreiben selbst Geschichte, Cinzia, und ahmen sie nicht nur nach.«

»Aber sollten wir nicht so viel wie möglich übernehmen? Damit wir so nahe an Cantas ursprünglicher Institution sind, wie wir nur können?«

»Was die Organisation angeht, gebe ich dir völlig recht«, sagte Jane. »In dieser Hinsicht ist die Denomination nicht streng genug gewesen, und das ist meiner Ansicht nach einer der vielen Gründe, aus denen sie so von ihrem Kurs abgekommen ist. Aber abgesehen davon … sollten wir einfach tun, was wir für das Richtige halten. Das sollte ausreichen.«

»Ausreichen«, wiederholte Cinzia. Sie legten die Messlatte ziemlich niedrig.

»Möchtest du nicht wissen, an wen ich noch gedacht habe?«, fragte Jane.

»Du kannst es mir natürlich auch jetzt gleich erzählen.« Cinzia setzte sich auf den Boden und zog die Schuhe aus.

»Zuerst einmal hatte ich an Mutter gedacht. Sie war schon immer eine ergebene Anhängerin Cantas, auch wenn sie zu den Letzten innerhalb der Familie gehört hat, die mir glauben wollten. Äh … Was machst du da, Cinzia?«

Inzwischen saß Cinzia barfuß am Strand.

»Ich werde meine Füße ins Wasser stecken«, antwortete Cinzia. »Und ich stimme dir zu, dass Mutter eine gute Wahl ist. Sie ist in der Tat sehr gläubig und unglaublich stolz auf dich.«

Jane setzte sich neben Cinzia und streifte ebenfalls die Schuhe ab. »Aber?«

Cinzia zuckte mit den Schultern. Sie stellte die Füße auf die Kieselsteine und spürte ihre glatte Oberfläche im rauen Sand. Dabei kam sie sich vor wie ein Kind. »Ich weiß auch nicht. Irgendetwas daran kommt mir nicht richtig vor.«

»Nein«, stimmte Jane zu, die jetzt die Socken auszog. »Irgendetwas passt da nicht.«

»An wen hast du noch gedacht?«, fragte Cinzia. Sie stand auf, und ihre nackten Füße versanken ein wenig im Sand.

»An die Drillinge natürlich, auch wenn sie noch sehr jung sind.«

»Sie sind zu jung. Vielleicht eignen sie sich eines Tages dafür, aber … wir bauen hier nicht die Oden-Kirche auf, Jane. Hierbei geht es um Canta – jedenfalls behauptest du das immer.«

»Siehst du?«, erwiderte Jane und trat neben sie. »Das ist genau der Grund, aus dem ich dich brauche.« Dann kicherte sie.

»Was ist?«

»Es ist so lange her, dass ich das letzte Mal barfuß am Strand gewesen bin.«

Cinzia lächelte ihre Schwester an. »Bei mir auch.«

»Diese Frau aus dem Lager, Elessa, scheint mir ebenfalls geeignet zu sein.«

Ja, dachte Cinzia, wusste jedoch nicht genau, ob es eine Reaktion auf Janes Vorschlag war oder darauf, wie gut es sich anfühlte, mit nackten Füßen über den

Strand zu laufen. Inzwischen trat sie nicht mehr auf Kieselsteine, sondern auf glatten Sand, der sich kühl, aber angenehm anfühlte.

»Die Frau, die von Noth angegriffen wurde?«, fragte Cinzia nach.

»Genau«, sagte Jane, die neben ihrer Schwester herging. Sie näherten sich dem nassen Sand und dem Wasser.

»Was weißt du über sie?«

»Ich weiß, dass sie zu einer Art Anführerin geworden ist. Sie war eine der Ersten, die der Hexe widersprochen haben. Viele Odeniten sehen zu Elessa auf.«

Cinzia zögerte, als Jane die Hexe erwähnte. Noch hatten sie die Frau nicht gebeten, ihr Wissen mit ihnen zu teilen und ihnen zu verraten, was sie gegen die Dämonen unternehmen konnten. Allerdings befürchtete Cinzia, dass die Konsequenzen umso erschreckender wären, je länger sie damit warteten.

Sie blieb direkt vor der Wasserlinie stehen. »Ich kenne Elessa zwar nur wenig, aber ich könnte sie mir gut als eine Elevin vorstellen.«

»So geht es mir auch«, sagte Jane und trat neben Cinzia.

Dann sah sie ihre Schwester mit einem nervösen Lächeln an. »Das Wasser ist bestimmt kalt.«

Cinzia erwiderte das Lächeln und nahm Janes Hand. »Ich weiß.«

Sie rafften ihre Röcke und traten gemeinsam vor.

Sie hatten vor über einer Stunde nach Elessa geschickt, warteten jedoch noch immer. Cinzia war davon überzeugt, dass die Frau wegen Noth misstrauisch war – nach allem, was Lathe ihr angetan hatte, konnte Cinzia es ihr auch nicht verdenken.

»Wenn sie nicht kommt, dann haben wir unsere Antwort«, sagte Jane.

Cinzia schürzte die Lippen. Sie saß auf einem der großen Polstersessel in der Bibliothek, ließ die Füße über eine Armlehne baumeln und lehnte mit dem Rücken an der anderen. Jane stand vor dem Schreibtisch in der Ecke und ging Papiere durch. Ihre Übersetzung des Kodex.

Da klopfte es kurz an der Tür. Cinzia setzte sich hastig auf und glättete ihre Röcke. Sie wollte einen ernsthaften Eindruck erwecken, wenn sie über ein derart wichtiges Thema sprachen.

»Herein«, rief Jane.

Die Tür ging auf, und Elessa betrat die Bibliothek mit hoch erhobenem Kopf und in gerader Haltung. Sie hatte sich einen hellen Seidenschal um den Hals geschlungen, und Cinzia wusste genau, was sich darunter verbarg, schließlich hatte sie die blauen Flecken nur wenige Minuten nach dem gewalttätigen Angriff zu Gesicht bekommen.

»Ihr wolltet mich sehen?«

Cinzia stand auf und war sich nicht sicher, was sie tun sollte. War es angemessen, zu stehen? Oder sollte sie sich lieber wieder hinsetzen? Sie wollte Elessa nicht einschüchtern, aber doch von ihr respektiert werden. Man hätte denken sollen, dass ihre Ausbildung bei der cantischen Denomination in dieser Hinsicht hilfreich war, aber Cinzia wusste beim besten Willen nicht weiter.

»Ja, Elessa«, sagte Jane lächelnd und ging auf die Frau zu. »Wie schön, dass Ihr gekommen seid. Bitte, setzt Euch doch und macht es Euch bequem.«

Elessas Blick huschte zwischen Jane und Cinzia hin

und her, und dann ging sie zu dem Sessel, der Cinzias gegenüberstand. Sie setzte sich auf den äußersten Rand der Sitzfläche, hielt den Rücken weiterhin gerade und faltete die Hände im Schoß.

Cinzia schenkte Elessa ein Lächeln, das jedoch nicht erwidert wurde, und setzte sich wieder. Jane ging zum Schreibtisch und zog den Holzstuhl heran, sodass sie nun in einem Dreieck saßen.

»Wie geht es Euch, Elessa?«, erkundigte sich Jane.

»So gut, wie man es erwarten kann«, antwortete Elessa und beäugte Jane misstrauisch.

Jane legte Elessa eine Hand aufs Knie. »Wir möchten uns noch einmal aufrichtig für das entschuldigen, was dir zugestoßen ist.«

»Habt Ihr mich deshalb rufen lassen?« Elessa starrte Janes Hand auf ihrem Knie so lange an, bis diese sie wegzog. »Würdet Ihr mir vielleicht verraten, was mit Noth passiert ist? Im einen Moment war er noch wie immer, und im nächsten hat er mich angesehen, als wären wir uns noch nie zuvor begegnet. Bisher wollte mir noch niemand erklären, was dort vorgefallen ist, obwohl ich mehrfach danach gefragt habe.«

Cinzia und Jane tauschten einen schnellen Blick. Darüber hatten sie eigentlich nicht mit Elessa reden wollen, aber sie konnten die Frau auch nicht länger im Ungewissen lassen.

»Noth hat Euch nicht angegriffen«, erklärte Cinzia. »Jedenfalls nicht der Noth, den Ihr kennt. Er ist anders als wir, Elessa. Ich kann es nicht anders beschreiben, als dass er … unterschiedliche Identitäten hat, die in seinem Kopf herumschwirren. Manchmal gewinnt eine dieser anderen Identitäten die Oberhand, und er hat keine Kontrolle mehr über das, was passiert.«

»Dann möchtet Ihr mir damit sagen, dass Noth verrückt ist?«, fragte Elessa.

Jane wollte schon etwas erwidern, aber Cinzia kam ihr zuvor: »Nicht ganz. Normalerweise ist sein Verstand völlig klar, aber er hatte die Kontrolle verloren, als er … als sein Körper Euch angegriffen hat. In diesem Augenblick war er jemand anderes. Das entschuldigt sein Verhalten keineswegs, und wenn wir irgendetwas tun können, um Euch zu helfen oder dafür zu sorgen, dass Ihr Euch sicher fühlt, werden wir es tun. Aber wir wollten Euch das wenigstens erklären, bevor wir zum eigentlichen Grund kommen, aus dem Ihr hier seid.«

Elessa starrte Cinzia an und zog die Augenbrauen zusammen. Cinzia war sich nicht sicher, ob sich Zweifel oder Spott auf ihrer Miene widerspiegelte, hielt beides aber für gleich wahrscheinlich.

»Wir können Euch später gern mehr darüber erzählen«, sagte jetzt Jane. »Aber lasst uns bitte zuerst über etwas anderes sprechen. Ihr seid wie viele andere hierhergekommen. Noth berichtete uns, warum Ihr Euer Heim verlassen habt, und ich möchte Euch für den Verlust Eurer Eltern mein Beileid aussprechen.«

»Schon gut«, erwiderte Elessa nur. Cinzia durchschaute sie einfach nicht.

»Noth sagte auch, dass Ihr schon viel länger hier seid als all die anderen, und dass der Grund für Eure Reise hierher sehr … ungewöhnlich gewesen ist.«

»Ich …« Elessa warf Cinzia erneut einen Blick zu und sah dann wieder Jane an. »Ich bin mir nicht sicher, wie ich es erklären soll. Ich hatte das Gefühl, dass ich hierherkommen muss. Und damit meine ich nicht, nach Tinska … Ich wusste, dass ich zu einem Anwesen südlich der Stadt gehen muss.« Widerstrebend schaute Elessa

Jane in die Augen. »Bevor Noth mich angriff, sagte er, ich solle mit Euch darüber sprechen. Warum hat er das vorgeschlagen?«

Jane lächelte sie an. »Weil ich dieses Gefühl kenne, von dem Ihr da sprecht«, sagte sie aufgeregt. »Aus genau demselben Grund bin ich auch hier. So hat alles angefangen.«

Cinzia konnte einen leisen, verzweifelten Seufzer nicht ganz unterdrücken. Würden sich diese beiden Frauen jetzt über ihre gemeinsamen Visionen näherkommen?

»In welcher Form haben sich diese Eindrücke bei Euch manifestiert?«, fragte Jane.

Elessa sah zwischen den beiden Frauen hin und her und wirkte immer nervöser.

»Habt keine Angst«, versuchte Jane sie zu beruhigen. »Ihr könnt es uns sagen. Wir werden Euch ganz bestimmt glauben.«

Du vielleicht, dachte Cinzia.

»Es waren vor allem Gefühle«, sagte Elessa und errötete. »Manchmal kam es mir aber auch so vor, als würde mir jemand etwas ins Ohr flüstern.«

Jane nickte. »Was noch? Hattet Ihr Visionen oder Träume?«

Elessa schüttelte den Kopf. »Nein, tut mir leid.«

»Schon in Ordnung«, versicherte Jane ihr, wirkte aber ein wenig enttäuscht. »Es ist nicht wichtig, auf welche Weise Canta zu uns spricht, solange sie überhaupt mit uns kommuniziert. Und das tut sie, wie wir beide bezeugen können.«

Cinzia musterte Jane genau. Ihre Schwester schien ungewöhnlich enttäuscht über den Verlauf dieses Gesprächs zu sein. Hatte sie darauf gehofft, jemanden zu finden, der so war wie sie? Jemanden, der auch Visionen hatte?

Aber Cinzias Misstrauen war geweckt. Sie hatte vor wenigen Monaten selbst geglaubt, Canta hätte zu ihr gesprochen. Doch dann hatte sich herausgestellt, dass es sich bei dem Wesen, das zu ihr gesprochen hatte – das sie benutzt hatte –, nicht etwa um Canta handelte, sondern um eine durch und durch bösartige Macht. Cinzia wusste nicht, wie sie herausfinden sollten, ob Elessa nicht möglicherweise dasselbe widerfahren war.

»Kennt Ihr meine Geschichte, Elessa?«, fragte Jane, deren Miene wieder gelassener wirkte. Elessa schüttelte den Kopf. »Dann wird es Zeit, dass Ihr sie zu hören bekommt. Ich war unzufrieden mit der cantischen Denomination und beschloss, Canta selbst zu fragen, was ich tun soll, wenn ich den Weg der Denomination für falsch halte. Laut Naziras Schriften war ich nicht die Erste, die sich auf diese Weise an Canta gewandt hat, aber die Denomination interpretiert diese Schriften so, dass Canta nur mit den von ihr auserwählten Dienern spricht und dass es Blasphemie ist, wenn jemand anderes sie anruft. Das war mir bekannt, aber ich hatte auch das Gefühl, dass ich das Richtige tue.«

Als Cinzia Janes Geschichte zum ersten Mal gehört hatte, war sie nicht über den Punkt hinausgekommen, an dem Jane beschrieben hatte, wie sie, eine Frau, die nicht der Priesterschaft angehörte, zu Canta betete. Sie hatte es einfach nicht ertragen können.

»Was ist passiert, als Ihr gebetet habt?«, fragte Elessa voller Interesse. »Habt Ihr auch etwas gespürt oder gehört, so wie ich?«

Jane holte tief Luft. »Nicht so ganz. Das, was ich erlebt habe, war … greifbarer.« Jane warf Cinzia einen kurzen Blick zu. »Aber bevor ich mit Canta gesprochen habe, ist noch etwas anderes passiert.«

Etwas anderes? Jane hatte Cinzia gegenüber noch nie erwähnt, dass während dieses ersten Gebets etwas anderes geschehen war. Jane hatte gebetet, und dann war Canta ihr erschienen und hatte direkt zu ihr gesprochen.

»Ich kniete dort auf dem Berg Madise und habe gebetet. Aber bevor ich eine Antwort erhielt, hat mich etwas … angegriffen.«

Cinzia starrte ihre Schwester entsetzt an. Das hörte sie in der Tat zum ersten Mal.

»Bei der aufsteigenden Göttin«, flüsterte Elessa. »Was war es? War es … Canta?«

»Nein«, erwiderte Jane. »Bei dem, was mich angegriffen hat, handelte es sich um etwas völlig anderes. Kennt Ihr die Legende der Neun Dämonen, Elessa?«

»Ich hatte sie immer für ein Ammenmärchen gehalten, bis ich hörte, dass die Hexe auch davon spricht.«

»Es ist kein Ammenmärchen«, versicherte Jane ihr. »Die Dämonen gibt es wirklich. Sie sind in die Sphaera vorgedrungen, nachdem sie mehrere Tausend Jahre von hier verbannt waren.«

»Ich … ich verstehe nicht.«

»Das ist schwer zu begreifen.« Jane sah Elessa voller Mitgefühl an. »Und es braucht Zeit, aber es gibt eine Sache, die Ihr sofort wissen müsst. Wir wurden nicht nur zusammengerufen, um Cantas Religion zu reformieren. Vielmehr sind wir hier, um die Sphaera vor der größten Gefahr zu beschützen, vor der wir je gestanden haben.«

Cinzia starrte ihre Schwester mit zusammengekniffenen Augen an. Was hatte das zu bedeuten? Erfand Jane einen Teil ihrer Geschichte, um andere zum Handeln zu bewegen? Die Gefahr, die die Neun Dämonen darstellten, war real, das wussten sie beide ganz genau. Aber

Cinzia war nicht sicher, ob sie wirklich lügen mussten, um diese Bedrohung zu veranschaulichen.

»Woher wisst Ihr das? Woher habt Ihr gewusst, dass es die Neun Dämonen sind?«, fragte Elessa.

»Es waren nicht alle«, wisperte Jane. »Sondern nur einer. Nur der mächtigste. Ihr kennt ihn als den Fürsten der Angst, aber sein wahrer Name lautet Azael.«

Bei diesem Namen zuckte Cinzia zusammen. Sie erinnerte sich an Kovacs Augen, die im schwachen Licht geleuchtet hatten. Es war wirklich seltsam, denn obwohl die Sonne noch am Himmel stand und ihre Strahlen durch die Fenster in die Bibliothek fielen, schien es im Raum bei der Erwähnung dieses Namens dunkler zu werden. Irgendwie ergab es für Cinzia auch Sinn, dass das Licht der Lampen schwächer wurde und dass sich die Sonne beim Klang dieses Namens verfinsterte.

»Wie seid Ihr entkommen?«, fragte Elessa nach.

»Er bezieht seine Macht aus vielen Dingen, aber wie sein Titel bereits verrät, interessiert er sich vor allem für die Angst. Sein Angriff nahm daher eine entsprechende Form an, denn Azael zeigte mir all die größten Schrecken, die ich mir vorstellen kann, die Dinge, die ich mehr als alles andere fürchte. Er erweckte in mir den Eindruck, als würde all das passieren, als müsste ich es wieder und wieder durchleben.«

Jane zitterte. Cinzia stand auf, nahm eine Decke von einem der anderen Sessel und legte sie Jane um die Schultern. Einerseits war Cinzia entsetzt, dass ihre Schwester einer Lüge zuliebe so weit gehen würde, wo die Wahrheit doch ausgereicht hätte. Die Geschehnisse in Izet waren ebenso entsetzlich gewesen wie das, was Jane gerade beschrieb; jedenfalls hatten sie auf Cinzia den Eindruck gemacht. Dennoch fragte sie sich andererseits, ob Jane das tatsächlich erlebt hatte. Und wenn dem so war, wieso hatte sie es zuvor nie erwähnt?

»Danke«, murmelte Jane. »Die Dunkelheit und die Angst schienen endlos zu sein. Ich glaubte schon, dass das jetzt mein Leben wäre, und in dem Augenblick schienen sie auch alles auszumachen, was ich je gekannt hatte. Diese Furcht und diese grässliche Endlosigkeit. Aber dann, inmitten der größten Finsternis, war da auf einmal ein Lichtstrahl.«

»Canta«, flüsterte Elessa.

Cinzia spitzte die Lippen. Warum kam Jane nicht einfach zum Punkt und sagte Elessa, warum sie sie wirklich hergebeten hatten?

Jane nickte. »Sie ist mir erschienen, Elessa.«

»Wollt Ihr damit sagen, dass Ihr sie, ihre Präsenz, so gespürt habt wie ich?«, wollte Elessa wissen.

»Nein«, erwiderte Jane, »bei mir war es viel mehr. Ich habe Canta gesehen. Sie ist mir erschienen und hat zu mir gesprochen. Sie sagte, die Denomination wäre in der Tat vom wahren Weg abgekommen und dass es zwar gute Leute innerhalb der Denomination gibt, die Gutes tun wollen, aber auch viele andere, bei denen das nicht so ist. Canta hat mir Anweisungen gegeben und mir mitgeteilt, dass ich ihre Dienerin sein soll und dass ich ihren Willen erneut auf die Sphaera bringen soll, wie es einst ihre Elevinnen getan haben. Aus diesem Grund haben wir Euch auch herrufen lassen, Elessa. Denn wir haben eine Aufgabe für Euch, so wie Canta eine Aufgabe für mich hat.«

»Für mich?« Elessa sah sie ungläubig an.

»Ja«, bestätigte Jane, die jetzt nicht mehr zitterte, sondern aufrecht dasaß.

»Was könnt Ihr denn von mir wollen?«, fragte Elessa.

»Canta hat Neun Elevinnen berufen, als sie auf der Sphaera wandelte«, teilte Jane ihr mit. »Und zu dem, was Canta von mir verlangt, gehört auch, dass ich die einstige Ordnung wiederherstelle.«

Cinzia beobachtete Elessa genau, während Jane weitersprach.

»Ihr sollt eine von Cantas Neun Elevinnen sein«, erklärte Jane. »Ihr wurdet auserwählt, der Göttin zu dienen.«

Elessa blinzelte mehrmals. Sie schien Janes Worte nicht wirklich begriffen zu haben.

»Ihr meint … Ihr meint, ich soll als Priesterin dienen?«, hakte Elessa nach und bewies damit, dass sie es wirklich nicht verstanden hatte. In der Hierarchie der Denomination nahmen die Elevinnen den untersten Rang ein, daher war es durchaus verständlich, dass Elessa verwirrt war.

»Nein«, erwiderte Jane. »Vergesst alles, was Ihr über die Elevinnen in der Denomination wisst. Erinnert Euch lieber an die Geschichten über Cantas ursprüngliche Neun Elevinnen. Genau das sollt Ihr sein, Elessa. Wir bitten Euch, uns dabei zu helfen, Cantas Religion auf der Sphaera zu bilden, zu gründen und anzuleiten.«

Elessa starrte Jane mit ausdrucksloser Miene an. »Ihr meint … Warum ich?«

Jane lachte leise auf. »Ich kann verstehen, dass das verwirrend ist, und mir ist klar, dass Ihr nicht sofort erfassen könnt, was das genau bedeutet. Aber Canta bittet Euch um Hilfe. Ihr werdet Großes vollbringen und Großes auf der Sphaera bewirken. Ihr seid eines von Cantas Kindern, und Ihr habt wie wir alle eine Aufgabe.«

»Nehmt Ihr diese Position an, Elessa?«, fragte Cinzia dazwischen. Sie wusste, dass die Frau von alldem überwältigt war, aber sie brauchten eine Antwort.

Endlich zeichnete sich ein Lächeln auf Elessas Zügen ab. »Ich … Ja. Ja, ich nehme diese Position an.«

»Großartig!« Jane trat auf Elessa zu und umarmte sie, wobei sie die arme Frau beinahe vom Sessel warf.

Cinzia lächelte und stellte fest, dass sie sich aufrichtig freute. Es war schön, dass sie nicht mehr nur zu zweit waren. »Willkommen in der Familie, Elessa.«

Als Jane Elessa endlich losließ, erhob sich die Frau und nahm Cinzia so stürmisch in die Arme, dass diese beinahe umkippte.

»Danke«, flüsterte Elessa.

Cinzia tätschelte der jungen Frau den Rücken und wusste nicht, was sie darauf erwidern sollte. Aber Elessas Dankbarkeit tat ihr gut.

»Wir haben viel zu tun, nicht wahr?«, sagte Jane. »Ich denke, wir sollten ganz am Anfang beginnen. Um Cantas Religion zu begründen, benötigen wir ihre Macht, und meines Wissens nach besitzt nur eine von uns diese Autorität.« Sie sah Cinzia an.

»Wie meinst du das?«, wollte diese wissen.

»Du bist Priesterin der cantischen Denomination, Schwester. Daher ruht Cantas Macht in dir, ob sie dir nun durch falsche Mittel übertragen wurde oder nicht. Du besitzt sie, und nun musst du sie mit uns teilen.«

»Du warst Priesterin?«, fragte Elessa staunend.

»Ich bin Priesterin.« Cinzia ärgerte sich darüber, dass Elessa derart überrascht wirkte. »Jane«, stieß sie hervor. »Davon hast du zuvor nie etwas gesagt.«

»Ich weiß, und es tut mir leid«, erwiderte Jane. »Aber ich muss so vieles beachten, dass ich manchmal einfach etwas vergesse.«

»Ich kann Euch beide nicht einfach zu Priesterinnen berufen«, erklärte Cinzia.

»Wieso nicht?«, fragte Elessa.

Cinzia starrte die junge Frau an und wollte ihr schon ein Dutzend Gründe nennen, die dagegen sprachen. Aber während sie darüber nachdachte, begriff sie die eigentliche Frage erst so richtig. Es gab natürlich gute Gründe dafür, warum Cinzia das nicht tun *sollte*. Ein Dutzend gute Gründe und mehr. Aber was die Gründe dafür anging, dass sie es nicht tun *konnte* …

»Ich werde darüber nachdenken«, versprach Cinzia. »Aber ich kann nicht einfach so alles verraten, wofür ich bisher gestanden habe.«

»Selbstverständlich, Schwester«, erwiderte Jane. »Nimm dir so viel Zeit, wie du brauchst. Wir haben noch so viel anderes zu erledigen.«

Während Jane zu erklären begann, was genau sie tun wollte, schweiften Cinzias Gedanken ab. Es gab so vieles, worüber sie nachdenken musste, aber je mehr sie versuchte, an der Oberfläche zu bleiben, desto tiefer wurde sie in alles mit hineingezogen. Sie konnte nur hoffen, dass sie letzten Endes nicht unterging.

KAPITEL 19

Noth hatte einen unruhigen Schlaf. Er hätte zwar gern seiner Gehirnerschütterung die Schuld daran gegeben, aber tatsächlich schlief er schon seit Izet nicht mehr gut. Er schlug die Augen auf und holte tief Luft – doch ihm stockte der Atem, als er aus dem Augenwinkel ein schwaches orangefarbenes Flackern bemerkte.

Feuer.

Sofort sprang er aus dem Bett und lief zum Fenster, und da hämmerte auch schon jemand an seine Tür. Draußen brannten mehrere Zelte der Odeniten lichterloh, und zwar in dem Gebiet, in dem Cavil, Ocrestia und die meisten anderen Tiellaner lagerten. Noth stieß einen Fluch aus.

»Noth, wir brauchen dich!«

Er erkannte Ewards Stimme, und der junge Mann stürzte ins Zimmer, als Noth gerade nach dem Stab und dem Dolch griff.

»Was ist passiert?«, fragte er.

»Ich weiß es nicht, aber einige Zelte im tiellanischen Bereich haben Feuer gefangen.«

»Das kann kein Zufall sein. Gehen wir.« *Bevor es zu spät ist.*

Sie stürmten die Treppe hinunter und durch die Haustür. Der Wind peitschte Noth ins Gesicht, als er auf das Feuer zulief. Jetzt bereute er es, den verdammten Vampir weggeschickt zu haben. Er hätte viel dafür gegeben, wäre Astrid nun an seiner Seite gewesen.

»Dort«, rief Noth und deutete auf eine Gruppe Odeniten, die sich in einiger Entfernung zu den Flammen versammelt hatte. Im Näherkommen erkannte er, dass es sich nur um Menschen handelte.

»Bei Cantas Knochen«, knurrte er. Dann rief er laut: »Wo sind die Tiellaner?«

Einige der Umstehenden sahen einander an. Noth erkannte Dannel, der wie gebannt zu Boden blickte. Aber Noth holte tief Luft und riss sich zusammen. Wenn er jetzt die Nerven verlor, war niemandem geholfen.

Bevor einer der Menschen ihm antworten konnte, erklang ein Schrei. Noth drehte sich zu den Flammen um, kniff die Augen zusammen und erkannte einige Gestalten, die zwischen den Zelten herumliefen.

Mehrere Tiellaner hielten sich noch in diesem Inferno auf.

»Bei der Göttin, warum hilft ihnen denn niemand?«, fragte Eward, während Noth bereits in die Richtung rannte, aus der der Schrei gekommen war. Das Feuer hatte auf ein gutes Dutzend Zelte übergegriffen und breitete sich bereits in den Ästen der großen Esche aus, unter der die Tiellaner lagerten. Eine Tiellanerin kam auf ihn zugelaufen und rannte ihn beinahe um. Noth taumelte nach hinten, schaffte es jedoch, die Frau am Arm festzuhalten.

Sie zuckte zusammen. »Tut mir bitte nicht weh!«

Noth ließ sie sofort los, da er sie nicht noch mehr verängstigen wollte. »Wer hat das getan?« Doch die Frau lief weiter.

Ihre Reaktion bestätigte Noths Befürchtungen. Das hier war kein Unfall, sondern ein Angriff auf die Tiellaner. Ob die anderen Menschen im Lager oder die Kamiten aus Tinska dafür verantwortlich waren, wusste er nicht, aber eine der beiden Gruppierungen musste es gewesen sein. Noth rannte in die Rauchschwaden hinein und musste husten. Zwei weitere Tiellaner kamen auf ihn zu, änderten jedoch die Richtung, sobald sie ihn sahen.

Ein Stück voraus sah Noth jemanden auf dem Boden liegen. Er kniete sich hin und drehte den Tiellaner um. Der Mann war tot, seine Augen waren weit aufgerissen, und sein Gesicht war blass. Aber er war nicht im Feuer gestorben, man hatte ihm den Bauch aufgeschlitzt. Jemand hatte ihn mit einer Axt angegriffen.

Noth hörte jemanden lachen. Der Mann war ganz in der Nähe und kam sogar noch näher. Noth folgte seinem Instinkt, lief zwischen zwei brennenden Zelten hindurch und hieb mit seinem Schwarzborkenstab auf eine Gestalt vor sich ein.

Das Lachen erstarb abrupt, und der Mann stürzte zu Boden. Noth zerrte ihn grob am Kragen hoch und erkannte, dass er den Axtträger mit der Kamitentätowierung vor sich hatte, der Ocrestias Angreifer angeführt hatte.

Als der Mann Noth erkannte, riss er die Augen auf. »Ach, du Sch…«

Noth verpasste ihm einen Kopfstoß. Der Kopf des Mannes ruckte nach hinten, Blut spritzte aus seiner Nase, und er ließ die Axt fallen. Als Noth den Mann loslassen wollte, bemerkte er mehrere Tiellaner auf der anderen Seite der Zelte. Sie waren von sieben Berittenen umzingelt, die sie immer enger zusammentrieben. Noth hörte Schreie rings um sich herum und sah Gestalten durch den Rauch laufen. Wütende Rufe drangen an seine Ohren, und er roch den widerlichen Gestank von verbranntem Fleisch.

Nun wusste er, was geschehen war. Die Kamiten aus Tinska hatten die Zelte der Tiellaner in Brand gesteckt. Der Geruch verriet Noth, dass zumindest ein paar in den Flammen umgekommen waren. Als er jetzt inmitten des Feuersturms stand, tobte in seinem Inneren ein heftiger Kampf, denn sein kaltes, berechnendes Ich kämpfte gegen einen Zorn an, wie er ihn noch nie zuvor verspürt hatte.

Noth stieß ein tiefes, gutturales Knurren aus und schleuderte den Mann, den er noch immer festhielt, in eines der brennenden Zelte. Der Mann schrie auf, als er in die Flammen stürzte, und seine Schreie wurden immer schriller, als das Feuer ihn verzehrte.

Dann bemerkte Noth zwischen den Zelten eine Gestalt. Er huschte durch eine Lücke und packte den Mann – der Größe und dem Gewicht nach ein Tiellaner – am Arm. Der Mann schrie auf. Es war Cavil.

Noth hob einen Finger an die Lippen, und Cavils Schrei erstarb, als er begriff, wen er da vor sich hatte. Dennoch spiegelte sich weiterhin Angst in seiner Miene wider. Cavil wollte schon etwas sagen, aber Noth hielt ihm den Mund zu. »Bleibt hinter mir.«

Cavil nickte.

Noth reichte dem Tiellaner seinen Stab, zog seinen Dolch und lief durch den Rauch. Von oben stoben Funken von den brennenden Ästen herunter. Noth entdeckte eine weitere Tiellanerin, die schluchzend umherirrte, und wies sie an, hinter ihm zu bleiben. Cavil würde der Frau schon helfen.

Zu seiner Rechten war ein Husten zu hören. Noth rannte sofort darauf zu und schlich sich hinter einen großen Mann, der einen Knüppel in der Hand hielt. Im nächsten Augenblick hatte Noth dem Kerl auch schon einen Arm um den Kopf gelegt und zog die Messerklinge über seine Kehle. Der Mann keuchte noch einmal auf, dann sackte er ins Gras.

Noth blieb in Bewegung, obwohl seine Augen brannten. Er stieß auf einen weiteren Menschen, der ein tiellanisches Kind hinter sich herschleifte. Noth packte das Handgelenk des Mannes von hinten und verdrehte es. Sobald der Mensch den Jungen losgelassen hatte, zerrte Noth noch heftiger an dem Arm, bis er schließlich brach, dann rammte er ihm die Klinge in den Rücken. Einmal. Zweimal. Dreimal.

Als Noth sich umsah, waren zwischen den Zelten keine Schatten mehr zu erkennen, die sich bewegten. Die Tiellaner, die von den Reitern eingekesselt wurden, konnte er jetzt deutlich sehen. Es waren sieben Menschen. Mit sieben berittenen Männern wurde er fertig.

Noth drehte sich zu Cavil um und nahm ihm seinen Stab aus der Hand. »Bringt sie in Sicherheit«, verlangte er und deutete auf die Frau und das Kind.

Dann rannte er auch schon auf den Reiter zu, der ihm am nächsten war. Das Pferd scheute, als er näher kam, aber Noth gelang es noch, dem Mann den Stab gegen den Schädel zu schlagen, woraufhin dieser zu Boden stürzte. Das reiterlose Pferd galoppierte davon, und Noth stürzte sich auf den nächsten Reiter, packte seinen Gürtel und zerrte ihn mit Gewalt vom Ross.

Die anderen Männer kamen auf ihn zu. Noth schleuderte einem seinen Dolch in den Hals, der daraufhin vom Pferd fiel.

Die Pferde scheuten vor dem Feuer und Noths gewalttätigem Angriff. Eines bäumte sich auf und warf seinen Reiter ab. Ein weiteres Pferd brach in die andere Richtung aus und trug seinen Reiter mit sich. Die anderen beiden Männer stiegen ab, bevor ihre Pferde ebenfalls durchgehen konnten. Jetzt befanden sich drei Männer am Boden, die alle langsam auf Noth zukamen; einer war mit einer Heugabel bewaffnet, zwei mit Äxten.

Noths Lunge brannte von dem Rauch und der Anstrengung, doch er ignorierte es. Diese Männer hier hätten auch Winter angreifen können oder Bahc, Gord, Lian oder einen der anderen Tiellaner, die Noth in Pranna ans Herz gewachsen waren. Männer, Frauen, Kinder, diesen Menschen schien es gleichgültig zu sein, wen sie quälten, solange es ein Tiellaner war. Das konnte Noth ihnen nicht verzeihen.

Er wich einer Axt aus und hieb dem Angreifer seinen Stab gegen die Schienbeine. Der Mann geriet ins Taumeln, und Noth trat ihm ins Gesicht. Er parierte einen Stoß mit der Heugabel und schlug den Angreifer gegen den Kopf, sodass dieser nach hinten stolperte. Der Mann, den er getreten hatte, rappelte sich wieder auf, aber Noth trat ihn gleich noch einmal, während der dritte Mensch mit der Axt heranstürmte. Rasch machte Noth einen Schritt zur Seite, packte den Arm des Mannes, verdrehte ihn und stieß ihn so zu Boden.

Schon attackierte ihn erneut der Kerl mit der Mistgabel. Noth stieß seinen Stab vor und traf ihn an der Kehle. Der Angreifer sackte in die Knie, würgte und verdrehte die Augen.

Noth bohrte die Ferse in das Gesicht des einen Mannes am Boden, der sich wieder zu regen begann, bis dieser erstarrte. Nun waren keine Angreifer mehr übrig. Cavil und die beiden anderen Tiellaner liefen rasch zu der Gruppe, die von den Reitern zusammengetrieben worden war.

Ein Stück weit entfernt knarrte und knackte die riesige Esche. Noth blickte gerade noch rechtzeitig nach oben, um zu sehen, wie einer der brennenden Äste auf die lodernden Zelte stürzte und ein Funkenregen in die Luft aufstieg.

Stunden später ließ das erste Tageslicht jede Wolke in warmem Pink erstrahlen. Rauch vermischte sich mit Nebel und dem Dunst des anbrechenden Tages, aber die Feuer waren gelöscht.

Während Noth gegen die Kamiten kämpfte, hatte Eward mit den untätig herumstehenden Menschen eine Eimerkette gebildet und Wasser vom Teich herbeigeschafft. Zum Glück standen die Zelte der Tiellaner und die Esche etwas abseits, sodass das Feuer nicht auf das restliche Lager übergegriffen hatte. Doch dort, wo noch am Vortag die Zelte gestanden hatten, gab es nun nichts als Aschehaufen, und auch die Esche war bloß noch ein schwarzes Gerippe.

Noth hatte sie unterstützt, nachdem er die Angreifer ausgeschaltet hatte, und erst jetzt gönnte er sich eine Ruhepause und dachte über den ganzen Wahnsinn der vergangenen Nacht nach. Da trat Cavil auf ihn zu.

»Danke«, sagte der Tiellaner.

Noth bekam keinen Ton heraus. Er bereute es, nicht früher vor Ort gewesen zu sein, und er wünschte sich, er hätte so etwas vorausgeahnt.

»Eure Frau?«, knurrte er schließlich.

»Sie ist in Sicherheit. Sie war bei der Gruppe, die Ihr gerettet habt. Nun stehen wir doppelt in Eurer Schuld. Dreifach, genau genommen.«

»Das, was geschehen ist, tut mir sehr leid.« Mehr fiel Noth dazu nicht ein.

»Mir auch«, erwiderte Cavil und ging davon.

Cinzia und Jane, die noch immer ihre Nachtgewänder trugen und deren Gesichter mit Schweiß und Ruß bedeckt waren, kamen zu ihm.

»Wie viele Tote?«, fragte Noth.

»Vier sind in den Zelten gestorben«, antwortete Jane. »Zwei weitere wurden von den Männern ermordet.«

»Und was werden wir deswegen unternehmen?«, wollte Noth wissen.

»Ich weiß es nicht«, gestand Jane.

»So kenne ich dich gar nicht.«

»Selbst wenn ich es vorhergesehen hätte, selbst wenn ich darauf vorbereitet gewesen wäre, bin ich nicht sicher, ob es mir möglich gewesen wäre, etwas zu ändern. Oder dass ich wüsste, was jetzt zu tun ist.«

»Die Tiellaner haben keine Zelte mehr. Sie müssen irgendwo unterkommen.«

Jane nickte. »Zumindest dafür ist gesorgt. Wir bringen so viele wie möglich im Haus unter, bis wir einen anderen Platz für sie finden. Wir müssen jetzt mehr denn je zusammenhalten. Um uns dem zu stellen, was vor uns liegt, brauchen wir die Struktur von Cantas Kirche.«

»Dafür brauchen wir weitaus mehr als das«, fügte Noth leise hinzu.

KAPITEL 20

Kerker des Kaiserpalasts, Izet, Roden

Winter starrte die Zellendecke an und umklammerte den Frostkristall. Sie gaben ihr noch immer die Droge, nicht häufig, aber im Abstand von mehreren Tagen, wenn Winter richtig rechnete. Da sie nicht gewusst hatte, ob sie mehr bekommen würde, hatte sie die Droge die ersten Male sofort heruntergeschluckt. Beim letzten Mal hatte sie sie jedoch in der Hoffnung aufgehoben, sie könnte die Blockade ihrer Kräfte umgehen, wenn sie den Kristall erst später schluckte.

Diese Hoffnung war jedoch vergebens gewesen.

Nun hatte sie einen weiteren Kristall in der Hand, den sie jedoch nicht etwa aufhob, weil sie darauf hoffte, dass diese Taktik doch funktionieren könnte, sondern weil sie es fast noch mehr genoss, ihn festzuhalten, als die Vorstellung, ihn herunterzuschlucken. In dem Augenblick, in dem sie das tat, wäre er verschwunden. Wenn sie ihn jedoch aufhob, hatte sie etwas, worauf sie sich freuen konnte.

Es klopfte dreimal an ihre Zellentür. Winter öffnete augenblicklich ihren Geist, um herauszufinden, wer das sein konnte. Sie spürte ihren Wärter, seinen stoischen, einfach gestrickten Verstand. Die andere Präsenz war …

Ein schwarzer, in Flammen gehüllter Schädel blitzte vor ihrem inneren Auge auf.

Daval.

Winter kannte ihn nur durch seine Abwesenheit. Vor langer Zeit hatte ihr Vater ihr etwas gezeigt, was er als Sonnenfinsternis bezeichnete. Es war ein schreckliches Ereignis gewesen. Sie hatten an einem Sommertag in der Nähe von Pranna auf einem Hügel gestanden und zum klaren blauen Mittagshimmel hinaufgesehen, als etwas Unmögliches geschehen war. Ein gewaltiger Schatten war über die Ebene auf sie zugekommen, sehr viel größer als ein Berg und schneller als alles, was Winter sich auch nur vorstellen konnte.

Ihr erster Instinkt hatte ihr geraten, die Flucht zu ergreifen, aber ihr Vater hatte ihr sanft eine Hand auf die Schulter gelegt.

»Du bist in Sicherheit«, hatte er zu ihr gesagt. »Warte einfach ab, was passiert.«

Winter hatte ihre ganze Kraft zusammennehmen müssen, um geschützt vom Arm ihres Vaters stehen zu bleiben. Der Schatten war rasch näher gekommen, und Winter hatte zum Himmel geblickt und damit gerechnet, dass ein gewaltiger Drache durch die Luft segelte. Die legendären Geschöpfe aus dem Zeitalter der Wunder waren das Einzige, was ihrer Meinung nach einen solchen Schatten werfen konnte.

Dann hatte die Dunkelheit sie erreicht und umschlungen, allerdings nicht begleitet von einem Rauschen, wie Winter erwartet hatte, sondern von ohrenbetäubender Stille.

»Sieh nach oben«, flüsterte ihr Vater.

Die Sonne war verschwunden. An ihrer Stelle befand sich ein schrecklicher schwarzer Kreis, der von einem lodernden Ring aus weißen Flammen umgeben war. Winter umklammerte die Hand ihres Vaters.

»Was hat das zu bedeuten?«, fragte sie.

»Ich bin mir nicht sicher, ob es eine Bedeutung hat, die über das Verstreichen der Zeit hinausgeht.«

Winter erinnerte sich an diesen leeren schwarzen Kreis mit dem Flammenring. Die Sonne war nicht zu sehen gewesen, obwohl Winter wusste, dass sie da war und dass sie sich eigentlich nicht verstecken konnte. Dasselbe konnte man über Daval sagen. Sein Geist bestand für sie nur aus Schwärze, aber seine Machenschaften waren zu grell, als dass man sie ignorieren konnte. Es gelang ihr nicht, seine Gedanken zu sehen, aber der brennende Ring, der sie umgab, war deutlich zu erkennen.

»Bring sie zu mir.«

Der Wärter betrat Winters Zelle. »Hoch mit dir«, befahl er und trat Winter gegen die Beine.

Winter stand langsam auf, verließ die Zelle und ging auf den hell erleuchteten Korridor hinaus. Wie erwartet, stand Daval dort und musterte sie.

»Meine Liebe«, sagte er, lächelte sie an und breitete die Arme aus.

Winter stand blinzelnd im Licht und brauchte einige Augenblicke, bis sie begriff, dass Daval mit einer Umarmung rechnete. Anscheinend brauchte er länger als sie, um zu erkennen, dass er da lange warten konnte.

Er ließ die Arme wieder sinken, und sein Lächeln verblasste ein wenig. »Du solltest dich freuen, mich zu sehen«, teilte Daval ihr mit. »Ich bringe frohe Kunde.«

Winter sagte nichts.

»Gehe ich recht in der Annahme, dass du weißt, wer ich bin?«, fragte er. Als Winter noch immer nichts sagte, zuckte er mit den Schultern. »Eigentlich ist das auch unwichtig. Ich weiß, wer du bist, und ich weiß, dass wir deine Dienste benötigen. Wir werden dich natürlich dafür bezahlen. Wir können dir Geld und Gold geben. Neue Kleidung. Und wir würden dich aus dieser schrecklichen Unterkunft befreien.«

Winter schnaufte. »Ich soll Euch helfen? Warum sollte ich das tun?« Dieser Mann musste verrückt geworden sein, wenn er glaubte, dass sie …

»Und wir würden dich in Faltira bezahlen«, fügte Daval hinzu. »In seiner reinsten Form. Du würdest so viel Frost bekommen, wie du möchtest.«

Faltira.

»Was soll ich für Euch tun?«, fragte Winter und schämte sich sehr dafür, dass sie diese Frage überhaupt stellte. Doch die Vorstellung, unbegrenzt Frost zu bekommen, war einfach überwältigend.

Daval lächelte. »Ich erhoffe mir schon bald einen neuen Titel.«

Winter wusste genau, worauf er anspielte: Alle im Kaiserreich dachten über die mögliche Thronfolge nach. Zwar konnte sie nicht in Davals Kopf blicken, aber was andere über ihn dachten, bekam sie durchaus mit. Er war einer der heißesten Anwärter auf den Kaiserthron.

»Meine Macht ist allerdings nicht unangefochten. Es gibt manche, die mich aufhalten wollen, und andere, die mir den Titel zu entreißen gedenken, kaum dass ich ihn erhalten habe. Das darf ich nicht zulassen.«

»Und was erwartet Ihr von mir?«

»Du, meine Liebe, kannst dafür sorgen, dass mich andere fürchten. Das ist es, was ich jetzt mehr als alles andere brauche.«

Daval war also hinter ihren Telesis-Kräften her.

»Was sollte mich davon abhalten, meine Kräfte gegen Euch einzusetzen?«, wollte Winter wissen. Denn das würde sie auf jeden Fall versuchen. Wenn sie Frost bekam und nicht von diesen Ceno-Idioten blockiert wurde, dann würde sie diese ganze Stadt in Schutt und Asche legen.

»Ich habe nie gesagt, dass du deine Kräfte einsetzen darfst«, entgegnete Daval. »Ich brauche nur dich.«

Winter runzelte die Stirn.

»Offensichtlich verstehst du es nicht, und ich muss mich entschuldigen. Ich habe mich wohl nicht deutlich ausgedrückt. Deine Kräfte sind selbstverständlich viel zu gefährlich, als dass man dir gestatten könnte, darauf zuzugreifen. Aber deine Anwesenheit allein würde schon ausreichen. Es wurden Gerüchte über dich und das, was du getan hast, verbreitet. Sehr strategische Gerüchte.«

»Ihr habt sie selbst verbreitet.«

»Nun ja, das war nicht ich persönlich. Ich beteilige mich nicht an Klatsch und Tratsch, sondern bezahle andere, um das für mich zu erledigen.«

»Ihr wollt mich an Eurer Seite haben, um jenen zu drohen, die Euch gefährlich werden können.«

»Genau das ist meine Absicht.«

Winter fragte sich ganz kurz, wie es wohl wäre, diesen Mann anzugreifen. Ihn zu Boden zu werfen, mit den Fingernägeln auf ihn loszugehen, ihn zu treten, ihm den Hals mit den Zähnen aufzureißen, ihm auf jede nur denkbare Weise wehzutun. Er hatte das verdient. Sie verdiente das.

Nur der grelle Feuerring hielt sie davon ab.

Und wenn sie ihn nicht tötete – noch nicht –, dann hatte sie auch nichts zu verlieren, wenn sie sein Angebot annahm. Dadurch konnte sie eigentlich nur gewinnen. Mehr Freiheit für sie bedeutete, dass jenen, die sie bewachten, mehr Raum für Fehler blieb, die sie wiederum ausnutzen konnte. »In Ordnung. Zeigt mir diesen neuen

Ort, an dem Ihr mich unterbringen wollt. Zeigt mir das Gold und den Frost, und ich werde Euch helfen.«

Davals Lächeln wurde noch breiter. »Wunderbar. Ich wusste, dass wir eine Übereinkunft erzielen können.« Er nickte dem Wärter zu. »Du bist von deinen Pflichten entbunden. Nimm dir den Tag frei.«

Der Mann verbeugte sich mit breitem Grinsen. »Danke, mein Lord.« Dann marschierte er schnellen Schrittes durch den Korridor davon.

Winter wollte dem Mann schon folgen, aber Daval hielt sie auf. »Eine Sache muss ich dir noch sagen.« Er legte ihr die Hände auf die Schultern. Für einen Rodeneser war er recht klein, aber er überragte Winter dennoch um fast eine Haupteslänge. »Ich liebe dich, Winter.«

Sie starrte ihn mit leerem Blick an. Irgendwann im Laufe ihrer Gefangenschaft hatte sie gelernt, nicht sofort zu reagieren. Während sie einerseits innerlich lachte, weil Davals Worte derart lächerlich waren, andererseits aber auch angewidert zusammenzuckte, blieb ihre Miene ruhig und ausdruckslos.

»Na und?«, fragte sie.

Daval lächelte noch immer. »Ich wollte nur, dass du das weißt.«

Er drehte sich um und ging durch den Korridor, und Winter folgte ihm. An seinem Ende wartete Davals Wachhauptmann, die große Frau namens Urstadt, zusammen mit zwei Ceno-Mönchen in dunkelgrünen Roben auf sie.

»Wie sieht es aus«, fragte Daval dann, »magst du Whiskey?«

Eine Stunde später fand sich Winter in Davals Studienzimmer wieder. Sie hatte noch nie zuvor so viele Bücher auf einem Fleck gesehen; die Regale quollen förmlich über, und auch in den Ecken und auf den Tischen stapelten sich die Folianten. Daval saß an einem großen Schreibtisch in einer Zimmerecke.

Er hatte die Mönche weggeschickt, aber sein Wachhauptmann war noch zugegen. Winter blieb in der Tür stehen, und Urstadt ragte neben ihr auf. Vor Davals Schreibtisch standen zwei Stühle, aber Urstadt rührte sich nicht und schien sich nicht setzen zu wollen.

Winter zuckte mit den Schultern. Wenn die Frau lieber stehen blieb, war ihr das recht. Doch wenn Daval seine Worte ernst gemeint hatte und Winter tatsächlich als Werkzeug nutzen wollte, dann hatte sie vor, während der Zeit zu tun, was immer ihr in den Sinn kam. Und so marschierte sie auf einen der Stühle zu und ließ sich betont ungezwungen Daval gegenüber nieder.

Daval grinste, doch seine Augen blieben ernst. »Nur zu, mach es dir gemütlich, meine Liebe. Wenn uns eine lange und lohnende Beziehung bevorsteht, was ich doch hoffen will, dann sollten wir uns in der Gegenwart des anderen auch wohlfühlen.«

»Was ist mit der Wache?«, fragte Winter. »Will sie sich nicht auch setzen?«

»Ich stehe lieber«, sagte Urstadt.

Daval kicherte. »Bitte setzt Euch, Urstadt.« Er deutete auf den Stuhl neben Winter. »Trinkt doch etwas mit uns.«

Urstadt kam der Aufforderung nach und legte dabei eine Begeisterung an den Tag wie ein Soldat, der einen Befehl befolgt – also nicht die geringste.

Daval ging zu einem Schrank und holte drei Gläser und eine Flasche mit einer bernsteinfarbenen Flüssigkeit heraus, dann kehrte er zum Tisch zurück.

»Ich bin sehr stolz auf Euch, Urstadt.« Er setzte sich wieder. »Das, was wir mit Haus Farady und jetzt mit der Verlobung erreicht haben, wird uns sehr zugutekommen.«

»Danke, mein Lord«, erwiderte Urstadt, die stocksteif auf ihrem Stuhl saß.

Daval seufzte und schenkte ihnen allen zwei Fingerbreit Whiskey ein.

»Seid Ihr nicht stolz auf Euch?«, fragte er und schob Urstadt ein Glas über den Schreibtisch zu. Ein zweites stellte er vor Winter.

Urstadt nahm das Glas zögerlich entgegen, trank jedoch nicht. »Ob ich … Was? Ich kann Euch nicht folgen.«

Winter setzte das Glas an die Lippen und trank. Im nächsten Augenblick riss sie die Augen auf und hätte die Flüssigkeit beinahe auf Davals Schreibtisch gespuckt. Stattdessen zwang sie sich, sie herunterzuschlucken. Die Flüssigkeit brannte ihr in der Kehle, aber es war nicht das angenehme Brennen von Frostflamme, sondern nur der Schmerz ohne die Wonnen.

»Ich wollte wissen, ob Ihr stolz seid auf das, was Ihr vollbracht habt.« Daval ignorierte Winters Prusten. »Auf das, was wir vollbracht haben, sollte ich vielleicht lieber sagen.« Er wandte sich an Winter. »Wir haben an Haus Farady ein Exempel statuiert, und diesen Plan hat sich Urstadt fast ganz allein ausgedacht. Meine Tochter und Girgan Mandiat sind verlobt und werden heiraten, und schon bald werden sie das mächtigste Paar im ganzen Kaiserreich sein. Auch die Thronfolge ist bald geregelt.

Und nun hast du, Winter, dich entschlossen, uns beizustehen. Es macht ganz den Anschein, als würden die Sterne gut für uns stehen.«

Urstadt wirkte nervös. Das konnte daran liegen, dass Daval so viel redete. Winter fühlte mit der Frau mit.

»Ich schätze, dass wir zwei Drittel der für den Thron erforderlichen Stimmen sicher haben«, fuhr Daval fort, der fast wirkte, als würde er Selbstgespräche führen. »Mit den acht kleineren Häusern, die wir kontrollieren, den elf Häusern, die Lord Mandiat Treue geschworen haben, und den Häusern, die wir dank der Eliminierung von Haus Farady für uns gewinnen konnten ... sollte das ausreichen. Fünfunddreißig Häuser haben sich unserer Sache verpflichtet. Fast fünfzig Häuser sitzen im Rat der Lords. Da sollten fünfunddreißig doch reichen. Aber politische Angelegenheiten verlaufen nie so, wie man es erwartet. Es wird Veränderungen geben, möglicherweise sogar noch in letzter Minute. Einige zu unseren Gunsten, andere nicht, so viel steht fest. Alles in allem sieht die Sache gut für uns aus, würde ich behaupten. Aber Urstadt hat meine Frage noch immer nicht beantwortet.«

»Ich bin sehr glücklich, dass unser Haus so viele Ziele erreicht hat«, sagte Urstadt. »Aber was Haus Farady betrifft ... Ich weiß nicht, ob ich darauf unbedingt stolz bin, mein Lord.«

Daval nickte und sah Urstadt in die Augen. »Und warum?«

Winter kam sich völlig überflüssig vor. Wieso war sie bei dieser Unterhaltung eigentlich anwesend? Wenn Daval sie bloß als Werkzeug nutzen wollte, warum weihte er sie dann in seine Pläne ein?

»Wir haben eines der Häuser völlig zerstört«, erwiderte Urstadt. »Ich kenne zwar den Grund dafür, aber jetzt sind sie fort, mein Lord, und ich weiß nicht, was ich davon halten soll.«

Daval nickte. »Ich habe viele Reden für derartige Gelegenheiten vorbereitet. Das Wohl der Allgemeinheit überwiegt das Böse, das vollbracht werden musste. Außerdem hatte Haus Farady es verdient. Und so läuft es nun mal auf der Sphaera: Töten oder getötet werden. Aber keine dieser Erklärungen kommt mir wirklich schlüssig vor. Die Welt ist voller Zwischentöne, und dank dieser hat man eine Wahl.«

»Wenn Ihr das alles nicht glaubt«, sagte Winter da, »wie rechtfertigt Ihr es dann?«

Daval räusperte sich. »Das ist der Grund, aus dem wir drei heute hier sind.« Er nickte zu einem Bücherregal zu Urstadts Linken hinüber. »Auf dem zweiten Brett von oben steht ein Buch von Cetro Ziravi. *Gedichte und Verse.* Nehmt es bitte heraus.« Urstadt erhob sich und kam der Aufforderung nach, aber als sie es Daval reichen wollte, schüttelte er den Kopf. »Nein. Ich möchte, dass Ihr einen Abschnitt daraus vorlest. Seite neunundsiebzig, glaube ich.«

»Mein Lord …«

»Ich weiß, dass Ihr nicht gern lest, Urstadt«, sagte Daval. »Aber ich möchte es dennoch aus Eurem Mund hören.«

»Wie Ihr wünscht.« Winter amüsierte sich über diesen seltsamen Anblick: eine Frau in Rüstung, eine Kriegerin, die in einem alten Buch blätterte. »Seite neunundsiebzig?«, hakte sie nach.

»Ich denke schon«, erwiderte Daval. »Was steht oben auf der Seite?«

»Wildes Unheil.‹«

Daval nickte und lehnte sich lächelnd auf seinem Stuhl zurück. »Lest uns bitte vor.«

Ich beherrsche mich nicht;
Ich halte mich nicht zurück in der Hoffnung, dass mein Zorn und meine Macht die Würdigen verschont;
Ich weine nicht bis in alle Ewigkeit und zerkratze mir nicht büßend die Knie auf dem Fußboden der Zeit.
Denn ich liebe, was ich liebe, und ich liebe alles.

Ich zerstöre alles,
Ebenso wie ich es erschaffe.
Ich konnte nicht zerstören, was ich nicht zuerst geliebt,
Und so setzt sich der Kreislauf immerwährend fort.

Um zu zerstören, muss ich erst lieben lernen,
Und um zu erschaffen, muss ich wissen, wie man zerstört.
Und um zu lieben, muss ich erschaffen.
Derweil setzen die Begierde, die Berührungen, die aneinander reibenden Körper, die Verbindung jedes Paars verlorener Kinder, sanfter Körper und junger Geist,
Mein Muster fort
Ebenso wie das wilde Unheil des Lebens.

Um zu zerstören, muss ich erst lieben lernen. Winter lief es eiskalt den Rücken herunter, als Urstadt diese Worte vorlas. Sie sah zu Daval hinüber, der mit geschlossenen Augen dasaß.

»Versteht Ihr es jetzt, Urstadt?«, fragte er. »Was ist mit dir, Winter?«

Winter zuckte nur mit den Schultern. Die Worte faszinierten sie, aber sie würde sie erst selbst lesen müssen, bevor sie behaupten konnte, dass sie sie verstand.

»Soll ich Euch helfen?«

»Sehr gern, mein Lord«, antwortete Urstadt.

Daval lächelte, schlug die Augen auf und sah Winter an. Offenbar wollte er auch von ihr eine Bestätigung hören.

Für einen kurzen Moment hatte Winter nicht mehr Daval vor sich, sondern einen schwarzen Schädel, der von Flammen umgeben war und sie über den Schreibtisch hinweg angrinste. Entsetzen packte sie, aber so schnell, wie die Vision gekommen war, verblasste sie auch wieder, und da war nur noch Daval.

Winter schluckte schwer. »Ja.«

TEIL II

DER WEG DER STERNE

KAPITEL 21

Harmoth-Anwesen

Cinzia ging mit klopfendem Herzen auf und ab. Die Odeniten hatten sich vor einem behelfsmäßigen Podest aus Holz versammelt, das einige Tischler, die unter ihnen waren, rasch zusammengezimmert hatten. Das Podest stand unter den verkohlten Überresten der großen Esche, und die Odeniten, inzwischen mehrere Hundert, hatten sich dort versammelt, um ihre Prophetin reden zu hören. Cinzia stand hinter dem Podest auf der dem Haus zugewandten Seite, während sich die laute Menge auf der anderen Seite drängte. Dies war das erste Mal, dass Jane sich an die ganze Gemeinde wenden würde. Es geschah früher, als Cinzia und Jane beabsichtigt hatten, aber nach dem Angriff der Kamiten – sie hatten bei jedem der Männer, die Noth getötet hatte, die entsprechende Tätowierung gefunden – wussten sie, dass sie nicht länger schweigen konnten.

Bei der Rede wollten sie die Odeniten über Janes Absicht, Cantas Religion zu reformieren, in Kenntnis setzen und auch den Lehren der Hexe widersprechen. Zwar sagte die Alte in der Öffentlichkeit nichts mehr gegen die Tiellaner, aber ihre Worte hatten großen Schaden angerichtet, der behoben werden musste. Astrid hatte berichtet, dass die Hexe nachts geheime Treffen abhielt, bei denen sie noch immer dieselbe Doktrin predigte.

Cinzia hatte die Hexe noch immer nicht zu einem Gespräch mit ihr und Jane gebeten, und sie fragte sich, ob diese geheimen Zusammenkünfte eine Reaktion auf diese Kränkung waren. Dabei hatte Cinzia ihre Abmachung mit der Hexe nicht willentlich missachtet, sondern schlichtweg nicht die Zeit dafür gefunden.

Jane stand in ihrer Nähe und lächelte. Cinzia wusste nicht, wie ihre Schwester so ruhig bleiben konnte. Sie hatte sie gefragt, was sie zu sagen beabsichtigte, aber Jane hatte nur ausweichend geantwortet. Diese Einstellung konnte Cinzia nicht nachvollziehen. Als Priesterin hatte sie ihre Predigten vorher genau geplant und sich jedes mögliche Zitat und jede Auslegung gut überlegt.

Heute sollte Jane die Predigt halten, und doch war es Cinzia, die das Gefühl hatte, schlecht vorbereitet zu sein.

Jane winkte Cinzia zu sich. »Es ist Zeit«, sagte sie.

»Gut«, erwiderte Cinzia nervös. »Hoffentlich bist du dafür bereit.«

»Ich bin immer bereit, wenn ich mein Schicksal in Cantas Hände lege«, erklärte Jane. »Alles wird so geschehen, wie sie es beabsichtigt, Cinzi. So wie immer.«

Dann stieg Jane die Stufen zum Podium hinauf.

»Meine Brüder und Schwestern«, begann sie, doch da wurde sie mit Gewalt nach hinten geschleudert. Ihr ganzer Körper zuckte und landete mit lautem Knall auf der Seite, wobei sie beinahe vom Podium rutschte. Cinzia erblickte einen dunklen Schaft, der aus dem Bauch ihrer Schwester ragte, bevor diese zusammenbrach. Sofort trat Blut aus der Wunde hervor.

Cinzia bewegte die Lippen, brachte jedoch keinen Ton heraus. Sie bekam keine Luft mehr. Einen kurzen Moment musste sie an jenen Tag in Navone denken, als sie mit angesehen hatte, wie ihre Schwester zum Galgen geführt wurde, sie ihr jedoch nicht hatte helfen können und auch sonst rein gar nichts unternehmen konnte. Einige der versammelten Odeniten schrien; einige wollten fliehen, während sich andere ans Podium drängten, um zu Jane zu gelangen. Dann spürte Cinzia, wie jemand an ihr vorbeirannte.

»Komm mit«, rief Noth und stürmte die Stufen hinauf. »Wir müssen ihr helfen.«

Das riss Cinzia endlich aus ihrer Erstarrung, und sie rannte hinter ihm her. Elessa kniete bereits neben Jane. »Sie wurde angeschossen«, sagte Elessa. Ihre Miene war angsterfüllt. Sie presste den Saum ihres Kleides um den Armbrustbolzen und versuchte, die Blutung zu stoppen.

»Oh Göttin«, murmelte Cinzia und ging neben ihrer Schwester auf die Knie. »Jane?«, sagte sie. »Kannst du mich hören?«

»Cinzia?«, flüsterte Jane mit schwacher Stimme. Sie drehte sich ganz langsam auf den Rücken.

»Es wird alles gut«, sagte Cinzia, auch wenn sie nicht wusste, wie bei der ganzen Sphaera irgendetwas jemals wieder gut werden würde. »Wir helfen dir.«

»Woher kam der Schuss?«, fragte Noth und drehte sich zu der Menge vor dem Podium um.

»Von weiter vorne«, antwortete ein Mann. »Wir haben den Schützen nicht gesehen.«

»Wurden noch andere Bolzen abgefeuert? Ist sonst noch jemand verletzt?«, fragte Noth.

»Ich glaube nicht«, erwiderte jemand. Vielleicht war es Elessa, aber da war sich Cinzia nicht sicher.

»Wer immer das getan hat, wollte sie töten«, stellte Noth fest. »Und er ist möglicherweise noch in der Nähe, um die Sache zu Ende zu bringen.« Er sah Cinzia an. »Kannst du ihr helfen?«

Cinzia blinzelte. »Ich …?«

»Wurdest du nicht dazu ausgebildet?«

Sie blickte auf Jane herab. Selbstverständlich hatte sie als Priesterin auch die Grundlagen der Medizin und Heilkunde gelernt, aber …

»Du musst ihr helfen«, beharrte Noth. »Sie braucht dich jetzt.«

Cinzia nickte und wusste, dass er recht hatte. Unter Jane hatte sich bereits eine Blutlache gebildet, was nur bedeuten konnte, dass der Bolzen aus ihrem Rücken herausragte. Die Befiederung befand sich nur wenige Fingerbreit über ihrer Bauchdecke. Jane umklammerte den Bolzen mit bleichen, blutbefleckten Händen.

»Wir müssen den Bolzen herausziehen«, entschied Cinzia. »Helft mir, sie umzudrehen.«

Elessa und eine andere Frau, die Cinzia nicht erkannte, fassten mit an, und gemeinsam legten sie Jane auf die Seite. Nun sah Cinzia auch die Spitze des Bolzens, die aus Janes Rücken hervorragte.

War der Bolzen durchgebrochen? Sie berührte ihn vorsichtig, doch er schien unversehrt zu sein. Cinzia hoffte bei Canta, dass er nicht zersplittert war.

»Ich brauche ein Messer, eine Säge, irgendetwas«, rief sie.

Noth reichte ihr ein Messer mit zackiger Klinge, und Cinzia säbelte direkt über der Spitze an dem Bolzen herum. Jane stöhnte auf.

»Es tut mir so leid, Janey«, murmelte Cinzia und arbeitete noch schneller. »Ich weiß, dass das wehtut, aber wir wollen dir wirklich nur helfen.«

Wenige Augenblicke später fiel die Spitze zu Boden.

»Ich brauche ein Stück Stoff, das ich auf die Wunde an ihrem Rücken drücken kann.«

Elessa sah sie mit blassem Gesicht an. »Woher soll ich denn …«

»Schneid etwas von deinem Kleid ab«, sagte Cinzia. Sie versuchte, ruhig zu bleiben, während sie auch schon Streifen von ihrem Rock abschnitt. Als sie genug Stoff hatten, presste Cinzia den Ballen auf die blutende Wunde auf Janes Rücken. »Helft mir, sie aufzurichten«, bat sie, und Elessa und die andere Frau kamen der Bitte nach. Jane stöhnte noch lauter, und Cinzia wickelte die Stoffstreifen um Janes Oberkörper und versuchte, den Stoffballen fest auf die Austrittswunde zu binden.

»Jetzt müssen wir den Bolzen rausholen«, sagte sie. »Ich werde mich beeilen. Direkt danach müsst ihr Druck auf die Wunde ausüben.« Sie sah Elessa in die Augen. »Und zwar sofort, habt ihr mich verstanden?«

Elessa nickte.

»Gut«, sagte Cinzia. »Es tut mir so leid, Janey.« Dann zog Cinzia den Bolzen mit einer schnellen Bewegung aus Janes Körper. Jane schrie und krümmte sich. Cinzia warf den Bolzen zur Seite und versuchte, nicht auf das viele Blut zu achten, das zwischen Elessas Fingern hervorquoll, mit denen sie den Stoff auf die Wunde presste. Stattdessen sah Cinzia ihrer Schwester in die Augen und nahm ihre Hand.

»Alles wird wieder gut, Janey«, sagte sie beruhigend und versuchte sich an einem Lächeln. »Dir geht es bald wieder besser.«

»Können wir denn gar nichts mehr tun?« Die Frage kam von der Frau, die Cinzia nicht kannte.

»Im Moment nicht. Wenn sie sich ein wenig ausgeruht hat, bringen wir sie ins Haus«, flüsterte Cinzia. Sie musste tun, was sie konnte, aber eine solche Wunde …

Sie spürte eine Bewegung hinter sich und drehte sich

um. Die Frau ragte mit verzerrtem Gesicht über ihr auf und hielt einen langen Dolch in der Hand. Cinzia stockte der Atem.

Aber Noth war da, bevor Cinzia auch nur schreien konnte. Er packte den Kopf der Frau und drehte ihn mit einem Ruck zur Seite. Die Assassine sackte auf dem Podium zusammen, und der Dolch fiel neben ihr zu Boden. Die Odeniten, die noch nicht geflohen waren, schrien auf.

»Was …«

Noth stieß einen Fluch aus. »Das muss eine von ihnen gewesen sein.«

»Bei der aufsteigenden Göttin«, flüsterte Elessa, die noch immer die Hände auf Janes Wunde presste.

»Ich kenne sie nicht«, sagte Cinzia leise.

»Ich auch nicht«, sagte Elessa.

Noth knurrte etwas, aber Cinzia beachtete ihn nicht. Sie konzentrierte sich auf Jane, die jetzt die Lippen bewegte.

»Seid alle ruhig!« Cinzia beugte sich vor und umklammerte Janes Hand noch etwas fester.

»Was sagst du da, Janey?«, fragte sie.

»Heilt … mich …«

»Was hat sie gesagt?«, fragte Elessa.

Jane deutete auf Noth. »So wie … ich ihn … geheilt habe«, flüsterte sie so leise, dass es kaum zu verstehen war.

»Sie möchte, dass wir sie heilen?«

Cinzia nickte, sie war wie benommen. Was sollte sie denn jetzt machen?

Jane drückte kaum merklich ihre Hand. »Bitte«, wisperte sie.

»Ich … ich kann nicht …« Plötzlich spürte Cinzia Elessas Hand auf ihrem Arm.

»Ich kann es tun«, sagte Elessa. »Ich war da, als Jane Noth geheilt hat.«

Cinzia starrte Elessa mit finsterer Miene an. Was konnte diese Frau denn schon über das Heilen wissen? Sie kannte Jane doch erst seit wenigen Wochen und konnte unmöglich …

Elessa legte die Hände auf Janes Bauch und begann zu sprechen. Cinzia war viel zu durcheinander, um die Worte zu verstehen, aber sie war sich bewusst, dass die andere Frau betete, Canta anrief, irgendetwas unternahm. Vor Cinzias Augen verschwamm alles, als ihr die Tränen kamen, aber bei Elessas Worten glaubte sie, etwas zu sehen. Vielleicht ein Licht. Farben. Ein Flimmern und ein Flirren.

Kaum hatte sie die seltsame Vision erblickt, war diese auch schon wieder verschwunden. Elessa trat zurück, und Cinzia spürte, wie jemand ihre Hände nahm.

Es war Jane.

Cinzia schluchzte, als sie ihrer Schwester ins Gesicht sah, die sie schwach anlächelte.

Jane nahm vorsichtig Cinzias Hände von ihrem Körper, und Cinzia blickte durch das Loch in Janes zerfetztem Kleid auf die Stelle, an der eben noch die ausgefranste, blutende Wunde gewesen war. Eine Verletzung war noch zu erkennen, doch sie war verheilt. Cinzia sah den Schorf, unter dem sich bald eine Narbe bilden würde.

»Oh Jane«, flüsterte Cinzia, dann umarmte sie ihre Schwester.

Cinzia und Noth redeten erhitzt eine Viertelstunde lang auf Jane ein, damit sie ins Haus ging, um sich auszuruhen und weil sie dort sicher war, doch letzten Endes siegte Janes Dickköpfigkeit.

Nun stand sie auf dem Podium, auf dem sie gerade erst angeschossen worden war, und wandte sich an ihre Anhänger, während Cinzia sie stützte.

Janes Ansprache bewegte sie alle, denn sie war gefasst, wortgewandt und anregend. Sie sagte, Cantas lenkende Hand hätte sie alle an diesem Ort zusammengeführt. Sie betonte, wie wichtig die Einheit war und dass Canta auf all ihre Kinder – Menschen und Tiellaner gleichermaßen – voller Liebe herabblicke. Jane sprach von ihren Visionen, und Cinzia erkannte, dass ihre Schwester ihre Geschichte gerade zum ersten Mal der Öffentlichkeit erzählte. Sie erwähnte auch den Kodex von Elwene und dass sie den heiligen Text momentan übersetzten. Cinzia errötete, als Jane ihre Stärke und Besonnenheit während der Reise lobte, die sie auf sich genommen hatten. Zu guter Letzt sprach Jane auch von der neuen Religion – der Kirche von Canta, wie sie sie nannte – und dass sie planten, diese auf der Sphaera wiederzubeleben. Jane stellte Cinzia und Elessa als ihre ersten beiden Elevinnen vor und versprach, bald weitere zu ernennen.

Als sie geendet hatte, jubelten die Odeniten nicht, aber Cinzia fand, dass dies auch nicht erforderlich war. Es war keine Rede gewesen, die man beklatschte, sondern eine, die die Menschen in Ehrfurcht versetzte.

»Helft mir bitte herunter«, bat Jane. »Ich muss mich ausruhen.«

»Aber natürlich«, flüsterte Cinzia. Während sich Jane schwer auf sie stützte, geleitete sie sie die Stufen hinunter. Noch bevor sie unten angekommen waren, erhob sich ein Raunen. Cinzia verstand die Worte zwar nicht, aber sie ahnte, was die Leute sagten. Vor nicht einmal einer

Stunde war Jane schwer verwundet worden. Dann hatte eine ihrer Elevinnen die Hände auf Janes Bauch gelegt, und nun war sie geheilt. Es war ein Wunder. Über diesen Tag würde man noch viele Jahre sprechen.

Aber Cinzia fühlte sich innerlich wie zerrissen. Elessa hatte Jane geheilt, während Cinzia nicht dazu in der Lage gewesen war. Sie hatte sich bewusst dazu entschieden, es nicht einmal zu versuchen.

»Jane«, sagte Cinzia, »es tut mir leid …«

»Schon gut«, unterbrach Jane sie. Ihr Atem ging schwer. »Du musst nicht bereuen, was du getan hast, Cinzia.«

»Es ist nur … Ich wusste nicht, ob ich tun kann, worum du mich gebeten hast …«

»Es ist geschehen, wie Canta es wollte«, erwiderte Jane lächelnd. Cinzia sah ihr an, dass sie sich dazu zwingen musste, aber sie vermutete, dass es eher an den Schmerzen lag und nicht daran, dass sie Cinzia grollte.

Cinzia schüttelte den Kopf. »Ich habe versagt.« Sie hatte geglaubt, sie würde sich besser fühlen, wenn sie es zugab, aber das machte die Sache nur noch schlimmer. »Canta wollte, dass ich dich heile, aber ich konnte es nicht tun.«

Jane legte Cinzia eine Hand auf die Schulter. »Das soll jetzt nicht gemein klingen, Cinzia, aber … es geht nicht immer nur um dich.«

Cinzia starrte ihre Schwester an und wusste nicht, was sie erwidern sollte. Nach allem, was Jane gerade durchgemacht hatte, konnte sie ihr diesen rüden Kommentar zwar verzeihen, aber er schmerzte sie trotzdem.

»Es ist nicht gesagt, dass Canta von dir verlangt hat, mich zu heilen.«

»Aber du hast mich doch darum gebeten.«

»Das war ich, Cinzia. Canta spricht nicht ständig durch mich. Und ich war verzweifelt, Schwester. Es ist ebenso wahrscheinlich, dass Canta mich das fragen ließ, weil die Göttin wusste, wie du reagieren würdest. Möglicherweise wollte sie dich auf diese Weise etwas lehren, während sie gleichzeitig wusste, dass Elessa mich heilen würde.«

»Ja …«, sagte Cinzia nachdenklich, »vielleicht hast du recht.« Janes Worte ergaben durchaus Sinn, aber sie änderten nichts an der Tatsache, dass Cinzias Glaube erneut ins Wanken geraten war.

KAPITEL 22

Auf Cinzias Bitte hin hatte Noth die Leiche der Assassine in eines der leeren Zimmer im Haus gebracht. Die Frau ruhte nun nackt auf einem Tisch, und ihre Kleidung war zu ihren Füßen ordentlich gestapelt, damit die Leiche gewaschen und zum Begräbnis bereit gemacht werden konnte. Sie war schon älter, schlank und muskulös, und ihre Haut hatte bereits die dem Tod eigene unwirkliche Blässe angenommen.

»Was hast du gefunden?«, fragte er Cinzia, nachdem sie ihn zu sich gerufen hatte.

»Zwei Dinge«, antwortete sie und ging um den Tisch herum. »Das hier«, sagte sie und hielt ein kleines Stück Pergament hoch, »und außerdem noch etwas an ihrem Körper.«

Noth nahm das zusammengefaltete Papier entgegen und las, was darauf stand.

Ziel: Jane Oden
Ort: Harmoth-Anwesen, außerhalb von Tinska, nordwestliches Khale
Beschreibung: 1,7 Ruten, 63 Kel, blond, blauäugig.
Bekannte Kontakte: Pascia und Ehram Oden (Eltern), Cinzia Oden (Schwester), Kovac Lothgard, Eward Oden (Bruder), fünf jüngere Geschwister (Namen unbekannt), Danica Cordier (Tiellanerin), Lian Soren-

hald (Tiellaner), Lathe Tallon und ein junges Mädchen (Name unbekannt).
Auftrag: Eliminieren.

»Noth? Geht es dir gut?«

Er blickte von dem Blatt auf und merkte erst jetzt, dass er es schon eine Weile angestarrt hatte. Zwei Worte hatten ihn gebannt: *Danica Cordier.* Sie hatten ihren zweiten Vornamen vergessen, ihren Rufnamen.

Winter.

»Ja«, murmelte Noth. »Das ist ein Auftrag. Nichts Ungewöhnliches, aber es war sehr nachlässig von ihr, ihn bei sich zu tragen. Ein Profi hätte sich alles eingeprägt und den Zettel vernichtet.«

»Wer immer den Auftrag erteilt hat, kennt unsere Namen«, stellte Cinzia fest. »Alle bis auf die meiner jüngeren Geschwister und Astrids.«

»Was verrät dir das Siegel?«, fragte Noth und deutete auf das Bild am unteren Seitenrand. Es sah aus wie die Trinacrya, das aus einem Kreis und einem Dreieck bestehende Symbol der cantischen Denomination, doch die Formen waren nicht wie üblich leer, sondern ausgefüllt. So erinnerte das Zeichen mehr an einen schwarzen Kreis, aus dem drei Zacken herausragten.

»Ich bin mir nicht sicher.«

»Aber du hast eine Vermutung?«

Cinzia nickte. »Ja.« Dann seufzte sie. »Die Denomination hat viele Untergruppierungen. Die drei Hauptzweige sind natürlich die Offenbarung, die Inquisition und die Priesterschaft. Doch es gibt noch mehr, über die allerdings nur Gerüchte im Umlauf sind.«

»Und welchem Bereich würdest du das Symbol zuordnen?«, fragte Noth nach.

Cinzia schüttelte den Kopf. »Ich weiß es nicht mit Sicherheit, aber nach allem, was in Izet geschehen ist und was hier passiert … könnte es der Kult sein.«

Noth musterte sie fragend. Davon hatte er noch nie gehört.

»Bei der Göttin, ich kann nicht glauben, dass ich das auch nur in Betracht ziehe«, flüsterte Cinzia. »Der Kult ist ein Gerücht, ein Witz, eine Geschichte, die sich die Priesterinnen spätnachts erzählen.«

»Aber glaubhaft genug, dass sie als Auftraggeber infrage kommen?«

Cinzia starrte Noth einen Augenblick nachdenklich an. »Ich denke schon.«

Er zuckte mit den Schultern. »Wir wussten, dass die Denomination uns irgendwann jagen würde.« Dann sah er sie an. »Du hast von zwei Dingen gesprochen. Was ist das andere?«

»Ach ja.« Cinzia ging um den Tisch herum. »Hilf mir, sie auf die Seite zu drehen. Du musst dir ihren Rücken ansehen.«

Die Frau hatte eine kleine Tätowierung auf dem Rücken, nicht größer als eine geballte Faust, aber sehr detailreich ausgeführt. Es sah aus wie ein Siegel, ein Kreis mit einer Art Labyrinth darin, das aus Hunderten winziger, ineinander verschlungener Striche und Wege bestand. Das Symbol sagte Noth nichts, was er Cinzia auch mitteilte.

»Ich habe es auch noch nie gesehen«, sagte Cinzia, »aber ich dachte, du kennst es vielleicht. Es hat möglicherweise gar nichts mit dem Anschlag auf Jane zu tun, aber es war das Einzige, das mir an dieser Frau überhaupt aufgefallen ist.«

Noth nickte. »Es könnte durchaus von Bedeutung

sein. Wenn wir es … irgendwie abzeichnen könnten, wäre das sehr hilfreich.«

»Soffrena ist eine begabte Malerin«, erwiderte Cinzia. »Sie kann gewiss eine genaue Kopie davon anfertigen.«

»Gut.« Er sah sich das Pergament noch einmal an. »Mir ist noch etwas aufgefallen.«

»Was denn?«

»Das ist kein personalisierter Auftrag«, erklärte Noth. »Es ist ein allgemeiner Auftrag. Das bedeutet, dass vermutlich noch andere mit einem solchen Zettel herumlaufen.«

»Du sagtest, die Frau würde möglicherweise mit jemandem zusammenarbeiten.«

Noth schüttelte den Kopf. »So habe ich das nicht gemeint. Wenn jemand mit ihr zusammengearbeitet hat, dann hätten sie beide denselben Auftrag erhalten. Man würde sie als Einheit betrachten. Ich wollte aber darauf hinaus, dass Aufträge wie dieser an mehrere Einheiten vergeben werden.«

Cinzia riss die Augen auf. »An wie viele?«

»Das kann ich beim besten Willen nicht sagen. Es könnten wenige gewesen sein, vielleicht drei oder vier, möglicherweise aber auch ein Dutzend oder mehr.« Zum zweiten Mal bereute Noth, den verdammten Vampir weggeschickt zu haben.

»Was … was hat das zu bedeuten?«

»Es bedeutet, dass ich euch nicht mehr beschützen kann. Nicht allein zumindest. Wir können von Glück reden, dass wir es so weit geschafft haben.«

»Aber wen haben wir denn noch? Astrid ist fort, und sonst gibt es hier niemanden …«

»Dann müssen wir Wachen ausbilden«, erklärte Noth. »Da draußen laufen Dutzende junger, kräftiger Leute herum. Der Großteil davon wird keine guten Krieger abgeben, aber wir können wenigstens versuchen, ihnen das Kämpfen und ein wenig Disziplin beizubringen. Ich kann nicht gleichzeitig dich, Jane und Elessa beschützen, dabei müssen sie mir helfen.«

»Sie könnten uns auch bei den Angriffen der Kamiten nützlich sein.«

»Gut möglich«, sagte Noth, der jedoch nicht besonders zuversichtlich war. Die Angelegenheit mit den Kamiten war unschön und schwammig. Er war sich nicht sicher, wie er damit umgehen sollte. Wenn es jedoch um Taktik ging, um Wachdienste, die Ausbildung und das Erteilen und Ausführen von Befehlen, konnte er anderen einiges beibringen.

»Ich werde gleich morgen mit der Rekrutierung beginnen«, versprach Noth. »Natürlich nur, wenn ihr einverstanden seid.«

»Ich werde mit Jane darüber reden.«

»Wir sollten auch dieser Sache auf den Grund gehen.« Noth blickte auf die Leiche der Frau herab. »Wenn sie wirklich mit jemandem zusammengearbeitet hat, dann müssen wir wissen, wer es ist und ob er oder sie sich noch in der Nähe aufhält.«

»Dabei kann ich dir helfen«, erwiderte Cinzia. »Ich bin sehr gut darin, andere zu durchschauen.«

Sie legte Noth eine Hand auf die Schulter. »Ruh dich aus«, bat sie ihn. »Morgen wartet sehr viel Arbeit auf uns.«

KAPITEL 23

Schloss Amok, Izet

Hallo?«, rief Winter und klopfte leise an die Tür. Sie befand sich im Erdgeschoss des Schlosses, weil Daval sie gebeten hatte, dort den Schneider zu treffen. Ihre anderen persönlichen Diener – ein halbes Dutzend, die allein für sie zuständig waren – hatte sie bereits kennengelernt, aber ihr Schneider, den Daval nur »Galce« nannte, wohnte nicht im Gebäude, und nun sollte sie ihn aufsuchen.

Winter hatte in ihrem ganzen Leben noch nie mehr als ein paar Kleidungsstücke besessen, und sie hatte erst recht keinen eigenen Schneider gehabt. Oder Dienstboten. Oder ein Zimmer in einem Schloss.

Sie fragte sich, wie es wohl wäre, wenn sie einfach weiter so lebte. Wenn sie Daval diente. Es machte ganz den Anschein, als bekäme sie dann so viel Geld – und Frost –, wie sie nur haben wollte. Was gab es denn sonst noch, wofür es sich zu leben lohnte?

Du kannst für die Rache leben, flüsterte ein Teil von ihr, der sich darüber ärgerte, dass sie überhaupt etwas anderes in Betracht zog. Und doch tat sie es. Sie könnte ein bequemes Leben führen. Es wäre vielleicht sogar interessant. Vorausgesetzt, Daval ließ sie nicht umbringen, sobald er sie nicht mehr brauchte.

»Immer herein«, rief jemand, und Winter trat durch

die Tür in einen kleinen, schön ausgestatteten Raum. An der hinteren Wand standen mehrere hohe Spiegel auf einem kleinen diamantförmigen Podest, in denen man sich von allen Seiten betrachten konnte. Unzählige Kommoden standen an zwei anderen Wänden, und Winter nahm an, dass sich hinter den beiden großen Türen ein gewaltiger Schrank befand.

Sie griff nach einem Beutel, der in einer Tasche ihres Kleides steckte, den sie beim Betreten ihres neuen Quartiers vorgefunden hatte. Er war voller Faltira. Winter hatte sofort einen Frostkristall genommen, um sich zu vergewissern, dass er auch echt war. Dann hatte sie sich vorgenommen, sparsam damit umzugehen. Daval hatte ihr zwar versichert, dass er ihr einen unbegrenzten Vorrat zur Verfügung stellen konnte, aber Winter zweifelte daran. Irgendwann würde der Frost knapp werden und es gäbe einen Haken, einen Preis, den sie nicht bezahlen konnte. Für diesen Fall musste sie einen Vorrat anlegen.

Vorerst freute sie sich jedoch darauf, neue Kleidung zu bekommen. Im Moment trug sie ein locker fallendes, himmelblaues Kleid, das schlicht, aber elegant aussah. Es entsprach jedoch überhaupt nicht ihrem Stil. Daval hatte ihr mitgeteilt, dass man ihre Sachen – ihre Kleider, ihren Bogen und ihre Siara – nicht aufbewahrt hatte. Winter war selbst überrascht darüber, wie sehr sie das bedauerte. Vor allem vermisste sie die eng anliegende Lederkleidung, die ihr neues Ich, die starke Winter, repräsentiert hatte. Die Siara war ihr nicht weiter wichtig, aber der Bogen war ein Geschenk ihres Vaters gewesen.

Im hinteren Teil des Raums stand ein kleiner, glatzköpfiger Mann mit beachtlichem Bauch und dunkler Haut.

»Willkommen«, sagte er. »Ich bin Galce. Ihr seid Winter?« Sie nickte. Galce lächelte sie an und legte den Kopf leicht schief. »Ah, eine Tiellanerin. Der Kaiser sagte etwas davon, aber ich konnte ihm einfach nicht glauben. Doch es freut mich sehr, dass die Gerüchte stimmen.« Er trat zu Winter, ging um sie herum und musterte sie von oben bis unten. »Ich wollte schon immer etwas für Tiellaner schneidern, muss ich Euch gestehen«, fuhr er fort. »Ihr seid so zart, so elegant. Ich freue mich schon sehr auf die Arbeit mit Euch.«

Winter war überrascht, dass Galce ihre Herkunft erwähnte. Das hatte keiner ihrer Diener getan – im Nachhinein vermutete Winter, dass Daval sie dazu aufgefordert hatte –, und nach den sechs Monaten im Kerker hatte sie beinahe vergessen, dass man alle Tiellaner aus Roden verbannt hatte.

Es war schon seltsam, was man alles vergaß, wenn man in einem Kerker vor sich hin moderte.

»Ihr stammt aus Andrinar«, sagte Winter.

»Ja, das ist richtig.« Galce lächelte sie an und sah ihr in die Augen. Winter war überrascht über sein Verhalten, und sie fragte sich, ob dieser Galce wusste, wer sie wirklich war und was sie getan hatte. Würde er ihr noch immer in die Augen sehen können, wenn er darüber Bescheid wusste?

»Und wie seid Ihr nach Roden gekommen?«, fragte Winter. »Ich dachte, Andrinar wäre vom Kaiserreich unabhängig?«

»Nicht in so vielen Worten«, flüsterte Galce und zwinkerte ihr auf seltsame Weise zu. »Tatsächlich unterstehen wir noch immer dem Kaiserreich, haben jedoch eine eigene Regierung.«

»Warum seid Ihr dann von dort weggegangen?«

Galce zuckte mit den Schultern. »Es sieht gut für uns aus. Wir genießen sowohl den Vorteil, uns selbst regieren zu können, als auch den Schutz und die Mittel des Kaiserreichs, selbst wenn diese in letzter Zeit recht mager ausfallen. Wir haben keinen Streit mit Khale, sind einander aber auch nicht besonders freundlich gesinnt. Solange Roden uns die Unterstützung nicht völlig entzieht, wird sich vermutlich nicht viel daran ändern. Man muss das Leben nehmen, wie es kommt, meine Liebe. Die einzige Ordnung ist Chaos. Der einzige Weg zu leben, ist loszulassen.«

Winter blinzelte. Wie konnte es Ordnung im Chaos geben?

Galce zog ein langes Maßband aus der Tasche. »Aber darüber reden wir ein anderes Mal. Vorerst gibt es viel zu tun. Ich muss gestehen, dass ich sehr viele Ideen für Eure Kleidungsstücke habe, Winter. Ihr seht gewiss umwerfend aus, wenn Ihr in einem schwarzen Kleid steckt, das eng an den Hüften anliegt, wie es die junge Tochter meines Lords bevorzugt. Einen erfinderischen jungen Verstand hat sie, das muss ich zugeben. Ja, ein schwarzes Kleid, und ich denke, ein heller Braunton würde gut zu Eurer Hautfarbe passen …«

»Wartet«, unterbrach Winter ihn und hob die Hände. »Ich möchte etwas anderes.«

Galce lachte. »Kein Kleid? Meine *garice,* Ihr seid jetzt auf Schloss Amok, und ich würde vermuten, dass Ihr auch sehr viel Zeit im Kaiserpalast verbringen werdet, und was bei der ganzen Sphaera sollt Ihr dort denn sonst tragen?«

Winter zuckte mit den Schultern. »Ihr könnt mir so viele Kleider schneidern, wie Ihr wollt, aber ich werde sie nicht tragen. Ich brauche etwas Praktisches. Schwarzes

Leder, eng anliegend, sodass es schützt, ich mich aber dennoch gut darin bewegen kann.«

Galce blinzelte verwirrt. »Ich denke, ein Kleid wäre …«

»Kein Kleid«, beharrte Winter, »eine Hose und ein Hemd oder eine Tunika. Ein Wams ginge auch, und ein Ledermantel wäre ebenfalls nicht schlecht.«

Galce starrte sie einige Augenblicke lang an, und Winter konnte förmlich sehen, wie es in seinem Kopf arbeitete. »Ja«, murmelte er. »Ja«, sagte er dann etwas lauter, um schließlich »Ja!« zu schreien. »Das wird eine Herausforderung für mich. Schwarzes Leder kann sehr elegant aussehen, aber es ist auch sehr funktional, und … Ja, ich denke, ich kann Euch anfertigen, was Ihr verlangt. Kommt, Winter, lasst mich Maß nehmen, dann sehen wir, was der alte Galce für Euch tun kann, meine *garice.*«

Winter kam seiner Aufforderung nach. Als sie in den Spiegel blickte, spürte sie nichts und konnte Galces Aufregung nicht einmal teilen. Tote schwarze Augen sahen ihr entgegen, in denen nicht die geringste Gefühlsregung zu erkennen war.

Was hast du getan?, fragte sie sich, doch selbst die Antwort auf diese Frage interessierte sie nicht mehr.

KAPITEL 24

Turandel, Westliches Khale

Astrid zog den Umhang enger um den Körper, als sie durch die Straßen ging. Die Sonne ging bereits unter. Sie hatte den Zeitpunkt so abgepasst, dass sie bei Einbruch der Dunkelheit die Stadt erreichte. Während der ersten Stunden in Turandel wollte sie am stärksten sein.

Turandel war eine kleine Stadt, die sich am Sandstrand entlangzog Richtung Westen. Alles sah noch genauso aus wie bei ihrem letzten Besuch. Fünf Hauptstraßen – die Fünf Finger genannt – führten durch die Stadt und wurden von Geschäften und Wohnhäusern gesäumt. Das Viertel der Adligen befand sich im Süden und war an den Turmhäusern leicht zu erkennen, und dann gab es natürlich noch Schloss Storonam, das alles überragte. Astrid musste an Elessa Storonam denken, die Frau, wegen der Noth sie überhaupt hierhergeschickt hatte. Noch wusste sie jedoch nicht, wie seine Verbindung zu Haus Storonam aussah.

In der Stadt gab es zwei cantische Kapellen, eine im Süden für die Adligen, und die andere lag im Norden zwischen den Geschäften. Astrid ging zuversichtlich in Richtung Süden. Jahrzehnte zuvor hatte sie ihre Zeit in Turandel vor allem bei der Händlergilde im Nordteil der Stadt verbracht. Der Süden war ihr daher zwar nicht vertraut, schien jedoch ungefährlicher zu sein.

Warum bei allen Orten auf der Sphaera muss es ausgerechnet Turandel sein?

Astrid sah sich um. Sie hatte sich hier vor Jahren Feinde gemacht. Die Wahrscheinlichkeit war zwar groß, dass sich diese längst einen einträglicheren Ort gesucht hatten, aber darauf wollte sie sich lieber nicht verlassen.

Niemand war ihr gefolgt – das war ein gutes Zeichen. Vorsichtshalber bog Astrid dennoch in eine Seitenstraße ein. Sie war die Seestraße entlanggegangen, die dem Strand am nächsten lag, aber das Gasthaus, in dem sie übernachten wollte, lag weiter im Landesinneren auf der Südhälfte der Straße von Crastan, dem vierten der fünf Finger, wenn man von der Seestraße aus zählte.

Das rege Treiben des Tages ebbte langsam ab, und viele Geschäfte und Stände schlossen bereits. Zwischen den Fünf Fingern verliefen zahlreiche kleinere Seitenstraßen, die Fußgängern vorbehalten waren. Astrid erreichte das Gasthaus *Zum Ringfinger,* als das letzte Tageslicht gerade verblasste. Ihre Verwandlung hatte bereits eingesetzt, doch sie würde keine Probleme haben, ein Zimmer zu bekommen. Als Vampir war sie in der Lage, ihr Erscheinungsbild leicht zu verändern, was nachts, wenn sie anderen sonst Angst einjagte, recht praktisch war.

Doch diese Gabe funktionierte nur begrenzt. Sie konnte zwar das helle Leuchten ihrer Nachtaugen dämpfen, ihre Fangzähne verbergen und die langen Klauen in normale Finger verwandeln, doch sie sah weiterhin aus wie ein kleines Mädchen. Es war ihr nicht möglich, wie eine Erwachsene oder auch nur wie ein Junge zu erscheinen, und das war manchmal sehr lästig.

Sie hatte allerdings einen Weg gefunden, das Beste daraus zu machen. Astrid riss einen Stoffstreifen von ihrem Kleid ab. Sie trug ihr Reisekleid, das noch ganz brauchbar aussah. Dann band sie ihr Haar zu einem Pferdeschwanz und wickelte den Stoffstreifen in einer schönen Schleife darum.

Der Wachmann an der Tür des Gasthauses blickte auf Astrid herab, als sie näher kam. Er war ein großer, muskulöser Mann und trug eine Lederrüstung und ein Kurzschwert an der Hüfte. Ein langer Speer lehnte hinter ihm an der Wand.

»Ist alles in Ordnung, Kleine? Hast du dich verlaufen?«, fragte der Mann mit gütiger Stimme. Das überraschte Astrid nicht, denn sie hatte schon beide Extreme kennengelernt: Man war entweder sehr freundlich zu ihr, oder man wollte sie auf jede nur denkbare Weise ausnutzen.

»Nein, Herr, ich glaube, ich bin hier richtig. Das ist doch das Gasthaus *Zum Ringfinger*, nicht wahr?«

»Ja, das ist es«, bestätigte der Wachmann und kniete sich hin, um mit Astrid auf Augenhöhe zu sein. Sein Gesicht war rund, und seine Wangen sahen trotz seines muskulösen Körpers überraschend weich und glatt rasiert aus. »Was führt dich so ganz allein hierher? Hast du deine Familie verloren?«

»Nein, Herr«, antwortete Astrid mit betont kindlicher Stimme. Erwachsene mochten es nicht, wenn sie von Kindern wie Gleichgestellte behandelt wurden. »Ich soll hier meine Begleitung treffen.« Zur Sicherheit schenkte sie ihm noch ein unsicheres Lächeln.

»Na gut, kleines Fräulein, dann geh hinein. Der Wirt kann dir bestimmt weiterhelfen.«

Astrid grinste. »Danke, Herr!« Als ihr der Mann die Tür öffnete, wäre sie beinahe in den Schankraum gehüpft.

Sie hatte dieses Gasthaus erst ein oder zwei Mal betreten, und das war beinahe vierzig Jahre her, doch im

Inneren schien sich kaum etwas verändert zu haben. Sie hatte sich nur durch Zufall überhaupt an den Namen erinnert, denn damals hatte sie nicht sehr viel Zeit in diesem Teil von Turandel verbracht. Der Schankraum erinnerte an viele andere, die Astrid im Laufe der Jahre gesehen hatte. Mehrere Tische standen im Raum, und gut ein Dutzend Gäste saßen an ihnen. Im großen Kamin an der gegenüberliegenden Wand brannte ein Feuer. Es gab noch eine Bar mit Hockern, auf denen eine Frau und zwei Männer Platz genommen hatten. Die Köpfe von Hirschen, Rehen, Ebern und sogar der eines Schwarzbären hingen an den Wänden. Astrid vermutete, dass das neu war, da sie sich nicht daran erinnerte.

Astrid ging zur Bar und streifte die Kapuze ab. Der Tresen war so hoch, dass sie kaum darüber sehen konnte. Sie hatte sich so weit angepasst, dass nicht nur ihre Klauen, Zähne und Augen verborgen waren; sie sah überdies auch noch gepflegter aus. Ihr rauer grauer Wollumhang würde wirken, als wäre er in einem schönen Dunkelgrün gehalten. Ihr ungewaschenes und ungekämmtes Haar sah gesund und goldblond aus, und der Stofffetzen, den sie in ihr Haar gebunden hatte, wirkte wie aus feinem grünem Stoff.

»Entschuldigung?« Astrid versuchte, über die Bar zu blicken. Der Schankwirt stand am anderen Ende und bediente einen Gast. Er blickte über die Schulter, schien Astrid jedoch nicht zu sehen.

»Hier unten«, sagte sie und winkte.

Endlich entdeckte der Mann sie, und sie lächelte ihn an.

»Äh … Hallo …« Er musterte Astrid und sah sich dann suchend im Raum um, als würde er nach ihren Eltern Ausschau halten. »Kann ich dir helfen?«

Astrid nickte. »Ich hätte gern ein Zimmer. Ein bequemes, da ich wahrscheinlich ein paar Tage bleiben werde. Es sollte bereits alles geregelt worden sein.«

»Und du bist …?«, brachte der Schankwirt schließlich hervor, nachdem er sie einige Augenblicke angestarrt hatte.

Sie schnaufte. »Lucia Oroden, natürlich. Ihr wurdet über meine Ankunft in Kenntnis gesetzt.«

Der Mann starrte sie noch immer an.

Bei der Göttin, wenn es einen Wettbewerb für gaffende Idioten gäbe, würde dieser Mann den ersten Platz belegen.

»Äh … Tut mir leid … Lucia, hast du gesagt? Ich bedauere, aber wir wurden nicht über dein Eintreffen informiert … Ähm … Sind deine Eltern vielleicht auch zufällig hier?«

Astrid verdrehte die Augen. »Meine Eltern? Habt Ihr den Verstand verloren? Ich bin *Lucia Oroden,* um Cantas willen. Wollt Ihr mir etwa erzählen, Ihr hättet noch nie von mir gehört?«

Der Schankwirt schüttelte den Kopf.

»Die berühmte kindliche Gelehrte? Die Forscherin? Das Genie Lucia Oroden?«

Der Mann wackelte nur weiterhin mit dem Kopf. Es war nicht überraschend, dass er den Namen nicht kannte, schließlich gab es diese Lucia Oroden überhaupt nicht. Das war einer von Astrids Decknamen, wenn sie allein reiste.

»Was, habt Ihr die letzten beiden Jahre etwa fernab der Sphaera verbracht? Wisst Ihr nichts von meiner Ausbildung in Triah? Von meinen Berechnungen in Cineste? Meinen Exkursionen nach Maven Kol?«

»Äh … Tut mir leid, Jungfer …«

»Oroden.«

»Wir wurden nicht informiert, Jungfer Oroden. Sind Eure Eltern denn nicht bei Euch? Vielleicht sollte ich mit ihnen sprechen …«

»Bei der Göttin!«, jammerte Astrid und blickte zur Decke hinauf. Dann legte sie sich eine Hand an die Stirn. »Warum muss er meine Eltern erwähnen? Sie wurden mir so früh genommen, und das aus mir unbekannten Gründen. Und nun reise ich allein durch die Sphaera und bekämpfe meine Trauer durch Abenteuer. Allein.«

Sie spürte, wie ihr eine Träne aus dem Augenwinkel rann. Perfekt. Leute wie dieser Schankwirt waren für solch eine Dramatik empfänglich.

»Äh … Jungfer … Jungfer …«

»Oroden!«, kreischte Astrid.

»Jungfer Oroden! Bitte beruhigt Euch. Ich wollte Eure Eltern nicht erwähnen. Äh … Ich hatte ja keine Ahnung, dass sie verstorben sind, jedenfalls, was ich meinte, ist …«

»Durian Bain!«

Es klang wie der Schrei eines Adlers, der über einem See kreiste. Alle drehten sich nach dem Sprecher um, auch Astrid, die mitten im theatralischen Gejammer und mit einer Hand an der Stirn innegehalten hatte.

»Was machst du mit diesem Kind, Durian Bain? Erkläre dich auf der Stelle.« Eine Frau, jung und dünn, mit hochgestecktem Haar und einer sehr großen Brille, kam die Treppe herunter und stürmte in den Schankraum. »Ich konnte das Geschrei bis in den dritten Stock hören.«

»Ich … ich habe überhaupt nichts mit ihr gemacht, das schwöre ich.«

Aber Astrid wusste, wie sie die Situation zu ihren Gunsten nutzen konnte. Sie deutete mit einem Finger auf

Durian. »Er hat über meine Eltern geredet!«, rief sie. »Er hat sie immer wieder erwähnt, dabei weiß doch jeder, dass sie tot sind!«

Die Frau sah zwischen Durian und Astrid hin und her. »Ja, nun … Das war schrecklich gedankenlos von ihm, nicht wahr?« Sie musterte Astrid. »Wer bist du?«

Astrid hielt kurz inne in der Hoffnung, dass ihre Worte auf fruchtbaren Boden gefallen waren. Ihr Plan ging auf, denn ein älterer Mann, der an einem der langen Tische saß, stand auf. »Das ist die berühmte Lucia Oronin!«, rief er und zeigte auf Astrid.

»Oroden«, korrigierte sie ihn.

»Sie ist die kindliche Gelehrte, das Abenteurermädchen, und jetzt ist sie hier in Turandel.«

Die Frau sah zu dem Mann hinüber, der das gesagt hatte, und blickte dann offenkundig verwirrt auf Astrid herab. Es war kein Wunder, dass sie so verblüfft wirkte, und Astrid hätte laut losgelacht, wenn sie nicht so eine gute Schauspielerin gewesen wäre.

»Entschuldigung, Lucia … wer?«, fragte die Frau. »Es gibt eine kindliche Gelehrte?«

»Aber natürlich«, bestätigte der Mann. »Habt Ihr denn noch nie von ihr gehört?«

»Ja, sie ist berühmt!«, rief ein anderer von der anderen Seite des Raums herüber. »Sie war schon auf der ganzen Sphaera, dabei ist sie erst … äh … sie ist erst …«

»Sie ist noch sehr jung!«, sagte ein weiterer Mann.

Astrid konnte nicht verhindern, dass sich ein Lächeln auf ihre Züge schlich. Wären sie alle Schauspieler in einem der Musikstücke der Erweckungsprediger gewesen, dann wäre dies der Augenblick, in dem der Schankwirt ein Lied über ihre Abenteuer dargeboten hätte.

»Aber natürlich«, murmelte die Frau und senkte den

Kopf, um Astrid über ihre Brillengläser hinweg zu betrachten. Es machte ganz den Anschein, als wäre sie noch nicht ganz überzeugt. Sie trat vor Astrid und reichte ihr die Hand. »Jungfer Oroden, es ist mir eine Freude, Euch hier in unserem bescheidenen Etablissement begrüßen zu dürfen.«

Astrid schüttelte der Frau lächelnd die Hand. »Vielen Dank.«

»Ich bin Sandea Bain, die Besitzerin des *Ringfingers*. Meinen Gatten Durian habt Ihr ja bereits kennengelernt.« Sie nickte zu dem Schankwirt hinüber. Sandea zog einen Stuhl heran, setzte sich und bedeutete Astrid, dasselbe zu tun.

Astrid nahm Platz, da es sie nicht störte, dass sie im Sitzen noch kleiner wirkte. Viele sahen ihre geringe Größe als Nachteil an, aber Astrid hatte gelernt, dass Macht wenig mit der Körpergröße oder der Position zu tun hatte. Nein, Macht besaß eine ganz eigene Sprache, die Astrid inzwischen sehr gut beherrschte.

»Was können wir denn für Euch tun, Jungfer Oroden?«, fragte Sandea.

»Ich hätte gern ein Zimmer«, sagte Astrid und wischte sich die nicht vorhandenen Tränen von den Wangen. »Ich habe einen weiten Weg hinter mir und hörte von diesem Ort, dem Gasthaus *Zum Ringfinger*. Man sagte mir, dass ich hier willkommen wäre.«

Der Schankwirt beugte sich über die Bar und flüsterte Sandea etwas ins Ohr. Sie nickte und drehte sich wieder zu Astrid um. »Ihr behauptet, wir hätten über Euer Eintreffen informiert sein müssen, und doch wussten wir nichts davon. Wie kommt das?«

Astrid zuckte mit den Schultern. »Das weiß ich nicht. Ich habe jemanden aus meiner Gesellschaft vorausgeschickt, der dafür sorgen sollte, dass wir hier Zimmer bekommen. Ist er denn nicht eingetroffen?«

Sandea sah zu ihrem Mann hinüber, der den Kopf schüttelte. Sie nahm ihre Brille ab und putzte die Gläser mit dem Stoff ihres Kleides. »Leider nicht, meine Liebe«, sagte sie. »Wie viele Personen gehören denn zu Eurer Gesellschaft? Und wo sind sie?«

Astrid blickte zu Sandea auf und machte ein immer traurigeres Gesicht. »Ich … ich …« Dann schlug sie die Hände vors Gesicht und schluchzte laut los.

Nach einem Augenblick spürte sie eine Hand auf der Schulter und blickte auf, sodass man ihre geröteten Augen sehen konnte.

»Geht es Euch gut, Jungfer Oroden? Was ist mit dem Rest Eurer Gesellschaft passiert?«

Mit tragischer Miene erklärte Astrid: »Sie sind alle tot. Wir wurden auf dem Weg hierher von Banditen überfallen. Ich konnte entkommen, aber alle anderen wurden ermordet. Zum Glück waren wir schon in der Nähe von Turandel, sodass es mir gelang, noch vor Anbruch der Nacht hier einzutreffen. Und nun steht zu befürchten, dass den Mann, den ich vorausgeschickt habe, dasselbe Schicksal ereilt hat.«

»Sagtet Ihr nicht, Ihr würdet die Sphaera allein bereisen?«, fragte der Schankwirt nach. Anscheinend war er doch nicht so einfältig, wie er aussah. »Warum wart Ihr dann mit einer Gesellschaft unterwegs?«

»Ach, das war doch nur so dahingesagt!«, erwiderte Astrid mit ihrer besten Kleinmädchenstimme. »Selbstverständlich bereise ich die Sphaera nicht allein; ich bin doch noch ein Kind! Ich reise immer mit einer Gruppe, aber jetzt … jetzt befürchte ich, dass der Mythos wirklich werden könnte …« Um die Wirkung ihrer Worte zu verstärken, vergrub Astrid erneut das Gesicht in den Händen und schluchzte. Sie hörte, wie sich Sandea und Durian leise unterhielten, doch dank ihres überragenden Hörvermögens konnte Astrid die Worte verstehen.

»Warum musstest du das fragen, du Idiot? Es bringt doch nichts, sie noch weiter zu verärgern.«

»Entschuldige, aber sie … sie macht so einen seltsamen Eindruck, das ist alles.«

»Natürlich macht sie diesen Eindruck, sie ist ja auch seltsam. Aber das heißt noch lange nicht, dass du dich so dämlich benehmen musst.«

»Ist ja gut, aber …«

»Halt einfach den Mund und lass mich reden.«

»Äh, Jungfer Oroden, Euer Verlust tut mir sehr leid. Wir können Euch gern ein Zimmer zur Verfügung stellen. Ihr könnt heute hier übernachten, kostenfrei, versteht sich, um Euch wieder zu sammeln. Morgen holen wir die Wache von Turandel her, damit sie dem Banditenangriff auf den Grund gehen kann. Gewiss können wir noch einige Eurer …«

»Nein«, sagte Astrid schnell und schüttelte den Kopf. »Nein, es ist noch zu früh. Ich kann noch nicht darüber reden.« Sie stand auf. »Und ich weiß Euer Angebot zu schätzen, aber ich kann hier kein Zimmer nehmen, ohne dafür zu bezahlen. Das wäre nicht richtig.«

Sandea legte den Kopf schief. »Was richtig und was falsch ist, spielt doch vorerst keine Rolle. Wir möchten Euch helfen.«

»Nein«, sagte Astrid beharrlich, »ich kann unmöglich …«

»Aber wir bestehen darauf«, unterbrach Sandea sie lächelnd. »Kommt, ich werde Euch Euer Zimmer zeigen. Habt Ihr Gepäck?«

Astrid schüttelte den Kopf. »Ich besitze nur noch das, was ich bei mir habe«, antwortete sie und deutete auf ihr Reisebündel.

»In Ordnung. Das Zimmer im dritten Stock ist groß genug und sehr bequem. Bitte folgt mir.«

Astrid stieg hinter Sandea die Treppe hinauf. Sie schaute noch einmal über die Schulter und bemerkte, dass sich die meisten Gäste wieder ihren eigenen Angelegenheiten widmeten, einige ihr jedoch mit Blicken, die zwischen Mitleid und Neugier schwankten, hinterhersahen.

Gut, dachte sie. Einige hatte sie schon um den Finger gewickelt.

»Was für ein wunderschönes Zimmer«, sagte Astrid, nachdem Sandea sie herumgeführt hatte. Das stimmte, auch wenn die wahre Astrid so etwas nie laut ausgesprochen hätte. Die Möbelstücke waren wertvoll, und der Raum war riesig und musste wenigstens das halbe dritte Stockwerk einnehmen. Er war unterteilt in einen Schlafbereich, eine Sitzecke mit Sofa und großem Ohrensessel und sogar einer kleinen Bibliothek mit mehreren Dutzend Büchern.

»Freut mich, dass es Euch gefällt«, erwiderte Sandea. »Bitte macht es Euch gemütlich. Wir fühlen uns sehr geehrt, die berühmte Lucia Oroden in unserem bescheidenen Gasthaus beherbergen zu dürfen.«

Astrid entging nicht, dass Sandea das Wort »berühmt« mit leichtem Spott aussprach. Aber das war nicht weiter wichtig. Astrid hatte das Gefühl, dass Sandea und sie sich noch sehr viel besser kennenlernen würden, bevor sie wieder abreiste.

»Wenn Ihr Euch eingerichtet habt, kommt doch bitte herunter und esst mit uns. Wir würden gern mehr über Eure Reisen hören, und es wird Euch bestimmt guttun, etwas Gesellschaft zu haben nach allem, was Ihr durchgemacht habt.«

Astrid, die Sandea den Rücken zuwandte und sich im Zimmer umsah, zog eine Augenbraue hoch. Wie kam Sandea denn auf die Idee, sie könnte jemandem, der einen so großen Verlust erlitten hatte, gute Ratschläge geben? Oder auch nur jemandem, der so tat, als hätte er einen so großen Verlust erlitten?

Trotzdem drehte sie sich um und nickte. »Ja, das klingt nett.«

Sandea lächelte. »Wunderbar. Bitte sagt uns Bescheid, wenn wir noch irgendetwas für Euch tun können, Jungfer Oroden.«

Nachdem Sandea gegangen war, sprang Astrid auf das große Himmelbett und genoss das Gefühl der dicken, weichen Decken und der bequemen Matratze unter sich. Sie seufzte, da sie nicht damit gerechnet hatte, das beste Zimmer zu bekommen. Das war ein glücklicher Zufall.

Üblicherweise brachte ihr diese spezielle Lüge genug Mitleid für ein Zimmer und eine Mahlzeit ein, aber nur selten etwas so Großartiges. Zwar schien Sandea ihr nicht so recht über den Weg zu trauen, aber das konnte Astrid verstehen, denn auch sie fasste nicht gerade schnell Vertrauen zu anderen.

Sie holte den Leerstein aus der Tasche, drückte einen Daumen auf die Rune und schickte ihre Gedanken in die Leere. Es war noch immer ein seltsames Gefühl, obwohl sie es schon gut ein Dutzend Mal gemacht hatte. Zwar konnte sie dabei nichts sehen, da ihr diese Gabe fehlte, doch irgendetwas war gewissermaßen spürbar, wenn sie die Augen schloss, und sie meinte fast, sich selbst sehen zu können, wie sie durch die Schwärze glitt, um unter den unzähligen winzigen Lichtpunkten in der Leere den richtigen zu suchen.

Da sie ihren Leerstein mit Noths verbunden hatte, fiel es ihr leicht, ihn zu finden; sie wurde praktisch von ihm angezogen. Sie spürte eine Verbindung, wenngleich sie auch über eine Leine mit der Schwarzen Matrone verbunden war, was sie jetzt jedoch ignorierte.

»Astrid?«, fragte Noths Stimme in die Leere.

»Ich bin hier«, antwortete Astrid. Sie streckte sich auf dem Bett aus und betrachtete die schlichte, verputzte Decke. Irgendwie war es komisch, dass die Zimmerdecke so einfach aussah, wo der Rest des Zimmers doch so aufwendig eingerichtet war. Doch sie dachte, dass vermutlich die wenigsten Gäste zur Decke schauten. »Ich bin gerade in Turandel eingetroffen.«

»Bist du in Sicherheit?«, fragte Noth.

Astrid schnaufte. »Es geht mir gut«, erwiderte sie. »Ich wollte mich nur mal melden.«

»Du bist gerade erst eingetroffen? Wo wohnst du?«

»In einem Gasthaus.«

»Einem Gasthaus ohne Namen?«

»Es ist doch sinnlos, dir den Namen zu nennen, oder nicht? Warum willst du das überhaupt wissen? Ich bin hier, ich bin in Sicherheit, und ich würde gern wissen, was ich als Nächstes tun soll.«

»Pass mal auf, Kleine, der Name des Gasthauses sollte …«

Astrid seufzte theatralisch auf. »Es ist das Gasthaus *Zum Ringfinger,* um Cantas willen«, sagte sie. »Bei der aufsteigenden Göttin, als wäre das wichtig.«

Noth schwieg. Astrid wusste, dass er sich erst an diese

Unterhaltungen durch die Leere gewöhnen musste, und sie machte ihm die Sache nicht gerade leicht.

»Entschuldige«, fügte sie hinzu. »Es ist nur … Es ist komisch, auf einmal wieder allein zu reisen.«

»Kann ich mir denken.«

Sie holte tief Luft, um sich zu beruhigen. »Okay, Nomade«, sagte sie dann. »Wie sieht der nächste Teil deines Plans aus? Du wolltest, dass ich hierherkomme. Was jetzt?«

»Finde mehr über Haus Storonam heraus«, sagte Noth.

»Okay. Ich vermute mal, dass es etwas mit Elessa zu tun hat. Willst du etwas Bestimmtes wissen?«

»Ihre Familie ist nicht mehr an der Macht. Bring in Erfahrung, warum das so ist.«

»Was hat das mit deinen Sifts zu tun, Nomade? Wieso kann dir diese Information weiterhelfen?«

Erneutes Schweigen. Astrid wartete geduldig.

»Ich bin mir nicht ganz sicher«, gab Noth schließlich zu. »Es ist nur … Ich vermute, es ist einfach ein Anfang.«

Astrid runzelte die Stirn. So etwas hatte sie beinahe befürchtet. »Und was passiert, wenn ich mehr über Haus Storonam in Erfahrung gebracht habe?«, fragte sie. »Das wird nicht lange dauern.« Sie hatte sich bereits bei den Leuten im Gasthaus eingeschmeichelt und bezweifelte, dass es bei den Adligen anders ablaufen würde.

»Ingran und Faria Storonam wurden vor einigen Jahren getötet. Ich würde gern mehr über die Umstände ihres Todes erfahren.«

Nun war es Astrid, die zögerte. »Sie wurden getötet?«, fragte sie nach einem Augenblick. »Von wem?«

»Ich habe einen Verdacht«, sagte Noth, »aber der muss sich erst bestätigen. Finde mehr heraus und melde dich wieder. Und wenn du nichts über die Storonams in

Erfahrung bringen kannst, dann versuch, die Nazaniin-Cotir vor Ort zu kontaktieren.«

»Das Letzte, was wir jetzt gebrauchen können, ist ein Haufen Psimanten …«

»Sie sind die Einzigen, die mir vielleicht helfen können, sobald Janes Heilkünste bei mir versagen. Sieh sie als letzten Ausweg, aber geh zu ihnen, wenn es sein muss.«

Astrid seufzte. »Wie du willst, Nomade. Dein Wunsch ist mir Befehl.«

Noth erwiderte nichts.

»Wie geht es dir?«, erkundigte sich Astrid. »Hattest du noch einen Anfall? Gab es weitere Angriffe?« Noth hatte ihr erzählt, was vor Janes Ansprache geschehen war, und ihr auch von der wundersamen Heilung berichtet.

»Weder noch.«

»Und deine Gehirnerschütterung? Geht es dir besser?«

»Es wird langsam«, antwortete Noth.

Astrid runzelte die Stirn. Er verschwieg ihr etwas. »Na gut«, sagte sie. »Dann war's das wohl vorerst, oder?«

»Von meiner Seite aus schon.«

»Na gut«, sagte Astrid noch einmal. »Dann hören wir uns später.«

»In Ordnung«, erwiderte Noth.

»In Ordnung.«

Schweigen.

»Gutes Gespräch«, fügte Noth noch hinzu.

»Ja.«

»Ich hör dann jetzt mal auf.«

»Ich auch. Mach's gut.«

Einige Zeit später ging Astrid wieder hinunter in den Schankraum, wo Sandea bereits auf sie wartete.

»Ach herrje«, sagte Astrid. »Ich hoffe, Ihr habt nicht die ganze Zeit auf mich gewartet.«

Sandea legte den Kopf schief und musterte sie. »Unser Bestreben gilt allein Eurem Wohlbefinden, Jungfer Oroden. Bitte, lasst uns etwas essen.«

Astrid folgte Sandea zu einem der langen Tische. Inzwischen waren mehr Gäste anwesend als zuvor, aber der Raum war noch lange nicht voll. In der Nähe des Kamins spielte ein rothaariger Mann auf einer Laute.

»Euer Lautenspieler ist gut«, sagte Astrid und deutete auf den Musikanten.

»Danke«, erwiderte Sandea. »Er kommt von einem weit entfernten Ort. Wir haben im *Ringfinger* nur selten die Gelegenheit, jemanden mit seinem Talent zu hören. Aber er hat einen seltsamen Namen, den ich nicht aussprechen kann.«

Astrid nickte und beobachtete den Mann. Seine Finger schienen über die Saiten zu gleiten, und die Melodie, die er spielte, war gleichzeitig unheimlich und wunderschön.

»Unser Angebot ist heute sehr begrenzt«, teilte Sandea ihr mit und setzte sich gegenüber von Astrid hin. »Es gibt Kalbsragout, Brot und Käse. Gehe ich recht in der Annahme, dass Ihr keinen Wein trinkt?«

Astrid musterte die Frau irritiert.

Sandea lachte. »Das war natürlich nur ein Witz.« Sie rief eine Kellnerin an ihren Tisch und bestellte zwei Schüsseln Ragout und eine Käseplatte. »Und, was führt Euch nach Turandel, Jungfer Oroden? Jemand von Eurem Ruf wird hier wohl kaum viel von Interesse finden. Oder seid Ihr nur auf der Durchreise?«

Das waren berechtigte Fragen, auf die Astrid eine Vielzahl von Antworten bereithielt. Da ihr bewusst war, dass sie unbedingt die richtige geben musste, Sandeas Absichten jedoch noch nicht durchschaut hatte oder wusste, was diese von Astrid – oder vielmehr Lucia – hielt, blieb sie vage.

»Ja und nein«, antwortete Astrid. »Ich verfasse momentan eine Abhandlung über die Westküste von Khale, in der ich das Gebiet vom großen westlichen Golf bis hin zu den Sorensanklippen beschreibe.«

»Ist dem so?«, fragte Sandea. Sie sah Astrid in die Augen, ohne dass es wie eine Herausforderung wirkte – jedenfalls wie keine zu direkte. »Das klingt faszinierend.«

Astrid nickte, hatte jedoch bemerkt, wie Sandea das Wort »faszinierend« mit einem gewissen Sarkasmus ausgesprochen hatte.

»Es ist auch faszinierend«, erwiderte sie ein wenig heftig. Warum sie jedoch das Gefühl hatte, eine erfundene Abhandlung zu verteidigen, wusste sie selbst nicht. »An der Westküste von Khale wimmelt es von ungewöhnlicher Flora und Fauna. Die schillernden Meeresbewohner im großen westlichen Golf, die bösartigen Adler an Gurns Spitze und natürlich die riesigen Küstenbäume zwischen Turandel und Tinska sind nur einige sehr gute Beispiele dafür.«

Sandea nickte, und Astrid hatte zum ersten Mal das Gefühl, dass die Frau tatsächlich beeindruckt war.

»Hattet Ihr die Küstenbäume früher schon einmal gesehen?«, fragte Sandea.

Das hatte Astrid in der Tat, als sie vor Jahren in Turandel gewesen war, doch das konnte sie Sandea natürlich nicht sagen.

»Nein«, antwortete sie. »Darum freue ich mich auch so auf diese Reise.«

»Und Ihr seid an all den Orten gewesen, die Ihr angeblich besucht habt?«, fragte Sandea weiter. »In Cineste und sogar in Maven Kol?«

Astrid lachte. Zwar hatte sie all diese Orte tatsächlich aufgesucht, was sie in dieser Situation jedoch kaum zugeben konnte. »Ja, ich war in Cineste, aber Maven Kol habe ich nie besucht. Ich bin erst dreizehn, da kann ich noch nicht so weit herumgekommen sein. Dafür bin ich viel zu jung.«

»Dreizehn?« Sandea kreischte fast. »Ich hätte Euch sehr viel jünger geschätzt.«

Astrid schüttelte den Kopf und lächelte. Ihr Körper war natürlich jünger, aber das gehörte alles zu ihrer List. Sie tippte sich an die Schläfe. »Ich weiß, dass ich sehr jung aussehe, aber was mir an Größe mangelt, mache ich durch meinen Intellekt wieder wett.«

»Es macht ganz den Anschein«, murmelte Sandea.

Astrid nickte geistesabwesend. Sie hatte das Interesse an dieser Frau und auch an allem anderen verloren.

Olin Cabral hatte soeben das Gasthaus betreten.

Verdammt.

Er war groß, unnatürlich attraktiv und kam mit einem Lächeln auf den Lippen näher. Mit dem kantigen Kiefer, den dunklen Augen und der glatten Haut wirkte sein Gesicht beinahe, als leuchtete es. Olin Cabrals Schönheit wirkte einfach nicht normal; das hatte Astrid schon immer so empfunden. Er trug das goldblonde Haar jetzt länger, bis zu den Schultern, wohingegen es das letzte Mal, als Astrid ihn gesehen hatte, kurz geschnitten gewesen war. Aber die Frisur stand ihm. Sein maßgeschneiderter Anzug war zwar nicht so aufwendig verziert wie der eines Adligen, aber sauber und aus feinem Zwirn.

Verdammt, verdammt, verdammt, dachte Astrid. *Wie hat er mich gefunden?*

Mehrere Gäste begrüßten Cabral, als er durch den Schankraum schritt. Er war noch immer beliebt und angesehen.

Das war überhaupt nicht gut.

Cabral ging direkt auf Sandea zu und begrüßte sie mit einem Lächeln, das die Finsternis erhellt hätte.

»Wie geht es Euch heute, Sandea, Schätzchen?« Cabrals Stimme, ein hoher, melodiöser Tenor, war beinahe ebenso bezaubernd wie sein Aussehen. Und der Mann konnte überdies noch singen. Astrid hatte ihn schon singen gehört, und es klang so schön, dass er jede Frau damit betörte, die ihn zufällig hörte.

»Seid willkommen, Oman.« Sandea stand auf, sie lächelte, und die beiden begrüßten sich mit Küssen auf beide Wangen, wie es im südlichen Khale und bei den Nationen Alizia und Maven Kol üblich war. Es war jedoch ungewöhnlich, diese Begrüßung so weit im Norden zu sehen. Offenbar ein weiteres Gehabe, das Cabral sich angewöhnt hatte.

Oman?, dachte Astrid. Ein neuer Name. Sie hätte zu gern gewusst, wie er das in derselben Stadt in so kurzer Zeit geschafft hatte.

»Oman Cabral, das ist die kindliche Forscherin, Abenteurerin und Gelehrte Lucia Oroden«, stellte Sandea Astrid vor.

Astrid stand lächelnd auf, sah Olin – Oman, wie er sich jetzt nannte – dabei jedoch die ganze Zeit in die Augen.

Sein Lächeln wurde noch breiter. »Was Ihr nicht sagt!

Die berühmte kindliche Gelehrte Lucia Oroden in unserer bescheidenen Stadt? Was für ein wundervoller Tag!«

Sandea musterte Olin verwirrt. »Ihr … Ihr habt schon von diesem Mädchen gehört?«

Olin warf den Kopf in den Nacken und lachte. »Ob ich von ihr gehört habe? Das ist das Mädchen, das durch die Sphaera gereist ist und Dinge gesehen hat, die viele weitaus Ältere niemals zu Gesicht bekommen haben! Ihr überragender Verstand kann es mit dem der klügsten Köpfe in der Zitadelle aufnehmen!« Olin schnaubte und sah Sandea an. »Wollt Ihr mir etwa erzählen, Ihr wüsstet nicht, wer sie ist?«

Sandea musterte Olin mit zusammengekniffenen Augen. Obwohl Olins Anwesenheit ein großes Problem darstellte, genoss Astrid es, mit anzusehen, wie Sandea gezwungen war, Astrids falsche Identität zu bestätigen.

»Nun ja, ich … Ich kenne selbstverständlich die Gerüchte, aber ich hätte nicht erwartet … Ich hätte nie im Leben damit gerechnet …«

Olin lachte erneut auf. »Ihr hättet nicht gedacht, dass sie wahr sind. Natürlich sind sie das, wie Ihr jetzt mit eigenen Augen sehen könnt.« Olin kniete sich hin und nahm Astrids Hand. Bei der Berührung durchfuhr Astrid ein unangenehmes Gefühl, und sie musste sich sehr zusammenreißen, um nicht zu erschaudern. Stattdessen sah sie Olin angespannt in die Augen.

»Meine Dame«, sagte Olin und küsste Astrids Hand. Ihr wurde übel. »Ihr müsst mir die Ehre erweisen, mit mir und den meinen zu Abend zu essen. Es wäre uns eine große Freude, Eure Geschichten darüber zu hören, wo Ihr gewesen seid und was Ihr alles erlebt habt.«

»Ich …« Astrid konnte nicht weitersprechen. In seinen Augen ließ nichts darauf schließen, dass er sie erkannte oder sich an das erinnerte, was zwischen ihnen gewesen war. Sie fragte sich schon fast, ob sie doch nicht den Olin vor sich hatte, den sie kannte – möglicherweise war er ein Verwandter oder jemand ganz anderes.

Aber seine dunklen Augen konnten sie nicht anlügen. Er wusste genau, dass Astrids Geschichte von vorne bis hinten erlogen war.

»Oh, es tut mir schrecklich leid, Euch das mitteilen zu müssen«, warf Sandea ein und legte Astrid einen Arm um die Schultern. »Aber Lucia hat in letzter Zeit sehr viel … Schwieriges durchmachen müssen.«

»Oh nein«, erwiderte Olin und machte ein entsetztes Gesicht. Er stand auf. »Das tut mir sehr leid, junge Dame.« Er legte eine Hand auf Astrids Schulter, und erneut verspürte sie den Drang, die Hand abzuschütteln und sich schnellstens und so weit wie möglich von ihm zu entfernen. »Aber Ihr müsst dennoch mit uns speisen«, beharrte er. »Wir können es kaum erwarten, von Euren Abenteuern zu hören. Wann sucht Ihr uns auf?«

Astrid schluckte schwer. Sie wusste nicht, was sie antworten sollte. »Ich …«

Überraschenderweise half ihr Sandea aus der Klemme. »Eure Güte ist wie immer lobenswert. Wir werden uns wegen des Essens noch einmal bei Euch melden, aber ich denke, das Mädchen braucht vorerst Ruhe.«

Olin nickte und zeigte wieder sein strahlendes Lächeln. »Aber natürlich. Bitte benachrichtigt mich so bald wie möglich. Ich werde Eurer Antwort harren.« Dann drehte er sich mit schwingendem Umhang auf dem Absatz um und verließ das Gasthaus.

Sandea seufzte und setzte sich Astrid gegenüber auf den Stuhl. Astrid wartete, bis sie sicher war, dass er nicht mehr zurückkam, bevor sie ebenfalls Platz nahm.

»Das tut mir sehr leid«, sagte Sandea und tätschelte Astrids Hand.

Ja, dachte Astrid, *ihre Meinung über mich hat sich kräftig geändert.*

»Oman Cabral ist zwar immer sehr großzügig und normalerweise sehr gütig, aber er kann manchmal ein wenig taktlos sein.«

»Kennt … kennt Ihr ihn gut?«, fragte Astrid und ließ die Tür nicht aus den Augen.

Sandea schnaubte. »Besser, als mir lieb ist«, gestand sie. »Oman ist gut fürs Geschäft; selbst seine bloße Anwesenheit hilft uns schon. Aber es gibt da einiges an ihm … So richtig vertraue ich ihm nicht.«

Astrid stellte fest, dass sie nickte. »Ja, mir geht es ähnlich.«

»Doch die Tatsache, dass er Euch in sein Haus eingeladen hat, ist eine Ehre. Abgesehen von jenen, die ihm nahestehen, bekommen nur wenige das Innere von Oman Cabrals Heim zu Gesicht.«

Astrid schluckte schwer. Wieso konnte sie den Blick nicht von der Tür abwenden? »Muss ich gehen?«

»Ich … ich weiß es nicht«, antwortete Sandea nach einem Augenblick. Sie schien überrascht zu sein. »Bisher hat noch niemand eine Einladung von Oman Cabral ausgeschlagen. Das würde nicht einmal ein Adliger wagen.«

»Dann muss ich hingehen«, sagte Astrid.

»Das würde ich an Eurer Stelle auch tun. Er mag zwar seltsam erscheinen, aber er hat auch schon viel Gutes getan. Und er ist hoch angesehen, daher kann es nicht schaden, mit ihm bekannt zu sein.«

»Das kann ich mir vorstellen.« Endlich gelang es Astrid, Sandea anzusehen, die sie besorgt musterte.

»Geht es Euch gut?«, erkundigte sich Sandea.

Astrid räusperte sich. »Nein«, gab sie zu. In dem Augenblick, in dem sie das Lächeln auf seinem Gesicht gesehen hatte, war ihr klar geworden, dass sie Olin Cabral vor sich hatte – den Vampir, der sie jahrzehntelang gefangen gehalten, gefoltert und manipuliert hatte.

KAPITEL 25

Ratskammer des Kaiserpalasts, Izet

Wie immer trat der Rat der Lords am Morgen nach der Frühlings-Tagundnachtgleiche zusammen. Er tagte viermal im Jahr, zu jeder Tagundnachtgleiche und Sonnenwende. Daval sah aus dem Fenster und konnte kaum glauben, dass dieser Tag wirklich schon angebrochen war. All die Ereignisse – Grysoles Tod, Davals Aufstieg zum Tokal-Ceno und die Verschmelzung mit Azael – hatten sich nur wenige Wochen nach der Wintersonnenwende abgespielt. Dass seither so viel Zeit vergangen war, kam ihm seltsam vor.

Daval sah Kirkan Mandiat in die Augen, der am Ende des Raums saß. Der Rat der Lords tagte in derselben Kammer wie der Regierungsrat, allerdings bestand Ersterer aus zu vielen Mitgliedern, als dass alle an einem Tisch Platz finden konnten, daher hatten sich die Lords auf mehrere kleine Tische verteilt. Ganz vorn in der Mitte stand der verwaiste Thron, und am größten Tisch hatten die Mitglieder des Regierungsrats Platz genommen. Zwar hatten sie heute kein Stimmrecht, aber ihre Anwesenheit war dennoch erforderlich.

Kirkan Mandiat würde als der Erste Ratgeber des verblichenen Kaisers den Vorsitz übernehmen, doch er durfte als Mitglied des Regierungsrats nicht mit abstimmen, sodass Daval eine Stimme fehlte. Da Hirman Luce jedoch der Zweite Ratgeber war, konnte auch er nicht gegen Daval stimmen.

Der restliche Regierungsrat – die Hohepriesterin Rowady, der Wachkommandant Kuglen und der Sprecher der Händler Dagnatar – waren ebenfalls anwesend. Die Hohepriesterin war neben Luce das einzige andere Mitglied des Regierungsrats, das sich gegen Davals Aufstieg ausgesprochen hatte.

Kuglen hatte sich leicht überzeugen lassen und Davals Sache, ohne zu zögern, unterstützt. Mandiat hatte Daval versichert, dass Dagnatar, mit dem lange Gespräche geführt worden waren und der mehrere große Goldsummen erhalten hatte, nun ebenfalls auf Davals Seite stand. Die Unterstützung des Regierungsrats war von großer Bedeutung, da man ohne sie nicht herrschen konnte.

Aber vorerst lag die Angelegenheit in den Händen der Lords.

Bedauerlicherweise waren außer einigen wenigen Dienstboten keine anderen Gäste in der Ratskammer gestattet, solange der Rat der Lords tagte. Ansonsten hätte Daval Winter mitgebracht. Ihre Anwesenheit wäre zwar nicht erforderlich gewesen, aber er besaß ein neues Spielzeug, mit dem er gern angeben wollte.

Vier laute Hammerschläge beendeten das Gemurmel der versammelten Lords. Kirkan Mandiat hatte den Richterhammer des Kaisers in der Hand. Alle verstummten und drehten sich zu ihm um.

»Lords des Reiches und Mitglieder des Regierungsrats«, begann Kirkan, »wir haben uns heute, zur ersten Tagundnachtgleiche des einhundertzweiundsiebzigsten Jahrs des Zeitalters der Menschen, hier versammelt, um die Frage der Thronfolge zu klären. Unser verstorbener

Kaiser hat eine Lücke hinterlassen, und es ist unsere Aufgabe, sie zu füllen, zum Wohle Rodens und des Volkes.«

»Zum Wohle Rodens und des Volkes.« Die Stimmen von fast sechzig Lords hallten durch die Halle, darunter auch Davals.

»Wir haben an diesem Tag nur die einzige Aufgabe, einen würdigen Nachfolger zu finden, der den Thron besteigen soll«, fuhr Kirkan fort. »Zuerst werden wir die Nominierungen der Lords anhören. Sobald sich drei Lords zur Wahl gestellt haben, besprechen wir diese und stimmen ab. Dieser Vorgang wird so lange wiederholt, bis wir eine Zweidrittelmehrheit haben. Sodann wird unser neuer Kaiser vor den Augen unserer Göttin eingeschworen, auf dass ein neues Zeitalter für das Azurreich eingeleitet werde.«

Daval runzelte bei der Erwähnung der Göttin die Stirn. Ihre Vorgänger hatten einen großen Fehler gemacht, als sie die cantische Doktrin in ihre Gesetze aufgenommen hatten, und Davals Ururgroßvater hatte bei dieser Entscheidung eine unglückselige Rolle eingenommen. Sie hatten den Glauben ihrer Vorfahren gegen die Religion ihrer Feinde eingetauscht, ohne auch nur mit der Wimper zu zucken. Sein Sitz im Rat der Lords befand sich in der hintersten Ecke der letzten Reihe. Das war ein ungewöhnlicher Platz für einen derart mächtigen Lord, aber Daval hatte darum gebeten, damit er jeden Redner genau im Blick behalten konnte. Das bedeutete aber auch, dass er zwischen den weniger mächtigen Lords saß; tatsächlich war beispielsweise Dren Freysalt, der an seinem Tisch saß, gerade mal dem Namen nach ein Lord. Er stand einem bescheidenen Haus vor und hatte keine nennenswerten Gefolgsleute. Seinen Adelstitel verdankte er seinen Vorvätern, denen einst ein großer Teil des Ackerlands im Westen gehört hatte, doch sie hatten nach und nach alles bei kleineren Disputen an andere Lords verloren. Dren war ein kluger, aber unmotivierter Mann, der seinem Haus nicht besser vorstand als viele seiner jüngeren Ahnen. Aber Daval machte diese Gesellschaft nichts aus. Häufig waren die Gerüchte und Geheimnisse, die unter den niederen Lords kursierten, viel wichtiger als das, was sich die Hohen Lords erzählten. Es konnte nicht schaden, sich in beiden Kreisen zu bewegen.

»Lasst die Nominierungen beginnen«, erklärte Kirkan und schlug mit dem Hammer auf den Tisch. »Sind Lords anwesend, die jemanden nominieren möchten?«

Gragan Vatster, ein Lord mittleren Ranges, erhob sich. »Ich nominiere Hirman Luce.«

Das überraschte Daval nicht. Haus Vatster war schon seit langer Zeit Luces Vasall.

Ein weiterer Lord, ebenfalls ein Luce-Vasall, stand auf. »Ich unterstütze diese Nominierung.«

»Die Nominierung wurde unterstützt«, stellte Kirkan fest. Dann sah er Hirman Luce an, der zu seiner Rechten saß. »Lord Luce, nehmt Ihr die Nominierung an?«

»Ja, das tue ich«, bestätigte Luce. Der Mann schien jetzt nüchterner zu sein, als er es auf Covas und Girgans Verlobungsfeier gewesen war, was alle Beteiligten erleichterte.

»Gut«, sagte Kirkan und nickte. »Wir stellen die Nominierung hiermit zur Diskussion.«

Schweigen senkte sich über den Raum. Auch das kam wenig überraschend. Luce war ein naheliegender Kandidat, daher würde ihm niemand seinen Platz auf der Abstimmungsliste streitig machen.

»Gut«, wiederholte Kirkan. »Da es keine Diskussion gab, kommen wir zur Abstimmung. Jeder, der dafür ist, Lord Hirman von Haus Luce auf die Liste zu setzen, hebe die Hand.«

Unzählige Hände wurden in die Luft gereckt, begleitet von zahlreichen »Ja«-Rufen. Es war zwar keine einstimmige Entscheidung, aber die Mehrheit stimmte dafür. Daval hob ebenfalls die Hand, da ihm bewusst war, dass der Name seines Rivalen so oder so auf der Liste landen würde, und er die Sache nicht unnötig in die Länge ziehen wollte.

»Gegenstimmen?«

Einige reckten die Hände in die Luft, aber es waren nicht genug, um die Nominierung zu verhindern.

Kirkan schlug erneut mit dem Hammer auf den Tisch. »Schreibt nieder, dass Hirman Luce als Kandidat zur Nachfolge des verstorbenen Kaisers Grysole nominiert wurde«, verkündete er. »Sein Name steht auf der Liste. Gibt es weitere Nominierungen?«

Ein Lord aus der hintersten Reihe, der in der gegenüberliegenden Ecke von Daval saß, erhob sich und nominierte ausgerechnet Dren Freysalt. Daval lehnte sich zurück. Er hatte Danzel Britstein, den Lord der Inselkoalition und einer seiner Vasallen, angewiesen, bis zur dritten Nominierung zu warten.

Bei Freysalts möglicher Nominierung begehrten zahlreiche Lords auf, und so verstrich eine gute Stunde mit Diskussionen und Gegennominierungen. Daval war es völlig gleichgültig, wer den zweiten Platz innehatte. Die endgültige Entscheidung würde zwischen ihm und Luce fallen, so viel stand fest. Daher lehnte sich Daval auf seinem Stuhl zurück und wartete, dass der Nominierungsvorgang seinen Lauf nahm, bis auf einmal ein unerwarteter Name als potenzielle Nominierung für den dritten Platz genannt wurde: Danzel Britstein.

Daval setzte sich abrupt auf und starrte Britstein mit schmalen Augen an. Laut Gesetz durfte ein nominierter Lord keinen anderen mehr nominieren. Daval hatte zwar noch andere Unterstützer, bei denen er davon ausging, dass sie ihn ins Rennen bringen würden, aber er hatte sich für Britstein entschieden und ihm einen Platz in seinem inneren Rat versprochen, sobald Daval den Thron bestiegen hatte. Das würde Britstein gewiss doch nicht alles in den Wind schlagen, um die äußerst geringe Chance zu nutzen und selbst …

»Ich nehme die Nominierung an«, erklärte Britstein da.

Daval spürte, wie er blass wurde. Bei einer engen Entscheidung wäre es eine Katastrophe, Stimmen an Britstein zu verlieren. Außerdem war allseits bekannt, dass Britstein Haus Amok unterstützte, und so würden alle Stimmen für ihn von Unterstützern kommen, deren Hilfe Daval eingeplant hatte.

Zwar starrte Daval Britsteins Rücken erbittert an, doch der Lord drehte sich nicht zu ihm um. Glücklicherweise waren zu diesem Zeitpunkt noch wenigstens fünf weitere Namen für den zweiten Platz auf der Liste im Gespräch, sodass Britsteins Chancen gering waren. Aber das würde Konsequenzen haben.

Im Laufe der Diskussion zeichnete sich jedoch ab, dass Britstein der Favorit war. Daval konnte sich natürlich auch zu Wort melden und Gründe anbringen, weshalb Britstein nicht nominiert werden sollte, aber dadurch würde er eigennützig wirken und so, als wollte er nur verhindern, dass sich potenzielle Stimmen aufsplitterten. Das hatten auch die anderen Lords, die Haus Luce unterstützten, begriffen, die nun lautstark Britsteins Qualitäten als möglichen Kaiser lobten. Das alles war selbstverständlich völliger Blödsinn. Britstein konnte kaum sein eigenes Haus leiten und erst recht kein Kaiserreich führen, aber Luces Unterstützern war durchaus bewusst, wie wichtig es war, die Stimmen für Daval zu schmälern.

Es wurde zur Abstimmung aufgerufen, und der Rat nominierte Britstein für den zweiten Listenplatz.

Schließlich rief Kirkan zur dritten Nominierung auf. Davals Muskeln verkrampften sich. Jetzt musste er auf einen seiner anderen Vasallen hoffen. Sie würden doch gewiss begreifen, welchen Prestige- und Machtgewinn sie sich sichern konnten, und diese Gelegenheit ergreifen. Dann sah Daval, dass Lord Plade, einer der Vasallen von Haus Amok, sich erhob.

Doch bevor Plade den Mund aufmachen konnte, ergriff ein anderer das Wort.

»Ich nominiere Kirkan Mandiat für den dritten und letzten Platz auf der Liste«, sagte der Mann.

Das läuft nicht so, wie du es geplant hast.

Daval erstarrte. Er hatte die Stimme des Fürsten der Angst in letzter Zeit nur selten in seinem Kopf gehört.

Nein, das tut es nicht, dachte Daval.

Was wirst du deswegen unternehmen?

Daval wusste es nicht, aber das wollte er gegenüber dem Fürsten der Angst nicht eingestehen. Er tastete über den Tisch und ergriff den Stimmstein, der in einer Ecke lag: ein polierter, blau angemalter Stein, der etwa halb so groß war wie eine Männerfaust. Daval umklammerte den Stein mit einer Hand.

Totenstille senkte sich über den Raum, während sich Kirkan Mandiat mit kreidebleichem Gesicht umsah.

Es waren nur drei Nominierungen zugelassen. Wenn Mandiat annahm und es zur Abstimmung kam, bevor auch Daval nominiert werden konnte, war alles vorbei. Dann hätte Daval die Chancen auf den Thron endgültig verspielt.

Du musst Kaiser werden, flüsterte die Stimme des Fürsten der Angst unheilvoll und in Feuer gehüllt in Davals Kopf. *So muss es geschehen.*

Daval sah Kirkan Mandiat in die Augen und schüttelte kaum merklich den Kopf. Kirkan blickte Daval noch einen Moment lang an, dann nickte er. Er ließ den Kopf sinken. »Ich muss die Nominierung bedauerlicherweise ablehnen. Es war mir eine Freude, Euch als Oberstem Ratgeber zu dienen, aber ich bin leider nicht der Herrscher, den Roden bei dem, was uns bevorsteht, braucht.«

Daval entspannte sich. Er bereute es nicht, Mandiat in alles eingeweiht zu haben. Das war gewiss der einzige Grund dafür, dass der Mann die Nominierung abgelehnt hatte.

»Ich nominiere Lord Daval von Haus Amok«, verkündete Lord Plade endlich.

Die Nominierung wurde unterstützt, und Kirkan sah Daval erneut an. »Nehmt Ihr die Nominierung an, Lord Amok?«

Daval stand auf. »Ja, das tue ich.«

Kirkan nickte und ließ den Blick durch den Raum schweifen. »Gibt es Grund für eine Diskussion?«

Schweigen.

Gut, hallte die Stimme des Fürsten der Angst durch Davals Verstand.

»Dann kommen wir zur Abstimmung. Wer ist dafür, Lord Amoks Namen auf die Liste zu setzen?«

Viele »Ja«-Rufe und erhobene Hände. Es war auf den ersten Blick zu erkennen, dass er die Mehrheit innehatte.

»Gut.« Der Hammerschlag hallte ein weiteres Mal durch den Raum. »Die Liste ist voll. Hirman Luce, Danzel Britstein und Daval Amok wurden als Nachfolger unseres verstorbenen Kaisers nominiert. Wir werden jetzt mit der Abstimmung beginnen, zum Wohle Rodens und des Volkes.«

»Zum Wohle Rodens und des Volkes.«

Daval sprach die Worte wie jeder andere mit und spürte ein vertrautes Feuer in seinen Venen. Genau dasselbe hatte er empfunden, als er sich seinen ersten Vasallen gesichert hatte. Dieses Feuer war erneut in ihm entbrannt, als der Fürst der Angst vor all den Monaten zu ihm gekommen war.

»Die Abstimmung wird folgendermaßen vollzogen«, erklärte Kirkan. »Jeder Lord tritt vor und erklärt laut, welchem Mann er seine Stimme gibt. Danach legt er seinen Stimmstein in den entsprechenden Behälter.«

Eine Seitentür wurde geöffnet, und drei Diener kamen herein. Jeder hielt einen durchsichtigen Glasbehälter in den Händen. Die Behälter waren mit mehreren horizontalen Linien markiert, die angaben, wie viele Steine für den Sieg erforderlich waren.

»Sobald einer der Behälter die Zweidrittelmarke erreicht hat, wird der entsprechende Nominierte als neuer Kaiser eingeschworen. Sollte keiner der Behälter die Zweidrittelmarke erreicht haben, nachdem alle Stimmen abgegeben wurden, werden wir eine kurze Diskussionsrunde einläuten, bei der jeder der Nominierten das Wort ergreifen kann, sodann wird ein weiteres Mal abgestimmt. Diesen Vorgang wiederholen wir so lange, bis wir einen neuen Kaiser ernannt haben. Möge die Abstimmung beginnen.«

Daval hielt seinen Stimmstein umklammert und beobachtete das Geschehen. Da er nominiert war, durfte er nicht abstimmen. Bisher verteilten sich die Stimmen relativ gleichmäßig zwischen ihm und Luce. Es machte zwar den Anschein, als hätte er einige Steine mehr erhalten, aber das Ergebnis fiel noch eng aus.

Die Pflicht des Regierungsrats bestand darin, die Wahl zu überwachen. Auch wenn die Mitglieder nicht wählen durften, wussten sie, für welchen Nominierten sich jeder einzelne Lord aussprach. Dieses Wissen konnten sie ausnutzen, um die anderen Lords zu beeinflussen, während sie gleichzeitig den Schein der Neutralität wahrten. Dieser Teil der rodenesischen Gesetzgebung war verabscheuungswürdig, und Daval hasste ihn von ganzem Herzen, doch so war es nun einmal Gesetz.

Inzwischen hatten die meisten der sechzehn Hohen Lords ihre Stimme abgegeben, ohne dass es zu Überraschungen gekommen wäre. Aber es waren auch nicht die Hohen Lords, die bei diesen Wahlen den Ausschlag gaben, vielmehr lag die wahre Macht bei den Lords der mittleren und niederen Ränge. Viele hatten sich an Daval gewandt und ihre Stimme offen zum Kauf angeboten. Daval ging davon aus, dass sie Luce ähnliche Angebote gemacht hatten.

Lord Trask gab soeben seine Stimme für Daval ab und legte seinen Stimmstein in dessen Behälter. Davals Zählung zufolge hatte er nun neun Stimmen und Luce sieben. Wie erwartet. Jetzt kamen die anderen Lords an die

Reihe. Drei entschieden sich für Daval, drei weitere für Luce. Lord Plade war der Letzte aus dieser Runde, und er stimmte für Daval. Danach trat Lord Gavrak vor. Er gehörte zu jenen, die Daval ihre Stimme angeboten hatten, und Davals Spione hatten ihm geflüstert, dass er sich auch an Luce gewandt hatte. Somit war unklar, für wen sich Gavrak entscheiden würde. Lord Gavrak hielt seinen Stimmstein hoch. »Ich gebe meine Stimme für Lord Britstein.«

Gemurmel erhob sich. Daval riss die Augen auf. Das kam in der Tat unerwartet. Im Laufe der Geschichte hatte der dritte Kandidat bei diesen Wahlen immer eine oder zwei Stimmen erhalten, aber Daval hatte nicht damit gerechnet, dass sich Gavrak für den Außenseiter aussprach. Gavraks Haus war mächtig, aber nicht wohlhabend, und obwohl Gavrak gierig auf Gold aus war, warf er gleichzeitig derart verschwenderisch Geld aus dem Fenster, dass sein Einkommen nie ausreichte. Britsteins Angebot musste sehr hoch gewesen sein, um sich Gavraks Stimme sichern zu können.

Luce bekam eine weitere Stimme, dann wählte der nächste Lord erneut Britstein. Dieses Mal murmelten die anderen Lords nicht, sondern sprachen verwirrt und schon lauter miteinander. Einer der Hohen Lords stieß sogar einen ungläubigen Schrei aus.

»Ein Umsturz«, flüsterte Daval. Er sagte es zu niemandem, aber dennoch drehten sich einige Lords zu ihm um. Ein derartiger Versuch war schon früher unternommen worden. Die Wahl eines neuen Kaisers war nur erforderlich, wenn der vorherige Regent ohne lebenden Erben verblichen war, aber ein Umsturz war erst ein Mal geglückt, als sich die meisten niederen Häuser zusammengetan und einen Lord aus ihrer Mitte gewählt hatten.

Der nächste Lord sprach sich für Britstein aus, auch der übernächste. Als sich in Britsteins Behälter beinahe ebenso viele Steine befanden wie bei ihm und Luce, wusste Daval, dass sich diese Ahnung bestätigte.

Nachdem er die bereits abgegebenen Stimmen rasch durchgezählt hatte, wusste er jedoch, dass diese Runde zu keinem Ergebnis führen würde. Mandiat würde eine zweite Abstimmung einleiten müssen. Insgesamt mussten neunundvierzig Lords abstimmen, und es wurden dreiunddreißig Stimmen für die Zweidrittelmehrheit benötigt, aber allein Luce und Daval hatten schon einundzwanzig Stimmen erhalten. Selbst wenn alle geringeren Lords für Britstein stimmten, konnten sie ihr Ziel nicht erreichen.

Genau so geschah es auch. Alle folgenden Lords entschieden sich für Britstein; sogar Freysalt, der Lord, der an Davals Tisch saß.

»Ihr könnt nicht gewinnen«, flüsterte Daval Freysalt zu, nachdem sich dieser wieder hingesetzt hatte. »Nicht, solange die Hohen Lords für mich und Luce stimmen.«

Freysalt grinste ihn an. »Dann müssen wir dafür sorgen, dass sie sich anders entscheiden, nicht wahr?«

»Dies ist nicht die richtige Zeit für einen Umsturz«, sagte Daval mit finsterer Miene. »Wir sollten als Einheit auftreten.«

»Da bin ich ganz Eurer Meinung«, sagte Freysalt zustimmend. »Und wir sollten uns alle hinter Lord Britstein vereinen.«

Sie begreifen nicht, was auf dem Spiel steht, flüsterte der Fürst der Angst. *Sie wissen es nicht. Sie glauben, sie würden etwas Gutes tun, aber sie bereiten den Weg zu ihrer eigenen Vernichtung. Du musst sie aufhalten.*

»Das Abstimmungsergebnis sieht folgendermaßen

aus«, verkündete Mandiat, der erneut mit dem Hammer des Kaisers in der Hand am Tisch stand. »Zehn Stimmen für Lord Hirman Luce. Elf Stimmen für Lord Daval Amok. Und achtundzwanzig Stimmen für Lord Danzel Britstein. Da keiner der Lords eine Zweidrittelmehrheit erreichen konnte, geben wir nun allen Nominierten die Gelegenheit, einige Worte zu sagen, bevor wir erneut abstimmen.«

Die Lords unterhielten sich leise miteinander. Wenn die erste Abstimmung ergebnislos verlief, galt das meist auch für die zweite. Es sah ganz danach aus, als hätten sie einen langen Tag und möglicherweise sogar eine lange Nacht vor sich.

Der Hammerschlag beendete die Gespräche. »Ich muss um Ruhe bitten, meine Herren«, rief Mandiat. »Wir werden unsere Pflicht erfüllen, und wir werden so lange hierbleiben, bis eine Entscheidung getroffen wurde.« Dann wandte er sich etwas leiser an die Dienstboten, die an den Türen warteten. »Bringt uns etwas zu essen und Wasser und informiert die Köche über die Situation. Sie müssen sich den ganzen Tag über bereithalten.«

Die Diener verließen den Raum. Mandiat ließ den Blick über die Lords schweifen. »Wir werden unsere Pflicht tun«, wiederholte er, »solange es nötig ist. Zum Wohle Rodens und des Volkes.«

»Zum Wohle Rodens und des Volkes«, sagten die Lords wenig begeistert. Davals Stimmung war ebenfalls nicht die beste. Sie hatten einen langen Tag vor sich. Aber der Fürst der Angst hatte recht: Daval musste einen Weg finden, die niederen Lords auf seine Seite zu bringen. Zum Wohle des Reiches.

»Lord Luce, bitte tretet vor«, sagte Mandiat und setzte sich. »Aber fasst Euch kurz.«

Daval schüttelte den Kopf. Kürze war die geringste von Luces Sorgen.

Ermattet rieb sich Daval die Augen. Trotz der bedeutenden körperlichen Veränderungen, die er dem Fürsten der Angst zu verdanken hatte, geriet selbst er langsam an den Rand der Erschöpfung.

Sie hatten einen Tag, eine Nacht und einen ganzen weiteren Tag geredet und abgestimmt, ohne auch nur eine Pause zu machen. Vor den großen Glasfenstern verdunkelte sich der Himmel bereits, und noch immer war kein Konsens in Sicht. Zwischenzeitlich hatte Daval bereits befürchtet, die geringeren Lords und Britsteins Eloquenz hätten genug Hohe Lords überzeugt, um den Ausschlag zu geben, aber auch fast einen ganzen Tag später waren die Stimmen gleichmäßig verteilt.

Die Diener, die ebenso müde aussahen wie die Lords, gingen zwischen den Tischen hin und her und servierten Speisen und Getränke. Während einer Abstimmung war kein Alkohol gestattet, aber Daval hatte schon mehrere Lords dabei beobachtet, wie sie heimlich einen Schluck aus einer Flasche nahmen, die in den Falten ihrer Roben verborgen war. Während die Lords erneut die Stimme abgaben – es war die siebenundzwanzigste Abstimmung –, fielen Daval wenigstes ein halbes Dutzend Männer auf, die immer wieder einnickten.

Da die Nerven langsam zum Zerreißen gespannt waren, würde man sich bald auf die einfachste Lösung zu einigen versuchen. Britstein hatte noch immer die Mehrheit der Stimmen, meist so um die fünfundzwanzig, während sich der Rest gleichmäßig auf Daval und Luce verteilte.

Viele seufzten frustriert auf, als ein Lord seinen Stein in Hirman Luces Behälter legte und dafür sorgte, dass auch diese Abstimmung zum Scheitern verdammt war, obwohl noch mindestens zehn Stimmen abgegeben werden mussten.

Ihr vergeudet alle wertvolle Zeit. Die Stimme des Fürsten der Angst schnitt sich wie ein Dolch durch Davals Benommenheit. *Eure Bemühungen wären anderweitig besser aufgehoben.*

Das ist mir bewusst, dachte Daval ermattet. *Habt Ihr irgendwelche Vorschläge?*

Ich habe sogar sehr viele Ideen. Vielleicht sollte ich mich mit diesem Britstein verbünden, wenn seine Aussichten auf den Thron größer sind als deine. Möglicherweise wäre er von Anfang an der bessere Kandidat gewesen.

Britstein ist ein gläubiger Cantiker, dachte sich Daval, der langsam Angst bekam. Er war davon ausgegangen, dass seine Position gesichert wäre und er den Thron in jedem Fall besteigen würde.

Du bist entbehrlich, knurrte der Fürst der Angst. *Das seid ihr alle. Beweise mir, dass du mir nützlicher sein kannst als die anderen, Daval. Zeige mir, dass du für mich von Wert bist.*

Ich werde tun, wie Ihr befehlt.

Der letzte Lord hatte seine Stimme abgegeben, und wie erwartet, war die Zweidrittelmehrheit ein weiteres Mal verfehlt worden.

Mandiat ließ den Hammer mit deutlich weniger Enthusiasmus als vor zwei Tagen bei der Eröffnung der Sitzung auf den Tisch niederfahren. »Wir werden nun erneut alle Kandidaten anhören und ein weiteres Mal abstimmen.« Der nächste Hammerschlag. »Lord Luce, Ihr seid der Erste. Sprecht.«

Lord Luce erhob sich, und einige stöhnten auf. Die Lords waren es leid, sich leere Versprechen anzuhören. Selbst Britstein, dessen Reden anfangs noch über ein erstaunliches Maß an Charisma verfügt hatten, ließ langsam nach. Sie waren alle müde, vor allem Luce, Britstein und Daval, und vom vielen Reden schon ganz heiser.

Luce sprach erneut von denselben Themen, seinem Anspruch auf den Thron sowie seinen Führungsqualitäten. Als er fertig war, stellte Daval angenehm überrascht fest, dass selbst Britstein schon fast gleichgültig wirkte. Er machte jetzt Witze, was die Entscheidung eher zugunsten der Hohen Lords beeinflusste. Keiner wollte einen kindischen Mann als Kaiser.

»Eigentlich ist es sogar gut, dass diese Abstimmung so lange dauert«, sagte Britstein kopfschüttelnd. »Denn je länger wir hier sitzen, desto geringer ist die Wahrscheinlichkeit, dass sich einer der Lords bei der letzten Abstimmung gegen die anderen erhebt. Dies könnte die friedlichste Thronbesteigung werden, die wir seit Jahrhunderten hatten, und das schlichtweg, weil wir alle so erschöpft sind.«

Daval grinste. Der Mann hatte recht, in der Vergangenheit hatten sich zuweilen Lords gegen den neuen Kaiser ausgesprochen, sobald dieser gewählt worden war, was oftmals in Gewalt endete.

Das war noch ein Grund, warum Daval den Thron für sich gewinnen musste, und zwar sofort.

Britstein setzte sich wieder. Daval sah, dass mehrere Lords den Kopf schüttelten, denen Britsteins Nonchalance missfiel. Das war Davals Chance. Er erhob sich und strich seine Robe glatt. Heute trug er die Robe des Tokal-Ceno anstelle seiner Adelskleidung, und die Aussage, die er damit vermitteln wollte, war offensichtlich: Daval war zwar einer der Hohen Lords, aber er hatte eine noch höhere Berufung. Außerdem gab er dadurch umso deutlicher zu verstehen, dass er ebenfalls dem Regierungsrat angehören sollte.

Daval trat vor die anderen Lords. Er blieb stehen und ließ den Blick umherschweifen. Viele der Anwesenden ignorierten ihn völlig. Nachdem er einige Augenblicke schweigend dagestanden hatte, drehten sich endlich sämtliche Lords zu ihm um. Sie staunten über sein Schweigen.

Versetze sie in Erstaunen.

Neben dem besseren Körperbau hatte Daval vom Fürsten der Angst noch weitere Gaben erhalten. Bisher war er nicht bereit gewesen, diese einzusetzen, sondern hatte auf den richtigen Moment gewartet. Aber einen besseren als jetzt konnte es nicht geben. Er schnippte mit den Fingern.

Donner hallte durch den Raum, und Schwärze senkte sich auf sie herab. Azael war zwar der Fürst der Angst, aber seine Macht reichte weit darüber hinaus. Auch die Dunkelheit unterstand seinem Befehl, und als sein Diener beherrschte Daval sie ebenfalls.

Verängstigte, wütende und verwirrte Schreie brandeten auf, aber Daval bemerkte weniger das Schreien als das Geflüster, das entsetzte Gemurmel, das von jenen übertönt wurde, die einem gefährlichen oder beängstigenden Ereignis begegneten, indem sie ihren Mut in die Welt hinausschrien. Dieses Geräusch kannte Daval nur zu gut. Zuerst war es nicht von den anderen leisen Geräuschen zu unterscheiden, da es kaum lauter war als ein Lufthauch, aber es hörte nicht auf, nahm eher noch zu. Es war das Rauschen einer leeren Muschel, nur verstärkt, anhaltend und schrecklich. Es war das Säuseln des Nichts, das immer lauter wurde, bis es in den Ohren aller Lords schrillte.

Daval ließ die Dunkelheit und den Tumult kurz andauern, schnippte dann erneut mit den Fingern, und der dunkle Schleier verschwand. Das Geräusch setzte sich jedoch fort, und es war so laut, dass sich viele Lords die Ohren zuhielten, auch wenn das nichts nutzte.

Alle starrten Daval an. Als dieser eine Hand hob und das grässliche Rauschen der Leere verstummte, senkte sich Totenstille über den Raum.

»Diese Posse hat lange genug gedauert«, sagte er, und seine Stimme hallte durch den Raum. »Wir können nicht mehr so weitermachen. Roden braucht einen Kaiser, der das Reich durch die schweren Zeiten führt, die da kommen werden. Uns erwarten Gefahren, von denen Ihr bisher nicht das Geringste wisst.«

Daval drehte sich zu Hirman Luce um, der am Tisch des Regierungsrats saß. »Lord Luce ist ein Feigling und ein Trunkenbold. Wenn er den Thron besteigt, wäre das Rodens Untergang.« Dann blickte Daval die Hohen Lords, die Luce unterstützten, einen nach dem anderen an. »Ihr alle wisst das und solltet es akzeptieren.«

Dann ließ er den Blick auf Lord Britstein ruhen. »Und Lord Britstein, der mich bis zu Beginn der Abstimmung unterstützt hat, ist ein Wendehals und ein Kind. Er wird seine Loyalität – und somit auch Rodens – an den Höchstbietenden verschachern. Somit ist auch er kein geeigneter Herrscher, und das wisst ihr alle.«

Jeder Lord, den Daval musterte, blickte ihn entsetzt an. Daval wusste genau, was in ihnen vorging und dass keiner von ihnen wegsehen würde, solange er nicht mit ihnen fertig war.

»Ich bin Daval Amok. Ich bin ein Hoher Lord von Roden; meine Familie führt ihre Besitztümer seit Jahrhunderten mit Ehre, Gerechtigkeit und Klugheit. Das allein verleiht mir Anspruch auf den Thron. Aber ich bin auch der Tokal-Ceno. Ich wurde nach Art unserer Ahnen auserwählt, um die Verschmähten Götter der Sphaera zu repräsentieren. Wir haben diesen Unsinn schon viel zu lange ertragen.« Bei diesen Worten deutete er auf die cantische Hohepriesterin am Tisch des Regierungsrats. »Wir üben schon viel zu lange die Religion unserer Feinde aus. Es wird Zeit, dass wir unseren rechtmäßigen Platz wieder einnehmen und die Ära der Verschmähten Götter einleiten. Ich werde uns in diese Ära führen. Ich werde uns gegen Khale und gegen jeden anderen auf der Sphaera, der sich uns in den Weg stellt, in den Krieg führen. Ich werde Euer Kaiser sein.«

Daval holte tief Luft und ging zu seinem Platz im hinteren Teil des Saals zurück. Dabei war er sich der Blicke bewusst, die ihm folgten. Und das Schweigen hielt an, auch nachdem er sich gesetzt hatte.

Schließlich erhob sich Mandiat von seinem Platz. »Wir beginnen mit der nächsten Abstimmung«, verkündete er. »Möge sie schnell vorbei sein. Zum Wohle Rodens und des Volkes.«

»Zum Wohle Rodens und des Volkes«, sprachen es ihm die Lords nach.

Mandiat knallte den Hammer auf die Tischplatte, und die Abstimmung begann.

Einer der Hohen Lords, die bisher Luce unterstützt hatten, schien von Davals Rede umgestimmt worden zu sein. Er gab Daval seine Stimme, sodass dieser jetzt zehn und Luce sechs Stimmen hatte. Aber Daval hatte nicht darauf gehofft, die Meinung der Hohen Lords zu ändern, denn er wusste ganz genau, dass sein Erfolg in den Händen der niederen Lords lag.

Davals Stimmung verschlechterte sich, als die ersten weiterhin für Britstein stimmten, aber dann machte sich eine Veränderung bemerkbar. Einer der niederen Lords, Grundst Odelins, gab Daval seine Stimme. Danach schien sich alles zu ändern. Jeder auf ihn folgende Lord stimmte für Daval, und bevor Daval wusste, wie ihm geschah, befanden sich so viele Steine in seinem Behälter, dass sie über die Linie ragten.

Im Saal machte sich Gemurmel breit; die Lords schienen überrascht, dass sie tatsächlich einen Konsens erreicht hatten. Mandiat erhob sich und hatte trotz seines zerzausten Haars und seiner gekrümmten Haltung ein Lächeln auf den Lippen. »Meine Lords, es waren eine lange Nacht, ein langer Tag und erneut eine lange Nacht, aber nun ist die Entscheidung endlich gefällt und wir haben einen Nachfolger. Lord Daval Amok, bitte erhebt Euch.«

Daval stand auf, er fühlte sich seltsam. Er hatte seit einiger Zeit von diesem Tag geträumt und sich gefragt, ob er je eintreten würde. Nun, da es so weit war, hatte er das Gefühl, neben seinem Körper zu stehen. Ihm war, als würde er einem anderen Mann dabei zusehen, wie er die Position als Kaiser Rodens annahm. Er fühlte sich, als ob …

Aus dem Augenwinkel sah Daval eine Bewegung. Soldaten stürmten die Kammer. Sie trugen das Grün und Gold von Haus Luce. Am Tisch des Regierungsrats war Hirman Luce aufgesprungen.

Viele Lords stöhnten verzweifelt auf. Nach der langen

Abstimmungsphase hatte ihnen das gerade noch gefehlt. Die letzte Abstimmung war nicht einmal knapp gewesen; Luce lag mit sechs Stimmen hinter Britstein und weit hinter Daval auf dem letzten Platz. Das hier bewies nur Luces schlechten Stil.

Das Stöhnen ging jedoch in entsetzte Schreie über, als Luce einen Dolch aus seiner Robe zog und Mandiat wieder und wieder in den Rücken stach. Lords kreischten panisch auf, riefen nach ihren Wachen und drängten sich in der Mitte des Raums dicht zusammen. Immer mehr Soldaten strömten herein.

»Der Thron gehört mir!«, brüllte Luce, während Mandiat vor ihm tot zu Boden sackte. Luce war von den Schultern bis zu den Knien mit Blut bespritzt und reckte den blutigen Dolch triumphierend über den Kopf. Daval stellte fest, dass er einen einzelnen Blutstropfen anstarrte, der sich auf der Nase des Hohen Lords abzeichnete.

»Er gehört von Rechts wegen mir«, fuhr Luce fort. »In einer Hinsicht hatte Amok recht: Diese Abstimmung war eine Farce. Ich werde dafür sorgen, dass sie den richtigen Ausgang nimmt.« Er sah zu seinen Wachen hinüber. »Tötet jeden, der für Amok oder diesen Wicht Britstein gestimmt hat, aber lasst die Lords am Leben. Um sie kümmere ich mich selbst.«

Daval sah, wie die Wachen die Lords in der Mitte der Ratskammern umzingelten, zu denen auch er gehörte. Dann erst traf ihn die Erkenntnis. Er war jetzt Kaiser. Und das hier würde er auf keinen Fall dulden.

Wie schade, dass ich die Tiellanerin nicht mitbringen durfte.

Mit der ihm vom Fürsten der Angst verliehenen Kraft sprang Daval auf einen der Tische, sodass er alle anderen überragte. Er drehte sich zu Luce um. »Ruft Eure

Männer zurück«, verlangte er. »Als Euer Kaiser befehle ich es Euch.«

Doch Luce lachte nur. »Wisst Ihr, was das Lustigste an der ganzen Sache ist?«, erwiderte er und drehte den blutigen Dolch in der Hand. Der Blutfleck auf seiner Nase war inzwischen verschmiert. »Ihr könntet nicht einmal einer Ziege einen Befehl erteilen, und doch steht Ihr da und erwartet, dass *ich* Eure Anweisungen befolge.«

Daval wandte sich an die Soldaten, die sie umringten. »Ich bin euer Kaiser«, verkündete er mit geradem Rücken und fester Stimme. »Und ich fordere euch auf, den Raum zu verlassen. Hier muss nicht noch mehr Blut vergossen werden. Wenn ihr jetzt geht, bekommt ihr meinen Zorn nicht zu spüren.«

Einige Soldaten zögerten. Wenn sie vor dem Saal postiert gewesen waren, dann hatten sie gewiss gehört, dass Daval zum Kaiser gewählt worden war. Zwar wussten viele, aus welchem Grund sie hier waren und dass sie einen Putsch durchführen sollten, doch nun gerieten sie ins Wanken.

»Wenn ihr ihn tötet, bin ich Kaiser, verdammt noch mal, und dann werde ich euch für eure Loyalität belohnen«, rief Luce. Daval konnte fast schon hören, wie der Mann beim Reden sabberte. Er hatte ja keine Ahnung gehabt, wie verrückt Hirman Luce tatsächlich war. Das war ein schwerwiegender Fehler gewesen.

Die Soldaten, die gezögert hatten, sahen erst einander an, dann Luce und Daval, dann rückten sie erneut vor.

Daval seufzte. Er hatte seine Macht an diesem Abend schon einmal bewiesen, da konnte es nicht schaden, dies ein weiteres Mal zu tun. Er schnippte mit den Fingern. Augenblicklich waren sie in Dunkelheit gehüllt. Hirman

Luces irre Schreie übertönten die verwirrten und alarmierten Rufe der anderen.

»Daval, du widerlicher Mistkerl! Deine armseligen Tricks können mich nicht aufhalten! Dafür wirst du sterben, du Bastard!«

Daval schüttelte nur den Kopf. »Das sind keine Tricks«, flüsterte er, doch seine Stimme wurde nun verstärkt, erfüllte den Raum und vermischte sich mit einer anderen – einer tiefen, tobenden, in Flammen gehüllten Stimme. »Und sie sind nicht armselig.«

Dann gab es rings um ihn herum nichts mehr als Schreie und wunderschönes, uneingeschränktes Entsetzen.

KAPITEL 26

Tinska

Cinzia musterte die Einwohner von Tinska verstohlen, während sie mit Jane über die Hauptstraße ging. Sie versuchte, nicht misstrauisch zu sein, aber die letzten Ereignisse hatten ihr eine Ahnung davon vermittelt, wie man sie und jeden vom Harmoth-Anwesen in der Stadt behandeln würde.

Zuerst waren diese Männer der Tiellanerin Ocrestia zurück zum Anwesen gefolgt und hatten sie belästigt und bedroht. Noth hatte die Situation geregelt und die Männer verjagt. Dann war da der nächtliche Angriff gewesen, zu dem sich noch kein Würdenträger aus Tinska geäußert hatte, obwohl Noth mehrere Männer getötet hatte. Die Feindseligkeit, die man Janes Familie und den Odeniten entgegenbrachte, war seitdem nur noch schlimmer geworden und richtete sich nicht allein gegen die Tiellaner. So gut wie jeder von Janes Anhängern hatte nach einem Besuch in der Stadt darüber geklagt, wie schlecht er von den Einwohnern behandelt worden war – selbst jene, die aus Tinska stammten. Die meisten berichteten von Beschimpfungen und unhöflichen Gesten, aber ein Mann – ein Mensch – war sogar in eine Ecke gedrängt und verprügelt worden. Er hatte es nur mit Mühe und Not zurück geschafft.

Als Noth davon erfuhr, wollte er sofort in die Stadt

gehen und die Verantwortlichen zur Rede stellen. Cinzia und Jane hatten es nur mit vereinten Kräften geschafft, ihn davon abzuhalten und an seine Pflichten zu erinnern. Er hatte ihnen widerstrebend zugestimmt, aber Cinzia war weiterhin besorgt, dass er etwas unternehmen würde. Ein Teil von ihr sehnte sich ebenfalls nach Rache. Aber sie konnten kaum einen Krieg gegen die Bewohner von Tinska anzetteln. Es war eine Sache, sich gegen Gewalt zu verteidigen, aber eine ganz andere, selbst zum Angriff überzugehen.

»Hier«, sagte Jane und blieb vor einer Kurzwarenhandlung stehen. Ihnen ging langsam das Pergamentpapier für die Übersetzung aus, und Kerzen und Tinte wurden ebenfalls knapp. Cinzia hatte vorgeschlagen, jemanden zu bitten, ihnen diese Dinge in der Stadt zu besorgen, da sie Angst davor hatte, ebenfalls verfolgt zu werden, erst recht, wenn man sie als Odens erkannte. Aber Jane hatte darauf bestanden, dass sie selbst gingen. Nur weil sie der neuen Kirche vorstanden, bedeutete das noch lange nicht, dass sie diese Position auch ausnutzen durften.

»Kann ich Euch helfen?«, fragte der junge Mann hinter der Ladentheke lächelnd.

Jane erwiderte das Lächeln und sagte ihm, was sie alles benötigten.

Cinzia spürte etwas … Ja, was war es eigentlich? Sie war sich nicht sicher, wie sie dieses Gefühl anders beschreiben sollte, als dass sie es vermisste, Priesterin zu sein. Es fehlte ihr, anhand der weiß-roten Kleidung und der Trinacrya erkannt zu werden, ebenso wie sie gerne wieder bedient und manchmal auch gefürchtet werden wollte. Sie wusste selbst, wie egoistisch das war, konnte es aber einfach nicht ändern.

Der junge Mann schrieb sich alles auf, was Jane kaufen wollte: Kerzen, Pergament, Tintenfässer, Schreibfedern und eine Schachtel Bonbons.

»Wofür sind denn die Bonbons?«, fragte Cinzia irritiert, während der junge Mann alles zusammensuchte.

Jane zuckte mit den Schultern. »Ich weiß auch nicht, aber die Kinder werden sich gewiss darüber freuen.«

»Die Kinder? Meinst du Sammel, Ader und die Zwillinge?«

»Ja, aber inzwischen leben auch noch viele andere Kinder auf dem Anwesen, und an sie denke ich ebenfalls.«

Cinzia nickte. Sie wäre nicht einmal auf die Idee gekommen, Süßigkeiten für die Kinder der Odeniten mitzubringen. Vielleicht war es gut, dass Jane das Sagen hatte, dachte sie plötzlich. Sie hatte jedenfalls nichts dagegen, da sie sich in vielerlei Hinsicht nicht als Anführerin eignete.

»Hast du schon über die letzte Kandidatin nachgedacht?«, fragte Jane jetzt.

»Ja«, antwortete Cinzia. Jane hatte vorgeschlagen, dass die Tiellanerin Ocrestia eine der Neun Elevinnen sein sollte. Zuerst war Cinzia schockiert gewesen, dass ihre Schwester eine Tiellanerin in Betracht zog. Innerhalb der cantischen Denomination durften Tiellanerinnen nur den untersten Rang bekleiden und nicht einmal Priesterin werden.

Doch je länger Cinzia darüber nachdachte, desto besser gefiel ihr der Gedanke. Sie wollten schließlich keine zweite Denomination erschaffen, sondern die Kirche von Canta, und das so, wie die Göttin es wünschte und wie sie es damals, als sie auf der Sphaera wandelte, umgesetzt hatte. Warum also nicht die Tiellaner mit einbeziehen und ihnen wichtige Positionen übertragen?

»Und, was denkst du darüber?«, fragte Jane nach.

Cinzia seufzte. »Ich habe einige Vorbehalte. Es wird Menschen geben, denen der Gedanke, eine Tiellanerin als Elevin einzusetzen, nicht gefällt.«

»Wenn meine Elevinnen Cantas Lehren zu unseren Anhängern bringen sollen, dann müssen wir wohl damit rechnen.«

»Wenn wir tatsächlich versuchen, eine Gemeinde aufzubauen, könnte das einige abschrecken.«

»Wir bauen eine Gemeinde auf«, erwiderte Jane, »aber wir versuchen nicht, jemanden anzulocken. Wenn sich jemand dazu entscheidet, uns zu folgen, weil ihm gefällt, wie wir sind, dann nehmen wir ihn gerne bei uns auf. Aber wir wollen niemanden, der unserer Sache nicht mit ganzem Herzen gewogen ist.«

Cinzia nickte. Auf genau diese Worte hatte sie gehofft. »Dann bin ich dafür, dass wir es tun«, sagte sie. »Indem wir sie auswählen, können wir auch die Beziehungen zwischen den Tiellanern und den Menschen verbessern oder ihnen zumindest zeigen, dass wir keine Intoleranz dulden.«

»Das erhoffe ich mir auch«, erwiderte Jane. »Dann sprechen wir mit ihr darüber, sobald wir zurück sind, und wenn sie einverstanden ist, weihen wir sie.«

»Warum die Eile?« Cinzia war für die Weihen zuständig, und sie hatte ihre Bedenken. Nur widerwillig hatte sie diese Verantwortung auf sich genommen, da nun einmal niemand anderes das Amt übernehmen konnte, aber es belastete sie noch immer.

In dem Moment kehrte der junge Mann schwer beladen zurück. »Da bin ich wieder, meine Dame. Wir haben alles bis auf die Schreibfedern vorrätig, aber in den nächsten Wochen sollten wir eine neue Lieferung erhalten.«

»Wunderbar«, erwiderte Jane. »Und das mit den Schreibfedern ist nicht weiter schlimm. Wir haben noch ein paar, die ausreichen werden, bis die Lieferung da ist. Wie viel sind wir schuldig?«

»Bitte folgt mir.« Der junge Mann nickte zur Ladentheke hinüber. »Für die Abrechnung ist mein Vater zuständig.«

Sie gingen zu dem alten Mann hinüber, der lautlos aufgetaucht war, während sich Cinzia und Jane unterhalten hatten. Er sah seinem Sohn sehr ähnlich – sie beide hatten dunkles, dichtes Haar und buschige Augenbrauen und waren klein. Er betrachtete jetzt jeden Gegenstand genau, bevor er ihn seinem Sohn reichte, der alles in eine Kiste packte.

»Nun«, murmelte der alte Mann und sah erst Cinzia und dann Jane an. »Das macht insgesamt …« Er stockte.

Cinzia schluckte schwer. Das konnte nichts Gutes bedeuten.

»Ihr seid die beiden ältesten Oden-Mädchen«, sagte der Mann. Es war keine Frage.

»Die sind wir«, erwiderte Jane.

»Ihr und diese Rohlinge, die Ihr auf Euer Anwesen gelockt habt, sorgen hier für ziemlichen Ärger.«

»Das tut mir sehr leid«, sagte Jane, »aber die Leute, die sich auf unserem Anwesen versammeln, sind keine Rohlinge. Es sind ganz normale Leute wie Ihr und ich. Wenn sie jemandem Schaden zugefügt haben, dann nur, weil sie sich verteidigen wollten.«

Der Mann schnaubte. »Da habe ich aber anderes gehört.«

»Es ist mir gleichgültig, was Ihr gehört habt.« Jane klang sehr entschlossen, und Cinzia stieß sie an, da sie keinen unnötigen Ärger heraufbeschwören wollte. »Bisher wurde der Ärger immer von den Rohlingen aus Tinska angezettelt. Wir haben nichts getan, um sie zu provozieren. Vermutlich habt Ihr nicht gehört, dass ein Mann von unserem Anwesen vor wenigen Tagen in einer Gasse in die Ecke gedrängt und so schwer verprügelt wurde, dass er es fast nicht überlebt hätte?«

Der Mann starrte Jane an. »Nein, das höre ich jetzt zum ersten Mal.«

»Das überrascht mich nicht«, erwiderte Jane. »Ich weiß nicht, wer die Stadtbewohner anstachelt oder wer falsche Informationen über uns verbreitet, aber ich würde vorschlagen, dass Ihr uns erst besser kennenlernt, bevor Ihr uns verurteilt.«

Nun kniff der Mann die Augen zusammen. »Ihr seid Jane, richtig?«

Jane nickte. »Die bin ich.«

Er musterte Cinzia. »Und Ihr seid die Älteste? Cinzia?«

Cinzias Kehle war staubtrocken, sodass sie nur ganz leise »Ja« hauchen konnte.

Die finstere Miene des Mannes wurde sanfter. »Pah! Ich erinnere mich noch genau daran, wie ihr beide als kleine Mädchen hergekommen seid. Damals wart Ihr harmlos.« Er sah Jane in die Augen. »Seid Ihr es jetzt auch noch?«

Mit einem Mal erinnerte sich auch Cinzia wieder an den Mann und diesen Laden. Sie war als Kind manchmal mit ihrem Vater hergekommen.

»Ich weiß nicht, ob wir harmlos sind«, sagte Jane, »aber wir sind noch dieselben Mädchen, die Ihr vor all den Jahren gekannt habt. Wir haben keine bösen Absichten, erst recht nicht Tinska gegenüber.«

»Ich hätte Euch nie bedienen dürfen«, sagte der Mann

grimmig. »Wenn die anderen davon erfahren, wird sie das erzürnen. Es wird Konsequenzen haben.«

Jane nickte, sie schien ihn zu verstehen. »Wir möchten Euch und Eurer Familie keinen Kummer bereiten«, sagte sie. »Zwar sind wir mit den Gründen dafür nicht einverstanden, aber wir gehen dann lieber.« Jane drehte sich um und bedeutete ihrer Schwester, ihr zu folgen.

»Wartet.«

Die beiden Frauen blieben stehen und sahen sich um.

»Ich weiß nicht, was hier wirklich los ist, aber ich glaube euch, dass ihr nichts Böses im Sinn habt. Nehmt die Kiste und geht rasch.«

»Danke.« Jane lächelte den Mann an. »Wir werden Eure Freundlichkeit nicht vergessen.«

»Mir wird sie vermutlich auch in Erinnerung bleiben«, murmelte er. Jane bezahlte ihn in Silbermünzen. Der Sohn hatte die ganze Zeit nur mit großen Augen dagestanden und ihnen zugehört.

»Viel Glück«, sagte der Mann, als sie den Laden verließen. »Ich hoffe, dass diese Angelegenheit bald aus der Welt geschafft ist.«

»Ich auch«, erwiderte Jane,

Dafür könnte es längst zu spät sein, dachte Cinzia.

KAPITEL 27

Cabral-Residenz, Turandel

Astrid starrte die große Doppeltür an, die in Olin Cabrals Turmhaus führte, das direkt an der Seestraße nördlich der Schnittstraße lag, die die Fünf Finger halbierte und westlich durch die Stadt zum Meer hin führte. Die Türen waren sehr schwer, aus Eiche, schwarz angestrichen, doppelt so groß wie ein Mensch und mit gefährlich aussehenden Eisendornen besetzt. Letzteres war in Astrids Augen völlig unnötig. In absehbarer Zeit würde niemand Turandel und erst recht kein zwielichtiges Turmhaus stürmen. Cabrals kleine Festung sollte nur Aufsehen erregen. Zu Beginn des Jahrhunderts hatte es allerdings noch eine Zeit gegeben, als Vermutungen über Cabrals Wesen angestellt worden waren. Damals wäre sein Haus beinahe gestürmt worden. Vielleicht waren die Dornen ja doch nicht ganz überflüssig.

Sandea hatte das Treffen arrangiert. Die Frau schien Kontakte zu allen und jedem in der Stadt zu haben, und Astrid hatte die ersten Tage in Turandel damit verbracht, Sandeas Kontakt über die Storonams auszufragen, wobei sie behauptet hatte, sie wäre früher mit Lucia Orodens Eltern bekannt gewesen. Doch bisher hatte sie nichts gefunden, das auf die Nazaniin hindeutete, oder sonst etwas, das Noth irgendwie helfen konnte. Da sie befürchtete, Cabral durch ihr Schweigen zu kränken, hatte sie Sandea zu guter Letzt gebeten, das versprochene Abendessen zuzusagen.

Und jetzt war sie hier. Vor Olin Cabrals Tür. Astrid holte tief Luft. Sie hatte gehofft, etwas herauszufinden, das Noth nutzte, und Turandel wieder verlassen zu können, bevor Cabral ihr Schweigen als Beleidigung auffasste, aber das Glück war ihr nicht hold gewesen. Wenn sie jetzt aus der Stadt verschwand, würde Cabral es höchstwahrscheinlich herausfinden und ihr folgen. Astrid war zwar schnell und gut darin, ihre Spuren zu verwischen, aber vieles von dem, was sie wusste, hatte sie von Cabral gelernt, und er hatte einige Hundert Jahre mehr Erfahrung als sie.

Außerdem konnte sie nicht wieder gehen, ohne etwas in der Hand zu haben, das Noth weiterhalf. Cabral besaß vielleicht solche Informationen, denn wenn in dieser Stadt etwas vor sich ging, dann wusste er davon. Diese Informationen würden sie jedoch gewiss einiges kosten.

Die Türen öffneten sich sehr langsam, sie führten direkt ins Haus. In Turandel war nicht genug Platz für Vorhangfassaden, höchstens auf Schloss Storonam. Wie die anderen Häuser im Süden der Stadt bestand auch Cabrals aus Stein, hatte dicke Wände, robuste Türen und Schießscharten, aber Cabrals Haus war besonders groß und nahm einen ganzen Häuserblock ein, außerdem ragte es sechs Stockwerke in die Höhe. Der Stein war gekalkt und dann schwarz gestrichen worden, doch die Farbe war an manchen Stellen im Laufe der Jahre abgeblättert, sodass auf den schwarzen Wänden hier und da helle Flecken zu erkennen waren.

Alles wirkte sehr extravagant, aber wenn Cabrals Geschäfte auch nur ansatzweise so liefen wie bei Astrids letztem Besuch in Turandel, dann konnte er sich das auch leisten. Ein erfolgreicher Händler war oftmals wohlhabender als ein Adliger.

Astrid spähte ins Haus, erblickte jedoch nichts als Dunkelheit. Das war typisch für Cabral; er wollte, dass sich ihr Besuch so verwirrend wie möglich gestaltete. Sie sah sich um und bemerkte, dass einige Passanten sie anstarrten. Wenn sie die Mienen richtig deutete, hatte Sandea mit ihrer Aussage recht, und Cabral bekam wirklich nur selten Besuch. Und nun stand die berühmte kindliche Gelehrte Lucia Oroden vor seiner Tür.

Sie ging hinein, wobei die offenen Türen sie auf unangenehme Weise an ein klaffendes Maul erinnerten. Die Dunkelheit verschluckte sie, und die Türen schlossen sich knarzend hinter ihr.

»Hallo?«, rief sie in die Finsternis. Astrid konnte im Dunkeln zwar viel besser sehen als ein normaler Mensch, aber auch sie brauchte einen Moment, bis sich ihre Augen an die Lichtverhältnisse gewöhnt hatten.

Sie bekam keine Antwort. Sie stand in einem Korridor, der einfach und trostlos aussah und weder von Gemälden noch Wandteppichen geziert wurde. In dieser Hinsicht hatte sich Cabral anscheinend nicht verändert. Die Schießscharten waren mit schwarzem Stoff verdeckt, sodass kein Licht hereinfiel.

Als sie Schritte hörte, drehte Astrid sich um. Eine Frau kam auf sie zu und trug eine Kerze in den Händen. Sie hatte ein schönes Kleid aus feinster Seide an, das so tief ausgeschnitten war, dass man die Haut zwischen ihren Brüsten sehen konnte, und doch machte sie einen demütigen Knicks vor Astrid. Offenbar war sie eine Dienerin.

»Seid Ihr Lady Lucia Oroden?«, fragte die Dienerin. Ihr Lächeln wirkte freudlos, und Astrid sah, dass sie noch jung war, gerade mal zur Frau gereift und höchstens sechs oder sieben Jahre älter als Astrid. An ihrem Hals und auf ihrer Brust zeichneten sich Narben ab.

»Die bin ich«, bestätigte Astrid. »Meister Cabral hat mich zum Essen eingeladen.«

Du kannst nichts für sie tun, sagte sich Astrid und betrachtete die Narben des Mädchens. *Jedenfalls nicht jetzt. Du kannst den Grund deines Besuchs nicht aus einer Laune heraus über den Haufen werfen.*

»Folgt mir bitte. Ich bringe Euch in die große Halle.«

Die Dienerin bog am Ende des Gangs ab und ging eine geschwungene Treppe hinauf. Astrid folgte ihr im Dunkeln. Sie gelangten auf einen weiteren Flur, der ebenso karg wirkte wie der letzte, aber nun war in der Ferne etwas zu hören: Lachen, Gespräche, leises Klirren. Das Mädchen trat vor einen hohen Bogengang, hinter dem sich die große Halle befand.

Es ist Jahrzehnte her, sagte sich Astrid. *Du bist nicht mehr dieselbe wie früher, und er hat sich vermutlich auch geändert. Du schaffst das.*

Am Ende der großen Halle knisterte ein Feuer im Kamin. Gut aussehende Männer und Frauen saßen um einen langen, rechteckigen Tisch herum, sie alle waren makellos gekleidet. Diener – Jungen und Mädchen, die wie Astrids Führerin teure, aber recht freizügige Kleidung trugen – servierten Speisen, nahmen geleerte Teller vom Tisch und füllten juwelenbesetzte Kelche nach. Astrid schnitt eine Grimasse, während ihr gleichzeitig beim Gedanken an das, was sich in den Kelchen befinden musste, das Wasser im Mund zusammenlief.

Cabral saß am Kopfende des Tischs, glatt rasiert und mit offenem goldenem Haar, das ihm bis auf die Schultern fiel. Die anderen am Tisch wirkten weniger vielversprechend, was ihr Aussehen und ihr Verhalten betraf.

Die Männer sahen ungepflegter aus, trugen das dunkle Haar kurz und hatten Bartstoppeln oder Bärte. Die Frauen wirkten trotz ihrer farbenfrohen Kleider blasser als Cabral.

»Ah«, sagte Cabral, »werte Lucia Oroden. Ich bin hocherfreut, dass Ihr kommen konntet. Ich werde Euch alle Anwesenden vorstellen.«

»Vielen Dank für die Einladung«, erwiderte Astrid und setzte sich Cabral gegenüber ans andere Tischende. »Und bitte nenn mich Astrid. Wir müssen dieses Spiel nicht unnötig fortsetzen.«

Der Stuhl war riesig und viel zu groß für Astrids kleinen Körper, aber sie versuchte, es sich bequem zu machen, indem sie die Füße auf den Esstisch legte. Cabrals Fangzähne – jedenfalls hatte er seine Schergen vor Jahrzehnten so genannt – warfen ihr irritierte Blicke zu, und eine der Dienerinnen hätte beinahe einen Kelch zum Überlaufen gebracht, weil sie den Blick beim Einschenken nicht von Astrid abwenden konnte. Aber der Mann, dessen Kelch sie füllte, stieß sie gerade noch rechtzeitig an.

Cabrals Lächeln wurde breiter. »Astrid. Aber natürlich. Ich wusste nicht, ob du bereit bist, deinen Decknamen aufzugeben, selbst in geschlossener Gesellschaft, und es freut mich, dass du es tust. Wie schön, eine alte Freundin wiederzusehen.«

Astrid erwiderte sein Lächeln und rutschte auf dem lächerlich großen Stuhl hin und her. »Ja, nicht wahr?« Sie richtete sich ein wenig auf, damit sie auf den Teller des Mannes neben sich sehen konnte.

»Und, was gibt es zu essen?«, erkundigte sie sich.

Cabral lachte auf. »Ach, meine Manieren lassen wirklich zu wünschen übrig, nicht wahr? Wir bekommen in letzter Zeit so selten Besuch, dass wir uns manchmal vergessen.« Er klatschte in die Hände. »Hammel und Kalb für unseren Gast bitte. Und zu trinken …« Cabral sah Astrid fragend an.

»Das Übliche«, erwiderte sie. »Falls du dich noch daran erinnerst.«

Dieses Mal lachte Cabral noch lauter. Er schien in guter Stimmung zu sein. »Das Übliche! Mal sehen, ob es mir wieder einfällt … Ja, ja, ich glaube schon.« Cabral drehte sich zu einem Diener um, der hinter seinem Stuhl stand. Astrid bemerkte, dass der Junge keine sichtbaren Narben am Hals hatte. Noch nicht. Er tat ihr jetzt schon leid.

»Einen Kelch *Sanguinar* mit einem Schuss Brandy«, sagte Cabral zu dem Jungen und sah dann zu Astrid hinüber. »Habe ich recht?«

Astrid breitete die Arme aus. »Du erinnerst dich, Olin. Ich fühle mich geschmeichelt.«

Cabral nickte dem Jungen zu, der davonhuschte. Dann stieß er einen langgezogenen Seufzer aus. »Astrid, Astrid. Es ist so lange her. Wie ist es dir ergangen?«

»Gut, und die Zeit scheint dir auch nicht übel mitgespielt zu haben.«

»Ja, nicht wahr? Was hat das mit deinem Decknamen, mit dieser Lucia Oroden, zu bedeuten? Glauben die Leute dir?«

Astrid schnaubte. »Natürlich glauben sie mir. Die Frage ist eher, wie lange sie es tun.«

»Der Fluch unserer Art.«

»Ich erkenne keinen der Fangzähne wieder«, stellte Astrid fest und musterte die Männer und Frauen am Tisch. »Nennst du sie noch immer so? Oder hast du inzwischen alle verloren?«

»Oh, wie unhöflich von mir. Ich sollte euch einander vorstellen. Ja, leider kennst du keinen meiner Freunde, die sich heute hier versammelt haben. Wenn du sie als Fangzähne bezeichnen willst, kannst du das gern tun. Einer erledigt gerade einen Botengang für mich, sollte aber jeden Augenblick zurück sein. Ihn wirst du gewiss wiedererkennen. Du erinnerst dich doch noch an Trave?«

Astrid stockte kurz der Atem. Wenn es jemanden gab, den sie noch mehr hasste als Cabral, dann war das Trave, Cabrals rechte Hand. Cabral war grausam, aber auch clever, und er besaß zumindest einen Hauch von Manieren. Mit ihm konnte man vernünftig reden. Trave hingegen war ein Monster.

»Ah, wie ich sehe, erinnerst du dich. Vielleicht kehrt er ja rechtzeitig zurück, dass ihr noch ein wenig plaudern könnt. Ihr habt euch bestimmt viel zu erzählen. Trave war … nicht mehr derselbe, nachdem du gegangen warst, wie du dir gewiss denken kannst.«

Astrid zwang sich zu einem Lächeln. »Wir haben uns bestimmt alle verändert.«

»Was die anderen angeht …« Cabral stellte ihr die Fangzähne vor, die am Tisch saßen. Astrid stellte überrascht fest, dass nicht alle mit dem Fluch der Ventus belegt worden waren, als sie sie jetzt genauer musterte. Vier allerdings schon, und diese saßen Cabral am nächsten. Nur zwei von ihnen hatten die Verwandlung bereits vollständig abgeschlossen. Die anderen beiden sahen blass und krank aus, und ihre Augen hatten einen dumpfen Gelbton angenommen. Sie befanden sich in der Übergangsphase, und es würde sich noch herausstellen, ob sie überlebten.

Cabrals narbenfreier Diener kehrte schnell wieder zurück und stellte einen Teller mit rotem Fleisch sowie einen Kelch mit einer noch roteren Flüssigkeit vor Astrid. Der Duft des Sanguinar war so stark, dass Astrid den Drang verspürte, den Kelch mit einem Zug zu leeren, aber sie hielt sich zurück. Stattdessen nahm sie ihn langsam auf und sah zu Cabral hinüber.

»Auf alte Freunde«, sagte sie und hob den Kelch an.

Cabral nickte. »Auf alte Freunde«, wiederholte er und prostete ihr zu. Als er den Blick über seine Fangzähne schweifen ließ, machten sie es ihm schnell nach.

»Auf alte Freunde«, murmelten sie.

Astrid kostete den Sanguinar, und die wundervolle Flüssigkeit rann ihr die Kehle hinab und erfüllte sie mit einer Wärme und Essenz, die sie seit Jahren nicht gespürt hatte.

Während Astrid aß, unterhielt sie sich mit Cabral. Die anderen am Tisch sagten so gut wie gar nichts und flüsterten nur hin und wieder miteinander, konzentrierten sich aber größtenteils auf Astrid. Die Blicke waren ihr sehr unangenehm. Cabrals Handlanger hatten sich anscheinend ebenso wenig verändert wie Cabral. Zwar kam ihr keines der Gesichter bekannt vor, aber Astrid sah ihre Gegenstücke aus der Bande, die sie bei ihrem letzten Besuch kennengelernt hatte, deutlich vor sich.

»Wie ich sehe, bevorzugst du noch immer die triste Kunst«, sagte Astrid und stopfte sich eine Gabel voll Fleisch in den Mund.

Cabral schnitt eine Grimasse. »Triste Kunst? Das genaue Gegenteil ist der Fall, meine Liebe.«

»Dann verbrennst du noch immer gerne Kunst?«

»Aber natürlich. Was sollte ich denn sonst damit tun?«

Astrid schüttelte den Kopf und nippte erneut an ihrem Sanguinar. Sie versuchte, ihn sich gut einzuteilen, da sie nicht wusste, ob Cabral sich dazu herablassen würde, ihr nachschenken zu lassen, und sie wollte ihn so ausgiebig wie möglich genießen.

»Kunst soll doch konsumiert werden, oder nicht?«, fragte er. »Ich konsumiere sie nur auf endgültigere Weise.«

»Du konsumierst sie gar nicht, Olin«, erwiderte Astrid. »Du magst dir ja einbilden, dass du sie irgendwie absorbierst, aber tatsächlich zerstörst du sie nur. Das ist nicht so philosophisch, wie du es dir einredest.«

»Ich verbrenne Gemälde und Wandteppiche. Ich sorge dafür, dass uralte Statuen zu Asche werden. Ich konsumiere den Künstler, der das Werk geschaffen hat. Was könnte er denn noch verlangen?«

Astrid zuckte mit den Schultern. »Darüber habe ich noch nie nachgedacht.«

»Ein schmuckloses Haus ist das Beste. Das Nichtvorhandensein von Dekorationen stellt die größte Zierde dar.«

Sie aß ungerührt weiter. »Zu philosophisch«, murmelte sie mit vollem Mund. »Hat das Konsumieren von Künstlern dich verändert?«

»Ich verändere mich die ganze Zeit, meine Liebe. Das ist das Schöne daran, wenn man so lebt wie wir.«

Astrid schnaubte. »Ist ja witzig. Ich war immer der Ansicht, das Schrecklichste an unserem Leben ist, dass wir uns überhaupt nicht verändern.«

»Unsere kleinen Wortgefechte haben mir gefehlt«, meinte Cabral lachend. »Wir sind wie ein altes Ehepaar, findest du nicht auch?« Er betrachtete seine Fangzähne. »Ist es zu glauben, dass sie mal eine von euch gewesen ist?«

Einige Augenblicke lang war nur das Klappern von Besteck auf Tellern zu hören. Astrid war dankbar für die

Gesprächspause. Der Umgang mit Cabral war anstrengend, denn der Mann war nur schwer zufriedenzustellen und unvorhersehbar. Sie beendete rasch ihr Mahl, und kaum dass die letzten Krümel vom Teller verschwunden waren, tauchte auch schon eine Dienerin auf und räumte ihn ab.

»Möchtet Ihr noch mehr, werte Dame?« Das Mädchen errötete. »Ich meine … Lady … Jungfer?«

Die Fangzähne lachten lauthals los. Astrid drehte sich zu dem Mädchen um – es war dieselbe, die einen von Cabrals Schergen beinahe mit Sanguinar bekleckert hatte. Sie trug wie die anderen sehr offenherzige Kleidung, und die juwelenbesetzte Kette stellte einen starken Kontrast zu den Narben an ihrem Hals dar.

»Nein danke. Ich bin satt.«

Alles gut, fügte sie lautlos hinzu, aber sie war sich nicht sicher, ob die Dienerin sie verstanden hatte, die bereits mit Astrids Teller hinaushuschte. Es war sehr klug von ihr, zu verschwinden, bevor Cabrals Leute an ihr noch ein Exempel statuierten.

»So«, sagte Cabral, »nun, da wir zusammen gegessen haben, können wir zum Geschäft kommen. Was führt dich wieder nach Turandel, meine Liebe? Als du vor einigen Jahrzehnten verschwunden bist, dachte ich, du würdest nie mehr zurückkehren, höchstens um mein Haus dem Erdboden gleichzumachen.«

»Wie kommst du auf den Gedanken, dass ich nicht mit dieser Absicht zurückgekommen bin?«, fragte Astrid.

»Ach, Astrid«, erwiderte Cabral mit einem Lachen. »Sag mir die Wahrheit.«

»Ich helfe einem Freund«, gab Astrid zu.

Cabral zog die Augenbrauen hoch. »Einem Freund? Es überrascht mich, dass du einen gefunden hast. Ihr kennt euch gewiss noch nicht so lange, denn es ist dir bisher immer schwergefallen, Freundschaften über einen längeren Zeitraum zu pflegen.« Einige von Cabrals Fangzähnen kicherten.

Astrid schloss die Augen. »Wir haben uns vor Kurzem kennengelernt.« Sie würde nicht zulassen, dass er sie verletzte.

»Und was sollst du für ihn erledigen?« Das Kichern wurde immer lauter. Astrid ignorierte es. Cabral wählte stets Idioten für seinen »inneren Kreis« aus. Das würde eines Tages noch sein Untergang sein.

»Ich will mehr über die Storonams in Erfahrung bringen«, antwortete Astrid vorsichtig.

Cabral nickte. »Wollen wir das nicht alle? Ich kann dir möglicherweise helfen, wenn du mir verrätst, was bei der Unterwelt du wirklich wissen willst.«

»Kannst du es mir verdenken, dass ich vorsichtig bin? Du hast dich nie als besonders vertrauenswürdig erwiesen.«

Cabral runzelte die Stirn. *Verdammt.* Sie war zu weit gegangen. »Wie dem auch sei«, fuhr er fort und kniff die Augen zusammen, »du solltest es mir dennoch verraten. Ich würde dir helfen, falls ich dich als würdig erachte. Tust du es nicht, mache ich dir auf jeden Fall das Leben schwer.«

Astrid hob ihren Kelch an die Lippen und trank den Sanguinar aus. Cabral nickte einem Diener zu, der ihren Kelch wieder auffüllte.

Astrid sah den Jungen an. »Nur noch ein bisschen, bitte, und danach nichts mehr.« Sosehr sie sich auch nach diesem Getränk verzehrte, sie durfte auf keinen Fall riskieren, sich an diesem Abend zu berauschen – erst recht nicht an diesem Ort. »Du hast recht, Cabral, ich kann es dir auch gleich sagen. Ich bin hier, um mich über die Nazaniin zu erkundigen.«

Einige Fangzähne flüsterten miteinander. Astrid warf ihnen einen verständnisvollen Blick zu. Normalerweise hielten sich Vampire von Nazaniin-Triaden fern, und das aus gutem Grund. Als sie Cabral erneut ansah, musste sie sich sehr zusammenreißen, um nicht zu erschaudern. Er starrte sie mit zusammengekniffenen Augen an, die zunehmend rot leuchteten. Die Sonne musste untergegangen sein. Während Astrids Augen nachts grün funkelten, sahen die der meisten anderen Vampire, denen sie begegnet war, rot aus. Sie war sich nicht sicher, was diesen Unterschied bewirkte. Es konnte an so etwas Trivialem wie der Haarfarbe liegen und dass sie zufälligerweise eine sehr ungewöhnliche Kombination aufwies.

»Wer hat dir davon erzählt?«, fragte Cabral schließlich, nachdem er Astrid noch einen Moment mit durchdringendem Blick angestarrt hatte.

Astrid schluckte schwer und trank noch einen Schluck. »Wovon?«

»Wer hat dir von unseren Problemen mit den Nazaniin erzählt?«

Sie riss die Augen auf. »Darüber weiß ich nichts, Olin. Wenn du Ärger mit ihnen hast, dann musst du das selbst klären. Das, was ich von ihnen will, hat nichts mit dir zu tun.«

Cabral musterte jeden seiner Handlanger gründlich. Die Augen der beiden, deren Verwandlung zum Vampir begonnen hatte, leuchteten ebenfalls, während die anderen beiden weiterhin blass und kränklich aussahen. Sie schüttelten alle den Kopf.

»Nein«, sagte er dann leise, »es war keiner von euch.«

Er wandte sich wieder an Astrid. »Du hast wirklich nichts von dem gehört, was hier vor sich geht?«

»Nein.« Sie nahm ihren Kelch und leerte ihn erneut.

»Seltsam«, flüsterte Cabral. »Wirklich seltsam. Aber vielleicht ist das genau das, was uns gefehlt hat. Offenbar summt die Mücke in unser beider Ohren, meine Liebe, und wir können sie gemeinsam ein für alle Mal zerstören.«

Der Diener trat zu Astrid und wollte ihren Kelch wieder auffüllen. »Was machst du da?«, fragte Cabral streng.

»Ich … ich wollte unserem Gast nur nachschenken, Euer Gnaden«, antwortete der Junge. Er konnte nicht älter als siebzehn oder achtzehn sein.

»Hat unser Gast darum gebeten, dass ihr Kelch noch einmal gefüllt werden soll?«, fragte Cabral.

Astrid schluckte schwer. Sie wusste, wie diese Auseinandersetzung enden würde.

»Ich … Nein, Euer Gnaden. Das hat sie nicht.«

»Was hat sie beim letzten Nachschenken gesagt?«

Der Junge zögerte, und Astrid mischte sich ein. »Olin, es ist mir …«

Aber Cabral hob eine Hand, und Astrid wusste, dass es jetzt klüger war, den Mund zu halten. »Was hat sie gesagt?«

»Sie sagte, dass sie nichts mehr trinken will«, wisperte der Junge.

Astrid sah sich im Raum um. Die anderen am Tisch starrten den Diener gierig an. Sämtliche Diener waren förmlich erstarrt und betrachteten ihren Leidensgenossen mit leerem Blick.

»Das hat sie gesagt, nicht wahr? Wieso willst du ihren Kelch dann erneut füllen, mein Junge?«

»Es tut mir schrecklich leid, mein Lord. Ich habe es

vergessen. Das wird nie wieder passieren, das schwöre ich.«

»Davon gehe ich aus.« Cabral lächelte den Jungen an. »Sorgst du bitte dafür, dass er diesen Fehler nie wieder macht, Grendine?«

Einer der Fangzähne am Tisch, eine Frau, die vom Fluch ganz krank geworden war, die Verwandlung jedoch noch nicht abgeschlossen hatte, stand mit gemeinem Grinsen auf.

Astrid zitterte vor Wut und Hilflosigkeit, während Grendine zu dem Jungen trat und ihm ins Gesicht schlug. Astrid zuckte zusammen. Der Junge wurde von der Wucht des Schlages herumgewirbelt und landete auf Händen und Knien auf dem Steinfußboden. Grendine trat ihm mit voller Kraft in den Bauch, zerrte ihn mit einer Hand am Hemdkragen hoch und schlug ihm mit der anderen ins Gesicht. Dann zog sie ein Messer aus ihrem Gürtel und schlitzte die weiche Haut an seinem Hals direkt unter seinem Kiefer auf. Blut strömte heraus. Grendine besaß noch keine Fangzähne oder Klauen, da sie mitten in der Verwandlung steckte, benötigte zum Überleben jedoch Menschenblut, und zwar weitaus mehr als ein voll entwickelter Vampir, daher verspürte sie ständig einen unbändigen Hunger.

»Grendine hat sich wieder und wieder bewiesen«, erklärte Cabral leise, während Grendine die Lippen auf den Hals des Jungen legte und gierig trank. »Sie ist eine gute Verbündete und wird schon bald eine von uns sein. Wir sehen diesem Tag mit großer Vorfreude entgegen. Ihre Verwandlung müsste beim nächsten Vollmond abgeschlossen sein.«

»Ich will die hiesigen Nazaniin nicht vernichten«, sagte Astrid jetzt, um das Thema zu wechseln. Dem Jungen konnte sie ohnehin nicht mehr helfen. »Sie sollen mir nur Informationen geben.«

»Ah.« Cabral nickte. »Aber du könntest dir die Informationen beschaffen und sie dann vernichten, nicht wahr?«

Astrid runzelte die Stirn. »Ich … ich weiß es nicht, Olin. Wenn du mir mehr über diese Triade erzählst, kann ich dir eine bessere Antwort geben.«

Cabral nickte, er schien eine Entscheidung getroffen zu haben. »Die Nazaniin haben eine vollständige Triade in Turandel. Einen Acumanten, eine Telenikerin und einen Voyant. Zwei sind Aktuale, einer ein Potenzieller. Und sie sammeln Informationen über uns. Sie interessieren sich für meinen Umgang, meine Geschäfte, mit wem ich verkehre. Sie haben einen Verdacht, was mich betrifft, und wenn sie die Wahrheit herausfinden, dann wird unsere Zeit in Turandel enden.«

»Warum hast du dich noch nicht selbst um sie gekümmert?«

»Sagen wir einfach, ich habe auf den richtigen Augenblick gewartet. Aber jetzt, da du hier bist, sollte ich genug Leute für den Angriff haben.«

Das Geräusch, das Grendine beim Trinken von sich gab, verstummte. Sie wischte sich grinsend das Blut von den Lippen und kehrte an ihren Platz zurück. Einige Diener eilten zu dem Jungen und trugen ihn hinaus. Er war noch am Leben, denn er war zu wertvoll, als dass Cabral ihn sterben lassen konnte. Sie würden ihn gerade so am Leben erhalten, bis ihm das nächste Missgeschick passierte.

Astrid erschauderte. Sie scheute davor zurück, sich mit Cabral zu verbünden, da sie genau wusste, was er war. Aber dieser Plan konnte aufgehen. Wenn Cabral ihr

Informationen über die Cotir gab, wenn er dafür sorgen konnte, dass sie nahe genug an diese Leute herankam, dann würde sie vielleicht mehr über Noth herausfinden. Die Storonams waren eine Sackgasse, und die Nazaniin stellten ihre letzte Hoffnung dar.

»Kannst du das schaffen?«, fragte Cabral sie.

»Wenn sie mir gegeben haben, was ich will«, erwiderte Astrid, »dann werde ich dir helfen, sie zu töten.«

Cabral setzte sich lächelnd auf. »Das käme mir sehr gelegen. Wir hätten diese Nazaniin-Nervensägen schon vor langer Zeit ausgeschaltet, aber mein Status in dieser Stadt wäre dadurch beschädigt worden. Auf diese Weise können wir beide davon profitieren.«

In diesem Augenblick kam eine Dienerin in den Saal gelaufen. Sie trat schnell neben Cabral und flüsterte ihm etwas ins Ohr. Er verzog den Mund zu dem unheilvollsten Grinsen, das Astrid je bei ihm gesehen hatte.

»Das ist ja wunderbar. Anscheinend ist unser Freund von seiner Reise zurück. Meine liebe Astrid, bist du bereit, Trave nach all diesen Jahren wiederzusehen?«

Ihr gefror förmlich das Blut in den Adern. Sie saß stocksteif da, auch wenn in ihrem Inneren ein Sturm toste. »Bereit ist nicht das Wort, mit dem ich meine Gefühle in diesem Augenblick beschreiben würde«, entgegnete sie.

Schwere Schritte erklangen, und Astrid drehte sich um, als Trave hereinkam. Bei ihrer letzten Begegnung hatte er immerzu gegrinst: Wenn er aß, wenn er kämpfte, wenn er vergewaltigte. Nun war sein vernarbtes Gesicht ernst, und er zog die Mundwinkel nach unten. Astrid erinnerte sich an diese Narben und daran, wie sie sie erst zornig, dann traurig, irgendwann verzweifelt und letzten Endes resigniert angestarrt hatte. Er verbarg eine leere Augenhöhle hinter einer Augenklappe, deren Band sich durch ungewaschenes dunkelbraunes Haar zog. Die meisten Wunden von Vampiren heilten schnell, hatten sie diese jedoch vor ihrer Verwandlung erlitten, oder waren ihnen Gliedmaßen oder Körperteile entfernt worden, und hatte man die Wunde ausgebrannt, dann blieb die Verletzung bestehen – und somit hatte auch Trave auf sein zweites Auge verzichten müssen. Im Allgemeinen erholten sie sich auch von Brandwunden, wenn sie schnell genug aus der Sonne oder einem Feuer gingen, behielten aber häufig Narben zurück. Verweilte ein Vampir lange genug im Sonnenlicht oder einem Feuer, verbrannte er zu einer nutzlosen Hülle.

Astrid spannte die linke Hand an. Als sie Trave das letzte Mal gesehen hatte, war ihre linke Hand schwer verbrannt gewesen. Es hatte beinahe ein Jahrzehnt gedauert, bis sie sie wieder richtig hatte benutzen können.

Cabrals Stimme hallte laut durch den Raum. »Willkommen zurück, Trave. Du warst lange fort. Ich hoffe, deine Reise ist erfolgreich verlaufen?«

»Erfolgreich genug«, erwiderte Trave, dessen Stimme noch immer so rau war wie in Astrids Erinnerung. Mit einem Mal spürte sie eine tiefe Entschlossenheit. Sie konnte sich nicht vor diesem Mann verstecken. Daher stand sie auf, stellte einen Fuß auf die Sitzfläche ihres Stuhls, richtete sich zu voller Größe auf und starrte Trave an. Ihre Blicke trafen sich. In Astrids Augen spiegelte sich Trotz und Stolz wider. Sie sahen einander gebannt an, und dann entdeckte Astrid etwas in seinem Auge, mit dem sie nie gerechnet hätte: Furcht.

Cabral lachte laut los. »Ich wusste, dass ich dieses Wiedersehen auf keinen Fall verpassen darf. Du erinnerst dich doch an Astrid, nicht wahr, Trave? Und Astrid, ich weiß, dass du dich an Trave erinnerst.«

Astrid und Trave starrten einander an, und zu ihrer Überraschung wandte er als Erster den Blick ab. Er ging wortlos an ihr vorbei und nahm seinen Platz rechts neben Cabral ein.

»Wie unangenehm«, sagte Cabral, der sich köstlich zu amüsieren schien und nun so tat, als erschauderte er. »In diesem Augenblick möchte ich in der Haut von keinem von euch beiden stecken. Was für ein seltsames Wiedersehen.«

Trave beugte sich zu Cabral hinüber und flüsterte ihm etwas ins Ohr. Cabral runzelte die Stirn. »Nein, Trave. Nicht heute. Ich brauche dich hier. Du musst eine wichtige Aufgabe erledigen. Die Nazaniin drohen uns jetzt schon seit Wochen, und Astrid hat freundlicherweise angeboten, uns bei der Beseitigung der Cotir zu helfen, vorausgesetzt, sie bekommt einige Informationen von ihnen, die sie anscheinend … für einen Freund haben will.«

Cabral lachte erneut auf. »Kannst du dir das vorstellen, Trave? Sie behauptet, sie hätte jetzt Freunde. Wer hätte das gedacht?« Er blickte zu Astrid hinüber, und seine Augen leuchteten rot im dämmerigen Licht. Während sich draußen die Dunkelheit herabsenkte, wurde das Leuchten immer durchdringender. »Ich weiß, dass Trave gut im Verborgenen handeln kann. Ihr beide werdet die Nazaniin gemeinsam beseitigen. Danach meldet ihr euch wieder bei mir, und dann können wir erneut eine glückliche Familie sein.«

Astrid konnte Cabrals Freude nicht teilen. Es war schon schwer genug, eine Nazaniin-Triade auszuschalten, und dann sollte sie auch noch mit Trave zusammenarbeiten … Das konnte nicht gut ausgehen.

KAPITEL 28

Harmoth-Anwesen

Noth kaute auf der Innenseite seiner Wange herum und starrte die Leiche an. Es war schon die zweite, die innerhalb einer Woche im Harmoth-Haus aufgebahrt wurde. Bei der ersten hatte es sich um die Assassine gehandelt, und dies war ein junger Mann, ein Odenit, der erst vor wenigen Tagen eingetroffen war. Noth kannte nicht einmal seinen Namen. Aber er hätte ihn so oder so nicht wiedererkennen können, da das Gesicht des Mannes vollkommen zertrümmert worden war und die Angreifer seine Stirn mit einem Kreuz und einem Halbmond gebrandmarkt hatten.

Cinzia und Jane unterhielten sich leise mit ihren Eltern Ehram und Pascia. Elessa und Ocrestia, die Jane vor Kurzem als eine ihrer Elevinnen vorgestellt hatte, standen in der Nähe. Elessa hatte Noth bisher nicht in die Augen gesehen, und er vermied es, auch nur in ihre Richtung zu schauen. Er wollte diese Begegnung für sie nicht unangenehmer machen, als sie es ohnehin schon war.

»Bitte sagt uns, was passiert ist«, bat Ehram eine Frau mittleren Alters, die neben der Leiche des jungen Mannes auf einem Stuhl saß. Sie hatte die Augen weit aufgerissen und starrte ins Leere. Es war die Mutter des Toten. Ehram legte ihr eine Hand auf die Schulter. »Es tut mir sehr leid, dass Ihr das alles noch einmal durchmachen müsst«, sagte er. »Aber wir müssen erfahren, was passiert ist.«

»Wir haben die Stadt durchquert«, berichtete die Frau, »und waren auf dem Weg zur Prophetin.« Ihr Blick wanderte kurz zu Jane. »Da kamen mehrere Männer auf uns zu. Es waren vier, vielleicht auch nur drei. Sie fragten, wo wir hinwollen, und wir haben es ihnen gesagt, da wir es ja nicht besser wussten. Wir hatten doch keine Ahnung, was sie tun würden. Canta steh uns bei, wir wussten doch nicht, dass sie …« Die Stimme der Frau erstarb. Jane trat an ihre Seite und nahm sie in die Arme. »Wir haben ihnen gesagt, was wir vorhaben, und … und zuerst haben sie uns nur ausgelacht. Sie haben uns gefragt, ob wir Elfenkuschler sind. Wir wussten nicht, was sie damit meinen. Sie haben immer weiter gelacht, und dann … und dann …«

Die Frau konnte nicht weitersprechen und streckte eine Hand nach ihrem Sohn aus. »Dann fingen sie an, meinen Sohn zu schubsen«, sagte sie nach einem Moment. »Sie haben ihn zwischen sich herumgestoßen und ihn als Elfenfreund bezeichnet. Und dann hat einer der Männer ihn geschlagen. Es war ein heftiger Schlag, und er fiel zu Boden. Ein anderer hob ihn wieder auf, und dann schlugen sie ihn wieder und wieder … Bei der aufsteigenden Canta, sie haben einfach nicht aufgehört, es ging immer weiter. Einer der Männer hatte ein Medaillon mit dem Kreuz und dem Halbmond, und in der Nähe hing eine Fackel …«

Die Männer hatten die Mutter auch gebrandmarkt. Die schreckliche Wunde auf ihrer Stirn war kaum zu übersehen. Noth wollte sich gar nicht ausmalen, welchen Schmerz die arme Frau verspüren musste – und das nicht allein durch die Verletzung.

Er wandte sich ab und ging hinaus, da er nicht wusste, was er sagen sollte. Doch er wusste genau, was der Junge durchgemacht hatte, da Noth diese Angst und die Vorurteile in Pranna selbst hatte erleben müssen. Zwar war er kein Tiellaner und würde nie genau wissen, wie es sich für sie anfühlte, doch man hatte auch ihn als Elfenfreund und Schlimmeres beschimpft. Allerdings hatte er sich, im Gegensatz zu dem jungen Mann, wehren können.

Noth lehnte sich im Flur an die Wand und atmete ruhig ein und wieder aus. Kurz darauf wurde die Tür wieder geöffnet, und die anderen kamen heraus.

»Geht es dir gut?«, fragte Cinzia und musterte ihn besorgt.

Noth warf Elessa einen misstrauischen Blick zu. Er wollte sie nicht noch mehr verängstigen. »Es geht mir gut«, sagte er. »Ich … musste mich nur kurz sammeln.«

»Das geht uns allen so«, erwiderte sie.

»Das ist nicht richtig«, sagte Jane.

»Was du nicht sagst.« Noths Stimme klang spöttisch.

»Natürlich ist das nicht richtig«, sagte Elessa da, »aber was können wir schon dagegen unternehmen? Wir können nicht kontrollieren, wie sie uns behandeln oder was sie über uns denken.«

»Nein, Jane hat recht«, stellte Cinzia fest. »An der Art, wie man uns hier behandelt, stimmt etwas nicht. Irgendetwas ist anders.«

»Das alles ist nicht normal«, sagte Jane. »Ich kann mir nicht vorstellen, dass die Leute in Tinska aus eigenem Antrieb so handeln. Mir kommt es eher so vor, als würde jemand oder etwas sie aufhetzen.«

»Wie meinst du das?«, fragte Elessa. Noth hatte die Frau seit dem Zwischenfall, als er sie angegriffen hatte, so gut wie nie reden gehört. *Als Lathe sie angegriffen hatte.* Aber wie hätte sie den Unterschied merken sollen?

»Die Neun Dämonen wurden auf die Welt losgelassen«, sagte Cinzia.

»Ja«, flüsterte Jane.

Cinzia deutete aus dem Fenster in Richtung Tinska. »Glaubt ihr, einer der Neun Dämonen ist …« Elessa nickte, und Ocrestia starrte Jane mit dunklen, lodernden Augen an.

»Wäre das möglich?«, fragte Elessa. »Könnte einer von ihnen diese Menschen tatsächlich … beeinflussen?«

Cinzia warf Noth einen Blick zu. »Wenn wir von dem ausgehen, was wir in Roden erlebt haben, dann ja.«

»Es ist mehr als das«, sagte Jane. »Sie sind unter uns.«

Noth hieb mit der Faust gegen die Wand, mit mehr Kraft, als er beabsichtigt hatte. Mit Ausnahme von Ocrestia zuckten alle Frauen zusammen. Er bereute es sofort, als er bemerkte, wie Elessa ihn ansah. »Was bei der Unterwelt willst du damit sagen?«, fragte er nach.

»Jane denkt, einer der Neun Dämonen wäre …«

»Ich weiß, was du gesagt hast, aber was genau meinst du damit?«

Cinzia starrte ihn mit finsterer Miene an. »Du warst in Roden, Noth, du hast gesehen, was passiert ist …«

»Natürlich habe ich es gesehen«, fiel ihr Noth ins Wort und rang die Hände. »Aber das heißt noch lange nicht, dass ich auch nur die geringste Ahnung hätte, was das war oder was es bedeutet.«

»Wir haben doch schon darüber gesprochen«, sagte Cinzia kopfschüttelnd. »Dieser Mann … dieses Ding … Was immer da in Izet durch das Portal gekommen ist, war Azael. Einer der Neun Dämonen. Er hat die Auferstehung eingeläutet und es den Neun Dämonen erlaubt, wieder auf der Sphaera zu wandeln.«

Jane legte ihm eine Hand auf die Schulter. »Ich weiß, dass du Fragen hast. Unsere Erklärungen waren sehr schwammig, und dafür entschuldige ich mich. Aber wir verstehen auch nicht alles, was hier vor sich geht. Ich habe Vermutungen, was diese Auferstehung bedeutet und was die Neun Dämonen unter uns tatsächlich anrichten, aber ich kenne keine Fakten.«

»Ich will einfach nur hören, was du weißt«, erklärte Noth. »Ansonsten kann ich euch nicht helfen.«

Jane nickte. »In Ordnung … Aber es ist leider nicht sehr viel. Azael, der Dämon, dem du in Izet begegnet bist, ist einer der Neun Dämonen, laut den Geschichten ihr Anführer. Indem er sich Zutritt zur Sphaera verschafft hat, konnte er den anderen acht die Tür öffnen. Wir haben zwar nicht gesehen, wie sie in jener Nacht durch das Portal gekommen sind … aber sie sind hier. Sie können uns beeinflussen, und einige von ihnen haben möglicherweise bereits Gestalt angenommen.« Sie ging durch den Korridor. »Kommt. Wir sollten das Gespräch an einem anderen Ort fortsetzen.«

Wo wir ungestört sind, übersetzte Noth ihre Worte. Er nickte und folgte Jane, ebenso wie die anderen drei Frauen, über die Treppe nach oben.

»Und was werden sie jetzt, da die Tür offen ist, tun?«, wollte er wissen.

»Das wissen wir nicht genau. Aber uns ist etwas über ihr Endziel bekannt. Die Neun Dämonen entstammen einer Welt, wie wir sie uns nicht einmal vorstellen können. Wir sprechen hier von der Preaclara, in der Canta lebt und in die jeder von uns übergehen wird, wenn wir als würdig erachtet werden. Wir reden von der Unterwelt, dem Nichts, zu dem wir werden, sollte das Urteil gegen uns ausfallen. Momentan leben wir natürlich auf der Sphaera. Aber … wir reden nie von dem anderen Ort.«

Noth grunzte. »Ich dachte immer, die Dämonen stammen aus der Unterwelt.«

»Das lehrt uns die Denomination auch«, sagte Jane und warf Cinzia einen kurzen Blick zu. »Aber wie in so vielen Dingen irrt sie sich auch hier.«

Jane führte sie in einen großen Salon. In der Mitte des Zimmers standen eine Chaiselongue, eine Couch und drei gepolsterte Sessel, während an den Wänden weitere schön verzierte Holzstühle aufgereiht waren. Eine riesige Kaminecke mit massivem Sims nahm eine ganze Seite des Zimmers ein.

»Kommt herein«, forderte Jane sie auf und ließ sich in einem der Sessel nieder, »und setzt euch. Wir sollten offen sprechen.« Cinzia nahm auf der Chaiselongue Platz, Elessa auf der Couch, sodass für Noth und Ocrestia die anderen beiden Sessel übrig blieben.

»Dann stammen die Neun Dämonen also aus einer anderen Welt«, sagte Noth. »Aber sie sind nicht die Einzigen?«

»Nein«, bestätigte Jane. »Ihr kennt die Einwohner ihrer Welt als Schattenbrut. Wenn ich mich recht erinnere, hat euch Astrid ihren Namen verraten.«

Noth runzelte die Stirn, als er an das dachte, was sie im Kaiserpalast erlebt hatten. Er konnte noch immer die langen, sehnigen Körper und die riesigen Mäuler mit den dolchartigen Zähnen vor seinem inneren Auge sehen.

»Wann immer sich ein Portal in diese Welt öffnet, wird unausweichlich auch ein Teil der Schattenbrut mit herübergezogen«, berichtete Jane.

»Aber wir werden nicht auf die andere Seite gezerrt?«, fragte Noth.

Jane zuckte mit den Schultern. »Ich glaube nicht, aber ich bin mir nicht sicher.«

»In Izet wurde keiner von uns auf die andere Seite gezogen«, erklärte Noth. »Jedenfalls nicht, soweit wir wissen.«

»Und das ist das einzige Portal, das wir kennen«, sagte Jane. »Aber ich sagte ja bereits, dass auch die anderen Dämonen nun Zugang zu dieser Welt haben müssten. Ob sie in fester Gestalt hier erschienen sind, bleibt abzuwarten. Ich bin mir nicht einmal sicher, ob Azael in körperlicher Form hiergeblieben ist.«

»Aber du vermutest, dass sich einer von ihnen in Tinska aufhält?«, fragte Noth.

Jane nickte. »Ja, das tue ich. Das ist die einzige Erklärung, die mir dafür einfallen will, dass sich die Menschen so verhalten. Die Dämonen müssten in der Lage sein, zu spüren, wo wir uns aufhalten. Wo ich mich aufhalte. Es würde doch Sinn ergeben, wenn sie einen herschicken … zu mir.«

»Du hast ihr Endziel zwar erwähnt, bist aber nicht darauf eingegangen«, bemerkte Noth. »Wieso sind die Neun Dämonen hier?«

Jane seufzte. »Das ist einfach und gleichzeitig kompliziert. Die leichteste Erklärung wäre, dass sie hier sind, um uns zu vernichten. Sie wollen unsere Welt zerstören, die Völker, alles, was wir kennen.«

»Aber das ist noch nicht alles«, sagte Noth.

»Sie planen noch weitaus mehr«, gab Jane zu, »doch wir wissen leider nur sehr wenig über sie oder das, was sie wollen.«

Noth schnaubte unwillkürlich. »Dann könnte die

Schattenbrut nach allem, was wir wissen, durch und durch friedlich sein, und wir müssten nur mit ihnen reden, um zu verstehen, was sie hier wollen?«

Jane schüttelte den Kopf. »Nein. Das, was du in Izet mit Azael und der Schattenbrut erlebt hast, hat uns mehr als nur das bewiesen. Kannst du dir wirklich vorstellen, dass sie friedlich sind oder dass man mit der Verkörperung der Angst in Frieden zusammenleben könnte?«

Er musste zugeben, dass ihm das nicht gelang. All diese Dinge hatten Winter zur Überdosis getrieben und sie letzten Endes getötet. Die letzte Schattenbrut, die aus dem Portal gekommen war, hatte gigantisch gewirkt, größer als jedes lebendige Wesen, das Noth je gesehen hatte, und beinahe die Kuppel des Kaiserpalasts gesprengt. Dabei hatte diese Bestie nichts als Feindseligkeit und Wildheit an den Tag gelegt. Sie hatte nicht im Geringsten zivilisiert gewirkt.

Und dieser Dämon Azael war noch viel schlimmer.

»Das ist ja alles schön und gut«, sagte Elessa in einem Tonfall, der erkennen ließ, dass das genaue Gegenteil der Fall war. »Aber was wollen wir wegen Janes Verdacht unternehmen? Was ist mit diesem Dämon, der sich möglicherweise in Tinska aufhält?«

»Sollten wir nicht zuerst herausfinden, ob sich der Verdacht bestätigt?«, gab Ocrestia zu bedenken.

»Selbstverständlich«, erwiderte Jane. »Irgendetwas bewirkt diese Veränderung bei den Stadtbewohnern, und wir müssen herausfinden, ob es einer der Neun Dämonen oder doch etwas ganz anderes ist.«

»Wie sollen wir das anstellen?«, fragte Elessa.

»Und wenn es kein Dämon ist«, warf Cinzia ein, »was könnte es dann sein? Wir haben die Pflicht ...«

»Halt.« Alle drehten sich zu Ocrestia um, die aufgesprungen war. »Hört ihr euch überhaupt zu? Seid ihr tatsächlich so ignorant?«

»Ocrestia …« Cinzia wollte die Hand der Tiellanerin nehmen, aber sie zog sie weg.

»Denkt ihr, das, was den Tiellanern im Lager passiert ist, hätte mit etwas Übernatürlichem zu tun? Glaubt ihr wirklich, Menschen wären nicht dazu in der Lage, uns so zu behandeln?«

»Aber sie beschränken sich nicht mehr nur auf Tiellaner«, erwiderte Elessa. »Der Mann da unten war ein Mensch. Sie haben ihn als Elfenkuschler beschimpft.«

»Genau, und als Jane und ich neulich in Tinska waren, haben wir …«, begann Cinzia.

Aber Ocrestia fing an zu lachen. »Wisst ihr überhaupt, was ihr da redet? Die Tatsache, dass jetzt auch Menschen Opfer der Gewalt werden, beweist bereits, dass die Ursache etwas Übernatürliches sein muss? Denn Canta bewahre, dass Menschen einander jemals angreifen könnten. Euch mag das vielleicht schockieren, aber ich tue das nicht. Das, was dem Jungen passiert ist, mussten die Männer aus meiner Stadt ständig durchmachen. Ich kenne Frauen, die von Kamiten, Menschenmännern, vergewaltigt wurden, nur weil sie Tiellanerinnen sind. Das sind schreckliche Tragödien, aber sie kamen nie überraschend. Und ihr solltet auch nicht überrascht sein. Diese Gewalt ist nichts Neues. Ihr wolltet sie bisher bloß nicht wahrhaben.«

Ocrestia seufzte. »Damit will ich nicht sagen, dass du dich irrst, Jane. Es könnte auch ein Dämon sein, der da in Tinska die Fäden zieht. Aber vergiss bitte nicht die Gewalt, die seit Jahrhunderten gegen mein Volk ausgeübt wird. Und gib nicht irgendeinem Dämon die Schuld daran, ohne Beweise zu haben.«

sie nicht verriet oder … ihr irgendetwas antat. Sie hatten zusammen eine Aufgabe zu erledigen, und Astrid hoffte, dass er vorher keine Rache nehmen würde. Danach würde sie allerdings ein Problem haben.

Sie ließ sich lautlos aus ihrem Versteck herab und landete hinter Trave auf der Straße. Er drehte sich um. »Gut, dass du auftauchst«, sagte er mit seiner rauen Stimme.

»Ich hatte ja keine große Wahl.«

»Das gilt wohl für uns beide.«

Sie starrten einander kurz an. Astrid kämpfte gegen ihren Instinkt, der ihr riet, so weit wie möglich wegzulaufen. Sein Verhalten verwirrte sie völlig.

»Was bei der Unterwelt ist los mit dir?«, fragte Astrid ihn.

Trave runzelte die Stirn. »Ich weiß nicht, was du meinst.«

»Du bist so schrecklich ruhig. Was bei den Neun Dämonen hast du vor?«

»Ich habe überhaupt nichts vor. Ich bin … anders als bei unserer letzten Begegnung, Astrid.«

»Was du nicht sagst«, murmelte Astrid und musterte ihn misstrauisch.

»Der alte Trave …«

»Der alte Trave ist fort«, fiel er ihr ins Wort. »Er ist vor Jahren verbrannt. Er ist verbrannt, als du mich verbrannt hast.«

Astrid kniff die Augen zusammen. Selbst nach all den Jahrzehnten hatte sie das Bild noch deutlich vor Augen, und sie fürchtete, dass sie es auch nie vergessen würde.

»Cabral denkt, er quält uns, indem er uns zusammen auf diese Mission schickt. Er glaubt, wir würden uns voreinander fürchten. Aber das muss nicht so sein. Jedenfalls nicht bei dir.«

Sie starrte in Traves klares graues Auge. »Lass uns die Sache einfach erledigen.«

Dann gingen sie durch die dunklen Straßen und verbargen ihre Gesichter – und ihre leuchtenden Augen – unter ihren Kapuzen.

»Die Telenikerin und der Acumant sind Aktuale«, sagte Trave.

Jede Psimantenklasse war auf ihre eigene Weise gefährlich. Teleniker wie Winter nutzten die Psimantie, um leblose Objekte in ihrer Umgebung zu bewegen. Acumanten wie Kali konnten den Geist anderer beeinflussen.

»Bist du sicher?«

»So sicher, wie es nur geht. Ein paar meiner Männer werden sie rauslocken. Der Acumant und die Telenikerin kommen nach draußen, wir bringen sie um und finden den Voyant für dich.«

»Und er wird uns nicht kommen sehen?« Voyante waren unter Umständen gefährlicher, aber auch äußerst selten. Irgendwie schafften sie es, Ereignisse aus der Zukunft mithilfe der Psimantie zu erkennen, aber der Großteil von ihnen bestand vor allem aus überschätzten Hellsehern. Astrid war erst einem oder zwei Voyanten begegnet, deren Kräfte bemerkenswert waren.

»Der Voyant wird kein Problem darstellen.«

»Wenn er so schwach ist, wie du behauptest, dann brauche ich vielleicht noch einen zweiten zum Befragen. Wir sollten auch einen der anderen vorerst am Leben lassen, am besten den Acumanten.«

Sie bogen um eine Ecke. Angeblich lockten Traves Männer die Nazaniin soeben aus ihrem Hauptquartier. Das würde zwar ein bisschen Aufsehen erregen, aber sie hatten vor, derart geschickt vorzugehen, dass die Stadtwache nicht alarmiert wurde.

»Wir sind ganz in der Nähe«, flüsterte Trave. »Mit etwas Glück haben meine Männer längst angegriffen und sind geflohen und …«

Sie blieben stehen. Die Straße vor ihnen war breit und an beiden Seiten von Gebäuden gesäumt. Dort stand ein kleines Turmhaus, von dem Astrid vermutete, dass es den Nazaniin gehörte. Abgesehen von den Leichen war die Straße leer.

Astrid zählte sechs, die nebeneinander aufgereiht am Turmhaus lehnten. Jeder Mann hatte ein großes Loch im Schädel.

»Verdammt«, fluchte Trave.

»Ja«, wisperte Astrid.

Ein Mann und eine Frau traten aus dem Schatten ins Mondlicht.

»Willkommen«, sagte der Mann mit breitem Lächeln. »Wir haben euch schon erwartet.«

Trave warf den Psimanten mit einer schnellen Bewegung etwas entgegen, aber die Telenikerin schleuderte es mit ihren Tendrae zur Seite.

»Zwei Vampire?«, fragte der Acumant. »Interessant. Wir wussten schon seit einiger Zeit, dass in dieser Stadt ein Vampir aktiv ist, aber wir hatten keine Ahnung, wie viele von euch hier sind. Gibt es noch mehr?«

Astrid hatte auf einmal ein lauter werdendes Klingeln in den Ohren. Zu ihrem Glück besaßen Acumanten über Vampire weitaus weniger Macht als über Menschen; sie konnten sie ärgern, aber die Kräfte, die Astrid stark, schnell und tödlich machten, sorgten auch dafür, dass ihr Geist dem Ansturm eines Acumanten besser widerstehen konnte, vor allem nachts.

Was Astrid weitaus größere Sorgen bereitete, war der Nachtbann, den die beiden Nazaniin garantiert bei sich hatten. Sie bezweifelte zwar, dass sie ihre Klingen wie Kali in Izet darin getränkt hatten, denn wenn dieser Voyant tatsächlich so unfähig war, wie sein Ruf vermuten ließ, dann waren sie nicht vorgewarnt gewesen. Aber das Kraut allein wäre auch schon eine Herausforderung.

»Welchen willst du?«, fragte Trave.

»Ich nehme den Acumanten.« Normalerweise hätte Astrid die Telenikerin vorgezogen, da sie sich schon häufiger mit ihnen auseinandergesetzt hatte, aber sie brauchte den Acumanten lebend und vertraute nicht darauf, dass sich Trave zurückhalten konnte.

»Einverstanden.« Dann sprang Trave auch schon mit ausgefahrenen Krallen und gebleckten Zähnen los.

Astrid nahm die Kapuze ab und beobachtete den Acumanten. Der Mann war mittleren Alters, klein und schlank. Sie wusste nicht, ob sie einen Absolventen der Zitadelle vor sich hatte, würde ihn aber nicht unterschätzen. Er hatte die Ausbildung der Nazaniin durchlaufen, und das sagte einiges. Der Mann zog sein Schwert, die vertraute, leicht gekrümmte Klinge der Nazaniin.

Plötzlich trat hinter dem Acumanten noch jemand ins Mondlicht. Es war ebenfalls ein Mann, der größer, jünger und beleibter war. Der Voyant.

»Der Voyant ist hier!«, rief Astrid und lief rasch auf die Männer zu. Je näher sie ihnen kam, desto intensiver wurden ihre Kopfschmerzen, und sie spürte einen stechenden, brennenden Schmerz in ihren Adern. Einer der beiden hatte Nachtbann bei sich, allerdings nicht sehr viel. Kali hatte eine große Menge mit sich geführt und Astrid so bewegungsunfähig gemacht. Wenn sie das, was immer diese Cotir bei sich hatte, berührte, würde das wieder geschehen, aber sie ging davon aus, dass sie sie bekämpfen oder es zumindest versuchen konnte.

Trave gelang es auf jeden Fall. Er schlug mit einer Klaue nach der Telenikerin, aber sie wich ihm geschickt aus und attackierte ihn mit ihrem Schwert und drei oder vier anderen Waffen, die sie mit ihren Tendrae festhielt.

Astrid schluckte schwer und ignorierte den Schmerz. Sie wusste nicht, wie Trave es schaffte, sich noch so zu bewegen. Sie selbst verspürte nur noch den Wunsch, sich einfach hinzulegen und zu sterben.

Hoffentlich weiß Noth das auch zu würdigen.

Dann rannte sie los.

Der schreckliche Schmerz unter ihrer Haut schien sie zu verbrennen, und dann kämpfte sie auch schon gegen den Acumanten, wich seinen Schwerthieben aus und versuchte, ihn mit ihren Klauen zu treffen. Doch sie war sehr klein, und er überragte sie. Sein Schwert schabte über ihren Rücken, was sich anhörte, als würde man Stahl über Stein ziehen, und obwohl ihre härtere Haut sehr viel robuster war, spürte Astrid, wie sich dort eine Wunde öffnete.

Sie schrie auf und vermutete schon, dass es eine der Tendrae-Waffen der Telenikerin gewesen war, aber als sie sich umdrehte, sah sie den Voyant hinter sich stehen. Es gelang ihr gerade noch, sich zur Seite zu rollen und dem nächsten Angriff auszuweichen.

Er ist kein Potenzieller, sondern ein Aktual, erkannte sie. Mit einem Mal hatte sich der Kampf grundlegend geändert. Ein Aktual-Voyant, der seine Kräfte ohne die Hilfe von Frost anzapfen konnte und mächtig genug war, um zu kämpfen, stellte in der Tat eine sehr große Gefahr dar. Zwar waren die Teleniker meist die offensichtlichen Gegner, jedoch nicht die tödlichsten. Acumanten waren oftmals viel gefährlicher, und ein Voyant im Vollbesitz seiner Kräfte war der schlimmste von allen.

Astrid riss mit den Klauen einen Pflasterstein aus der Straße und warf ihn dem Voyant entgegen, der jedoch lässig auswich. Dank ihres verbesserten Sehvermögens bei Nacht konnte Astrid auch den Grund dafür erkennen. Der Voyant hatte die Augen geschlossen und lächelte. Er hatte ihren Stein schon fliegen sehen, bevor Astrid ihn überhaupt geworfen hatte. Sie musste die beiden Nazaniin voneinander trennen, da sie unmöglich gegen beide auf einmal kämpfen konnte. Der Voyant war vermutlich derjenige, der den Nachtbann dabeihatte, denn der schreckliche Schmerz war am schlimmsten gewesen, als er sie getroffen hatte.

Trave drückte die Telenikerin zu Boden und wollte sie gerade töten, als sich der Voyant zu ihm umdrehte. Dadurch bekam Astrid die Gelegenheit, den Acumant anzugreifen. Sie lief auf allen vieren auf den Mann zu und sprang ihn an. Er schlug in der Luft nach ihr, aber Astrid drehte sich so, dass die Klinge sie verfehlte. Nach der Landung sprang sie sofort wieder auf und katapultierte sich an der Steinwand des Turmhauses weiter nach oben, bis sie sich über dem Acumant befand. Er hob sein Schwert, war jedoch zu langsam. Astrid trat das Schwert beiseite und bohrte die Klauen in das Gesicht des Mannes. Im nächsten Augenblick schlug sie auch schon die Zähne in seinen Hals und schmeckte das süße Gift seines Blutes auf der Zunge. Aber sie konnte sich jetzt nicht nähren, auch wenn sie sich danach sehnte. Der Acumant war ausgeschaltet, und das Klingeln in ihrem Kopf war verstummt. Jetzt musste sie sich den Voyant holen, der ihnen als Informant dienen sollte.

Als sich Astrid umdrehte, sah sie, wie der Voyant und die Telenikerin auf Trave zugingen. Er schlug mit den Klauen nach ihnen, aber sie hatten ihn gegen die Hauswand gedrängt. Astrid griff erneut an und stürzte sich auf den Voyant. Wenn er die Augen noch geschlossen hatte, würde er sie kommen sehen, zumindest hoffte sie das. Tatsächlich drehte er sich im letzten Augenblick um und wich Astrid aus.

Sie hörte ein Gurgeln und sah mit an, wie die Telenikerin zu Boden sackte, nachdem Trave ihr mit den Klauen die Kehle aufgeschlitzt hatte.

Zwei Psimanten waren ausgeschaltet, und jetzt musste Astrid nur noch dafür sorgen, dass Trave nicht auch den dritten tötete.

Der Voyant wich mit geschlossenen Augen vor ihnen zurück und sah – oder sah nicht – zwischen Astrid und Trave hin und her.

»Du kannst uns nicht beide besiegen«, sagte Astrid.

»Ihr tötet mich so oder so, egal, was passiert«, erwiderte der Voyant nüchtern. Er war viel zu ruhig.

»Das muss nicht sein«, erwiderte Astrid.

»Er wird aber passieren. Ich habe es gesehen.«

Astrid zuckte mit den Schultern. Sie warf Trave einen Blick zu, und er nickte. Sie hatten schon gegen Voyante gekämpft, und das sogar gemeinsam. Trave trat vor und schnappte nach dem Mann, während Astrid gleichzeitig mit den Klauen nach ihm schlug. Der Voyant wich Traves Zähnen aus und wehrte Astrids Klauen mit dem Schwert ab.

Beim Kampf gegen einen Voyant gab es drei wichtige Dinge zu beachten. Der erste wichtige Punkt war, dass sie jede Bewegung voraussahen und dass es daher sinnlos war, dasselbe bei ihnen zu versuchen – sie waren einem doch immer einen Schritt voraus. Daher musste man sich auf seinen Instinkt verlassen.

Astrid und Trave griffen erneut an, dieses Mal schneller, sie stürmten rasch vor und wichen wieder zurück. Der Voyant verteidigte sich weiter, aber Astrid und Trave zwangen ihn dazu, sich auf sie beide gleichzeitig zu konzentrieren, was dazu führte, dass seine Paraden und Ausweichmanöver immer schlechter und verzweifelter wurden.

Der zweite Punkt, den man sich merken musste, war, dass eine zahlenmäßige Überlegenheit von Vorteil war. Wenn der Voyant seine Aufmerksamkeit auf mehrere Personen verteilen musste, konnte er die Angriffe nicht mehr so gut vorhersehen.

Astrid sprang vor, wich dem Schwert des Voyant aus und kassierte einen Schnitt an der Wange und einen Tritt in den Bauch. Das war der Preis, den sie für den Sieg zahlen musste.

Der letzte Punkt bestand schlicht und ergreifend aus Aktion und Reaktion – der Vorteil eines Voyant war stets die Reaktion. Nahm man dem Gegner die Fähigkeit, zu reagieren, war er auch nicht länger im Vorteil. Zwang man ihn gar, zu handeln, standen die Chancen noch viel besser. Voyante besaßen übernatürliche Reflexe, was jedoch nicht bedeutete, dass sie unfehlbar waren. Griff man schnell und oft genug an, gingen die Bewegungen ineinander über und der Voyant konnte sie nicht mehr richtig vorhersehen. Astrid musste jetzt verdammt schnell sein.

Sie ging auf ihn los, schlug ihn und zog sich wieder zurück, schneller und immer schneller. Astrid zog dem Voyant ein Bein weg, aber es war Trave, der die Gelegenheit zum tödlichen Schlag bekam.

Doch genau das wollte Astrid verhindern.

Trave schnaubte und schlug mit den Klauen nach dem Hals des Voyant, aber Astrid reagierte gerade noch rechtzeitig und warf sich mit der Schulter gegen Trave, während sie dem Voyant eine Faust gegen den Schädel rammte. Der Mann sackte bewusstlos zu Boden.

Astrid knurrte und starrte Trave wütend an. »Was bei der Unterwelt sollte das werden?«

»Ich wollte tun, weswegen wir hier sind …« Trave verstummte, und das helle rote Licht in seinem Auge verblasste zu einem sanften Glühen. Dann nickte er.

Die Tatsache, dass Trave bereitwillig nachgab, war eine weitere Überraschung für Astrid. Sie war davon ausgegangen, dass sie gegen ihn kämpfen musste, dass sie ihn zwingen musste, den Voyant am Leben zu lassen, damit sie ihn befragen konnte. Stattdessen hatte er ihr den Mann überlassen und ihr sogar dabei geholfen, ihn ins Hauptquartier der Nazaniin zu tragen. Danach war er auf die Straße zurückgekehrt, um die Leichen zu beseitigen.

Astrid hatte nicht die geringste Ahnung, was ihn dazu bewegte, doch jetzt gab es dringendere Angelegenheiten, um die sie sich kümmern musste. Sie packte den Unterarm des Voyant. Sein Name lautete Ferni. In dieser Hinsicht war er sehr zuvorkommend gewesen; sie hatte ihn für diese Information kaum foltern müssen. Aber sie wollte noch viel mehr von ihm erfahren.

Sie drückte fester zu und spürte Knochen brechen. Ferni schrie oder versuchte es, denn er war geknebelt. Astrid legte ihm den Zeigefinger der anderen Hand, der mit halb getrocknetem Blut bedeckt war, an die Lippen.

»Sch«, murmelte sie. »Sch.« Fernis Schreie gingen in ersticktes Schluchzen über. »So ist es besser«, flüsterte Astrid. »Schon gut. Das hat bestimmt mehr geschmerzt als die Holzsplitter unter deinen Fingernägeln, aber ich verspreche dir, dass du den Schmerz bald wieder spüren wirst.«

Sie rümpfte die Nase. Ferni hatte sich vor über einer Stunde in die Hose gemacht und sich auch mehrmals angepinkelt, wenn sie den Gestank richtig deutete. Sie befanden sich in einem Zimmer, das wohl Fernis Arbeitszimmer war, denn überall lagen Schriftrollen und Bücher herum. Ferni war an einen Stuhl gefesselt, und sie hatte seine Arme nach vorn ausgestreckt an den Schreibtisch gebunden.

»Pass mal auf, Ferni«, sagte Astrid. »Ich will ebenso wenig hier sein wie du. Erzähl mir etwas, das mir weiterhilft, dann ist die Sache schnell zu Ende.« Ferni starrte sie mit weit aufgerissenen Augen an. Ihm stand der Schweiß auf der Stirn. Kalter Schweiß, wie Astrid vermutete. Sie seufzte und lehnte sich zurück. »Ich kann mir gar nicht vorstellen, wie schrecklich es sein muss, als Voyant gefoltert zu werden. Du siehst alles, bevor ich es tue, nicht wahr? Oder du hast zumindest die Möglichkeit, es zu sehen. Ich könnte meine Neugier ja nicht zügeln und müsste immer wissen, was gleich passiert. Weißt du, was ich als Nächstes machen werde?«

Astrid strich mit einer Hand über seinen Oberschenkel, und Ferni kreischte trotz des Knebels leise auf. »Nein, das habe ich nicht gemeint. Das kommt erst später.« Sie ließ die Hand zu seiner Kniescheibe gleiten und rieb sie, während sie Ferni angrinste.

»Siehst du es, Ferni? Weißt du, was ich gleich tun werde?«

Ferni schüttelte wimmernd den Kopf.

»Willst du es dir wirklich nicht ansehen?«, fragte Astrid. »Dann wärst du besser auf den Schmerz vorbereitet.«

Erneutes Kopfschütteln.

»Du könntest mir einfach sagen, was ich wissen will. Dann müsstest du das hier nicht länger ertragen.«

Wieder schüttelte Ferni den Kopf und schloss die Augen. Plötzlich zuckte er heftig zusammen und versuchte zu schreien.

Astrid lachte laut los. »Jetzt hast du doch geguckt, was?« Sie legte die Fingerspitzen an Fernis Kniescheibe und drückte zu – zuerst leicht, dann immer fester. Ferni wand sich und schrie noch panischer, bis der Knochen unter Astrids Fingern brach und er gar nicht mehr aufhören konnte zu schreien.

Danach wartete Astrid, bis Fernis Schreie in Schluchzen übergegangen waren. Schließlich hieb sie mit einer Faust auf den Tisch. »Ferni!«

Er zuckte zusammen, soweit es ihm trotz seiner Fesseln möglich war, und sah Astrid an.

»Redest du jetzt oder was?«

Ferni starrte sie mit weit aufgerissenen Augen an. Ihm liefen Tränen über die Wangen. Endlich nickte er.

Astrid grinste. »Großartig«, sagte sie und streckte eine Hand aus. Ferni zuckte sofort zusammen. »Ganz ruhig. Ich will dir nur den Knebel rausnehmen. Wenn ich dich nämlich nicht verstehe, muss ich dir nur wieder wehtun.« Sie löste den Knebel, und Ferni schnappte nach Luft. »Was weißt du über Lathe Tallon?«

Ferni sog erneut die Luft ein.

Astrid seufzte ungeduldig und beugte sich vor. »Wenn du nicht gleich redest, dann …«

»Nein!«

Sie hob die Hände und lehnte sich zurück. »Na gut, Ferni. Dann raus mit der Sprache.«

»Na gut.« Ferni verzog das Gesicht, als würde er gleich

anfangen zu weinen, riss sich aber zusammen. Bei der Göttin, der Mann gab sich wirklich Mühe. »Na gut«, wiederholte er. »Lathe Tallon.«

»Ganz genau«, erwiderte Astrid. »Ich weiß, dass er dem Orden angehört hat, Ferni. Erzähl mir, was du über Lathe, den Agenten der Nazaniin, weißt.«

»Er war einer unserer besten Agenten und gehörte zum Hohen Echolon.«

»Was ist der Hohe Echolon?«

»Das sind die besten Psimanten der Triade, sozusagen ihre Generäle. Die begabtesten und gefährlichsten Psimanten der Sphaera. Lathe war … Jeder in der Organisation kannte seinen Namen.«

Astrid schüttelte den Kopf. »Mehr hast du nicht für mich? Denn wenn das so ist …«

»Ich habe ihn gesehen«, stieß Ferni schnell hervor. »Zweimal. Vor Jahren wurde er mit einer Mission hierhergeschickt … Er sollte zwei Mitglieder des Adels ausschalten.«

»Die Storonams.«

Ferni riss die Augen auf und nickte. »Ja. Lord und Lady Storonam. Er wurde hergeschickt, um sie zu töten.«

»Warum er und nicht ihr?«, wollte Astrid wissen.

»Agenten werden nie an dem Ort eingesetzt, an dem sie leben«, flüsterte Ferni und lehnte den Kopf zurück. »Wir holen für solche Missionen immer Hilfe von außen.«

Astrid nickte. »Um eure Tarnung nicht auffliegen zu lassen?«

»Unter anderem.«

»Du hast ihn noch ein zweites Mal gesehen. Wann war das?«

»Vor fast zwei Jahren, kurz vor seinem Verschwinden. Er war auf dem Weg nach …«

»Wohin?«

Ferni sah sie mit zuckenden Augenlidern an.

»Bei Cantas Knochen«, murmelte Astrid. »Ich tue dir noch viel mehr weh, wenn du es mir nicht sagst, Ferni. Die Vertraulichkeit ist jetzt deine geringste Sorge. Erzähl mir, was er vorhatte.«

»Er wollte nach Roden«, berichtete Ferni. »Er wurde wegen eines Auftrags nach Roden geschickt. Aber ich weiß nicht, was er dort tun sollte, das schwöre ich.«

Astrid nickte und dachte über die Worte nach. Die Geschichte passte zu dem, was Noth ihr erzählt hatte, und dem, was sie darüber in Izet erfahren hatte. Aber das alles war trotzdem wenig hilfreich. »Wem erstattest du Bericht?«, fragte sie.

Ferni riss die Augen noch weiter auf.

»Wer ist es?«, fragte Astrid erneut. »Muss ich dich erst ermutigen, Ferni?«

»Nein«, flüsterte Ferni und ließ den Kopf hängen. »Nein. Ich erstatte Rune Bericht. Er ist ein Mitglied der Triade.«

»Auch ein Voyant?«

»Ja, auch ein Voyant.«

»Und du sprichst mit ihm über deinen Leerstein?«

»Ja.«

»Wo ist er?«

»Oh, um Cantas willen …«

Mit einer geschmeidigen Bewegung ließ Astrid eine Hand vorschnellen und hielt Ferni den Mund zu. Dann fuhr sie die Klauen der anderen Hand aus und hielt eine lange, messerscharfe Klaue dicht vor Fernis aufgerissenes Auge. »Wo ist er?«, wiederholte sie die Frage. Ferni wand sich und schrie unter Astrids Hand. »Wirst du es mir sagen?«

Ferni nickte eifrig. Astrid nahm die Hand von seinem Mund, hielt die Klaue jedoch weiterhin vor sein Auge. »In einem Beutel an meinem Umhang«, sagte er.

Sie holte den Stein heraus und hielt ihn hoch. »Ist er das?«

»Lass mich mal sehen.«

Astrid zeigte Ferni die Rune auf der glatten Oberfläche des Steins.

Ferni nickte. »Damit kannst du mit Rune Kontakt aufnehmen.«

Sie musterte den Leerstein und drehte ihn zwischen den Fingern. »Übertrag ihn auf mich.«

Ferni schluchzte auf und ließ den Kopf hängen. »Das habe ich bereits in dem Augenblick getan, in dem du danach gefragt hast.«

Astrid nickte. Der Mann sagte die Wahrheit. Sie konnte spüren, wie sich der Leerstein mit ihr verband. Damit konnte sie Noth vielleicht wirklich helfen. Möglicherweise hatte sie gefunden, was sie beide gesucht hatten.

Und dafür musstest du nur einen Mann foltern.

Astrid verbannte den Gedanken aus ihrem Kopf. Was geschehen war, war geschehen. Nun konnte sie diesem Mann helfen. »Danke, Ferni. Du warst mir eine große Hilfe, und ich entschuldige mich für das, was ich dir angetan hatte.«

Kaum hatte sie die Worte gesagt, zog sie Ferni eine Klaue über die Kehle. Sie blieb nicht bei ihm, während das Blut aus ihm herausfloss.

»Hast du bekommen, was du gesucht hast?«, fragte Trave.

»Ja. Hast du die Leichen beseitigt?«

Trave nickte.

»Gut. Dann lass uns von hier verschwinden. Ich hätte nichts dagegen, wenn ich diese Stadt nie wiedersehen müsste.«

»Mir geht es genauso«, sagte Trave. Astrid meinte, bei diesen Worten etwas in seinem Auge aufflackern zu sehen – aber was? Es war nur ganz kurz da. Vielleicht war es die Furcht, die ihr vor einigen Tagen aufgefallen war, oder die Wut, die sie von früher kannte? Aber sie konnte ihn einfach nicht durchschauen.

Sie verließen gemeinsam das Turmhaus der Nazaniin und traten in die Dunkelheit hinaus.

Dort warteten Olin Cabral und offenbar all seine Fangzähne auf sie.

»Was hat das zu bedeuten?«, fragte Astrid und sah Cabral an.

»Du hast mir einen großen Dienst erwiesen, Astrid«, sagte Cabral. »Nun bin ich an der Reihe, ihn zu erwidern.«

»Ich habe, was ich brauche«, erklärte sie, »und ich will keine Bezahlung.« Sie wusste, was Cabral als Bezahlung betrachtete, und damit wollte sie nichts zu tun haben.

Cabral seufzte. »Ich hatte befürchtet, dass du das sagst, aber ich muss leider darauf bestehen.« Er nickte Trave zu.

Astrid wandte sich gerade rechtzeitig Trave zu, um sein Gesicht zu sehen. Er wirkte nicht, als verspürte er Triumph, sondern er sah vielmehr … traurig aus.

»Tut mir leid«, murmelte Trave. Dann stürzten sich alle auf sie.

Im 151. Jahr des Zeitalters der Menschen,
Cabral-Residenz, Turandel

Astrid schrubbte den Fußboden und beobachtete, wie das Blut vom Stein verschwand. Eine weitere Dienerin war tot. Noch eines dieser dummen Menschenmädchen, die glaubten, sie könnten etwas gewinnen, indem sie sich Olin Cabral anschlossen. Und Astrid musste die Sauerei wegmachen.

Hinter ihr saßen die Fangzähne, lachten und tranken. Cabral war schon seit fast einer Woche weg, und keiner wollte ihr verraten, wo er steckte. Dadurch war die Woche noch härter gewesen. Wenn Cabral nicht da war, benahmen sich die Fangzähne nicht. Wenn er weg war, hatten sie keine Angst.

Der Geruch nach Sanguinar stieg Astrid in die Nase, und ihr lief das Wasser im Mund zusammen. Hin und wieder ließen sie sie davon trinken. Wenn sie ein braves Mädchen gewesen war, sagten sie. Sie musste dem Drang widerstehen, das Blut vom Boden aufzulecken und aus dem Stoff zu saugen. Sie würden sie nur wieder schlagen, wenn sie das tat. Sie würden ihr die Knochen brechen, sie heilen lassen und dann noch einmal brechen. Das wusste Astrid aus Erfahrung.

Die anderen Diener waren alle älter als Astrid, und sie waren Narren, die glaubten, sie könnten durch ihre Anwesenheit etwas erreichen. Sie bedienten die Fangzähne und taten, als bemerkten sie das Blut auf dem Boden nicht.

Der Klang einer Flasche, die auf dem Boden zerschellte, ertönte, das Splittern von Glas, und die Fangzähne lachten noch lauter. Einer lachte so sehr, dass er sich an seinem Getränk verschluckte. Astrid drehte sich um und hoffte, dass es Trave war. Aber sie wurde enttäuscht, denn es war nur Fuud, der Blödmann, der sich einmal pro Stunde lächerlich machte. Einer der Fangzähne rief etwas, aber Astrid ignorierte es und hoffte darauf, dass sie einfach nur alles sauber machen und in ihr Quartier zurückkehren konnte, ohne Ärger zu bekommen.

Erst beim dritten Mal wurde ihr klar, dass man sie rief. Sie drehte sich augenblicklich um, dann wurde sie kreidebleich.

Trave starrte sie mit knallrotem Gesicht an. »Was hast du gesagt, Kleine?«, fragte er mit seiner rauen Stimme. Astrid hatte viele Geschichten über das gehört, was mit Traves Stimme passiert war. Einige sagten, Trave hätte vor der Verwandlung an irgendeiner Krankheit gelitten. Andere behaupteten, er würde wie ein Tier durch die Wildnis rennen und knurren und hätte deshalb immer eine wunde Kehle. Wiederum andere erzählten, Cabral hätte ihn einst gezwungen, zur Strafe heiße Kohlen herunterzuschlucken. Astrid wusste nicht, was davon stimmte oder ob einfach alles erlogen war.

Sie stand auf und sah Trave an. »Nichts, Herr. Ich habe nie nichts gesagt.«

Trave lachte. »Wenn du nie nichts gesagt hast, dann hast du ja doch was gesagt, Kleine. Was hast du gesagt?«

Astrid schluckte schwer. Manchmal fielen sie darauf herein, wenn sie das arme kleine Mädchen spielte, das nicht richtig sprechen konnte. Aber leider nicht immer.

»Es tut mir leid, Herr. Da habe ich mich versprochen. Ich habe überhaupt nichts gesagt, Herr.«

Trave runzelte die Stirn und starrte Astrid mit seinen furchtbaren, leblosen Augen an. Die Fangzähne schwiegen und musterten sie voller Verachtung, und die anderen Dienstboten betrachteten sie gleichgültig. Astrid kam mit keinem von ihnen gut aus. Die Fangzähne hielten sie für unterlegen, obwohl sie eine von ihnen war, und die Diener sahen sie als einen der Fangzähne, und zwar als den schlimmsten: Für sie war sie nicht nur ein Monster, sondern eine Abscheulichkeit, die einem Kind die Seele geraubt hatte.

»Na gut«, sagte Trave und lehnte sich kichernd zurück. »Geh wieder an die Arbeit, Schlampe.«

Astrid nickte und schluckte erneut. Sie hatte sich kaum wieder hingekniet, als sie von starken Armen hochgehoben wurde.

Nein!

Die Fangzähne trugen sie laut lachend durch den Raum. Trave grinste, als man ihm Astrid brachte. Sie erwiderte seinen Blick, da sie zu große Angst hatte, um wegzusehen. Das machte die Sache nur noch schlimmer.

Die beiden Männer stellten sie vor Trave ab, der auf seinem Platz am Kopfende des Tischs sitzen blieb, an dem normalerweise Cabral thronte. In letzter Zeit war Trave übermütiger geworden, denn früher hätte er es nie gewagt, auf diesem Stuhl Platz zu nehmen.

»Unsere kleine Astrid«, flüsterte Trave und beugte sich vor. »Du hast nie wirklich gelernt, dich zu benehmen, was? Und du gehorchst auch einfach nicht den Leuten, die über dir stehen.«

Einige Fangzähne, darunter auch Fuud, kicherten über seine Worte. Astrid wusste genau, was passieren würde und dass sie nicht auf Hilfe zu hoffen brauchte. Am besten ließ sie es einfach geschehen. Das verhinderte jedoch nicht, dass sie sich innerlich wehrte gegen das, was man ihr antat.

»Es tut mir sehr leid, Herr«, sagte Astrid.

»Es tut dir überhaupt nicht leid.« Trave stand mit einer

geschmeidigen Bewegung auf und schlug ihr ins Gesicht. Astrids Kopf wurde nach hinten geschleudert, und ihr Nacken knackte. Sie blickte gerade noch rechtzeitig auf, um den nächsten Schlag in die Magengrube kommen zu sehen. Astrid wäre vor Schmerzen zusammengesackt, aber die Fangzähne hielten sie fest. Die Nacht war vor wenigen Stunden angebrochen, und die Vampire waren in Höchstform. Das schloss auch Astrid mit ein, aber sie war bei Tag wie bei Nacht der schwächste Vampir unter den Anwesenden. Wenn Trave sie schlug, war es, als würde ein menschlicher Erwachsener ein Menschenkind schlagen.

Astrid ertrug noch einige weitere Schläge und hoffte, das Schlimmste überstanden zu haben. Als Trave den Fangzähnen jedoch befahl, sie festzuhalten, wusste sie, dass es noch schlimmer werden würde.

»Hol mir den Singvogel«, verlangte Trave.

Nein, bei der Göttin! Bitte nicht!

Die Fangzähne drückten Astrid grob auf den Tisch, zertrümmerten Geschirr und schleuderten Besteck und Trinkgefäße auf den Boden. Der strenge Geruch des Sanguinar stieg Astrid in die Nase, aber ihr fehlte sowohl die Zeit als auch die Energie, um sich danach zu sehnen. Vier Fangzähne hielten sie jetzt fest und drückten ihre Arme und Beine auf die Tischplatte. Astrid hob den Kopf, so weit sie nur konnte, und starrte Trave an, während ihr Auge langsam zuschwoll. Ihr Herzschlag dröhnte ihr in den Ohren, und vor ihren Augen war ein Schleier aus Blut und Tränen, sodass alles verschwamm. Einer der Fangzähne kehrte mit einem kleinen Silberhammer zurück, der in Traves riesiger Hand winzig aussah.

»Weißt du, warum ich ihn Singvogel nenne?«, fragte Trave und blickte grinsend auf Astrid herab.

Sie schüttelte den Kopf und konnte nicht verhindern, dass ihr die Tränen über die Wangen liefen. Natürlich wusste sie, warum Trave den Hammer Singvogel nannte. Er hatte es ihr schon mehrere Dutzend Male erzählt und tat es jedes Mal wieder.

»Weil er die Leute dazu bringt, wie kleine Vögelchen zu singen«, sagte Trave und konnte gar nicht mehr aufhören zu lachen. Dann wurde seine Stimme hart. »Haltet ihre Hand fest.«

Ihre Handfläche wurde auf den Tisch gedrückt, und Astrid wusste aus Erfahrung, dass es besser war, gleich die Finger zu spreizen, um nicht noch Schlimmeres ertragen zu müssen.

Trave lachte. »So ein braves Mädchen. Du weißt ganz genau, was von dir erwartet wird.« Er ließ den Hammer auf die Fingerspitze von Astrids kleinem Finger herabfahren.

Astrid schrie, aber ihr Schrei ging rasch in Weinen und Wimmern über.

»Ah, genau wie ein Singvogel«, sagte Trave und zertrümmerte Astrids Ringfinger.

Dieses Mal schrie sie noch lauter und schluchzte danach, und Trave machte weiter und zerschmetterte die Knochen in all ihren Fingern.

»Das macht keinen Spaß mehr«, sagte er, als er mit ihrer linken Hand fertig war.

»Soll ich den Minnesänger holen?«, fragte einer der Fangzähne.

Der Minnesänger war ein Hammer von normaler Größe. Die Knochen, die Trave damit zertrümmerte, heilten noch langsamer. Astrid holte tief Luft. Den Minnesänger konnte sie ertragen, solange er nicht …

»Bring mir die Diva«, verlangte Trave und warf den

Singvogel beiseite. »Mir ist nach einer anständigen Aufführung.«

Nein, nein, nein. Bei der Göttin, bitte nicht!

Astrid versuchte, ruhig zu bleiben, aber ihre Angst war kaum noch auszuhalten, sodass sie zu zittern anfing. Das Beste wäre, wenn sie einfach an die Decke starren und es über sich ergehen lassen würde. Doch das war bei der Diva einfach nicht möglich. Trave würde ihr die Beine brechen, die Arme, die Rippen, jeden Knochen, den er mit dem gewaltigen Vorschlaghammer zerschmettern konnte. Astrid wusste, dass sie diesen Schmerz nicht noch einmal ertragen konnte. Und das würde sie auch nicht.

Etwas zerriss in ihrem Inneren – sie konnte beinahe hören, wie in ihrem Kopf etwas zerbrach. Sie drehte den Kopf und betrachtete die Fangzähne, die ihre Arme festhielten. Links stand Gardin, der viel zu stark für sie war, außerdem konnte sie ihre linke Hand ohnehin nicht mehr gebrauchen. Rechts hielt Fuud sie fest. Fuud. Er war betrunken, und er war dämlich. Bei Fuud konnte sie es versuchen.

Astrid drehte den rechten Arm, bis sie Fuuds Unterarm zu fassen bekam, und drückte dann mit ganzer Kraft zu. Sie spürte, wie Fuuds Knochen brachen. Er schrie, und beim Knacken der Knochen durchfloss Astrid ein wahres Hochgefühl.

Ihr rechter Arm war jetzt frei, und auf dem Tisch zwischen sich und Fuud entdeckte Astrid ihre Rettung: ein langes, leicht geschwungenes Fischmesser. Sie packte es und rammte es Trave ins Auge.

Trave, der gerade die Diva in die Hand genommen hatte, starrte einen Augenblick lang mit offenem Mund ins Leere.

Astrid wusste nicht, warum – vielleicht vor Schreck über ihre Tat oder weil irgendein Gott oder eine Göttin Mitleid mit Astrid verspürten –, aber die Fangzähne, die Astrids Beine festgehalten hatten, ließen sie los.

In dem Augenblick fing Trave an zu schreien.

Astrid zog die Beine an die Brust und trat mit ganzer Kraft zu. Ihre Füße trafen Traves Oberkörper, und er flog durch den Raum wie ein Stein, den man aus einer Schleuder abgefeuert hatte. Er prallte über dem Kamin gegen die Wand und fiel halb ins Feuer, und bevor Astrid überhaupt wusste, was sie da tat, war sie zu ihm gerannt und schlug auf ihn ein. Ihre Schläge prasselten auf Trave herab und drückten seinen Kopf ins Feuer, und sie spürte, wie die Flammen an ihren Armen leckten, hörte aber dennoch nicht auf. Sie riss ihm das Messer aus dem Auge und stach ihm immer wieder in die Brust. Dabei lachte sie laut und ekelte sich vor sich selbst wegen dem, was man ihr angetan hatte, und dem, was sie tat, aber inzwischen konnte sie einfach nicht mehr aufhören. Sie griff mit der verletzten linken Hand ins Feuer und nahm eine orange glühende Kohle heraus.

Sie hielt Trave das Stück Kohle kurz vor das Gesicht, obwohl sie sich die Haut an der Hand verbrannte und ätzender Rauch davon aufstieg. Dann stieß sie die Kohle in das blutende Loch, in dem sich Traves Auge befunden hatte.

»Fass mich nie wieder an, oder ich bringe dich um«, hätte sie ihm am liebsten gesagt, aber sie konnte ihm nur ins Gesicht schreien. Sie schrie und schrie, bis sie keinen Ton mehr herausbekam. Erst dann ließ sie von ihm ab.

Alle starrten sie mit offenem Mund an. Keiner der Fangzähne versuchte auch nur, sich ihr zu nähern. Niemand rührte sich.

Und so humpelte Astrid aus dem Raum. Ihre linke Hand war verbrannt und zertrümmert und ihr Hals wund und er schmerzte. Sie verließ Cabrals große Halle und spürte bereits, wie ihre Verletzungen zu heilen begannen, fragte sich aber gleichzeitig, ob sich ihre Seele jemals wieder erholen würde. Als sie die Tür von Cabrals Turmhaus erreichte, rannte sie los. Sie rannte und rannte, bis sie Turandel verlassen und alles und jeden weit hinter sich zurückgelassen hatte.

KAPITEL 30

Kaiserpalast, Izet

Winter stand neben Daval, und das Faltira-Feuer brannte in ihren Adern. Sie versuchte wie immer, ihre Tendrae einzusetzen, doch sie wurde blockiert, so wie sie es erwartet hatte. Aber das war unwichtig. Sie würde eines Tages eine Schwäche finden, und aus genau diesem Grund nahm sie hin und wieder Frost, von dem sie jetzt einen unbegrenzten Vorrat hatte. Sie musste immer wieder ausprobieren, ob sie nicht doch durchkommen konnte.

Sie befanden sich in der Halle der Lords, um den Regierungsrat zu treffen. Daval saß auf dem Thron am Kopfende des langen Eichentischs. Er hatte seinem neuesten Schwiegersohn Girgan Mandiat vor Kurzem die Position des Obersten Ratgebers übertragen – die Position, die der Vater des jungen Mannes ausgefüllt hatte, bis er bei der Abstimmung getötet worden war. Girgan saß rechts neben Daval und links neben Hirman Luce. Daval hatte Luce gestattet, Zweiter Ratgeber zu bleiben, obwohl Luce ihn hatte stürzen wollen. Winter war völlig schleierhaft, warum der Mann dem Regierungsrat angehörte, aber sie begriff, dass er einer der Feinde war, die sie einschüchtern sollte.

Auf Davals linker Seite hatten der Wachkommandant Borce Kuglen, der Sprecher der Händler Arstan Dagnatar und die Hohepriesterin Jemma Rowady Platz genommen. Seine Tochter Cova, die neue Kronprinzessin, saß ihm gegenüber am anderen Tischende.

Alle Ratsmitglieder beäugten Winter misstrauisch. Dies war das erste Mal, dass Daval sie in der Öffentlichkeit zur Schau stellte. Die ängstlichen und skeptischen Blicke bereiteten Winter großes Vergnügen.

Davals Ceno-Mönche hatten in der Nähe der Tür Aufstellung bezogen, während Winter und Urstadt den Thron flankierten. Winter trug eine dunkle Tunika und einen schwarzen Ledermantel, der ihr bis zum Oberschenkel reichte. Der Mantel war gepolstert und beschlagen, aber dennoch überraschend leicht. Ihre enge Lederhose sah fast so aus wie die, die sie von Kali erhalten hatte, war jedoch bequemer und praktischer. Galce war ein Meister seines Fachs, die Hose hatte verborgene Taschen für Messer sowie weitere Waffen. Sie verbarg einen Dolch und ein kleines Messer darin, und dass sie nicht die geringste Ahnung hatte, wie man die Waffen – abgesehen zum Jagen und Fischen – benutzte, musste außer ihr ja niemand wissen.

»Es wird Zeit, dass wir Grysoles Werk fortsetzen«, verkündete Daval und sah die Anwesenden an. »Grysole wollte uns mächtiger machen und hat sich auf den Angriff auf Khale vorbereitet. Es ist von großer Bedeutung, dass wir beenden, was er angefangen hat.«

»Euer Gnaden«, ergriff Hohepriesterin Jemma lächelnd das Wort, »bei allem gebührenden Respekt möchte ich darauf hinweisen, dass es momentan dringendere Angelegenheiten gibt. Wir sollten uns nach dem Verlust eines Kaisers und eines … eines weiteren wichtigen Amtsträgers in so kurzer Zeit erst einmal sammeln. Der Palast wurde schwer beschädigt …« Jemmas Blick fiel auf Winter, und sie verstummte.

Verdammt richtig, dachte Winter. *Ich habe eure Kuppel zerstört und die Abscheulichkeiten, die ihr damit in die Sphaera geholt habt.* Aber ihre Selbstgefälligkeit löste sich in Wohlgefallen auf, als sie sich an die Monster erinnerte, die sie zu Gesicht bekommen hatte. Sie unterdrückte ein Schaudern.

Girgan Mandiat lachte auf. »Selbstverständlich wollt Ihr unsere Offensive gegen Khale aufhalten, Hohepriesterin. Die Denomination möchte schließlich nicht, dass ihr Machtzentrum in Gefahr gerät.«

»Die Denomination ist neutral, mein Lord«, entgegnete Jemma ernst. »Wir ergreifen in derartigen Angelegenheiten keine Partei. Natürlich ziehen wir den Frieden vor, und dazu würde ich auch jederzeit raten.«

»Neutral, dass ich nicht lache«, murmelte Arstan Dagnatar. Anschuldigungen wurden über den Tisch hinweggerufen, und die Adligen und Würdenträger schrien einander wütend an.

»Ruhe!«, brüllte Daval über das Chaos hinweg. »Ich lasse nicht zu, dass sich die Mitglieder meines Regierungsrats wie Kinder benehmen. Wir werden das gesittet besprechen, wenn ich bitten darf.«

Borce Kuglen beugte sich vor. »Entschuldigt, Euer Gnaden, aber ich muss der Hohepriesterin zustimmen. Unsere Truppen in Izet mussten während der …«, nun sah auch er zu Winter hinüber, »… Katastrophe drastische Einbußen hinnehmen, und wir müssen sie erst wieder aufbauen.«

»Wenn wir ständig nur Wiederaufbau betreiben, werden wir nie etwas erreichen«, entgegnete Daval. »Wir leben in einem neuen Zeitalter, einer Zeit, in der uns die Sphaera offensteht. Daher ist es mein Entschluss, dass wir jede Gelegenheit nutzen, die sich uns bietet.«

Kuglen schüttelte den Kopf. »Wenn Ihr auch nur die geringste militärische Erfahrung hättet, würdet Ihr wissen, dass eine Offensive äußerst töricht ist, wenn zu Hause Unruhen herrschen. Wir müssen zuerst die inneren Probleme in Angriff nehmen, bevor wir nach außen blicken.«

Winter wusste so gut wie nichts über diese Menschen, nur das bisschen, das ihre Diener ihr erzählt hatten. Daval hatte ihr im Vorfeld auch nichts verraten; und er wollte sie ohnehin nur zu Einschüchterungszwecken dabeihaben. Nicht zum ersten Mal überlegte sie, ob sie in den Geist einiger dieser Menschen eindringen und herausfinden sollte, wie deren Absichten tatsächlich waren. Aber sie wusste nicht, ob sie verhindern konnte, dass sie an diesen seltsamen Ort mit seinen Sternenlichtern abrutschte, wie es zuvor auch passiert war, und sie durfte auf keinen Fall riskieren, dass ihre Acumantie entdeckt wurde.

Hirman Luce, der bisher geschwiegen hatte, hob nun den Kopf. »Es überrascht mich, dass Ihr eine Offensive gegen Khale überhaupt in Betracht zieht, Euer Gnaden«, sagte er und spie das letzte Wort abfällig aus. »Wo Ihr Euch doch eine Tiellanerin als Schoßtier haltet. Woher sollen wir denn wissen, dass Ihr nicht vorhabt, uns an Khale zu verkaufen, oder schlimmer noch, den Tiellanern erneut einen Platz in unserer Gesellschaft zu verschaffen?«

Aller Augen richteten sich auf Winter. In den Gesichtern spiegelte sich Feindseligkeit, Angst und Misstrauen wider.

»Winter ist jetzt meine persönliche Leibwächterin«, erklärte Daval. »Das ist alles. Was ihren Status als Bürgerin Khales und als Tiellanerin angeht, so habe ich ihr Amnestie gewährt, solange sie mir dient.«

Dagnatar beugte sich vor und senkte die Stimme, als ob Winter ihn dann nicht mehr hören konnte. Sie hatte inzwischen entschieden, dass der Händler ein Vollidiot war. »Könnt Ihr jemanden, der über eine so große … Macht verfügt, tatsächlich kontrollieren?«, fragte er.

»Selbstverständlich nicht«, antwortete Daval, woraufhin alle Anwesenden nervös auf ihren Stühlen herumrutschten. »Ich kann sie keinesfalls kontrollieren. Aber warum fragt Ihr mich und lasst sie nicht für sich selbst sprechen?«

»Ich habe geschworen, Daval Amok zu dienen«, erklärte Winter. »Und damit auch dem Wohle Rodens.« Die Worte ließen sich viel leichter aussprechen, als sie geglaubt hatte. Sie wollte sich an jenen rächen, die für den Tod der ihr Nahestehenden verantwortlich waren, aber Rache war so anstrengend. Außerdem fehlten ihr schlichtweg die Mittel, um das zu bewerkstelligen. Die anderen schienen nicht zufrieden zu sein, aber darum ging es auch gar nicht. Die Tatsache, dass sie so unberechenbar war, war ebenso einschüchternd wie ihre vermeintlichen Kräfte.

»Ich versichere Euch, werte Lords und Ladys, dass meine Hingabe allein Roden gilt«, sagte Daval. »Aus genau diesem Grund müssen wir unsere Offensive gegen Khale auch weiter vorantreiben.«

»Wir könnten beides tun.«

Fast schon enttäuscht sah Winter mit an, wie sich alle Blicke auf Cova Amok richteten.

»Wie meinst du das, Tochter?«

»Wir können gleichzeitig hier Wiederaufbau betreiben und unsere Offensive beginnen.«

Kuglen lachte auf. »Entschuldigt, Prinzessin, aber wir verfügen nicht über die Ressourcen, um …«

»Verzeihung, *Kuglen,* aber ich war noch nicht fertig.«

Winter grinste. Sie mochte diese Frau schon jetzt.

»Wir müssen uns hier um den Wiederaufbau kümmern, das ist richtig«, fuhr Cova fort. »Aber warum binden wir die Bürger nicht mit ein? Sie können die Kuppel wieder aufbauen. Dafür brauchen wir weder die Wache noch die Armee, die ebenso überflüssig ist, um die Moral aufrechtzuerhalten.«

»Ohne ein Gefühl der Sicherheit lässt sich die Moral nicht steigern«, warf Kuglen ein. »Und meine Truppen bieten diese Sicherheit.«

Cova verdrehte die Augen. »Wir würden ja auch nicht alle Soldaten wegschicken, Kuglen. Es bleiben genug in Izet, dass die Sicherheit gewährleistet ist, aber wir könnten einige Eurer Kohorten zur Stärkung unseres Kaiserlichen Kontingents gebrauchen. Wir können zwar die Truppen aus Andrinar und von der Inselkoalition einberufen, aber sie werden leider nicht ausreichen. Außerdem könnte ich mir nichts vorstellen, was die Moral unserer Bürger und ihr Sicherheitsgefühl besser steigern könnte als eine erfolgreiche Offensive. Seht Ihr das nicht auch so?«

Einige Mitglieder des Regierungsrats nickten. Die Hohepriesterin schwieg, offensichtlich hielt sie es nicht für erforderlich, ihrer Besorgnis weiter Ausdruck zu verleihen. Rowady war in dieser Gruppe eine Außenseiterin. Winter fragte sich, wie lange die Denomination in Roden wohl noch über Einfluss verfügen würde.

»Meiner Meinung nach hat die Prinzessin einen soliden Plan vorgelegt«, sagte Girgan und lächelte seine Frau an.

»Für mich klingt er auch sehr vernünftig«, erklärte Dagnatar.

Davals Lippen umspielte ein Lächeln. »Das tut er in der Tat. Könntest du dieses Vorhaben für uns schriftlich ausarbeiten, damit wir alle Details auf Papier haben, Cova?«

»Aber natürlich, Vater.«

»Wenn du in einer Woche damit fertig bist, können wir darüber abstimmen. Ich denke, es wäre zum Besten Rodens.«

Sie wandten sich anderen Themen zu, die immer langweiliger wurden, sodass sich Winters Gedanken unwillkürlich auf Wanderschaft begaben. Zwar bemerkte sie beiläufig, dass sie hin und wieder angestarrt wurde, aber das war ihr egal. *Sollen sie doch gucken,* dachte sie. *Vielleicht bekommen sie schon bald einen guten Grund dazu.*

Als die Sitzung beendet war, eskortierten Winter und Urstadt Daval durch die Gänge des Palasts. Winter war sich durchaus bewusst, dass sie nur zum Schein da war. Wenn Daval angegriffen wurde, konnte nur Urstadt ihn verteidigen. Fast hoffte Winter, dass etwas passierte, damit sie Urstadt endlich einmal in Aktion sehen konnte. Sie hatte in den Gedanken der Menschen, die sie während der Gefangenschaft durchwandert hatte, viel über diese Kriegerin gehört und spürte in Bezug auf diese Frau dieselbe Neugier, die sie auch zu Kali hingezogen hatte: Urstadt war stark, und Winter wollte das, was Urstadt hatte.

»Das war eine fruchtbare Sitzung, nicht wahr?«, fragte Daval im Gehen.

»Ich schätze schon«, antwortete Winter.

»Deine Worte waren perfekt, wie ich zugeben muss.«

Winter nickte. Sie wusste noch immer nicht genau, wie sie sich in Gegenwart dieses Mannes benehmen sollte. War sie seine Gefangene? Nur eine Waffe? Er sah sie doch gewiss nicht als Gleichgestellte an?

»Dann ist es das, was Ihr von mir erwartet?«, fragte Winter. »Dass ich an Eurer Seite stehe und einschüchternd wirke?«

»So in etwa«, bestätigte Daval. »Die Leute fürchten, was sie nicht verstehen oder einschätzen können.«

Ja. Ganz kurz fragte sie sich, ob diese Taktik nicht sogar bei Daval funktionieren konnte.

»Luce ist ein Problem«, sagte Urstadt da.

»Luce ist ein Problem, das wir unter Kontrolle haben«, murmelte Daval. »Ich habe ihn nur aus einem einzigen Grund am Leben gelassen: Damit er ihnen als Beispiel dient.«

»Aber wofür, Euer Gnaden? Ich hätte eine sofortige Exekution für die effektivste Reaktion gehalten.«

»Da irrt Ihr Euch«, erwiderte Daval. »Ich habe andere Pläne.« Er musterte Winter. »Was hältst du von dem Gedicht, über das wir gesprochen haben, ›Wildes Unheil‹?«

Winter zuckte mit den Schultern. Daval hatte es ihr erklärt, es hatte etwas mit dem Vorgang der Schöpfung zu tun und dass Liebe und Zerstörung entscheidende Bestandteile dieses Prozesses waren. Für sie hatte sich das alles wie völliger Blödsinn angehört.

»Ich finde es interessant«, antwortete sie und beschloss, einfach mitzuspielen.

»Denk über diese Worte nach, während wir uns darauf vorbereiten, gegen Hirman Luce vorzugehen. Sie werden dir von unschätzbarem Wert sein.«

Das bezweifle ich.

»Was würdest du davon halten, wenn ich dir die Kontrolle über deine Fähigkeiten zurückgebe?«

Winter musste sich sehr zusammenreißen, um sich ihre Aufregung nicht anmerken zu lassen. Die Psimantie war ihr weitaus wichtiger als alberne Gedichte. Sie sah ihn an und bemühte sich um eine ausdruckslose Miene. »Woher wollt Ihr wissen, dass ich sie nicht gegen Euch einsetze?«

»Es wäre eine Kleinigkeit für mich, die Blockaden, die ich um dich herum errichtet habe, einzureißen«, erwiderte Daval. »Und ebenso leicht kann ich sie wieder errichten. Ich würde dir vorübergehend Zugang zu deinen Kräften gestatten, aber wenn du sie gegen mich einsetzt, verlierst du sie, und zwar für immer.«

Für immer. Winter war sich da nicht so sicher. Daval wusste nicht, dass sie auch die Acumantie beherrschte. Sie bezweifelte, dass er überhaupt genug über sie wusste, um ihr die Psimantie dauerhaft wegnehmen zu können.

Ganz sicher war sie sich jedoch nicht.

Sie sehnte sich nach dem Gefühl, die Telesis einsetzen zu können, fast ebenso wie nach dem Frost. Solange sie ihre Kräfte nicht nutzen konnte, war es einfach nicht dasselbe, Frost zu nehmen. Es würde ihr so guttun, sich wieder mächtig zu fühlen.

»Was soll ich für Euch tun?«, fragte Winter.

Daval lächelte sie an. »Ich möchte, dass du an Hirman Luce ein Exempel statuierst.«

Stunden später, nachdem man die Frau in ihr neues Quartier im Kaiserpalast gebracht hat, liegt sie auf ihrem Bett – ihrem neuen Bett, das dick und weich ist, über glatte Laken und kuschlige Decken verfügt und mitten in ihrem neuen Zimmer steht. Für den Palast ist es gewiss sehr bescheiden, aber es ist größer als jeder Raum, in dem sie je geschlafen hat. Auf einem mit Holzschnitzereien verzierten Tisch liegen zwei Beutel. Einer ist voller Gold, der andere voller Faltira. Die Frau hat vor wenigen Augenblicken einen der Frostkristalle genommen, und nun gibt sie sich diesem Gefühl hin. Während sie auf ihrem Bett liegt und zum Betthimmel hinaufschaut, verlässt ihr Geist ihren Körper und sie springt erneut von Verstand zu Verstand.

Dieses Mal findet sich die Frau jedoch fast augenblicklich an dem Ort mit den treibenden Sternenlichtern wieder. Der Übergang an diesen Ort der Finsternis, die von Abermillionen winziger Lichter durchbrochen wird, fällt ihr dieses Mal viel leichter. Als sie durch die Dunkelheit schreitet und bei jedem Schritt Lichtwellen in die Schwärze hinausschickt, bemerkt sie, dass die Lichter um sie herum sich ähnlich anfühlen wie die Gedanken, durch die sie wandert. Sie vermutet, dass jedes dieser Lichter ein solcher Verstand sein könnte. Möglicherweise reist sie schon seit einiger Zeit durch diesen Raum, aber sie kann es erst jetzt erkennen.

Zwar ist dieser Ort voller Dunkelheit und Sterne erstaunlich, aber sie ist sich nicht sicher, was sie hier tun kann oder tun sollte. Dann hört sie Geräusche, die eben noch nicht da waren. Stimmen, die in der Dunkelheit flüstern. Sie kann nur ein oder zwei Worte verstehen.

Mörderin.

Vorbotin.

Die Stimmen hallen durch ihren Verstand, aber sie ignoriert sie, so gut sie kann. Irgendwann sieht sie die Gestalt, genau wie beim letzten Mal. Ein Umriss erscheint zwischen den Lichtern aus der Dunkelheit. Dieses Mal ist ihre Angst nicht mehr so groß.

Wer bist du?, fragt die Frau.

Die Gestalt reagiert nicht.

Sag mir, wer du bist, fragt die Frau und lässt die Stimme, die aus ihrem Verstand kommt, energischer klingen. *Ich will es wissen.*

Die Gestalt verharrt. Der Umriss steht dort, umhüllt von Dunkelheit, und verschmilzt mit all den Sternen, und plötzlich fragt sich die Frau, ob sie überhaupt da ist.

Wer bist du?, fragt sie erneut.

Winter?

Die Frau reißt die Augen auf. *Ja*, antwortet sie. *Wer … wer bist du?*

Erneut kommt die Gestalt näher, und zum ersten Mal kann die Frau Einzelheiten erkennen. Die Gestalt ist dünn, weiblich und hat langes Haar.

Augenblicklich greift sich die Frau an den Hals und sucht nach einer Kette mit einem schwarzen Stein, die nicht mehr da ist. *Wer bist du?*

Winter, sagt die Gestalt und kommt immer näher. Die Frau kann jetzt Farbwellen erkennen, die von den Schritten der Gestalt ausgelöst werden und die sich in die Dunkelheit ausbreiten.

Als die Gestalt noch näher kommt, kann die Frau sie endlich sehen. Die Gestalt hat langes blondes Haar, sie ist klein und wendig. Dann ist sie größer, hat kurzes schwarzes Haar und Augen von der Farbe eines klaren Winterhimmels. Schon ist sie wieder jemand anderes, eine Person, die die Frau noch nie gesehen hat.

»Willkommen in der Leere, Winter«, sagt die Gestalt, nicht in der Sprache der Gedanken, sondern mit Worten, Worten, die die Frau hören kann. Und die Gestalt lächelt unaufhörlich, obwohl sich ihre Gesichtszüge ständig verändern. Auch an dieses Lächeln erinnert sich die Frau.

»Kali«, sagt die Frau.

Das Lächeln der Gestalt wird breiter. »Ich habe auf dich gewartet.«

INTERMEZZO

In der Leere
Sechs Monate zuvor, Izet

Wer seid Ihr?«, fragte Lathe.

Kali lachte auf. »Aber natürlich«, erwiderte sie. »Nach all der Zeit wisst Ihr es nicht mehr. Mein Name ist Kali.«

Da stürmte Lathe auch schon mit gezogenem Schwert auf sie zu. Im nächsten Augenblick wusste sie, was sie erwartete.

Sie würde sterben.

Lathe rammte ihr einen Ellbogen gegen die Nase, sodass Kalis Kopf nach hinten ruckte, sie einen stechenden Schmerz spürte und ihr schwarz vor Augen wurde. Dann stieß er ihr das Schwert tief in die Brust. Kali blickte überrascht zu Lathe auf. Sie bewegte die Lippen, brachte jedoch keinen Ton heraus. Als sie Luft holen wollte, kam nur ein Gurgeln. Die Zeit schien quälend langsam zu verstreichen, und Kali wusste, was sie tun musste. Sie hatte ihre Sift vorbereitet und musste sie nur noch aussenden. Dafür brauchte sie allerdings einen Empfänger, eine Lacuna. Der junge Elf würde sich dafür eignen, da sein Verstand biegsam genug war. Wenn sie doch nur mehr Zeit hätte …

Kali riss die Hand mit dem Dolch hoch und hoffte, sich noch einige Augenblicke verschaffen zu können, während sie die Tendrae nach Lian ausstreckte. Doch Lathe duckte sich, und dann war da ein Brennen in ihrer Brust, als er das Schwert wieder herauszog.

»Lathe«, keuchte Kali. Sie fiel auf die Knie und streckte voller Angst ihre Tendra aus, die Tendra, an der ihr Lebensfunke hing, und suchte nach Lian. Auf diese Weise hatte sie sich schon dreimal zuvor wiederbelebt.

»Es … es tut mir leid … Ich habe nur … Befehle …«

»Mein Name ist Noth«, erklärte Lathe und hob erneut sein Schwert.

Dann stieß er zu, und vor Kalis Augen verschwamm alles. Ihre Tendra war noch immer ausgestreckt, doch sie verblasste jetzt, sie griff in die Dunkelheit und wurde immer schwächer …

Als Kali erwachte, konnte sie nicht atmen. Sie versuchte, Luft zu holen, spürte jedoch nichts. Um sie herum war Dunkelheit, sie war Dunkelheit, sie war gar nichts.

Sie konnte nicht atmen, aber sie versuchte es auch gar nicht. Kali wollte aufstehen, aber es passierte nichts. War sie gelähmt? Sie versuchte, sich zu erinnern, suchte nach dem, was sie zuletzt gesehen hatte. Es hatte etwas mit einem Brunnen zu tun. Nash war da gewesen. Und Lathe.

Dann fiel Kali alles wieder ein, und sie hob eine Hand an den Hals. Lathe hatte ihr das Schwert in den Leib gerammt. Zweimal.

Sie sollte tot sein.

Sie erinnerte sich, dass sie eine Tendra mit ihrer Sift nach Lian ausgestreckt hatte. Doch sie wusste nicht, ob sie ihn auch erreicht hatte. Außerdem war Lian nicht ausgelöscht gewesen, daher hätte das in einer Katastrophe enden können. Sie sollte eigentlich tot sein. Ihr Körper war gestorben, und ihre Sift hatte kein neues Behältnis gefunden.

Und doch war sie hier.

Kalis erster Instinkt bestand darin, nach dem Stück Papier in ihrer Brusttasche zu greifen. Dann fiel ihr wieder ein, dass sie dieses Papier in Navone verloren hatte, was sie fast noch schlimmer fand als die Tatsache, dass sie ihren Körper nicht spüren konnte. Sie blickte an sich herunter, aber es war zu dunkel, als dass sie etwas erkennen konnte. Panisch bewegte sie die Hände und versuchte, ihr Gesicht, ihren Hals, ihre Brust oder ihre Beine zu spüren. Sie fuhr durch die Stelle, an der sich ihr Kopf befinden musste, an der ihre Augen sein sollten, aber da war nichts.

Das ist ein Albtraum, dachte Kali. *Das ist nicht real.*

Sie schrie lautlos, und nur die Dunkelheit hörte ihren Schrei.

Sie befand sich seit einer gefühlten Ewigkeit in der Dunkelheit. Sie fühlte nichts, sah nichts, schien aus nichts zu bestehen.

Aber es war kein Albtraum. Das konnte nicht sein. Kein Albtraum dauerte so lange. In keinem Albtraum spürte man alles überdeutlich und gleichzeitig doch gar nichts. Und kein Albtraum war derart gleichförmig. Das wusste Kali besser als jeder andere.

Das ist der Tod. Kali konnte sich beinahe – *beinahe* – an den stechenden Schmerz in ihrem Hals erinnern. Das musste sie doch getötet haben.

Aber wenn sie tot war, wieso befand sie sich dann hier? Sie befand sich in der Dunkelheit, aber sie war *nicht* hier. Vielleicht ist das ja die Unterwelt, überlegte Kali.

Es gibt schlimmere Dinge als die Unterwelt.

Dann bemerkte sie in der Ferne ein winziges grünes Licht.

Licht war gut. Es bedeutete, dass dies nicht die Unterwelt war. Kali bewegte sich auf das Licht zu und war überrascht, dass sie sich in der Tat bewegen konnte, auch wenn es auf eine Weise geschah, die sie nicht begriff. Sie ging nicht, sondern waberte irgendwie durch die Dunkelheit auf das Licht zu. Je näher Kali kam, desto mehr Lichter sah sie. Erst waren es Hunderte, dann Tausende, schließlich noch sehr viel mehr.

Die Leere, dachte Kali, und etwas Hoffnung keimte in ihr auf – in ihrem Herzen? Ihrem Verstand? Nichts davon schien wirklich vorhanden zu sein oder irgendwelche Gefühle zu beherbergen, und doch war da Hoffnung und erblühte an dem Fleck, an dem sie sich befand.

Sie war in der Leere. Die zahllosen sternengleichen Lichter um sie herum blinkten und leuchteten, sie erhellten die Finsternis. Ein Licht zog Kali ganz besonders an, da es sowohl ein Licht als auch ein dunkler Fleck zu sein schien. Dieses Licht hatte sie noch nie zuvor gesehen. Es war eine dunkle, sich selbst verzehrende Masse, schwarz und pulsierend. Sie wusste nicht, wer oder was das war, aber es zog Kali an, trieb sie unaufhaltsam darauf zu.

Kali lächelte, jedenfalls empfand sie, was man fühlte, wenn man lächelte. Sie wusste nicht, wie sie hierhergekommen war. Sie hatte keine Ahnung, warum oder wie sie in diesen körperlosen Zustand übergegangen war. Aber es machte ganz den Anschein, als wäre sie nicht tot. Sie hatte Hoffnung. Vielleicht konnte sie einen Weg finden, um diesen Ort zu verlassen, und sich einen neuen Körper suchen. Eine weitere Lacuna.

Sie betrachtete das dunkle Licht nachdenklich. Darüber musste sie mehr in Erfahrung bringen. Sie war am Leben, auf eine gewisse Weise zumindest, und sie würde alles tun, was erforderlich war, damit sie überlebte.

Vier Monate zuvor, in der Leere

Später – wie viel später, konnte Kali beim besten Willen nicht feststellen – schwand ihre Hoffnung zunehmend. Sie hatte versucht, andere Lichter zu besuchen, ihre Tendrae hineinzustecken, in den Verstand und den Körper einzudringen, sie als Werkzeuge zu benutzen, aber sie kam sich machtlos vor. Sie war nichts als ein Schatten.

Das dunkle Licht war das Einzige, zu dem sie eine Verbindung spürte, und diese Verbindung war äußerst mächtig. Kali beschloss, dass ihr nichts weiter übrig blieb, als diesem Phänomen auf den Grund zu gehen. Es war ganz einfach, sich auf das dunkle Licht zuzubewegen. Kali musste nur an Ort und Stelle verharren und schon wurde sie davon angezogen. Und es machte ganz den Anschein, als würde das dunkle Licht auch viele der anderen Lichter anziehen.

Je näher Kali der brennenden Masse kam, desto schneller bewegte sie sich. Ihre Geschwindigkeit war inzwischen so hoch, dass es sich anfühlte, als dehnte sie sich aus, als streckte sie sich derart in die Länge, dass es eigentlich nicht möglich sein dürfte. Als sie das dunkle Licht endlich erreichte, dessen Größe Kali unmöglich bestimmen konnte – in einem Augenblick schien es ein winziger Punkt zu sein, im nächsten ein gewaltiger Berg –, spürte sie, wie sie nach und nach in dieses Ding hineingezogen wurde.

Trotzdem hatte Kali keine Angst. Sie spürte vielmehr eine große Neugier und wollte dieses dunkle Wunder innerhalb der Leere begreifen.

Mit einem Mal veränderte sich um sie herum alles. Die Farbe der Sternenlichter in der Ferne, die sich selbst verbrennende Dunkelheit des Dings, das Kali in seinen Klauen hatte, alles verschwamm miteinander, und sie spürte, wie sie waberte, sich bewegte, verschmolz.

Kali schlug die Augen auf. Augen, die real waren, mit denen sie sehen konnte. Sie hob eine Hand vor ihr Gesicht und sah ihre langen, schlanken Finger. Sie versuchte, ihr Gesicht zu berühren, spürte aber sogleich eine große Enttäuschung. Sie fühlte nichts. Aber nun hatte sie wenigstens wieder eine Vorstellung von sich.

Als ihr Blick klarer wurde, erkannte Kali, dass sie schwebte und auf etwas herabblickte. Auf jemanden. Kali befand sich in einer Gefängniszelle. Und unter ihr lag eine Gestalt im Stroh, die Kali nur zu gut kannte. Sie kannte sie derart gut, dass sie vor Wut und Verwirrung, vor Freude und Triumph, fragend und staunend, neidisch und liebevoll fluchte.

Es war die Vorbotin.

Drei Monate zuvor

Kali hatte Winter nur wenige Augenblicke in ihrer Zelle beobachtet, bevor sie weggeschleudert wurde. Anders konnte sie dieses Erlebnis nicht beschreiben. Es war, als hätte sie sich auf der Spitze einer riesigen Peitsche befunden, die plötzlich bewegt worden war, und schon war sie mit rasender Geschwindigkeit zurück in die Leere katapultiert worden.

Doch selbst dieser kurze Moment in Winters Nähe hatte Kali verändert. Sie war noch immer körperlos, aber sie konnte sich jetzt leichter durch die Leere bewegen, und was noch viel wichtiger war, es gelang ihr jetzt, mit den anderen Sternenlichtern zu interagieren. Zwar verfügte sie noch immer nicht über nennenswerte Tendrae, aber sie konnte sich den Lichtern nähern und Schatten der Dinge erkennen, die sie sahen, Bruchstücke der Unterhaltungen hören, die sie führten, und sogar einen Hauch ihrer Gedanken erfassen.

Kali begriff nach und nach, dass die Leere geografisch angeordnet war. Ferne Lichter wurden zu großen Haufen aus Tausenden winziger Lichter, wenn sie sich ihnen näherte. Das waren Städte. Es gab einen Haufen in Cineste, in Maven Kol, in Alizia und an vielen, vielen anderen Orten. Der größte Haufen befand sich natürlich in Triah. Aber Kali stellte fest, dass sie zu dem Haufen in Izet gehörte. Das ergab Sinn, schließlich war sie dort gestorben.

Beinahe gestorben. Es konnte ja nicht schaden, ein wenig Optimismus an den Tag zu legen.

Aber Kali hatte genug von Izet und den Unterhaltungen, die sie mit angehört hatte. Abgesehen von Winters dunklem Licht – einer Kraft, von der Kali nun begriff, dass sie sie bei Weitem nicht so gut verstand, wie sie geglaubt hatte – gab es keinen Grund für sie, hierzubleiben.

Sie würde fliehen. Sie würde sich eine neue Lacuna

suchen, einen neuen Körper, den sie bewohnen konnte, und wieder auf die Sphaera wechseln. Aber Izet war eine Sackgasse; sie musste es bis nach Triah schaffen. Sie bezweifelte allerdings, dass es ihr in ihrem jetzigen Zustand gelingen konnte, jemanden zu kontaktieren; sie war schließlich nicht naiv. Aber möglicherweise fand sie ja heraus, was die Nazaniin vorhatten, welche Absichten sie hegten. Offenbar waren auch noch andere Dinge geschehen, die das Ausmaß dessen, womit Kali gerechnet hatte, weit überstiegen. Sie hörte Gerede über zurückgekehrte Dämonen und die Verschmähten Götter von Roden.

Außerdem war außer Winters merkwürdigem dunklem Licht noch etwas anderes an der Leere in Izet seltsam, nein, in ganz Roden. Es war, als beeinflusste eine Präsenz oder eine Abwesenheit, ein Etwas die Dunkelheit. Ob es neu in der Leere war, seitdem Kali ihre Verwandlung durchlaufen hatte, oder ob es etwas war, das sie erst jetzt bemerken konnte, wusste sie nicht.

Die Reise durch die Leere nach Triah dauerte nicht lange. Sobald man sich einmal in eine Richtung in Bewegung gesetzt hatte, wurde man immer schneller, solange man keinen Kurswechsel vornahm. Ungewöhnlicherweise spürte Kali einen Widerstand, doch sie konnte weiterhin problemlos durch die Finsternis gleiten, als wäre sie ein Schiff auf ruhigem Wasser, und schon bald sah sie den Haufen von Triah vor sich. Aus der Ferne sah er aus wie ein heller Fleck, doch sobald Kali näher kam, teilte er sich in eine Million unterschiedlicher Lichtpunkte.

Kali kannte sich in Triah besser aus als an jedem anderen Ort auf der Sphaera. Sie konzentrierte sich auf die Mitte des Haufens, da sie wusste, dass sich dort alle wichtigen Lichter befinden mussten: das Parlament, Cantas

Tempel, die Zitadelle und unter der Zitadelle das Hauptquartier der Nazaniin.

Hier waren die Lichter heller, auch wenn es bisher keinem Theoretiker gelungen war, herauszufinden, warum das Bewusstsein von Personen, die über große Macht oder viel Einfluss verfügten, heller leuchtete als das anderer Individuen. Einige vermuteten, es wäre schlichtweg ihre Wirkung auf andere; sie beeinflussten und befehligten andere Lichter und entzogen ihnen somit Helligkeit. Andere behaupteten, es wäre eine angeborene Macht, die aus ihrem Potenzial hervorschimmerte. Kali war es im Grunde genommen egal. Sie empfand derartige Debatten immer als zäh, solange sie ihr nicht dabei halfen, besser zu verstehen, wie die Leere zu nutzen war. Und das war bisher nicht der Fall gewesen.

Während Kali die Lichter durchsuchte, stellte sie sich vor, wie sie den Turm der Zitadelle herabstieg, durch die Korridore schritt, unter der Schule für begabte und mächtige Kinder entlanglief und sich im Hauptquartier der Nazaniin wiederfand, wo sie sich noch weiter unter der Erde bewegte, bis sie das Herz der Leere, den zentralen Treffpunkt der Nazaniin, erreichte.

Und dort im Herzen entdeckte sie zwei der Lichter, nach denen sie Ausschau gehalten hatte. Sie hätte sie überall wiedererkannt, da sie heller als jedes andere Einzellicht brannten, das sie je gesehen hatte.

»Sie haben versagt.« Eines der Lichter blinkte, als Kali die Worte hörte, und ein Bild entstand vor ihr, das der Spiegelung in einem See glich, dessen Wasser nach einem sanften Regen gerade wieder zur Ruhe kam.

Sie sah eine Frau, die aus dem anderen Licht Gestalt annahm und deren rotes Haar – das länger war als in Kalis Erinnerung – zu einem Pferdeschwanz gebunden war.

Sirana. »Genau, wie Ihr es vorhergesagt habt«, flüsterte Sirana, deren Licht ebenfalls flackerte, wenn sie sprach.

Kali konnte die beiden Gestalten, die sich an gegenüberliegenden Enden des Kartentischs im Herzen der Leere befanden, kaum ausmachen. Sirana saß an einem Ende, und am anderen stand Kosarin mit Brille und kahlköpfig, und er betastete den kurz geschnittenen Bart rings um seinen Mund.

»Es war ein erforderliches Opfer«, sagte Kosarin. Kali sah, wie er seine Brille zurechtrückte. »Zum Wohle der Sphaera.«

»Wir wussten bereits, dass sie die Vorbotin ist. War es erforderlich, auch noch Kali und Nash zu opfern?«

Sie wussten es, dachte Kali. *Sie wussten die ganze Zeit, dass Winter die Vorbotin ist.* Sie kämpfte gegen den Zorn an, der in ihr aufstieg.

»Es war ein letzter Test. Ihr wisst, dass das Mädchen sich ihnen stellen musste, damit wir Gewissheit hatten.«

»Laut unserer Quellen hat Lathe das meiste gemacht. Wenn das Mädchen nicht einmal mitgekämpft hat, dann haben wir durch diese ganze Sache rein gar nichts gewonnen.«

Dann waren sie sich noch nicht sicher? Kali runzelte die Stirn. Winter hatte sie und Nash besiegen müssen, um zu beweisen, dass sie die Vorbotin war? Das ergab doch keinen Sinn. Sirana hatte recht, Lathe, der sich jetzt Noth nannte, hatte sie fast allein besiegt.

Doch dann begriff Kali. Sirana schien zur selben Erkenntnis zu gelangen und beugte sich vor. »Ihr habt sie getötet, weil sie eine Gefahr waren«, wisperte sie und strich mit den Fingern über einen Holzspan, der ein Bataillon der khalischen Armee repräsentierte.

Kali bemerkte das Armband, das Sirana noch immer

trug und das aus Leersteinen bestand, die eine Rune bildeten und sie vor den Kräften eines Acumanten und somit auch vor Kosarin schützten. Selbst wenn Kali ihre Kräfte besessen hätte, wäre sie nicht in der Lage gewesen, Siranas Gedanken zu lesen.

»Ihr habt sie töten lassen, weil Kali zu stark geworden war«, fügte Sirana leise hinzu.

Kali stellte überrascht fest, dass sie diese Worte mit Stolz erfüllten. Sie hatte Sirana immer als Rivalin angesehen, die es auszuschalten galt. Aber dieses Lob aus Siranas Mund – und in gewisser Weise auch von Kosarin – zu hören, erfreute sie. Dieses Gefühl war fast ebenso stark wie der Zorn auf Kosarin wegen dem, was er ihr angetan hatte.

»Ich tat, was für die Nazaniin erforderlich war«, erwiderte Kosarin mit harter Stimme. »Ihr seid nicht in der Position, mir zu widersprechen. Vielmehr solltet Ihr mir danken, Sirana. Kali hatte es auf Eure Position abgesehen.«

Sirana lachte leise auf. »Kali hätte meine Position nicht besetzen können. Sie war keine Acumantin. Wenn überhaupt, dann hätte sie Euren Platz einnehmen müssen.«

Da hat sie vollkommen recht, dachte Kali.

»Ich habe uns beiden einen Gefallen getan. Nun hört auf, Euch deswegen Gedanken zu machen. Was geschehen ist, ist geschehen.«

Das blasse, schimmernde Abbild Siranas mahlte mit dem Kiefer. Kali konnte die Wut der Frau verstehen. Wenn Kosarin Kali betrogen hatte, was sollte ihn dann davon abhalten, dies auch mit Sirana zu tun? Es schien nur eine Frage der Zeit, bis es dazu kommen würde.

»Wenn Ihr glaubt, ich würde dasselbe mit Euch tun, müsst Ihr Euch keine Sorgen machen.« Kosarin seufzte und setzte sich auf einen der Holzstühle, die um den Tisch herumstanden. »Ich brauche Euch, Sirana. Ich habe Euch immer gebraucht, und daran hat sich nichts geändert.«

Sirana schwieg. Einen kurzen Augenblick hatte Kali beinahe Mitleid mit der Frau. Schließlich hatte sie ihren Gatten Lathe auf eine Mission nach Roden geschickt, bei der sie davon ausgehen musste, dass sie ihn nie wiedersehen würde. Als die Mission letzten Endes gescheitert war, hatte sie die Rettungsmission abgebrochen. Dann war jemand, auf den die Beschreibung ihres Gatten passte, in Pranna gesehen worden, und sie hatte sich zurückgezogen und hatte Kosarin gestattet, Kali und Nash auf ihn anzusetzen. Als die Prophezeiungen es schließlich verlangten, hatte sie den Mund gehalten und zugelassen, dass Kosarin Lathes Tod forderte.

Sirana hatte Befehle immer befolgt, auch wenn sie darunter leiden musste. Das konnte Kosarin respektieren.

Auf einmal merkte Kali, dass sie sich bewegte. Sie wurde langsam weggezogen … irgendwohin. Es dauerte nicht lange, bis sie herausfand, was sie anzog. Ihr Weg führte rückwärts, zurück nach Izet.

Wieder zu Winter.

War die Anziehungskraft des Mädchens tatsächlich so stark?

»Was wisst Ihr über das, was sich im Palast ereignet hat?«, fragte Sirana.

Kali versuchte, an diesem Ort zu bleiben. Wussten die Nazaniin, was in Roden geschehen war? Hatten sie Informationen über das, was andere als das Werk der Neun Dämonen bezeichneten?

»Das Ritual war erfolgreich.«

»Und was ist mit dem Ceno und dieser neuen Religion?«

»Eigentlich ist es eine sehr alte Religion. Ihr Anführer ist tot, aber ich gehe davon aus, dass sie sich neu formieren werden. Wir sollten damit rechnen, dass sie eine größere Gefahr darstellen, als wir ursprünglich dachten, wenn sie die Psimantie tatsächlich blockieren können. Wir müssen uns in ihrer Nähe vorsehen.«

»Es macht den Anschein, als hätten wir andere, größere Probleme, um die wir uns kümmern müssen«, erwiderte Sirana.

Kosarin nickte. »So ist es. Wir leben in einer beispiellosen Zeit. Die Neun Dämonen werden wieder auf der Sphaera wandeln.«

Kali sah Kosarin überrascht an. Sie hatte nicht damit gerechnet, dass ausgerechnet er daran glaubte.

»Denkt Ihr noch immer, dass es nötig gewesen ist?«

»Damit die Vorbotin ihr ganzes Potenzial ausschöpfen kann, muss sie sich den mächtigsten Feinden stellen.«

Kosarins und Siranas Worte ließen vermuten, dass sie etwas mit den Geschehnissen in Roden nach Kalis Tod – oder vielmehr ihrer Verwandlung – zu tun gehabt hatten.

Kosarin nahm seine Brille ab und putzte sie mit einem kleinen Tuch. »Nun, da die Auferstehung begonnen hat, müssen wir die Vorbotin unter Kontrolle halten. Lathes Todesurteil wurde offiziell aufgehoben, und jeder, der ihn nach Hause bringen kann, wird reich belohnt.«

»Wir müssen sehr vorsichtig sein bei der Auswahl der Person, die wir losschicken, um sie zu holen«, sagte Sirana. »Es muss jemand sein, dem wir vertrauen.«

»Wir werden Code damit beauftragen.«

Kali lachte leise. Code war die falsche Wahl. Viele hielten ihn zwar für mächtig, aber Kali hatte eine andere Meinung. *Schick nie einen Potenziellen los, um die Arbeit eines Aktualen zu machen.* Wenn Kali nicht mit Lathe fertigwerden konnte, dann würde Code es erst recht nicht schaffen. Sie versuchte, sich Kosarin und Sirana noch weiter zu nähern, aber sie trieb immer weiter ab, die Anziehung schien stärker zu werden.

Sirana schüttelte den Kopf. »Er führt eine Mission in Alizia aus und wird frühestens in einigen Wochen zurückkehren. Cymbre hat ihren Auftrag abgeschlossen. Sollen wir stattdessen sie aussenden?«

Kosarin nickte. »Sie ist dafür geeignet. Tragt ihr auf, eine eigene Cotir zu bilden und so schnell wie möglich nach Roden zu reisen. Wir haben kürzlich einen Auftrag erhalten, der sich vortrefflich mit ihrer Suche nach Lathe verbinden lässt.«

»Und was ist, wenn Lathe nicht zurückkommen will?«

Sie wussten noch immer nicht, was mit ihm geschehen war, und hatten Kalis Berichten offensichtlich nicht geglaubt. Anscheinend begriffen sie nicht, dass Lathe nicht mehr existierte.

Kali konnte sich noch genau an seine letzten Worte erinnern, die er zu ihr gesagt hatte. *Mein Name ist Noth.*

Kosarin seufzte. »Ihr kennt die Konsequenzen, Sirana.«

Kali kannte sie auch: Darauf stand der Tod.

»Bei der aufsteigenden Canta, wir haben wirklich viel Arbeit vor uns«, knurrte Kosarin. »Ich werde mich hinlegen. Morgen beginnt ein neues Zeitalter. Es ist an uns, zu entscheiden, ob es das letzte der Menschheit ist oder nicht.« Dann stand er auf und verließ den Raum.

Sirana blieb zurück und blickte auf die große Karte hinab, die vor ihr auf dem Tisch lag. Sie zog die Beine an die Brust und legte die Arme darum.

Kali betrachtete Sirana noch einen Augenblick, doch der Sog, der sie erfasste, war inzwischen so stark, dass sie ihre ganze Kraft aufwenden musste, um an Ort und Stelle zu bleiben. Widerstrebend ließ sich Kali in den Lichterhaufen zurückziehen, den Izet in der Leere darstellte – und zu dem brennenden dunklen Licht, das sie jetzt vollkommen kontrollierte.

Zwei Monate zuvor

Kali stellte fest, dass sie sich nur für kurze Zeit von Izet entfernen konnte, ohne von Winter zurückgezogen zu werden. Doch je länger sie in Izet blieb – und somit in Winters Nähe –, desto interessanter wurde es.

Offenbar hatte Winter auch Zugang zur Acumantie gefunden. Einen derartigen Fall hatte es noch nie gegeben; es gab keinerlei Aufzeichnungen über eine Person, die jemals mehr als eine psimantische Kraft besessen hatte. Aber Winter war die Vorbotin. Allein dieser seltsame dunkle Lichtstern ließ erkennen, dass sie eine Ausnahme von der Regel darstellte.

Winters dunkles Licht schien sich sehr von den anderen Lichtern in der Leere zu unterscheiden. Bei ihren Studien in der Zitadelle hatte Kali die Lichter der Acumanten in Aktion gesehen. Normalerweise bewegte sich das Licht eines Acumanten von Ort zu Ort und interagierte über Tendrae mit anderen Lichtern. Winters Stern blieb jedoch immer an einem Platz, zog jedoch andere Lichter an – und durch sich hindurch –, um direkt mit ihnen zu interagieren, ohne dabei Tendrae einzusetzen.

Das war ein faszinierender Vorgang. Winter konnte von Geist zu Geist springen, indem sie die Lichter in der

Leere durch sich hindurchgleiten ließ. Kali hatte keine Ahnung, was das bedeutete, aber es musste etwas völlig Neuartiges sein.

Ihr fiel noch ein weiteres Phänomen auf, ein Licht, das eigentlich gar kein Licht war – oder das vielmehr völlig von Dunkelheit eingehüllt zu sein schien. Kali fand nicht heraus, wer oder was dieses Licht war, und Winter schien es ähnlich zu gehen. Kali war allerdings aufgefallen, wenngleich nur am Rand ihres Sichtfelds, dass dieses dunkle Objekt, wenn es für sie zu erkennen war, eine Art Verbindung zu etwas Größerem zu besitzen schien, als wäre es mit einer Art Tendra an eine größere Macht gebunden.

Die Leere war voller Mysterien, und es schienen immer mehr zu werden.

Ein Monat zuvor

Nach allem, was Kali durch Kosarins und Siranas Gespräch erfahren hatte, setzte sie sich neue Ziele. Kosarin hatte sie als Gefahr eingestuft und sie aus diesem Grund in eine Situation geschickt, bei der sie getötet werden musste.

Was jedoch nicht so ganz gelungen war.

Ein Gefühl der Dringlichkeit erfasste sie, das ebenso andauernd und beharrlich war wie die Anziehungskraft von Winters sich verzehrender Dunkelheit. Aus genau diesem Grund hatte sie beschlossen, Kosarin zu zeigen, womit er es wirklich zu tun hatte. Kali hatte ihn schon früher bedroht, und sie würde einen Weg finden, es wieder zu tun, und ihm so begreiflich zu machen, was dieses Gefühl tatsächlich bedeutete.

Dummerweise fiel es ihr immer schwerer, Winters Anziehungskraft zu entkommen. Inzwischen gelang es Kali gerade einmal, sich kurzzeitig fortzubewegen, und sie entdeckte nur noch selten Unterhaltungen oder Lichter, die eine genauere Betrachtung wert waren. So langsam begriff sie, was für ein Glück sie mit ihrem ersten Ausflug gehabt hatte.

Bei Kalis letztem Versuch, Kosarin, Sirana oder gar Rune zu finden, gelang es ihr nur, gefühlte Augenblicke in Triah zu verweilen, bevor Winters Sog zu stark wurde und sie umkehren musste. Aber in diesen wenigen Momenten bemerkte Kali etwas Seltsames. Das unbehagliche Gefühl, dieselbe merkwürdige Beschaffenheit, die sie in Izet wahrnahm, war jetzt auch in Triah zugegen. In Triah war es ein wenig anders und aus diesem Grund auch leichter zu erkennen. Es machte den Anschein, als wäre der Triah-Sternenhaufen hinter einem Schleier verborgen, den man fast nicht sehen, aber dennoch wahrnehmen konnte. Was das bedeutete, wusste Kali nicht, aber sie vermutete mehr und mehr, dass es etwas mit dem zu tun haben musste, was in Roden passiert war – mit dem Ritual, von dem Kosarin und Sirana gesprochen hatten.

Als sie von Triah weggezogen wurde, fiel Kali ein weiteres Phänomen auf. Sie kam an einem winzigen Licht vorbei, von dem sie vermutete, dass es sich um einen kleinen Haufen handelte, den man nur erkannte, wenn man näher heranging, und der ebenfalls hinter einem Schleier verborgen zu sein schien, ähnlich wie in Triah, wenngleich dieser Schleier bläulich und nicht violett schimmerte. Was diese Farben bedeuteten, war Kali ein Rätsel.

Als sie nach Izet zurückkehrte, sah sie endlich, was sie die ganze Zeit gestört hatte. Möglicherweise lag es daran, dass sie die Schleier um Triah und den Ort in der Mitte bemerkt hatte, oder es gab einen anderen Grund dafür, aber als sich Kali Izet näherte, bemerkte sie es. Es war ebenfalls ein Schleier wie der um Triah, allerdings war dieser hier pechschwarz, sodass er fast nicht zu sehen war und förmlich mit der Leere verschmolz. Hätte Kali raten müssen, dann hätte sie gesagt, dass die seltsame Dunkelheit, das Licht, das völlig verborgen wurde, auf irgendeine Weise über diese merkwürdige Tendra mit dem Schleier verbunden war.

Kali bemerkte, dass sie erneut versuchte, das Papier in ihrer Brusttasche zu berühren. Alte Gewohnheiten wurde man wohl nur schwer los.

Drei Wochen zuvor

Winters Anziehungskraft wurde immer stärker. Wenn sie sich anstrengte, war Kali noch immer in der Lage, sich fortzubewegen, aber sie war nicht sicher, ob sie die ganze Strecke bis nach Triah noch bewältigen konnte. Daher gab sie sich damit zufrieden, das seltsame pulsierende dunkle Licht zu beobachten, das gelegentlich Phasen durchlief, in denen ein halbes oder ein ganzes Dutzend anderer Lichter nacheinander hineingezogen wurden, um dort kurz zu verweilen und dann wieder herauszukommen.

Während einer dieser Phasen verschwamm das dunkle Licht plötzlich. Es war ein winziger Punkt in der Leere gewesen, aber jetzt veränderte es sich. Das dunkle Licht wurde größer.

Plötzlich sah sich Kali nicht mehr dem dunklen Licht gegenüber, sondern Winter.

Kali bewegte sich augenblicklich näher, aber die zuvor noch unglaublich starke Anziehungskraft war durch etwas anderes ersetzt worden. Jetzt schien Winter Kali abzustoßen und auf Distanz zu halten. Kali versuchte verzweifelt, sich dem Mädchen zu nähern und es anzusprechen, aber es gelang ihr nicht.

Das ist meine Chance, dachte Kali. *Das ist die Gelegenheit, die Kontrolle zurückzuerlangen.*

Kali kämpfte gegen die Kraft an, die sie abstieß, drückte sich mit der ganzen Dringlichkeit dagegen, die sie während ihrer Zeit in der Leere gespürt hatte und die sich jetzt angesammelt und verdichtet hatte und um sie herum zu knistern schien. Sie presste sich dagegen und beobachtete, wie Winter – eine körperliche, greifbare Winter mit Augen und Haaren so dunkel wie die Leere um sie herum – durch die Leere ging und ihre Schritte Farbwellen in die Finsternis hinaussandten.

Während Kali mit ganzer Kraft versuchte, an Winter heranzukommen, spürte sie sich selbst und wie sich ihr Körper formte.

Winter wirkte zuerst ängstlich, dann verwirrt und schließlich neugierig. Aber als Winter gerade auf Kali zugehen wollte, als Kali gerade gegen die Macht ankämpfte, die sie zurückhielt, hob Winter den Kopf und schien Kali direkt anzusehen.

Kali schrie auf und versuchte, mit dem Mädchen zu sprechen, aber Winter konnte sie offenbar nicht hören. Vielmehr riss Winter die Augen auf und schien sich zu erschrecken.

Aber Kali gab nicht auf und rief ihr erneut etwas zu. Winter machte einige Schritte zurück, wobei die Farben unter ihr waberten, und hob die Arme, als müsste sie sich schützen.

Was bist du?, fragte Winter, deren zaghafte Stimme durch Kalis Bewusstsein hallte.

Kali? Winter, ich bin es, Kali! Antworte mir; sag mir, dass du mich hören kannst! Um Cantas Liebe willen, antworte mir!

Dann war Winter fort.

Gestern

Kali hatte sich treiben lassen, hatte sich von dem gewaltigen Ausmaß der Leere umhüllen lassen und dachte gar nichts mehr, als sich die vertraute Anziehungskraft des dunklen Lichts erneut in Widerstand verwandelte. Augenblicklich merkte Kali auf. Sie sah sich um, und da trat Winter auch schon zögerlich in die Leere und schickte Farbwellen in die Finsternis hinaus.

Im nächsten Moment sah sie Kali direkt an.

Wer bist du?, fragte sie.

Kali. Ich bin Kali. Winter, du musst mich doch hören, du musst dich doch an mich erinnern!, rief Kali und kämpfte darum, näher an das Mädchen heranzukommen. Erneut nahm ihr Körper um sie herum Gestalt an und verfestigte sich in der Leere.

Sag mir, wer du bist, forderte Winter ein weiteres Mal, und ihre Stimme klang jetzt entschlossen und angespannt. *Ich will es wissen.*

Kali blieb stehen. Der Widerstand war auf einmal nicht mehr da. Als sie an sich herabblickte, *sah* sie sich. Ihren Körper. Ihre Füße, die ebenfalls farbige Wellen aussandten.

Winter?

Winter riss die Augen auf. *Ja. Wer … wer bist du?*

Kali trat vorsichtig einen Schritt näher.

Wer bist du?, wiederholte Winter ihre Frage.

Winter, sagte Kali und musste unwillkürlich lächeln. Sie freute sich über die Farbwellen, die durch ihre Schritte entstanden, darüber, ihre Hände zu fühlen, ihre Zunge zu schmecken und ihr Gewicht zu spüren.

»Willkommen in der Leere, Winter«, begrüßte Kali Winter nicht länger in der Sprache des Verstandes, sondern mit Worten, die sie beide hören konnten, mit dem Mund, den sie zuvor nicht besessen hatte.

»Kali«, sagte Winter, auf deren Gesicht sich Begreifen widerspiegelte.

Kalis Lächeln wurde noch breiter. »Ich habe auf dich gewartet.«

Unverhofft war Winter wieder verschwunden und mit ihr auch Kalis Körper. Aber Kali war nicht besorgt. Sie wusste, dass Winter zurückkommen würde. Es war nur eine Frage der Zeit.

TEIL III

QUÄLENDER GLAUBE

KAPITEL 31

Kaiserpalast, Izet

»Ich wünschte, du würdest nicht auf dem Bett schreiben, Liebste. Du wirst noch Tinte verschütten.«

Cova blickte auf die Papiere hinab, die um sie herum auf dem Bett lagen, und auf das Tintenfass, das recht wacklig auf einem Bücherstapel stand. *Liebste?* Seit wann nannte Girgan sie denn so? Sie waren doch erst seit wenigen Wochen verheiratet.

»Wo bist du gewesen?«, fragte Cova und ließ das Tintenfass, wo es war. »Du bist nach dem Essen einfach verschwunden, ohne ein Wort zu sagen.« Das war nicht zum ersten Mal passiert. Cova wusste inzwischen, dass Girgan nicht besonders gesellig war, aber das bedeutete doch nicht, dass er auch ihr aus dem Weg gehen konnte.

Er setzte sich neben sie aufs Bett. »Entschuldige, ich hätte es dir sagen sollen. Ich war in der Bibliothek.«

Cova verdrehte die Augen. »Eines Tages wirst du mir verraten müssen, was du da liest, das so viel deiner Zeit in Anspruch nimmt.«

»Eines Tages tue ich das auch«, versicherte Girgan ihr und griff nach dem Tintenfass. »Und wenn du das jetzt woanders hinstellen könntest …«

Cova schlug seine Hand weg. »Das kannst du vergessen. Ich schreibe schon im Bett, seit ich ein Kind bin, und habe noch nie ein Tintenfass umgeworfen.« Das entsprach zwar nicht ganz der Wahrheit, aber das musste Girgan ja nicht wissen. »Hilf mir lieber bei diesem Antrag. Irgendwie klingt das alles noch nicht richtig. Könntest du dir das mal ansehen?«

Girgan seufzte. »Dir ist schon bewusst, dass du damit einen Krieg befürwortest?«

»Einen Krieg gegen Khale. Die Nation, die uns jahrhundertelang immer wieder ausgeraubt und unterdrückt hat.«

»Muss ich dich daran erinnern, dass wir uns auch nicht viel besser verhalten haben?«

»Aber das war nur eine Reaktion auf das, was sie uns angetan haben«, erwiderte Cova, auch wenn sie genau wusste, dass er recht hatte.

»Das hat man dir beigebracht, weil du der Adelsschicht Rodens angehörst und somit Rodens Ruf auch der deine ist. Ich will ja nur darauf aufmerksam machen, dass man die Dinge auch aus einem anderen Blickwinkel betrachten kann.«

»Hat man dir das etwa in der Zitadelle beigebracht? Lehrt man euch da Gleichgültigkeit gegenüber eurem Land und eurem Kaiser?«

Girgan zuckte mit den Schultern. »Roden ist mir nicht gleichgültig. Ich liebe mein Land. Aber das heißt nicht, dass ich unsere Politik nicht infrage stelle.«

»Lehrt man euch da auch, die Geschichte eures Landes infrage zu stellen?«

»Kann es denn schaden, Rodens Fehler ebenso wie seine Stärken wahrzunehmen?«

Cova musste zugeben, dass das in der Tat nicht schaden konnte, aber es gefiel ihr nicht, wie Girgan darauf pochte.

»Was sollten wir denn deiner Meinung nach tun?«

»Ganz gewiss nicht gegen Khale in den Krieg ziehen«, antwortete Girgan sofort. »Wir hatten vielleicht einige gute Jahre, was wir vor allem Andrinar und der Inselkoalition zu verdanken haben, aber das bedeutet noch lange nicht, dass wir über ebenso viele Ressourcen wie Triah oder gar Khale verfügen.«

»Wir müssen auch nicht ihre Ressourcen besitzen, sondern sie nur im Krieg besiegen.«

»Glaubst du tatsächlich, wir wären dazu in der Lage? Kann sich unsere Armee in Bezug auf die Größe und die Ausbildung mit der von Khale vergleichen? Haben wir einen General, der auch nur ansatzweise Riccan Carrieris Ruf hat?«

»Mit den Legionen aus Andrinar ist unsere Armee sogar größer«, entgegnete Cova. »Das stehende Heer Rodens umfasst zwanzigtausend Soldaten, und Andrinar könnte noch einmal mehr als doppelt so viele aufbringen. Da sind unsere Milizen noch nicht einmal mit einbezogen. Khale verfügt über ein stehendes Heer von höchstens dreißig- oder vierzigtausend Mann.«

»Und was ist, wenn auch alle Milizen Khales einberufen werden?«

»Unsere Marine ist ihnen überlegen«, gab Cova zu bedenken.

»Das stimmt, aber sie hilft uns nur begrenzt weiter.«

»Wir werden uns vor allem auf Triah konzentrieren. Wir belagern die Runde Stadt und vergessen das restliche Khale. Wir umzingeln sie mit unseren Armeen und belagern sie vom Meer aus. Wenn wir Triah in die Knie zwingen, wird der Rest der Nation folgen.«

Girgan nickte. »Ein direkter Angriff auf Triah ist vermutlich die einzige erfolgversprechende Strategie.«

»Du glaubst, das könnte funktionieren?«, fragte Cova überrascht. *Auf welcher Seite steht er eigentlich?*

»Ich halte das für die beste Strategie. Aber nur weil eine Strategie höchstwahrscheinlich erfolgreich sein könnte, bedeutet das noch lange nicht, dass es auch so kommen wird.«

»Dann hältst du die Idee weiterhin für töricht?«

»Ich denke, dass wir mit unserer Zeit und unseren Ressourcen etwas Besseres anstellen könnten.«

»Zum Beispiel?«

»Vergiss Khale. Wir könnten unsere Nation voranbringen. Wollen wir falschen Hoffnungen nachjagen, damit Roden sich vorübergehend in Ruhm sonnen kann, nur um danach vernichtet zu werden? Oder wollen wir etwas Beständiges aufbauen, das die Zeit überdauert?«

Cova schüttelte den Kopf. »Wir können Khale nicht einfach vergessen. Und selbst wenn wir es könnten … Wie wären wir in der Lage, dann etwas Dauerhaftes aufzubauen?«

Girgan erwiderte nichts und starrte nur ins Leere.

»Girgan?«

Er schüttelte den Kopf, sah sie wieder an und räusperte sich. »Es gibt immer einen Weg«, sagte er dann. »Davon bin ich überzeugt.«

»Auch einen, der nichts mit der Eroberung Khales zu tun hat?«

»Ich denke schon.«

»Dann bin ich ganz Ohr.«

Girgan schien kurz zu überlegen. »Ich … ich weiß nicht genau«, sagte er schließlich. »Zuerst muss ich mich vergewissern, dass ich richtigliege, aber sobald ich das weiß, sage ich es dir, versprochen.«

Cova hatte nicht damit gerechnet, dass Girgan ein solcher Träumer war. Das stellte nicht unbedingt ein Problem dar, allerdings mussten sie jetzt handeln, und das war alles, was zählte.

»Du wirst den Vorschlag trotzdem einreichen, nicht wahr?«

Sie zuckte mit den Schultern. »Es ist immer noch besser, wenn jemand einen durchführbaren Plan vorlegt, als wenn der Rat einen schlechten in Betracht zieht.«

»Aber was willst du dadurch erreichen?«, fragte Girgan nach. »Khale zu erobern … Wie soll das gehen? Khale ist zehnmal größer als Roden, allein die Landmasse ist unmöglich zu bewältigen.«

»Wir müssen sie nicht erobern«, sagte Cova. »Jedenfalls nicht auf diese Weise. Wir müssen nur dafür sorgen, dass man uns wieder respektiert.«

Girgan nickte, blieb jedoch stumm. Cova fragte sich, ob sie vielleicht einen Nerv getroffen und er aufgrund seiner Herkunft als Rodeneser in der Zitadelle Probleme gehabt hatte.

Girgan rutschte auf die Bettkante vor und legte eine Hand auf Covas. »Du weißt ja noch nicht einmal, ob der Rat deinen Plan annimmt, selbst wenn er durchführbar ist.«

»Aber so ist es doch schon immer gewesen. Ich kann ihre Entscheidungen nicht beeinflussen, und nur der Kaiser kann sie überstimmen.«

»Oder die Kaiserin«, bemerkte Girgan.

Cova lachte halbherzig auf. »Wer weiß schon, wie lange es dauert, bis ich diesen Titel trage? Vor einem Jahr wirkte mein Vater alt, aber er scheint seine Jugend wiedergefunden zu haben. Im Moment ist er lebhafter, als ich ihn seit Jahren gesehen habe. So bald wird er die Sphaera nicht verlassen.«

Warum sollte sie das auch wollen? Auch wenn er sich verändert hatte, so war er noch immer ihr Vater.

»Aber ist das auch das Beste für Roden?«

Cova musterte Girgan durchdringend. »Was willst du mir damit sagen?«

Er hob abwehrend die Hände. »Du hast mir doch erzählt, dass er in letzter Zeit irgendwie anders ist … seit er den Titel Tokal-Ceno trägt.«

»Ich könnte mir vorstellen, dass du dich während deiner Zeit auf der Zitadelle auch stark verändert hast.«

»In der Tat«, erwiderte Girgan. »Aber Veränderungen bei mächtigen Menschen muss man genau im Auge behalten. Du kennst die Gerüchte über das, was bei der Abstimmung passiert sein soll.«

Selbstverständlich hatte sie die Gerüchte gehört. Die Leute behaupteten, ihr Vater hätte schwarze Magie benutzt, um die anderen Lords dazu zu bringen, ihn zum Kaiser zu wählen. Cova wusste nicht, ob sie das glauben sollte. In ihrer Gegenwart hatte ihr Vater nie über schwarze Magie gesprochen, und er hatte sie erst recht nicht eingesetzt.

Aber sie konnte auch nicht ignorieren, dass er sich nun anders benahm. Wie ließ sich das erklären?

»Wenn man diese Gerüchte nimmt und das, was man sich über die Zerstörung der Palastkuppel erzählt, dann erweckt es für mich den Anschein …«

Cova hob eine Hand. »Augenblick mal. Wie war das mit der Kuppel?« Davon hörte sie zum ersten Mal.

Girgan zögerte. »Ich … ich dachte, du wüsstest davon. Es hat etwas mit der Tiellanerin zu tun.«

»Mit Winter?«

»Und mit dem Ceno-Orden und dem, was wirklich unter der Kuppel passiert ist. Einige behaupten, man hätte unter den Trümmern nicht nur tote Menschen gefunden.«

Cova kniff die Augen zusammen. »Wie meinst du das?«

»Es heißt, da hätten außer dem Kaiser, dem vorangegangenen Tokal und Dutzenden von Schnittern auch Monster gelegen.«

»Monster? Was redest du denn da, Girgan?«

Girgan stand auf und ging im Zimmer auf und ab. »Ich weiß es doch auch nicht. Es könnte überhaupt nichts zu bedeuten haben. Möglicherweise sind das alles nur Hirngespinste, oder die Leute übertreiben maßlos. Aber es könnte auch etwas dran sein. Es gibt einen guten Grund dafür, dass die Verschmähten Götter vor all den Jahren in Roden verboten wurden, das darfst du nicht vergessen. Das Verbot lag nicht allein am Einfluss der Denomination. Den Leuten war nicht geheuer, was der Ceno-Orden so trieb.«

»Das ist aber schon lange her«, wandte Cova ein. »Heute laufen die Dinge anders.«

Girgan seufzte. »Du hast selbst gesagt, er wäre nicht mehr der Mann, den du kennst. Kannst du ihm wirklich noch vertrauen?«

»Er ist immer noch mein Vater.« Das war alles, was Cova dazu sagen konnte. Sie wusste, dass sie Girgans Frage damit nicht beantwortete, und die Tatsache, dass sie das auch gar nicht konnte, setzte ihr zu.

»Was ist mit der Frau, die er heute mit zu der Sitzung gebracht hat, diese Tiellanerin aus Khale? Die Tiellanerin, die den vorherigen Kaiser und Tokal-Ceno getötet hat.«

Cova schwieg. Sie waren alle überrascht gewesen, Winter bei der Sitzung zu sehen.

»Diese Frau ist gefährlich, Cova. Das wissen alle. Wieso geht dein Vater überhaupt ein so großes Risiko ein und versucht, diese Kreatur zu kontrollieren?«

Sie holte tief Luft. »Ich … ich weiß es nicht. Bestimmt hat er einen guten Grund dafür. Möglicherweise war sie eine Sklavenkriegerin für Khale, und Vater hat sie befreit …«

»Dein Vater ist jetzt Kaiser und Tokal-Ceno. Dieses Mädchen soll seine beiden Vorgänger ermordet haben. Und jetzt erweckt es ganz den Anschein, als würde sich dein Vater sehr gut mit ihr verstehen.«

»Mein Vater hat das alles nicht geplant«, erwiderte Cova leise.

»Bist du dir da sicher? Kannst du das wirklich mit Sicherheit behaupten?«

Sie schüttelte den Kopf und musste sich eingestehen, dass sie Zweifel hatte, die auch schon vor dem Gespräch mit Girgan da gewesen waren.

»Ich will damit ja auch nur sagen, dass wir uns den Rücken freihalten sollten. Wir haben Roden gegenüber eine Pflicht zu erfüllen.«

»Und ich fürchte, dass ihn die Macht beeinflusst, die er jetzt besitzt«, sagte Cova nachdenklich. »Bei der Göttin, ich kann beinahe hören, wie sie ihn innerlich zerfrisst.«

»Dann bist du meiner Meinung?«

Cova dachte lange nach, bevor sie antwortete. »Ganz und gar nicht«, erwiderte sie schließlich. »Mein Vater hat noch nichts Verwerfliches getan, was mich dazu bewogen hätte, seine Fähigkeiten als Kaiser infrage zu stellen.«

»Aber du hast selbst gesagt, dass er sich sehr verändert hat.«

»Das bedeutet noch lange nicht, dass er gefährlich ist.«

»Ich verlange ja nicht, dass er nicht mehr Kaiser sein soll, aber …«

»Was willst du dann?« Ihr Gatte hatte einen Weg eingeschlagen, der einem Verrat gefährlich nahe kam.

»Es ist nur … Ich finde, wir sollten vorsichtig sein und ihn vielleicht sogar überwachen. Die Ereignisse der letzten Monate waren schlichtweg zu seltsam, als dass man sie ignorieren könnte.«

Cova seufzte. »Ich könnte auch einfach mit ihm reden.«

Girgan zog die Augenbrauen zusammen. »Bist du verrückt? Wie willst du das denn anstellen? ›Entschuldige, Vater, ich wollte dich nur mal fragen, ob du ein Verrückter bist, der den letzten Kaiser und den TokalCeno ermordet hat. Und hast du die Tatsache verschleiert, dass unter den Trümmern der Palastkuppel die Leichen furchterregender Monster gefunden wurden? Außerdem hast du die Tiellanerin, die das alles verursacht hat, als deine Leibwächterin eingestellt. Möchtest du mir vielleicht erklären, was dich dazu bewogen hat?‹«

Um sich zu beruhigen, atmete Cova erst einmal tief durch. »Du gehst davon aus, dass man nicht mehr vernünftig mit meinem Vater reden kann, doch dem ist nicht so.«

»Hat dir dein Vater erzählt, warum er überhaupt Kaiser werden wollte?«, fragte Girgan.

»Ich …« Ihr Vater hatte ihr so gut wie gar nichts über seine Motive anvertraut. Cova war schlichtweg davon ausgegangen, dass er auf dem Thron sitzen wollte. Welcher Hohe Lord, der noch ganz bei Verstand war, wollte das denn nicht? »Nein«, sagte sie schließlich.

»Mein Vater hat mir etwas anvertraut, bevor er getötet wurde. Er sprach über den Plan, den er und dein Vater ausgeheckt hatten, um den Thron an sich zu reißen. Aber das bisschen, was er mir erzählt hat ... Es war einfach unmöglich. Irgendwie hat dein Vater meinen davon überzeugt, an das Unmögliche zu glauben. Und wenn er es bei meinem Vater geschafft hat, dann kann ihm das auch bei anderen gelingen.«

»Was genau hat er gesagt?«, fragte Cova.

Girgan wandte den Blick ab. »Das kann ich dir nicht verraten.«

Cova stand auf, ging um das Bett herum und baute sich mit grimmiger Miene vor ihm auf. »Wieso nicht?«

»Weil ... weil ich meinem Vater geschworen habe, mit niemandem darüber zu reden.«

»Nicht einmal mit deiner Frau?«

Girgan nickte kaum merklich. »Nicht einmal mit meiner Frau.«

Cova machte einen Schritt auf ihn zu und schubste ihn mit ganzer Kraft, sodass er nach hinten taumelte. »Schwör so etwas nie wieder, Girgan. Zwischen uns darf es keine Geheimnisse geben.«

»Ich ... Es tut mir leid.«

Sie war sich nicht sicher, ob er das wirklich so meinte. Schließlich hatte sie das Aufblitzen von Zorn in seinem Gesicht gesehen, als sie ihn geschubst hatte. Das hätte sie nicht tun dürfen. »Ich habe dir zugehört«, sagte sie dann. So war es auch. Einige von Girgans Anschuldigungen waren lächerlich, aber ... einige hatten sie ins Grübeln gebracht. »Aber du musst mir versprechen, dass du nichts unternimmst, ohne vorher mit mir darüber zu reden. Ist das klar?«

»In Ordnung«, erwiderte er. »Aber wenn offensichtlich wird, dass er nicht länger fähig ist, zu herrschen …«

»Dann werden wir etwas unternehmen«, sagte Cova. »Darauf gebe ich dir mein Wort.«

KAPITEL 32

Cabral-Residenz, Turandel

Willkommen zurück, meine Liebe. Ich hatte gehofft, dass du dich uns wieder anschließen würdest.«

Cabrals Männer öffneten die Tür zum Turmhaus, als das erste Tageslicht den Himmel blau und grau zu färben begann.

»Ich bin so froh, dass du dich mit Trave während eures kleinen Ausflugs so gut verstanden hast«, sagte Cabral.

Astrid wehrte sich nicht gegen die Vampire, die sie festhielten. Sie hatte ohnehin keine Chance gegen sie. Aber sie hätte sich denken können, dass Cabral so etwas versuchen würde, schließlich hatte sie sich vor all den Jahrzehnten als viel zu unterhaltsam für ihn erwiesen, als dass er sie so einfach gehen lassen konnte. Nun musste sie ihm zeigen, dass es nicht wirklich angenehm sein würde, sie ständig in seiner Nähe zu haben.

Sie würdigte Trave keines Blickes. Genau das hatte sie von ihm erwartet. Dass er Angst vor ihr hatte oder Mitleid mit ihr verspürte, war nichts als ein Trick gewesen, wie sie es schon die ganze Zeit geahnt hatte.

»Ich habe dein altes Quartier für dich vorbereiten lassen«, fuhr Cabral fort, während seine Männer Astrid ins Turmhaus und durch die langen Korridore schleiften.

»Spiel einfach mit«, flüsterte Trave ihr ins Ohr.

Astrid drehte sich jäh zu ihm um.

»Vorerst zumindest«, fügte er hinzu und nahm dann seinen Platz an Cabrals Seite ein.

Was bei allen Ausgeburten der Unterwelt geht hier vor sich?

»Ich frage dich einfach, meine Liebe: Warum schließt du dich uns nicht an? Warum wirst du nicht wieder eine von uns, so wie du es vor langer Zeit gewesen bist?«

Cabrals Männer setzten Astrid mitten in der großen Halle ab, und Cabral lehnte sich mit dem Rücken an den langen Esstisch.

»Wir hätten da noch einen oder zwei Plätze frei«, erklärte er und breitete die Arme aus. »Mir gehen nämlich langsam die erfahrenen Vampire aus.«

Astrid starrte Cabral nur an und sagte nichts.

»Es ist selbstverständlich ganz allein deine Entscheidung«, sagte er. »Du kannst dich uns anschließen und so harmonisch mit Trave zusammenarbeiten, wie du es letzte Nacht gemacht hast – ihr beide gebt so ein gutes Paar ab –, oder du kannst … es sein lassen. Dann bist du unsere Sklavin. Dann dienst du unserer Unterhaltung und bist dazu da, uns aufzuheitern. Ich befürchte, du weißt bereits, wie das ist.« Cabral schenkte ihr ein breites Lächeln.

Astrid sah zu Trave hinüber, der kaum merklich nickte. Sie knirschte mit den Zähnen und beschloss, lieber auf ewig verdammt zu sein, als auf Trave hereinzufallen.

»Lieber sterbe ich.«

Cabral runzelte die Stirn. »Tu das nicht, Astrid. Bitte enttäusche mich nicht so. Wir würden uns wirklich sehr über deine Gesellschaft freuen.«

»Lieber stecke ich meinen Kopf in einen Pferdearsch.«

Ganz ruhig, ermahnte sich Astrid. *Geh nicht zu weit.* Sie befürchtete schon fast, dass Cabral etwas in der Art sagen würde wie »Das lässt sich arrangieren«.

Aber er lachte nur. »Jetzt erzähl mir nicht, du hättest ein neues Leben angefangen. Bildest du dir tatsächlich ein, du wärst jetzt besser als wir? Hast du nicht gerade die halbe Nacht damit verbracht, jemanden zu foltern?«

Astrid ließ den Kopf hängen. Cabral hatte ja recht. Sie hatte wirklich geglaubt, besser zu sein als die anderen. Ihre Bemühungen, Wiedergutmachung zu betreiben, und die Zeit an Noths Seite mussten ihren Verstand umwölkt haben. Sie hatte sich Mühe gegeben und die Tapfere gespielt, aber je länger sie darüber nachdachte, desto mehr wurde ihr klar, was das eigentlich für sie bedeuten würde. Letztes Mal hatte sie jahrelang hier festgesessen. Wer wusste denn schon, wie lange es dauern würde, bis sie dieses Mal entkam – falls es ihr denn überhaupt wieder gelang.

Auf einmal schien es doch gar keine so schlechte Idee zu sein, sich Cabral anzuschließen.

»Das tut mir wirklich sehr leid«, sagte Cabral jetzt. »Schade, dass wir deine alten Lumpen nicht mehr haben, dann hättest du sie wieder anziehen können, aber wir werden einfach mit dem leben, was du anhast. Vermutlich sieht deine jetzige Kleidung schon bald nicht mehr schön aus.«

Sie bekam es mit der Angst zu tun und fürchtete sich vor dem, was diese Vampire jetzt mit ihr machen würden. Sie fürchtete sich vor Cabral.

Aber vor allem hatte sie schreckliche Angst vor Trave.

Spät in der Nacht ruhte sich Astrid in ihrem »Quartier« aus, bei dem es sich im Grunde genommen um einen Wandschrank handelte, in dem sie sich kaum hinlegen konnte, als sie vor der Tür ein Geräusch hörte.

Sie setzte sich sofort auf, und die Ketten, mit denen sie an die Wand gefesselt war, klirrten.

Es war ihr wie ein Wunder vorgekommen, dass sie den ersten Tag ohne Prügel überstanden hatte. Aber dieses Geräusch konnte nichts Gutes bedeuten. Während der Zeit, die sie vor dreißig Jahren bei Cabral verbracht hatte, waren die Schläge bei Tage den nächtlichen Besuchen immer vorzuziehen gewesen.

Astrid setzte sich auf, aber ihre Ketten verhinderten, dass sie sich hinstellen konnte. Daher hockte sie in einer Ecke ihrer Zelle und wartete darauf, wer die Tür öffnen würde.

Es war Trave, dessen Bartstoppeln und verbrannte Haut im Licht seiner rot leuchtenden und Astrids grüner Augen schimmerten.

Schlimmer hätte es kaum kommen können.

Astrid brachte keinen Ton heraus, als er auf sie zukam; sie konnte sich nicht bewegen und sich auch nicht verteidigen. Diese Hilflosigkeit war ihr nur zu gut im Gedächtnis geblieben. Sie kauerte sich vor die Wand und wusste, dass sie das alles nicht noch einmal durchstehen konnte.

Zu ihrer Überraschung zog Trave sie nicht an sich und schlug sie auch nicht. Stattdessen hörte sie ein leises Klirren, und auf einmal lösten sich die Ketten von Astrids Handgelenken.

Sie starrte Trave an. »Was … was hast du mit mir vor? Will Cabral mich sehen?«

»Nein«, antwortete Trave. »Komm mit.«

»Wohin bringst du mich?«

»Das wirst du noch früh genug herausfinden.«

Astrid war viel zu betäubt vor Angst, als dass sie ihm widersprechen konnte.

»Du hättest auf mich hören sollen«, flüsterte Trave. »Du hättest Cabrals Angebot annehmen sollen.«

»Warum?«, fragte Astrid. »Du hättest mir so oder so wieder alle Knochen gebrochen.«

Trave erwiderte nichts. Stattdessen legte er einen Hebel an der Wand um, und ein mechanisches Sirren ertönte. Direkt vor ihnen klaffte ein schwarzes Loch in der Mauer.

»Was ist das?«, fragte Astrid. Sie hatte schon davon gehört, dass es in Cabrals Turmhaus Geheimgänge geben sollte, aber noch nie einen gesehen.

»Geh einfach rein«, knurrte Trave.

Astrid wollte schon protestieren, doch Trave schien damit gerechnet zu haben und kam ihr zuvor. Sie spürte seinen Stiefel in ihrem Rücken, und dann drängte er sie in die Dunkelheit. Nachdem sie drei oder vier Schritte nach unten getaumelt war, fiel sie flach auf den Boden, der mit einem Mal wieder gerade wurde. Hinter ihr betrat Trave den Gang und schloss die Geheimtür wieder. Jetzt waren sie von Dunkelheit umgeben, die allein vom Leuchten ihrer Augen durchbrochen wurde.

»Geh weiter«, verlangte Trave, aber die Art, wie er sie vorwärtsschob, war fast schon … sanft. Astrid gehorchte, denn was immer bei der Unterwelt hier auch vor sich ging, eines war klar: Im Augenblick gab es nur sie und Trave. Da hätte sie es lieber mit allen Fangzähnen gleichzeitig aufgenommen, ob nun bei Tag oder bei Nacht.

Sie versuchte, ihre Bewegungen nachzuvollziehen und sich zu merken, wie oft sie um eine Ecke bogen oder wann es nach unten oder oben ging. Nach kurzer Zeit erreichten sie eine Wendeltreppe, die wenigstens vier oder fünf Stockwerke nach unten führte, bevor es auf gerader Strecke weiterging. Sehr lange Zeit liefen sie einfach nur schweigend durch die Dunkelheit.

Der Gang roch irgendwie muffig, nach feuchter Erde, und schon bald spürte Astrid, dass sie nur noch über festgetretene Erde ging. Die Wände auf beiden Seiten bestanden entweder aus fleckiger Erde, brüchigem und zerfallendem Stein oder Baumwurzeln und Holzbrettern. Irgendwann spürte Astrid eine leichte Brise auf der Haut. Dann, völlig unverhofft, hatte sie den Sternenhimmel über und das tosende Meer vor sich.

Sie standen am Ausgang des Tunnels, durch den sie gelaufen waren, zwischen hohen dunklen Klippen. Unter sich sah Astrid nichts als Felsen und wogende Wellen. Die Klippen waren so steil, dass man sie nicht erklimmen konnte. Ein Sturz aus dieser Höhe musste tödlich sein, jedenfalls für einen Menschen. Ein Vampir konnte den Sprung ins Meer mit einigen Verletzungen überleben, die schnell wieder heilten, vor allem nachts. Astrid vermutete, dass ein geschickter Vampir auf den Klippen auch genug sichere Stellen finden konnte, um bis hinauf zum Tunneleingang zu gelangen.

»Nimm das.«

Astrid drehte sich um, und Trave drückte ihr ein Stoffbündel in die Hand. Es war ihr Umhang – und darin ihre drei Leersteine, der für Noth, der für die Schwarze Matrone und der, den sie dem Nazaniin abgenommen hatte.

»Und jetzt spring«, befahl Trave. »Und komm nie wieder zurück.«

Astrid starrte ihn völlig verwirrt an. »Du … du lässt mich gehen?«

»Ich habe Schulden, unter anderem bei dir.«

»Cabral wird dich verdächtigen …«

»Cabral wird mir glauben, was ich ihm auftische. Es wird zwar einiges an Überzeugungskraft erfordern, aber ich werde ihm deine Flucht schon glaubhaft darlegen können.«

»Weiß Cabral von diesem Tunnel?«

»Klar. Nur er und ich wissen davon. Und jetzt du.«

»Warum tust du das?«

Trave sah Astrid in die Augen, und wieder einmal flackerte die Furcht in seinem Auge auf.

»Was ich dir angetan habe, war … falsch«, gestand er. »Ich werde es nie wiedergutmachen können, aber das hier ist immerhin ein Anfang.«

»Was ist mit den anderen?«, fragte Astrid. »Mit den Dienern. Warum hilfst du ihnen nicht auch?«

»Cabral würde sich nur neue suchen. Je weniger leiden müssen, desto besser.«

Astrid blickte aufs Meer hinaus, bevor sie Trave erneut ansah. »Wenn du dich wirklich ändern willst, wenn du wiedergutmachen willst, was du …«

Trave schlug mit solcher Gewalt gegen einen Felsen, dass Staub herunterrieselte.

»Geh«, knurrte er über das Tosen der Wellen hinweg. Für einen kurzen Moment sah Astrid den Zorn und den Wahnsinn, an die sie sich bei ihm so gut erinnerte. Aber dann sackte er in sich zusammen.

»Wenn ich zurückkehre, würdest du mir dann helfen, sie zu befreien?«, wollte Astrid wissen und war im nächsten Augenblick entsetzt, dass sie diese Frage überhaupt stellte. Warum im Namen der Göttin wollte sie je wieder hierher zurückkehren? Wieso würde sie das Gesicht dieses Mannes jemals wiedersehen wollen?

Weil du irgendwann einmal entschieden hast, dass du gut sein willst. Aber dieser Mist wird noch dein Untergang sein, Süße.

Trave starrte sie einen Augenblick lang an und schien sie mit seinem Blick zu durchbohren. Dann verschwand er wieder im Tunnel, ohne sich noch einmal umzusehen.

»Danke«, flüsterte Astrid und war selbst überrascht darüber. Dann sprang sie.

KAPITEL 33

Ratskammer, Kaiserpalast

Der Regierungsrat nahm den Vorschlag der Prinzessin nicht mit Wohlgefallen auf. Cova versuchte, sparsam zu sein und genügend Soldaten in Izet zu belassen, aber auch einen Seefeldzug zu finanzieren, um Triah, die Runde Stadt, anzugreifen. Winter, die neben dem Thron stand, beobachtete die anderen Ratsmitglieder und anwesenden Lords, die die Stirn runzelten, den Kopf schüttelten und sogar abfällig schnaubten, als Cova ihren Plan vorstellte. Die Prinzessin hatte überdies das Pech, dass sogar noch mehr Lords anwesend waren als üblich.

Erneut toste Frost durch Winters Adern. Seit ihrer Begegnung mit Kali – falls es sich tatsächlich um Kali gehandelt hatte – nahm sie die Droge nicht mehr so häufig und war kein weiteres Mal in die Leere zurückgekehrt, um mit der seltsamen Gestalt zu reden. Aber Daval hatte ihr nicht gesagt, wann sie das Exempel an Hirman Luce statuieren sollte, daher hatte sie vorsichtshalber vor der Ratssitzung Faltira genommen. Da so viele Lords gekommen waren, würde es vielleicht heute passieren. Luce musste sie nur zu einer Reaktion provozieren, aber bisher hatte er während Covas Präsentation keinen Ton von sich gegeben. Es war bemerkenswert, wie es Cova gelang, bis zum Ende Haltung zu bewahren, aber sobald sie fertig war, stürzten sich die Kritiker auf sie.

»Glaubt Ihr wirklich, wir hätten auch nur eine Chance, Khale durch einen Seefeldzug zu besiegen?«, fragte Wachkommandant Kuglen mit finsterer Miene.

»Unsere Marine ist der ihren überlegen«, entgegnete Cova ruhig. »Mit unseren Schiffen haben wir die besten Aussichten. Eine Landstreitmacht käme nicht einmal am Bluttor vorbei.«

Dagnatar, der Sprecher der Händler, beugte sich vor. »Aber warum wollt Ihr nur Triah angreifen? Wieso nutzen wir nicht unsere Schiffe, um unsere Truppen um den Sorensanischen Pass zu verlagern und dann einen Angriff von mehreren Seiten aus zu starten?«

»Wir wollen sie überraschen«, erklärte Cova. »Sie werden nicht mit einem direkten Angriff auf ihre Hauptstadt rechnen.«

Kuglen schüttelte den Kopf. »Das Überraschungsmoment wird keine Rolle mehr spielen, wenn es unsere Schiffe mit dem Gottesauge zu tun bekommen.«

Cova lachte auf. »Das Gottesauge ist ein Relikt. Glaubt Ihr wirklich, ein Turm, der vor Jahrzehnten gebaut wurde, könnte die Kraft der Sonne kanalisieren? Das ist nur ein Symbol, das uns von Angriffen abhalten soll – und es scheint bei Euch zu funktionieren.«

»Das ist nicht nur irgendein Turm, es ist der höchste Turm in der Geschichte der Sphaera. Und es gibt historische Aufzeichnungen darüber, dass das Auge Schiffe innerhalb von Sekunden verbrannt hat.«

»Was immer dieser Turm auch tut, er ist auf jeden Fall auf das Wetter angewiesen. Girgan hat ihn selbst gesehen und kann das bestätigen.«

Alle drehten sich zu Girgan um, der nickte. »Das Gottesauge kann durchaus gefährlich werden, aber nur unter den entsprechenden Bedingungen, die nicht so ohne Weiteres zu erschaffen sind.«

»Dann seid Ihr bereit, die Zukunft unseres Reichs vom Wetter abhängig zu machen?«, fragte Kuglen.

»Nein«, antwortete Cova, »aber wenn Ihr mir zugehört hättet, würdet Ihr wissen, dass mein Vorschlag einige …«

»Ich bin noch immer nicht überzeugt davon, dass wir überhaupt Krieg führen müssen«, schaltete sich Hohepriesterin Rowady ein. »Warum sollten wir das riskieren? Wieso kümmern wir uns nicht zuerst hier um den Wiederaufbau?«

Winter warf Daval einen Blick zu. Sie war davon ausgegangen, dass der Mann seine Tochter beschützen würde, aber er lehnte sich nur auf seinem Thron zurück, legte die Fingerspitzen aneinander und beobachtete das alles.

Hirman Luce schlug mit der Faust auf den Tisch. »Das ist doch Narretei!«, schimpfte er. »Und zwar alles.«

Winter wurde immer aufgeregter. Dies konnte der Moment sein, in dem er zum letzten Mal zu weit ging und in dem sie erneut ihre Kräfte einsetzen durfte. Bei diesem Gedanken kamen leichte Schuldgefühle in ihr auf, da sie sich danach sehnte, einen Mann töten zu können, nur um ihre Macht ein weiteres Mal zu spüren.

Cova starrte den Lord entrüstet an. »Bitte, Lord Luce, klärt mich doch über meine ›Narretei‹ auf.«

Luce antwortete Cova nicht, sondern starrte Daval an, der am Kopfende des Tischs saß. »Ihr könnt das doch nicht ernsthaft in Betracht ziehen, Daval.«

Obwohl Winters Handflächen schweißnass waren, trat sie vor. Wenn sie nicht selbstsicher wirkte, würde sie versagen. Sie beugte sich vor und sah Luce in die Augen. »Ihr werdet unseren Kaiser mit der entsprechenden Ehrerbietung anreden, mein Lord. Ihr nennt ihn Kaiser oder Euer Gnaden.«

Luce starrte Winter an, zuerst mit weit aufgerissenen Augen, und dann verfinsterte sich seine Miene. Kurz glaubte Winter, er würde ihr antworten, doch er wandte sich stattdessen wieder an Daval.

»Eure Tochter kann nicht einmal einen einfachen Plan erstellen, Daval.«

»Euer Gnaden«, korrigierte Winter ihn.

»Wie soll sie dann erst herrschen, wenn Ihr nicht mehr da seid? Wenn sie es nicht einmal schafft, einen Schlachtplan zu entwerfen, wie soll es ihr dann erst gelingen, unser Reich in einem Krieg anzuführen?«

Dagnatar hob einen Finger. »Augenblick, Lord Luce. Ihr Plan mag zwar noch nicht ganz ausgereift sein, aber er ist …« Luce sprach einfach weiter und versuchte, den Sprecher der Händler zu übertönen. Während er immer lauter wurde, war sich Winter zunehmend sicherer, dass dies der richtige Moment sein würde.

Gleich würde es passieren.

»Ihr wollt den Cantizismus aus unserer Nation verbannen«, fuhr Luce fort, »aber Ihr lasst die Tatsache außer Acht, dass es sich beim Großteil der Bevölkerung um treue Cantiker handelt. Der Ceno-Orden hat außerhalb von Izet so gut wie keine Vertretungen und wird auf Andrinar und innerhalb der Inselkoalition nicht einmal ausgeübt. Ich habe meine Fehler erkannt, Daval, und ich denke, Ihr solltet anfangen, das ebenfalls zu tun. Wenn Ihr nicht …«

»Euer Gnaden«, unterbrach ihn Winter mit Nachdruck. Der Frost hatte sich in ihrem Körper ausgebreitet.

Sie starrte Luce an und forderte ihn mit Blicken heraus, sie anzusehen. Daval hatte gesagt, dass er die Blockierung aufheben würde. Inzwischen war es Winter völlig egal, was sie tun musste, um ihre Macht ein weiteres Mal zu spüren.

»Und was ist mit ihr?« Luce deutete mit einem Finger auf Winter. »Ihr habt einen Elf in unserem Reich am Leben gelassen und dadurch gegen das Gesetz verstoßen. Und nicht nur irgendeinen Elf, sondern diese … diese Abscheulichkeit, die den halben Kaiserpalast zerstört und Grysole sowie den vorherigen Tokal getötet hat. Ihr haltet sie Euch wie ein Schoßtier, und das ist nicht richtig, Daval.«

Da. Winter spürte sofort, dass ihre Fähigkeiten nicht mehr blockiert wurden. Es fühlte sich zwar immer gut an, Frost zu nehmen, aber ohne den Zugriff auf ihre Tendrae blieben die Euphorie und das Gefühl, unverwundbar zu sein, aus. Doch jetzt spürte Winter diese Macht. Sie streckte vier Tendrae aus und hob Luce an seiner Robe in die Luft.

Statuier ein Exempel an ihm. Winter hatte Davals Worte noch genau im Ohr. *Sorge dafür, dass sie nie wieder vergessen, wie du ihn getötet hast. Dann werden sie es nicht wagen, uns erneut herauszufordern.*

Winter stand nicht der Sinn nach Spielchen oder in die Länge gezogenen Spektakeln. Stattdessen stieß sie Luce nach hinten und griff sich mit einem halben Dutzend weiterer Tendrae die Schwerter und Speere der ahnungslosen Wachen, die an den Türen standen. Sie rammte Luce kopfüber gegen die Wand, sodass der Stein bröckelte, und bevor der Mann auch nur schreien konnte, flogen die Waffen durch die Luft und bohrten sich in sein Fleisch.

Totenstille breitete sich in der Kammer aus, während sich Winter wieder entspannte. Sie hatte sich nicht einmal bewegt, und das Ganze war nach wenigen Sekunden vorbei gewesen, und doch tat ihr jeder Muskel im Körper weh. Nun ließ sie sich auf Luces verwaisten Stuhl sinken, schlug die Beine übereinander und ließ den Anflug eines Lächelns auf ihren Lippen erkennen. Irgendjemand übergab sich, und das Geräusch hallte durch den ansonsten stillen Raum. Ganz langsam wanderten die Blicke von Luces Leiche zu Winter, die das bereits kannte. Sie hatte solche Blicke auf dem Platz in Navone gesehen, und auch Lian hatte sie so angestarrt, als ihm klar geworden war, was sie getan hatte.

Girgan Mandiat schaute jedoch nicht sie an, sondern den Kaiser, und sein Gesicht war rot angelaufen. Winter nahm es zur Kenntnis. Der Ratgeber schien einen Groll gegen Daval zu hegen, und diese Information konnte sich noch als nützlich erweisen.

Winter hörte ein Tropfen und sah erneut zu Luces Leiche hinüber, die an der Wand hing. Blut strömte aus einem Dutzend Wunden herab, und der Mann hatte Mund und Augen weit aufgerissen.

Daval räusperte sich.

»Ich hatte Nachsicht mit Hirman Luce walten lassen, nachdem er diesen Verrat bei der Abstimmung begangen hat«, sagte Daval mit leiser Stimme, die ob des Schweigens der anderen gut zu hören war. »Das war ein Fehler. Hätte er nur mich nicht respektiert, wäre ich weiterhin nachsichtig geblieben, aber er hat das Amt des Kaisers nicht respektiert und auch nicht unser geliebtes Reich. Und dafür musste er sterben.«

Daval erhob sich und sprach lauter weiter: »Ich bin der Kaiser. Ich wurde auserwählt. Ich habe die Macht der

Verschmähten Götter im Rücken.« Er blickte lächelnd auf Winter hinab. »Und noch andere Mächte. Luce hat dieses Mädchen als mein Schoßtier bezeichnet. Ihr alle wisst jetzt, dass er sich geirrt hat. Wir leiten ein neues Zeitalter ein. Es steht Euch frei, an meiner Seite zu stehen und Rodens bevorstehenden Ruhm mit anzusehen. Wer das nicht tut, gilt als Rebell und muss sterben.«

Dann setzte er sich wieder und räusperte sich ein weiteres Mal. »So«, sagte er, während Luces Blut im Hintergrund weiter auf den Boden tropfte, »wo waren wir doch gleich?«

Nach der Sitzung ging Daval, flankiert von Winter und Urstadt, zurück in seine Gemächer. Sie hatten den Saal als Erste verlassen, während die anderen Ratsmitglieder und Lords noch immer schweigend Luces Leiche anstarrten. Winter war noch immer aufgewühlt von dem, was sie getan hatte. Ihre Tendrae waren so schnell zu ihr zurückgekehrt, als wären sie nie blockiert gewesen. Aber direkt nach Luces Tod hatte man sie ihr wieder weggenommen.

Sie hatte jemanden getötet, nur um einige Sekunden lang ihre Macht spüren zu können. Das störte sie, aber auf andere Weise, als sie erwartet hatte. Sie fühlte sich schuldig, aber dies war nicht die erstickende Last, die nach Navone auf ihr gelegen hatte. Da war nur ein leichtes Ziehen, mehr nicht. Immerhin hatte sie in Navone weitaus mehr Leute getötet und auch solche, die den Tod gar nicht verdient hatten. Warum sie jetzt Schuldgefühle wegen des Mordes an Luce bekam, verwirrte sie.

»Soll ich die Diener in die Ratskammer schicken, um Luces Überreste zu beseitigen, mein Lord?«, fragte Urstadt.

»Lasst ihn dort«, erwiderte Daval. »Weist die Diener aber an, ihn vor der nächsten Ratssitzung herunterzunehmen. Ich will ihn nicht riechen. Vorerst kann er jedoch noch seinen Zweck erfüllen.«

Winter fragte sich, wie die Diener Luce da wieder herunterholen wollten. Die Mauern der Ratskammer waren wenigstens vier Ruten hoch, und Winter hatte den Mann näher an der Decke als am Boden festgenagelt. Hatten die Dienstboten eine so lange Leiter?

»Was geht dir gerade durch den Kopf, Winter?«, erkundigte sich Daval.

Winter hätte beinahe laut aufgelacht, als sie sich zu ihm umdrehte. Sie fragte sich kurz, warum sie nicht immer den aufblitzenden schwarzen Schädel erblickte, wenn sie ihm ins Gesicht sah.

»Nichts von Bedeutung«, antwortete sie mit einem Schulterzucken.

»Du hast gerade einen Mann getötet. Bereust du es?«

»Ich habe schon vor langer Zeit aufgehört, Reue zu spüren.«

Daval schürzte die Lippen. »Ist es das, was uns Ziravi lehrt?«

Es ist mir völlig egal, was Ziravi uns lehrt, hätte Winter am liebsten erwidert. Aber sie wusste, dass sie damit bei Daval nicht weit kommen würde. Er war von dem Poeten uralter Zeit wie besessen. Winter bezeichnete das Werk des Mannes zwar nicht als nutzlos, aber sie war auch nicht überzeugt davon, dass man so leben sollte, wie es seine Worte vorschrieben.

»›Wildes Unheil‹ sagt nichts über Reue aus«, meinte

Winter. Daval hatte sie gebeten, das Gedicht jeden Morgen zu lesen, und sie gehorchte – wenn auch nicht immer.

»Ach nein?«

Winter zögerte. Das war doch offensichtlich. Was wollte Daval denn von ihr?

»›Um zu zerstören, muss ich erst lieben lernen‹«, zitierte Urstadt. »Diese Worte deuten Reue an. Wie können wir keine Reue empfinden, wenn wir etwas zerstören, das wir lieben?«

Winter war sich nicht sicher, ob Urstadt ihr helfen oder nur beweisen wollte, dass sie das Gedicht ebenfalls gründlich studiert hatte.

»Aber wenn ich etwas nicht liebe, empfinde ich auch keine Reue«, entgegnete Winter. Das würde auch erklären, warum sie in letzter Zeit so gut wie gar nichts mehr fühlte. Für sie gab es fast nichts mehr, das sie lieben konnte.

»Du verstehst das falsch, meine Liebe. Wenn du etwas nicht liebst, dann solltest du es auch nicht zerstören.«

Winter verdrehte die Augen. »Ihr habt mich gebeten, ein Exempel an Luce zu statuieren. Ihn zu töten. Wie hätte ich den Mann denn lieben sollen? Ich kannte ihn ja überhaupt nicht.«

»Wie du es schaffst, zu lieben, ist deine Sache«, sagte Daval. »Ich kann dir nur Befehle erteilen. Ich kann dir sagen, wen du töten sollst und wen nicht, aber über deine Gefühle kann ich nicht bestimmen, Winter.«

»Und Ihr habt von mir erwartet, dass ich Luce lieben sollte? Innerhalb weniger Tage, ohne auch nur ein Wort mit dem Mann gewechselt zu haben?« *Und ungeachtet der Tatsache, dass er mich gehasst hat.* Winter war die einzige Tiellanerin in ganz Roden, soweit sie wusste, und

Luce hatte keinen Hehl daraus gemacht, dass er sie verabscheute.

»Ich hatte gehofft, dass du von allein darauf kommen würdest«, stellte Daval fest, »ohne dass ich dich erst darauf hinweisen muss.«

»Dann habt Ihr Euch wohl falsche Hoffnungen gemacht.« Winter spürte, wie ihr das Blut in die Wangen stieg, auch wenn ihr schleierhaft war, warum sie sich schämte. Eigentlich sollte sie sich doch darüber freuen, diesen Mann enttäuscht zu haben.

Sie erreichten die Tür zu seinen Gemächern, und Daval drehte sich zu ihr um. »Ich glaube nicht, dass ich mir falsche Hoffnungen mache. Es dauert seine Zeit, etwas zu lernen, meine Liebe. Jeder ist zur Liebe fähig, ebenso wie jeder der Liebe würdig ist, und sei es auch aus den unbedeutendsten Gründen.«

Winter schüttelte den Kopf. *Nicht jeder ist der Liebe würdig.* »Ich bin mir nicht sicher, ob ich diese Lektion jemals lernen werde. Scheinheiligkeit steht niemandem, und ich bin da keine Ausnahme.«

»Du magst es jetzt vielleicht als Scheinheiligkeit ansehen, aber schon bald wirst du es verstehen.«

»Wenn ich jemanden liebe, gibt mir das also das Recht, ihn zu zerstören? Geht es etwa darum? Muss ich eine Ausrede finden, damit ich andere aus ›Liebe‹ töten kann?«

»Wir haben nie das Recht, jemanden zu vernichten, Winter. Es ist immer eine bewusste Entscheidung. Aber wenn wir lieben, was wir zerstören, sind wir uns dessen, was wir zu tun gedenken, wenigstens vollkommen bewusst.«

Seitdem Winter wusste, dass sie Psimantie beherrschte, hatte sie den Einsatz ihrer Kräfte stets als Notwendigkeit angesehen, auch um jemanden zu töten. Auf diese Weise konnte sie bestenfalls jene, die sie liebte, am besten beschützen, und schlimmstenfalls mehr Faltira bekommen. Aber das war nicht richtig, wie sie selbst zugeben musste. Sie hatte stets frei entschieden, was sie zu tun bereit war – oder zumindest bewusst auf dieses Recht verzichtet.

Wenn Daval in der Hinsicht recht hatte, lag er dann auch richtig, wenn er sagte, man müsse das lieben, was man zerstören wollte?

»Urstadt wird mich den Rest des Tages beschützen«, teilte Daval ihr dann mit. »Ich würde vorschlagen, dass du dich zurückziehst und über das nachdenkst, was wir gerade besprochen haben. Du musst noch viel lernen, Winter, und ich kann nur hoffen, dass es mir gelingt, dir zu helfen, bevor es zu spät ist.«

Später an diesem Abend stand Winter erneut vor den Gemächern des Kaisers.

»Ich muss ihn sehen«, teilte sie den beiden Schnittern mit, die die Tür bewachten. Sie waren zwar angewiesen worden, ihr zu gehorchen, runzelten aber dennoch die Stirn, als sie sie in die Vorkammer geleiteten. Sie widerstand dem Drang, die Dolche an ihrer Hüfte zu berühren, da sie sich ihre Nervosität nicht anmerken lassen wollte. Sie hatte schließlich einen Ruf zu verlieren. Die Dolche waren im Grunde genommen nutzlos, aber Daval bestand darauf, dass sie sie immer bei sich hatte. Seiner Meinung nach wirkte sie damit nur noch einschüchternder. Winter hielt das Ganze für albern, da sie selbst gegen einen frisch rekrutierten Soldaten keine Chance gehabt hätte. Wenn sie Daval wirklich beschützen sollte, durfte er sie nicht länger blockieren.

Aus diesem Grund stand sie jetzt hier.

Die Wachen waren nicht Davals einziger Schutz; in der Vorkammer wurde sie von Urstadt erwartet. »Der Kaiser hat dir aufgetragen, dich zurückzuziehen und nachzudenken«, sagte Urstadt. »Er wird nicht erfreut sein, dich jetzt zu sehen.«

»Er wird mich dennoch empfangen«, erwiderte Winter. Ihre Beziehung zu Daval war sehr verwirrend. Er stellte ihr alles zur Verfügung, was sie haben wollte, aber sie war dennoch eine Gefangene. Sie durfte den Palast nicht verlassen. Man erlaubte ihr nicht, ihre Tendrae zu benutzen, obwohl sie so viel Frost bekam, wie sie sich nur wünschen konnte. Und doch hatte sie innerhalb des Palasts mehr Freiheit als viele andere. Nur sehr wenige Personen konnten jederzeit eine Audienz beim Kaiser verlangen und diese gewährt bekommen.

»Das denke ich auch«, bestätigte Urstadt. »Aber der Kaiser ist nicht allein. Du wirst warten müssen.«

Seufzend ging Winter in der Vorkammer auf und ab. Sie war üppig ausgestattet, hatte breite Fenster an einer Wand, während an einer anderen ein verzierter Schreibtisch nebst Stuhl stand. Ein mit einem komplizierten Muster versehener Teppich bedeckte fast den ganzen Boden, und an den Wänden hingen mehrere Gemälde. Am hinteren Ende des Raums befand sich die Tür, durch die man in die eigentlichen Gemächer des Kaisers gelangte. Urstadt hatte sich in voller Rüstung neben dem Schreibtisch aufgebaut und hielt ihre Gleve locker in einer Hand.

»Hast du noch einmal über das Gedicht von Ziravi nachgedacht?«

Winter hielt inne. Seit ihrer ersten Begegnung hatte sie mit Urstadt nur das Nötigste gesprochen. »Ich ... ich schätze schon«, antwortete sie vorsichtig. Es konnte natürlich sein, dass Urstadt das fragte, weil Daval es ihr aufgetragen hatte.

»Ich hätte nicht gedacht, dass mich das Gedicht interessieren würde. Im Allgemeinen kann ich mit Poesie nicht viel anfangen.«

Winter sagte nichts. Erwartete Urstadt etwa, dass sie mit ihr eine Unterhaltung führte?

»Aber je mehr ich über Ziravis Worte nachdenke, desto mehr bin ich davon überzeugt, dass sie der Wahrheit entsprechen. Es gibt einen Grund dafür, dass der Kaiser sie beherzigt.«

Wenn Urstadt sich nicht hinsetzen wollte, würde sie es eben tun, beschloss Winter und ging zum Stuhl. »Es sind die Worte eines Mannes. Mir ist schleierhaft, was sie für einen Wert haben sollen.«

»Ist das tatsächlich deine Meinung?«

»Dieser Cetro Ziravi hielt es also für wichtig, andere zu lieben. Anscheinend spricht er sich aber auch für die Zerstörung aus. Was soll ich davon halten? Seine Erfahrungen decken sich nicht mit meinen, und nach allem, was ich gesehen habe, gibt es da draußen nicht viele Personen, die es wert sind, geliebt zu werden. Und die, die man liebt, gehen viel zu oft zugrunde.«

»Du hast jemanden verloren?«

Winter zögerte. Sie hatte erst gemerkt, was sie da sagte, als sie die Worte aussprach, und jetzt war sie nicht sicher, ob sie wirklich mit Urstadt darüber reden wollte.

»Ziravi hat in seinem Leben auch Personen verloren, die ihm etwas bedeutet haben«, sagte Urstadt nach einem Moment. »Er verlor seine Eltern, als er noch sehr jung war, und als Erwachsener zwei seiner Söhne und eine Schwester. Du siehst, dass er auch Verluste erlitten hat.«

Winter kniff die Augen zusammen. »Ich dachte, Ihr macht Euch nichts aus Poesie? Wie kommt es dann, dass Ihr so viel über Ziravi wisst?«

»Auch wenn ich keine Poesie mag, bin ich gründlich und forsche gern nach.«

Winter zuckte mit den Schultern. »Es ist auch nicht weiter wichtig. Ziravi hat auf seine Weise reagiert, und ich tue es auf meine.«

»Ziravi hat beschlossen, zu reagieren. Du kannst diese Wahl ebenfalls treffen, Winter.«

Glücklicherweise wurde die Tür zu den Gemächern des Kaisers aufgestoßen, sodass Winter diese furchtbare Unterhaltung nicht länger führen musste.

Cova kam herausgestürzt und verzog die sonst immer so gefasste Miene. Hätte Winter es nicht besser gewusst, wäre sie fast der Meinung gewesen, dass Cova kurz davor war, in Tränen auszubrechen. Die junge Frau lief durch den Vorraum und verschwand.

»Hass mich nicht für etwas, das du nicht verstehst!«, rief Daval ihr aus seinen Gemächern hinterher. Aber Cova war längst gegangen.

Seltsamerweise verspürte Winter in diesem Moment so etwas wie Eifersucht. Ihr war bewusst, dass sie die beiden um ihre Beziehung beneidete. Sie waren Vater und Tochter. Auch wenn sie nicht einer Meinung waren, hatten sie einander. Winter hatte ein klein wenig Mitleid mit Daval. Der Mann war grausam und ein Mörder, aber er war auch ein Vater.

Urstadt lächelte Winter an. »Der Kaiser wird dich jetzt empfangen.«

Winter holte tief Luft und verdrängte ihr Mitgefühl für

Daval in die hinterste Ecke ihres Verstandes. Sie stand auf und betrat die Gemächer des Kaisers. Daval schien schlecht gelaunt zu sein. Winter wusste nicht, was zwischen ihm und seiner Tochter vorgefallen war, aber es hatte sie offensichtlich beide verärgert. Dies war nicht der beste Moment, um Daval um einen Gefallen zu bitten, aber nun war sie schon einmal hier. Außerdem hatte Daval gesagt, dass sie ihn jederzeit aufsuchen durfte.

Und Winter war sich nicht sicher, ob sie jetzt noch zurück konnte. Nachdem sie die Macht ihrer Tendrae gespürt hatte, wenngleich nur für einen kurzen Augenblick, sehnte sie sich nach mehr. Sie verzehrte sich ebenso danach wie nach Faltira.

Die Gemächer des Kaisers waren in mehrere Räume unterteilt, darunter ein Schlafgemach, ein Studierzimmer, ein gewaltiger Kleiderschrank, ein Ankleide- und Badezimmer, die persönliche Waffenkammer und ein Wohnbereich, der alles miteinander verband. Insgesamt waren die Gemächer größer als die meisten cantischen Kapellen, die Winter gesehen hatte. Außerdem war alles erstaunlich schlicht gehalten, und es waren nur einfache Teppiche und Vorhänge und so gut wie keine Kunst- oder Dekorationsgegenstände vorhanden. Selbst das Vorzimmer sah deutlich prächtiger aus.

Daval stand an einem Ende des Wohnbereichs, hatte die Hände hinter dem Rücken gefaltet und sah durch ein großes Fenster in die Nacht hinaus. Winter konnte die Lichter von Izet draußen sehen, und ihr wurde ihrer Gefangenschaft nur umso deutlicher bewusst.

»Was willst du?«, fragte Daval gleich.

»Ich … ich wollte mit Euch sprechen.«

»Ich sagte doch, dass du den Rest des Tages über das nachdenken sollst, was wir besprochen haben.«

»Aus dem Grund bin ich ja hier«, erklärte Winter, deren Verstand fieberhaft arbeitete. Wenn sie ihm sagte, was er hören wollte, würde er ihr vielleicht ihren Wunsch erfüllen.

Daval drehte sich um. In dem Augenblick, in dem sie sein Gesicht sah, blitzte das schreckliche Bild des in Flammen gehüllten schwarzen Schädels vor ihrem inneren Auge auf. Winter schloss die Lider, aber das Bild schien sich in ihr Gedächtnis eingebrannt zu haben, da der Schädel sie weiterhin grinsend und reglos anstarrte.

»Dann hast du deine Meinung also geändert?«, fragte Daval.

Als Winter die Augen wieder aufschlug, war der Schädel verschwunden, und sie hatte nur noch Daval vor sich, der sie ansah. Seine Augen lagen tief in den Höhlen, und seine Miene wirkte ernst.

»Ich … ich denke schon«, erwiderte Winter.

»Erzähl es mir.«

»Ich hatte eine glückliche Kindheit«, begann Winter. Sie musste die Lüge richtig verpacken, damit Daval ihr auch glaubte. Wenn sie ganz von vorn anfing, hatte sie genug Zeit, sich etwas auszudenken. »Für eine Tiellanerin in einem kleinen Küstendorf war sie wirklich gut. Ich habe meine Mutter nie kennengelernt, da sie bei meiner Geburt gestorben ist, aber mein Vater … mein Vater war ein guter Mann, und er hat mich gut erzogen.«

Daval schwieg und blieb still vor dem Fenster stehen.

Es wäre so leicht, ihn einfach … hindurchzustoßen. Aber dieser Gedanke war lächerlich. Daval war stark – für einen alten Mann sogar unglaublich stark –, und Winter besaß in seiner Gegenwart nicht die geringste Macht, wenn er sie ihr nicht vorher überließ.

»Aber mein Glück war nicht ungetrübt. Ich musste mit ansehen, wie eine tiellanische Familie nach der anderen unser Dorf verließ, weil sie die Unterdrückung nicht länger ertragen konnte. Ich wurde Zeuge, wie mein Vater seine Kunden und seine Freunde verlor. Ich habe gesehen, wie Tiellaner, sowohl Männer als auch Frauen, so brutal zusammengeschlagen wurden, dass sie fast nicht überlebten. Aber als Noth zu uns kam und wir … wir einander näherkamen … da dachte ich, dass sich alles ändern würde. Zum ersten Mal in meinem Leben habe ich geglaubt, dass mein kleines Glück vielleicht größer anstatt kleiner werden könnte.«

Winter senkte den Kopf. »Doch da hatte ich mich gewaltig geirrt. Mein Vater wurde an unserem Hochzeitstag von Männern aus Roden getötet. Noth hat mich verlassen. Ich bin ihm gefolgt und fand heraus, dass ich psimantisch begabt bin. Aber ich lernte auch die Sucht kennen, die damit zusammenhängt, und ich konnte ihr nie wieder entkommen. Ich habe getötet, nur um diese Sucht zu befriedigen. Als ich hier eintraf, dachte ich, dass endlich alles vorbei sein würde. Und so war es auch, aber anders, als ich erwartet hatte. Ich hatte geglaubt, wir würden nach Hause gehen und unsere Abenteuer wären vorbei. Stattdessen wurden mein Gatte und meine Freunde getötet, und ich sollte in einer Gefängniszelle verrotten.«

»Was willst du mir eigentlich sagen, meine Liebe?«

»Alles, was ich geliebt habe, wurde mir genommen. Könnt Ihr es mir da verdenken, dass es mir schwerfällt, erneut zu lieben?«

Daval zog die Mundwinkel nach unten. »Wenn das deine Schlussfolgerung ist, dann …«

»Ich bin noch nicht fertig.« Winter klappte den Mund

wieder zu, da ihr erst jetzt bewusst wurde, dass sie gerade einem Kaiser ins Wort gefallen war.

»Fahr fort«, befahl Daval mit eiskalter Stimme.

»Ich wollte nur, dass Ihr versteht, warum ich zuvor so gedacht habe«, erläuterte Winter. »Und dass ich, trotz allem, was mir widerfahren ist, glaube … dass Ihr recht habt.«

Als Daval nichts erwiderte, fuhr Winter fort: »Ich habe über die Liebe und über Zaravis Gedicht nachgedacht, und mir ist bewusst geworden, dass ich mein ganzes Leben lang nur jemanden geliebt habe, von dem ich dachte, er hätte meine Liebe verdient. Aber jetzt … jetzt sehe ich das etwas anders. Ich denke … ich denke, es geht darum, jemanden zu lieben, der es nicht verdient hat. Und das tun sie alle nicht. Canta weiß, dass ich es am wenigsten verdiene.«

Winter wusste, dass sie das alles aus dem Stegreif erfand, und doch fragte sie sich irgendwo tief in ihrem Inneren, ob diese Worte nicht der Wahrheit entsprachen. *Es geht darum, jemanden zu lieben, der es nicht verdient.*

»Sobald ich das begriffen hatte, habe ich auch die Bedeutung von ›Wildes Unheil‹ verstanden. Ich dachte, es ginge darum, lieben zu lernen, um zerstören zu können, aber da habe ich mich geirrt. Das Ziel ist die Liebe, nicht die Zerstörung. Meiner Meinung nach sagen die letzten Zeilen genau das aus.«

Das Ziel ist die Liebe, nicht die Zerstörung. Winter wollte das so gern glauben, aber diese Worte waren gelogen. Möglicherweise galten sie für andere, aber für sie würden sie niemals wahr werden.

Sie versuchte, ruhig zu bleiben, als sie sah, wie langsam ein Lächeln Davals Lippen verzog. Seine Augen lagen noch immer im Schatten, doch das Lächeln war ein gutes Zeichen – oder etwa nicht?

»Sehr gut«, sagte er. »Ich glaube, du verstehst es langsam doch.«

Sie standen einen Augenblick lang schweigend da und sahen einander an. Winter war nicht sicher, was sie noch tun sollte. Wäre es in Ordnung, wenn sie jetzt fragte, ob sie ihre Tendrae zurückbekommen konnte? Hatte sich seine Laune wieder gebessert?

»Es freut mich sehr, dass du Fortschritte machst, Winter, aber es ist schon spät. Wenn das alles wäre …«

»Da wäre noch etwas«, sprudelte es aus Winter heraus. »Was soll ich noch für Euch tun?«

»Wie meinst du das?«

»Ich habe heute ein Exempel an Hirman Luce statuiert. Wann soll ich für Euch wieder etwas erledigen … etwas in der Art?«

»Du möchtest wissen, wann ich die Blockierung deiner Fähigkeiten das nächste Mal aufhebe?«

Natürlich ist es das, was ich meine! »Ich wollte damit sagen, dass … dass ich dankbar bin für alles, was Ihr für mich getan habt. Und was Ihr weiterhin für mich tut. Und ich möchte wissen, wann ich Euch das erneut vergelten kann.«

Da lachte Daval los. Das Geräusch klang seltsam, tief und abgehackt, und bevor Winter auch nur darüber nachdenken konnte, was dieses erstickte, merkwürdige Geräusch bedeuten konnte, ertönte noch etwas anderes.

Da war ein tiefes Donnern, das in Winters Brust vibrierte und die Grundfesten des Palasts erschütterte.

Plötzlich war Winter von Finsternis umgeben. Zuerst fragte sie sich, ob sie in die Leere gewechselt war, doch sie begriff rasch, dass dies etwas anderes sein musste. Sie sah keine Lichter, keine kleinen Sterne. Hier gab es nichts als Dunkelheit. Es war eine Dunkelheit, die zugleich vertraut und fremdartig wirkte und die furchterregender war als alles, was sie sich vorstellen konnte. Die Schwärze war so undurchdringlich und erdrückend, als hätte man eine riesige kalte Decke über sie gelegt, eine Decke, die zu schwer war und weder Wärme noch Schutz bot. Diese Dunkelheit hatte sie schon einmal erlebt, vor einigen Monaten, als sie noch Freunde und Hoffnung gehabt hatte.

Ebenso wie sie die Stimme kannte.

»Willkommen zurück, Kleine.«

Die Stimme war tief, dröhnend und in Flammen gehüllt.

»Ich bin hocherfreut, dich wiederzusehen.«

Eine Gestalt kam auf sie zu. Winter konnte ihre Schritte hören, deren Echo endlich in der Dunkelheit zu erkennen war, und ihr stieg ein schwacher Geruch nach Zimt in die Nase.

»Du kannst ihn nicht täuschen«, sagte die Gestalt. »Versuch es gar nicht erst.«

»Mutter?« Winter kam es schrecklicherweise so vor, als hätten sie diese Unterhaltung schon einmal geführt.

»Er weiß, dass du lügst«, sagte ihre Mutter. »Versuch das lieber nicht noch einmal. Für ihn bist du nur ein Werkzeug, eine Waffe.«

Winter erschauderte im Dunkeln. »Mutter, wie …?«

»Sag nichts, Kind. Du hast Glück, dass ich überhaupt zu dir gekommen bin.«

Inzwischen zitterte Winter am ganzen Körper, und sie schluchzte einmal auf, riss sich dann jedoch zusammen.

Ihre Mutter lachte. »So schwach. Wie ein erbärmliches Ding wie du es geschafft hast, mich zu töten, werde ich nie begreifen. Aber es ist nicht mehr von Bedeutung, nicht wahr? Ich bin tot, und du hast mich getötet.«

»Mörderin.«

Blitzartig verschwand die Dunkelheit, und Winter stand erneut in den Gemächern des Kaisers. Sie blinzelte und kniff die Augen zusammen, da das Fackellicht sie auf einmal blendete. Davals Lachen hallte noch immer durch den Raum.

Winter erschauderte; sie begriff nicht, was da eben passiert war. Hatte sie sich das alles nur eingebildet?

»Du bist ein kluges Mädchen«, sagte Daval. »Du durchschaust dein Gegenüber und kannst ihm geben, was es hören will. Das ist ein nützliches Talent.«

Winter war sprachlos. Das Entsetzen über das, was sie gerade in der Dunkelheit erlebt hatte, ließ sie noch immer nicht los. Sie schlang die Arme um den Oberkörper, da sie nicht aufhören konnte, zu zittern.

»Du wirst wieder etwas für mich tun, wenn ich bereit dazu bin. Wenn ich es von dir verlange. Und nicht früher. Das ist alles, was du wissen musst.«

»Ja«, flüsterte Winter, die nicht mehr herausbekam.

»Gut. Und jetzt geh. Ich muss mich um andere Angelegenheiten kümmern.«

Winter lief rasch hinaus, und als sie Daval den Rücken zuwandte, erzitterte sie erneut. Sie ging wortlos an Urstadt vorbei und marschierte durch die langen Korridore des Palasts.

Daval war weitaus mächtiger, als sie gedacht hatte, und viel klüger. Sie konnte ihn nicht überlisten. Er war der Kaiser. Er war ihr Meister. Er war ein Dämon.

Und er ist ein Vater.

Bei dem Gedanken blinzelte Winter irritiert. Erneut spürte sie dieses Mitgefühl, das wie aus dem Nichts zu kommen schien. Es war ihr unverständlich, wie sie etwas, das auch nur entfernt an Sympathie grenzte, für dieses Monster Daval empfinden konnte.

Winter ging zurück in ihr Zimmer und versuchte verzweifelt, an etwas anderes zu denken als an Daval, die Dunkelheit und die gemeinen Worte ihrer Mutter.

KAPITEL 34

Als Astrid das Harmoth-Anwesen endlich wieder erreichte, war sie überrascht, wie viel sich verändert hatte. Der ständige Zustrom der Neuankömmlinge, Menschen ebenso wie Tiellaner, war eindeutig nicht abgeflaut. Selbst im schwächer werdenden Licht – Astrid hatte bereits die Kapuze abnehmen können – war zu erkennen, dass sich mehrere Hundert Personen auf dem Gelände aufhielten. Aber es schien auch mehr Ordnung zu herrschen als bei ihrem Aufbruch, als alles noch sehr chaotisch gewirkt hatte. Die Zelte standen in gut erkennbaren Reihen, die Feuer waren gleichmäßig verteilt, und am Rand des Anwesens hatte sich eine Gruppe auf einer Lichtung im blaugrauen Licht der Dämmerung versammelt. Seltsamerweise sah einer der riesigen Bäume in der Mitte des Grundstücks nun aus wie ein verkohltes Gerippe, und der Boden darunter war angesengt und schwarz.

Astrid fragte sich, was hier geschehen war. Ihr letztes Gespräch mit Noth war nur kurz gewesen, und sie hatte ihn über die erfolgreiche Beschaffung des Nazaniin-Leersteins informiert. Von Cabral und Trave hatte sie nichts erzählt, und er hatte ebenso wenig erwähnt, was sich hier abgespielt hatte.

Als Astrid um eine Gruppe herumging, die gerade mit Pfeil und Bogen auf eine Reihe aus Strohpuppen schoss, und eine weitere bemerkte, die mit Holzschwertern übte, begriff sie, was vor sich ging. Dies war ein Übungsgelände. Dann sah sie auch schon Noth, der Befehle erteilte.

Sie ging leise auf ihn zu und wollte ihn überraschen, aber Noth, der sich seiner Umgebung stets bewusst war, musste sie schon gesehen haben. Als er sich zu ihr umdrehte, strahlten seine Augen, und ein seltenes Lächeln umspielte seine Lippen. Er stürzte auf sie zu, und Astrid sprang Noth in die Arme. Sie wusste nicht, was sie mehr überraschte: dass Noth sie umarmen wollte oder dass sie es geschehen ließ. In jedem Fall schien er sich aufrichtig zu freuen, sie zu sehen, und Astrid hätte beim besten Willen nicht in Worte fassen können, was sie empfand. Nach allem, was sie in Turandel durchgemacht hatte, nach der Gewalt und den Erinnerungen, war dies eine willkommene Abwechslung.

»Warum hat das so lange gedauert, Kleines?«, knurrte Noth und setzte sie wieder ab.

»Ach, weißt du, da war noch dies und das, und ich hatte alles Mögliche um die Ohren.«

»Schön, dass du wieder da bist.«

Astrid grinste ihn an. »Hier scheint sich auch einiges getan zu haben.«

»Sogar eine ganze Menge«, erwiderte Noth. Dann nickte er zu dem jungen Mann neben sich hinüber.

»Formieren!«, rief der junge Mann. »Die Übungen sind zu Ende! Stellt euch für die Inspektion auf, und danach geht es zum Essen, ihr Würmer!«

Astrid zog eine Augenbraue hoch. *Würmer?*, fragte sie Noth lautlos.

Er kicherte nur und schüttelte den Kopf.

Alle, die eben noch trainiert hatten – Astrid zählte etwa drei Dutzend, sowohl Menschen als auch Tiellaner,

Männer ebenso wie Frauen –, stellten sich in einer Reihe auf, und der junge Mann, der anscheinend Noths Feldwebel war, schritt an ihnen vorbei und musterte die verschwitzten, dreckverschmierten Rekruten. Erst jetzt erkannte Astrid den jungen Mann: Es war Cinzias und Janes Bruder, der ältere. Wie war doch gleich sein Name?

Noth drehte sich um und bedeutete Astrid, ihm zu folgen. »Eward kann sich um den Rest kümmern.«

Eward. Natürlich. Der junge Mann hatte sich wohl gut ans Kommandieren gewöhnt.

»Komm mit«, sagte Noth. »Wir sollten uns unterhalten.«

Während Noth ihr berichtete, was in den letzten Wochen geschehen war, gingen sie um das Gelände herum anstatt direkt auf das Haus zu. Da es langsam dunkel wurde, blieben sie auf dem Stück Land hinter dem Haus, auf dem sich nur wenige Odeniten aufhielten, damit niemand Astrids unheimlich leuchtende Augen sah.

Auf dem Rückweg nach Tinska hatte Astrid beschlossen, Noth alles zu erzählen, was sie erlebt hatte. Oder so gut wie alles. Ihm von dem Kampf gegen die Nazaniin, dem Voyant und dem neuen Leerstein zu berichten, war einfach, aber als sie über Cabral und Trave sprach, wurde es immer schwerer. Es gab keinen Grund, Noth jede Einzelheit aus ihrer Vergangenheit mit Cabral und Trave und das, was zwischen ihnen vorgefallen war, anzuvertrauen.

Noth schien die Sache sehr gut aufzunehmen. »Dann warst du also früher schon einmal in Turandel?«, fragte er, nachdem Astrid ihm den Großteil erzählt hatte.

Sie nickte zaghaft. »Vor Jahrzehnten. Ich hatte gehofft,

dass Cabral und die Fangzähne weitergezogen wären oder dass man sie inzwischen getötet hätte.«

»Das hast du bisher nie erwähnt.«

Sie zuckte mit den Schultern. »Ich wusste nicht, dass es wichtig für dich ist.«

Noth legte ihr eine Hand auf die Schulter. »Es … es tut mir leid, was du durchmachen musstest«, sagte Noth leise. »Das, was du erlebt hast, wäre für jeden schwer zu ertragen.«

Astrid wandte den Blick ab und hoffte, dass Noth die Tränen in ihren Augen nicht bemerkt hatte.

»Und was ist hier los?«, fragte sie deshalb und konnte es kaum erwarten, das Thema zu wechseln. »Hier ist ja einiges passiert.«

»Sehr viel sogar. Nach dem Angriff der Kamiten und dem versuchten Anschlag haben wir einige Veränderungen vorgenommen. Cinzia und ich wollten der Sache auf den Grund gehen, aber wir konnten nicht viel erreichen. Doch wir haben eine Zählung durchgeführt, damit wir ungefähr wissen, wie viele Leute sich hier aufhalten und um wen es sich handelt. Du hast ja die Wache gesehen, die wir ausbilden.«

»Oh ja«, meinte Astrid. »Und eure Nachforschungen haben nichts ergeben? Du sagtest, die Frau, die du getötet hast, hätte vermutlich nicht alleine gearbeitet. Dann wisst ihr noch immer nicht, wer ihr Partner war?«

»Wir haben einige leere Zelte entdeckt, die ganz plötzlich verlassen wurden«, sagte Noth. »Daher vermuten wir, dass sie längst geflohen sind.«

»Aber sie könnten sich auch immer noch im Lager aufhalten.«

Noth zögerte. Das schien ein wunder Punkt für ihn zu sein. »Das ist gut möglich«, gab er schließlich zu.

»Es überrascht mich, dass jemand mit deinen Fähigkeiten sie nicht finden konnte.«

»Ich hatte noch mehr um die Ohren.«

»Etwas, das wichtiger ist, als diese Assassinen zu finden?«

»Es gibt in letzter Zeit viel zu viel, was wichtig ist.«

»Dann hat sich hier wirklich eine Menge verändert«, murmelte Astrid. Dabei war sie doch gerade mal zwei Wochen weg gewesen. »Wie viele leben jetzt hier?«

»Fast vierhundert. Dreihundertneunzig nach der letzten Aufzeichnung.«

»Unsere eigene Volkszählung. Wer kümmert sich darum? Ich kann mir nicht vorstellen, dass Cinzia und du das auch noch erledigen.«

»Cinzia hat eine junge Frau kennengelernt und ihr diese Aufgabe übertragen. Sie heißt Arven und ist recht klug, aber auch ein bisschen … exzentrisch.«

Sie gingen noch einige Minuten lang weiter, während es immer dunkler wurde. Astrid empfand es als beruhigend, wusste jedoch auch, dass sie noch über etwas anderes sprechen mussten. Sie holte den Leerstein aus der Tasche und reichte ihn Noth.

»Das ist er also?«, fragte er.

»Das ist er«, erwiderte Astrid. »Das ist unsere Verbindung zu den Nazaniin. Sollen wir?«

Noth schaute sich um. »Jetzt?«

»Wir können es ebenso gut gleich hinter uns bringen.«

Noth nickte widerstrebend, und Astrid wechselte in die Leere, um die Verbindung herzustellen. Während Psimanten mit einem Leerstein in der Hand in ihrem Verstand ein Gespräch führten, mussten andere, die wie Astrid eine Verbindung zur Leere hatten, laut sprechen, und die Stimme vom anderen Ende drang aus dem Stein.

Normalerweise war das nicht gerade angenehm, aber dieses Mal würde Noth der Unterhaltung folgen können.

Nach einem Augenblick hörte sie die Stimme eines Mannes, der ruhig und gelassen fragte: *»Warum erstattet Ihr erst jetzt Bericht?«*

Astrid und Noth sahen einander an und wussten nicht, was sie tun sollten.

Vielleicht war das doch keine so gute Idee, dachte Astrid.

Glücklicherweise nahm Noth das Heft in die Hand. Dank Astrids Verbindung zur Leere konnte man seine Stimme am anderen Ende ebenfalls hören.

»Hier ist Noth«, sagte er.

»Noth? Wer bei der Göttin ist Noth? Wie seid Ihr an diesen Leerstein gelangt? Wo ist Ferni?«

»Ihr kennt mich als Lathe Tallon.«

Am anderen Ende herrschte Schweigen.

»Lathe. Natürlich.«

»Mit wem spreche ich?«

»Ihr klingt ... anders. Entschuldigt, dass ich Euch nicht erkannt habe. Ihr sprecht natürlich mit Rune.«

»Habt Ihr das Sagen?«

»Ob ich ... ob ich das Sagen habe? Wie meint Ihr das?«

»Ich muss mit demjenigen sprechen, der das Sagen hat.«

»Dann sind die Gerüchte also wahr, und Ihr habt tatsächlich das Gedächtnis verloren.«

»Habt Ihr nun das Sagen oder nicht?«

»Nun ja, Lathe ... oder Noth, wenn Ihr Euch jetzt so nennt ... Ich bin Mitglied der Triade, zusammen mit Kosarin und ... Ihr erinnert Euch wirklich nicht?«

»Das geht Euch nichts an«, knurrte Noth. »Werdet Ihr mir jetzt sagen, was ich wissen will?«

»Das hängt davon ab, was Ihr wissen wollt, Noth.«

»Warum seid Ihr hinter mir her?«

»Genau genommen sind wir das momentan nicht.«

»Aber Ihr wart es. Wieso?«

»Wir dachten, Ihr wärt übergelaufen. Das war ein Irrtum, für den wir uns entschuldigen möchten.«

Ein »Irrtum« beschrieb nicht einmal ansatzweise, was sie mit Nash und Kali erlebt hatten. Astrid fragte sich, wieso dieser Mann, der schließlich Voyant war, das nicht vorhergesehen hatte.

Dann fiel ihr ein, dass sie Noth nicht alles erzählt hatte. Sie hatte vergessen zu erwähnen, dass es sich bei der Person, mit der sie sprechen würden, höchstwahrscheinlich um einen Voyant handelte.

Sie versuchte, Noth das Wort lautlos zu übermitteln, doch er achtete nicht auf sie. Erst als sie ihm gegen ein Schienbein trat, sah er sie mit finsterer Miene an.

»Er ist ein verdammter Voyant«, flüsterte sie.

»Ah, es ist noch jemand bei Euch. Mit wem habe ich das Vergnügen?«

Noth starrte Astrid an, runzelte die Stirn und malte mit dem Kiefer. »Ihr seid Voyant, nicht wahr, Rune? Dann könnt Ihr das doch auch selbst herausfinden.«

»Ah ja. Entweder habt Ihr Euch daran erinnert, oder Eure Begleitung ist sehr hilfreich. Wie dem auch sei, ich habe schlechte Nachrichten für Euch. Aus irgendeinem Grund blockiert Ihr meine Kräfte, seitdem Ihr, äh, das seid, was Ihr jetzt nun einmal seid. Ich kann Euch nicht sehen, jedenfalls nicht auf eine Weise, die für mich Sinn ergibt. Und was Eure Begleitung betrifft … Ah ja. Ein Vampir.«

Astrid und Noth sahen einander an, und sie zuckte mit den Schultern.

»Aus Eurem Schweigen schließe ich, dass ich richtigliege. Wie eigentlich immer. Schade, dass Ihr Euch nicht daran erinnert. Jedenfalls … muss ich zugeben, dass das, was mit Euch passiert ist, sehr faszinierend für mich ist. Wir möchten Euch bitten, zurückzukehren. Wir haben so viele Fragen an Euch.«

»Ich lasse nicht an mir herumexperimentieren, wenn es das ist, was Ihr vorhabt.«

»Unsere Meinung über Euch hat sich geändert. Wir glauben, dass Ihr uns noch immer von großem Nutzen sein könnt. Und unsere Experimente mögen zwar … anstrengend sein, aber ich versichere Euch, dass sie nicht lange dauern werden. Wir würden so viel über das herausfinden, was mit Euch geschehen ist, wie wir nur können, und Euch dann Eures Weges schicken.«

»Ich komme nicht zu Euch«, beschied Noth ihm direkt. »Das könnt Ihr vergessen.«

»Ich dachte mir, dass Ihr das sagen würdet. Auch wenn ich Euch nicht wirklich sehen kann, habe ich doch eine Ahnung davon, wer Ihr seid. Nun gut. Was wollt Ihr von uns, Noth?«

»Dass Ihr mich in Ruhe lasst, steht ganz oben auf meiner Liste.«

»In dieser Hinsicht kann ich Euch nichts versprechen. Aber wenn Ihr Informationen wollt … könnte ich Euch die nächste Cotir schicken. Der Acumant in Tinska besitzt beachtliche Fähigkeiten.«

Astrid runzelte die Stirn.

»Woher wisst Ihr, dass wir in Tinska sind?«, hakte Noth nach und sprach so Astrids Frage aus.

»Dass ich Euch nicht sehen kann, bedeutet noch lange nicht, dass ich den Leerstein, den Ihr benutzt, nicht lokalisieren kann. Das ist einfache Psimantie, mein Freund.«

Astrid schüttelte den Kopf. Noch eine Cotir? Die Psimanten hatten ihnen bisher nichts als Ärger gemacht, und ihr gefiel die Vorstellung gar nicht, bald auf weitere zu treffen.

»Wenn Ihr Informationen wollt, dann können sie Euch besseres Material liefern, als mir zur Verfügung steht.«

»Können sie mir sagen, was mit mir passiert ist?«

»Ich kann für nichts garantieren, aber wie ich bereits sagte, ist der Acumant sehr mächtig. Wenn Euch irgendjemand etwas über Euren … Zustand sagen kann, dann vermutlich er. Es sei denn, Ihr möchtet uns in Triah aufsuchen. Aber ich muss zugeben, dass ich innerhalb der Dreieinigkeit der falsche Ansprechpartner für dieses Thema bin.«

»Mit wem sollte ich dann drüber sprechen?«

Rune räusperte sich. *»Darüber, Noth. Es ist wirklich nicht mehr viel von Lathe in Euch, was?«*

»Was geht's Euch an, wie ich rede?«, fauchte Noth.

»›Geht's‹? Bei der aufsteigenden Canta … Ich mache Euch einen Vorschlag, Noth: Ihr trefft Euch mit unserer Cotir. Wir geben den Leuten einige Informationen über Euch und darüber, wer Lathe war. Vielleicht können sie Euch auch mehr über das sagen, was mit Euch passiert ist.«

Noth sah Astrid mit hochgezogenen Augenbrauen an. Was wollte sie ihm schon sagen? Letzten Endes war es seine Entscheidung. Sie zuckte mit den Schultern.

»Und was wollt Ihr von mir?«, fragte Noth.

Astrid nickte. Rune verlangte garantiert etwas als Gegenleistung.

»Dasselbe, was wir Euch auch geben: Informationen. Was ist in Roden geschehen? Ich finde es einfach nicht

heraus. Helft uns, zu begreifen, was sich dort abgespielt hat, und wir helfen Euch zu verstehen, wer Ihr seid.«

Astrid beobachtete Noth, während er darüber nachdachte.

»Na gut«, stimmte Noth schließlich zu. »Ich treffe mich mit Eurer Cotir.«

Am anderen Ende herrschte kurz Schweigen, und Astrid bildete sich ein, Stimmen im Hintergrund zu hören.

»Großartig«, meinte Rune nach einem Augenblick. *»Die Anführerin dieser Cotir trägt den Namen Cymbre. Und seid unbesorgt, sie ist weitaus umgänglicher, als es Kali gewesen ist.«*

»Wir können uns in Tinska mit ihnen treffen«, sagte Noth. »Nennt uns einfach einen Treffpunkt.«

Rune lachte. *»Ich kann sie auch direkt zu Euch auf das Harmoth-Anwesen schicken, Noth. Ich wusste schon vor Wochen, dass ich eine Cotir nach Tinska schicken muss, aber erst seit heute ist mir der Grund dafür bekannt.«*

Rune wollte noch etwas anderes sagen, aber Noth gab Astrid ein Signal, und sie beendete die Verbindung.

»Was denkst du?«, fragte sie und blickte zu Noth auf.

Er zuckte mit den Schultern. »Schwer zu sagen.«

»Wann werden diese Zymbre und ihre Cotir hier ankommen?«

»Cymbre. Und ich weiß es nicht. Wenn sie schon in Tinska sind, könnten sie jeden Tag eintreffen.«

Astrid schüttelte den Kopf. »Das gefällt mir nicht. Wir haben keine Kontrolle darüber. Cymbre und ihre Cotir können dir vielleicht wirklich helfen, aber was ist, wenn sie es nicht tun? Was ist, wenn sie mit einem ganzen Dutzend verdammter Cotir herkommen? Mit einer werden wir vielleicht fertig, aber mit mehreren …«

»Dann müssen wir uns eben darauf vorbereiten«, erklärte Noth.

»Mehr hast du dazu nicht zu sagen als ›Wir müssen uns darauf vorbereiten‹? Wie bei der Unterwelt sollen wir uns auf eine Psimantenarmee vorbereiten?«

Noth setzte sich in Bewegung, und Astrid lief ihm hinterher. »Wenn sie eine Armee herschicken, können wir rein gar nichts ausrichten. Aber jetzt haben wir möglicherweise die Chance, vernünftig mit ihnen zu reden. Vielleicht können wir verhandeln und sogar Informationen bekommen. Es machte doch ganz den Anschein, als wären sie zur Zusammenarbeit bereit. Anscheinend weiß ich auch etwas, das für sie von Wert ist.«

»Sie haben Winter und Lian auch gesagt, dass sie zusammenarbeiten wollen. Du weißt ja, was ihnen das eingebracht hat.«

»Wenn du mit meiner Entscheidung nicht einverstanden bist, was schlägst du dann vor?«

»Ich habe nicht gesagt, dass ich etwas dagegen habe. Ich weiß nur nicht, ob es die beste Idee ist …«

»Hast du denn eine bessere Idee?«

Astrid runzelte die Stirn, sie musste an die Worte der Schwarzen Matrone denken, die ihr einen eindeutigen Auftrag gegeben hatten. *Schaff ihn nach Triah. Er muss hierherkommen. Wir brauchen ihn.*

»Wir sollten nach Triah gehen.«

Noth lachte auf. »Warum bei der Unterwelt sollten wir nach Triah gehen?«

»Um die Nazaniin dort aufzusuchen, wo sie leben. Rune hat es doch auch vorgeschlagen.«

Aber Noth schüttelte den Kopf. »Wenn du dich vor einer Nazaniin-Armee fürchtest, dann solltest du ganz bestimmt nicht nach Triah gehen.«

»Oder wir überraschen sie da, wo wir uns ihnen so oder so stellen müssen.«

Astrid musterte Noth eingehend. Er schien nichts zu vermuten. Das konnte er auch gar nicht. Dennoch machte sie sich Sorgen.

»Das ist wirklich dein Ernst«, sagte er und runzelte die Stirn.

»Ja. Ich halte es für das Beste.«

»Und was ist mit Cinzia und Jane? Was ist mit dem, was hier passiert?«

»Was soll damit sein? Es geht uns nichts an. Wir haben unsere eigenen Probleme und müssen uns nicht auch noch ihre ans Bein binden.« Astrid verabscheute sich, als sie die Worte aussprach. Inzwischen genoss sie die Gesellschaft der anderen – oder zumindest die von Jane –, und nach allem, was sie in Roden gesehen hatte, und nachdem sie wieder und wieder Zeuge geworden war, wie Noth von seinen Anfällen geheilt wurde, vermutete sie, dass an dem, was Jane und Cinzia taten, etwas dran sein musste.

Aber letzten Endes zählte das alles nicht. Astrid musste ihre Schuld begleichen und vor allem anderen an ihre eigene Erlösung denken.

Es gab nichts, das wichtiger war. Rein gar nichts.

»Und du glaubst wirklich, wir können sie einfach verlassen?«, fragte Noth.

Astrid wollte nicht völlig herzlos erscheinen, aber wenn es ihr gelang, etwas von dieser Härte auf Noth zu übertragen …

Ist dir eigentlich klar, was du da gerade versuchst? Du willst diesen Mann, der sich große Mühe gibt, ein besserer Mensch zu sein, der nicht töten will, in eben das zu verwandeln, was er nicht sein möchte.

Dieser Gedanke schoss ihr durch den Kopf, aber Astrid wusste, dass sie sich davon nicht beeinflussen lassen durfte.

»Bei der aufsteigenden Göttin, du willst tatsächlich, dass wir nach Triah gehen … Ich werde darüber nachdenken, Astrid. Aber so bald brechen wir bestimmt nicht auf. Hier gibt es einfach noch zu viel zu erledigen. Ich habe noch zu viel zu tun, selbst wenn das für dich vielleicht nicht gilt.«

Astrid starrte zu Boden, während sie zum Haus gingen, und sagte keinen Ton mehr.

KAPITEL 35

Die Leere

Als Winter schließlich in die Leere zurückkehrte, geschah es mehr aus Versehen. Eines Morgens, kurz nachdem sie in ihr neues Zimmer im Palast gezogen war, fand sich Winter in der ausgedehnten Schwärze wieder und hatte keine Ahnung, wie sie dorthin gekommen war. Sie hatte geschlafen und geträumt, aber Winters Traum war nicht ihr eigener gewesen, vielmehr hatte sie die Träume von einem Dutzend anderer Personen erlebt. Winter hatte Gesichter gesehen, die sie nicht erkannte, und von Plänen, Wünschen und Fantasien erfahren, die ihr nicht vertraut waren und die sie auch nicht interessierten. Und nun war sie hier in der Leere.

Sie konnte die Acumantie anscheinend auch im Schlaf nutzen. Winter erschauderte.

Dunkelheit umgab sie, eine Schwärze, die Winter zuerst kaum von der schrecklichen Finsternis unterscheiden konnte, die Daval ihr gezeigt hatte. Doch während Davals Dunkelheit furchtbar und bedrohlich wirkte, war diese Leere nichtig und gleichgültig. Die zahllosen Lichter erstreckten sich vor ihr bis in weite Ferne. Ein kleiner Teil von Winter wollte lieber gehen, bevor sie Kali erneut sah. Die Frau war doch tot, oder nicht? Was konnte sie denn von Winter wollen?

Wieso bleibst du nicht?, fragte sie sich dann. Sie konnte

auch abwarten, was passieren würde. Gegen ein bisschen Chaos sprach doch nichts.

Nur wenige Augenblicke später entstand erneut die Gestalt vor Winters Augen; dasselbe dunkle, unbeschreibliche Gebilde schimmerte farbig und nahm in der Dunkelheit Form an. Der Umriss wurde zunehmend greifbarer, je näher er kam, erzeugte Wellen bei jeder Bewegung, und dann sah sich Winter erneut Kali gegenüber.

Ihr Gesicht veränderte sich, wie es das auch schon zuvor getan hatte. Manchmal war es eine ältere, weise Frau mit ergrauendem Haar, dann wieder die große, dunkelhaarige Frau mit den eiskalten Augen, die Winter in Cineste gesehen hatte, oder das schlanke, blonde Mädchen, das in Izet gestorben war. Winter sah auch Hinweise auf wenigstens eine andere Frau, und sie fragte sich, welche Verbindung es zwischen dem gab, was Kali getan hatte – sich mehrere Körper für eine Sift besorgen –, und dem, was Noth passiert war – mehrere Sifts, die in einen Körper gezwängt worden waren. Winter fragte sich, wie Noth wohl ausgesehen hätte, wenn sie sich vor seinem Tod in der Leere begegnet wären, und ob er zwischen seinen vielen Sifts hin- und hergewechselt wäre.

»Hallo, Winter«, sagte Kali und lächelte gerade genug, dass ihre Augen, deren Farbe von Blau zu Grün zu Grau zu Braun und erneut zu Eisblau wechselte, funkelten und das Licht der Abertausend Sterne in der Leere widerspiegelten.

»Hallo, Kali«, erwiderte Winter.

»Du erkennst mich.«

»Teilweise. Anscheinend hattest du noch mehr Körper besetzt als die beiden, die ich kenne.«

»Besetzt? Das ist eine sehr drastische Formulierung, aber … irgendwie auch zutreffend.«

»Warum bist du hier, Kali?«

Kali musterte Winter von Kopf bis Fuß. »Du hast dich verändert, Winter. Du bist jetzt anders.«

»Ich bin kein Opfer deiner Lügen mehr.«

Kali sah Winter fragend an und ging um sie herum, wobei ihre Schritte farbige Wellen aufwühlten. »Das ist nicht die Veränderung, die ich in dir sehe, aber dennoch wahr. Wie ergeht es dir mit deiner Frostsucht?«

Winters Wangen wurden warm; dabei hatte sie gar nicht gewusst, dass so etwas in der Leere passieren konnte. »Ganz gut.« *Ich habe so viel Frost, wie ich mir nur wünschen kann,* hätte sie beinahe hinzugefügt, aber sie wusste, dass es albern gewesen wäre, das zuzugeben. »Du hast mir eben nicht geantwortet«, bemerkte sie. »Warum bist du hier? Wir dachten, du wärst in Izet gestorben.«

»Du meinst, du dachtest, Noth hätte mich in Izet getötet«, erwiderte Kali spitz und blieb vor Winter stehen.

»Dann bist du tot?«, fragte Winter, in der eine seltsame Hoffnung aufkeimte. »Kommt man nach dem Tod etwa in die Leere?«

Kali schniefte. »Nach dem Tod kommt man nirgendwohin und ganz bestimmt nicht in die Leere. Als ich gestorben bin – als mich dein Mann getötet hat –, habe ich noch versucht, meine Sift in einen anderen Körper zu schicken. Aber es geschah alles so schnell, irgendetwas ging schief, und ich habe mich hier wiedergefunden.«

Winter lächelte. Die Vorstellung, dass Kali derart gescheitert war, amüsierte sie irgendwie.

Daraufhin verfinsterte sich Kalis Miene. »Meiner Ansicht nach hast du dich etwas zu sehr verändert«, murmelte sie.

»Ich kann dir gar nicht sagen, wie glücklich mich das macht.«

»Wir hatten unsere Differenzen ... aber du hast früher zu mir aufgesehen, oder nicht?«

»Ja, bevor du mich betrogen hast.«

»Ich habe nur Befehle befolgt. Das macht die Sache zwar nicht besser, entspricht aber der Wahrheit. Wenn ich keine Befehle befolge, was ...«

»Befehle sind etwas für Narren. Es macht viel größeren Spaß, sich ihnen zu widersetzen.« Fast hätte Winter aufgelacht. So etwas hatte sie nie zuvor ausgesprochen.

»Ich will mich nicht mit dir streiten, ob du es nun glaubst oder nicht«, erwiderte Kali. Winter bemerkte, dass Kali etwas aus ihrer Brusttasche ziehen wollte, es jedoch nicht zu finden schien. Sobald Kali bemerkte, was sie da tat, hielt sie inne. »Ich glaube, ich kann dir helfen. Genauer gesagt vermute ich, dass wir einander helfen können.«

Jetzt lachte Winter doch. »Das musst du mir erklären.«

»Du benutzt Acumantie«, sagte Kali. »Wer könnte dich dabei besser anleiten und dir helfen, deine Fähigkeiten zu verbessern, als eine der fähigsten Acumanten, die je gelebt hat?«

Nun hatte sie Winters Aufmerksamkeit. Sie wollte Kali fragen, woher diese wusste, dass sie Acumantie anwandte, hatte jedoch das Gefühl, dass es etwas mit der Leere zu tun haben musste.

»Selbst wenn das stimmt«, sagte Winter misstrauisch, »was soll ich denn für dich tun?«

Kali blickte an sich herab und breitete die Arme aus. »Wo wir gerade so schön ehrlich zueinander sind, kann ich dir das verraten: Ich scheine hier keine körperliche Gestalt zu haben, wenn du nicht da bist. Den Grund dafür kenne ich nicht. So etwas habe ich noch nie zuvor erlebt, und ich habe auch noch von keinem Psimanten gehört, der davon berichtet hätte. Es scheint ein völlig neues Phänomen zu sein. Aber … in dir ruht eine Kraft, die das hier«, Kali klopfte auf ihre Brust, »möglich macht. Ich möchte sie verstehen. Und wenn ich sie begreife, kann ich möglicherweise auch einen Weg finden, diesen Ort zu verlassen und in meinen Körper zurückzukehren.«

Winter kniff die Augen zusammen. »In *deinen* Körper?«

»Oder in irgendeinen Körper, wenn du es so genau nehmen willst.«

»Woher soll ich wissen, dass du dir nicht meinen dafür aussuchen wirst?«, fragte Winter kopfschüttelnd.

»Selbst wenn ich das wollte, bezweifle ich, dass es mir gelingen würde. Es könnte einige Zeit dauern, bis du mir das glaubst, vielleicht wirst du es aber auch nie tun. Doch ich kann dir versichern, dass ich keine Hintergedanken habe. Ja, ich werde letzten Endes einen anderen Körper finden, den ich besetzen kann, so viel steht fest. Aber das wird nicht deiner sein.«

»Ich habe keine Ahnung, wie ich dir helfen soll«, gab Winter zu. Kali stellte das wie einen Handel dar, als würde Winter Informationen oder eine Fähigkeit besitzen, die sie Kali im Austausch gegen eine Acumantie-Ausbildung geben konnte. Falls sie davon ausging, dann würde Kali bitter enttäuscht, denn Winter hatte ihr nichts zu geben.

»Ich auch nicht«, erwiderte Kali, »aber ich habe gelernt, meinen Instinkten zu trauen, und im Moment sagen sie mir, dass du meine beste Chance bist.«

»Ich könnte dich einfach hierlassen«, stellte Winter fest. Wenn sie Kali so vor sich sah, erst recht in der blonden Version, der sie in Izet gegenübergestanden hatte, konnte sie gar nicht anders, als wütend zu werden. »Immerhin hast du versucht, mich zu töten. Du wolltest uns alle umbringen. Ich könnte dich einfach hierlassen und nie mehr zurückkehren.«

»Ach ja, könntest du das?«, fragte Kali und musterte sie skeptisch. »Wenn man einmal in der Leere gewesen ist, fällt es einem schwer, ihr längere Zeit fernzubleiben. Aber ich denke, das weißt du bereits. Doch ich muss zugeben, dass ich es verdient hätte, wenn du irgendwie die Kraft finden und es schaffen würdest, und sei es auch nur, um mich zu ärgern.«

Winter schnaufte. »Denkst du das wirklich?« Die Kali, die sie gekannt hatte, wäre nie so unterwürfig gewesen.

»Du weißt ja nicht, wie es gewesen ist«, sagte Kali, deren Stimme ganz sanft, fast schon … fast schon schwach klang. Winter hatte nie erlebt, dass Kali verletzlich wirkte. »Mein Stolz, meine Eitelkeit, sogar meine Besessenheit von meiner Pflicht, meinen Befehlen und was mir sonst noch alles wichtig gewesen ist … All das hat jetzt keine Bedeutung mehr. Es ist alles lächerlich im Vergleich zu meinem Verlangen, diesen grässlichen Ort hier zu verlassen. Vor langer Zeit gab es nichts, was ich mir mehr ersehnt hätte, als Zeit in der Leere zu verbringen. Nun würde ich alles dafür tun, sie zu verlassen und niemals zurückzukehren. Und wenn du mir dabei helfen kannst, dann stehe ich zu deiner Verfügung.«

Winter stand da in der Leere und dachte nach. Im Grunde kam es bei ihrer Entscheidung nur auf eine einzige Sache an: Wollte sie mehr über die Acumantie lernen oder nicht? Es schien fast dasselbe Dilemma zu sein, vor dem sie vor einer gefühlten Ewigkeit in der Nähe von Cineste gestanden hatte, als Kali ihr das erste Mal gesagt hatte, dass sie Telenikerin wäre. Damals war die Entscheidung klar gewesen. Selbstverständlich hatte Winter so viel lernen wollen, wie sie nur konnte, um ihre Freunde zu beschützen. Um jenen, die sie liebte, zu helfen.

Aber wohin hatte das alles geführt?

Inzwischen hatte sie sich verändert. Ob es ihr nun gefiel oder nicht, sie musste sich eingestehen, dass Kali recht hatte: Sie war jemand anderes geworden. Für sie gab es niemanden mehr, den sie beschützen wollte. Aber die Vorstellung, mächtig zu sein, eine Acumantin wie Kali zu werden, war verlockend. Dann fiel ihr wieder ein, was Galce gesagt hatte; sie musste an die Worte denken, die ihr nie wieder aus dem Kopf gegangen waren:

Man muss das Leben nehmen, wie es kommt, meine Liebe. Die einzige Ordnung ist Chaos. Der einzige Weg zu leben, ist loszulassen.

»In Ordnung«, sagte Winter. Wenn die Sphaera ihr diese Gelegenheit bot, wieso sollte sie sie dann nicht nutzen?

Kali lächelte sie an. »Großartig.«

Gefühlte Stunden später – Winter war sich nicht sicher, wie die Zeit in der Leere verstrich – sahen die Dinge nicht mehr ganz so rosig aus. Kalis Erfahrungen mit der Acumantie schienen sich nicht im Geringsten mit Winters zu decken.

»Du hast doch gewiss deine Tendrae gespürt«, sagte Kali kopfschüttelnd.

»Nein«, erwiderte Winter ausdruckslos. Kali hatte diese Frage nicht zum ersten Mal gestellt. »Das habe ich nicht.«

Kali musterte Winter mit gerunzelter Stirn. »Bist du dir sicher?«

»Ich würde es wohl wissen, wenn ich Tendrae irgendeiner Art genutzt hätte, telenische, acumantische oder welche auch immer. Aber dem war nicht so.«

»Und trotzdem hast du Acumantie angewandt?«

Winter zuckte mit den Schultern. Sie hatte durchaus einige seltsame Dinge erlebt und war von einem Verstand zum nächsten gewandert, was ihrer Meinung nach alles zur Acumantie gehörte, aber das konnte sie nicht beweisen. Dass Kali überdies behauptete, man müsse bei der Acumantie auch Tendrae einsetzen, bewirkte, dass Winter an dem zweifelte, was sie die ganze Zeit getan hatte.

»Das, was du beschreibst, habe ich nie erlebt. Diese Tendrae ergeben für mich keinen Sinn.«

Winter stockte, als sie Kali grinsen sah. »Warum bei der Unterwelt grinst du jetzt?«

Kali schritt in die Dunkelheit davon. »Komm mit«, sagte sie über die Schulter.

Winter hatte keine andere Wahl, als Kali zu folgen. Je weiter sie sich voneinander entfernten, desto durchsichtiger und weniger greifbar schien Kali zu werden. Als Winter sich ihr wieder näherte, verfestigte sich Kalis Gestalt.

Kali trat auf eine Ansammlung Lichter, die in der Dunkelheit leuchteten.

»Weißt du, was das ist?«, fragte Kali.

Winter sah sich die einzelnen Lichter an und zuckte mit den Schultern. »Individuen, nehme ich an.« Kali hatte Winter erzählt, dass jedes der Lichter in der Leere für eine Person auf der Sphaera stand und dass es mindestens für jede Person auf der Welt Lichter in der Sphaera gab.

Als sich Winter nach dem Wort »mindestens« erkundigte, war Kali jedoch nicht bereit gewesen, näher darauf einzugehen.

»Ja, aber wer ist das? Du befindest dich in der Leere, Winter, und hast die Macht, diese Leute zu sehen, herauszufinden, um wen es sich dabei handelt und was derjenige in diesem Augenblick macht.«

»Aber ich weiß nicht, wie, Kali.«

»Dann sieh mir genau zu.«

Rauchschwaden traten aus Kali aus, aber Winter wusste in dem Moment, in dem sie sie sah, dass es sich nicht um Rauch handelte. Es war etwas ganz anderes, denn diese Tentakel sahen aus wie Licht. Sie leuchteten in der Dunkelheit und pulsierten leicht, während sie sich von Kalis Kopf ausstreckten. Die Ranken hatten unterschiedliche Farben; eine war rosa, eine weitere gelb, die dritte hellblau und die vierte dunkelrot. Alle griffen nach dem kleinen Lichterhaufen vor Kali und verbanden sich damit. Winter wusste, dass sie diesen Anblick nie wieder vergessen würde. Kali stand inmitten der Schwärze, Licht waberte von ihren Füßen aus, und sie trug ein sich veränderndes Kleid, das in der Dunkelheit um sie herum schwebte, nicht wie von einer Brise aufgewirbelt, sondern eher so, als würde sie sich unter Wasser befinden. Kalis Haar bewegte sich auf dieselbe Weise und umfloss ihr Gesicht und ihre Schulter.

»Das ist eine Familie«, sagte Kali leise. »Mutter und Vater sind Händler. Zwei Söhne, einer gerade alt genug, um laufen gelernt zu haben, der andere nicht viel älter. Sie sitzen zusammen am Abendbrottisch, und dem jüngeren der beiden Söhne schmeckt das Essen nicht. Der Vater betrachtet ihn voller Zuneigung, die Mutter leicht verärgert, aber auch liebevoll. Es ist wie in einem Bilderbuch.«

Kali drehte sich zu Winter um, während die bunten Tendrae noch immer von ihrem Kopf ausgingen und mit den Lichtern um sie herum verbunden waren. »Möchtest du es dir mit mir zusammen ansehen?«

»Wie ... wie soll ich das machen?«, fragte Winter. Als sie Kali so vor sich sah, majestätisch von Licht umgeben, begriff Winter, dass sie diese Fähigkeit auch besitzen wollte.

»Als Telenikerin weißt du bereits, wie Tendrae funktionieren«, sagte Kali. »Diese Tendrae müssten so ähnlich sein. Teleniker sehen ihre Tendrae häufig als Erweiterungen ihres Körpers an, aber diese gehen eher von deinem Verstand aus. So, wie du es bei mir siehst.«

Winter nickte und versuchte, die mentalen Tendrae auf die Art und Weise auszustrecken, wie sie es mit ihren telenischen Tendrae aus ihrem Körper machte. »Es passiert nichts«, stellte sie schließlich fest.

Auf einmal kam noch eine weitere Tendra aus Kalis Kopf und schwebte ganz langsam durch die Dunkelheit auf Winter zu.

Winter trat einen Schritt zurück und bemerkte, dass Kalis Gestalt etwas durchsichtiger wurde. »Was machst du?« Sie traute dieser Frau nicht und musste sich das immer wieder ins Gedächtnis rufen.

»Ich möchte dir nur helfen«, antwortete Kali. »Wenn du mir erlaubst, mich mit dir zu verbinden, sehe ich möglicherweise, was dich blockiert.«

»Das möchte ich aber nicht«, erwiderte Winter und schüttelte den Kopf.

Die Tendra hing in der Schwärze vor Winter und waberte träge vor und zurück. Winter bildete sich ein, das Verlangen dieses Dings, in ihren Kopf einzudringen, förmlich zu spüren, und wich noch weiter zurück.

»Ich gehe, bevor ich das zulasse.«

Kali und Winter sahen einander eine Zeit lang in die Augen. Mit einem Mal verschwand die Tendra wieder in Kalis Kopf. »Wie du willst. Ich werde dich nicht unter Druck setzen. Aber ich möchte dir wirklich nur helfen.«

»Und dir gleich mit«, konterte Winter und starrte Kali mit zusammengekniffenen Augen an. »Vergiss diesen Teil nicht.«

»Bei der Göttin, wenn du einfach zulassen würdest, dass ich es dir zeige, würdest du erkennen …«

»Ich lasse mir ja von dir helfen«, fiel Winter ihr ins Wort. Das Verlangen zu lernen war da – sie war fast so aufgeregt wie damals, als ihr Nash die Grundzüge der Telesis beigebracht hatte. Dieser zwanghafte Wunsch, mehr über ihre Kräfte zu erfahren, ließ sich einfach nicht bändigen. »Aber zu meinen Bedingungen.«

KAPITEL 36

Noth stand auf dem Trainingsgelände und sah zu, wie Eward mit den Rekruten eine weitere Übung durchführte. Der junge Mann lernte schnell; Noth hatte ihm und den anderen ersten Rekruten einige Übungen beigebracht, und Eward beherrschte sie inzwischen so gut, dass er die anderen ohne Noths Hilfe anleiten konnte. Die Rekruten – augenblicklich fast vierzig Männer und Frauen – hatten sich in Gruppen aufgeteilt und absolvierten einen Hindernisparcours, an dessen Ende zwei Gruppen einander mit ungefährlichen Pfeilen beschossen.

»Sie scheinen sich gut zu schlagen«, meinte Cinzia, die neben Noth stand.

»Aber sie sind alle noch grün hinter den Ohren«, erwiderte Noth.

»Aber immer noch besser als nichts.«

Noth knurrte als Antwort nur. Allerdings war er durchaus mit ihren Fortschritten zufrieden. Sie waren eifrig, das musste er ihnen lassen, und auch entschlossen, und mehr konnte er nicht von ihnen verlangen.

Cinzia senkte die Stimme. »Ich hätte nie gedacht, dass sich Eward derart in diese Sache hineinstürzen würde. Es scheint ihm tatsächlich zu liegen, anderen Befehle zu erteilen.«

»Es ist eine Sache, das bei einer Übung zu tun«, sagte

Noth, »aber eine ganz andere, in einer Schlacht Verantwortung zu übernehmen.«

»Dann ist es ja gut, dass wir mit ihnen nicht in eine Schlacht ziehen wollen, sondern sie nur für den Wachdienst benötigen.«

Noth war sich da nicht so sicher. Die zunehmende Feindseligkeit in Tinska – vom Orden der Kamiten ausgehend – war besorgniserregend. Wenn sie erneut angriffen, war nicht abzusehen, wie sich ihre kleine Streitmacht schlagen würde.

»Es wird Zeit, dass wir mehr von ihnen für die Wache einteilen«, fuhr er fort. »Und wir müssen dir und den anderen Elevinnen ebenso wie Jane Leibwächter zur Seite stellen.«

Cinzia musterte ihn mit schief gelegtem Kopf. »Ist das wirklich notwendig? Aber ich stimme dir zu, dass Jane auf jeden Fall beschützt werden sollte.«

»Ja, aber das bedeutet nicht, dass ihr keinen Schutz nötig hättet. Zwei Leibwächter pro Elevin sollten vorerst ausreichen.« Jane wurde im Moment von vier Männern begleitet.

»Elevin Cinzia!«

Arven, das junge Mädchen, das Cinzia mit der Volkszählung beauftragt hatte, kam winkend auf sie zugelaufen.

»Ja?«

»Ich habe mir überlegt …«, sagte Arven und blieb vor ihnen stehen.

Noth und Cinzia sahen sie an und warteten darauf, dass sie weitersprach. Das Mädchen war wirklich seltsam. Noth wusste nicht genau, woran das lag, aber er vermutete, dass sie im Kopf nicht ganz richtig war. Doch das konnte man über ihn schließlich auch sagen.

»Was hast du dir überlegt, Arven?«, fragte Cinzia nach.

»Ich habe mir überlegt … Na ja, ich habe mir überlegt …« Arven sah zu den Rekruten hinüber. »Wird es einen Kampf geben?«, fragte sie dann.

Noth und Cinzia blickten sich kurz an, dann schüttelte Noth den Kopf. »Nein, hier wird es keine Kämpfe geben. Wir bilden sie nur aus, damit sie die Prophetin beschützen können.«

Dann nennst du sie jetzt also auch so? Noth war selbst überrascht, wie leicht ihm das Wort über die Lippen gekommen war.

»Und jetzt erzähl uns, was du sagen wolltest, Arven. Wir haben beide noch andere Dinge zu erledigen.« Cinzias Stimme klang streng, aber ihr Lächeln blieb warmherzig. Anscheinend hatte sie den besten Weg gefunden, mit diesem Mädchen umzugehen.

»Natürlich, Elevin Cinzia, natürlich. Ich habe mir überlegt … Wäre es nicht hilfreich, wenn wir jeden einmal ins Haus einladen würden?«

»Das ist ein interessanter Vorschlag, Arven, aber ich bezweifle, dass alle darin Platz hätten.«

»Nicht alle auf einmal, natürlich nicht. Aber in Gruppen, wir könnten … Wir könnten die Odeniten zum Abendessen einladen, immer ein paar, versteht sich, damit sie Euch, die Prophetin und …« Arven warf Noth einen Blick zu. »… alle anderen kennenlernen können.«

Noth zog eine Augenbraue hoch.

»Das ist ein guter Vorschlag, Arven, aber …« Cinzia zögerte. »Vielleicht sollte ich mal mit Jane darüber sprechen.«

»Wie Ihr wünscht, Elevin Cinzia«, meinte Arven lächelnd. Sie wollte schon gehen, drehte sich dann aber noch einmal auf dem Absatz um.

»Das hätte ich fast vergessen!«, rief sie. »Eure Eltern möchten, dass ihr beide in den Salon kommt. Eure Gäste sind eingetroffen.«

»Meine Gäste?«, fragte Cinzia.

Arven schüttelte den Kopf und deutete auf Noth. »Nein, seine Gäste.«

Die Nazaniin. Sie waren endlich da. Rune hatte nicht gelogen – er hatte tatsächlich eine Cotir aus Tinska hergeschickt.

»Noth?« Cinzia musterte ihn verunsichert. »Was geht hier vor sich?«

Er fluchte leise und ignorierte Cinzias und Arvens Blicke.

»Sie sind im Salon?«, fragte er.

Arven nickte. Sie schien noch etwas sagen zu wollen, aber Noth blieb nicht, um es sich anzuhören.

Alle drehten sich um, als Noth mit versteinerter Miene in den Salon stürzte.

Astrid saß mit angezogenen Beinen in einem der großen Polstersessel. Jane, Elessa und Ocrestia waren da, ebenso wie Ehram, Pascia und Ronn. Aber sie alle waren für Noth nicht weiter wichtig. Er richtete den Blick sofort auf die drei Personen, die mit Getränken in der Hand unter dem riesigen Kaminsims am anderen Ende des Raums standen.

»Raus«, flüsterte Noth und ging auf die Gruppe zu. Einer der drei, ein großer, älterer Mann mit grauem Haar, streckte Noth die Hand entgegen, aber er beachtete sie nicht und baute sich dicht vor dem Fremden auf.

»Lathe Tallon, nehme ich an?« Der Mann ließ die

Hand sinken. Die anderen beiden, eine Frau, die nur wenige Jahre jünger war als Noth und braunes Haar und braune Augen hatte, sowie ein weiterer, recht junger Mann, der etwa in Ewards Alter sein musste, drehten sich zu Noth um.

»Ich habe ihnen gesagt, dass es keine gute Idee ist, ins Haus zu kommen«, sagte Astrid jetzt. »Ich habe sie gewarnt, dass du nicht erfreut sein würdest, aber sie wollten mir nicht glauben.«

»Ihr hättet ihr glauben sollen«, knurrte Noth und starrte den Mann an, der wohl das Sagen hatte. »Raus. Ich werde es nicht noch einmal sagen.«

Der Mann stellte seinen Kelch auf einen kleinen Tisch und hob die Hände. »Wir wollten uns nicht aufdrängen. Ich hatte gehofft, dass Ihr Euch entgegenkommender zeigen würdet, aber wenn Ihr es so haben wollt, dann sei es so. Dies ist schließlich Euer Heim.« Er hielt inne und sah sich um. »Tatsächlich stehen die Dinge anders, nicht wahr? Nun, da ich darüber nachdenke, fällt mir auf, dass dieses Haus der Oden-Familie gehört, die uns freundlicherweise ihre Gastfreundschaft erwiesen haben.« Er nahm den Kelch wieder auf und trank einen Schluck.

Ehram trat vor. »Wir wussten nicht, dass Noth Euch so empfangen würde, Herr. Hätten wir das geahnt, dann wären wir nicht so ohne Weiteres bereit gewesen, Euch … willkommen zu heißen.«

»Das habe ich ihnen auch gesagt«, murmelte Astrid. »Aber auf mich hört hier ja keiner.«

Der Mann verbeugte sich leicht vor Ronn. »Wenn unser ehrenwerter Gastgeber uns bittet zu gehen, dann werden wir diesem Wunsch natürlich Folge leisten. Doch egal wo wir uns befinden, wir müssen mit Lathe, oder Noth oder wie immer Ihr ihn nennt, reden.«

»Wir treffen uns draußen«, sagte Noth. »Ihr habt in diesem Haus nichts zu suchen.«

Noth wollte schon hinausgehen, aber Pascia hielt ihn auf. »Entschuldigt, Noth. Diese Leute sagten, sie wären Eure Freunde …«

Noth legte ihr eine Hand auf die Schulter. »Das ist nicht Eure Schuld«, erwiderte er. »Ich hätte Euch warnen sollen.«

An der Tür angekommen, sah er über die Schulter zu der Cotir hinüber. »Kommt Ihr?«

Er führte sie hinter das Haus, wo sich nicht so viele Odeniten aufhielten, die das Gespräch mit anhören konnten. Als er unter dem grauen Himmel um das Haus herumging, wurde ihm bewusst, dass er an diesem Ort seinen letzten Anfall gehabt und zu Lathe geworden war. Seitdem war nichts mehr passiert, aber er war davon überzeugt, dass früher oder später ein weiterer Anfall kommen würde. Möglicherweise ließ sich das durch das Treffen mit den Nazaniin verhindern.

»Ihr seid sehr vorsichtig«, bemerkte der ältere Mann, sobald sie draußen waren.

»Natürlich bin ich das«, erwiderte Noth. »Ihr wärt es an meiner Stelle auch.« Er musterte jeden der drei eingehend, dann sah er den großen Mann an. »Seid Ihr Cymbre?«, fragte er.

Der Mann schüttelte lächelnd den Kopf. »Nein, leider nicht.«

Noth runzelte die Stirn. »Rune sagte, ich solle ein Cotir erwarten, das von Cymbre angeführt wird. Wer seid Ihr?«

Der Mann kicherte. »Ich bin nicht Cymbre, aber meine Gefährtin hier schon.« Er lächelte die braunhaarige Frau an, die Noth mit ausdruckslosen Augen musterte.

Fühlen sich andere so, wenn ich sie ansehe?, fragte sich Noth. Der Blick der Frau durchbohrte ihn nicht, diese Beschreibung wäre völlig falsch gewesen. Ihre Augen wirkten mehr wie gefühllose braune Steine, und Noth hatte den Eindruck, gegen die harte Wand hinter sich gedrückt zu werden.

Cymbre blieb stumm, und Noths Miene verfinsterte sich. Auch wenn diese Frau das Sagen hatte, so schien sie bisher nicht auf ein Gespräch aus zu sein.

»Und wer seid Ihr?«, fragte Noth misstrauisch und sah den großen Mann wieder an.

»Mein Name ist Jendry«, antwortete dieser und streckte Noth erneut die Hand entgegen, überlegte es sich aber schnell anders – oder erinnerte sich an Noths vorherige Reaktion – und ließ sie wieder sinken.

»Und er?« Noth deutete auf den jungen Mann.

»Wyle«, stellte der sich vor. »Ich bin der …«

»Er ist neu«, unterbrach Jendry ihn.

»Wenigstens redet er«, stellte Noth fest und starrte Cymbre an.

»Ja, das tut er. Ein bisschen viel, wenn Ihr mich fragt. Kommen wir zum Geschäft. Wie soll ich Euch nennen?«

»Noth.«

Der Mann nickte. »Das dachte ich mir beinahe. Dann existiert Lathe wirklich nicht mehr?«

Noth zuckte mit den Schultern. »Das ist schwer zu sagen. Ich weiß nur, wer ich bin, und ich bin nicht Lathe.«

»Dann ist Lathe tot?«, fragte Wyle.

Jendry warf Wyle einen gereizten Blick zu, aber Noth störte der Einwurf nicht. »Durchaus möglich.« *Es sei denn, er entscheidet sich, mal wieder aufzutauchen.*

»Warum wollt Ihr überhaupt so viel über Lathe wissen? Was interessiert es Euch, ob er tot ist oder nicht?«, erkundigte sich Jendry.

»Er ist immer noch ein Teil von mir«, antwortete Noth. »Ich muss begreifen, wer ich bin.« *Bevor ich mich noch verliere.*

»Aber er ist immer noch irgendwo in Euch, nicht wahr?«, fragte Cymbre mit tiefer, rauer Stimme.

Noth runzelte die Stirn. »Dann seid Ihr also die Acumantin?«

Sie antwortete nicht, sondern sah Noth nur weiter aus dumpfen, ausdruckslosen Augen an.

»Tatsächlich ist sie die Telenikerin«, erklärte Jendry.

»Und Ihr seid der Acumant?«

Jendry lachte und sah Cymbre an. »Falls Lathe noch da drin ist, dann wurde er tief vergraben. Er hätte vom ersten Augenblick an gewusst, wer wir sind, während mich der hier für einen verdammten Acumanten hält.«

Noth zog unwillkürlich die Augenbrauen leicht hoch. »Ihr seid der Voyant?« Er sah Wyle an. »Dann ist er der Acumant?«

»Jetzt hat er es erfasst«, sagte Jendry grinsend.

»Lathe ist da drin«, stellte Cymbre fest. »Aber ganz weit unten.«

Noth starrte die Frau mit finsterer Miene an. Sie schien nicht mit ihm reden zu wollen. Damit hatte er kein Problem. Er wandte sich an Jendry. »Wenn sie keine Acumantin ist, wovon bei der Unterwelt redet sie dann?«

Jendry seufzte. »Unsere Cymbre bildet sich ein, sie könne andere durchschauen. Sie glaubt, sie könnte tiefer als andere in sie hineinblicken.«

»Und damit hat sie recht«, fügte Wyle schulterzuckend hinzu.

»In der Hinsicht schon, aber das heißt noch lange nicht, dass sie besondere Talente besitzt. Vielleicht kann sie andere einfach nur besser einschätzen.« Jendry sah Noth an. »Ihr wolltet Informationen über Lathe. Wir haben welche.«

»Rune sagte, Ihr wollt wissen, was in Roden mit mir passiert ist«, erwiderte Noth.

»Ja«, erwiderte Cymbre. »Wenn Ihr so freundlich wärt.«

»Warum?«, fragte Noth. »Was werdet Ihr mit diesen Informationen anfangen?«

»Das geht Euch nichts an«, entgegnete Wyle und beugte sich vor.

Cymbre legte ihm eine Hand auf den Arm. »Wir wissen so wenig über die Psimantie«, sagte sie ganz langsam. »Sie ist eine Wissenschaft, eine Kunst, bei der wir gerade einmal an der Oberfläche kratzen. Alles, was Ihr uns erzählen könnt, ist vielleicht hilfreich.«

Noth runzelte die Stirn. Auf einmal war er sich nicht mehr so sicher, ob dieses Gespräch eine gute Idee war. Welche Informationen konnten sie ihm schon geben? Konnte er ihnen vertrauen? Und was würden sie mit dem tun, was Noth ihnen über die Geschehnisse in Roden berichtete?

Aus dem Augenwinkel sah er, wie die Haustür geöffnet wurde. Eine kleine Gestalt trat heraus und kam auf sie zu. Astrid.

»Was ist?« Jendry drehte sich um und folgte Noths Blick. »Ah, der Vampir.«

»Wir müssen dieses Gespräch später fortsetzen«, sagte Noth. Als er auf Astrid zugehen wollte, legte ihm Jendry eine Hand auf die Schulter. Der Mann war kräftiger, als Noth erwartet hatte.

»Was ist mit Eurem Teil der Abmachung?«, fragte er und klang ganz und gar nicht mehr so fröhlich wie zuvor. »Ihr schuldet uns etwas.«

»Ihr bekommt, was Ihr verdient«, entgegnete Noth. »Aber Ihr seid mitten in eine Krise hineingeplatzt und werdet warten müssen.«

»Aber Euer Teil der …«

»Ich werde mich schon daran halten«, erwiderte Noth, »wenn Ihr Euren erfüllt habt. Doch im Moment habe ich größere Probleme.« Noth hatte mit den versuchten Anschlägen, dem Orden der Kamiten und der Ausbildung der neuen Wachen mehr als genug um die Ohren. Er entwand sich Jendrys Griff und ging auf Astrid zu.

Sie grinste ihn an. »Ich wusste, dass du sie mögen würdest.« Sie deutete auf die Cotir hinter ihm. »Anscheinend geben Sie sich nicht mit einem Nein zufrieden.«

Noth drehte sich um und stellte fest, dass die Cotir mit Cymbre an der Spitze auf ihn zumarschiert kam.

»Passt mal auf«, sagte er. »Ich werde kooperieren, aber ich muss mich zuerst um einiges kümmern.«

»Wir können Euch bestimmt helfen«, sagte Cymbre.

»Das ist mir klar, aber ich habe noch einiges zu erledigen, bevor …«

Cymbre schüttelte den Kopf. »Ihr habt mich falsch verstanden. Wir denken, wir können Euch bei Euren gegenwärtigen … Problemen helfen.«

Noth starrte die Frau an, während ihm die Bedeutung ihrer Worte bewusst wurde. »Ich … Woher wisst Ihr von unseren gegenwärtigen Problemen?«

Wyle wedelte grinsend mit einer Hand. »Es war nicht allzu schwer, das aus dem Verstand dieser ehemaligen Priesterin zu erfahren. Sie konnte schließlich an nichts anderes denken. Auch wenn ich Euch nicht lesen kann, ist es mir doch möglich …«

Bevor er überhaupt wusste, was er tat, hatte der Instinkt, der ihn seit seinem Erwachen in Pranna nicht verlassen hatte und der ihn so gefährlich machte, die Kontrolle übernommen. Noth stürzte vor und packte Wyle an der Kehle.

»Ihr werdet meine Freunde nicht lesen«, stieß er grimmig hervor. »Ihr werdet Eure Kräfte von ihnen fernhalten. Habt Ihr verstanden?«

»Äh, Noth?«, murmelte Astrid hinter ihm.

»Was ist?«, knurrte Noth und starrte Wyle an, der die Augen aufgerissen hatte. In seinem Blick stand Überraschung, aber auch Angst. Das war gut.

»Du bist nicht in der besten Position, um Drohungen auszusprechen.«

Noth wandte den Kopf, doch er verharrte in dem Augenblick bewegungslos, in dem er eine kalte Klinge an seiner Kehle spürte. Jendry hatte einen Dolch gezückt.

»Dieses Messer ist das kleinste Eurer Probleme. Ich würde an Eurer Stelle nicht nach oben sehen.«

Als Noth den Kopf in den Nacken legte, achtete er darauf, sich nicht an Jendrys Dolch zu verletzen. Über ihm schwebte ein Stein in der Luft, der drei oder vier Mal so groß war wie sein Kopf.

Noth fluchte. Er ließ Wyle los, der keuchend auf die Knie fiel.

Ganz langsam zog Jendry den Dolch weg, aber der Stein senkte sich nicht wieder auf den Boden.

Noth drehte sich vorsichtig um. Er hatte sich an seinen Schädel gewöhnt und wollte ihn nicht von diesem Stein zertrümmern lassen.

»Nehmt den verdammten Stein da weg.«

Cymbre starrte ihn an. »In Ordnung«, sagte sie schließlich. Über Noth erklang ein Rauschen, dann fiel in einiger Entfernung etwas Schweres zu Boden.

»Wir sind bereit, Euch zu helfen, aber Ihr müsst uns mit Respekt behandeln. Keine weiteren Drohungen«, verlangte Cymbre.

»Ich mache nur Versprechungen, wenn Ihr mir dasselbe zusichert. Ihr lasst meine Freunde mit Euren psimantischen Fähigkeiten in Ruhe.«

»Abgemacht«, sagte Cymbre. Sie sah Jendry an, der nickte, und dann Wyle, der sich soeben wieder aufrappelte.

»Ja, wie Ihr meint«, murmelte Wyle hustend und winkte ab, als Jendry ihm helfen wollte.

Noth blinzelte. Er hatte nicht damit gerechnet, dass sie ohne Weiteres zustimmen würden. Allerdings war es eine Sache, etwas zu versprechen, und eine ganz andere, sich daran zu halten.

»So«, sagte Cymbre. »Dann lasst uns über Eure Probleme reden.«

TEIL IV

DIE EINZIGE ORDNUNG IST CHAOS

KAPITEL 37

Harmoth-Anwesen

Cinzia ging die Treppe hinauf zu einem der großen Zimmer im ersten Stock, in denen Noth, Arven und die Nazaniin-Cotir ihr vorübergehendes Hauptquartier aufgeschlagen hatten. Durch ein großes Fenster hatten sie von dort das Land vor dem Haus und die meisten Odeniten im Blick.

»Was habt ihr herausgefunden?«, fragte Cinzia.

»Nichts«, knurrte Noth. Er stand am Fenster und sah hinaus. Arven saß am Schreibtisch vor einem Stapel Papiere, während die drei Mitglieder der Cotir auf Stühlen Platz genommen hatten und sich leise unterhielten.

»Überhaupt nichts?« Cinzia gab sich keine Mühe, ihre Enttäuschung zu verbergen. »Welche Fortschritte hast du gemacht, Arven?«

Arven blickte auf und strahlte sie an. »Elevin Cinzia!«, rief sie. »Ich habe gar nicht gehört, wie Ihr hereingekommen seid.« Sie stand auf und verbeugte sich. »Bitte verzeiht meine schlechten Manieren.«

Cinzia bedeutete dem Mädchen, sich wieder zu setzen. »Die Arbeit, die du für uns erledigst, ist weitaus wichtiger als alberne Höflichkeiten. Was machst du gerade?«

Arven setzte sich wieder an den Schreibtisch. »Vor einigen Tagen habe ich, wie Ihr wünschtet, eine Zählung unter den Odeniten vorgenommen. Ich habe jeden gefragt, wie er heißt, woher er kommt und was ihn hierhergeführt hat. Natürlich habe ich das nicht allein getan, das wäre ja lächerlich und hätte Wochen gedauert …«

»Ich weiß von der Zählung«, unterbrach Cinzia sie ungeduldig. »Mir wäre es lieber, wenn du mir verrätst, was du im Augenblick tust.«

»Ja, ja, natürlich. Was ich im Augenblick tue. Nun, ich gehe die Unterlagen der Zählung durch und versuche, Informationen zu finden, die zu dem passen, was Noth mir erzählt hat.«

»Aber du hattest bisher kein Glück?«

»Nun ja, ich würde nicht behaupten, dass ich kein Glück hatte: Ich habe mich immerhin noch nicht am Papier geschnitten und auch keine Bauchschmerzen bekommen. In dieser Hinsicht kann ich mich also glücklich schätzen. Aber was die Informationen angeht, muss ich Euch leider zustimmen, da hatte ich noch kein Glück. In dieser Hinsicht.«

Cinzia nickte und wusste nicht, was sie darauf erwidern sollte. Sie sah Noth an. »Was sollte sie für dich herausfinden?« Sie trat noch näher an ihn heran und fügte leiser hinzu: »Und ist sie organisiert genug, um eine solche Suche durchzuführen?«

»Sie soll nach Anzeichen Ausschau halten, die für diejenigen, die wir suchen, typisch sind«, antwortete Noth und senkte die Stimme. »Sie ist organisierter als drei andere zusammen. Zwar lässt sie sich leicht ablenken, aber sie hat ein gutes System entwickelt. Das Problem ist jedoch, dass wir fast vierhundert Namen durchgehen, den Hintergrund dieser Leute überprüfen und Nachforschungen anstellen müssen.«

»Verstehe.« Cinzia sah wieder zu Arven hinüber, die

sich erneut über ihre Dokumente beugte. Dann nickte sie zu der Cotir hinüber. »Und was ist mit ihnen? Was machen sie?«

»Wyle ist der Einzige, der uns im Moment wirklich helfen kann«, sagte Noth. »Er ist der Acumant, und er taucht in den Verstand der Leute ein. Von hier oben kann er alles überblicken, aber es ist nicht einfach, so viele zu lesen, vor allem, wenn er keine gute Möglichkeit hat, um festzustellen, mit wem er sich gerade beschäftigt, und ohne sie merken zu lassen, was gerade vorgeht. Außerdem haben seine Tendrae nur eine bestimmte Reichweite.«

»Er liest sie?«, fragte Cinzia verwirrt nach.

»Wyle ist ein Acumant und setzt die Psimantie ein, um sich mit dem Geist anderer zu verbinden.«

»So viel ist mir im Gedächtnis geblieben«, erwiderte Cinzia. Noth hatte ihr jeden der drei Bereiche der Psimantie kurz erklärt – einige Psimanten konnten Objekte manipulieren, andere den Geist anderer Individuen, und wiederum andere … Die dritte Art hatte Cinzia nicht ganz verstanden. Interpretierten sie Prophezeiungen? Stellten sie sie auf? Sagten sie die Handlungen anderer voraus? Das schien irgendwie nicht zu den anderen beiden Bereichen zu passen, auch wenn sie das Konzept faszinierend fand. Laut Jane war sie eine Seherin. Bedeutete das, dass sie ebenfalls über psimantische Kräfte verfügte? Oder war das, was sie tat, den Kodex übersetzen, eine Sprache zu verstehen, die kein anderer Mensch auf der Sphaera kannte, etwas völlig anderes?

»Erklär mir einfach, was dieser Begriff bedeutet.«

»Er lauscht den Gedanken der Odeniten und versucht, etwas Verdächtiges aufzuschnappen.«

»Dazu ist er in der Lage? Bei jedem?«

»Im Grunde genommen schon. Aber er muss zuerst die Sift einer Person entschlüsseln, und das ist nicht immer einfach. Es ist ein längerer Prozess. Wyles Kräfte sind begrenzt, daher kann er nur drei oder vier Personen gleichzeitig lesen, und das auch nur für bestimmte Zeit. Schon jetzt wird er langsam müde. Es ist schwer, wenn er so weit von ihnen entfernt ist. Die Tendrae verfügen nur über eine bestimmte Reichweite.«

»Könnte er meine Gedanken lesen oder Janes?«

»Das könnte er, aber ich habe ihm verboten, das zu tun.«

»Und er wird sich daran halten?«

Noth zögerte. »Es wäre keine schlechte Idee, in seiner Nähe seine Gedanken im Griff zu haben.«

Ich soll meine Gedanken im Griff haben?, dachte Cinzia. *Wie bei der Göttin soll ich das denn anstellen?*

Auf Selbstgespräche zu verzichten, ist vermutlich der erste Schritt.

Cinzia erschauderte. Die Vorstellung, dass Wyle freien Zugang zu ihrem Geist hatte, war beunruhigend.

»Ich bin mir nicht sicher, ob das der richtige Weg ist«, sagte sie leise. »Wir treten den Leuten viel zu nahe.«

Noths Miene blieb ausdruckslos. »Da hast du recht. Aber du musst dich fragen, ob du bereit bist, das zu tun, um deine Schwester und letzten Endes jeden hier zu schützen.«

»Ich kann mir nicht vorstellen, dass Jane damit einverstanden ist«, erklärte Cinzia.

»Sie hat uns gebeten, diese Nachforschungen anzustellen«, erwiderte Noth. »Du kannst dich mit ihr beraten oder eigene Entscheidungen treffen.«

»Du bist also der Ansicht, ich sollte meine Schwester anlügen?«

»Ich habe nicht gesagt, dass du lügen sollst, nur dass du ihr nicht alles über das erzählen musst, was wir hier tun.«

»Denkst du, das ist die Sache wert?«

»Ich weiß, was ich in Izet gesehen habe«, sagte Noth ernst. »Ich weiß, womit wir es zu tun haben. Und irgendwie weiß ich, dass Jane und du die Einzigen sind, die uns bei dem, was kommen wird, Hoffnung schenken. Daher bin ich der Ansicht, dass wir euch um jeden Preis beschützen müssen.«

Cinzia schürzte die Lippen. Sie musste darüber nachdenken. War sie wirklich bereit, so etwas zu tun? Konnte sie es gutheißen, dass man die Gedanken der anderen ohne ihr Einverständnis las?

Du kannst auf Canta vertrauen. Jane würde das auch tun.

Aber was war mit dem, was Canta Cinzia zur Verfügung stellte? Wo zog man da die Grenze? Cinzia musste handeln, um den Kodex zu übersetzen; sie konnte sich nicht einfach zurücklehnen und »auf Canta vertrauen« und darauf, dass sich der Kodex von allein übersetzte. Wo war die Grenze zwischen dem, was sie tun konnte, und dem, was zu weit ging? Oder war Wyle möglicherweise auch ein Werkzeug Cantas?

Sie schüttelte frustriert den Kopf. »Er wählt einfach zufällig Leute aus, die er unter die Lupe nimmt? Geht er so vor?«

Noth zuckte mit den Schultern. »Uns bleibt momentan keine andere Möglichkeit, solange Arven nichts gefunden hat.«

»Es muss einen besseren Weg geben.« Plötzlich hatte Cinzia eine Idee. »Arven?«

Arven blickte lächelnd auf. »Ja, Elevin Cinzia?«

»Welche Idee hast du mir neulich vorgetragen? Die Treffen in unserem Haus?«

»Ja, Elevin Cinzia, genau. Ich hatte Euch das auf dem Trainingsgelände vorgeschlagen …«

»Ich weiß, wann wir darüber gesprochen haben, Arven. Erklär mir bitte noch einmal, wie du dir das vorgestellt hast.«

»Ja, natürlich, Elevin Cinzia. Ich schlug vor, dass wir Anhänger in Euer Haus einladen, damit sie die Prophetin und ihre Elevinnen besser kennenlernen. Außerdem wäre das eine gute Gelegenheit, genauere Auskünfte über alle zu erhalten.«

Cinzia warf Noth einen Blick zu. »Und es wäre auch eine gute Gelegenheit für unseren Acumanten, ihren Geist aus nächster Nähe und weniger zufällig zu lesen, nicht wahr? So könnten wir jene finden, die uns schaden wollen, und sie ausmerzen – so wir das denn wollen«, fügte sie rasch hinzu.

Noth kniff die Augen zusammen, und Cinzia vermutete schon, dass er Einwände vorbringen würde. »Das könnte funktionieren«, sagte er stattdessen. »Und es wäre auf jeden Fall effizienter.«

Cinzia nickte. »Das sehe ich genauso.«

»Ist alles in Ordnung?«

Cinzia und Noth drehten sich zu Cymbre um, die auf sie zutrat. Die Augen der Frau erinnerten Cinzia an Noths bei ihrer ersten Begegnung. Seltsamerweise sahen seine Augen heute nicht mehr so tot aus. Ihr war nicht klar, ob sich etwas in ihm oder etwas in ihr verändert hatte – oder ob beides der Fall war.

»Seid gegrüßt, Cymbre«, sagte Cinzia. »Bittet Wyle, mit dem … Lesen aufzuhören. Wir werden es mit einer anderen Methode versuchen.«

Cymbre sah sie fragend an. »Dann wollt Ihr unsere Hilfe nicht mehr?«

»Doch, und wir haben eine Idee, wie wir sie auf effizientere Weise nutzen können. Noth und ich werden Treffen im Haus abhalten. Einweihungen, wenn Ihr so wollt. Die Odeniten werden etwa eine halbe Stunde bleiben, Jane wird zu ihnen sprechen, und sie können uns kennenlernen.«

»Und Ihr wollt, dass Wyle sie dann liest«, sagte Cymbre und nickte. »Das ist ein guter Plan. Viel besser als das, was wir jetzt machen.« Cinzia war sich nicht sicher, aber sie bildete sich ein, dass Cymbres Blick kurz zu Noth huschte.

»Das sehe ich auch so. Bitte sagt Wyle, dass er seine Kräfte schonen soll. Ich werde mit Jane und Arven sprechen und alles in die Wege leiten. Wie lange könnt Ihr und Eure Freunde bleiben?«

»Wir sind hier, um Euch zu dienen und das zu bekommen, weswegen wir hergeschickt wurden.« Dieses Mal sah sie eindeutig zu Noth hinüber. Cinzia vermutete, dass es auch nicht unbemerkt bleiben sollte. »Wie lange es dauert, ist bedeutungslos.«

Cinzia nickte. »Sehr schön. Wenn wir immer dreißig oder vierzig Personen hereinbitten, wie viele wird Wyle an einem Tag lesen können?«

Cymbre überlegte kurz. »Das ist schwer zu sagen. Fünf oder sechs Gruppen, aber das ist nur eine Schätzung. Ich werde mit ihm reden.«

»Bitte tut das, und sprecht mit Noth, wenn Ihr mehr wisst. Mit etwas Glück können wir morgen bereits damit anfangen.«

»Glück?«, wiederholte Cymbre und musterte Cinzia irritiert. »Ich hätte nicht gedacht, dass ich dieses Wort hier hören würde.«

Cinzia schnaubte. »Weil wir religiös sind?«

Cymbre zuckte mit den Schultern, aber als Cinzia nicht reagierte – sie wollte wirklich wissen, was diese Frau gemeint hatte –, seufzte sie. »Ja, ich schätze, so habe ich das gemeint.«

»Glück und Glaube müssen sich nicht ausschließen«, erklärte Cinzia. »Wenn man glaubt, dann an etwas Unbekanntes oder etwas, das sich noch einstellen muss. Der Glaube ist aktiv und ein Teil des Wesens. Man glaubt, wenn man einen Schritt macht, denn man geht davon aus, dass der Fuß das Gewicht tragen wird, ebenso wie wir alle daran glauben, dass die Sonne wieder aufgehen wird, und wie ich glaube, dass es eine liebevolle Göttin gibt, die auf uns aufpasst und die uns eine Aufgabe übertragen hat. Aber das Glück … Glück ist passiv. Zwar verfügt Canta über sämtliche Macht, aber sie hat sich entschieden, nicht alles zu kontrollieren. Daher könnten die Taten anderer oder auch das Wetter nicht zu meinen Gunsten ausfallen. Das ist Glück. Manchmal schreitet Canta ein und beeinflusst etwas, dann wieder beschließt sie, es nicht zu tun.«

Vielleicht war genau das ihre Antwort, stellte Cinzia fest. Sie musste glauben. Aber wenn das Glück ihr jemanden wie Wyle in die Hände spielte, einen Menschen, der ihr dabei helfen konnte, ihre Schwester zu beschützen, ebenso wie diese Bewegung, sollte sie es dann nicht einfach annehmen?

»Aber warum sollte sie je beschließen, es nicht zu tun? Wenn sie uns liebt, wie Ihr behauptet, und wenn sie allmächtig ist, warum sorgt sie dann nicht dafür, dass alles nach ihrem Willen geschieht?«, fragte Cymbre da.

»Das führt uns zu einer völlig anderen Diskussion«, erklärte Cinzia. »Cantas Liebe zu uns ist perfekt, und sie ist daher bereit, uns eigene Entscheidungen treffen zu lassen. Sie möchte, dass wir sind und tun, was wir wollen. Sie ermutigt uns, leitet uns, aber sie engt uns nicht ein.« Cinzia lächelte. »Aber Ihr seid nicht wegen einer Predigt über Canta hergekommen. Bitte entschuldigt.«

Cymbre schien die Lektion jedoch nichts auszumachen. »Ist es das, was die Denomination über Canta lehrt, oder Eure Schwester?«

Cinzia musterte sie fragend. »Das ist das, was ich glaube«, antwortete sie. Und es war ihr voller Ernst. Diese Tatsache bereitete ihr größere Freude, als sie seit langer Zeit gespürt hatte.

»Nun denn.« Cymbre sah zwischen Cinzia und Noth hin und her. »Ich werde Wyle über unseren neuen Plan informieren. Wir werden von Euch hören, sobald es so weit ist, nehme ich an?«

»Ja, wir lassen es Euch wissen.«

»Sehr schön. Danke, Cinzia. Ihr seid … Ihr seid eine gewandte Frau und jemand, mit dem ich sehr gerne zusammenarbeite.«

Cinzia blinzelte überrascht. »Vielen Dank«, erwiderte sie erstaunt. »Nicht nur für das Kompliment, sondern auch für Eure Hilfe. Wir sind sehr froh darüber. Wie Ihr sehen könnt, ist sie sehr willkommen.«

Cymbre legte den Kopf leicht schief und kehrte dann zu ihrer Cotir zurück.

»War das …«

»Seltsam?«

Cinzia nickte.

»Das Seltsamste, das ich den ganzen Tag gesehen habe.« Noth schnaubte. »Und ich bekomme viel seltsamen Scheiß zu sehen.« Dann räusperte er sich. »Verzeih meine rüden Worte.«

Cinzia zuckte mit den Schultern. »Schon gut. Ich werde jetzt mit Jane reden. Kannst du Arven bitten, die Odeniten in halbwegs vernünftige Gruppen einzuteilen?«

»Ich werde sehen, was ich tun kann«, versprach Noth.

»Danke.« Cinzia wollte sich schon auf die Suche nach Jane machen, legte Noth dann aber eine Hand auf den Arm. »Das ist mein Ernst.« Sie sah ihm in die Augen. »Danke für deine Hilfe. Ohne dich hätten wir das alles nicht geschafft.«

Noth räusperte sich erneut. »Ich tue nur meine Pflicht.«

Du machst weitaus mehr als das, und das weißt du ganz genau, dachte Cinzia.

KAPITEL 38

Die Leere

Bei der Acumantie kommt es darauf an, die Sift der Zielperson zu entschlüsseln. Sobald du das herausgefunden hast, kannst du lernen, wie man Dinge neu arrangiert.«

Kali saß Winter im Schneidersitz in der Leere gegenüber und erfreute sich daran, wieder einen Körper zu haben. Dies war das dritte Mal, dass Winter zu ihr gekommen war, um mehr über die Acumantie zu lernen, und sie machten … Fortschritte. Unglücklicherweise war Kali ihrem Ziel, herauszufinden, was an Winter so besonders war, dass sie in der Nähe der Tiellanerin einen greifbaren Körper bekam, keinen Schritt näher gekommen, und sie wusste auch noch immer nicht, wie ihr das helfen würde, die Leere zu verlassen.

»Was meinst du damit, dass man Dinge neu arrangiert?«, fragte Winter.

»Du kannst andere auf vielfältige Weise beeinflussen, wie derjenige denkt, für wen er etwas empfindet, was er für Gefühle hat, und sogar die Kontrolle über seinen Körper übernehmen. Aber diese Beeinflussung ist das Resultat davon, dass du zuerst eine Umordnung vorgenommen hast. Du musst etwas kennen, bevor du dazu in der Lage bist.«

»Um zu zerstören, müssen wir zuerst lieben«, sagte Winter.

Kali legte den Kopf schief. Diese Worte kamen ihr bekannt vor, aber sie konnte sie nicht einordnen. »Was meinst du damit?«

»Ach, nichts.« Winter schüttelte den Kopf. »Die Acumantie scheint viel schwerer zu sein als die Telesis.«

»Das mag in vielerlei Hinsicht stimmen, aber sobald du diese erste Verbindung hergestellt hast, sobald du deine ersten Sifts entschlüsselt und umgeordnet hast, wird es einfacher. Intuitiver. Bist du jetzt bereit, einen weiteren Versuch zu wagen, auf deine Tendrae zuzugreifen?«

»Ich weiß nicht«, murmelte Winter und sah in die Ferne.

»Ich kann dir erst richtig beibringen, wie man die Acumantie benutzt, wenn du sie kontrollieren kannst, Winter. Das Wissen hilft, aber erst die praktische Anwendung macht den Unterschied.« Kali musste sich sehr zusammenreißen, um das Mädchen nicht dazu zu zwingen. Wenn Winter wüsste, wie geduldig Kali war, dann hätte sie ihr vielleicht mehr vertraut.

Die beiden saßen eine Zeit lang da und blickten in die Leere. Kali spürte nicht dieselbe Anziehungskraft bei Winter, wie sie sie bei dem dunklen Licht empfunden hatte. Zwar zupften die Gezeiten der Leere leicht an ihnen und brachten sie ins Schwanken, als sie einander gegenübersaßen, aber weder Kali noch Winter bewegten sich sehr weit. Die Dunkelheit floss um sie herum, und der Äther innerhalb der Leere bewirkte, dass ihre Kleidung sich ein wenig bewegte und dass ihr Haar in alle Richtungen schwebte. Die Nazaniin-Gelehrten bezeichneten das als den Unterwassereffekt. Winters langes schwarzes Haar drehte sich über ihrem Kopf und zuckte hin und her, als hätte es ein Eigenleben entwickelt.

»Was ist eine Vorbotin?«, fragte Winter unvermittelt.

Kali blinzelte. Mit dieser Frage hatte sie nun wirklich nicht gerechnet. »Wo hast du denn dieses Wort gehört?« Sie hatte stets darauf geachtet, mit Nash nicht über die Vorbotin zu sprechen, wenn Winter in der Nähe war.

»Ich … ich weiß es nicht genau. Es kommt manchmal in meinen Träumen vor und auch hier in der Luft, glaube ich. Zwischen uns. Was bedeutet dieses Wort?«

»Im Äther«, korrigierte Kali sie geistesabwesend. Das Mädchen konnte das Konzept im Äther spüren?

»Was ist der Äther?«

Kali sah Winter an und unterdrückte das Bedürfnis, dieses Mädchen einfach sofort zu lesen, während sie noch ihre Tendrae hatte, um herauszufinden, was bei der Unterwelt in ihrem Kopf vor sich ging.

»Der Äther ist die Hauptsubstanz innerhalb der Leere. Das Gewebe zwischen den Sternen.«

»Die Dunkelheit?«

Kali zuckte mit den Schultern. »Nicht so ganz. Es ist eher mit der Luft zu vergleichen, die wir auf der Sphaera einatmen, aber auch anders.«

»Woher weißt du, dass er anders als die Luft ist? Hast du das getestet?«

»Diese Diskussion heben wir uns für einen anderen Tag auf. Was die Vorbotin betrifft …« Kali zögerte. Ihr wollte jedoch kein Grund einfallen, aus dem sie es dem Mädchen nicht erzählen sollte. »Da gibt es so viel zu sagen. Laut der Nazaniin-Prophezeiung wird die Vorbotin eine mächtige Psimantin sein – vielleicht sogar die mächtigste, die jemals gelebt hat. Der Titel beinhaltet aber auch, dass sie etwas einleiten wird, aber wobei es sich da handelt, verraten uns die Prophezeiungen nicht.«

»Gibt es denn keine Theorien?«

Kali lachte. »Jeder innerhalb der Nazaniin hat Theorien über die Vorbotin. Einige sagen, sie würde die Auferstehung einleiten, das Zeitalter der Neun Dämonen – oder dass sie etwas mit Canta zu tun hätte. Andere glauben, ihre Präsenz wäre nicht so wichtig, und sie würde einfach ein neues Zeitalter heraufbeschwören. Manche gehen davon aus, dass sie schlichtweg den Tod bringt.«

»Den Tod?«

»Das Ende aller Dinge.«

Winter starrte kurz in die Leere. Kali konnte es ihr nicht verdenken. Diese letzte Auslegung ließ sie auch immer erschaudern.

»Und du glaubst, dass ich es bin.«

»Wie kommst du auf diese Idee?«

»Es ist doch so. Du denkst, ich bin die Vorbotin.«

»Ich denke überhaupt nichts in der Art, aber ich weiß, dass dich die Triade für die Vorbotin gehalten hat.«

»Gehalten?«

Kali seufzte. »Ja, und ich bin mir ziemlich sicher, dass sie es noch immer tut. Ich konnte sie vor einigen Monaten belauschen.«

»Wie hast du das geschafft? Da warst du doch schon in der Leere?«

»Es ist nicht sehr schwer, sich hier von einem Ort zum anderen zu bewegen. Sobald du dich in eine Richtung aufmachst, wirst du immer schneller, bis du beschließt, wieder anzuhalten. Das Reisen in der Leere ist sogar sehr viel einfacher als auf der Sphaera. Es gibt keine Hindernisse, keine Berge oder Flüsse, keine Stürme und kein schlechtes Wetter.«

Kali überlegte kurz, ob sie Winter von den seltsamen Schleiern berichten sollte, die sie gesehen hatte: dem violetten in Triah, dem blauen irgendwo an der Westküste von Khale und dem dunklen um Izet. Aber sie überlegte es sich anders. Es konnte vermutlich nicht schaden, einige Informationen für sich zu behalten. Solange sie nicht wusste, was diese Schleier bedeuteten, waren sie ohnehin nicht weiter wichtig.

»Ich …« Winters Gestalt flackerte. »Es tut mir leid, Daval ruft mich. Ich muss …«

Dann war sie fort.

Mit ihr verschwand auch Kalis Körper. Sie hätte geseufzt, wenn sie noch dazu in der Lage gewesen wäre. Das war einer der Gründe, aus denen sie nervös auf Winters Besuche in der Leere wartete, da sie dann wenigstens vorübergehend eine körperliche Form besaß.

Kali setzte sich in Bewegung, was jedoch eine sehr große Anstrengung erforderte. Winters Anziehungskraft war stark. Aber Kali wollte sich den Schleier in Khale aus der Nähe ansehen. Den um Izet hatte sie ständig vor Augen, aber der an der Westküste war ihr nur im Vorüberkommen aufgefallen. Vielleicht fand sie ja Hinweise darauf, worum es sich dabei handelte, wenn sie der Sache auf den Grund ging.

Sie konnte den Schleier schon aus der Ferne problemlos erkennen und glitt darauf zu. Er schien größer zu sein als beim letzten Mal, als sie ihn auf dem Rückweg von Triah bemerkt hatte. Es war ein undurchlässiges hellblaues Schimmern, das einen viel größeren Bereich umfasste, als Kali bisher klar gewesen war. Im Näherkommen erkannte sie, dass es sich um die Stadt Tinska handeln musste. Sie hatte die Stadt einmal besucht, aber kein großes Interesse an ihr gehabt. Der Ort war eher unbedeutend, daher begriff sie nicht, warum sich einer der seltsamen Schleier ausgerechnet hier gebildet hatte.

Kali bewegte sich langsam darauf zu. Sie hätte zu gerne gewusst, wie der Schleier mit ihr interagierte, wenn sie einen Körper besaß und Winter in ihrer Nähe war. Als sie jetzt hindurchglitt, geschah nichts, und als sie innerhalb des Schleiers war, hatte sich auch nicht viel verändert, außer dass alles hellblau schimmerte. Kali bewegte sich mehrmals hinein und wieder hinaus, aber es passierte nichts. Der Rand des Phänomens schimmerte und waberte, glühte manchmal hell und war kurz darauf im Äther kaum zu erkennen. Aus der Nähe sahen die schimmernden Lichtwellen des Schleiers jedoch eher wie winzige Lichtblitze aus, wie die Sterne der Leere, nur deutlich kleiner.

Der Schleier war in der Tat höchst seltsam. Aber auch aus der Nähe konnte Kali keinen großen Unterschied zu den anderen beiden Schleiern erkennen, und so fand sie auch nichts Neues heraus.

Wie die Schleier in Triah und Izet besaß dieser eine halbwegs sphärische Form. Der Schleier überdeckte Tausende von Sternen, bei denen es sich um die Einwohner von Tinska auf der Sphaera handelte. An einem Ort, von dem Kali wusste, dass es sich dabei um die Westküste von Khale handelte, endete der Schleier abrupt. Dahinter lag nur das Meer. Wenn ihr die Grenze des Schleiers nicht weiterhelfen konnte, dann vielleicht seine Mitte. Kali bewegte sich in diese Richtung.

Je weiter sie nach innen glitt, desto offensichtlicher wurde, dass die Stadt Tinska gar nicht im Zentrum des Schleiers lag. Sie bewegte sich durch die Stadt und kam an zahlreichen Sternenlichtern vorbei und stellte dabei fest, dass sich die Mitte etwas weiter südlich der Stadt befand und aus einem Haufen aus einigen Hundert Sternen bestand. Kali wusste nicht, was das war – eine Art Versammlung vielleicht? Sie konnte sich nicht an eine derart große Siedlung südlich der Stadt erinnern.

Sie hielt inne.

Da, in der Mitte des Sternenhaufens südlich von Tinska, entdeckte sie etwas, das sie noch nie zuvor gesehen hatte. Die Sterne der Leere, die stets für ein Individuum standen, waren einfache Gebilde. Jeder repräsentierte ein sehr komplexes Wesen, und jedem war eine Schönheit zu eigen, doch trotzdem sah er nur aus wie ein farbenfroher Lichtpunkt.

Was sie hier sah, entsprach jedoch ganz und gar nicht dieser Beschreibung.

Kali hatte einen roséfarbenen Stern vor sich, der sich direkt in der Mitte des Schleiers um Tinska zu befinden schien. Und dieser Stern war anders. Rings um den Lichtpunkt befanden sich mehrere flirrende Schichten kleiner sphärischer Schleier. So etwas hatte sie auch in Izet gesucht, jedoch nicht gefunden. Jedenfalls nichts, was mit dem hier vergleichbar war.

Nun gab es nur noch eine Sache, die sie zu tun vermochte. Ganz langsam streckte Kali eine Tendra zu dem roséfarbenen Stern aus. Es wurde Zeit, endlich ein paar Antworten zu bekommen.

Kali tauchte ihre Tendra in den seltsamen Stern und keuchte auf. Verschwommen tauchte ein Gesicht vor ihrem inneren Auge auf. Es war ein Mann, der durch Gras lief. Ein Mann, den Kali erkannte. Sie hatte ihn als Lathe gekannt, doch er hatte ihr eindringlich zu verstehen gegeben, dass sein Name nun Noth lautete – bevor er sie getötet hatte.

Rasch zog sie ihre Tendra zurück. Sie starrte Noths Stern in der Leere noch einige Augenblicke lang verblüfft an, dann traf sie eine Entscheidung. Schon machte sie sich auf den Rückweg nach Izet, wobei Winters dunkler Stern ihr mit seiner Anziehungskraft half.

Sie wusste nicht, ob Noths Stern die Ursache für diesen seltsamen Schleier darstellte. Es machte irgendwie nicht den Anschein. Sein Stern und der Schleier hatten nicht einmal dieselbe Farbe. Die Psimanten wussten noch sehr wenig darüber, wofür jede Farbe innerhalb der Leere stand, aber es schien unterschwellige Beziehungen zwischen einzelnen Farben zu geben. Noths Stern war roséfarben, während der Schleier um Tinska blau aussah. Dennoch ließ sich nicht völlig ausschließen, dass Noth etwas mit dem Schleier zu tun hatte. Es war seltsam, dass Kali in Izet nichts Derartiges bemerkt hatte, und sie bedauerte es jetzt, in der Mitte des Schleiers in Triah nicht auch danach Ausschau gehalten zu haben.

Aber die Beziehung zwischen Noth und dem Schleier – falls es denn eine gab – war vorerst nicht weiter wichtig. Noth war noch am Leben. Winter hielt ihn für tot. Das war eine Information, die Kali einen Vorteil verschaffen konnte. Dieses Wissen konnte ihr weiterhelfen.

Wenn es ihr möglich gewesen wäre, hätte Kali auf dem gesamten Rückweg nach Izet gelächelt.

KAPITEL 39

Harmoth-Anwesen

Cinzia blickte der Gruppe Odeniten, die gerade das Haus verließen, mit einem Lächeln hinterher. Sie konnte ihnen ansehen, dass sie sich über die Einladung ins Haus gefreut hatten und noch viel mehr über die Begegnung mit Cinzia, Elessa, Ocrestia und natürlich der Prophetin. Schließlich war das der Grund, aus dem sie überhaupt hergekommen waren, und Cinzia spürte ihre Dankbarkeit sehr deutlich. Ihre Schuldgefühle wurden so jedoch nur größer, da ihr Motiv für diese Einladung ein ganz anderes gewesen war.

Selbstverständlich hatte sie zuvor mit Jane über ihre Bedenken gesprochen, war zu ihrer Überraschung aber von ihr beruhigt worden. Cinzia wurde dennoch das Gefühl nicht los, dass sie zwar behaupteten, dies zum Wohl der Odeniten zu tun, sie dabei jedoch betrogen.

Nachdem der letzte Gast gegangen war, schüttelte Wyle den Kopf wie auch schon bei den vorherigen Gruppen.

»Nichts?«, fragte Cinzia enttäuscht. Es war eigentlich albern, jedes Mal so hohe Erwartungen zu haben, aber sie konnte einfach nicht anders. Wenn sie keine neuen Informationen erhielten, war alles vergebens.

»Nichts Bemerkenswertes«, bestätigte Wyle, »und ganz gewiss keine Gedanken an einen Angriff.«

Cinzia seufzte. »Geht es Euch gut?«, erkundigte sie sich. »Habt Ihr Euch nach den gestrigen Anstrengungen auch gut ausgeruht?« Dies war heute die erste Gruppe gewesen, aber sie hatten am Vortag insgesamt fünf empfangen.

»Es geht mir gut«, versicherte Wyle ihr lächelnd. »Ich habe tief und fest geschlafen, und davon kann auch ein erschöpfter Psimant profitieren.«

Cinzia erwiderte sein Lächeln zögerlich, sie wusste nicht, was sie darauf erwidern sollte.

»Bitte entschuldigt«, fuhr Wyle fort. »Mache ich Euch nervös? Das war nicht meine Absicht.«

»Es ist nur … Ich hatte nicht erwartet, dass Ihr und Eure Freunde so … so offen über Eure Fähigkeiten sprecht.«

Wyle lachte. »Normalerweise tun wir das auch nicht, aber Noth weiß über uns Bescheid, ebenso wie der Vampir. Mit Vertretern der cantischen Denomination teilen wir sonst keine Informationen, aber es sieht ja nicht so aus, als würdet Ihr in nächster Zeit zu ihr zurückkehren.«

Seine Worte schmerzten Cinzia mehr, als sie erwartet hatte. Sie blickte zu Boden. »Nein, ich bin nicht länger Teil der Denomination, auch wenn ich meine Exkommunikationspapiere noch nicht erhalten habe.«

»Oh, bei der Göttin, verzeiht … Es tut mir sehr leid. Ich wollte bloß Konversation betreiben und ganz gewiss kein unangenehmes Thema anschneiden. Das war nicht meine Absicht.«

Cinzia schüttelte den Kopf. »Es ist nicht Eure Schuld. Ich hätte das eigentlich längst verdaut haben müssen.« Sie fragte sich, ob dem tatsächlich so war, aber es hörte sich irgendwie gut an. »Doch«, fügte sie hinzu, »ich muss zugeben, dass es mir schwerfällt, einem Mann zu vertrauen, der meine Gedanken jederzeit lesen könnte.«

Wyle nickte. »Das kann ich nachvollziehen. Aber ich habe ein Versprechen gegeben.«

»Ihr habt es Noth gegeben, und er ist nicht davon überzeugt, dass Ihr Euch daran halten werdet.«

»Dann gebe ich Euch jetzt ebenfalls eins. Ich verspreche, dass ich weder Euch noch ein Mitglied Eurer Familie lesen werde. Ich werde es bei niemandem tun, wenn ich nicht ausdrücklich dazu aufgefordert werde. Es mag sein, dass ich mich Noth gegenüber respektlos verhalten habe, doch da hatte ich … da hatte ich noch nicht wirklich begriffen, was hier vor sich geht.«

Cinzia musterte Wyle mit zusammengekniffenen Augen. Er erweckte den Anschein, als meinte er es aufrichtig. Bedeutete das, dass Cinzia ihm trauen konnte? Es fiel ihr schon schwer genug, Canta zu vertrauen, wie sollte es ihr da erst bei diesem bei Weitem nicht perfekten Mann gelingen?

»Hört mich bitte an, Cinzia … Es macht Euch doch nichts aus, wenn ich Euch Cinzia nenne, oder?«

Ich wüsste auch nicht, wie Ihr mich sonst nennen sollt. »Nein«, erwiderte sie.

»Ich bewundere, was Ihr hier tut. Zwar bin ich mir in Bezug auf Canta nicht sicher, und das bin ich auch nie gewesen. Und dank meiner besonderen Berufung fällt es mir schwer, in irgendeiner Weise Umgang mit der Denomination zu pflegen, aber … ich finde, Ihr macht hier etwas unglaublich Mutiges. Dass Ihr Euch gegen die Denomination auflehnt, sie gar verlasst, um Cantas willen, und Eure Schwester unterstützt, erfordert sehr viel Mut.«

Cinzia blinzelte mehrmals. »Ich … Vielen Dank«, brachte sie schließlich heraus.

»Ihr seid wunderschön, Cinzia.«

Sie riss die Augen auf und holte tief Luft. »Das ist sehr freundlich von Euch, Wyle, aber ich sollte jetzt Jane aufsuchen und dafür sorgen, dass alles für die nächste Gruppe vorbereitet ist …«

Wyle machte einen Schritt auf sie zu. Er lächelte, und Cinzia fühlte sich von ihm nicht bedroht – auch wenn ihr auf einmal bewusst wurde, dass er deutlich größer war als sie –, aber … Sie konnte ihre Gefühle nur so beschreiben, dass sich in ihrem Inneren alles zusammenzog, wenngleich auf sehr angenehme Weise. »Ich weiß, dass eine Priesterin keine Beziehung führen darf, aber … Ihr seid keine Priesterin mehr, nicht wahr?« Wyle blickte zu Boden. »Ich hoffe, ich trete Euch nicht zu nahe.«

»Nein«, erwiderte Cinzia, deren Gedanken durch ihren Kopf wirbelten. »Ihr tretet mir nicht zu nahe.« Früher hatte ihre Trinacrya sie stets vor den Avancen der Männer beschützt, aber jetzt … jetzt hatte sie nichts mehr, hinter dem sie sich verstecken konnte.

Dieser Gedanke war beunruhigend.

»Wenn ich es mir recht überlege, tut Ihr das schon«, erklärte sie dann, reckte das Kinn in die Höhe und sah ihm direkt in die Augen. »Ich bin in der Tat der Ansicht, dass Ihr mir zu nahe tretet, Wyle. Zwar weiß ich Eure Worte zu schätzen, aber dies ist weder die richtige Zeit noch der passende Ort dafür. Ich habe wie gesagt viel zu tun, ebenso wie Ihr. Wenn Ihr mich jetzt entschuldigen würdet.«

Wyle nickte, und Cinzia sah überrascht mit an, wie er errötete. Aber nicht vor Wut, es schien ihm vielmehr aufrichtig leidzutun. Möglicherweise schämte er sich sogar. Er war ein gut aussehender Mann mit markantem

Gesicht, und sein dichtes braunes Haar hing ihm bis über die hellgrünen Augen.

»Bitte verzeiht mir, Cinzia. Es wird bestimmt nicht wieder vorkommen.«

»Es … ist schon in Ordnung«, versicherte sie ihm. Er hatte ja nichts Ungehöriges getan, oder? Der Mann interessierte sich für sie, mehr nicht, und Cinzia konnte nicht behaupten, dass ihr das sehr missfiel.

Du hast genau richtig reagiert, sagte sie sich. *Es war eine freundliche, aber bestimmte Antwort.*

»Äh … Cinzia? Ist alles in Ordnung?«

Sie blickte auf und stellte fest, dass sie sich in ihren Gedanken verloren hatte. »Ja! Ja, vielen Dank, Wyle. Danke für den Bericht. Wir sprechen uns gewiss bald wieder.«

Sie drehte sich um und ging weg, merkte dann jedoch erst, dass sie in Richtung Küche unterwegs war. Jane hielt sich am anderen Ende des Hauses auf. Also drehte sie um, lief wieder zurück und schenkte Wyle im Vorbeigehen ein schiefes Grinsen. Im Salon warteten Jane, Elessa, Ocrestia und Noth bereits auf sie.

»Gibt es Neuigkeiten?«, erkundigte sich Noth.

Cinzia schüttelte den Kopf und sah ihre Schwester an. Am liebsten hätte sie Jane beiseitegenommen und ihr erzählt, was gerade passiert war. Sie wollte Jane wissen lassen, dass eben ein Mann auf sie zugekommen war und … Ja, was genau hatte er eigentlich vorgeschlagen? Cinzia wusste es selbst nicht genau, aber es war ihr ein großes Bedürfnis, mit ihrer Schwester darüber zu sprechen.

Jane, gerade hat mir ein Mann den Hof gemacht. Mir! Und es war Wyle! Kannst du dir das vorstellen? Was hat er sich nur dabei gedacht? Was habe ich mir dabei gedacht? Es war mir nie in den Sinn gekommen, dass so etwas passieren könnte, wenn ich die Denomination verlasse, und ich weiß beim besten Willen nicht, wie ich damit umgehen soll …

»Keine Assassinen? Nichts von Bedeutung?«

Cinzia sah Noth verwirrt an, begriff dann jedoch, dass die Unterhaltung mit Jane warten musste. Falls sie je dazu kommen würden. »Nein, keine Assassinen und auch sonst nichts von Bedeutung.«

Noth nickte. »In Ordnung. Die nächste Gruppe müsste jeden Augenblick eintreffen. Sind alle bereit?«

Bisher waren die Treffen stets ähnlich abgelaufen. Cinzia begrüßte die Odeniten in ihrem Heim, Ocrestia richtete einige Worte an sie und sprach über ihren Glauben an Jane und Canta. Dabei verwendete sie fast immer dieselben Worte. Danach wandte sich Jane an ihre Anhänger, und zu Cinzias Überraschung war Janes Rede jedes Mal anders. Bei einer Gelegenheit hatte sie davon gesprochen, wie schwer es für alle gewesen sein musste, einen derart weiten Weg auf sich zu nehmen, und dass Canta sie für ihre Mühen belohnen würde. Beim nächsten Mal berichtete sie von einigen Abschnitten aus dem Kodex, den sie übersetzten, und von der Bedeutung ihrer Arbeit. Ein weiteres Mal hatte sie erwähnt, wie wichtig es war, Familien, die auseinanderzubrechen drohten, wieder zu vereinen. Cinzia hatte Jane gefragt, warum sie stets ein anderes Thema anschnitt, aber Jane hatte nur lachend erwidert, sie sei froh, dass Canta sie leite und dass sie sich nicht alles selbst überlegen müsse.

Gegen Ende forderte Elessa zum Gebet auf, und danach konnten sich die Odeniten noch kurz mit Cinzia, Jane, Elessa und Ocrestia unterhalten, bevor das Treffen endete und die nächste Gruppe bereits vor der Tür stand.

»Habe ich meinen Teil gut gemacht?«, fragte Ocrestia. »Mir ist bewusst, dass ich eigentlich jedes Mal dasselbe sage … Denkt ihr, die Odeniten akzeptieren mich?«

»Wenn sie es nicht tun, werden sie es lernen«, sagte Jane.

»Nach allem, was ich gesehen habe, waren sie von dir sehr beeindruckt«, fügte Cinzia hinzu und legte Ocrestia eine Hand auf die Schulter. »Sie sehen Jane als ihre Prophetin an und scheinen dich daher bereitwillig als ihre Elevin anzunehmen. Selbst wenn sie skeptisch sind, wird sich das geben, wie Jane selbst gesagt hat. Sobald sie sich näher kennengelernt haben, werden sie ihre Meinung über dich ändern, und wenn sie das nicht tun, müssen sie sich vor Canta dafür rechtfertigen.«

Ocrestia nickte. Auf gewisse Weise konnte Cinzia sie sogar verstehen. Sie hatte zwar keine Ahnung, wie es als Tiellanerin sein musste, aber sie kannte das Gefühl, eine wichtige Position zu bekleiden und diese vermeintlich ungenügend auszufüllen. Cinzia war noch sehr jung gewesen, als man sie zur Priesterin geweiht hatte – jünger als die meisten anderen –, und sie erinnerte sich gut daran, wie unsicher sie bei ihren ersten Predigten gewesen war und welche Erwartungen und Ängste ihr neue Position mit sich gebracht hatte.

»Du machst das großartig«, versicherte Cinzia Ocrestia und drückte ihr die Schulter. Dann sah sie Elessa an. »Das gilt auch für dich.«

Die vier Frauen blickten einander an, und mit einem Mal spürte Cinzia eine starke Zuneigung zu ihnen, und zwar nicht nur zu ihrer Schwester, sondern auch zu Ocrestia und Elessa. Zwischen ihnen bestand eine Verbindung, und sie verrichteten ein gemeinsames Werk. Cinzia fragte sich, wen sie wohl für die verbleibenden sechs Plätze als Elevin finden würden. Wer mochte noch dazu berufen werden? Und würde diejenige zu ihnen passen?

Aber vor allem gab es da noch eine ganz andere Frage, die ihr nicht aus dem Kopf gehen wollte: Würde das alles funktionieren? Konnte es das überhaupt?

Wie so häufig in ihrem Leben störte es sie auch jetzt nicht besonders, dass sie die Antworten auf diese Fragen noch nicht kannte.

Das nächste Treffen war schon fortgeschritten, als Cinzia bemerkte, dass etwas nicht stimmte, und sobald sich dieses Gefühl erst einmal in ihr festgesetzt hatte, konnte sie es nicht mehr abschütteln.

Jane und ihre Elevinnen standen vor den Odeniten im Salon, und Ocrestia hatte ihre Rede soeben beendet. Als Jane aufstand, machte sich plötzlich ein seltsames Gefühl in Cinzias Brust bemerkbar, als würde sich ihr Brustkorb zusammenziehen und ihr Innerstes und ihr Herz einquetschen.

Cinzia drehte sich zu Noth um, der am Kaminsims lehnte. Astrid hatte in der ersten Reihe Platz genommen und blickte zu Jane auf. Nur Cinzias Familie, Noth und die Cotir wussten, was sie wirklich war, und sie gedachten, es auch so lange wie möglich geheim zu halten. Nicht nur aus Sicherheitsgründen – schließlich gab Astrid die perfekte verdeckte Leibwächterin ab –, sondern auch weil niemand wusste, was die Odeniten davon halten würden, dass Jane mit einem Vampir befreundet war. Was würde dann geschehen? Wahrscheinlich würde ihre junge Kirche sehr viele Anhänger verlieren.

Es dauerte länger, als Cinzia lieb war, bis Noth endlich zu ihr hinübersah. Als er es schließlich tat, wirkte er gelangweilt. Er ließ den Blick über die etwa dreißig Odeniten wandern, die sich in den Raum gedrängt hatten, und verweilte einen Moment bei jedem Einzelnen, ohne besonders besorgt zu wirken. Endlich sah er Cinzia in die Augen und zog leicht die Augenbrauen hoch.

Gefahr?, fragte Cinzia lautlos, da sie nicht wusste, was sie sonst tun oder sagen sollte. Noth kniff die Augen zusammen und schüttelte den Kopf.

Cinzia runzelte die Stirn. Meinte er, dass keine Gefahr vorhanden war oder dass er sie nicht verstanden hatte? Sie nickte energisch – gleichzeitig jedoch möglichst unauffällig – zu den Odeniten hinüber. Noth schüttelte erneut den Kopf und ließ den Blick noch einmal über die Gruppe wandern.

Beinahe hätte Cinzia einen Fluch ausgestoßen. Sie sah sich nach Wyle um. Meist stand er neben der Tür und sorgte dafür, dass alle schnell genug hereinkamen oder hinausgingen. Sie konnte ihn dort sehen, aber er … Was tat er da?

Wyle ging in die hinterste Ecke des Raums. Das war das Signal, auf das sie sich geeinigt hatten. Die Assassinen waren hier.

Cinzia hatte das Gefühl, innerlich zu erstarren. Sie wollte etwas tun, aber was konnte sie schon machen? Als sie erneut zu Noth hinübersah, hatte der Wyles Verhalten ebenfalls bemerkt. Cinzia musterte die Odeniten, von denen sich jedoch keiner bewegte. Die Zeit schien stillzustehen. In der Mitte der letzten Reihe saß ein alter Tiellaner, der sich am Kopf kratzte. Eine Frau auf der rechten Seite rutschte auf ihrem Stuhl herum. Jemand weiter links räusperte sich. Jemand in der Mitte der

Gruppe blickte zur Decke, aber Cinzia konnte nicht erkennen, ob derjenige betete oder sich bloß langweilte. Sie beobachtete Jane, die über die Prüfungen des Glaubens sprach, doch ihre Stimme klang irgendwie seltsam, als würde sie tiefer und langsamer reden als sonst.

Dann erhob sich weiter hinten ein Mann. Er hatte ein Messer in der Hand.

Ihr blieb keine Zeit, darüber nachzudenken, woher er die Waffe hatte. Noths Wachen hatten jeden beim Betreten des Hauses überprüft. Möglicherweise war das Messer hier verborgen worden.

Cinzia hatte sich in Bewegung gesetzt, bevor sie auch nur wusste, was sie tat. Sie stand schnell von ihrem Stuhl auf oder wollte es zumindest tun, aber sie fühlte sich träge, und dasselbe schien auch der Mann zu empfinden und auch Jane, deren Stimme beinahe lethargisch klang.

Als Cinzia sich umsah, stellte sie fest, dass Noth die Gefahr auch bemerkt hatte, sich jedoch noch langsamer bewegte und aussah, als müsste er sich seinen Weg durch tiefen Schnee bahnen.

Was soll ich nur tun, Göttin?, flehte Cinzia.

In diesem Augenblick hatte Cinzia die Erkenntnis: Wenn jemand etwas unternehmen sollte, dann musste sie es sein. Canta hatte alles in ihre Hände gelegt, und Cinzia musste darauf vertrauen, dass dies aus gutem Grund geschehen war.

Cinzia packte den Stuhl, auf dem sie gesessen hatte. Es war ein einfacher, aber robuster Holzstuhl, der nicht besonders viel wog. Cinzia hatte sich nie für besonders kräftig gehalten, aber selbst sie konnte den Stuhl mit einem gewissen Kraftaufwand über den Kopf heben.

Die Menge begann zu murmeln, doch sie hörte sich ebenso langsam und angestrengt an wie Jane. Es klang, als erhebe sich ein Erdbeben in den Tiefen des Salons. Cinzia hörte das erste Flüstern, dann wie mehrere Anwesende aufschrien und andere nach Luft schnappten.

Cinzia stand hinter Jane, die Arme rechts und links neben ihrer Schwester, und hielt den Stuhl vor sie beide, sodass die Sitzfläche und die Beine auf das Publikum zeigten. Dabei drückte sie sich gegen den Rücken ihrer Schwester. Jane wandte verwirrt den Kopf zu Cinzia um, aber Cinzia ignorierte sie. Sie hatte nur Augen für den Mann, der einen Arm nach vorn ausgestreckt hatte und das Messer nicht länger in der Hand hielt.

Es dauerte einen Augenblick, bis Cinzia begriff, dass sich etwas durch die Luft auf sie zubewegte. Der Gegenstand drehte sich langsam wie ein Flügel einer Windmühle, und eine dunkle Form wirbelte auf sie zu.

Dann wurde auf einmal alles wieder normal. Die Stimmen um sie herum gellten in ihren Ohren, und Schreie, die gerade erst einzusetzen schienen, hallten durch den Raum.

Cinzia spürte, wie etwas gegen den Stuhl in ihrer Hand schlug, und der Aufprall ließ ihre Arme vibrieren. Sie taumelte nach hinten und zog ihre Schwester mit sich. Jane stolperte nach hinten, landete auf Cinzia und presste ihr die Luft aus der Lunge.

»Was ist los, Cinzia?«

»Assassinen«, stieß Cinzia hervor und schob Jane grob von sich herunter, um sich schützend über sie zu werfen.

Ihre Lungenflügel brannten. Sie sah sich nach dem Stuhl um, den sie als Schutz benutzt hatte und in dem jetzt ein langes, seltsam geformtes Messer steckte, das die Sitzfläche beinahe durchbohrt hatte.

Jane folgte Cinzias Blick und riss die Augen auf.

Viele der Anwesenden schrien, und einige verlangten, hinausgelassen zu werden, aber Cinzia wusste, dass das nicht geschehen würde. Ihr Plan für einen derartigen Fall sah vor, dass die Türen geschlossen wurden und niemand den Raum verließ – schließlich war es entscheidend, dass sie den Assassinen zu fassen bekamen. Doch im Augenblick herrschte Aufruhr im Salon, die Anwesenden stolperten übereinander und versuchten, zur Tür zu gelangen. Ein Dutzend Wachen waren hereingestürmt, um die Ordnung wiederherzustellen, aber Panik hing in der Luft.

»Meine Damen und Herren!« Ein Schrei hallte durch die Luft und übertönte die entsetzten Rufe. »Brüder und Schwestern!« Cinzia bemerkte, dass es Ocrestia war, die auf ihrem Stuhl stand und versuchte, die Aufmerksamkeit auf sich zu lenken. Nach und nach drehten sich die aufgeregten Odeniten zu ihr um.

»Bitte geratet nicht in Panik. Unter uns ist ein Assassine, aber wir werden ihn festhalten. Bitte bleibt ruhig. Canta leitet uns, und sie wird auch Euch leiten. Lasst die Wachen ihre Arbeit machen.«

Seltsamerweise beruhigten sich alle. Selbst Cinzia spürte, dass sie wieder langsamer atmete und der Druck auf ihrer Brust nachließ. Sie erhob sich auf die Knie, bedeutete Jane jedoch, liegen zu bleiben.

Dann kam es an der Tür zu einem Handgemenge. Es überraschte Cinzia nicht, den Messerwerfer dort zu sehen. Er schlug um sich und schubste andere beiseite, aber Noth war schon zur Stelle. Noth bewegte sich so schnell, dass er fast zu verschwimmen schien, und der Assassine ging zu Boden. Cinzia spürte eine große Zufriedenheit in sich. Sie sah Wyle an, da es möglicherweise noch weitere Assassinen gab, und hoffte, er könnte sie beruhigen. Aber Wyle blickte mit konzentrierter Miene zu den

Odeniten hinüber. *Er scheint noch nicht fertig zu sein,* dachte Cinzia. *Offenbar liest er die Gruppe noch.*

»Bist du verletzt?«

Cinzia blinzelte und war überrascht, dass Astrid auf einmal neben ihr stand. »Ich … ich denke nicht.« Sie erhob sich langsam und stellte verärgert fest, dass Jane es ihr gleichtat.

»Du musst unten bleiben«, flüsterte Cinzia ihrer Schwester zu. »Es könnten mehrere sein.«

»Gut möglich, aber ich werde nicht hier am Boden kauern.«

»Könntest du bitte bei Jane bleiben, Astrid?« Als Cinzia die Worte aussprach, stellte sie fest, dass Astrid sie mit merkwürdiger Miene anstarrte.

»Aber natürlich«, erwiderte Astrid.

»Ich muss mit Wyle sprechen.« Cinzia wollte schon losstürmen, aber Jane hielt ihre Hand fest.

»Danke«, sagte Jane. »Du hast mich gerettet, Cinzia. Danke.«

Ich würde nicht behaupten, dass ich es war, die dich gerettet hat, hätte Cinzia beinahe gesagt. Sie erinnerte sich noch genau an dieses seltsame Gefühl, als wäre alles um sie herum verlangsamt worden und als würde Janes Stimme tiefer werden, und wie sich das Messer in der Luft gedreht hatte, als es auf sie zuflog. Das war alles nicht normal gewesen.

»Gern geschehen, Jane«, sagte Cinzia. »Und jetzt bleib bitte bei Astrid.«

Sie drückte Janes Hand und ging weiter. Ocrestia stand noch immer auf dem Stuhl und beruhigte die Odeniten. Cinzia war überrascht, wie leicht sie sich einen Weg durch die Menge bahnen konnte und dass alle vor ihr zurückwichen.

»Hast du gesehen, was sie gemacht hat?«, fragte jemand.

»Es wäre mir fast entgangen, so schnell hat sie sich bewegt.«

»Wie ein Blitz.«

»Sie ist Cantas Dienerin, was hast du erwartet? Sie wird von Canta geleitet.«

Als sie sich der Tür näherte, sah sie Noth neben Wyle stehen. Der Mann, der den Dolch geworfen hatte, war bewusstlos an der Wand zusammengesackt und bereits an Händen und Füßen gefesselt.

»Konnte Wyle noch jemanden als Bedrohung ausmachen?«, fragte Cinzia Noth flüsternd.

Er schüttelte den Kopf. »Bisher nicht.« Dann sah er ihr mit finsterer Miene in die Augen. »Das war sehr mutig von dir.«

Cinzia lachte, da sie trotz der schrecklichen Situation einfach nicht anders konnte. »Ich weiß nicht, ob mutig auch nur ansatzweise das richtige Wort ist. Was machen wir jetzt?«

Sie sah zu Wyle hinüber, der sich ganz auf die Odeniten konzentrierte. Normalerweise wirkte er nicht so … einschüchternd, wenn er andere las, aber sie vermutete, dass er sich jetzt noch größere Mühe gab, um schnellstmöglich mit dieser Gruppe fertig zu werden.

»Wir warten, bis er uns ein Zeichen gibt.« Noth deutete auf Wyle. »Sollte er noch jemanden finden, der etwas mit dem Angriff zu tun hat, halten wir denjenigen auch fest.«

»Wie?«

»Mit allen erforderlichen Mitteln.«

»Ich habe jemanden«, sagte Wyle nach einigen Augenblicken. Er beugte sich zu Cinzia hinüber und deutete auf eine kleine Gruppe Menschen. Cinzia war es unangenehm, ihm derart nahe zu sein, da sie an das denken musste, was er ihr erst vor Kurzem anvertraut hatte. »Die Frau da. Blond, dunkelblaues Kleid. Sie steht in Verbindung zu diesem Mann und sucht jetzt verzweifelt nach einem Fluchtweg.«

Cinzia folgte Wyles Blick und sah eine junge Frau – jünger, als sie erwartet hatte. »Was sollen wir denn jetzt machen?«

»Es könnte noch mehr geben«, meinte Noth. »Wenn wir jetzt zu erkennen geben, dass wir sie enttarnt haben, bringen wir sie möglicherweise dazu, überstürzt zu handeln.«

»Aber wenn wir sie jetzt nicht festhalten, findet sie möglicherweise einen Weg, zu entkommen.«

»Wie viele müsst Ihr noch lesen?«, fragte Cinzia.

»Sechs.«

»Und wie lange wird das dauern?«

»Ein paar Minuten.«

Sie nickte. »Dann warten wir, bis Ihr auch noch den Rest gelesen habt.«

Wyle stimmte ihr zu, und Cinzia beschloss, die Frau zu beobachten, während sie untätig herumstehen musste.

Sie musste nicht lange warten. Bevor Wyle fertig war, kam es erneut zu Unruhen, allerdings nicht in der Nähe der jungen Frau. Ein Mann mittleren Alters packte sich eine ältere Frau und legte ihr einen Arm um die Kehle. In der anderen Hand hielt er ein metallisches Werkzeug, das er ihr an die Schläfe presste. Der Mann bewegte sich mit dem Rücken zur Wand in Richtung Tür und schleifte sie mit sich.

»Lasst mich hier raus!«, rief er. »Wenn ihr mich nicht gehen lasst, stirbt diese Frau. Ich kann hier nicht mehr bleiben!«

Cinzia starrte Wyle mit weit aufgerissenen Augen an, aber er schüttelte den Kopf. »Ich … ich habe ihn bereits gelesen. Kein Hinweis auf Gefahr oder dumme Ideen. Er hat nur Angst, aber er blufft nicht: Er wird diese Frau tatsächlich töten.«

Noth, der noch immer neben Cinzia stand, stieß einen leisen Fluch aus.

»Kannst du ihn aufhalten, Noth?«, fragte Cinzia.

»Ja.«

»Dann tu es.« Sofort bewegte sich Noth auf den Mann zu. »Wyle«, sagte Cinzia, »lest weiter die anderen. Ich behalte die Frau im Auge …«

Sie stockte. Die junge Frau war verschwunden. Cinzia sah sich hektisch um. Sie durften sie nicht entkommen lassen. Jetzt, da sie hier war, konnten sie nicht zulassen, dass sie …

Da entdeckte Cinzia die junge Frau, die auf ein Fenster zuging. Die Scheibe bestand aus dickem Glas, und das Fenster ließ sich nicht öffnen, aber die Frau hob bereits einen Stuhl, und Cinzia begriff, was sie vorhatte.

Cinzia bewegte sich schnell, so schnell sie konnte, und kam sich auf einmal sehr langsam vor im Vergleich zu vorher, als sie Jane gerettet hatte. Die Frau hob den Stuhl über den Kopf und warf ihn durch das Fenster, das zerbrach.

Die Odeniten, die bereits in Panik waren, schrien auf.

Cinzia lief schneller auf die Frau zu. Sie wusste nicht, was sie tun würde, sobald sie sie erreicht hatte, aber sie wusste, dass sie sie irgendwie aufhalten musste. Als Cinzia den Mund aufmachte, war sie selbst überrascht, dass ihr ein tiefes Knurren über die Lippen kam. Die Frau drehte sich mit weit aufgerissenen Augen zu Cinzia um, und im nächsten Augenblick rammte Cinzia sie schon mit einer Schulter und drückte sie gegen die Wand.

Während Cinzia noch zur Seite taumelte, sich alles um sie drehte und sie versuchte, wieder einen klaren Kopf zu bekommen, spürte sie einen stechenden Schmerz in der Magengrube. Was hatte sie sich nur dabei gedacht, eine gefährliche Assassine anzugreifen? Etwas prallte seitlich gegen ihren Kopf. Cinzia sah Sterne, und als sie die Augen wieder aufschlug, stellte sie fest, dass sie auf dem Boden lag und zu der Assassine aufblickte. Die Frau drehte sich zum Fenster um, hielt dann jedoch inne. Sie sah auf Cinzia hinab, und ihre Blicke trafen sich.

Dann murmelte die Frau etwas, das Cinzia nicht verstand, und auf einmal hatte sie einen kleinen Dolch in der Hand. Cinzia blinzelte. Wo war die Waffe hergekommen?

Cinzia war derart darauf konzentriert gewesen, die Frau an der Flucht zu hindern, dass sie vergessen hatte, dass es sich bei der Frau um eine Assassine handelte, die geschickt worden war, um Jane zu töten. Als die Fremde jetzt auf sie zustürzte, begriff Cinzia, dass nicht nur Jane in Gefahr schwebte, sondern auch jeder, der mit Jane in Verbindung stand – und ganz gewiss auch Janes Schwester, die ehemalige Priesterin, die jetzt ihre erste Elevin war.

In diesem Augenblick wusste Cinzia, dass sie sterben würde.

Doch plötzlich flog etwas an ihr vorbei und prallte gegen die Frau, die daraufhin zu Boden ging. Eine kleine Gestalt hob die Assassine hoch und schlug ihren Kopf gegen die Wand, um sie dann zu Boden fallen lassen, wo sie liegen blieb.

Astrid trat auf Cinzia zu. Cinzia starrte die Hand des Mädchens an, die sie ihr entgegenstreckte. Die Hand war klein, aber nicht so klein, wie Cinzia vermutet hatte. Da stieg die sehr lebhafte Erinnerung in ihr auf, wie sie etwa in Astrids Alter in den Spiegel geblickt hatte. Damals hatte sie das durchgemacht, was man nur als hässliche Phase bezeichnen konnte, und das war noch freundlich ausgedrückt. Sie musste damals zwischen neun und zehn Sommern alt gewesen sein. Cinzia wusste noch, wie sie in den Spiegel geblickt und den Anblick ihrer Hände und Füße kaum ertragen hatte, die viel zu groß für ihren dürren, jungenhaften Körper zu sein schienen. »Du wirst schon noch hineinwachsen«, hatte ihre Mutter immer gesagt. »Das ist ganz natürlich, Schatz.« Und ihre Mutter hatte recht behalten. Aber als Cinzia Astrids Hand jetzt ansah, wusste sie noch genau, wie sie in diesem Alter ausgesehen hatte. Astrid war in derselben Wachstumsphase, und ihr kleiner, jungenhafter Körper schien nicht so recht zu ihren etwas feminineren, aber eindeutig größeren Händen zu passen.

Sie wird nie hineinwachsen, erkannte Cinzia. *Sie wird bis zu ihrem Tod in dieser Gestalt leben müssen.*

Mit einem Mal überkam sie eine große Traurigkeit, und Cinzia hatte Mitleid mit dem Mädchen und dem Leben, das sie führen musste.

»Soll ich dir jetzt auch noch aufhelfen, oder was?«

Cinzia blinzelte und nahm dann Astrids Hand. Als sie sich bewegte, wurde ihr bewusst, dass sich ihre Oberschenkel und ihre Unterwäsche warm und feucht anfühlten, und sie errötete.

»Hast du dir in die Hose gemacht?«

Cinzia starrte Astrid mit weit aufgerissenen Augen an. »Ein wenig«, gestand sie.

Ein wenig?

»Keine Sorge«, sagte Astrid und half Cinzia auf. »Das kann jedem passieren in einer solchen Situation.

Aber es wird keinen interessieren. Vermutlich merkt es nicht mal jemand. Ich habe nur eine bessere Nase als andere.«

Als Cinzia stand, stellte sie fest, dass »ein wenig« glücklicherweise stimmte. Sie blickte an sich herab. Auf ihrem Kleid zeichnete sich kein feuchter Fleck ab. Dennoch fühlte sie sich schrecklich unwohl und hatte das Gefühl, dass alle sie anstarrten.

Aber in einer Hinsicht hatte Astrid recht: Es war unwichtig. Cinzia drückte Astrids Hand.

»Danke.«

Astrid entzog ihr rasch die Hand und winkte ab. »Kein Problem.«

»Das ist mein Ernst«, sagte Cinzia nachdrücklich, aber der Vampir hatte sich bereits zu der bewusstlosen Assassine umgedreht. Cinzia holte tief Luft, glättete ihre Röcke und achtete darauf, die feuchten Stellen nicht zu berühren. Als sie hinter sich eine Stimme hörte, zuckte sie zusammen.

»Ist alles in Ordnung?«

Cinzia wirbelte herum und sah Noth ins Gesicht. »Ja«, erwiderte sie und blickte über seine Schulter. »Was ist mit dem …«

»Wir haben das Problem behoben.«

Hinter ihm beruhigten mehrere Odeniten die Frau, die der Mann als Geisel genommen hatte. Der Geiselnehmer war bewusstlos und saß an der Wand neben dem ersten Assassinen, den sie erwischt hatten.

»Gut.« Cinzia atmete erleichtert auf. Wenn der Frau etwas zugestoßen wäre, hätte die ganze Situation noch weiter eskalieren können.

»Es ist wirklich erstaunlich, wie schnell du von sehr mutig zu sehr dumm gewechselt hast«, sagte Noth.

Cinzia errötete erneut. »Ich weiß. Es ist nur … Ich konnte einfach nicht zulassen, dass sie entkommt.«

»Sie hätte dich töten können.«

»Das hätte sie auch getan, wäre sie nicht gewesen …« Cinzia drehte sich zu Astrid um, die die Assassine fesselte.

»Ich weiß«, murmelte Noth.

»Wie schafft sie das nur?«, fragte Cinzia, obwohl sie ihren Gedanken gar nicht hatte aussprechen wollen. »Wie kann sie … wie kann sie …«

»Wie kann sie so leben?«, beendete Noth den Satz für sie.

Cinzia nickte. Die unbändige Traurigkeit, die sie wegen dieses Mädchens empfand, belastete sie sehr.

»Sie ist stark.«

»Das ist sie«, flüsterte Cinzia.

»Was redet ihr beide da?« Astrid hatte die Frau gefesselt und kam jetzt auf sie zu.

»Wir überlegen, was wir als Nächstes tun«, antwortete Noth.

»Und was machen wir?«, fragte Astrid.

Noth warf Cinzia einen Blick zu, und sie nickte. »Wir vergewissern uns, dass Wyle die anderen gelesen hat, und dann nehmen wir diese beiden in Gewahrsam.«

Astrid schnaubte. »In Gewahrsam. Das ist eine schöne Art, das zu beschreiben.«

»Wie würdest du es denn beschreiben?«

»Bei der Göttin.« Astrid stöhnte auf. »Du wirst in Zukunft noch einiges zu lernen haben.«

Sie gingen zu Wyle hinüber, dessen Miene nicht mehr so konzentriert wirkte wie zuvor. Cinzia hoffte, dass er fertig war und sie die Leute gehen lassen konnten.

»Sie hat sich eingenässt, musst du wissen.«

Cinzia verschluckte sich beinahe an ihrer eigenen Zunge. Sie starrte Astrid wütend an und sah sich dann panisch um in der Hoffnung, dass keiner das Mädchen gehört hatte. Doch es schien niemand auf sie zu achten, und Ocrestia lenkte die Odeniten erneut ab. Cinzia stellte zufrieden fest, dass Jane in der Nähe saß und Elessa lächelnd anschaute.

»Na und?« Noth zuckte nur mit den Schultern.

»Du weißt es auch?« Cinzia durchbohrte Astrid förmlich mit dem Blick. »Du hast gesagt, niemand würde es merken.«

Astrid kicherte. »Was weiß denn ich? Mir ist so was noch nie passiert.«

»Aber du sagtest auch …«

Inzwischen war auch Noth in Astrids Lachen eingefallen, und Cinzia stellte fest, dass es ihr kaum etwas ausmachte. Sie hatten ihr Ziel erreicht, und sie fühlte sich gut.

Am Abend saßen Cinzia und Jane in der Bibliothek in den Polstersesseln und tranken Tee. Jane hatte darauf bestanden, dass sie die Odeniten trotz der entdeckten Assassinen weiter empfingen. Cinzia hoffte, dass sie alle gefunden hatten, die ihnen nach dem Leben trachteten, aber Noth war sich da nicht so sicher. Vielmehr vermutete er, dass weitere Assassinen kommen würden. Die Angriffe würden nicht einfach aufhören, nur weil sie einige Leute gefasst hatten.

Diese Erkenntnis hatte Cinzia schwer getroffen, und ihr wurde erst jetzt klar, dass die Gefahr und die Gewalt kein Ende haben würden.

»Cinzia«, sagte Jane. »Wir müssen über das reden, was heute passiert ist.«

Cinzia schloss die Augen. »Können wir nicht einfach eine Weile hier sitzen und schweigend die Gesellschaft der anderen genießen?«

»Das können wir, aber irgendwann müssen wir über das reden, was wir den anderen gegenüber nicht erwähnt haben.«

»Wie meinst du das?«

Jane schürzte die Lippen. »Ich möchte mit dir über das reden, was du heute getan hast, Schwester.«

»Ah«, murmelte Cinzia und starrte in ihre Teetasse. »Ja.«

»Ich muss dir danken.«

»Du bist meine Schwester, und ich würde alles tun, um dich zu retten.«

»Und ich bin sehr froh, dass du es getan hast.«

Cinzia wartete und war davon überzeugt, dass Jane gleich fragen würde, wie sie sich so schnell hatte bewegen können, um das Messer des Assassinen abzufangen. Aber Jane schwieg.

»Mehr wolltest du nicht sagen?«, fragte Cinzia, als die Stille andauerte.

»Mehr wollte ich nicht sagen.«

»Du willst mich nicht fragen, wie ich es getan habe? Du hast doch eben selbst gesagt, dass wir darüber sprechen müssen.«

Jane lachte auf. »Ja, das habe ich, nicht wahr? Nun, du kannst es mir gern erzählen, wenn du möchtest.«

Cinzia musterte ihre Schwester verwirrt. Sie war schon versucht, das Thema zu wechseln, nur um Jane zu ärgern. *Damit wirst du nicht weit kommen*, rief sie sich ins Gedächtnis. Kleinlichkeit half ihr nicht weiter, außerdem wollte sie wirklich über das reden, was geschehen war, und eine Bestätigung bekommen.

»Ich glaube, es war Canta«, sagte Cinzia leise.

Jane nippte an ihrem Tee und hörte ihr zu.

»Du weißt ja, dass ich an meinem Glauben gezweifelt habe«, fuhr Cinzia fort. »Ich habe auf diesem Dach in Izet etwas Wundervolles erlebt, aber ... aber es ist mir schwergefallen, das so zu sehen nach allem, was seither geschehen ist. Da waren Kovac, unsere Bewegung, die Fähigkeiten, die sich bei dir und den anderen Elevinnen manifestieren. Ich wollte einen Beweis haben und diese Kräfte selbst erleben, bevor ich Vertrauen fasse. Du hast mich vor Wochen gefragt, warum ich Gewissheit brauche, bevor ich glauben kann, und diese Frage hat mich nicht mehr losgelassen. Aber ich glaube, heute habe ich endlich aufgehört, daran zu denken. Ich habe erst geglaubt und dann ...«

»Und dann hast du das Ergebnis gesehen«, beendete Jane den Satz für sie.

»Ja, ich glaube, so kann man das ausdrücken.« Cinzia sah ihre Schwester an. »Aber ich hatte heute auch große Angst. Als ich beschlossen hatte, Canta mein Vertrauen zu schenken, war ich völlig verängstigt.«

»Was wäre der Glaube ohne Furcht?«, erwiderte Jane. »Wenn wir nichts zu befürchten haben, welchen Grund hätten wir dann, an etwas zu glauben?«

»Dann kann der Glaube nicht ohne Furcht existieren? Ich konnte meine Angst heute kaum überwinden. Wie soll es mir jemals gelingen, das zu wiederholen?«

»Es wird dir gelingen, weil du das Ergebnis kennst. Du wirst dich beim nächsten Mal daran erinnern, und es wird einfacher werden. Der Glaube wird kommen, sobald du begreifst, dass dich Canta niemals verlassen wird.«

»Dann wird es also immer ein Ergebnis meines Glaubens geben, so wie heute?«

»Davon würde ich nicht ausgehen«, antwortete Jane. »Wir glauben nicht, weil wir auf eine Belohnung hoffen, sondern weil wir darauf hoffen, zu einem besseren Menschen zu werden.«

»Und der Glaube hilft uns dabei?«

»Wenn wir an das Richtige glauben, dann tut er das meiner Meinung nach.«

Cinzia schüttelte den Kopf. Sie wollte Jane so gern glauben, aber es fiel ihr nicht leicht. Was war, wenn sie tatsächlich glaubte und dann keiner da war, der sie auffing?

»Denkst du wirklich, Canta hat mich heute geleitet?«, fragte sie nach einigen Augenblicken und war überrascht, dass sie Tränen in den Augen hatte.

»Ja«, bestätigte Jane. »Davon bin ich überzeugt.«

Cinzia holte tief Luft. »Aber wie? So etwas hast du auch in Navone gesagt, als …«

»Navone war ein Fehler«, fiel ihr Jane rasch ins Wort. »Mein Fehler. Ich habe etwas vermutet, als mich Cantas Licht vorübergehend verlassen hatte, und ich habe mich geirrt. Das hier ist etwas anderes.«

»Inwiefern?«

»Weil ich weiß, dass es so ist«, erklärte Jane schlicht.

»Bei der Göttin, diese Glaubenssache ist wirklich kompliziert«, murmelte Cinzia.

Jane lachte auf.

»Was ist mit dir?«, fragte Cinzia kurz darauf. »Besitzt du diese Macht ebenfalls?«

»Ich verfüge über alles, was mir die Göttin in ihrer Großzügigkeit gewährt. Das gilt für uns alle, die wir ihre Elevinnen sind.«

Cinzia dachte gut über ihre nächste Frage nach. »Hättest du sie in Izet einsetzen können? Hast du Kovac sterben lassen, obwohl es in deiner Macht lag, ihn zu retten?« Vor Verbitterung und Wut zog sich Cinzias Magen zusammen.

»So einfach ist das nicht.«

»Aber es bestand die Möglichkeit«, fragte Cinzia nach. »Du hättest es tun können, hast dich aber dagegen entschieden.«

»Nein«, sagte Jane entschiedener, als Cinzia erwartet hatte. »Ich kann nicht nach Lust und Laune über diese Kraft verfügen. Das gilt für jeden auf der Sphaera. Canta gibt uns, was immer sie für richtig hält und wann immer sie es will. Ich … Es tut mir leid, Cinzia, aber es war Cantas Plan, Kovac in Roden sterben zu lassen.«

Cinzia starrte zu Boden und konnte Jane einfach nicht ins Gesicht sehen. Dabei wusste sie genau, dass ihr Zorn falsch war. Wenn Jane diese Macht nicht kontrollieren konnte, wie hätte sie sich dann bewusst dazu entscheiden können, Kovac sterben zu lassen? Außerdem durfte sie die Umstände von Kovacs Tod nicht außer Acht lassen – wer wusste denn schon, ob der Dämon Cantas Macht nicht entgegengewirkt hatte. Dennoch war die Wut da und sorgte dafür, dass sie Magenschmerzen bekam.

»Es tut mir leid, Cinzia.«

Cinzia schloss die Augen. »Ich bin die Einzige, die schuld an seinem Tod ist«, wisperte sie. Sie hatte ihm schließlich das Messer ins Auge gerammt.

Als Cinzia die Lider wieder öffnete, gelang es ihr auch, Jane wieder anzusehen. »Dann ist die Kraft, dank derer Elessa dich heilen konnte, also dieselbe, die es mir heute erlaubt hat, dich zu retten?«

»Genau das wollte ich dir damit sagen.«

»Und es ist dieselbe, mit der du Noth heilen kannst?«

»Ja.«

Cinzias Neugier war geweckt. »Was weißt du noch darüber?«

»Ich weiß, dass Cantas Macht nur eingesetzt werden darf, um anderen zu helfen. Es wäre falsch, sie zu seinem eigenen Vorteil zu benutzen.«

»Ist das überhaupt möglich?«

»Da bin ich mir nicht sicher«, gab Jane schulterzuckend zu. »Ich habe es nie versucht.«

»Was noch?«, fragte Cinzia nach.

»Je besser der Anwender dieser Macht Cantas Willen ausübt, desto stärker wird ihr Einfluss auf ihn.«

Cinzia blinzelte. »Ich … ich weiß nicht, ob ich das verstanden habe.«

»Das ist recht kompliziert.« Jane seufzte. »Canta gewährt ihre Macht denjenigen, die sie für würdig erachtet, und wann immer sie will. Aber diese Personen können darüber entscheiden, was sie mit der ihnen verliehenen Macht tun wollen. Beschließt jemand, die ihm gewährte Gabe für etwas anderes einzusetzen, als sie gedacht war, ist die Kraft geschwächt. Wird sie jedoch genau so genutzt, wie Canta es vorhergesehen hat, ist die Wirkung sogar noch stärker.«

Cinzia nickte, obwohl sie es noch immer nicht ganz begriffen hatte. »Dann ist es ein Ratespiel?«

»Nehmen wir den heutigen Vorfall als Beispiel. Canta hat dir heute ihre Kraft verliehen. Du hast sie gespürt und wusstest, dass du sie besitzt. In diesem Augenblick standen dir mehrere Möglichkeiten offen. Du hast beschlossen, mich auf diese Weise zu retten, aber du hättest auch etwas völlig anderes tun können. Beispielsweise hättest du beschließen können, den Mann mit dem Messer anzugreifen, anstatt mich vor ihm zu verteidigen.«

»Mit anderen Worten: Ich hätte sie nicht genutzt, um jemandem zu helfen, sondern um einem anderen zu schaden.«

»Ganz genau«, bestätigte Jane. »Hättest du versucht, den Assassinen direkt zu attackieren, dann wärst du bei Weitem nicht so schnell oder so stark gewesen.«

»Dann wollte Canta, dass ich dir helfe?«

»Das lässt sich nicht mit Gewissheit sagen«, gab Jane zu. »Möglicherweise hättest du auch noch etwas anderes tun können, das Cantas Willen eher entsprochen hätte, und in diesem Fall wäre die Gabe noch stärker ausgefallen.«

»Woher wissen wir dann, ob wir Cantas Willen ausüben?«, fragte Cinzia, die jetzt völlig verwirrt war.

Janes Lippen umspielte ein trauriges Lächeln. »Das wissen wir nicht. Der Kodex gibt uns einige Richtlinien und wir spüren einen Antrieb, aber letzten Endes kommt es auf den Glauben an. Wir müssen darauf vertrauen, dass wir so handeln, wie Canta es von uns erwartet. Wenn wir das tun, erhalten wir ihren Segen und werden es hinterher wissen.«

Cinzia dachte darüber nach, aber irgendwie kam ihr das alles immer noch nicht ganz richtig vor. Es bestand weiterhin die Möglichkeit, dass man weder eine Antwort noch eine Bestätigung erhielt. »Gibt es noch andere Aspekte dieser Macht?«, fragte sie, da sie auf die Glaubensfrage nicht näher eingehen wollte.

Jane nickte. »Da Cantas Kräfte untrennbar mit der Praeclara verbunden sind und unsere sterbliche Gestalt eine solche Macht nicht gewohnt ist, fordern uns ihre Gaben einiges ab. Ich vermute, dass du aus diesem Grund heute auch so erschöpft bist.«

Das ergab Sinn. Cinzia war tatsächlich am Ende ihrer Kräfte. »Woher weißt du von diesen Kräften?«, wollte sie wissen. »Darüber stand bisher nichts im Kodex.«

»Canta hat sie mir enthüllt«, antwortete Jane.

»Und sie hat dir auch gesagt, dass das, was ich heute getan habe, unter ihrer Anweisung und dank ihrer Macht geschehen ist?«

»Ja«, erwiderte Jane. »Auf gewisse Weise. Sie ist mir gegenüber nur selten derart eindeutig.«

Cinzia verdrehte die Augen. »Diese Besessenheit vom Glauben geht mir ganz schön auf die Nerven. Sie erwartet, dass wir ihr derart vertrauen, schenkt uns ihr Vertrauen aber nicht.«

»Ich würde eher behaupten, dass sie genau das tut, wenn sie uns bittet, an sie zu glauben«, widersprach Jane ihr. »Sie vertraut darauf, dass wir den Glauben der Alternative vorziehen. Und ich bin zwar der Ansicht, dass das etwas mit Vertrauen zu tun hat, aber … es könnte auch noch etwas anderes dahinterstecken. Bei einer unserer wenigen Unterhaltungen schien sie frustriert darüber zu sein, dass sie mir nicht alles sagen konnte, was sie mir erzählen wollte. Es war beinahe so, als wäre sie dazu gezwungen gewesen, sich möglichst allgemein zu halten.«

Cinzia blickte von ihrer Teetasse auf. Das war das erste Mal, dass jemand behauptete, Canta wären Grenzen auferlegt. Dabei war sie doch allmächtig und allwissend. Sie konnte alles tun, und nun deutete Jane auf einmal an, dass dem nicht so war.

»So etwas hast du schon einmal gesagt.« Cinzia beugte sich vor. »In Roden hast du mir erzählt, etwas würde deine Fähigkeit blockieren, mit Canta zu sprechen. Ist das hier ähnlich?«

»Ich bin mir nicht sicher. Aber in Roden ging ich davon aus, dass das Problem mit mir zu tun hat, dass ich etwas getan hätte und nun nicht mehr würdig wäre, Cantas Stimme zu hören. Aber da ich später erneut mit ihr gesprochen habe, vermute ich, dass dem möglicherweise nicht so war.«

Cinzia starrte ihre Schwester mit weit aufgerissenen Augen an und versuchte, das Gehörte zu verdauen. Mit Canta stimmte etwas nicht? Was in der Sphaera konnte das sein? »War diese Barriere schon die ganze Zeit da?«

»Ich glaube schon«, erwiderte Jane. »Anfangs wusste ich es nicht besser, aber jetzt … wenn ich jetzt auf unsere Gespräche zurückblicke, scheint es offensichtlich zu sein. Ich glaube, dass ein Teil von dem, was sie mir sagt, darauf ausgelegt ist, meinen Glauben zu verstärken und mir dabei zu helfen, Entscheidungen zu treffen, statt dass ich mich nur auf das verlasse, was sie mir aufträgt. Aber … aber sie hat sich mir gegenüber noch nie klar und deutlich ausgedrückt, verstehst du? Sie blieb immer vage.«

»Hast du sie danach gefragt?«

»Selbstverständlich. Aber sie ignoriert diese Fragen. Ich glaube … ich glaube, sie ignoriert sie, weil sie sie mir einfach nicht beantworten kann. Sie ist auf die eine oder andere Weise auf jede meiner anderen Fragen eingegangen.«

Cinzia schüttelte den Kopf. »Welche Macht könnte es denn geben, die Canta einschränken kann?«

Sie schwiegen beide, doch dann fiel Cinzia etwas ein. »Erinnerst du dich, was passiert ist, als wir das letzte Mal darüber gesprochen haben? Als du mir von deinem Verdacht erzählt hast, dass du von irgendetwas blockiert wirst?«

Jane holte tief Luft. »Das war die Nacht … die Nacht, in der Kovac gestorben ist.«

»Die Nacht, in der Kovac besessen war«, fügte Cinzia hinzu. »Die Nacht, in der wir Azael kennengelernt haben.«

»Ich habe darüber nachgedacht«, sagte Jane. »Und es ist durchaus möglich.«

»Wieso sollte es nicht Azael sein?«, fragte Cinzia. »Es ist doch offensichtlich, dass er im Widerspruch zu Canta steht.«

»Es scheint mir nur … zu einfach zu sein. Außerdem ist Azael zwar der Anführer der Neun Dämonen, aber er ist auch nicht mehr als ein Dämon. Canta ist eine Göttin, Cinzia. Welche Macht könnte er schon über sie haben?«

Cinzia lehnte sich zurück. Das war ein gutes Argument. Azael und der Rest der Neun Dämonen waren von Cantas Gleichgestellten geschaffen worden; wie sollten sie da Macht über die Götter besitzen? Sie waren furchterregend, das ließ sich nicht leugnen, und sie besaßen große Macht, aber … was konnten sie tatsächlich bewirken? »Aber wenn du recht hast«, murmelte sie. »Wenn jemand oder etwas wirklich Macht über Canta hat …«

»Dann muss es jemand sein, der noch mächtiger ist als sie«, sagte Jane leise. »Alles andere ergibt keinen Sinn.«

Cinzia hielt es für möglich – immerhin hatten sie aus dem Kodex gelernt, dass Canta die Erstgeborene von Ellendre und Andara war und dass die beiden Hohen Götter ihre Tochter zu einer der Ihren erzogen hatten. Die Drillinge, die nach Canta geboren worden waren, die Brüder-Götter Emidor – Irit, Orit und Erit – und die Schwester-Götter Adimor – Irali, Orali und Arali –, waren ebenfalls mächtig, aber sie hatten nie die Stufe der ersten Drei erklommen. Es schien nicht möglich und auch nicht wahrscheinlich zu sein, dass Canta ihre Position innerhalb der Dreieinigkeit verlieren könnte.

»Vielleicht sollten wir lieber schlafen gehen«, schlug Jane nach einer Weile vor.

Cinzia nickte. Sie war erschöpft, und Schlaf würde ihr guttun. Vor allem, wenn sie die Treffen mit den Odeniten am nächsten Tag fortsetzen wollten. Dass sie einige Assassinen gefunden hatten, bedeutete noch lange nicht, dass sie den restlichen Odeniten die Begegnung mit den Elevinnen verweigern durften.

Jane erhob sich, und Cinzia stand ebenfalls auf. Es war schon fast Mitternacht; sie konnten noch sieben Stunden schlafen, bis sie zum ersten Treffen am nächsten Morgen erscheinen mussten. Sie gingen zur Tür, aber nach einigen Schritten blieb Jane noch einmal stehen.

»Was hältst du davon, wenn wir die Assassinen freilassen?«, fragte sie.

»Bei der Göttin.« Cinzia stöhnte auf. »Es ist viel zu spät, um mit einer derart lächerlichen Idee anzukommen. Du willst die Menschen freilassen, die dich umbringen wollten? Die uns töten wollten?«

»Warum nicht? Wir wissen jetzt, wie sie aussehen. Sie könnten sich nicht mehr in unser Lager schleichen. Noth und Astrid und unsere Wachen würden sie nicht in unsere Nähe lassen.«

»Und was ist, wenn sie mit anderen zusammenarbeiten, die sich noch im Lager aufhalten?«

»Das tun sie nicht«, versicherte Jane ihr.

Cinzia verdrehte die Augen. »Lass mich raten, das weißt du, weil Canta es dir enthüllt hat.«

»Nein«, antwortete Jane und wandte den Blick ab. »Das weiß ich, weil ich Wyle gebeten habe, es für mich herauszufinden.«

Cinzia starrte ihre Schwester entsetzt an. Sie war bisher davon ausgegangen, dass Jane gegen den Einsatz von Psimantie war. Wie konnte ihre Schwester, jemand, der vermeintlich von Canta auserwählt worden war, um eine neue Religion ins Leben zu rufen, um das Gute auf der Sphaera zu verteidigen, derart rücksichtslos die Privatsphäre anderer missachten?

»Wir werden sie noch ein paar Tage festhalten«, sagte Jane entschlossen. »Aber ich bin der Ansicht, dass wir sie danach laufen lassen sollten.«

»Warum bitten wir Wyle nicht, sie zu *verändern*«, murmelte Cinzia. »Schließlich hast du dir ja ohnehin schon die Mühe gemacht, bis in die Tiefen ihres Geistes vorzudringen.«

Als Jane nichts erwiderte, hatte Cinzia das Gefühl, ihr Blut würde zu Eis gefrieren. Hatte ihre Schwester das etwa längst getan?

KAPITEL 40

Kaiserpalast, Izet

»Ah, meine *garice*. Wie schön, dass Ihr gekommen seid. Ich kann meine Freude kaum im Zaum halten, da ich doch endlich ein Kleid schneidern darf, das Eurer Schönheit würdig ist!«

»Schönheit?«, wiederholte Winter ungläubig. »Euer Reich hat mein Volk vor Jahrzehnten vertrieben. Wie könnt Ihr mich jetzt als schön bezeichnen?«

»Mein Reich hat viele Dinge getan, mit denen ich nicht einverstanden bin«, erwiderte Galce. »Es war falsch, Euer Volk zu verbannen. Meiner Ansicht nach hat sich die Nation damit ins eigene Fleisch geschnitten.«

Winter sah in den Spiegel. Was sollte sie darauf erwidern? Ein schlichtes Dankeschön erschien ihr sehr unpassend.

»Der Krönungsball des Kaisers wird ein prächtiges Ereignis«, fuhr Galce fort und bedeutete Winter, auf das von Spiegeln umgebene Podest zu steigen. »Ihr seid gewiss sehr aufgeregt, dass Ihr daran teilnehmen dürft?«

Winter schnaubte. »Ich tue, was mir Daval befiehlt, und er will, dass ich zu diesem Ball gehe. In einem Kleid.«

Galce zückte lachend sein Maßband. »Ihr seid wahrlich einzigartig, *garice*, das muss ich Euch lassen. Aber ich würde den Kaiser an Eurer Stelle nicht beim Vornamen nennen. Es wurden schon Untertanen für geringere Vergehen hingerichtet.«

»Ich spreche ihn sogar mit Daval an«, erwiderte Winter nicht ohne gewissen Stolz. »Es scheint ihm nichts auszumachen.«

Galce bekam große Augen, und sein Lächeln wurde noch breiter. »Sehr beeindruckend. Ihr habt etwas riskiert, und das Chaos hat zu Euren Gunsten entschieden. Dazu gratuliere ich Euch, denn das Chaos ist ein launischer Meister.«

Galce machte sich an die Arbeit und maß Winters Arme, Hüften und Oberschenkel aus. Das Ganze schien ewig zu dauern, aber dasselbe hatte Galce auch schon gemacht, um die schwarze Lederkleidung für sie herzustellen, die zugegebenermaßen perfekt saß. Wenn er ihr ein Kleid nähte, das ebenso gut passte, dann würde Winter es vielleicht sogar tragen.

»Ihr sprecht vom Chaos«, sagte Winter, nachdem sie einige Augenblicke über Galces Worte nachgedacht hatte. »Nicht zum ersten Mal …« Wie sollte sie das in die richtigen Worte fassen? »Wie meint Ihr das?«

Er lachte erneut auf, ein Geräusch, das sich anhörte, als stiege es aus den Tiefen seines Bauches auf. »Das Chaos beherrscht die Sphaera«, sagte er. »Das Chaos ist mein Meister, ebenso wie der Eure. Man kann ihm nicht entrinnen und es auch nicht manipulieren. Das Chaos ist einfach.«

»Das scheint mir eine sehr trostlose Sicht der Welt zu sein«, erwiderte Winter, doch gleichzeitig dachte sie, dass es besonders ihr nicht zustand, ihn dafür zu kritisieren.

»Ganz im Gegenteil«, meinte Galce. »Das Chaos spendet Trost, *garice.* Könntet Ihr mehr Trost bei Canta finden? Das Chaos leitet uns bei jedem Schritt unseres

Weges. Hat Eure Göttin das je für Euch getan? Haben die Verschmähten Götter es für Roden getan?«

»Canta ist nicht meine Göttin«, erwiderte Winter.

Galce nickte nur und arbeitete weiter.

»Dann ist das Chaos also Eure Religion?«, fragte Winter.

»Das Chaos ist das Chaos. Es ist, was es ist. Man betet das Chaos nicht an, aber wir richten unser Leben danach aus. Jeder tut es, ob nun bewusst oder unbewusst. Jene, die wie ich glauben, gestehen es sich einfach ein und akzeptieren es. Wir sind alle Blätter in einem großen Fluss. Manchmal schwimmen wir problemlos auf ruhigem Wasser, dann wieder schaffen wir es gerade so über Stromschnellen hinweg – oder auch nicht. Gelegentlich treffen wir auf Wirbel und genießen einen flüchtigen Augenblick der Besinnung; hin und wieder halten uns aber auch tiefhängende Äste fest oder wir finden uns zwischen Felsvorsprüngen wieder und kommen nicht voran.«

»Und das Chaos ist der Fluss?«, fragte Winter.

»Das Chaos ist alles. Der Fluss, die Felsen, die Bäume und das Wetter. Das Chaos ist auch das Blatt, es ist wir und alles um uns herum.«

»Wenn Ihr das Blatt auf dem Fluss seid«, meinte Winter, »wie trefft Ihr da irgendwelche Entscheidungen? Wie könnt Ihr im Leben überhaupt irgendetwas tun?«

»Wir tun, was uns das Chaos vorschreibt.«

»Aber was bedeutet das?«

»Es bedeutet, dass wir unser Leben lang Vertrauen haben«, erklärte Galce. »Wenn sich eine Gelegenheit ergibt, ergreifen wir sie. Zahlt es sich aus, machen wir weiter, ansonsten kehren wir zu dem zurück, was wir zuvor getan haben, oder nutzen die nächste Gelegenheit.«

»Das, was Ihr beschreibt, klingt nicht gerade nach Freiheit.«

»Was ist Freiheit denn anderes als das, was wir von ihr verlangen? Wenn ich mich frei fühle, wenn ich alles habe, was ich brauche, was will ich dann noch mehr?«

»Aber es muss doch etwas geben, das Ihr tut, wenn Ihr Entscheidungen trefft. Eine Art System. Was ist, wenn sich mehr als eine Gelegenheit auftut?«

»Vergebt mir, *garice,* das war nicht ganz ernst gemeint. Wir haben durchaus ein System. Denn Ihr müsst wissen, dass wir zwar das Chaos und sein Werk um uns herum sehen, es aber auch gleichzeitig in uns selbst ist. Wir müssen bloß in unser Innerstes blicken, um die Orientierung zu finden, die wir suchen.«

Winter verzog das Gesicht und konnte ihre Enttäuschung nicht verhehlen. »Das ist alles?«

Galce lachte laut auf. »Das ist gerade mal der Anfang. Das Chaos manifestiert sich in jedem von uns auf unterschiedliche Weise, aber es ist unmöglich, eine Definition dafür festzulegen, und genau darum geht es doch auch. Alles, was wir kennen, die Welt, wie sie um uns herum besteht … das alles hat irgendwann mit etwas sehr Einfachem angefangen. Wir bezeichnen es als die Erste Ordnung.«

»Das Chaos hat mit Ordnung begonnen?«

»Aber selbstverständlich, *garice.* Das Chaos ist nicht zufällig, auch wenn es auf uns den Anschein macht, weil wir nie alles über die Erste Ordnung wissen werden – wir werden nie genau erfahren, wie alles am Anfang gewesen ist. Denn wir können dieses vollkommene Wissen nicht haben, wir dürfen nicht alles wissen. Wie viel ich auch über die Geschichte lerne, wie sehr ich mich in die Studien des Geistes vertiefe und darüber, wie wir Entscheidungen treffen, so weiß ich dennoch nicht, wie Ihr auf etwas reagieren werdet, das ich sage oder tue, und erst recht nicht, wie die Welt reagiert. Das ist der Grund dafür, dass wir uns ganz dem Chaos überlassen.« Galce notierte sich noch etwas und steckte das Maßband dann weg. »Ihr könnt jetzt wieder herunterkommen.«

Winter verließ das Podest, und Galce legte ihr die Hände auf die Schultern. »Was ich Euch gleich sagen werde, ist etwas ganz Besonderes«, sagte er dann. »Wir reden nicht häufig mit Außenstehenden darüber.«

Winter starrte ihn an. Was würde er ihr gleich anvertrauen?

»Ihr habt recht, *garice.* Manchmal stehen wir vor Entscheidungen. Aber es besteht immer die Möglichkeit, sich ganz dem Chaos zu überlassen und darauf zu vertrauen, dass uns das Chaos zur bestmöglichen Entscheidung trägt. Und nun schließt die Augen.«

Winters Neugier gewann die Oberhand, und sie kam der Aufforderung nach.

»Stellt Euch eine perfekte Kugel vor, deren Oberfläche glatter ist als alles, was Ihr jemals gesehen habt. Sie ist groß und nimmt Euer ganzes Blickfeld ein. Und jetzt verratet mir … Welche Farbe hat sie?«

»Sie ist schwarz«, antwortete Winter, ohne zu zögern.

»Ah … Das kommt unerwartet. Gut, dann ist sie schwarz. Das ist Euer Chaos, Winter. Diese Kugel kann zwei Farben haben und entweder wie jetzt schwarz oder weiß sein. Aber sie kann nie beide Farben gleichzeitig aufweisen, sondern immer nur eine. Alles, was Ihr tun müsst, ist, die Augen zu schließen, und schon seht Ihr sie. Die Farbe, die sich dann manifestiert, wird Euch verraten, was Ihr tun müsst.«

Winter schlug die Augen auf, sie war immer noch

skeptisch. »Ich stelle mir einfach diese Kugel vor, wann immer ich eine Entscheidung treffen muss?«

»Bezeichnet sie ruhig als Chaos, *garice.* Erweist ihr den Respekt, den sie verdient.«

»Aber natürlich.« Winter bezweifelte, dass das funktionieren würde. Vielmehr ging sie davon aus, dass die Kugel – das Chaos – jedes Mal schwarz aussehen würde, sobald Winter daran dachte. So hatte sie sich das Gebilde schließlich vorgestellt, wieso sollte sich daran je etwas ändern? Und was war, wenn die Kugel auf einmal blau oder grün wurde? Die Farbauswahl auf zwei Möglichkeiten zu begrenzen, schien ihr eine unnötige Einschränkung.

Aber das musste Winter Galce nicht sagen. Er war sehr freundlich zu ihr gewesen und hatte ihr offenbar etwas enthüllt, das sehr wichtig für ihn war. »Danke«, sagte sie aufrichtig.

»Gern geschehen, *garice.* Ich sehe Euch an, dass Ihr ebenfalls dem Chaos angehört, und ich bin davon überzeugt, dass Ihr mit dieser Gabe weise umgehen werdet.«

Später am Abend nahm Winter einen Frostkristall und reiste in die Leere. Es wurde Zeit, erneut nach ihren Tendrae zu suchen.

Kali erwartete sie schon.

»Ich bin bereit«, sagte Winter.

Kali grinste bei diesen Worten – nein, eigentlich hatte sie schon in dem Augenblick gegrinst, in dem sich Winter in der Leere materialisierte. Auf ihrem sich ständig verändernden Gesicht sah das schon sehr merkwürdig aus.

»Kein Vorgeplänkel? Willst du mich nicht einmal fragen, wie mein Tag gewesen ist?«

Winter schnaufte. »Das ist mir egal. Suchen wir meine Tendrae.«

»Wie du willst«, meinte Kali, die weiterhin lächelte.

»Was soll ich tun?«

»Entspann dich. Wir machen dasselbe wie beim letzten Mal. Vergiss nicht, dass es anders ist als damals bei der Suche nach deinen telenischen Tendrae. Du bist eine potenzielle Telenikerin, aber eine aktuale Acumantin. Dazwischen gibt es Unterschiede, daher solltest du mit geringen Erwartungen an die Sache herangehen.«

Winter nickte und schloss die Augen. Sie atmete ruhig und gleichmäßig – auch wenn sie sich nicht einmal sicher war, ob sie in der Leere überhaupt atmete – und entspannte sich.

In dem Moment, in dem sie die Augen schloss, war die dunkle Kugel da und schwebte vor ihrem inneren Auge.

Sofort schlug sie die Augen wieder auf. Sie hatte nicht bewusst an die Kugel oder an das Chaos gedacht. Noch gab es nicht einmal eine Entscheidung, die sie treffen musste.

Sie holte erneut tief Luft. Das war nicht weiter wichtig. Das Chaos hatte für sie jetzt keine Bedeutung. Nun zählten nur ihre Tendrae. Wieder schloss sie die Augen und …

»Um Cantas willen.« Das Chaos war wieder da und schien sie zu erwarten, pechschwarz und seidenglatt.

»Geht es dir gut?«

»Bestens«, antwortete Winter etwas zu schnell. »Es ist nur … Sag mir, was ich tun soll. Was genau erwartest du von mir?«

»Konzentrier dich. Du hast deine acumantischen Tendrae offensichtlich bereits irgendwie benutzt, und jetzt musst du sie nur noch sehen. Was geschieht, wenn du ›deinen Geist auf Wanderschaft schickst‹, wie du es ausdrückst?«

»Ich … ich …« Winter schloss erneut die Augen. Das Chaos konnte nicht da sein, es gab keinen Grund dafür, dass es …

Die schwarze Kugel erwartete sie bereits.

Na gut, dachte Winter. *Du denkst offenbar, ich müsste eine Entscheidung treffen. Gut, dann treffe ich eine. Lass mich in Ruhe, damit ich das hier schaffen kann. Es ist wichtig.*

Als Winter die Augen wieder öffnete, war Kalis dämliches Grinsen endlich verschwunden. Stattdessen starrte sie Winter mit offenem Mund und weit aufgerissenen Augen an.

Besser gesagt, sie starrte Winters Tendrae an – es waren Dutzende, leuchtende bunte Wirbel aus rauchigem Licht, die von ihr ausgingen.

»Ist das … ist das normal?«, fragte Winter und sah sich staunend um.

»Nein, so viele Tendrae sind nicht normal«, antwortete Kali, die gar nicht zu wissen schien, wo sie zuerst hinsehen sollte. »Aber du bist ja auch nicht gerade eine normale Psimantin.«

Ein paar von Winters Tendrae schwebten auf Kali zu. Winter wollte sie erst aufhalten, überlegte es sich dann aber anders. Warum sollte sie eigentlich nicht einen Blick in Kalis Innerstes wagen? Wenigstens würde sie dann mit Sicherheit wissen, ob Kali log oder die Wahrheit sagte und wie ihre wahren Motive aussahen. Sie begriff, dass sie mit der Zeit vielleicht auch in der Lage sein würde, Kali zu beeinflussen.

Um zu zerstören, muss ich erst lieben lernen.

Winter runzelte die Stirn. Konnte sie lernen, Kali zu lieben? Jemanden, der ihr Volk hasste, der versucht hatte, sie und ihre Freunde zu töten? Wenn man jemanden liebte, dann kannte und akzeptierte man denjenigen. Möglicherweise konnte es Winter ja gelingen, Kali zu akzeptieren, wenn sie die Frau las und mehr über sie herausfand.

»Was hast du vor?«

Winters Tendrae verharrten. »Wie meinst du das?«

»Was hast du damit vor?« Kali deutete auf die Tendrae, die sich auf sie zubewegt hatten.

»Ich muss doch üben, oder?«, fragte Winter. »Ich muss wissen, wie ich sie einsetzen kann, und lernen, andere zu lesen oder wie immer ihr das nennt. Sollte ich da nicht an dir lernen?«

Im nächsten Augenblick kamen fünf oder sechs Tendrae aus Kali heraus, bewegten sich auf Winters zu und zerschnitten und zerstörten sie.

»Hey!«

»Du wirst nicht bei mir anfangen. Wir üben an anderen. Wir üben mit einigen von denen.« Kali deutete auf die Sterne in der Leere.

Winter nickte. Kali hatte recht. Winter hätte auch nicht gewollt, dass Kali sie las, wieso sollte sie es dann von ihr erwarten?

Und doch … Als Winter die Augen wieder schloss, erwartete das Chaos sie immer noch, schwarz und unheimlich. Dann war das also entschieden. Das Chaos regierte.

Winter nahm ihre ganze Kraft zusammen und schickte ihre Tendrae zu Kali.

Kali reagierte sofort und wehrte den Angriff mit ihren Tendrae ab, aber Winter versuchte es gleich noch einmal. Die Frau hatte offensichtlich weniger Tendrae als Winter, und der bloße Ansturm bedrängte Kali hart. Winter sah, wie Panik in ihren Augen aufglomm.

»Ich will wissen, warum du dir diese Mühe gibst«, sagte Winter und versuchte, ganz ruhig zu klingen, während sie Kali wieder und wieder angriff. »Und es sieht ganz danach aus, als hätte ich jetzt die Mittel, um das herauszufinden, nicht wahr?«

»Du weißt ja nicht, was du da tust«, stieß Kali mühsam hervor. Ihr setzte der Kampf ebenfalls zu. Das war ein gutes Zeichen.

»Du hast mir schon viel beigebracht«, erwiderte Winter und ließ die nächsten Tendrae los. »Den Rest finde ich schon allein heraus.«

»Du wirst mich doch nicht verraten, Winter? Du machst … genau das … was du … von mir … befürchtet hast.« Ihre Worte wurden von Abwehrbewegungen ihrer Tendrae begleitet, und jedes Mal, wenn eine von Winters Tendrae durchtrennt wurde, stob ein farbenfroher Nebel in die Leere davon.

»Ich hatte es nur befürchtet, weil du mich schon einmal betrogen hast«, entgegnete Winter, die immer mehr Tendrae hervorbrachte. »Jetzt revanchiere ich mich.«

Kalis Instinkt riet ihr, Winters Tendrae an der Quelle zu attackieren, aber sie entschied sich rasch dagegen. Sie brauchte Winter noch und wollte das Potenzial des Mädchens nicht zerstören.

Während Kalis Tendrae mit Winters interagierten, spürte sie etwas, das sie noch nie zuvor erlebt hatte: Da war eine Verbindung, nicht zu dem Mädchen, sondern zwischen den Tendrae.

Ein Bild blitzte vor Kalis innerem Auge auf: Winter, die mit geschlossenen Augen in einem großen Bett lag. Aber dann wurde ihr bewusst, dass es nicht nur ein Bild war – das war die Realität. Kali sah Winter, als würde sie sich tatsächlich mit dem Mädchen in einem Raum befinden. Es war eine Verbindung in die Sphaera, stellte sie fest.

Kali merkte sich das für später. Nein, sie konnte Winter nicht vernichten; das Mädchen war Kalis einzige Hoffnung darauf, die Leere jemals wieder zu verlassen. Aber Kali hatte genug von Winters armseligem Angriff. Das Mädchen konnte zwar unglaublich gut mit ihren Tendrae umgehen – und besaß unfassbar viele davon –, aber sie war keine Kämpferin, jedenfalls noch nicht. Kali hingegen war von den Besten ausgebildet worden.

Sie zog sich nicht länger zurück, sondern trat vor, wich aus und parierte einige von Winters Angriffen mit ihren Tendrae. Dann schlug sie Winter seitlich gegen den Kopf. Winter taumelte nach hinten, und ihr Ansturm ließ vorübergehend nach. Bevor Winter sich erholt hatte, schlug Kali ein weiteres Mal zu. Winter ging in die Knie.

»Es war sehr wagemutig, mich anzugreifen«, stellte Kali fest. »Aber es war auch sehr dumm.« Sie streckte eine Tendra aus und rammte sie in Winters Kopf. Viel zu spät bemerkte sie, dass Winter genau dasselbe machte.

Sofort befand sich Kali wieder in diesem Raum – es schien ein großes Schlafzimmer zu sein mit kostbaren Möbeln, Schränken und einer Frisierkommode. Ein Zimmer im Kaiserpalast. Dieses Mal lag Kali auf dem Bett und blickte selbst zum Betthimmel hinauf.

Sie befand sich in der wirklichen Welt.

Ebenso schnell war alles auch wieder vorbei, und Kali war in der Leere. Winter krümmte sich zu ihren Füßen.

»Was war das?«, fragte Winter.

»Ich … ich weiß es nicht«, log Kali. Sie war sich nicht sicher, aber sie vermutete, soeben einen Weg gefunden zu haben, wie sie die Leere verlassen konnte. Das würde sie Winter jedoch nicht erzählen, jedenfalls noch nicht. Ebenso wenig hatte sie vor, Winter zu erzählen, dass ihr Mann noch am Leben war. Nachdem Winter sie gerade derart verraten hatte, war sich Kali nicht einmal sicher, ob sie es ihr je sagen würde.

»Wir sind für heute fertig«, erklärte Kali. Sie musste über das nachdenken, was gerade passiert war.

Ohne ein Wort zu sagen, verschwand Winters Gestalt, und Kali war wieder körperlos.

Aber jetzt hatte sie immerhin neue Informationen, die sie beschäftigen würden.

KAPITEL 41

Harmoth-Anwesen

»Komm da raus, Astrid! Die Zeremonie fängt gleich an!«

Astrid drehte sich stöhnend im Bett um. Sie hatte nicht geschlafen – und musste es auch gar nicht. Das bedeutete jedoch noch lange nicht, dass sie nicht hin und wieder faul sein durfte. Warum hämmerte Ader eigentlich so früh an ihre Tür?

»Nur noch ein bisschen«, murmelte Astrid in ihr Kissen.

»Wir haben keine Zeit mehr! Jane hat gesagt, wenn du nicht sofort rauskommst, darf ich dich aus dem Bett holen.«

Astrid schlug die Augen auf und sprang aus dem Bett. Das hätte ihr gerade noch gefehlt, dass Ader hereinkam und ihr Zimmer sah. Nein, das ging gar nicht.

Das Blut war das Erste, was sie beseitigen musste. Astrid hatte sich vor Kurzem genährt, da sie dem Drang nicht mehr länger hatte widerstehen können. Allerdings hatte sie den Fehler begangen, die Überreste ihres Mahls mit auf ihr Zimmer zu nehmen, und nun war der rötlich braune Fleck in der Zimmerecke nicht zu übersehen. Astrid nahm eine Decke vom Fußende ihres Bettes und warf sie über den Blutfleck. Das sah zwar auch komisch aus, aber sie bezweifelte, dass Ader das bemerken würde.

Außerdem sah eine Decke auf dem Boden immer noch besser aus als eine riesige getrocknete Blutlache.

»Ich komme rein, wenn du nicht gleich was sagst!«

»Einen Moment noch. Ich bin noch nicht angezogen, Ader!«

Als Nächstes waren die Waffen an der Reihe. Ader wusste nicht, wer Astrid war – was sie war –, und sie hatte nicht vor, es ihm zu verraten. Das bedeutete jedoch, dass die Dolche, die Wurfmesser und Shuriken, der Hammer, mit dem man Rüstungen durchschlagen konnte, und das geschwungene Kurzschwert, das auf dem Tisch lag, verschwinden mussten. Astrid hatte zwar Klauen, aber nur nachts, und selbst damit war ihre Reichweite beschränkt, und sie war nun einmal gern auf alles vorbereitet.

Sie fegte die Waffen vom Tisch, und es klapperte laut. Astrid fluchte.

»Ist da drin alles in Ordnung?«

»Ja! Alles bestens. Ich habe mir nur den Zeh am Bettpfosten gestoßen, das ist alles.«

Astrid schob die Waffen mit den Füßen unter das Bett. Dann holte sie tief Luft und sah sich um. Alles andere sah nicht weiter verdächtig aus. Sie stieß den Atem aus.

»Jetzt kannst du reinkommen, Ader.«

Kaum hatte sie die Worte ausgesprochen, wurde ihr bewusst, dass sie splitternackt war.

»Verdammt.«

Astrid zerrte die Bettdecke herunter und wickelte sich darin ein, und im nächsten Augenblick kam Ader auch schon mit breitem Grinsen ins Zimmer. Sobald er sie jedoch sah, verschwand sein Grinsen und er lief puterrot an.

»Äh … Ich dachte … Hast du nicht gesagt, du wärst jetzt … Es tut mir so leid, ich …«

Astrid räusperte sich verlegen. »Ähm, ja … Entschuldige, ich … ich hatte ganz vergessen, dass ich … dass ich noch nichts anhabe …«

Ader starrte so gebannt zu Boden, als hätte er dort etwas sehr Interessantes entdeckt. Astrid hätte laut losgelacht, wenn sie nicht derart besorgt gewesen wäre, dass sie den Jungen möglicherweise traumatisierte. Seine Ohren leuchteten rot, sogar mehr als das Blut, das sie letzte Nacht getrunken hatte …

Sie riss die Augen auf. Einer der Dolche, die sie unter das Bett geschoben hatte, ragte etwas zu weit hervor, sodass Ader ihn jetzt vermutlich sehen konnte. Astrid schlich unbeholfen um das Bett herum und versuchte gleichzeitig, nicht über die Bettdecke zu stolpern. Dummerweise bedeutete das auch, dass sie auf Ader zugehen musste, der kurz zu ihr hochschaute, noch mehr anlief und rasch wieder zu Boden sah.

Er machte einen Schritt nach hinten. »Ich gehe lieber hinaus, bis du dir was angezogen hast.«

Endlich hatte Astrid den Dolch erreicht und schob ihn wieder unters Bett.

»Was war das?«, fragte Ader und sah sie kurz an, senkte aber sofort wieder den Kopf.

»Was war was?« Astrid spielte die Unschuldige.

Ader schüttelte den Kopf. »Wir sehen uns dann später.« Er ging schnell hinaus und schloss die Tür hinter sich.

Astrid ließ sich aufs Bett fallen und stieß einen Stoßseufzer aus. Sie mochte Ader. Er war ein netter Junge und nicht langweilig, was Astrid immer sehr zu schätzen wusste. Aber sie beide hatten ungefähr so viel gemeinsam wie eine Rose und ein Wildschwein, und Astrid wusste genau, wer das Wildschwein in diesem Vergleich war.

Sie hatte ihm gegenüber bisher Nachsicht gezeigt, aber dieser Zwischenfall ließ sie erkennen, wie albern das Spiel war, das sie hier spielte. Bei der Göttin, ihr war ja erst bewusst geworden, dass sie nackt war, als er fast schon vor ihr gestanden hatte. Ader war einige Jahre älter als sie, wenn man vom Aussehen ausging, und wenn er wie die meisten Zwölfjährigen war, die sie kannte, würde er so etwas nicht auf die leichte Schulter nehmen – allerdings musste sie zugeben, dass sie nicht sehr viele andere Kinder kannte. Astrid seufzte erneut. Manchmal fragte sie sich, was bei der Unterwelt sie hier eigentlich bei dieser völlig verrückten Familie zu suchen hatte.

Dann spürte sie das Ziehen im Kopf und wusste, dass jemand über den Leerstein mit ihr sprechen wollte. »Ach, bei Cantas verdammten Knochen.« Die Schwarze Matrone. Es gab sonst niemanden, der das sein konnte. Sie nahm den Leerstein vom Nachttisch.

»Ja.«

»Du bist immer noch in Tinska, nicht wahr?«

Die Schwarze Matrone hatte Astrid aufgetragen, Noth nach Triah zu bringen, aber das war Astrid bisher nicht gelungen.

»Es erweist sich als schwieriger, als ich gedacht habe«, flüsterte Astrid. Sie behielt die Tür im Auge und das Licht, das darunter hindurchschimmerte. Dabei hielt sie Ausschau nach Schatten, denn sie wollte nicht noch einmal erwischt werden – oder beinahe erwischt wie damals in Brynne, als Noth ihr beinahe auf die Schliche gekommen war.

»Dann rate ich dir, diese Schwierigkeiten aus dem Weg zu räumen. Bring ihn her, und zwar auf der Stelle.«

»Wozu braucht Ihr ihn überhaupt?«, fragte Astrid und zuckte schon beim Aussprechen der Worte zusammen.

Das war eine dieser Fragen, die sie eigentlich nicht stellen sollte.

»Das geht dich nichts an«, antwortete die Schwarze Matrone. »Für dich ist nur von Bedeutung, dass du ihn herbringen musst. Wenn du weiterhin auf Erlösung hoffst, deine unsterbliche Hülle ablegen und Tod und Vergebung erfahren willst, dann solltest du dir mehr Mühe geben. Scheitern ist keine Option, Mädchen.«

Astrid atmete langsam ein und wieder aus. *Tod und Vergebung.* Das eine hatte sie verdient, das andere nicht. Aber die Schwarze Matrone hatte ihr beides versprochen.

Doch Noth war ihr ans Herz gewachsen, das ließ sich nicht leugnen. Nach dem Tod sehnte sie sich allerdings schon deutlich länger, und die Schwarze Matrone hatte ihr Absolution für ihre Sünden versprochen. Wenn sie tat, was man ihr aufgetragen hatte, würde Astrid endlich vergeben.

»Ich werde nicht versagen«, flüsterte Astrid.

»Das will ich auch hoffen.« Nach diesen Worten trennte die Schwarze Matrone die Verbindung.

Astrid schloss die Augen. Sie war keine Närrin und wusste, dass sie keiner guten Sache diente, indem sie die Befehle von jemandem befolgte, der sich die »Schwarze Matrone« nannte, im Geheimen operierte und Astrid folterte, wenn sie nicht tat, was man von ihr verlangte. Dennoch hatte die Schwarze Matrone ihr etwas gezeigt, das erreichbar war. Die versprochene Vergebung war greifbar. Es wäre ein neuer Anfang; ein sauberes Ende. Das änderte jedoch nichts an der Tatsache, dass Astrid sich für jeden Augenblick hasste, den sie in Diensten der schrecklichen Frau verbrachte.

Sie stand vom Bett auf und zog sich die Unterwäsche

und ihr dunkelgrünes Lieblingskleid an – das schönste Kleidungsstück, das sie besaß und das aus dickem, weichem, mit Gold besetztem Stoff bestand. Natürlich kein Echtgold, und es sah inzwischen wie verblasstes Gelb aus, aber einst war es ein schönes Kleid gewesen. Astrid blinzelte und begriff auf einmal, wie lange sie dieses Kleid jetzt schon besaß – deutlich länger, als sie sich eingestehen mochte.

Aber es war nun einmal ihr schönstes Kleid, und heute schien ein Tag zu sein, an dem man etwas Besonderes anzog.

Am heutigen Morgen würde Jane mit der Gründung der Kirche von Canta fortfahren.

Noth beobachtete Astrid, die mit ins Gesicht gezogener Kapuze auf ihn zukam. Das Mädchen war spät dran. Eigentlich hätte sie schon lange vor Beginn der Rede hier sein sollen. Er schloss daraus, dass es keine gute Idee gewesen war, Ader loszuschicken, um Astrid zu wecken.

Aber jetzt war sie hier, und das war alles, was zählte. Noth kaute auf der Innenseite seiner Wange herum. Selbst nach all der Zeit konnte er das Gefühl nicht abschütteln, dass das Mädchen etwas vor ihm verbarg. Da gab es vermutlich sogar eine ganze Menge, wie das bei den meisten Leuten nun mal so war.

»Was habe ich verpasst?«, fragte Astrid und stellte sich neben Noth.

»Zu deinem Glück noch nichts.«

Sie schaute sich um. »Wo ist die Cotir? Ich dachte, sie würden sich das auch ansehen.«

»Sie wurden zurück nach Tinska beordert, müssten aber morgen oder übermorgen wieder zurück sein.« Einerseits war Noth erleichtert, die Cotir vorerst los zu sein, andererseits hatte er ihre Gegenwart zuletzt als seltsam beruhigend empfunden.

»Ich könnte mir vorstellen, dass du …«

»Astrid«, unterbrach Noth sie streng, »geh auf deinen Posten.«

Astrid sprang auf das Podium und nahm ihren Platz hinter Jane ein, die sich gerade daranmachte, zu den Odeniten zu sprechen. Ein Dutzend Wachen, die Noth und Eward ausgebildet hatten, standen um das Podium herum, über dem die schwarzen Überreste der Esche aufragten, und weitere hatten sich im Publikum verteilt. Noth wollte kein Risiko eingehen.

Heute war offiziell der erste Tag der neuen Religion, der Kirche von Canta.

»Wir danken euch, dass ihr euch heute Morgen hier versammelt habt, um uns anzuhören«, sagte Jane mit klarer, lauter Stimme. Noth war wieder einmal überrascht, dass es Jane gelang, auch noch von den Odeniten am Rand gehört zu werden. Arvens Zählung zufolge waren inzwischen fast sechshundert ihrer Anhänger hier versammelt.

Da die Einwohner von Tinska ihnen jetzt jegliche Hilfe verweigerten, stand eine Nahrungsknappheit zu befürchten. Jane wusste von diesem Problem, hatte jedoch darauf beharrt, dass die Gründung der Kirche Vorrang hatte. Warum ihr das wichtiger war als die Versorgung ihrer Anhänger, ging Noth einfach nicht in den Kopf.

»Wir danken euch für die Opfer, die ihr gebracht habt, um hier bei uns sein zu können«, fuhr Jane fort. »Wir wissen, dass viele von euch ihr Heim, ihre Familien, ihre

Freunde und ihren Besitz zurückgelassen haben. Einige hatten ihren ganzen Besitz dabei, so klein er auch sein mochte, als sie hier ankamen, während andere so gut wie alles aufgegeben haben. Jedem von euch möchten wir unseren Dank und Cantas Segen aussprechen. Ihr werdet bald ihre Hand spüren, die euch leitet, wenn ihr diesen Weg weiter beschreitet, das kann ich euch versichern.

Wir haben uns heute hier versammelt, um einige Dinge klarzustellen. Viele von euch bezeichnen mich als Prophetin. Ich habe diesen Titel widerstrebend akzeptiert, nicht nur von euch, sondern auch von unserer Göttin. Auf ihr Geheiß habe ich bisher drei Elevinnen berufen, und es werden noch sechs weitere folgen. Meine Schwester Cinzia war die erste. Die anderen beiden, Elessa und Ocrestia, stammen aus eurer Mitte.

Wir sind dabei, eine Religion wiederzubeleben – die Institution, die Canta vorschwebte, als sie auf dieser Welt weilte. Und wir werden alles so durchführen, wie sie es beabsichtigte.«

Mehrere Dutzend Zuhörer riefen Worte wie »Gelobet sei Canta!« oder »Dank der Göttin!«.

»Das bedeutet jedoch nicht, dass das, was es bisher gibt, falsch ist«, erklärte Jane. »Ich spreche natürlich von der cantischen Denomination. Eines möchte ich betonen: Diese Organisation ist nicht böse, auch wenn ich das von vielen von euch gehört habe. Wir haben keinen Zwist mit der Denomination, das möchte ich noch einmal deutlich hervorheben. Insbesondere im Angesicht dessen, was ich euch gleich erzählen werde.«

Noth war überrascht. Er war stets davon ausgegangen, dass Jane und ihre Odeniten im Zwist mit der Denomination lagen, aber Jane hatte sich offenbar für einen anderen Weg entschieden.

»Um unsere Kirche richtig aufbauen zu können, so wie Canta es vorsieht, müssen wir diesen Ort verlassen«, sagte Jane.

Dies war das erste Mal, dass Noth davon hörte. Er warf Cinzia einen Blick zu, deren aufgerissene Augen und gerötetes Gesicht ihre Verwunderung deutlich widerspiegelten.

»Wir müssen an den Ort zurückkehren, an dem alles begonnen hat, an dem Canta am mächtigsten war und auch am verletzlichsten. Wir werden uns nach Triah begeben.«

Das Gemurmel der Odeniten wurde immer lauter, und einige Rufe erhoben sich über die leiseren Gespräche.

Cinzia war kreidebleich geworden. Noth wusste, dass sie sieben Jahre in Triah verbracht und im Seminar der cantischen Denomination studiert hatte, um danach als Priesterin dort zu dienen. Sie hatte all das hinter sich gelassen, um ihrer Schwester beizustehen, und Noth konnte sich gut vorstellen, dass diese Aussicht für sie nicht gerade erfreulich war.

Jane hob eine Hand über den Kopf, und die Menge verstummte beinahe augenblicklich. »Mir ist bewusst, dass das für viele von euch überraschend kommt, und ich möchte euch an eines erinnern, das wir seit eurer Ankunft hier immer wieder betont haben: Ihr könnt alle frei entscheiden. Wenn euch etwas, das wir tun, nicht gefällt, wenn ihr nicht länger Teil dieser Bewegung sein möchtet, dann ist es euer Recht, zu gehen. Wir werden diese Entscheidung respektieren, und wenn ihr uns nicht auf diesem Exodus nach Triah begleiten möchtet, dann steht euch das frei. Wir werden uns in Liebe und Freundschaft voneinander verabschieden. Aber wir hoffen darauf, dass ihr uns begleitet. Wir benötigen die Unterstützung von jedem einzelnen von euch auf dieser Reise, während wir uns im Herzen von Khale, im Herzen der Sphaera einrichten. Die ganze Welt wird erfahren, was wir dort tun, und wir werden alle Zeuge von Wundern werden. Davon bin ich überzeugt.«

Das beruhigte das Publikum ein wenig. Noth hörte noch immer das Flüstern vieler Zuhörer, aber der Schreck und die Empörung über Janes Ankündigung schienen verflogen zu sein.

»Eines weiß ich jedoch mit Sicherheit«, verkündete Jane mit leuchtenden Augen. »Wir werden in Gefahr geraten. Der Weg nach Triah wird kein leichter sein. Aber wir werden dort ankommen, und wir werden dann stärker sein. Ich habe es gesehen.«

Eine Bewegung erregte Noths Aufmerksamkeit, ein Flackern in der Ferne auf einem Hügel. Er kniff die Augen zusammen. Die Sonne stand hell am Himmel, und die Straße nach Tinska lag ein Stück entfernt. Als er genauer hinsah, glaubte er, mehrere Reiter auf dem Hügel zu erkennen. Es waren wahrscheinlich neue Odeniten, die gerade noch rechtzeitig eintrafen, um Janes Rede mit anhören zu können.

Er drehte sich wieder zu Jane um, die gerade über Cinzia, Elessa und Ocrestia sprach und dass diese als ihre Elevinnen ebenfalls Cantas Macht ausübten. Aber er wurde erneut durch die Bewegungen auf dem Hügel abgelenkt.

Dort tauchten immer mehr Reiter auf. Noth konnte sie aus dieser Entfernung nicht zählen, aber er schätzte, dass es wenigstens fünfzig waren. Sein Brustkorb zog sich zusammen.

»Ich möchte jedem einzelnen von euch danken«, sagte Jane laut und blickte lächelnd auf ihr Publikum herab, »dass ihr an den Treffen im Haus teilgenommen habt. Es war uns eine große Freude, euch alle kennenzulernen und mehr über euch zu erfahren. Wir sind überaus dankbar, dass ihr hier seid.«

Jane schien die nahende Gefahr noch nicht bemerkt zu haben. Noth warf Cinzia einen Blick zu, die ihre Schwester noch immer entsetzt anstarrte. Als er jedoch Astrid ansah, wusste er, dass sie die Männer auch gesehen hatte. Ihre Augen waren besser als die eines Menschen, daher würde sie längst wissen, um wie viele Männer es sich handelte und vielleicht auch, wer sie waren.

»Wir werden in zwei Wochen nach Triah aufbrechen«, teilte Jane ihnen gerade mit. »Während dieser Zeit können wir uns vorbereiten, beten und unsere Differenzen begraben, damit es eine erfolgreiche Reise wird. Ihr seid alle Werkzeuge in Cantas Händen. Sie wird euch benutzen, euch formen und polieren, bis ihr für den Zweck bereit seid, den sie euch zugedacht hat. Das Ganze wird nicht einfach, vielleicht sogar schmerzvoll sein, aber ich kann euch versichern, dass es sich lohnen wird. Daher möchte ich euch noch einmal danken. Und nun müssen wir uns vorbereiten und beten.«

Jane trat zurück, und Elessa nahm ihren Platz ein und sprach ein Gebet. Noth ging rasch über die Plattform zu Astrid.

»Kannst du erkennen, wer das ist?«, fragte er.

»Nicht mit Gewissheit«, antwortete sie. »Aber sie sind bewaffnet.«

Noth fluchte leise. »Sie bleiben auf der Anhöhe. Tragen sie Uniformen?«

»Nein«, flüsterte Astrid. »Keine Uniformen. Und ihre Waffen sind auch eher einfach. Schwerter und Speere, aber auch viele Heugabeln und Knüppel. Sie sehen für mich eher nach Miliz aus.«

»Oder es ist ein Mob«, sagte Noth. Es waren die Kamiten, da war er sich ganz sicher. »Wie viele sind es?«

»Bisher etwas mehr als fünfzig«, erwiderte Astrid, »aber es kommen weitere den Hügel hinauf.«

Elessa hatte ihr Gebet beendet, und die Menge murmelte »Imass«.

»Komm mit.« Noth bedeutete Astrid, ihm zu der Stelle zu folgen, an der Cinzia und Jane standen. Ursprünglich hatten sie vorgehabt, nach der Rede noch das persönliche Gespräch mit den Anhängern zu suchen, aber Noth sah Cinzia an, dass sie unbedingt mit ihrer Schwester reden wollte. Das war verständlich, wenn die Ankündigung der Reise nach Triah für sie ebenso überraschend gewesen war wie für Noth. Aber im Augenblick gab es dringendere Angelegenheiten.

»Auf dem Hügel versammelt sich ein Trupp«, sagte Noth leise zu den beiden Frauen. »Sie sind bewaffnet und beritten. Es sind keine Soldaten, aber sie sehen aus, als kämen sie aus Triah.«

Jane und Cinzia starrten ihn entsetzt an.

»Kamiten?«, fragte Cinzia.

»Ich bin mir nicht sicher. Ihr beide solltet schleunigst wieder ins Haus gehen. Ich versuche herauszufinden, was sie hier wollen. Vielleicht kann ich sie dazu bringen, wieder umzukehren.« Das war sehr unwahrscheinlich, aber einen Versuch wert.

Dann hörte er Astrid fluchen und Leute hinter sich aufschreien. Als er sich umdrehte, bestätigten sich seine Befürchtungen: Die Reiter kamen den Hügel herunter und direkt auf die Odeniten zu.

Cinzia hatte Janes Worte über Triah noch im Ohr, aber als sie die Reiter näher kommen sah, wusste sie, dass sie dieses Thema auf später vertagen musste.

Ihr Herz setzte einen Schlag aus, als sie beobachtete, wie Noth vorstürzte und Befehle rief, während Eward an seine Seite eilte. Sie war stolz auf ihren Bruder gewesen, als er den Befehl über die Wachen übernommen hatte, aber als sie jetzt zusah, wie er sich in Gefahr begab, fragte sie sich, was bei der Göttin sie dazu bewogen hatte, das jemals gutzuheißen. Es mussten über einhundert Berittene sein, die da den Hügel herunterkamen, und ihre Wache bestand nicht einmal aus halb so vielen.

Noth und Eward ergriffen Maßnahmen, und Cinzia wusste, dass sie das ebenfalls tun musste.

»Alle, die nicht zur Wache gehören, ziehen sich ins Haus zurück!«, rief Cinzia und war überrascht, wie laut ihr Schrei durch die Luft hallte. Zwar war das Haus nicht groß genug für alle Odeniten, aber sie konnten wenigstens versuchen, sich so weit wie möglich von den Angreifern zu entfernen.

Die Leute gehorchten augenblicklich, doch sie bewegten sich zu langsam. Cinzia musste sie wegschaffen, damit die Wache Stellung beziehen konnte, bevor die Reiter hier waren. Sie sah zu Jane, Elessa und Ocrestia hinüber, aber die drei starrten die herannahenden Angreifer nur entsetzt an.

»Helft mir!«, zischte Cinzia. Ihre Worte rissen die Frauen aus ihrer Erstarrung, und nun forderten sie die Odeniten ebenfalls laut zum Rückzug auf und scheuchten sie auf das Haus zu. Cinzia wollte sich schon um die Nachzügler kümmern, als sich auf einmal eine kleine Gestalt vor ihr aufbaute. Astrid.

»Ich soll euch vier ins Haus bringen.«

Jane, die sich endlich zusammengerissen hatte, schüttelte den Kopf. »Wir gehen erst hinein, wenn wir alle hier weggeschafft haben. Wir müssen dafür sorgen, dass Noth und die Wache Platz haben.«

Astrid knurrte. »Dann bleibe ich bei euch. Und sobald die Leute hier weg sind, sorgen wir dafür, dass ihr schnellstmöglich ins Haus gelangt.«

»Gut«, sagte Jane. »Aber nicht eher.«

»Zurück zum Haus!«, rief Cinzia noch einmal. Sie konnte nur darauf hoffen, dass sie Noth genug Zeit verschafften.

»Speere!«, brüllte Noth. »Jede mit einem Speer bewaffnete Wache geht in die vorderste Reihe!«

Die Männer und Frauen taten, was er verlangte. Sie hatten Angst, das war Noth nur zu bewusst, aber sie befolgten die Befehle. Das war möglicherweise der einzige Grund, warum sie nicht in Panik gerieten. Sie bildeten eine Linie, wie sie es trainiert hatten, und zwanzig Speere zeigten nach vorn. Seine Handvoll Bogenschützen baute sich dahinter auf.

»Speere auf den Boden!«, rief Noth. Die erste Reihe gehorchte, und er wandte sich an die Bogenschützen.

»Feuer frei«, befahl er. »Unterbrecht den Angriff!«

Pfeile zischten durch die Luft. Er hörte Pferde schreien und sah die Angriffslinie auseinanderbrechen, als mehrere Reiter zu Boden gingen und von den Pferden dahinter zertrampelt wurden.

Zwanzig Speere gegen einhundert Reiter; und hinter den Speeren etwa ebenso viele Schwertkämpfer. Acht

Bogenschützen, die bereits auf die Angreifer feuerten. Das musste reichen.

Bevor Noth sich wieder zum Hügel umgedreht hatte, hörte er schon das Donnern der Hufe.

»Haltet euch bereit!«, schrie er. Die Wachen starrten den heranstürmenden Feind an. In diesem Augenblick sah Noth das Entsetzen in ihren Gesichtern.

»Wartet!«, rief er und zog sein Schwert, bemerkte aber, dass einige seiner Männer drauf und dran waren, die Speere zu heben. Die Reiter hatten sie fast erreicht und schwenkten die Heugabeln, Knüppel und Speere, während sie die Odeniten voller Abscheu anstarrten.

»Wartet!«, wiederholte Noth und hob sein Schwert hoch über den Kopf.

Dann, als die Reiter den Fuß des Hügels erreicht hatten, senkte Noth sein Schwert. »Jetzt!«

Seine Wachen griffen nach den Speeren, und der Feind ritt mit vollem Schwung in die plötzlich aufgetauchte Barriere. Pferde schrien, Menschen kreischten, und Noth hörte ein lautes Würgen, das von einem Tier oder einem Menschen stammen konnte, vielleicht hatte er es aber auch selbst ausgestoßen.

Ein Pferd rannte direkt auf ihn zu, und Noth wich der Mistgabel aus und packte das Handgelenk des Reiters. Er verdrehte es, zerrte den Mann zu Boden und brach ihm dabei das Handgelenk und die Schulter. Das Pferd galoppierte davon.

»Neu formieren!«, befahl Noth und kämpfte sich zwischen zwei Berittenen hindurch. Er trennte einem der beiden mit einem Schwerthieb fast ein Bein ab. Der Mann stürzte schreiend zu Boden, während das Pferd des anderen über ihn hinwegrannte. Noth stieß sein Schwert nach oben und dem zweiten Reiter zwischen die Rippen.

Inzwischen hatten alle seine Wachen den Feind angegriffen. Noth konnte es kaum fassen, wie viele – darunter auch einige seiner Wachen – schreiend, zuckend und sterbend am Boden lagen. Es schien nur Sekunden her zu sein, dass die Reiter angegriffen hatten, und schon gab es mehrere Dutzend Verwundete. Noth forderte seine Wachen auf, sich erneut um ihn zu formieren. Wenn sie zusammenblieben, hatten sie vielleicht eine Chance.

Dann musste er zu seinem Entsetzen mit ansehen, wie ein größerer Trupp an seiner kleinen Streitmacht vorbeiritt und die fliehenden Odeniten verfolgte. Noth wollte sich gar nicht ausmalen, was sie mit Janes Anhängern machen würden. Aber es war seine oberste Pflicht, dafür zu sorgen, dass seine Männer und Frauen diese Auseinandersetzung überlebten. Erst dann konnte er sich um die anderen kümmern.

Noth rannte zu seinen Leuten. Ein Mann lag reglos auf dem Gras, während die Blutlache unter ihm immer größer wurde. Ein weitere ging zu Boden, als ein Knüppel mit lautem Knall auf seinem Schädel landete. Noth stieß dem Mann mit dem Knüppel sein Schwert zwischen die Schulterblätter. Mehrere andere Reiter drehten sich zu ihm um, wurden jedoch sofort von den Wachen angegriffen und ausgeschaltet.

»Was jetzt, Herr?«, fragte einer der Speerträger.

»Formiert euch«, sagte Noth. Um sie herum wurde gekämpft. Weniger als die Hälfte der Angreifer war noch da und attackierte Noths Leute. Die anderen galoppierten den flüchtenden Odeniten hinterher. Schon jetzt hörte Noth Schreie aus ihrer Richtung.

Er fluchte laut. »Wir müssen die anderen verteidigen. Kommt mit.« Dann stürmte er auch schon los und griff mehrere Reiter an, die abgestiegen waren und vier seiner Wachen umzingelten. »Kommt schon«, rief er, und auf einmal erinnerte er sich …

»Kommt schon!«, rief Lathe und führte seine Männer in …

Ja, wohin eigentlich?

Er war in einer Schlacht. Um ihn herum kämpften Männer und Frauen, aber es schienen keine ausgebildeten Soldaten zu sein. Er hatte ein Schwert in der Hand, von dem Blut herabtropfte.

Ein Mann, der aus Leibeskräften schrie, kam auf ihn zugerannt. Lathe machte einen Schritt zur Seite und zog dem vorbeilaufenden Mann die Klinge über die Kniesehnen. Der Mann ging zu Boden und krümmte sich vor Schmerz, und Lathe stieß ihm das Schwert in den Hals und stieg über seine Leiche hinweg.

»Herr?«

Lathe drehte sich mit erhobenem Schwert um. Vier Menschen starrten ihn mit weit aufgerissenen Augen an.

»Wer seid Ihr?«, fragte Lathe herrisch.

Er hatte bereits herausgefunden, dass er sich in etwa an demselben Ort befand wie beim letzten Mal. Das große Haus ragte in einiger Entfernung auf, das Meer lag westlich. Der Vampir war nirgendwo zu sehen, ebenso wenig wie die beiden seltsamen Frauen, die beim letzten Mal aufgetaucht waren. Andere Erinnerungen blitzten verschwommen in seinem Kopf auf. Er erinnerte sich daran, im Dunkeln gekämpft zu haben, zwischen Flammen und Rauch, in der Nähe der verbrannten Überreste einer riesigen Eiche mitten auf diesem Gelände. An all das erinnerte er sich, aber … aber er wusste auch, dass er das nicht selbst gewesen war.

Was bei der Unterwelt geht hier vor sich?

»Herr«, sagte einer der Männer und trat mit erhobenen Händen auf Lathe zu. »Mein Name ist Eward. Wir sind die Wache, die Ihr ausgebildet habt. Ihr habt uns gewarnt, dass Ihr möglicherweise vergesst, wo Ihr seid oder warum Ihr hier seid. Wir sind mitten in einer Schlacht, Herr, und wir brauchen Eure Hilfe.«

Hufschlag ertönte, und Lathe fuhr gerade noch rechtzeitig herum, um vier Reiter auf sie zukommen zu sehen. »Verteilt euch«, ordnete er an. »Ich gehe mit Eward in die Mitte, die anderen übernehmen die Seiten.«

Die Männer und Frauen taten, was er befohlen hatte, und stellten sich den nahenden Reitern entgegen.

Lathe wusste instinktiv, wo sich seine Dolche befanden, zog einen aus der Scheide und hob ihn an. Er eignete sich bedingt zum Werfen. Dann schleuderte er die Waffe auf den nächsten Reiter, doch der Mann drehte sich in letzter Sekunde, sodass sich der Dolch in seine Schulter anstatt in seinen Hals bohrte. Lathe fluchte, aber dann hatten die Reiter sie auch schon erreicht. Er schlug mit dem Schwert nach den Beinen eines Pferds, und das Tier stürzte schreiend zu Boden und nahm seinen Reiter mit sich, während Lathes Kamerad – Eward – den Mann attackierte.

Eine weitere Erinnerung stieg in ihm empor, und er wich einer Heugabel aus – einer *Heugabel*, um Cantas willen, was war das hier nur für ein Kampf? –, um im nächsten Augenblick einen weiteren Reiter auszuschalten. Er erinnerte sich an die Begegnung mit einer Cotir, von der er sogar ein Mitglied erkannte: Cymbre. Sie hatten sich in der Zitadelle kennengelernt. Und wieder einmal wusste Lathe, dass auch das nicht seine Erinnerung war.

Er drehte sich um und stellte fest, dass die Soldaten die anderen Reiter bereits ausgeschaltet hatten, wenngleich auch einer seiner eigenen Männer blutend am Boden lag. Ihm wurde bewusst, dass er jetzt zwei Möglichkeiten hatte: Er konnte bleiben und diesen Kampf bis zum Ende durchstehen. Zwar wusste er nicht, worum gekämpft wurde, aber es war offensichtlich, dass seine Erfahrung hier dringend benötigt wurde. Anscheinend war er ihr Anführer, war das zu glauben?

Seine andere Option war, zu verschwinden. Er kannte diese Leute nicht. Seine letzte Erinnerung – seine letzte echte Erinnerung – an seinen Aufenthalt hier war nicht angenehm. Die Vorstellung, dem Vampir erneut zu begegnen, behagte ihm überhaupt nicht.

»Tut mir leid«, knurrte Lathe.

Eward drehte sich zu ihm um und schien etwas sagen zu wollen, aber Lathe rannte bereits auf den Wald zu.

Astrid rannte mit flatterndem Mantel aus dem Haus. Sie zog die Kapuze enger um ihren Kopf und verfluchte dabei die Sonne. Warum musste es ausgerechnet heute so schön sein, und das in einem Teil der Sphaera, in dem die Sonne nur selten schien? Sie hatte dafür gesorgt, dass Jane und die Elevinnen im Haus in Sicherheit waren, wie es ihr aufgetragen worden war, aber niemand hatte gesagt, dass sie danach bei ihnen bleiben musste. Sie wollte kämpfen.

Immer mehr Odeniten liefen auf das Haus zu, doch sie konnten unmöglich alle darin Platz finden. Berittene griffen bereits die letzten Nachzügler an. Astrid konnte nicht erkennen, was genau dort geschah, aber die Schreie und die zunehmende Panik unter den Odeniten waren eindeutig. Am Fuß des Hügels kämpften weitere Angreifer gegen Noth und die Wache, aber Astrid war zu weit entfernt, um Einzelheiten erkennen zu können.

Wenn Astrid zur Wache gelangen konnte, würde sie sich den Weg zu ihnen bahnen. Andernfalls hatte sie vor, wenigstens ein paar der Männer auszuschalten, die Janes Anhänger verfolgten.

Vor sich entdeckte sie Arven, die die Gruppe zum Haus führte.

»Arven!«, rief Astrid, und die junge Frau drehte sich grinsend zu ihr um.

»Astrid! Wir laufen vor den Männern davon, die uns angreifen.«

»Ja, das sehe ich. Wo ist Noth?«

Arven zuckte mit den Schultern. »Ich habe ihn nicht gesehen. Soll ich ihn für dich suchen?«

Astrid schüttelte den Kopf. »Nein! Nein, du hast schon sehr viel getan, Arven. Du bist sehr mutig. Bitte bring die Leute einfach zum Haus und so weit wie möglich weg von diesen Männern.«

Dann war Astrid auch schon losgerannt und zwängte sich durch, bis sie die hintersten Reihen erreicht hatte. Um sie herum bluteten die Leute, waren verletzt oder lagen im Sterben. Auf einmal überkam Astrid ein derartiges Verlangen, dass sie beinahe vergaß, was um sie herum geschah. Der metallische Geruch des Blutes stieg ihr in die Nase, und sie sehnte sich mehr als alles andere danach, den bittersüßen Geschmack im Mund zu spüren.

Astrid stand einen Moment lang ganz still und kämpfte gegen die Gier an. Sie durfte ihr nicht nachgeben, jetzt noch nicht. Und nicht hier. Dennoch war da das lächerliche Verlangen, sich auf Hände und Knie niederzulassen und das Blut vom Gras zu lecken. Stattdessen hob sie den Kopf und starrte stur geradeaus.

Direkt vor ihr griffen mehrere Männer zwei ältere Odeniten an. Während Astrid zusah, zog einer der Kamiten – was konnten die Angreifer auch sonst sein? – einen Dolch und stach ihm einen der Männer zwischen die Rippen.

Selbst bei Tage war Astrid so stark wie der stärkste Mann und doppelt so schnell wie ein ausgebildeter Krieger. Sie verfügte zwar nicht über ihre Klauen, aber dafür hatte sie ihr Kurzschwert dabei. Astrid zog es und näherte sich der Gruppe. Der Kamite, der den Odenit attackiert hatte, lachte, bezeichnete den alten Mann als Elfenfreund und stach erneut zu. Astrid lief los, sprang in die Luft und schwang ihr Schwert. Der Kamite brach auf dem Boden zusammen, und sein abgetrennter Schädel rollte über den Boden.

Die anderen Männer drehten sich mit wütenden Mienen zu ihr um. Als sie jedoch sahen, wer ihren Kameraden getötet hatte, wich die Farbe aus ihren Gesichtern und sie starrten Astrid verblüfft an.

»Wer bei der Unterwelt bist du?«, fragte einer der Männer.

»Frag doch noch mal, wenn du dort angekommen bist«, sagte Astrid leise, stürzte sich auf den Mann und stach ihm in den Schritt. Er krümmte sich, seine Augen traten aus den Höhlen, und er presste die Hände zwischen die Beine, zwischen denen Blut hervorquoll.

Astrid machte weiter, sie trennte einem anderen ein Bein ab, wich dem nächsten aus, der sie packen wollte, wirbelte durch die Luft und trat einem weiteren ins Gesicht. Sie stach in den Bauch eines Mannes, parierte einen Angriff und schlitzte einem anderen den Schritt auf. Dann war alles ruhig. Die Einzigen, die noch bei ihr standen, waren der letzte Odenit und ein Kamite, der Astrid entsetzt anstarrte.

»Du bist ein Dämon«, flüsterte er.

»Für dich schon«, sagte Astrid und leckte sich die Lippen. Sie schmeckte Blut und sprang den Mann an. Sie konnte nicht anders. Obwohl sie sich gerade erst genährt hatte, war der Geruch um sie herum und auf ihrem Schwert einfach zu intensiv. Sie riss dem Mann mit den Zähnen den Hals auf und trank gierig.

Als sie wieder aufblickte, war der alte Mann geflohen. Gut. Sie hätte ihm das, was er gesehen hatte, ohnehin nicht erklären können.

Das Blut belebte sie und machte sie noch mächtiger. Sie wandte sich dem Kampf zu, der am Fuß des Hügels zwischen den Reitern und Noths Wachen ausgetragen wurde. Dort wollte sie hin, um den Männern zu helfen und dann zusammen mit ihnen die anderen Angreifer abzuwehren, die sich jetzt auf die Odeniten stürzten.

Astrid rannte los, schwang das Schwert in der Hand und war bereit für mehr Blutvergießen.

Cinzia sah entgeistert aus dem Fenster. »Sie werden abgeschlachtet«, flüsterte sie. Jane, Ocrestia und Elessa standen hinter ihr, während der Rest der Oden-Familie sich schweigend weiter hinten im Raum aufhielt.

Viele Odeniten hatten es bis zum Haus geschafft, einige waren hineingerannt, andere jedoch waren weiter in den Wald gelaufen. Wiederum andere, die Langsameren, die kein Glück gehabt hatten, waren zurückgefallen und wurden nun zu Dutzenden von den schrecklichen Berittenen niedergemäht. Cinzia verstand nicht, was diese Männer dazu bewegte, so etwas Grausames zu tun. Sie waren Monster.

»Wir müssen etwas unternehmen«, beschloss sie und drehte sich zu ihrer Schwester um. »Wir dürfen nicht zulassen, dass diese Leute für uns sterben.«

»Sie sterben nicht für uns«, erwiderte Jane leise.

Cinzia gab Jane eine schallende Ohrfeige. »Dann sterben sie eben für dich!«, schrie sie. »Aber wir dürfen das nicht zulassen!«

»Sie sterben auch nicht für mich«, sagte Jane, und Cinzia bemerkte, dass ihrer Schwester die Tränen über die Wangen liefen – von denen eine nach Cinzias Schlag rot angelaufen war. »Sie sterben für Canta, Cinzia. Sie sterben für ihre Göttin.«

»Glaubst du, es ist wichtig, wofür sie sterben?« Cinzia zeigte nach draußen auf die vielen Leute, die sich hier eingefunden hatten, um Jane zu sehen, und die Jane als ihre Beschützerin ansahen.

»Ja«, flüsterte Jane.

Cinzia konnte ihren Zorn nicht mehr im Zaum halten. »Wir müssen etwas tun.«

Jane trat vor, und auf einmal lag Cinzia in Janes Armen. Zuerst wehrte sie sich, doch dann sackte sie schluchzend gegen ihre Schwester. Sie spürte, wie ihr Zorn nachließ und einer unermesslichen Verzweiflung wich.

»Es gibt etwas, das wir tun können«, raunte Jane Cinzia ins Ohr.

Cinzia richtete sich auf. »Die Einzigen, die kämpfen können, sind bereits da draußen. Wir haben keine weiteren Waffen oder Kämpfer und könnten nichts erreichen.«

»Wir werden auch nicht gegen sie kämpfen«, versicherte Jane ihr.

Cinzia sah, wie Jane zur Tür ging. »Begleitet mich, Elevinnen.«

Pascia nahm Janes Arm, als sie an der Tür ankam. »Jane«, wisperte sie flehentlich und mit Tränen in den Augen.

»Es wird alles gut, Mutter«, sagte Jane lächelnd. »Alles geschieht, wie es die Göttin will.«

Astrid wich aus, als jemand mit einem gemein aussehenden Knüppel nach ihr schlug. Sie ging in die Hocke, drehte sich und stach mit ihrer Klinge auf die Wade und Ferse ihres Angreifers ein. Der Mann fiel schreiend zu Boden, und Astrid stieß ihm das Schwert in die Brust.

Sie wischte sich das Blut aus dem Gesicht, leckte sich die Lippen und schmeckte die widerliche Süße, hatte jedoch keine Zeit, sie zu genießen. Außerdem hatte sie sich zuvor bereits an dem Mann, den sie getötet hatte, satt getrunken und musste heute noch viele weitere töten, bevor sie sich erneut nähren durfte.

»Kommt zu mir!«, rief Astrid und zog sich die Kapuze tiefer ins Gesicht. So zu kämpfen war nicht einfach, da ihr Blickfeld drastisch eingeschränkt war, und wegen der ständigen Bedrohung durch das Sonnenlicht musste sie die Kapuze immer wieder zurechtrücken.

Ein Dutzend Wachen scharten sich um sie und bildeten eine Formation. Sie konnte die Angst der Odeniten in ihren Augen sehen, aber sie kämpften dennoch weiter. Weitere Wachen versuchten, zu ihr zu gelangen, doch sie mussten sich durch zu viele Kamiten kämpfen. Astrid fragte, wo Noth war, aber die Männer schüttelten nur ernst den Kopf. Seit dem ersten Angriff hatte ihn niemand mehr gesehen.

Sie führte die Männer zu einem Dreiertrupp in einiger Entfernung, hackte dabei links und rechts auf Kamiten ein und schlüpfte zwischen Kämpfenden und unter Pferden hindurch. Die Odeniten folgten ihr und schalteten die Kamiten aus, die Astrid verletzt hatte.

Die drei Wachen bemerkten, dass Astrid auf sie zuhielt, und versuchten jetzt, die Distanz zu verringern, aber zwischen ihnen befanden sich noch ein gutes Dutzend Kamiten. Die drei Odeniten würden nicht mehr lange durchhalten. Astrid rannte los. Offenbar gehörten die drei Männer zu den letzten verbliebenen Wachen, und so waren sie ihre einzige Hoffnung, um herauszufinden, was mit Noth passiert war – vorausgesetzt, er war nicht gefallen.

Die Kamiten sahen sie kommen, aber das war ohne Bedeutung. Astrid parierte einen Angriff und versetzte dem Mann einen Tritt, sodass er nach hinten fiel. Sie sprang in die Luft, zwischen einem Knüppel und einer Heugabel hindurch, und landete auf allen vieren mit der Klinge in der Hand. Sofort wirbelte sie herum und trat erneut zu, parierte einen weiteren Schlag mit einem Knüppel und stach dem Mann mit einem lauten Schrei ihr Schwert ins Herz. Sie ließ sich ins Gras fallen, das mit Blut benetzt war, rollte sich herum, sprang auf und stach auf den nächsten Kamiten ein.

Die Wachen machten einen Mann nach dem anderen nieder, bis sie die letzten drei Wachen endlich erreicht hatten. Astrid stellte erleichtert fest, dass Eward unter ihnen war.

»Habt ihr Noth gesehen?«, fragte sie ihn sofort.

Die Wachen sahen einander an.

Astrid packte Eward am Kragen und zog ihn zu sich herunter, sodass sie ihm in die Augen blicken konnte. »Wo ist er?«, fragte sie.

»Er … er ist weggelaufen«, flüsterte Eward und starrte sie entgeistert an.

»Was zum … Was meinst du damit?«

»Ich glaube, er hatte wieder einen Anfall.«

Astrid ließ Eward los und sah sich entsetzt um. *Verdammt*, dachte sie.

»Er … er benahm sich wie jemand anderes, doch zuerst glaubten wir, er würde weiter an unserer Seite kämpfen. Dann hat er uns verlassen und ist in den Wald gerannt.«

»Wer?«, fragte Astrid. »Hat er gesagt, wer er war?« Wenn er erneut zu Lathe geworden war, dann würde sie ihn vielleicht nie mehr finden, und er konnte genauso gut tot sein.

»Nein«, antwortete Eward, »aber … aber er konnte kämpfen. Ebenso gut wie Noth.«

Dann musste es Lathe sein. Astrid trat gegen einen toten Kamiten; sie war so wütend, dass sie keinen Ton herausbekam. Nachdem sie einmal tief Luft geholt hatte, gestand sie sich ein, dass sie wegen Noth in diesem Moment nichts unternehmen konnte. »Wir suchen ihn später«, sagte sie, zweifelte jedoch selbst an ihren Worten. »Die Odeniten brauchen unsere Hilfe. Es sind noch gut fünfzig Kamiten übrig, die eure Freunde und eure Familien töten. Auch wenn wir nicht einmal mehr zwanzig sind, müssen wir ihnen trotzdem helfen, habt ihr verstanden?«

Die anderen nickten.

»Gut. Schön, dass ihr alle Idioten seid. Wir werden Folgendes tun …«

Lathe wusste, dass etwas nicht stimmte, als er die Bäume erreichte. Er schwitzte, doch das lag nicht an dem Kampf. Es war kalter Schweiß, und er zitterte – außerdem hörten die Erinnerungen einfach nicht auf.

Wie schon zuvor hatte er auch das nicht selbst erlebt. Jedenfalls das meiste davon nicht. Er erinnerte sich, wie er in einem Salon vor einem Dutzend Menschen gestanden hatte. Er erinnerte sich an den Kampf gegen albtraumhafte Monster im Kaiserpalast von Roden. Er erinnerte sich an das Gesicht einer Tiellanerin mit dunklen Augen, das von rabenschwarzem Haar eingerahmt war.

Lathe taumelte durch den Wald und musste sich an einem Baumstamm festhalten, um nicht zusammenzubrechen.

Was geschieht mit mir?

Da waren auch noch andere Erinnerungen, seine eigenen. Er erinnerte sich an den roten, schwarzen und weißen Marmor im Herzen der Leere, dem Hauptquartier der Nazaniin. Er erinnerte sich an Missionen, die er für die Nazaniin in Triah, Mavenik, Turandel und Izet ausgeführt hatte. Er erinnerte sich daran, neben Sirana aufgewacht zu sein, die lächelnd zu ihm herüberschaute.

Lathe taumelte und fiel zu Boden. Waren das seine Erinnerungen oder stammten sie auch von jemand anderem und er … und …

Wer war er?

Er blickte nach oben und sah die Sonne zwischen den Blättern hindurchscheinen. Dann fiel er in Ohnmacht.

Cinzia sah Arven auf das Haus zulaufen, als sie ins Freie trat. Die junge Frau war den Tränen nahe.

»Ihr habt mich gebeten, die anderen herzuführen. Das habe ich getan. Ich habe sie hergeführt, aber nicht alle. Einige waren nicht schnell genug. Ich wollte umkehren und sie holen, aber sie sind tot ... Und die Hexe ... die alte Frau ... ist gegangen.«

»Wenn die Frau gehen wollte, dann ist das ihre Entscheidung, Arven.«

»Sie ist gegangen, aber sie hat viele Anhänger mitgenommen.«

»Was?«

»Sie ist gegangen, aber ...«

Jane legte Arven eine Hand auf die Schulter. »Beruhige dich, Arven. Du hast getan, was du konntest. Wir kümmern uns ein anderes Mal um die Hexe. Aber jetzt haben meinen Elevinnen und ich eine Aufgabe.«

»Die Kamiten sind noch da draußen. Ihr könnt nicht hinausgehen.«

»Wir gehen nicht zu den Kamiten«, sagte Jane.

Arven nickte, aber Cinzia war jetzt noch verwirrter. Sie hatte gehofft, dass Jane irgendwie in der Lage wäre, Cantas Macht zu nutzen, um die Reiter zu besiegen. Doch wenn sie sich dem Feind nicht stellen wollten, was machten sie dann hier draußen?

Jane ging weiter, und die Elevinnen folgten ihr. Die vier Frauen waren die Einzigen, die nach Norden liefen, anstatt gen Süden zu rennen. Cinzia sah vor ihnen Wachen, die gegen eine Gruppe Kamiten kämpften und versuchten, fliehende Odeniten zu beschützen. Die Wachen wurden von einer kleinen Gestalt angeführt, und Cinzia wusste sofort, dass es sich dabei um Astrid handelte. Sie sprach ein schnelles Dankgebet, dass das Mädchen auf ihrer Seite war. Aber Noth konnte sie nirgendwo entdecken. Wo steckte er?

Als sich Cinzia umsah, stellte sie fest, dass nicht mehr viele Kamiten übrig waren. Eine Gruppe kämpfte gerade gegen Astrid und die Wachen, und eine weitere schien soeben auf Astrid zuzureiten, jedoch völlig ungeordnet. Eine weitaus größere Gruppe Kamiten floh bereits den Hügel hinauf.

Bei der Göttin, konnten die Odeniten diesen Kampf tatsächlich gewinnen?

Cinzia schalt sich sofort für diesen Gedanken. Nichts, was sie um sich herum sah, ließ sich als Sieg bezeichnen. Der Boden war von Leichen übersät.

»Wie konnten wir das nur zulassen?«, fragte Cinzia verstört.

Jane erwiderte nichts und strebte weiter auf die nächste Leiche zu. Dabei handelte es sich um eine alte Frau, auf deren Stirn eine schreckliche Wunde klaffte. Blut benetzte ihr Gesicht und ihr einstmals graues Haar.

Jane kniete sich neben die Leiche und presste ein Ohr an den Mund der Frau.

Glaubt sie etwa, sie würde noch atmen?, fragte sich Cinzia. Waren sie aus diesem Grund hier draußen, um die Verwundeten einzusammeln?

Jane schüttelte den Kopf und seufzte. »Sie ist fort«, sagte sie mit schwerer Stimme. »Wir müssen eine andere finden.«

»Eine andere?«, wiederholte Cinzia, aber Jane ging

schon weiter, dicht gefolgt von Elessa und Ocrestia, sodass Cinzia auf einmal mit der Leiche allein war. Sie blickte traurig auf die alte Frau hinab, kniete sich hin und schloss ihr die Augen.

»Möge Canta dich heimgeleiten«, flüsterte Cinzia. Dann folgte sie den anderen, die bereits bei jemand anderem stehen geblieben waren – einem jungen Mann, vielleicht fünfzehn Sommer alt, der von mehreren Odeniten umringt war. Der Junge umklammerte seinen Bauch, und die Menge an Blut, die zwischen seinen Fingern hervorquoll, verriet Cinzia, dass die Verletzung tödlich war. Die Blutblasen an seinem Mund waren ein eindeutiges Zeichen dafür, dass es nicht mehr lange dauern konnte.

»Prophetin«, stieß eine Frau hervor, als Jane näher kam. »Warum musste das passieren? Wieso hat Canta meinen Sohn zu sich genommen? Was haben wir falsch gemacht?«

»Gar nichts«, erwiderte Jane, und die Odeniten machten ihr Platz, damit sie sich neben den Jungen knien konnte. »Cantas Wege sind unergründlich«, sagte sie und legte ihre Hände auf die des Jungen, mit denen er seine schreckliche Wunde verdeckte. »Wir können sie nicht verstehen. Aber während sie mit einer Hand nimmt ...«

Ein dumpfes Glühen, das in der Mittagssonne kaum zu erkennen war, glomm um Jane und den Jungen auf.

Cinzia keuchte auf und wich einen Schritt zurück. So etwas hatte sie schon einmal gesehen, als Elessa Jane nach dem ersten Angriff geheilt hatte. Elessa hatte Worte in einer Sprache gemurmelt, die Cinzia nicht verstand, aber dieses Mal sagte Jane nichts, als das sanfte Licht sie und den Jungen einhüllte.

Der Junge hustete und hatte noch immer Blut am Mund und an den Händen, aber Cinzia wusste sofort, dass es ihm besser ging. Als er die Hände hob, sah man sein blutiges Hemd und die vernarbte, aber verheilte Haut darunter.

»Bei der Göttin«, rief die Mutter aus und nahm ihren Sohn schluchzend in die Arme.

Cinzia sah mit großen Augen zu. Vielleicht hätte sie an so etwas inzwischen gewöhnt sein sollen, da Elessa Jane geheilt hatte und ihr Kraft und Schnelligkeit gewährt worden waren, um Jane beim zweiten Angriffsversuch zu beschützen – außerdem durfte sie nicht vergessen, dass sie mit einem Vampir befreundet waren, auch wenn diese Wesen längst als ausgestorben galten, und dann gab es da noch Noth und die Psimantie …

Trotzdem stand sie hier und war ebenso schockiert wie beim ersten Mal. Würde sie sich jemals daran gewöhnen?

»Danke, danke«, sagte die Mutter immer wieder und schloss abwechselnd ihren Sohn und Jane in die Arme, wobei sie Jane beinahe umwarf.

»Ich war das nicht«, erklärte Jane lachend. »Das war Canta. Canta hat Euren Sohn geheilt, und sie wird heute noch viele andere heilen.«

»Natürlich«, stieß die Mutter schluchzend hervor. »Danke«, sagte sie dann noch einmal und drehte sich wieder zu ihrem Jungen um.

»Sind wir deshalb hier draußen?«, fragte Cinzia Jane, als sie beide wieder standen. Jane stand der Schweiß auf der Stirn, die Heilung hatte sie viel Kraft gekostet.

»Ja«, antwortete Jane. »Wir sind hier, um zu heilen. Wir sind hier, um Wunden mit Cantas Liebe zu schließen.«

Astrid rammte einem Mann das Schwert in den Hals, legte eine Hand an ihre Wange und betastete ihre verbrannte Haut. Ihre Kapuze war ein Stück nach hinten gerutscht, und das Sonnenlicht hatte sie erwischt. Die Verletzung würde wahrscheinlich innerhalb einer Stunde heilen, schmerzte jedoch bestialisch.

Eward rief nach ihr, und Astrid drehte sich um. Er deutete zum Hügel, über den eine große Gruppe – Odeniten, keine Kamiten, wie Astrid erkannte – flüchtete. Astrid schüttelte den Kopf. Was immer dort vor sich ging, war nicht ihre größte Sorge. »Solange sie in Sicherheit sind, müssen wir uns nicht um sie kümmern.«

Dann ertönte zu ihrer Linken ein Schrei, und Astrid wusste sofort, dass er von keinem der Ihren stammte.

»Da sind sie! Schnappt sie euch!«

Astrid fluchte leise, blieb stehen und drehte sich zu den Angreifern um. Ein Dutzend Berittene kamen auf Astrid und ihre Wachen zu und stießen ihre Waffen in die Luft.

»Bildet eine Reihe!«, rief Astrid.

Die Männer drehten sich sofort um, sie verfügten über mehr Disziplin, als Astrid gedacht hatte. Die Angreifer, die sich auf sie stürzten, schrien. Das war gut. Es bedeutete, dass man Astrid und ihre Leute bemerkt hatte. Viele Kamiten waren geflohen und hatten ihre Toten und Verwundeten zurückgelassen. Das war ein großer Fehler, denn indem sie sich aufteilten und die Odeniten in kleineren Einheiten angriffen, ermöglichten sie es Astrid und ihren Wachen, sie nacheinander auszuschalten.

»Wartet!«, rief Astrid. »Erst auf mein Signal!«

Dann rannte sie los. Pferde konnten sie von Natur aus nicht leiden.

Wie erwartet scheuten die ersten Tiere, als Astrid näher

kam, und als sie weiterrannte, Angriffen von oben auswich und einem Pferd in den Bauch stach – wenn die Kreaturen sie nicht mochten, wieso sollte sie dann Mitleid mit ihnen haben? –, sprengten die Pferde auseinander.

»Angriff!«, brüllte Astrid den Wachen zu. Die Männer kamen sofort mit gezückten Waffen angerannt. Während sie von einer Seite auf die verwirrten Kamiten einschlugen, griff Astrid von der anderen an und stach wieder und wieder mit dem Schwert zu. Männer und Tiere um sie herum schrien auf, und nach wenigen Sekunden war das Scharmützel vorüber. Ein halbes Dutzend Kamiten ergriffen auf ihren Pferden die Flucht, während der Rest halb tot oder sterbend zu Astrids Füßen lag.

Astrid sah sich um und stellte fest, dass dies der letzte Kampf gewesen war. Die einzigen Kamiten, die sie noch sehen konnte, befanden sich auf dem Rückzug. Um sie herum lagen nur noch Leichen sowie stöhnende Männer und Frauen. Es roch durchdringend nach Blut.

Sie runzelte die Stirn, als sie Jane und ihre Elevinnen erblickte. Anscheinend hatten die Frauen das Haus wieder verlassen, obwohl Astrid ihnen davon abgeraten hatte.

»Was machen wir jetzt?«

Als Astrid sich umdrehte, sah sie Eward auf sich zukommen. Er war mit Blut und Schweiß bedeckt und ganz heiser. »Wir werden uns neu formieren«, sagte sie und wandte sich an die restlichen Wachen. »Dann suchen wir Noth und kümmern uns um die Verwundeten. Und wir finden heraus, wohin diese Odeniten gegangen sind.«

Cinzia beobachtete, wie Jane die Hände von dem jungen Mädchen löste. Im nächsten Augenblick schlug die Kleine die Augen auf und sah sich um. Als sie ihre Eltern bemerkte, die nervös auf sie herabschauten, strahlten ihre Augen im Licht der Abenddämmerung.

Die Umstehenden keuchten auf. »Bei Canta«, flüsterten sie, als das Mädchen aufsprang und sich in die Arme seiner Eltern warf. »Gesegnet sei die Prophetin!« Im Laufe der Zeit hatten sich immer mehr Odeniten Jane und ihren Elevinnen angeschlossen, um Zeuge ihrer Heilkräfte zu werden.

Um ihre Wunder mit anzusehen.

Cinzia hatte den Überblick verloren, wie viele Jane inzwischen geheilt hatte. Selbst jenen, die an der Schwelle des Todes zu stehen schienen und die man unmöglich noch zurückholen konnte, hatte Jane die Hände aufgelegt, und kurz darauf waren die eben noch Verletzten aufgestanden und herumgelaufen, als wären sie nur aus einem Traum erwacht.

Jane nahm Cinzias Hand. Cinzia wusste nicht, wie Jane es machte, aber es war offensichtlich, dass es sie sehr anstrengte. Inzwischen war Jane vollkommen verschwitzt, und ihr klebte das Haar im Gesicht. Die Elevinnen mussten ihr aufhelfen, und es war stets eine an ihrer Seite und hielt ihren Arm, während sie von einem Verwundeten zum nächsten gingen.

»Wer ist der Nächste?«, fragte Jane. Cinzia reckte den Hals und sah sich um, ob noch jemand Hilfe benötigte. Auch Elessa und Ocrestia hatten ihre Heilkräfte eingesetzt, sie benötigten allerdings jedes Mal deutlich länger als Jane. Cinzia musterte Elessa aus dem Augenwinkel und stellte fest, dass sie auch völlig erschöpft aussah.

Plötzlich sackte Jane neben ihr zusammen, als ihr die Beine den Dienst versagten.

»Jane!« Cinzia kniete sich neben ihre Schwester, die rücklings im Gras lag. »Du musst dich jetzt ausruhen. Du bist am Ende deiner Kräfte.«

Jane schüttelte den Kopf. »Ich darf mich nicht ausruhen. Noch nicht.«

»Du kannst nicht mehr laufen, Jane, du musst …«

»Dann wirst du mich tragen, Schwester.«

Cinzia starrte Jane an und fragte sich, wie lange ihre Schwester noch durchhalten konnte, bevor sie unheilbare Schäden davontrug.

»Wenn du es nicht tust, werde ich jemand anderen darum bitten«, sagte Jane leise und sah Cinzia flehentlich an.

Jemand eilte an Cinzias Seite. Es war Arven, die schwer atmete.

»Elevin Cinzia, ich habe noch eine Gruppe gefunden. Es sind so viele. Bei der Göttin, es ist …« Arven stockte und blickte überrascht auf Jane hinab. »Oh! Geht es ihr gut? Was ist passiert?«

Bevor Cinzia antworten konnte, ergriff Jane das Wort: »Diese Leute brauchen mich, Cinzia. Ich kann ihnen helfen. Wir können ihnen helfen. Bitte tu, worum ich dich gebeten habe.«

Cinzia hatte schon die Arme um ihre Schwester gelegt, bevor sie auch nur begriff, was sie da tat. Obwohl ihr Herz vor Angst fast wie erstarrt war, wusste sie, dass Jane recht hatte. Sie nahm ihre ganze Kraft zusammen und hob Jane hoch. Ihre Schwester hielt sich an ihr fest.

»Wo sind sie?«, fragte Cinzia an Arven gewandt.

»Hier entlang.« Arven ging auf die Bäume und die untergehende Sonne zu.

Cinzia folgte ihr und betete, dass sie stark genug war, um ihre Schwester so weit zu tragen. Schon jetzt wurden ihr die Arme schwer.

»Wie weit noch?«

»Es ist gleich da vorn.«

Die Odeniten begleiteten sie weiterhin, seit Janes Zusammenbruch schwiegen sie jedoch. Canta war heute ebenfalls nicht zu hören, jedenfalls nicht für Cinzia. Sie spürte keine übernatürliche Kraft in ihren Gliedmaßen und war auch nicht besonders konzentriert oder schnell. Daher trottete sie mühsam vorwärts und setzte langsam einen Fuß vor den anderen.

Sie hatte Jane geschlagen und war sich nicht sicher, ob sie Cantas Gabe überhaupt noch verdiente. Möglicherweise würde sie nie wieder auf sie vertrauen können.

Auf einmal schämte sich Cinzia für ihre Gedanken. Jane hatte an diesem Tag viele Odeniten geheilt, bestimmt Dutzende, und wollte nicht damit aufhören. Sie hatte Männer, Frauen und Kinder zurückgeholt, die dem Tode nahe gewesen waren, und das dank einer Kraft, die Cinzia nicht verstand. Und jetzt beschwerte sich Cinzia, dass sie ihre Schwester nicht über eine Entfernung von einigen Dutzend Ruten tragen konnte.

»Ich nehme sie dir ab.«

Cinzia drehte sich überrascht um und sah sich Eward gegenüber. Sein Gesicht und seine Kleidung waren blut- und schweißverschmiert, aber er schien unverletzt zu sein.

»Ich nehme sie dir ab«, sagte er wieder.

Nein, hätte Cinzia am liebsten gesagt, *ich kann sie tragen.*

Stattdessen nickte sie und übergab Jane in die Arme ihres Bruders.

Erst jetzt merkte Cinzia, dass ihre Wangen tränennass waren. Sie schniefte und wischte sich das Gesicht mit dem Ärmel ab. Canta hatte es nicht für nötig erachtet, ihr heute Kraft zu schenken. Cinzia empfand es als verwirrend, dass sie einerseits Verbitterung ihrer Göttin gegenüber spürte, weil sie es nicht für nötig hielt, ihr beizustehen, sich andererseits jedoch deswegen schämte.

Als sie sich den Verwundeten näherten, keuchte Cinzia auf. Arven hatte recht behalten, es waren sehr viele. Die Odeniten lagen stöhnend und schluchzend auf dem blutbedeckten Gras und umklammerten ihre Wunden. Den schlimmsten Anblick gaben jedoch diejenigen ab, die keinen Ton mehr von sich gaben und sich nicht rührten.

Ocrestia kniete sich neben einen Verwundeten, und Cinzia sah, wie dasselbe Leuchten, das sie auch bei Jane bemerkt hatte, Ocrestia und den jungen Mann umgab. Elessa hatte sich neben einer Verletzten niedergelassen und war von demselben sanften Licht eingehüllt.

Eward half Jane, sich neben einem Verletzten niederzulassen, damit sie ihn heilen konnte.

Schließlich fasste Cinzia Mut und kniete sich neben einen Mann, der etwa so alt wie ihr Vater war.

Der Glaube ist das Wichtigste, sagte sie sich. *Ich muss glauben.*

»Es wird alles wieder gut«, flüsterte sie. Der Mann nahm Cinzias Hand und bewegte sich dabei so schnell, dass sie erschrak. Sein Gesicht war unnatürlich blass, und er hatte die Augen weit aufgerissen. Dann sah er sie an und machte den Mund auf, aber seine Stimme klang anders; und als Cinzia sie hörte, wusste sie Bescheid.

Das war nicht dieser Mann, der da zu ihr sprach. Die Stimme klang unheilvoll, tief, von Flammen umgeben. Es war dieselbe Stimme, die sie auch aus Kovacs Mund gehört hatte, damals in Izet, bevor sie ihn getötet hatte.

»Ihr werdet alle sterben«, sagte der Mann, aus dem die Worte herauszuquellen schienen, während er die Augen verdrehte.

Cinzia wollte ihm den Arm entziehen, aber er hielt sie mit eiserner Hand fest.

»Ihr werdet alle schreiend sterben«, sagte der Mann, der Cinzias Hand fest umklammerte. Sie spürte einen stechenden Schmerz und sah sich wimmernd um, aber alle waren auf Jane und die anderen beiden Elevinnen konzentriert und die Wunderheilungen, die sie vollzogen. Cinzia wollte losschreien, bekam jedoch keinen Ton heraus, es fühlte sich an, als wäre sie in einem Albtraum gefangen.

»Ihr werdet alle schreiend sterben, und ich werde zusehen und mich daran ergötzen.«

Cinzia konnte nicht sprechen, aber ihre Gedanken rasten. *Ich weiß, wer du bist!*, schrie sie innerlich, und die Worte hallten durch ihren Kopf. *Ich weiß, wer du bist, und ich habe keine Angst vor dir.*

»Du hast recht«, erwiderte der Mann mit rauer Stimme und verzog die Lippen zu einem unnatürlich breiten, furchtbaren Grinsen. *»Was du jetzt spürst, magst du für Angst halten, aber du hast ja keine Ahnung. Schon bald wirst du wahre Furcht kennenlernen.«*

Der Mann umklammerte Cinzias Handgelenk immer fester, und sie spürte, wie die Knochen brachen, zermahlen und zertrümmert wurden. Sie stieß einen lautlosen Schluchzer aus.

»Wir werden euch verzehren.«

Der Mann zerrte an ihr, und Cinzia spürte, wie ihr die Tränen über die Wangen liefen, während sie lautlos vor

Schmerzen schrie. Sie presste ein Knie in die Brust des Mannes, und sein schreckliches Grinsen verschwand. Voller Verzweiflung bewegte Cinzia ihr Knie zur Kehle des Mannes und stemmte sich mit ihrem ganzen Gewicht darauf.

»Wir werden euch verzehren und all euren Stolz, und ihr werdet es nicht einmal merken.«

Cinzia drückte noch fester zu und sah voller Entsetzen mit an, wie das Gesicht des Mannes immer röter und schließlich lilafarben anlief. Dann spürte sie, wie etwas unter ihrem Knie nachgab, und der Griff des Mannes lockerte sich. Er lag da, den Kopf zur Seite gedreht, und war erschlafft.

Sie drückte ihren Arm an sich und weinte leise, was mit einem Mal wieder zu hören war. Hinter sich hörte sie, wie die Menge vor Erstaunen aufkeuchte. Cinzia war dankbar dafür, während sie auf den Mann herabblickte, den sie gerade getötet hatte. Jane heilte und Cinzia tötete. Warum gab es einen solchen Unterschied zwischen ihnen? Welchen Zweck hatte das? Sie war davon ausgegangen, ihren Glauben bewiesen zu haben, als sie Jane bei dem Angriff gerettet hatte. Hatte sie sich etwa geirrt?

Cinzia richtete sich auf und drückte ihren verletzten Arm an die Brust. Hinter ihr heilten Jane und die Elevinnen weiter die Verwundeten, während Cinzia auf den Toten vor sich hinabblickte, bis die Sonne untergegangen war, all jene, die geheilt werden konnte, genesen waren, und Jane vor Erschöpfung zusammenbrach.

KAPITEL 42

Im Wald nahe dem Harmoth-Anwesen

Er erwachte mit Tau im Gesicht und dem merkwürdigen Eindruck, dass irgendetwas nicht stimmte. Als er eine Hand hob, um sich die kalte Feuchtigkeit abzuwischen, wurde dieses seltsame Gefühl immer deutlicher, dass sich entweder die Welt um ihn herum oder er selbst sich verändert hatte, und es ließ sich nicht abschütteln.

Wer bin ich?

Er zermarterte sich das Gehirn und suchte in den hintersten Ecken seines Verstandes, aber es war, als wollte er in einen zugefrorenen See tauchen. Wo er vergangene Nacht oder bei Sonnenuntergang gewesen war, wollte ihm einfach nicht mehr einfallen. Auch was er eine Woche zuvor gemacht hatte, blieb im Nebel verborgen. Er sah kein bekanntes Gesicht vor sich und erinnerte sich an kein Familienmitglied, keinen Freund, keinen Bekannten und keine Geliebte.

Der Mann stellte all das oder vielmehr das Fehlen davon in seinem Verstand mit einer seltsamen Gleichgültigkeit fest. Es war, als würde er jemand anderen beobachten, der mitten im Wald aufwachte und sich an rein gar nichts mehr erinnern konnte.

Wer bin ich?

Während der Mann dort saß, vornübergebeugt, mit vom Tau feuchter Kleidung, war dies der einzige Gedanke, der sich an die Oberfläche arbeitete und der wahre Furcht in ihm auslöste.

Er kannte seinen eigenen Namen nicht.

Dabei schien ein Name etwas so Unwichtiges zu sein. Was hatte es denn schon für eine Bedeutung, wie er sich nannte? Was machte eine Reihe an Tönen im Großen und Ganzen für einen Unterschied?

Aber so war es nun mal. Während der Mann verzweifelt überlegte, wie andere ihn nannten, wuchs die Angst zu etwas Größerem, Greifbarem heran, einem kalten, nackten Entsetzen, das sich in seiner Magengrube breitmachte. Wenn er keinen Namen hatte, besaß er auch keine Identität. Und ohne Identität hatte er gar nichts.

Dann konnte er sich genauso gut gleich in der Unterwelt aufhalten.

Da war ein Geräusch zu seiner Linken. Er drehte ruckartig den Kopf, und Schmerz zuckte durch seinen Hals. Ein gezerrter Muskel oder ein verspannter Nerv. Der Mann versuchte, sich zu strecken, um den stechenden Schmerz, der von seiner Schulter bis in seinen Schädel jagte, zu vertreiben, aber es half nichts.

Da war wieder dieses Geräusch. Er drehte den Oberkörper, um seinen Hals zu entlasten, und starrte mit zusammengekniffenen Augen ins Unterholz, konnte jedoch nichts erkennen. Das Entsetzen hatte beim Einsetzen der Schmerzen nachgelassen, machte sich nun jedoch erneut bemerkbar.

Im Wald war nichts mehr zu hören. Es dauerte einen Moment, bis der Mann begriff, dass alles ruhig war und dass das nicht normal sein konnte.

Dann sah er zwischen den hohen Bäumen vor sich einen Schatten. Einen Schatten innerhalb der Schatten, der noch dunkler zu sein schien als die anderen. Der

Schatten hatte in etwa menschliche Gestalt und bewegte sich auf ihn zu.

Er atmete schneller. Kroch rückwärts von dem Schatten weg. Als er einen stechenden Schmerz in einer Hand spürte, verharrte er und hielt sich die verletzte Hand vor das Gesicht. Ein großer Dorn ragte aus seiner Handfläche, und ein Blutstropfen quoll aus der Wunde hervor. Er begriff, dass er sich in einem Dornbusch befand. Der Mann starrte den Dorn in der Hand und den Blutstropfen erschrocken an, doch dann fiel ihm der Schatten wieder ein, der ihn verfolgt hatte.

Der Schatten stand jetzt direkt vor ihm, ein in Dunkelheit gehüllter Schatten mit einer schwarzen Kapuze über einem noch schwärzeren Loch, wo sich eigentlich ein Gesicht befinden sollte. Der Umhang hing locker an der Gestalt herunter, und er war so lang, dass er über den Boden schleifte. Der Mann erkannte, dass der untere Rand mit dem schwarzen Nebel verschmolz, der unter den Füßen der Gestalt hervorzuquellen schien. Der Nebel kam langsam näher und drohte, den Mann ganz einzuhüllen.

Der Mann zuckte sofort zurück und kroch trotz der Schmerzen in seinen Händen weiter von der schaurigen Gestalt weg. Immer mehr Dornen bohrten sich in seine Hände und hinterließen lange Kratzer auf seinen Armen, aber das war ihm egal. Die Dornen waren unwichtig; es zählte nur, dass er von dieser Gestalt wegkam, dass er …

Die Zweige unter ihm setzten sich in Bewegung. Lange, geschwungene, verworrene Äste legten sich um einen Arm des Mannes. Er wollte sich wieder befreien, aber es gelang ihm nicht. Als er aufblickte, sah er die in Dunkelheit gehüllte Gestalt direkt vor seinen Füßen stehen. Ihr

Gesicht war weiterhin nichts als ein schwarzes Loch, aber als der Mann hineinblickte, hatte er das seltsame Gefühl, dass dieses Ding ihn anlächelte, dass es unter seiner dunklen Kapuze lächelte, dass es auch immer noch lächelte, als sich weitere Dornenzweige um die Gliedmaßen des Mannes schlangen, dann auch um seinen Oberkörper und seinen Hals, und als sich ein Dutzend scharfe Dornen in seine Kehle bohrten.

Er starb nicht.

Der Mann wusste aufgrund der Länge der Dornen – die fast so lang wie seine Finger waren – und des Astes, der seinen Hals zuschnürte, dass er eigentlich tot sein sollte. Es war unmöglich, so etwas zu überleben.

»Was … was willst du?«, stieß er mühsam hervor und bekam die Worte kaum über die Lippen.

Das Grinsen der Schattengestalt wurde noch breiter. *»Das.«* Sie breitete die Arme aus. *»Und sie.«*

Dann ein Windstoß, und die Gestalt war fort, die Dornen waren verschwunden, und der Mann saß allein auf toten Blättern im Laub und sein Name war Noth.

Noth keuchte auf und rang nach Luft.

Diese Gestalt hatte er schon einmal in Izet gesehen, als Winter gestorben war. Das war Azael, der Herr der Neun Dämonen.

Als Noth sich an den Namen erinnerte und an Azael, fiel ihm auch wieder ein, was sich abgespielt hatte, bevor er hier im Wald aufgewacht war. Die Kamiten. Der Angriff. Die kämpfenden Wachen, und dann wusste er auch wieder …

Er stieß einen Fluch aus und erinnerte sich, dass er sie im Stich gelassen hatte.

Sofort sprang er auf und rannte gen Westen auf das Harmoth-Anwesen zu.

KAPITEL 43

Kaiserpalast, Izet

Cova eilte zum Ballsaal des Kaiserpalasts und hob den Saum ihres Kleides an, damit sie sich schneller bewegen konnte. Sie hatte in der Bibliothek die Zeit vergessen und wusste, dass sie nun zu spät zum Krönungsball ihres Vaters kommen würde.

Der Ballsaal war selbstverständlich nicht so prunkvoll wie der Thronsaal, stellte aber die beste Alternative dar, solange die Kuppel noch nicht repariert worden war.

Sie ließ den Saum ihres Kleides los und blieb kurz vor der Tür stehen, um wieder zu Atem zu kommen. Schon in ihrem Elternhaus wäre der Weg von der Bibliothek zum Ballsaal schon anstrengend gewesen, aber im Vergleich zum Kaiserpalast war Schloss Amok eine armselige Hütte.

Das Summen Aberhunderter Stimmen drang zu ihr herüber. Cova roch auch die köstlichen Gerichte. Als ihr Magen knurrte, merkte sie erst, dass sie seit dem Frühstück nichts mehr zu sich genommen hatte.

Bei der aufsteigenden Göttin, sie hatte einfach zu viel um die Ohren. Es gab so viel zu tun.

Cova glättete ihr Kleid – das in dunklem Lila und im selben Stil gehalten war wie das Kleid, das sie auf ihrer Verlobungsfeier getragen hatte – und betrat den Ballsaal.

Sie sah sich sofort nach Girgan um, entdeckte dann aber ihren Vater. Er sah in seinem neuen, maßgeschneiderten dunkelblauen Anzug mit dem goldenen Reif des Kaisers auf dem Kopf sehr gut aus. Der Kaiserthron war vorübergehend in den Ballsaal geschafft worden, und Daval stand vor den goldenen Stufen, die hinaufführten, während sich vor ihm eine lange Schlange von Menschen gebildet hatte, die ihn begrüßen wollten. Urstadt und Winter standen in seiner Nähe, und Cova stellte überrascht fest, dass beide Frauen Kleider trugen. Es kam nur ausgesprochen selten vor, dass man Urstadt nicht in ihrer rotgoldenen Rüstung sah, aber sie schien sich in ihrem hellbraunen Kleid, das einen schönen Kontrast zu ihrer dunklen Haut darstellte, verdächtig wohlzufühlen. Der Hauptmann schenkte jedem, mit dem der Kaiser sprach, ein höfliches Lächeln und ein freundliches Nicken, und Cova schoss der Gedanke durch den Kopf, dass Urstadt irgendwo in ihrem Kleid garantiert eine Waffe verborgen hatte und auch ihre Rüstung nicht weit sein konnte.

Winter war in ihrem dunkel-purpurfarbenen Kleid kaum wiederzuerkennen. Als Cova sah, dass Winters Kleid in demselben Stil gehalten war wie ihr eigenes, war sie unglaublich stolz und fühlte sich geschmeichelt, weil ein Schneider von Galces Format ihren Entwurf als nachahmenswert erachtete. Auch die dunkle Farbe gefiel Cova sehr; und sie beide hoben sich mit ihren Kleidern von den Pastelltönen und gedeckten Farben der anderen ab. Überdies trug Winter ihr Haar offen und nicht wie sonst geflochten und hochgesteckt, und Cova war regelrecht neidisch auf ihre schimmernde schwarze Haarpracht.

Das war nicht das Einzige, weswegen sie ein wenig eifersüchtig auf Winter war. In letzter Zeit verbrachte die

Tiellanerin mehr Zeit mit Daval als Cova, und auch wenn Cova die Gesellschaft ihres Vaters nicht mehr als angenehm empfand – erst recht nicht seit der Unterhaltung vor einigen Tagen –, beneidete sie Winter trotz allem darum.

Aber wer war denn schon eine bessere Gesellschaft für ihren Vater als dieses Mädchen, das ebenso eine irre Waffe war? Das Bild von Luces Leiche, die kopfüber und blutig in der Ratskammer hing, suchte Cova bis heute heim. Ihr entging nicht, dass auch die Gäste einen großen Bogen um Winter machten, auch jene, die bei der fraglichen Ratssitzung gar nicht anwesend waren. Doch dieser Vorfall schien sich ins Gedächtnis aller eingebrannt zu haben.

Sie verdrängte diese Gedanken. Dies war der Krönungsball ihres Vaters, und es war ihre Pflicht, ihm zu gratulieren. Sie bahnte sich einen Weg zu ihm, als die Musik einsetzte. Augenblicklich traten alle Gäste an die Seiten des Saals, um den Tanzenden Platz zu machen.

»Willkommen, Lords und Ladys, Händler und Kleriker!«

Daval hatte die Stufen zu seinem Thron erklommen und stand jetzt strahlend davor.

Cova nahm sich ein Glas von einem der Tabletts, mit denen die Diener herumgingen, und nippte daran.

»Ich möchte mich für die Unterstützung bedanken«, fuhr Daval fort. »Ohne sie würde mir dieses Amt nichts bedeuten. Und dank der Gnade der Götter, der alten ebenso wie der neuen, wird unser Reich in den kommenden Jahren viel Unglaubliches erleben. Wir werden Großes erreichen, zum Wohle Rodens und des Volkes!«

»Zum Wohle Rodens und des Volkes!«, riefen die Gäste. Cova fiel mit ein und erhob ihr Glas auf ihren Vater.

»Es ist mir eine große Freude, die Feierlichkeiten des

heutigen Abends zu eröffnen«, verkündete Daval. »Es gibt Speisen, Getränke, Tanz und vieles mehr. Wir sind heute hier, um unser großes Reich zu feiern.«

Daval bemerkte Cova in der Menge, und sein Lächeln wurde noch breiter. »Zur Einleitung möchte ich meine Tochter und ihren Gatten auf die Tanzfläche bitten. Einige durften ihre herausragende Darbietung ja bereits bei ihrem Verlobungsball mit ansehen, und als Geschenk zu meiner Krönung wünsche ich mir eine Wiederholung dieses Tanzes.«

Die Menge jubelte, und Cova errötete. Sie sah sich nach ihrem Gatten um und stellte fest, dass er bereits auf sie zukam. Er reichte ihr den Arm.

»Dann sollten wir den Leuten geben, was sie verlangen, nicht wahr?«, sagte Girgan.

»Ja, das sollten wir«, erwiderte Cova lächelnd.

Girgan hob Covas Arm und wirbelte sie herum, wieder und immer wieder, während die Zuschauer erneut jubelten.

Dann spielten die Musiker die ersten langsamen, traurigen Takte eines rodenesischen Walzers, und Girgan und Cova wandten sich einander zu. Girgan hob eine Hand, und Cova trat auf ihn zu, um die Position einzunehmen. Sie wiegten sich einmal, zweimal und bewegten sich dann nahezu schwerelos über den Boden.

»Das ist eigentlich gar nicht so schlimm, oder?«, flüsterte Cova, während sie tanzten. Sie hatten sich so sehr an den Tanzstil des anderen gewöhnt, dass ihre Körper die Aufgabe nahezu von allein bewältigten.

»Wenn du damit meinst, dass ich mit dir tanzen muss, dann hast du recht«, bestätigte Girgan. »Ich hatte schon Schlimmeres durchstehen müssen.«

Cova lachte auf und hätte ihm einen Ellbogenstoß versetzt, wenn sie einen Arm frei gehabt hätte. »Ich meine das alles hier. Den Ball. Die Krönungszeremonie. Meinen Vater.«

»Verzeih mir«, erwiderte Girgan, der jetzt flüsterte, »aber ich habe in Bezug auf deinen Vater noch immer einige Vorbehalte. Hast du Hirman Luce etwa schon wieder vergessen?«

»Hirman Luce war ein Verräter«, entgegnete Cova, obwohl sie genau wusste, dass die Sache weitaus komplizierter war. Und wenn sie daran dachte, wie der Mann gestorben war … Cova erschauderte.

Was sie an den Grund für ihr Zuspätkommen erinnerte.

»Ich war vor dem Ball in der Bibliothek«, sagte sie. »Um einige der älteren Werke über den Ceno-Orden zu studieren. Ich hatte gehofft, dass darin vielleicht die Veränderungen erklärt werden, die mir in letzter Zeit an meinem Vater aufgefallen sind.«

Sie führten eng aneinandergepresst mehrere Drehungen aus, kamen dann zum Stehen und hielten diese Pose kurz.

»Lass mich raten«, sagte Girgan, als sie sich wieder in Bewegung gesetzt hatten, »du hast nicht viel herausgefunden?«

»Rein gar nichts«, antwortete Cova, »weil die Werke nicht dort waren.«

»Waren sie bereits von jemand anderem ausgeliehen worden?«

»Nein«, erwiderte Cova leise. »Das ist ja das Seltsame: Ich habe die Bibliothekare gefragt, und sie meinten, dass diese Bände seit einer Ewigkeit nicht mehr verlangt worden sind. Aber es war nicht ein einziger an seinem Platz. Es gab nichts über den Ceno-Orden oder über die Verschmähten Götter.«

»Das … das ist ja überaus merkwürdig.«

»Allerdings.«

»Es hört sich ganz danach an, als hätte jemand die Werke absichtlich verschwinden lassen.«

Sie tanzten schweigend weiter. Cova verlor sich in der Musik und in den Bewegungen. Die Musiker erreichten das Crescendo und ließen das Lied ausklingen. Währenddessen wirbelte Girgan Cova noch einmal herum, und die Zuschauer applaudierten begeistert. Sie verbeugten sich beide, Cova nahm Girgans Arm, und sie verließen die Tanzfläche. Daval, der inzwischen auf dem Thron Platz genommen hatte, ergriff erneut das Wort, aber Cova achtete nicht weiter auf ihn. Um sie und Girgan hatte sich eine ganze Gruppe geschart, die ihnen gratulierte.

Später, als ihre Bewunderer weitergezogen waren, nahm Girgan Cova beiseite. »Ich muss gehen«, sagte er zu ihr.

»Was? Der Abend hat doch eben erst begonnen, und wir haben noch nicht einmal …«

»Ich halte das für sehr wichtig, Cova. Das, was du in der Bibliothek gefunden – oder vielmehr nicht gefunden hast … Ich muss der Sache auf den Grund gehen, komme aber so schnell wie möglich wieder zurück.«

Cova atmete tief durch. Sie hatte sich darauf gefreut, den Abend mit Girgan an ihrer Seite zu verbringen, um ihn den anderen Adligen als ihren Gatten zu präsentieren. »Geh«, sagte sie und seufzte leise. »Man hat uns wenigstens zusammen gesehen, und ich kann deine Abwesenheit schon irgendwie erklären.«

»Danke.« Girgan gab ihr einen Kuss.

»Pass auf dich auf.«

Einige Stunden und mehrere Gläser Wein später leerte sich der Ballsaal zunehmend. Cova war derart in die Unterhaltungen mit anderen Gästen vertieft gewesen, dass sie die Zeit ganz aus den Augen verloren hatte. Einerseits wunderte sie sich zwar, dass Girgan nicht wieder zurückgekehrt war, andererseits überraschte es sie auch nicht. Während sich Cova auf Bällen und bei anderen gesellschaftlichen Ereignissen im Allgemeinen amüsierte, waren sie für Girgan nur eine langweilige Pflichtübung. Wahrscheinlich war er direkt auf ihr Zimmer und zu Bett gegangen.

Cova verabschiedete sich und ging zu ihrem Vater, dem sie im Laufe des Abends noch gar nicht gratuliert hatte. Irgendwie war er stets in ein Gespräch verwickelt gewesen, was Cova jedoch nichts ausmachte. Sie verspürte auch gar keine große Lust, sich länger mit ihm zu unterhalten.

»Ah«, sagte Daval, als Cova auf ihn zutrat, und schenkte den Gästen um sich herum ein Lächeln. »Bitte entschuldigt mich. Ich muss meine Tochter begrüßen, mit der ich den ganzen Abend noch kein Wort gewechselt habe.« Die anderen Gäste verneigten sich und gingen, und Daval schloss Cova in die Arme.

»Herzlichen Glückwunsch, Vater.«

»Danke, meine Liebe.« Er ließ sie los und legte ihr die Hände auf die Schultern. »Eines Tages wirst du auch so einen Moment erleben«, raunte er ihr leise zu. »Das wird eine schöne Zeit für Roden.«

Cova lächelte ihn an. Das war der Vater, den sie kannte, der Mann, an den sie sich erinnerte. »Das ist eine wirklich schöne Feier.«

»Auch dafür danke ich dir, aber du weißt ebenso gut wie ich, dass das nicht mein Verdienst ist. Für mich arbeiten sehr viele Menschen, die all das geplant haben.« Daval sah über Covas Schulter. »Wo ist dein Gatte?«

»Girgan hat sich früh zurückgezogen«, antwortete sie. »Du weißt ja, wie er zu solchen Festen steht.«

»Das wusste ich ehrlich gesagt nicht«, erwiderte Daval lachend. »Aber ich habe ja noch alle Zeit der Welt, um ihn besser kennenzulernen, nicht wahr?«

»Davon gehe ich aus, Vater.«

»Ich muss euch beiden gratulieren. Ihr habt auch heute Abend wunderschön getanzt. Du strahlst dabei regelrecht, meine Liebe, und ich sehe dir unglaublich gern beim Tanzen zu.«

»Danke.«

»Richte bitte auch Girgan meinen Dank aus.«

»Das werde ich tun, Vater.« Cova gähnte. »Aber es ist schon spät, und ich werde jetzt zu Bett gehen.«

»Gute Nacht«, sagte Daval. »Träume süß.«

»Gute Nacht, Vater.«

Der Rückweg in ihre Gemächer war nicht so einfach, wie sie gedacht hatte. Cova hatte sich noch lange nicht an die Dimensionen des Kaiserpalasts gewöhnt, dessen Korridore zuweilen verwirrend verliefen, und es machte außerdem ganz den Anschein, als hätte sie doch mehr getrunken, als ihr bewusst gewesen war.

Irgendwann stand sie endlich vor ihrer Schlafzimmertür. Sie drückte die große Eichentür auf, trat ein und schloss sie wieder hinter sich.

Als Cova sah, dass auf dem Schreibtisch in ihrem Schlafzimmer noch eine Kerze brannte und einen kleinen Teil des großen Raums erhellte, musste sie lächeln.

Girgan hatte sie für sie brennen lassen, da er wusste, wie ungern sie im Dunkeln herumtappte.

Cova öffnete ihr Kleid am Rücken, während sie auf den Schreibtisch zuging. Da erst bemerkte sie das Blatt Papier, das neben der Kerze lag. Zuerst glaubte sie, es wäre ein weiterer Entwurf ihres Vorschlags, aber als sie sich aus dem Kleid geschält und ihr Nachthemd angezogen hatte, fiel ihr auf, dass die Handschrift darauf nicht die ihre war.

Liebste Cova, stand auf dem Papier.

Irritiert griff Cova mit einer Hand danach und nahm die Kerze in die andere. Girgan hatte ihr eine Nachricht hinterlassen. Vielleicht würde sie ihn gleich ja noch wecken müssen, um … ihm zu danken. Es würde ihm gewiss nichts ausmachen. Das tat es nie.

Die letzten Monate waren die glücklichsten meines Lebens, hatte er geschrieben.

Cova ging lächelnd auf das Bett zu. Die letzten Monate waren für sie auch nicht gerade schlecht gewesen. Sie hätte sich keinen besseren Ehemann wünschen können.

Aber dieses Glück ist leider nicht von Bestand.

Ihr Herz schien stillzustehen, als sie diese Worte las.

Ich bin nicht ehrlich zu dir gewesen, liebste Cova, und das tut mir unglaublich leid. Aber ich bin seit meiner Rückkehr aus Khale zu niemandem in Roden ehrlich gewesen, wie ich zugeben muss. Leider weiß ich keinen anderen Weg, es dir zu sagen, als in diesem Brief. Ich bin ein Spion.

Dahinter steckt eine lange Geschichte, aber alles hat in der Zitadelle angefangen. Dort erhielt ich auch den Auftrag, Triah mit Informationen über Roden zu versorgen. Als ich dann mit dir verheiratet war und im

Kaiserpalast lebte, kam mir alles vor, als wäre es viel zu schön, um wahr zu sein. Als wäre es zu einfach. Und je besser ich dich kennenlernte, desto größer wurde meine Liebe zu dir und desto mehr brach mir das Herz.
Ich bin ein Verräter, Cova. Ich habe dein Vertrauen verraten, ebenso wie das meines Reichs. Ich habe gelogen, um bedeutende Personen für meine Sache einzuspannen – du weißt, was ich meine. Bitte vergiss alles, was ich in dieser Hinsicht gesagt habe. Es waren Lügen, und mir ist noch immer schrecklich unangenehm, dass sie mir je über die Lippen gekommen sind, insbesondere bei dir.
Bitte verzeih mir, liebste Cova. Mir ist jetzt bewusst geworden, dass ich, zumindest in diesem Leben, nie glücklich sein werde, aber ich bete zu allen Göttern, dass du noch dein Glück finden wirst.
Für immer der deine,
Girgan

Mit zitternden Händen wischte sich Cova die Tränen von den Wangen.

»Girgan?«, fragte sie. »Was hat das zu bedeuten?«

Sie hob die Kerze höher und sah zum Bett hinüber – und wäre beinahe in Ohnmacht gefallen, weil vor ihr in der Luft eine bleiche Gestalt zu schweben schien.

Cova machte einen Schritt nach hinten, unterdrückte gerade noch einen Schrei und sah genauer hin. Die Gestalt schwebte nicht, vielmehr schwang sie ganz leicht vor und zurück. Sie hing vom Baldachin ihres Himmelbetts.

»Nein«, flüsterte Cova.

Sie stellte die Kerze auf den Boden, eilte zurück zum Schreibtisch und zog eine Schublade auf. Da. Das Messer. Schon lief sie zurück, sprang auf das Bett, hielt den Körper mit einem Arm fest und streckte die Hand mit dem Messer aus, um das Seil zu durchtrennen.

Nein, nein, nein, nein, nein.

Die Kerze auf dem Boden spendete nur schwach flackerndes Licht, und es dauerte einen Augenblick, bis Cova das Seil gefunden, und einen weiteren, bis sie es zerschnitten hatte. Das Gewicht des herabfallenden Körpers überraschte sie und zog sie mit auf das Bett. Sie landete auf dem Rücken und hörte ein widerliches Knacken, als der Körper vom Bett auf die Bodendielen rutschte.

Jetzt endlich fing sie an zu schreien.

Sie schrie und schrie und konnte gar nicht mehr aufhören.

Girgans Gesicht war rot angelaufen und geschwollen, und seine Lippen sahen ganz lila aus. *Das kann er nicht sein,* dachte sie, wusste gleichzeitig aber auch, wie töricht dieser Gedanke war. Das hier war ihr Ehemann, und er war tot.

Die Tür wurde aufgerissen, und mit einem Mal wurde es gleißend hell im Raum. Cova musste ob des Fackellichts die Augen zusammenkneifen. Mehrere Stimmen fragten sie, was geschehen war.

»Mein Gatte«, war alles, was Cova herausbrachte, die den Leichnam in ihren Armen hielt.

Mein Gatte ist ein Spion, war alles, was sie denken konnte.

Mein Gatte war *ein Spion.*

Mit einem Mal wurde ihr speiübel. Sie ließ seine Leiche angewidert los, stand auf und ging rasch zur Seite. Menschen mit Fackeln in den Händen kamen auf sie zu, aber sie wich vor ihnen zurück. Sie musste aus diesem Zimmer raus. Während man nach dem Arzt schickte, stürmte sie an all den Leuten vorbei und rannte durch die langen Palastkorridore.

Cova lief und lief, bis sie vor den Gemächern des Kaisers stand. Sie musste zu ihrem Vater. Doch je näher sie der verzierten Tür kam, desto langsamer wurde sie, und als sie gerade anklopfen wollte, verharrte sie mit der Hand in der Luft.

Mein Gatte ist ein Spion, dachte Cova.

Zweifel nagten an ihrer Entschlossenheit.

Ganz langsam wich sie von der Tür zurück. Erst jetzt merkte sie, dass sie den Kopf schüttelte. Ihr Vater war nicht der, mit dem sie jetzt reden musste.

Dann rannte sie auch schon in die entgegengesetzte Richtung davon, fort von ihrem Vater und zu einem anderen Schlafzimmer innerhalb des Palasts. Sie wollte zu der Einzigen, die ihr möglicherweise helfen konnte.

KAPITEL 44

Harmoth-Anwesen

»Willst du das wirklich tun, Nomade?«

Noth konnte Astrid nicht verdenken, dass sie misstrauisch war. Die Cotir hatte ihnen sehr geholfen, aber es waren immer noch Nazaniin. Diesen Leuten konnte man einfach nicht vertrauen. Die Tatsache, dass sie während des Massakers auf dem Harmoth-Anwesen durch Abwesenheit geglänzt hatten, machte sie in seinen Augen nur noch verdächtiger. Immerhin waren sie jetzt wieder da, und Noth wusste, dass er es nicht riskieren durfte, noch einen weiteren Anfall zu bekommen. Er wollte lieber sterben, als erneut im Wald aufzuwachen, ohne zu wissen, wer er war, und diese schattenhafte Gestalt ein weiteres Mal zu sehen …

Die Cotir aus Tinska stand zusammen mit Noth, Astrid und Cinzia in der Bibliothek. Wyle bedeutete Noth, sich auf die Chaiselongue zu legen. Zwar wusste Noth, dass dieses Vorgehen notwendig war, aber es gefiel ihm dennoch nicht, sich einfach zurückzulehnen und den Dingen ihren Lauf zu lassen.

»Es dürfte nicht lange dauern«, versicherte Wyle ihm. »Möglicherweise gelingt es mir in nicht einmal einer Stunde. Ihr sagt, sie hätten neun Sifts in Euch eingepflanzt?«

Noth nickte. »Das hat man mir jedenfalls erzählt. Solltet Ihr noch mehr finden, lasst es mich bitte wissen.«

»Darauf könnt Ihr Euch verlassen«, versprach Wyle grinsend. »Seid Ihr bereit?«

Cinzia drückte Noths Hand. »Du musst das nicht tun.« Sie sahen sich in die Augen, und er erinnerte sich an ihre Worte. *Du musst dein Leben nicht in ihre Hände legen.* Aber Noth hatte eine Entscheidung getroffen.

»Jane hat selbst gesagt, dass sie mich nicht bis in alle Ewigkeit heilen kann«, erwiderte er. »Darum muss ich etwas unternehmen.« Er setzte sich auf die Chaiselongue. »Bringen wir's hinter uns und vergeuden nicht noch mehr Zeit.«

»Dann legt Euch bitte hin«, bat Wyle.

Noth kam der Aufforderung nach und starrte die Decke an, die mit einem Bild aus der cantischen Geschichte bemalt war. Noth erkannte Canta in der Mitte, aber ihre Umgebung war ihm nicht vertraut. In einer Ecke schien sich eine dunkle Gestalt aus dem Schatten zu schälen, die sogar in dem erstarrten Deckengemälde wirkte, als zuckte und winde sie sich.

Seltsam, dachte Noth. Dieses Detail war ihm bisher noch nie aufgefallen.

»Ich wünschte, ich könnte Euch versprechen, dass es nicht wehtun wird«, sagte Wyle und legte Noth die Hände an die Schläfen. »Aber ich habe das noch nie gemacht und weiß daher nicht, was geschehen wird.«

Noth wollte schon etwas erwidern, als er plötzlich einen immensen Druck im Schädel spürte, der zuerst erträgbar war, dann jedoch immer intensiver wurde, als würde man ihn tiefer und immer tiefer unter Wasser drücken. Als der Schmerz schließlich unerträglich wurde, fing er an zu schreien.

Cinzia eilte an Noths Seite. »Hört auf!« Sie versuchte, seine Schreie zu übertönen, und starrte Wyle an. »Ihr tut ihm weh!«

Aber Wyle, der die Augen geschlossen hatte und die Hände fest an Noths Kopf presste, ignorierte sie. Auf einmal hörten Noths Schreie auf, und er lag ganz still da. Zuerst befürchtete Cinzia schon, dass Wyle ihn getötet hatte, aber dann sah sie, wie sich seine Brust langsam hob und senkte. Er verzog nicht mehr das Gesicht vor Anstrengung und atmete ruhig und gleichmäßig. Es machte beinahe den Anschein, als würde er schlafen.

»Schmerz ist häufig ein notwendiger Teil der Acumantie«, sagte Cymbre leise. »Er hat ihn rasch überwunden. Das ist ein gutes Zeichen.«

»Erklärt mir bitte noch einmal, was genau er da macht«, bat Cinzia, die Wyle weiterhin beobachtete und erstaunt feststellte, dass sie Tränen in den Augen hatte.

»Er wird Euch nicht hören können«, erwiderte Cymbre. »Wyle ist in die Leere getaucht und sucht nach Noths Sifts. Nun kann er uns weder hören noch sehen.«

Cinzia mahlte mit dem Kiefer. Sie fühlte sich so hilflos. Als sie auf Noth herabblickte, musste sie unwillkürlich an Kovac denken. Es war ihr auch nicht gelungen, aufzuhalten, was mit ihrer Göttinnenwache geschehen war. Diese Machtlosigkeit hatte sie gezwungen, den Mann zu töten.

Cymbre bemerkte ihre Qualen. »Ich bin keine Expertin, was die Acumantie betrifft, aber ich werde gern versuchen, Eure Fragen zu beantworten.«

Cinzia nickte und schloss die Augen. Sie spürte, wie ihr erneut die Tränen kamen, aber sie kämpfte dagegen an. Jetzt und hier wollte sie nicht schwach erscheinen. »Sagt mir, was er gerade tut«, flüsterte sie und deutete mit dem Kinn auf Wyle. »Ihr habt gesagt, er würde Noth lesen. Ist es das, was er auch bei den Odeniten getan hat?«

»Lesen ist vielleicht nicht der treffendste Begriff.« Cymbre seufzte. »Wenn ein Acumant jemanden liest, versucht er, dessen Gedanken zu ergründen. Wyle geht jedoch darüber hinaus, auch wenn er nicht versucht, Noth zu entschlüsseln.«

»Entschlüsseln?«

»Beim Entschlüsseln erkundet man die Sift eines anderen sehr gründlich. Führt ein Acumant eine Entschlüsselung durch, erhält er die vollständige Kontrolle über diese Person.«

Hinter Cinzia war das Rascheln von Kleidung zu hören – es klang fast wie eine Brise, die ihr Haar und ihre Kleidung in leichte Bewegung versetzte. Als sie über die Schulter blickte, sah sie, dass Astrid ihren Dolch an Cymbres Hals presste.

»Ihr solltet mir lieber augenblicklich versichern, dass es nicht das ist, was Wyle gerade mit Noth macht.«

»Das habe ich doch eben schon gesagt.« Cymbre starrte Astrid entsetzt an und sah dann zu Jendry hinüber. »Das macht er nicht.«

Astrid funkelte den Voyant an. »Eine Dummheit und sie stirbt«, knurrte sie.

»Rührt Euch nicht, Jendry«, sagte Cymbre. »Es ist alles in Ordnung.« Dann sah sie Astrid wieder an. »Wyle entschlüsselt Noth nicht.«

»Wie sollen wir Euch das glauben?«, fragte Cinzia.

»Ihr werdet es daran merken, dass Noth immer noch er selbst ist, wenn er wieder aufwacht. Eine Entschlüsselung ist ein … ein unschöner Vorgang. Hinterher ist der Entschlüsselte nicht mehr er selbst. Wenn Wyle Erfolg hat, wird sich Noth nicht verändert haben. Im besten

Fall ist er sogar noch mehr er selbst. Noth war damit einverstanden. Wenn Ihr Wyle jetzt aufhaltet, handelt Ihr gegen Noths Willen.«

Astrid entspannte sich, ließ Cymbre los und steckte ihren Dolch weg, aber Cinzia war noch nicht überzeugt. »Wie stehen die Chancen, dass Wyle Erfolg hat?«

Cymbre rieb sich den Hals und starrte Astrid wütend an. »Das lässt sich unmöglich vorhersagen. Wie ich bereits erwähnte, wurde so etwas noch nie zuvor versucht. Es war bisher ein rein theoretisches Experiment.«

»Aber Ihr glaubt wirklich, dass sich dadurch weitere Anfälle verhindern lassen?«, fragte Cinzia.

»Wenn es Wyle gelingt, Noths Sifts in der Leere zu finden und sie zu stabilisieren, dann ja.«

Cinzia blickte auf Noth hinab. Alles schien so unendlich weit weg zu sein. Noth, Wyle, Cymbre, Astrid. Cinzia fühlte sich, als würde sie sich in einer gewaltigen Weite befinden, in der sich alles gleichzeitig von ihr wegbewegte. »Die Leere«, flüsterte sie und erschauderte. Das hörte sich nicht nach einem Ort an, den sie aufsuchen wollte.

Noth war allein, und er war es nicht. Er war dort, aber auch nicht. Er konnte den Nachthimmel und Millionen winziger Sterne über sich, unter sich und um sich herum sehen, aber er konnte ihr Licht nicht spüren. Er war allein in einem Meer aus Schwärze und gleichzeitig von unzähligen Existenzen umgeben. Er konnte sich nicht bewegen und nicht reden. Die winzigen Lichter spendeten ihm keinen Trost und drehten sich in einer lautlosen Kakofonie um ihn.

»Könnt Ihr mich hören, Noth?«

Noth drehte den Kopf, aber er sah nichts als die kleinen spöttischen Lichter in der Finsternis.

»Noth. Konzentriert Euch.«

Die Stimme kam von allen Seiten. Es war unmöglich, sich auf etwas derart Allumfassendes zu konzentrieren.

Erinnerungen jagten durch Noths Verstand, mehr Erinnerungen, als es Sterne am Himmel gab. Er war auf Bahcs Schiff im Golf von Nahl und sah Winter in die Augen. Er hatte ein Kind auf dem Schoß; er pflügte mit einem abgenutzten, verrosteten Pflug den Boden; er dirigierte von einem Kommandozelt aus Soldaten auf einem Schlachtfeld; er kämpfte für die Menschen neben sich an vorderster Front. Er mordete, er liebte, er spielte Orlog in einem mit Gold und Marmor verzierten Raum. Er lag mit Winters Kopf auf der Brust und einigen ihrer Haarsträhnen im Bart auf dem Rücken. Winter erhob sich und ging im Mondlicht zu einer Wiege hinüber.

Und dann erinnerte sich Noth dunkel daran, dass ihm jemand zu Beginn dieser Prozedur gesagt hatte, er müsse sich finden. Er müsse das Unwirkliche vom Wirklichen trennen.

»Konzentriert Euch auf den Klang meiner Stimme, Noth.«

Viele dieser Erinnerungen waren nicht die seinen. Einige wirkten mehr wie Möglichkeiten, aber Noth wusste, dass sie nie passiert waren. Er konzentrierte sich auf eine, von der er wusste, dass sie real war.

Er stand auf dem Deck der *Schmiedestochter*. Über ihm grauer Himmel, vor ihm graue See und neben ihm Winter, deren Haar im Wind flatterte.

»Gut«, sagte die Stimme.

Dann war Noth erneut in der Schwärze und von den winzigen Lichtpunkten umgeben.

Vor ihm stand Wyle.

Doch Noth begriff, dass es nicht Wyle war. Nicht ganz. Er sah ein durchscheinendes Abbild des Mannes, ausgeblichen und kaum zu erkennen. Wenn Noth die Augen zukniff, konnte er die Lichtpunkte hinter Wyles Gestalt in der finsteren Ferne sehen.

Noth holte tief Luft. Er befand sich in der Leere. Der klare Nachthimmel hatte ihn schon immer fasziniert, und das, was er jetzt um sich herum erblickte, war nicht viel anders, nur viel, viel größer. Winzige bunte Lichter, die wie vielfarbige Sterne aussahen, umgaben ihn auf allen Seiten.

In einiger Entfernung befand sich noch etwas anderes. Sehr weit weg war eine weitere Lichtquelle zu sehen, aber sie unterschied sich irgendwie von den anderen hellen Punkten. Sie schien gleichzeitig Licht und Dunkelheit zu verkörpern, glich einem leuchtenden Schatten, und die anderen Lichter drehten sich um sie und bewegten sich auf sie zu. Auch Noth spürte eine leichte Anziehungskraft, die ihn dorthin zu bewegen schien.

»Was ist das?«, fragte er und starrte das seltsame Phänomen an.

Wyle schüttelte langsam den Kopf. »Eine Anomalie«, antwortete er. »Etwas, das wir noch nie zuvor in der Leere gesehen haben. Einige von uns sind dorthin gegangen und haben der Anziehungskraft nachgegeben. Aber sie sind nie wieder zurückgekehrt.«

»Hat es etwas damit zu tun, dass Ihr mir helfen wollt, um weitere Anfälle zu verhindern?«

»Ich bezweifle es«, sagte Wyle.

»Dann interessiert es mich auch nicht. Sagt mir, was ich tun soll.«

Wyle lachte, aber es klang zögerlich und unsicher. »Wir müssen irgendwie herausfinden, was in Euch vorgeht. Könnt Ihr Lathe finden?«

Noth sah sich um. »Wie soll ich das anstellen?«

»Ihr seht zu weit in die Ferne«, erklärte Wyle. »Lathe ist ein Teil von Euch. Ihr müsst in Euer Innerstes blicken.«

Noth runzelte die Stirn und schaute an sich herab. Als er nichts sah – rein gar nichts außer den seltsamen Lichtern, die in der Dunkelheit funkelten –, spürte er Panik in sich aufsteigen, in seinem ... Ja, in seinem was? Er war gar nichts. Wo befand sich dann diese Panik?

»Wo *bin* ich?«, fragte Noth und kämpfte gegen das Grauen an. *Nein,* dachte er. Er hatte die Frage falsch betont. »Wo bin *ich?*«

»Habt keine Angst«, sagte Wyle und trat auf Noth zu. Wyles Schritte erzeugten seltsame, winzige Wellen in der Dunkelheit. »Ihr könnt mich sehen, aber das ist nur eine Illusion. Eine Fähigkeit, die mir die Acumantie ermöglicht. Ihr seid ebenfalls hier, jedoch nicht in der Euch bekannten Gestalt. Ihr sucht auf die falsche Weise nach Euch. Seht in Euer Innerstes – blickt darüber hinaus und in Euch hinein.«

Noth sah erneut an sich herunter, aber da war nichts außer den sternengleichen Lichtern in der Schwärze. *Darüber hinaus und in Euch hinein.* Er hatte keine Ahnung, was das bedeuten sollte.

»Ihr denkt, Ihr müsst Euch selbst sehen – Eure körperliche Gestalt, doch dem ist nicht so. Ihr sucht nach etwas anderem. Schaut nicht nach unten, nicht nach hinten. Blickt nach innen. Und ... Bei der Göttin, wenn Ihr es seht, werdet Ihr es verstehen. Es ist wahrlich wunderschön. Ich habe noch nie etwas Derartiges gesehen, weder in der Leere noch anderswo.«

»Das ergibt doch keinen Sinn«, protestierte Noth. »Ich kann nicht nach innen blicken, wenn es nichts gibt, in das ich hineinsehen kann.«

»Doch«, beharrte Wyle. »Es braucht Zeit. Versucht es weiter.«

Noth schloss die Augen und strengte sich an. Wie bei der Unterwelt sollte er …

Da.

Noth hatte keine Augen, die er schließen konnte, das begriff er, als er versuchte, sie zu schließen, aber während er darüber nachdachte, direkt, nachdem sein Körper es getan hätte, wenn er denn vorhanden gewesen wäre, veränderte sich etwas. Noth sah etwas … anderes.

Da war ein unbeweglicher Lichtpunkt, der leicht rosafarben leuchtete und an eine winzige rötliche Sonne erinnerte. Um dieses Licht tanzten eine Reihe sphärischer, leuchtender Flecken. Jeder dieser Flecken war durchsichtig, beinahe wie eine perfekte Kugel aus einem zerfransten, sich auflösenden Lichtgewebe und drehte sich schimmernd um den zentralen Lichtpunkt, und sie alle gaben ein vollständiges Farbspektrum ab, alle Farben gleichzeitig und doch irgendwie auch gar keine, als würden sie nur aus Licht bestehen. Das ganze Gebilde wirkte noch komplexer als der Nachthimmel und als die zahllosen winzigen Sterne.

»Ihr seht es, nicht wahr?«

Mit einem Mal blickte Noth wieder nach draußen und sah Wyle in der Leere stehen.

»Ich … ich habe es gesehen«, sagte Noth. »Aber jetzt ist es verschwunden. Ihr habt mich rausgerissen.«

»Macht Euch keine Sorgen«, sagte Wyle beruhigend. »Wenn Ihr es einmal gesehen habt, dürfte es Euch nicht schwerfallen, es wiederzufinden. Macht einfach dasselbe wie beim letzten Mal.«

Noth schloss die Augen – die metaphorischen Augen? – und, ja, da erschien die seltsame Struktur aus Licht auch schon wieder vor ihm.

»Seht Ihr es?«

»Ja«, flüsterte Noth. Die Lichtflecken schimmerten und schwebten um das Zentrum herum. »Das … das bin ich?«

»So seht Ihr innerhalb der Leere aus«, erwiderte Wyle amüsiert. »Einige behaupten, das wäre Eure wahre Gestalt. Ich muss zugeben, dass ich ein bisschen neidisch bin. Eure Form ist weitaus komplexer als alles, was ich bisher gesehen habe.«

»Und was machen wir jetzt?«

Wyle seufzte. »Ich bin mir nicht ganz sicher. Es scheint mir jedoch der beste Weg zu sein, sich jede Sift genauer anzusehen, herauszufinden, wer es ist, und ihre Eigenschaften kennenzulernen.«

»Und die Sifts sind …?«

»Das sind die Lichtflecken rings um die zentrale Quelle.«

»Und ich bin diese zentrale Quelle?«

»Ich denke schon«, sagte Wyle. »Euer Fall ist in mehr als einer Hinsicht verblüffend. Wenn Eure Existenz tatsächlich erst begonnen hat, als all diese Sifts vor zwei Jahren kombiniert wurden, dann seid Ihr praktisch eine neue Sift. Und die zentrale Lichtquelle ähnelt den meisten anderen Sifts, die hier in der Leere zu sehen sind, daher gehe ich davon aus, dass es sich dabei um Euch handelt.«

Noth starrte das Licht an, das anscheinend ihn darstellte. Dann betrachtete er die Flecken, die darum kreisten. »Wie interagiere ich damit?«, fragte er. »Ich habe hier keine Gestalt – jedenfalls keine andere als die, die ich vor mir sehe. Wie kann ich dann das tun, was Ihr von mir verlangt?«

»Ihr benutzt Eure Tendrae«, erklärte Wyle.

»Ich bin kein Psimant«, entgegnete Noth.

»Ein Teil von Euch ist es schon«, widersprach Wyle ihm. »Lathe war ein sehr talentierter Teleniker.«

»Das weiß ich, aber … Ich habe meine Kräfte in Izet überstrapaziert und kann sie jetzt nicht mehr nutzen.« Noth hatte einige Augenblicke lang seine psimantischen Kräfte einsetzen können, aber bei dem Versuch – dem vergeblichen Versuch –, Winter zu retten, hatte er zu viel davon genutzt und konnte jetzt nicht mehr darauf zugreifen.

»Das wusste ich nicht. Tut mir leid.«

»Mir macht es nichts aus.«

»Trotz allem sollte …« Wyle verstummte kurz. »Es dürfte keinen Unterschied machen. Selbst wenn Ihr kein Psimant seid, befindet Ihr Euch in der Leere. In der Leere verfügt jeder über Tendrae, im Allgemeinen über zwei, aber Psimanten besitzen meist mehr.«

Noth konzentrierte sich. In Izet war es ihm leichtgefallen, seine Tendrae einzusetzen, nachdem der Ceno, der sie blockiert hatte, nicht mehr am Leben gewesen war. Seine Tendrae waren einfach da gewesen, als wären ihm plötzlich weitere Gliedmaßen gewachsen.

Dieses Mal ging es nicht so einfach. Er stellte sich vor, er würde mit den Armen wedeln, doch nichts geschah. Dann starrte er das Licht vor sich gebannt an und malte sich aus, wie Tendrae aus seinem Verstand entsprangen. Auch jetzt passierte rein gar nichts.

Er sah das zentrale Licht grimmig an. *Warum machst du nicht einfach, was ich will?*

Dann stutzte er. Er selbst war dieses Licht. Auch wenn er dieses Licht ansehen konnte, war es doch er. Er stellte sich vor, wie Tendrae aus dieser Lichtquelle herauskamen und sich in den Farbnebel, der ihn umgab, erstreckten. Der Unterschied war sofort spürbar. Als Noth eine Tendra in den verschwommenen Lichternebel um sich herum – um das zentrale Licht herum – ausstreckte, *sah* er den Unterschied auch. Zarte Rauchschwaden erstreckten sich vom mittleren Lichtpunkt nach außen.

»Gut gemacht«, sagte Wyle.

Als Noth eine Tendra in die erste Sphäre aus verschwommenem Licht schieben wollte, reagierte diese seltsam. Noths Tendra verhielt sich wie ein Stein, der aus einem Fluss herausragte, und das wabernde Licht teilte sich um die rauchige Essenz herum auf.

»Könnt Ihr etwas darin erkennen?«, wollte Wyle wissen. »Irgendetwas, das uns nützlich sein könnte?«

»Nein«, antwortete Noth und bewegte seine Tendra in der dunstigen Kugel. »Ich spüre gar nichts. Tatsächlich ist da …«

Etwas bewegte sich durch seine Tendra hindurch. Er wusste nicht, was es war, nur dass da irgendetwas geschah. Dann war es vorbei. Noth stöhnte frustriert auf und schwenkte seine Tendra erneut in der wabernden Sphäre herum. Nahezu augenblicklich stellte sich das seltsame Gefühl wieder ein, nur um ebenso schnell erneut zu verschwinden.

Nachdem er seine Tendra noch einige Zeit in dem Licht bewegt hatte, spürte er es ein drittes Mal und wickelte seine Tendra um diese Empfindung. Im nächsten Augenblick war die Sphäre nicht mehr da. Noth starrte seine Tendra an und entdeckte inmitten des zuckenden Rauchs ein winziges Lichtpartikel.

Er hörte Wyle hinter sich erfreut auflachen, achtete jedoch nicht weiter auf den Mann, denn er erkannte diesen winzigen Funken wieder.

Es war Lathe.

Das erkannte er anhand der Erinnerungen. Viele hatte er bereits in Träumen und Visionen gesehen, und sie drehten sich um Männer und Frauen, die durch seine Hand gestorben waren. Aber da waren auch andere Erinnerungen, die er nie zuvor gesehen hatte, bei denen er aber dennoch sofort wusste, dass sie Lathe gehörten. Eine Frau mit kurzem rotem Haar. Ein Mann – ein Nazaniin –, jung, blond, mit frechem Grinsen im Gesicht. Das Partikel fühlte sich an, als würde ein eiskalter Blitz in seinen Verstand einschlagen.

»Das ist eine der Sifts«, sagte Wyle. »Wisst Ihr, wem sie gehört?«

»Lathe«, antwortete Noth und drehte das Lichtpartikel in seiner Tendra hin und her. »Wie kann ich seine Eigenschaften herausfinden?«

»Ich glaube, das habt Ihr bereits getan. Es ist jetzt blau, wohingegen es vorher farblos gewesen ist.«

Jetzt stellte auch Noth fest, dass das Partikel hellblau leuchtete. »Und was mache ich nun damit?«

»Lasst es los«, forderte Wyle ihn auf. »Lasst es los, und geht zum nächsten über.«

Noth war verunsichert.

»Keine Sorge, ich bin davon überzeugt, dass es an seinen rechten Platz rutschen wird, da Ihr es jetzt definiert habt.«

Widerstrebend lockerte Noth den Griff seiner Tendra

um das Partikel, und es verschwand. An seiner Stelle tauchte erneut die verschwommene Kugel auf, die jedoch im Gegensatz zu den anderen blassblau leuchtete.

»Das ist alles?«, fragte Noth.

»Das, was wir hier tun, hat bisher noch niemand versucht, aber im Grunde genommen müsste das bereits ausgereicht haben.«

Noth wollte schon fragen, wie bei der Unterwelt es ihm helfen sollte, dass er mit einigen farbigen Lichtern herumspielte, aber er war sich nicht sicher, ob er überhaupt das Recht hatte, diese Frage zu stellen. Schließlich war er ein Mann, der aus den Sifts anderer Männer geformt worden war. *Ein Zusammenschluss von Seelen.*

Er war er selbst. Das rosafarbene Licht in seiner Mitte bewies es. Aber bis zu diesem Augenblick hatte sich Noth so sehr darauf konzentriert, das zu erhalten, was *ihn* ausmachte, dass er alle anderen Sifts, aus denen er ebenfalls bestand, ausgeschlossen hatte. Nun begriff er, dass er etwas ganz Einfaches noch gar nicht ausprobiert hatte.

Akzeptanz.

Noth griff mit seiner Tendra in den nächsten Farbnebel. Es geschah genau dasselbe wie zuvor, und seine Tendra glich einem Stein in einem Fluss, um den sich der Nebel aufspaltete. Erneut griff Noth nach der Sift, und nach einigen Versuchen hatte er sie erwischt. Auch jetzt überfluteten ihn Erinnerungen, dieses Mal von einem Leben in einem großen Marmorpalast, einem königlichen Hoflehrer, der kein Interesse für ihn hatte, und einem grausamen Vater, der ihn schlug. Noth erinnerte sich, wie er aus dem Palast weggelaufen war; er war vor seinem Vater und den Schmerzen und vor seinem Lehrer und der Angst geflohen.

Es waren nicht seine Erinnerungen. Sie gehörten jemand anderem.

Dem Hohen Prinz Dorian Gatama.

Dank dieser Erkenntnis wurde das Gefühl, das von der Sift ausging, greifbarer. Es war ein Gefühl, als stünde man kurz davor, von einer hohen Klippe zu springen. Das Lichtpartikel – Gatamas Sift – leuchtete mit einem Mal in strahlendem Gold.

»Unglaublich«, flüsterte Wyle.

Noth ließ die Sift los, die ebenso wie Lathes verschwand und von einer goldenen Lichtkugel ersetzt wurde.

Er lächelte. Möglicherweise würde das Ganze doch nicht so schmerzhaft werden, wie er gedacht hatte.

»Danke«, sagte Noth und neigte den Kopf. »Ich bin Euch zu großem Dank verpflichtet.«

»Nachdem ich gesehen habe, was in Eurem Kopf vor sich ging, bin ich sehr froh, dass ich helfen konnte. Mir ist völlig schleierhaft, wie Ihr das so lange ertragen habt.«

»Augenblick mal. Was ist mit den Sifts? Wer sind sie?«, fragte Astrid.

Noth kaute auf der Innenseite seiner Wange herum, beschloss dann aber, dass er den anderen ruhig alles erzählen konnte.

»Ihr wisst ja bereits von Lathe, dem Nazaniin-Assassinen, und dem alizianischen Prinzen Dorian Gatama.«

»Waren es nicht insgesamt neun? Die eingeschlossen, die … einfach nur du bist?«

Noth nickte. »Es sind neun. Darcen war General, ein

hervorragender Stratege und Heerführer. Ich vermute, dass mir sein Wissen beim Aufbau von Janes Wache sehr nützlich gewesen ist. Dann war da noch Elenar. Sie war Ermittlerin, eine hochintelligente Frau, die Gewaltverbrecher gejagt hat.«

»Eine Frau?«, warf Cinzia an, deren Lippen ein Lächeln umspielte.

Noth grunzte. »Wer hätte das gedacht, was? Und sie war nicht die Einzige. Drei Sifts sind nicht ganz klar – ich habe keine Namen bekommen, sondern nur vage Erinnerungen. Eine der anderen Frauen ist zur See gefahren. Wahrscheinlich konnte ich deshalb so gut auf dem Fischerboot in Pranna mit anfassen. Dann war da noch ein Orlog-Meister, der das Spiel wie kein anderer beherrschte. Der dritte war irgendeine Art von Philosoph, glaube ich, das kann ich jedoch nicht mit Sicherheit sagen.«

»Damit sind es sieben«, bemerkte Astrid. »Wer sind die anderen beiden?«

»Hoc ist ein Mysterium«, erwiderte Noth. »Ich konnte seine Sift stabilisieren, aber ich habe keine klaren Erinnerungen an ihn oder das, was er getan hat, und ich bin mir auch nicht sicher, ob mir das jemals gelingen wird.«

Noth hielt inne und war überrascht, dass er beinahe von seinen Gefühlen übermannt wurde. Auch wenn er sich nicht deutlich an all das erinnerte, was diese Menschen erlebt hatten, war einiges doch klarer zu erkennen. Die Erinnerungen der letzten Sift hatte er am deutlichsten vor Augen. »Joze war Bauer«, sagte er leise. »Und Ehemann und Vater.« Noth ließ Jozes schmerzhafte Erinnerungen lieber außen vor, da er nur ungern über den Tod von Kindern sprechen wollte.

»Dann war's das also?«, fragte Astrid.

Noth zuckte mit den Schultern. »Ich denke schon.«

»Bei der Göttin, ich will es doch hoffen. Ich habe keine Lust mehr, ständig neue Leute kennenzulernen.«

Ihre Worte brachten Noth zum Lachen. Dann sah er Wyle an. »Ihr wollt jetzt sicher die versprochenen Informationen. Ich kann Euch alles erzählen, was ich über Roden weiß und darüber, was man mir dort angetan hat. Das ist das Mindeste, was ich als Gegenleistung tun kann.«

»Eigentlich weiß ich bereits alles, was ich wissen muss«, erwiderte Wyle mit einem Seitenblick auf Cymbre. »Während wir Eure Sifts stabilisiert haben, konnte ich mir vor allem Lathes genauer ansehen. Ich sah, was in Roden mit ihm geschehen ist.«

Noth runzelte die Stirn. »Ich kann nicht behaupten, dass mir die Art gefällt, auf die Ihr an dieses Wissen gelangt seid, aber wenn das bedeutet, dass wir in Frieden auseinandergehen können, dann werde ich es so akzeptieren.«

Wyle und Jendry warfen Cymbre einen Blick zu, und nach einem Augenblick nickte sie. »Wenn Ihr wirklich glaubt, dass Ihr habt, weswegen wir hergekommen sind, Wyle, dann können wir bei Tagesanbruch aufbrechen.«

»Das wurde auch Zeit«, knurrte Jendry.

Noth grinste schief. Er war dankbar für das, was die Psimanten für ihn getan hatten, da er schon jetzt das Gefühl hatte, die verschiedenen Persönlichkeiten, die in seinem Kopf um die Vorherrschaft rangen, besser unter Kontrolle zu haben. Aber er war auch froh, dass die Cotir abreiste. Schließlich wollte er nicht ständig drei bekannte Assassinen in Janes Nähe haben.

»Dann packen wir unsere Sachen«, sagte Cymbre.

Die Cotir verließ den Raum und ließ Noth, Cinzia und Astrid zurück. Astrid lief zu Noth und schlang ihm die Arme um die Taille, und Cinzia trat auf ihn zu und umarmte ihn ebenfalls. Noth hielt sie beide fest und fühlte sich zum ersten Mal seit sehr langer Zeit wieder wie er selbst. Endlich konnte er sich erinnern.

KAPITEL 45

Nordflügel des Kaiserpalasts, Izet

Cova hatte kaum angeklopft, da wurde die Tür auch schon geöffnet. Winter stand auf der Schwelle und blickte mit zusammengekniffenen Augen in den von Fackeln erhellten Korridor. Ihr fiel das lange Haar ins Gesicht, und sie strich es zur Seite und blickte zu Cova auf.

»Ja?«

»Lass mich rein«, sagte Cova. »Bitte.«

Winter öffnete die Tür und verschwand in der Dunkelheit, und Cova betrat ihr Zimmer.

»Zünde eine Kerze an«, bat Cova.

Etwas raschelte, dann war ein Funke zu erkennen, und eine Kerze flammte auf. »Was wollt Ihr?«, fragte Winter.

Cova stand da und atmete noch immer schwer. Sie zitterte am ganzen Körper. Hatte sie das nur geträumt oder hatte es die Kerze, den Brief und die Leiche wirklich gegeben? Hatte sie sich nur eingebildet, sie abgeschnitten und dieses schreckliche Geräusch gehört zu haben?

»Ich möchte mich setzen«, antwortete Cova schließlich.

Winter seufzte und deutete auf einen Stuhl in einer Zimmerecke. »Ihr seid offensichtlich aufgebracht, aber ich habe keine Ahnung, warum Ihr hier seid. Was kann ich Eurer Meinung nach für Euch tun?«

Cova ließ sich auf den Stuhl fallen. Sie wusste, dass sie sich zusammenreißen musste. Ihr Gatte war tot. Es gab einen Brief, in dem er gestand, ein Spion gewesen zu sein. War es seine Handschrift gewesen? Cova konnte sich nicht erinnern. Sie glaubte zwar, dass er es geschrieben hatte. Die Nachricht erklärte auch sein seltsames Verhalten in letzter Zeit, seine Feindseligkeit ihrem Vater gegenüber, seine rätselhaften Andeutungen und die vielen Male, die er einfach verschwunden war. Die Erklärung ergab Sinn.

Und doch weigerte sie sich auch, daran zu glauben.

Cova konnte nicht leugnen, dass es in der kaiserlichen Bibliothek keine Bücher über den Ceno-Orden oder die Verschmähten Götter mehr gab. Sie hatte die Gerüchte gehört über das, was bei der Abstimmung geschehen war, und sie kannte auch das Gerede über die außerweltlichen Leichen, die angeblich unter den Trümmern der Kuppel gefunden worden waren. Und sie wusste, dass sich ihr Vater seltsam verhielt.

Falls ihr Vater herausgefunden hatte, dass Girgan auch nur den Gedanken an einen Putsch hegte, dann hätte er genau so reagiert. Es wäre kein offensichtlicher Mord gewesen, aber der Zwischenfall wäre verdächtig genug, um jeden anderen Beteiligten davon zu überzeugen, dass er die ganze Sache besser vergessen sollte. Cova stützte den Kopf in die Hände. Trug ihr Vater tatsächlich die Verantwortung für das, was geschehen war? Hatte er ihren Gatten getötet?

»Cova.«

Cova blickte auf und begriff, dass Winter mit ihr sprach.

»Es ist spät. Ich bin müde. Entweder Ihr sagt mir, was hier vor sich geht, oder …«

»Mein Gatte ist tot.«

Schweigen.

»Es sieht so aus, als hätte er Selbstmord begangen.«

»Das … das tut mir sehr leid, Cova. Ich hätte nie gedacht, dass er so etwas tun würde.«

»Ich auch nicht«, erwiderte Cova. Sie sah Winter in die Augen, in denen sich das flackernde Kerzenlicht spiegelte. »Es sieht so aus, als hätte er Selbstmord begangen, aber ich bin nicht davon überzeugt.«

»Cova …«

»Das ist unwichtig«, fiel ihr Cova scharf ins Wort. »Jedenfalls für dich. Aber ich bin hier, um dir ein Angebot zu machen.«

Sie spürte, wie Winter ihre Hand nahm, und zuckte zurück, da sie sofort an Luces Leiche an der Wand der Ratskammer denken musste. Als sie jedoch Winters Gesicht sah, wurde ihr bewusst, dass es eine zaghafte, unbeholfene Geste gewesen war, mit der sie nur Trost spenden wollte. Cova hatte ihr ganzes Leben lang geglaubt, Tiellaner wären rückständige, ungebildete und grausame Wesen, die den Menschen weit unterlegen waren. Aber wenn sie sich Winter so ansah, dann würde sie ihre Meinung wohl ändern müssen. Zwar fürchtete sie sich noch immer vor Winter, aber die Angst vor ihrem Vater war größer.

»Mein Mann wurde getötet«, sagte Winter leise und ließ Covas Hand los. »Was immer auch mit Girgan passiert ist, es … es tut mir leid.«

Cova fing an zu weinen. Sie weinte wegen ihres Vaters, sie weinte um den Mann, den sie gerade erst lieben gelernt und schon wieder verloren hatte, und sie weinte, weil sie nie wieder bei ihm sein, seine Berührung spüren und seine Stimme hören würde. Er war fort, und sie weinte, weil sie jetzt allein war. Winter stand nur da, während Cova schluchzte, aber ihre Gegenwart war dennoch auf seltsame Weise beruhigend. Cova hatte bisher nicht gewusst, dass Winter ebenfalls verheiratet gewesen war und ihren Mann verloren hatte.

Später, als Cova keine Tränen mehr hatte, begriff sie, dass ihr zwei Möglichkeiten blieben. Sie konnte glauben, was in der Nachricht stand, die sie bei Girgans Leiche gefunden hatte – dass er ein Spion war und dass er sie angelogen hatte.

Oder sie konnte an ihren Mann glauben. Es dauerte nicht lange, diese Entscheidung zu treffen.

»Möchtest du meinen Vater töten?«, fragte Cova.

Winter riss die Augen auf, verbarg ihre Überraschung jedoch schnell wieder und machte ein ausdrucksloses Gesicht. »Ich diene Eurem Vater«, erwiderte sie. »Warum sollte ich ihn töten wollen?«

»Er hat meinen Mann umbringen lassen«, sagte Cova, als wäre das Grund genug.

»Sagtet Ihr nicht, er hätte Selbstmord begangen?«

»Ich sagte, es sieht aus, als hätte er Selbstmord begangen. Aber ich glaube nicht daran.«

»Und Ihr glaubt, dass Euer Vater dafür verantwortlich ist?«

»Ich wüsste nicht, wer es sonst getan haben könnte. Girgan … Girgan hatte meinen Vater in Verdacht … Ich kann mir nur vorstellen, dass mein Vater es herausgefunden hat und dass dies die Konsequenz daraus ist.«

»Ihr wollt Euren Vater tot sehen?«, fragte Winter.

Cova dachte lange über ihre Antwort nach. »Nein«, gab sie schließlich zu, »ich will ihn nicht tot sehen. Er ist mein Vater, und ich liebe ihn, aber … das ändert nichts an der Tatsache, dass er sterben muss.«

Winter murmelte etwas, das Cova nicht ganz verstand, für sich aber wie »liebend gern vernichten« oder etwas in der Art anhörte.

Dann sah Winter Cova in die Augen. »Woher soll ich wissen, dass Ihr mich nicht nur auf die Probe stellt?«, fragte sie mit fester Stimme.

Cova blinzelte mehrmals. »Ob ich dich auf die Probe stelle?«

»Woher weiß ich, dass Daval Euch nicht schickt, um meine Treue zu ihm auf die Probe zu stellen?«

»Ich …« Dieser Gedanke war Cova überhaupt nicht gekommen. »Dem ist nicht so«, versicherte sie ihr dann. »Mein Gatte ist tot, Winter.«

Kurz zeigte Winter keine Reaktion. Sie schien die Augen geschlossen zu haben. War sie eingeschlafen?

»Das mit Eurem Gatten tut mir sehr leid«, sagte sie auf einmal. »Und … ich glaube Euch.«

Cova nickte. Das war erstaunlich einfach gewesen. »Wirst du mir helfen, meinen Vater zu stürzen? Hilfst du mir, ihn umzubringen?«

Winter starrte Cova einen Augenblick an und schloss erneut die Augen. Cova runzelte die Stirn. Was machte die Tiellanerin da?

Winter schlug die Augen wieder auf und nickte. »Ich werde Euch helfen.«

»Sehr schön«, erwiderte Cova. *Und was jetzt?*

»Wir brauchen einen Plan«, stellte Winter fest. »Wisst Ihr, wo und wann Ihr das tun wollt?«

Cova stand auf. »Ich … ich habe noch nicht darüber nachgedacht. Es wäre vermutlich am besten, ihn zu töten, wenn er allein ist. Vielleicht in seinen Gemächern. Ich könnte die Schnitter davor vermutlich ablenken, aber wenn Urstadt da ist, haben wir keine Chance.«

»Urstadt ist vermutlich kein Problem«, erklärte Winter.

»Wir meinst du das?«

»Momentan blockiert Euer Vater meine Kräfte. Aber Ihr habt gesehen, was ich mit Luce gemacht habe, sobald ich darüber verfügen konnte. Wenn er mich nicht blockiert, werde ich mit Urstadt fertig.«

Cova erwiderte nichts. Nach allem, was in der Ratskammer geschehen war, ging sie davon aus, dass Winter recht hatte.

»Und du kannst seine Blockierung umgehen?«

»Ich habe da vielleicht noch einen Trick auf Lager«, sagte Winter.

»Was müssen wir noch beachten?«

Winter zuckte mit den Schultern. »Das war Eure Idee. Sagt Ihr es mir.«

KAPITEL 46

Harmoth-Anwesen

Am nächsten Morgen saß Cinzia allein in ihrem Zimmer und sah aus dem Fenster. Sie war zutiefst bestürzt, wie leer das Lager war. Einige Hundert Odeniten waren geblieben, aber viele hatten sich auch der Hexe angeschlossen und waren gegangen.

In den letzten Tagen war mit dem Angriff der Kamiten, dem Verschwinden der Hexe, dem Verlust der Anhänger, die ihr gefolgt waren, und Wyles Arbeit mit Noth in der vorangegangenen Nacht viel passiert. Cinzia war sich nicht sicher, ob sie das alles schon verdaut hatte. Trotz ihrer Erleichterung darüber, dass Noth wieder er selbst war, konnte sie ihre Unruhe doch nicht ablegen. Das, was Wyle mit Noth gemacht hatte, überstieg ihre Vorstellungskraft – ebenso wie die Tatsache, dass Jane Dutzende ihrer Anhänger geheilt hatte.

Die Ähnlichkeiten zwischen der Psimantie und Janes Kräften waren Cinzia nicht verborgen geblieben. Auch die Art, wie sie Jane gerettet hatte oder wie es ihr gelang, den Kodex zu übersetzen, ließen sich damit vergleichen. Cinzia wusste nicht genug über die daran beteiligten Kräfte, um sich ein Urteil bilden zu können, aber es beunruhigte sie.

Darüber hinaus war es ihr zwar einmal gelungen, auf Canta zu vertrauen, aber jetzt, da auch Ocrestia und

Elessa Odeniten geheilt hatten, während Cinzia nicht dazu in der Lage gewesen war, musste sie wohl noch viel lernen. Wieder einmal sah sie die dunklen Augen des Mannes vor sich, der ihren Arm festgehalten und dessen Stimme wie die flammende Dunkelheit geklungen hatte. Sie wusste, dass es eine Verbindung zu dem Wesen geben musste, das von Kovac Besitz ergriffen hatte. Die Neun Dämonen hatten damit zu tun. Es war wohl ihr Schicksal, dass sie diesen außerweltlichen Wesen irgendwann begegnete. Cinzia wusste nicht, wie sie diesem Grauen entgegentreten sollte. Noch hatte sie niemandem von ihrem Erlebnis erzählt, davon, dass sie einen hilflosen, verwundeten Mann ermordet hatte. Zwar war er von Azael besessen gewesen, aber Cinzia wusste, dass dies keine Entschuldigung war.

Als es an der Tür klopfte, zuckte sie vor Schreck zusammen. Sie stand vom Schreibtisch auf und holte mehrmals tief Luft, bevor sie die Tür öffnete. Vor ihr stand Wyle mit breitem Grinsen. Cinzia blinzelte. Mit ihm hatte sie überhaupt nicht gerechnet.

»Hallo, Wyle«, sagte sie und konnte sein Lächeln nur mit Mühe erwidern.

»Wir brechen bald auf.« Wyle blickte über Cinzias Schulter. »Wie Ihr wisst.«

Sie nickte. »Ich weiß«, erwiderte sie. »Benötigt Ihr meine Hilfe?« Er sah sie mit seltsamer Miene an und wirkte fast schon nervös.

»Nein, nein.« Wyle räusperte sich. »Ich wollte nur …«

Bevor Cinzia sich versah, hatte sich Wyle vorgebeugt. Sie spürte, wie er ihr einen Finger unter das Kinn legte, ihren Kopf anhob und seine Lippen auf ihre drückte.

Als sie sich voneinander lösten, war sein Lächeln noch viel breiter.

»Ich …« Cinzia wollte etwas sagen, aber ihr fiel einfach nichts ein.

»Es heißt, Ihr würdet bald nach Triah aufbrechen«, meinte er.

»Ich … Ja.« Mehr bekam Cinzia nicht heraus. »Ich denke schon.«

»Sucht mich auf, wenn Ihr dort eintrefft.«

»Das werde ich.«

Wyle nickte und öffnete den Mund, als wollte er noch etwas sagen, doch dann schwieg er.

Etwas in seinen Augen veränderte sich. Cinzia konnte nicht genau sagen, was es war, aber auf einmal war etwas anders. Sein Lächeln verblasste. Einen Augenblick später war es wieder da.

»Ich freue mich schon darauf«, sagte er. »Bis zu unserem nächsten Treffen, Cinzia.«

Er war gegangen, bevor sie etwas erwidern konnte.

Cinzia ging nach unten in den Salon, sie war von der Begegnung mit Wyle noch ganz aufgeregt.

Sie hatte gerade zum ersten Mal in ihrem Leben einen Mann geküsst.

Gut, in ihrer Kindheit hatte sie ein oder zwei Mal einen Jungen geküsst. Sie erinnerte sich an Jonn Eyden, den sie wenige Monate vor ihrer Abreise nach Triah geküsst hatte. Er war ein dürrer Junge mit zerzaustem Haar gewesen, aber Cinzia wusste noch genau, dass sie beinahe gelacht hätte, weil er so gezittert hatte. Das war fast acht Jahre her.

Sie widerstand dem Drang, ihre Lippen zu berühren, und dachte an die Aufregung, die sie ergriffen hatte, als er sich vorbeugte. Wyle war definitiv kein Junge, so viel stand fest.

Dennoch hinterließ die Begegnung ein beklemmendes Gefühl in ihr, was jedoch nicht an dem Kuss lag, sondern an etwas, das Wyle gesagt hatte …

Ihre Eltern saßen im Salon mit den Drillingen Soffrena, Lana und Wina und Noth und Astrid. Cymbre und Jendry waren ebenfalls da, und als Cinzia die beiden sah, errötete sie. Sie wusste zwar, dass Wyle dem Rest der Cotir noch nicht gesagt haben konnte, was eben passiert war, aber allein der Gedanke daran war ihr unangenehm.

Cinzia begriff, dass sie mit Jane sprechen musste. Sie musste ihr von Wyle erzählen, aber es gab auch andere, wichtigere Dinge zu besprechen. Sie mussten entscheiden, wie sie weiter vorgingen – ob sie die Hexe und jene, die sie begleiteten, verfolgen oder sie zurücklassen und ohne sie nach Triah aufbrechen wollten.

»Du siehst erhitzt aus, Cinzia. Geht es dir nicht gut?«

Cinzia schenkte Soffrena ein Lächeln. »Es geht mir gut, Schwester. Ich suche nur Jane.«

In diesem Augenblick betrat Wyle mit entschlossener Miene den Salon. Cinzia wandte den Blick ab, doch sie dachte immer noch darüber nach, was er gesagt haben konnte, das sie derart beunruhigte. Er hatte sie gebeten, ihn aufzusuchen, wenn sie Triah erreichten. Cinzia blinzelte. Noth hatte ihr erzählt, dass Cymbre, Wyle und Jendry eine Cotir aus Tinska waren. Warum gingen sie dann zurück nach Triah, es sei denn …

Es sei denn, sie waren ursprünglich von dort gekommen.

Ein lauter Knall erklang. Cinzia fuhr herum und sah, wie die Seiten des riesigen Kaminsimses nachgaben und die Marmorplatte auf den Boden krachte. Holz- und Marmorsplitter flogen durch den Salon.

»Bei der Göttin!«, schrie Cinzia. »Ist jemand verletzt? Hat …«

»Bleibt alle ruhig.« Wyle trat mit erhobenen Händen vor. »Wir wollen niemandem wehtun, aber wir haben neue Befehle erhalten. Ich muss noch eine Angelegenheit mit Jane regeln.«

Cinzia kniff die Augen zusammen. »Wyle«, sagte sie und machte einen Schritt auf ihn zu. »Was redet Ihr da?«

»Cinzia«, rief Noth. »Halte dich von ihm fern!«

Cinzia drehte sich um und stellte fest, dass Jendry Noth eine Klinge an die Kehle hielt, während ihm Cymbre die Hände fesselte. Die Trümmer des Kaminsimses neben ihnen bebten, und Cinzia riss entsetzt den Mund auf, als eine kleine Hand darunter zum Vorschein kam.

»Astrid?«, flüsterte Cinzia.

»Passt auf ihn auf«, befahl Cymbre und schob Noth auf Jendry zu. »Ich muss mich auf den Vampir konzentrieren.«

Cinzia sah erneut zu Wyle hinüber. Nun stiegen ganz andere Gefühle in ihr auf als bei ihrem Kuss nur wenige Minuten zuvor.

»Ihr kommt gar nicht aus Tinska, nicht wahr?«, fragte sie ihn. Jetzt ergab alles einen Sinn. Die Nazaniin waren in erster Linie Assassinen. Jane war eine gesuchte Frau. Die Cotir war nicht nach Tinska geschickt worden, um Noth zu helfen, sondern um Jane zu ermorden. Noth zu helfen und dadurch an die Informationen zu gelangen, war nur ein Bonus gewesen.

Wyle lächelte, aber seine Augen blieben ausdruckslos.

»Es tut mir leid, Cinzia«, sagte er. »Ich wusste nicht, dass man uns diesen Befehl geben würde, als wir uns zuletzt sahen.«

Cinzia schüttelte den Kopf. »Aber du hast gewusst, dass die Möglichkeit besteht.«

Er zuckte mit den Schultern. »Alles ist möglich.«

»Wir werden euch Jane nicht ausliefern«, erklärte Cinzia. Er konnte sie nicht küssen und behandeln wie vor wenigen Minuten, nur um sie dann zu verraten. Das würde sie nicht zulassen.

Wyle machte einen Schritt auf Cinzia zu und senkte die Stimme. »Ich wusste, dass es schwer werden würde, aber wir sind Profis, Cinzia. Wir werden diesen Auftrag erledigen. Holt einfach … eure Schwester. Dann müssen wir niemandem mehr wehtun.«

Cinzias Wut kochte über, und sie gab ihm eine heftige Ohrfeige. Wyle rieb sich die Wange, aber er schien nicht wütend zu sein. Sein Blick wirkte vielmehr traurig. Das ärgerte Cinzia noch viel mehr.

»Lana«, sagte Wyle und sah zu ihrer Schwester hinüber. »Weißt du, wo Jane ist?«

Ehram und Pascia, die sich längst zwischen die Drillinge und Wyle gestellt hatten, zogen ihre Töchter dichter an sich. Lana sah zuerst ihren Vater, dann ihre Mutter und schließlich Cinzia an.

»Lana«, sagte Wyle erneut. »Ich möchte, dass du Jane herholst. Ich muss sie sofort sprechen.«

Ehram starrte Wyle wütend an. »Wir haben Euch aufgenommen, Euch versorgt und Unterkunft gewährt, und so vergeltet Ihr uns das?«

»Wir haben es Euch vergolten, indem wir dieses Zerrbild von einem Mann wieder in Ordnung gebracht haben.« Wyle nickte zu Noth hin, ohne Lana aus den

Augen zu lassen. »Lana, wenn du nicht tust, was ich sage, wird das Konsequenzen haben.«

»Wie kannst du es wagen, meiner Schwester zu drohen!«, fauchte Cinzia. Aber sie wusste, dass sie nichts unternehmen konnte. Noth war außer Gefecht gesetzt, genau wie Astrid. Es sei denn … es sei denn, Canta gewährte ihr die Kraft, so wie sie es schon einmal getan hatte, sodass Cinzia Jane erneut retten konnte. Wenn Cinzia glaubte, war alles möglich.

Sie sprach ein Gebet.

Wyle seufzte und warf Cinzia einen Blick zu. »Es tut mir leid.«

Sie wappnete sich für das, was passieren würde, für den Schmerz.

Dann hörte sie den Schrei.

Bitte, Göttin, flehte Cinzia. *Gewähre mir Kraft.*

Soffrena war auf die Knie gefallen und fasste sich an den Kopf.

»Nein!«, schrie Cinzia und schubste Wyle mit ganzer Kraft, aber er blieb einfach stehen und hielt den Blick weiter auf Soffrena gerichtet. Die Schreie des Mädchens wurden immer leiser, bis sie schließlich wimmernd zusammenbrach.

»Tu, was ich sage, Lana, oder deine Schwester muss noch mehr leiden.«

Lana sah voller Schrecken zwischen Ehram und Pascia hin und her.

»Geh, Lana«, sagte Cinzia schließlich. »Such Jane. Alles wird gut.« Aber Lana rührte sich nicht. »Geh«, sagte Cinzia noch einmal.

Lana zögerte noch einen Augenblick, dann rannte sie hinaus.

Bitte hilf mir, meine Familie zu beschützen.

Cinzia eilte zu Soffrena, neben der bereits ihre Eltern knieten. Wina weinte. Soffrena starrte mit leerem Blick an die Decke.

»Es geht ihr bald wieder gut«, versicherte Wyle ihnen. »Gebt ihr ein paar Stunden. Sie wird starke Kopfschmerzen haben, aber keine weiteren Nachwirkungen spüren – solange Jane bald hier auftaucht.«

Gib mir Kraft, Göttin, bitte …

Cinzia knirschte mit den Zähnen. Sie fühlte sich noch nicht anders. Die Zeit verlief ganz normal weiter. Sie schien nicht stärker geworden zu sein. Würde Canta sie wirklich ausgerechnet jetzt verlassen? Cinzia sah über die Schulter zu Noth hinüber, der noch immer gefesselt war und von Jendry mit dem Schwert bedroht wurde. Er schien sich auf etwas zu konzentrieren, aber Cinzia wusste nicht, auf was.

Dann blickte sie zu Astrids Hand hinüber, die aus den Überresten des Kaminsimses ragte. Das Mädchen rief etwas, das sie nicht verstehen konnte. Wenigstens war sie noch am Leben. Aber Cinzia war sich nicht sicher, ob es dem Vampir gelingen würde, sich vor Einbruch der Nacht zu befreien. Die Trümmer sahen so schwer aus, dass man vermutlich ein Dutzend Männer brauchte, um sie zu beseitigen.

Sie schüttelte den Kopf, stand auf und ging auf Wyle zu. Cinzia spürte, wie sie vor Wut und Hilflosigkeit rot anlief, während sie sich ihm näherte.

Bitte, Göttin, gewähre mir die Kraft, meiner Familie zu helfen.

»Was bei der Unterwelt stimmt nicht mit dir?«

»Hört mich an, Cinzia, ich …«

»Erwartest du allen Ernstes, dass ich mit ansehe, wie du meine Schwester tötest?«

»Ich erwarte nichts weiter, als dass Ihr begreift, dass Euch keine andere Wahl bleibt.«

Cinzia starrte ihn erbost an. »Ihr müsst diese Befehle nicht ausführen.«

Wyle musterte sie verärgert.

»Ihr könnt hier bei uns bleiben«, fuhr sie fort.

Sie hörte, wie Jendry schnaufte. Aber sie ignorierte ihn und machte noch einen Schritt auf Wyle zu. Sie waren einander schon sehr nahe. So nahe, dass sie sich fast berührten. Cinzia hob eine Hand, als wollte sie seine Wange berühren.

»Wir könnten mehr Zeit miteinander verbringen«, murmelte sie. »Wir könnten … herausfinden, wie es mit uns weitergeht.«

»Was in aller Welt redet sie da, Wyle? Bei der Unterwelt, habt Ihr etwa die ehemalige Priesterin in Euer Bett geholt?«, rief Jendry.

Cinzia ignorierte ihn weiterhin und hoffte, dass Wyle dasselbe tun würde. Er sah ihr in die Augen.

»Ihr wisst, dass ich das nicht tun kann«, erwiderte er leise.

Cinzia machte einen Schritt von ihm weg. Sie hatte gewusst, dass er so reagieren würde, doch sie musste es versuchen. Nicht etwa, weil sie das Verlangen hatte, mehr Zeit mit diesem Mann zu verbringen – nein, das war nach seinem Verrat verflogen. Sie hatte ihn nur ablenken und vom Unausweichlichen abhalten wollen. Aber jetzt konnte sie nichts mehr unternehmen. Sie konnte keine Hilfe von Canta erwarten und auch nicht von ihren Freunden. Es war alles verloren.

Du hast immer noch deinen Glauben.

Cinzia war sich nicht sicher, ob es ihre eigene oder eine fremde Stimme gewesen war. Doch sobald sie die Worte im Kopf hörte, machte sich ein seltsames Gefühl in ihr bemerkbar, das in ihrer Brust begann und sich langsam im ganzen Körper ausbreitete. Auf einmal war sie so ruhig wie ein See bei Windstille. Dann veränderte sich ihr Gebet.

In diesem Augenblick begriff sie. Sie hatte nur für sich gebetet und darum, Kraft zu erhalten. Das war jedoch kein Vertrauen – es war Kontrolle. Sie hatte um Kontrolle gebetet. Doch beim Glauben kam es darauf an, die ihr zur Verfügung stehende Kontrolle auch noch aufzugeben. Es bedeutete, dass sie nicht für sich selbst beten durfte, damit sie tun konnte, was sie für das Beste hielt. Vielmehr musste sie vertrauen.

Göttin … Bitte gewähre mir die Kraft, auf dich zu vertrauen.

Die Türen hinter ihr knarrten. Cinzia drehte sich um und erschrak, als sie Jane vor sich sah, trotz des Friedens, den sie empfand. Sie wusste nicht, was sie tun konnten, um Jane zu beschützen. Ihre Schwester war so gut wie tot.

Göttin, bitte gewähre mir die Kraft, auf dich zu vertrauen.

Als die Tür geöffnet wurde, fiel das hellste Licht herein, das Cinzia je gesehen hatte. Es war weiß und rein und greller als das Licht der Mittagssonne. Eine Gestalt stand darin. Cinzia beschirmte die Augen mit der Hand.

»Bei Cantas Atem«, flüsterte Wyle.

Canta? Ist das möglich?

Bei der Gestalt im Licht handelte es sich eindeutig um eine Frau. Zwar konnte Cinzia ihr Gesicht nicht erkennen – dafür war das Licht viel zu hell –, aber sie spürte Akzeptanz. Liebe. *Jane?*

Zu ihrer Linken schrie jemand, und Cinzia drehte sich um. Noth hatte es irgendwie geschafft, seine Hände zu befreien, und er rang mit Jendry. Cymbre bewegte sich auf sie zu, aber in dem Licht war schwer zu erkennen, was genau da passierte.

Doch solange Cymbre abgelenkt war, konnte Cinzia Astrid vielleicht helfen. Sie eilte zu den Trümmern und rief den Namen des Mädchens. Astrid stöhnte, klang aber wacher als zuvor. Der Vampir war jedoch noch immer unter dem Geröll gefangen, das Cinzia nicht beseitigen konnte.

Es sei denn, sie bekam Hilfe.

Cinzia hatte schon einmal unnatürliche Schnelligkeit und Stärke verliehen bekommen. Möglicherweise war Canta ja bereit, ihr all das noch einmal zu gewähren, wenigstens für einen Augenblick.

»Halte durch, Astrid«, flüsterte Cinzia und packte ein großes Marmorstück. Dann stemmte sie die Füße in den Boden und versuchte, das Trümmerteil hochzuheben.

Es rührte sich nicht.

Cinzia ließ das große Stück schwer atmend los. *Bitte,* flehte sie, *gewähre mir Kraft …* Cinzia stutzte. Hatte sie schon wieder vergessen, was sie vor wenigen Momenten gelernt hatte? *Gewähre mir die Kraft, auf dich zu vertrauen,* sagte sie und versuchte es erneut. Sie drückte mit ganzer Kraft gegen das große Marmorstück, das sich jedoch noch immer nicht vom Fleck bewegte.

Da hörte sie etwas und beugte sich vor. »Ich kann dich nicht verstehen, Astrid.«

»Ich fragte, ob du tatsächlich ganz allein versuchst, das riesige Ding hochzuheben, du Idiotin.«

Cinzia spürte, wie ihr das Blut in die Wangen schoss,

aber bevor sie etwas sagen konnte, bemerkte sie, dass das Licht um sie herum verblasste. Als sie sich umdrehte, sah sie gerade noch, wie Noth eine Faust gegen Cymbres Kehle rammte. Die Frau ging zu Boden und landete direkt neben Jendry.

In Cinzia stieg unbändiger Stolz auf. Noth gäbe eine gute Göttinnenwache ab. Sie nahm sich vor, mit ihm darüber zu sprechen – falls es in Janes neuer Kirche Göttinnenwachen geben würde.

»Wenn sie tot sind, wird Kosarin sehr unzufrieden sein.« Wyle verzog das Gesicht. Das Licht war jetzt ganz verschwunden, und Jane stand vor ihm. »Ein Grund mehr, dich zu töten.«

War meine Schwester die Frau im Licht?, fragte sich Cinzia. Das Licht hatte sich so … seltsam angefühlt, als wäre es mit einer ganz anderen Präsenz verbunden gewesen.

Wyle zog einen Dolch aus seinem Gürtel. Noth lief auf ihn zu, aber als Wyle eine Hand hob, blieb er wie angewurzelt stehen.

»Denkt Ihr, ich hätte keine Sicherheitsmaßnahmen ergriffen, als ich in Eurem Kopf herumgefummelt habe?«

Noth fiel auf die Knie und konnte sich nicht mehr bewegen.

Wyle runzelte die Stirn. »Ihr kämpft dagegen an. Und Ihr seid stärker, als ich vermutet habe. Gut, dass ich mir im Laufe der letzten Wochen Dutzende von Sifts angeeignet habe, sonst könnte ich Euch jetzt vermutlich nicht mehr aufhalten.«

Er drehte sich wieder zu Jane um und hob die Hand mit dem Dolch.

Janes Blick wanderte vom Dolch zu Cinzia. In ihren

Augen war glitzerndes, weißes Licht zu erahnen. Jane nickte, und Cinzia merkte, dass sie ebenfalls nickte.

Auf einmal drang erneut Licht aus Janes Körper und verbannte sämtliche Schatten aus dem Raum.

Wyle kniff die Augen zusammen und schirmte sie mit einem Arm ab, während er den Dolch mit der anderen Hand umklammerte. »Euer alberner Lichttrick wird miiiiiiiii…«

Seine Worte wurden immer langsamer, und die Welt schien sich um Cinzia auszudehnen. Ihr Geist fühlte sich an, als wäre er ihrem Körper weit voraus wie in dem Moment, in dem sie Jane vor dem Angriff beschützt hatte.

Cinzia lief auf Wyle zu, der ebenfalls wie erstarrt dastand. Jane bewegte sich auch nicht, aber Cinzia konnte ihre Schwester einfach nicht ansehen, da das Licht sie zu sehr blendete.

Dieses Licht war das Einzige, das sich abgesehen von Cinzia bewegte – es breitete sich langsam von ihrer Schwester in alle Richtungen aus.

Dann rammte Cinzia Wyle und ging zusammen mit ihm zu Boden. Er reagierte nicht, sondern starrte ins Leere.

Cinzia riss ihm die Waffe aus der Hand und schleuderte sie durch den Raum. Als sie den Dolch losließ, schwebte er reglos in der Luft. Cinzia hockte sich auf Wyle. In diesem Moment geriet die Welt wieder in Bewegung, und Chaos brach um sie herum aus.

So schnell, wie das Licht aus Jane gedrungen war, verschwand es wieder. Wyle stieß einen gequälten Schrei aus. Cinzia musste mehrmals blinzeln, bis sich ihre Augen an die neuen Lichtverhältnisse gewöhnt hatten. Sie blickte auf Wyle hinab, dessen Schrei in abgehacktes

Stöhnen übergegangen war. Sein Anblick erschütterte sie zutiefst.

Das Weiß in seinen Augen war von roten Flecken durchsetzt. Seine Nase blutete, und er drückte beide Arme eng an den Leib.

Cinzia stand ganz langsam auf. Wyle stellte vorerst keine Gefahr mehr dar. Hatte sie ihm das angetan? Sie hatte ihn doch nur zu Boden geworfen. Dann sah sie sich um. Noth stand kopfschüttelnd da, schien jedoch unverletzt. Jane war auch nichts geschehen.

Erst jetzt hörte sie das heftige Schluchzen aus der Ecke des Raums, in der ihre Eltern und ihre Schwestern kauerten. Cinzia eilte zu ihnen. Wyle musste einen von ihnen verletzt haben.

Cinzia drehte sich der Magen um, als sie den Dolch im Hals ihres Vaters stecken sah. Es war der Dolch, den sie Wyle abgenommen und zur Seite geworfen hatte. Er steckte bis zum Griff in Ehrams Kehle.

Ihr stiegen Tränen in die Augen, die sie nicht aufhalten konnte. »Vater«, wisperte Cinzia und ging neben ihm auf die Knie. Von dieser Verletzung konnte er sich nicht wieder erholen.

Es sei denn …

»Jane«, sagte Cinzia, deren Stimme kaum lauter als ein Flüstern war. »Jane!«

Aber Jane war bereits an ihrer Seite und blickte mit leerem Blick auf ihren Vater herab.

»Heile ihn«, verlangte Cinzia.

Jane schüttelte den Kopf und weinte immer heftiger.

»Heile ihn!«

»Ich kann nicht, Cinzi«, flüsterte Jane. »Die vielen Heilungen der letzten Tage, all diese Macht, das Licht … Ich habe keine Kraft mehr. Ich … ich kann nicht …«

Cinzia schüttelte den Kopf. Wie konnte Jane erschöpft sein? War nicht Canta die Quelle ihrer Macht? Wie konnte diese Quelle versiegen?

»Lana, Wina, Soffrena.« Die Drillinge sahen Cinzia an. »Geht und sucht Elessa oder Ocrestia. Sie sollen so schnell wie möglich herkommen.«

Die drei standen auf und rannten hinaus. Immerhin zögerten sie nicht und taten alles, um ihrem Vater zu helfen.

Cinzia blickte erneut auf Ehram hinab und kämpfte gegen ihre Angst an. Sie legte ihm sanft eine Hand auf den Hals. »Ich kann versuchen, den Dolch herauszuziehen«, sagte sie über das Gurgeln ihres Vaters hinweg. »Ich kann versuchen …«

Da legte sich eine Hand auf ihre. Es war Janes.

Du kannst noch immer vertrauen.

Wie kann ich darauf vertrauen, dass es das ist, was du willst?

Du kannst immer noch vertrauen.

Der tiefe Frieden, den Cinzia zuvor schon empfunden hatte, senkte sich erneut auf sie herab. *Ich kann immer noch vertrauen. Wenn es das ist, was du willst, dann werde ich akzeptieren, dass es zum Wohle der Gemeinschaft geschieht.*

Ich werde es akzeptieren, weil ich dir vertraue.

Ganz langsam breitete sich ein warmes Leuchten um Cinzia und Ehram aus, zuerst langsam, dann wurde es intensiver. Cinzia spürte, wie es sie umgab, und wollte sich nie wieder aus dieser Umarmung lösen. Sie wusste nicht, wie lange es andauerte, aber als es verblasste, sah sie ihren Vater an. Trotz ihrer tränenverhangenen Augen erkannte sie, dass er sie anlächelte.

»Danke«, sagte er schwach.

Der Dolch steckte nicht länger in seinem Hals. Direkt über seinem Schlüsselbein war nur noch eine rosafarbene Narbe zu sehen.

Danke, dachte Cinzia. Dann brach sie zusammen.

KAPITEL 47

Kaiserpalast, Izet

Winter war in die Gemächer des Kaisers gerufen worden. Sie wusste, dass die Dinge in Bewegung gesetzt worden waren, dass sie Entscheidungen getroffen hatte, bei denen das Chaos sie unterstützte. Sie kannte die Risiken. Sie wusste, was auf dem Spiel stand. Aber sie hatte ihre Wahl getroffen.

Sie nickte den Schnittern zu, die die Tür zu den Gemächern bewachten. Man hatte ihr versichert, dass sich jemand um sie kümmern würde.

Während der Frost in ihren Adern tobte, klopfte Winter an die Tür des Kaisers.

Cova rang die Hände und ging auf dem Korridor auf und ab. Sie hielt sich im Regentenflügel auf, aber nicht nahe genug an den Gemächern ihres Vaters, um verdächtig zu erscheinen – jedenfalls hoffte sie das. Winter musste inzwischen eingetroffen sein und sich zusammen mit Urstadt im Vorraum aufhalten. Davals Ceno-Mönche waren dank eines Ablenkungsmanövers, das Cova zusammen mit Hama Mandiat, Girgans Mutter, auf die Beine gestellt hatte, abberufen worden. Zwar behauptete Winter, ihre Fähigkeiten wegen Daval nicht nutzen zu können, aber Cova wollte das Risiko nicht eingehen, einen der Mönche in der Nähe zu haben.

Die Haut in Covas Nacken prickelte. Es schien ihr nicht besonders weise, alle Hoffnungen auf Winter zu setzen, aber die Tiellanerin war nun einmal ihre einzige Option.

Vor ihrem inneren Auge blitzte das Bild von Luce auf, wie er an der Mauer der Ratskammer hing. Wenn Winter Zugriff auf ihre Fähigkeiten bekam, bezweifelte Cova, dass sie von irgendetwas aufgehalten werden konnte.

Sie holte tief Luft und schrie: »Wachen!«

Kali wartete ungeduldig in der Leere. Winter hatte sich seit ihrer Auseinandersetzung nicht mehr blicken lassen. Vorsichtshalber war Kali die ganze Zeit in der Nähe des dunklen Lichts geblieben, von dem sie längst wusste, dass es sich um Winter handelte.

Es würde einen Kampf geben, das konnte Kali deutlich spüren. Wenn Winter darin verwickelt war, dann würde sie die Acumantie benutzen. Sie würde der Versuchung nicht widerstehen können. Jedenfalls hoffte Kali darauf. Denn sie hatte Pläne. Pläne, die sie aus der Leere herausholen und zurück in die wirkliche Welt bringen konnten.

Das Mädchen ist hier.

Die Stimme des Fürsten der Angst ließ Daval noch immer erschaudern, dieses tiefe, dunkle, schreckliche Feuer, das mit seinem Brüllen alles verzehrte.

»Ist das ein Problem?«, fragte Daval. »Sie denkt doch langsam genauso wie wir.«

Deine Tochter hat die Schnitter abgezogen, wie wir vermutet haben. Und das Mädchen … Irgendetwas ist anders an ihr. Die beiden könnten sich verschworen haben.

»Wie meint Ihr das?«

Ich bin mir nicht sicher. Sei in der Nähe der beiden vorsichtig.

Daval war überrascht. Der Fürst der Angst hatte ihn zwar gewarnt, dass Cova einen Putschversuch wagen könnte, aber er selbst hatte das nicht von seiner Tochter erwartet. Und wenn sie sich jetzt auch noch mit Winter verbündet hatte … Was machte das schon? Die Tiellanerin war in seiner Nähe machtlos.

Aber Daval versuchte, sich seine Gefühle nicht anmerken zu lassen. »Selbstverständlich, Meister. Ich werde wie immer Eure Befehle befolgen.«

Das Mädchen ist wichtig. Lass sie am Leben, wenn du kannst.

Daval nickte, spürte jedoch einen Anflug von Eifersucht. War er seinem Meister denn nicht genug?

Nein, Daval. Das bist du nicht.

Winter betrat den Vorraum und war nicht überrascht, dass Urstadt sie dort erwartete.

»Wie ich sehe, machst du mal wieder einen deiner unangemeldeten Besuche«, sagte Urstadt.

Winter prüfte kurz Urstadts Verstand. Der Hauptmann machte sich Sorgen um Daval – was in Anbetracht von Covas Plan nicht weiter überraschend war –, aber zu

Winters Erstaunen dachte Urstadt auch über Ziravis Gedicht nach, was es bedeutete zu lieben und dass es das Schwerste überhaupt sein musste, jemanden zu zerstören, den man wirklich liebte. Urstadt dachte an die Menschen, die sie geliebt hatte – ihre Mutter und ihren Bruder zu Hause, an jemanden namens Erial und … und an eine weitere Person, bei der sich Urstadt nicht ganz sicher war, ob sie sie nun liebte oder nicht. Es war jemand, den sie liebte, wie eine Tochter ihren Vater liebte.

Daval.

»Ich muss ihn sehen«, sagte Winter.

Urstadt starrte Winter an. Doch sie kannte ihre Befehle und gestattete Winter schließlich, die Gemächer des Kaisers zu betreten.

Die Schnitter gingen nicht auf Covas Behauptung ein, dass ein Eindringling im Palast wäre.

»Der Kaiser sagte, dass Ihr so etwas tun würdet, Euer Hoheit«, sagte der Hauptmann. Nun bedauerte Cova, die Schnitter, die ihrem Vater dienten, nicht besser kennengelernt zu haben. Wenn sie sich mit ihnen angefreundet hätte, wäre wahrscheinlich einiges anders gelaufen.

»Unser Befehl lautet, Euch sofort zu Eurem Vater zu bringen«, fuhr der Hauptmann fort. Die Frau hatte kurzes graues Haar und war älter, als Cova erwartet hatte. Ihre Schultern waren jedoch breit, und sie wirkte kräftig. Der Hauptmann wandte sich an einen Schnitter. »Ich will noch einen weiteren Zug hier, nur für den Fall der Fälle. Wir treffen uns in den Gemächern des Kaisers.«

Dann nahm sie vorsichtig Covas Arm. »Bitte begleitet uns, Eure Hoheit. Wir würden es vorziehen, wenn Ihr keine Gegenwehr leistet.«

Cova ließ sich von der Frau mitziehen. Als sich die Verwirrung in ihrem Kopf legte, blieb dort nichts als Angst. Sie konnte nur hoffen, dass Winter noch nichts unternommen hatte. Es wäre für alle Beteiligten das Beste, wenn sie ihren Plan an einem anderen Tag ausführten.

Falls Cova noch einen erlebte.

Daval begrüßte Winter mit ausdrucksloser Miene. Sonst hatte er sich stets gefreut, sie zu sehen.

»Schön, dass du hier bist, Winter«, sagte er. »Ich habe eine Aufgabe für dich.«

Winter zögerte. Das war nicht Teil ihres Plans. »Ach ja?«

»Ja«, erwiderte Daval. »Diese Angelegenheit ist heikler als alles, was du bisher für mich tun musstest.«

Sie nickte, streckte jedoch bereits eine acumantische Tendra nach ihm aus – jedoch ganz langsam, denn je mehr Zeit sie sich damit ließ, desto geringer war die Chance, dass Daval es bemerkte.

»Was soll ich für Euch tun?«, fragte sie.

Dann stellte ihre Tendra den Kontakt her. Daval sprach über ihr nächstes Ziel, aber sie war viel zu abgelenkt, um ihm zuzuhören. Irgendwie musste sie einen Weg finden, ihn daran zu hindern, ihre Telesis weiterhin zu blockieren.

Sobald ihre Tendra versuchte, in Davals Geist einzudringen, flackerte es vor Winters Augen, und sie sah den schrecklichen, von dunklen Flammen umgebenen

Schädel vor sich. Ihre Tendra drang jedoch nicht in seinen Verstand ein. Ihr Herz schlug schneller, und sie versuchte erneut, Davals Gedanken zu lesen. Aber jedes Mal, wenn ihre Tendra ihn berührte, sah sie nur den grinsenden Schädel.

Die Tür hinter ihr wurde geöffnet, und sie griff mit den Tendrae sofort nach hinten, um herauszufinden, wer hereingekommen war. Schnitter. Zwei in den Gemächern und fast ein Dutzend im Vorraum. Und bei den beiden …

Winter drehte sich überrascht um. Cova stand zwischen den beiden Schnittern, starrte Winter mit weit aufgerissenen Augen an und schüttelte langsam den Kopf.

Da drehte sich Winter wieder zu Daval um. Ein kurzer Blick in die Köpfe der beiden Schnitter hatte ihr verraten, dass ihr Auftrag lautete, Cova hierherzubringen, sobald sie etwas Verdächtiges unternahm. Winter konzentrierte sich auf Cova. Sie wollte, dass Winter nichts unternahm, damit sie ihren Plan an einem anderen Tag durchführen konnten.

Winter schloss die Augen, und augenblicklich war das Chaos da. Die Kugel war schwarz. Sie würde weitermachen.

Als Winter die Leere betrat, war Kali bereit. Winter ignorierte sie, und das war Kali nur recht. Das, was sie vorhatte, würde dadurch wahrscheinlich leichter werden.

Winter sah sich um und streckte sofort ihre Tendrae aus. Sobald sie gefunden zu haben schien, was sie suchte, schossen drei Tendrae davon und tauchten in drei verschiedene Sterne in der Leere ein. Kali vermutete, dass sich einer davon genau in der Mitte des schwarzen Schleiers befand, der Izet einhüllte.

Seltsam. Aber sie würde später herausfinden müssen, was Winter mit dieser Kraft zu tun hatte. Vorerst wartete Kali. Sie durfte nicht zu früh handeln, damit Winter nicht spürte, was passierte. Aber wenn sie zu lange wartete …

Das war ihre Chance. Winter war abgelenkt, konzentriert – wahrscheinlich versuchte sie aus irgendeinem Grund, diese Leute zu beeinflussen. Kali bewegte sich auf eine von Winters Tendrae zu, die nicht mit dem Stern in der Mitte des Schleiers verbunden war – damit wollte sich Kali erst beschäftigen, wenn sie wusste, was sie tat –, ließ eine ihrer Tendrae hineinsinken und sprang mit der Gestalt, die sie in der Leere hatte, in den Strom.

Vor ihren Augen zuckte und waberte es, und auf einmal spürte Kali, wie sie durch einen sehr langen, dunklen, gewundenen Tunnel gezogen wurde. Sie schickte ihre Tendrae voraus, die mit Winters verbunden waren. Auch wenn sie sehen konnte, was Winter machte, fehlte Kali die Zeit, um Einzelheiten zu erkennen.

Eine Auslöschung sollte eigentlich ein einfacher Vorgang sein, vor allem mit Kalis Erfahrung. Sie schlang ihre Tendrae vorsichtig um den Geist, in den sie eintrat, und löste ihn von seinem Körper. Dann trennte sie auch die letzte Verbindung und hoffte, dass Winter nicht merkte, was geschah, wenn sie den Geist intakt hielt. Kali entfernte die Sift und flog durch den Tunnel ihrem Ziel entgegen.

Als sie die Augen aufschlug, befand sie sich in einem Zimmer. Einem richtigen Zimmer. Es war ein riesiger Raum. Die Waffenkammer eines Adligen, wie es schien. Sie war von Waffen und Rüstungen umgeben, die teilweise mit kostbaren Edelsteinen besetzt waren.

»Torun?«, fragte eine Frauenstimme.

Kali drehte sich um und stand einer Frau in einer grünen Robe gegenüber, die sie irritiert anstarrte. Kali erinnerte sich an diese grünen Roben und an die Ceno-Mönche, die sie bei ihrem letzten Besuch in Izet gesehen hatte. Sie mochte diese Leute nicht. Sofort ließ sie eine Hand vorschnellen, nahm einen Dolch von der Wand und rammte ihn der Frau in die Kehle, sodass sie röchelnd auf dem Boden zusammensackte, während sich unter ihr eine Blutlache bildete.

Sie stieg über die sterbende Ceno-Frau hinweg und spähte aus der Tür. Das Verlassen der Leere war eine Sache, aber sich aus der Situation befreien, in der sie sich jetzt befand, stellte ein ganz anderes Problem dar. Winter hielt sich im Nebenraum auf, ebenso wie zwei Schnitter und zwei Frauen, die Kali noch nie gesehen hatte. Der Mann in der Mitte der Gruppe hatte einen goldenen Reif auf dem Kopf.

Bei der verdammten Unterwelt, Kali hatte die Leere verlassen und war in den Gemächern des Kaisers gelandet.

Als die Schnitter Davals Tochter in den Raum führten, spürte er etwas, das er seit langer Zeit nicht mehr empfunden hatte. Ihm war, als würde eine frühere Zeit heraufbeschworen, in der sie fröhlich lachend auf seinen Knien herumgehüpft war. Doch diese Zeiten waren unwiederbringlich vorbei.

»Warum hast du ihnen aufgetragen, mich zu dir zu bringen, Vater? Bitte erkläre mir das.«

»Wir haben dich die ganze Zeit im Auge behalten,

meine Liebe. Nach dem tragischen Tod deines Gatten wollten wir schließlich nicht, dass dir etwas zustößt.«

Kümmere dich rasch darum.

Daval holte tief Luft. Er liebte seine Tochter. Er liebte sie, und das bedeutete, dass er bereit sein musste, sie zu zerstören. Daher setzte er ein Lächeln auf, aber bevor er erneut etwas sagen konnte, kam ihm Cova zuvor.

»Du hast ihn umbringen lassen, nicht wahr?«

Sein Lächeln verblasste. So weit war es also gekommen. Sie ließ ihm keine andere Wahl.

»Er hatte vor, mich zu stürzen. Du musst doch begreifen, dass mir keine Wahl blieb.«

»Ich hatte ihn unter Kontrolle, Vater. Ich hätte nicht zugelassen, dass er etwas tut, um das Reich in Gefahr zu bringen.«

»Er stand dir im Weg.«

»Du meinst wohl, er stand *dir* im Weg.«

Daval presste die Lippen fest aufeinander. Wie kam es nur, dass Covas Fähigkeit, seine Geduld zu strapazieren, zu den Eigenschaften gehörte, die er an ihr am meisten liebte? »Dir oder mir, das ist doch unwichtig. Er war ein Hindernis.«

»Er war mein Ehemann!«

Daval schüttelte den Kopf. Seine Tochter hatte schneller Gefühle für Girgan Mandiat entwickelt, als er erwartet hatte. Die beiden hatten einfach zu gut zueinandergepasst. Und jetzt musste er diesen Schlamassel wieder in Ordnung bringen. »Ich habe das nur zum Wohle Rodens getan«, erwiderte er. Wenn sie das nicht begriff, dann würde er eben etwas unternehmen müssen.

»Das glaubst du«, sagte Cova, die ihn mit geröteten Augen anstarrte. »Aber er hat das ebenfalls gedacht. Was gibt dir das Recht, zu denken, du wärst wichtiger als er?«

»Ich bin der Kaiser. Ich bin wichtiger als jeder andere.«

Das Mädchen, donnerte die Stimme des Fürsten der Angst durch Davals Kopf. *Halte sie auf.*

Davals Blick wanderte zu Winter, die unbeteiligt ins Nichts starrte.

Dann spürte er es. Er blockierte sie nicht länger.

Raya? Torun?, fragte Daval und wandte sich an die beiden Ceno-Mönche in seiner Waffenkammer, die für Winters Blockierung im Notfall zuständig waren. *Sind die Telesis-Blockierungen noch aktiv?*

Er bekam keine Antwort.

Als Daval Winter erneut ansah, lief es ihm eiskalt den Rücken herunter.

Die Tiellanerin lächelte.

Winter lächelte.

Sie ließ die telenischen Tendrae vorschnellen. Dieses Gefühl war zugleich befreiend und belebend. Dieses Mal wurde ihr nicht von jemand anderem *erlaubt,* ihre Fähigkeiten einzusetzen. Dieses Mal tat sie es, weil sie es *wollte*. Das war es, was sie mit Faltira vollbringen konnte. Das Hochgefühl war eine Sache, das kochende Blut und die eiskalte Haut, aber was hatte das im Angesicht wahrer Macht schon zu bedeuten?

»Urstadt!«, schrie Daval mit weit aufgerissenen Augen. »Haltet sie auf!«

Urstadt lief auf Winter zu, aber die Tiellanerin schickte drei Tendrae zu der Frau, packte ihre Rüstung und hielt das Kurzschwert fest, das diese gerade ziehen wollte. Urstadt starrte Winter verärgert an. Und doch stimmte irgendetwas nicht. Es gelang Urstadt, sich weiter auf sie zuzubewegen und sich gegen Winters Tendrae aufzulehnen. Die Frau hatte ihr Schwert schon fast gezogen.

Winter spürte eine Bewegung hinter sich und griff nach Urstadts Gleve, die an der Wand lehnte. Mit einer Tendra stieß sie die Gleve nach hinten und spießte eine der Wachen auf. Der Schnitter stürzte mit lautem Gepolter zu Boden. Mit zwei weiteren Tendrae griff Winter nach dem Schild und dem Schwert der Frau.

Urstadt war ihr schon deutlich näher gekommen. Winter drückte den Hauptmann mit weiteren Tendrae heftig gegen die Wand und hielt sie dort fest. Die Tür wurde aufgerissen, und weitere Schnitter stürmten herein. Winter machte ihre Waffen bereit und erwartete sie.

Cova hatte mit angesehen, wie die Tiellanerin Hirman Luce getötet hatte, wie das Leben aus ihm herausgesickert war. So etwas wollte sie nie wieder sehen müssen. Damals war ihr jedoch noch nicht bewusst gewesen, dass Luces Blut nicht nur an Winters Händen klebte, sondern auch an denen ihres Vaters, der vermutlich sogar die Hauptschuld daran trug.

Das machte das, was sie jetzt sah, jedoch nicht einfacher. Inmitten des ganzen Aufruhrs stand Daval seelenruhig da und starrte Winter gebannt an, während sie sich gegen die Schnitter verteidigte, die in den Raum stürmten.

Nein, das war der Mann, der behauptete, ihr Vater zu sein. So wie Cova die Sache sah, war ihr Vater schon vor einiger Zeit gestorben. Dieser Mann war ein Mörder. Er musste ausgeschaltet werden.

So unauffällig wie möglich schlich Cova zur Seite und versuchte dabei, sich außerhalb des Blickfelds ihres Vaters zu bewegen. Die Wachen hatten sich nicht die Mühe gemacht, sie nach Waffen zu durchsuchen. Aber sie hatte wie immer ein kleines Messer dabei, das in einer verborgenen Tasche ihres Kleides steckte. Cova zückte das Messer und wappnete sich. Dieser Mann hatte schließlich ihren Gatten ermorden lassen. Dieser Mann war wahrscheinlich auch für den Tod des vorherigen Kaisers und des vorherigen Tokal-Cenos verantwortlich, ebenfalls »zum Wohle Rodens«. Es war Cova völlig egal, was er als das Wohl Rodens ansah, sie wusste nur, dass er nicht länger fähig war, über dieses Reich zu herrschen.

Sie schlich an der Wand entlang, bis sie direkt hinter ihm stand. Einen kurzen Augenblick schämte sie sich dafür, dass sie ihn auf derart feige Weise attackierte, aber rasch machten sich Entschlossenheit und unbändige Wut in ihr breit. Dieser Mann hatte den Tod verdient. Sie rammte ihm den Dolch mit ganzer Kraft in den Rücken.

Er taumelte, blieb jedoch stehen.

Cova blinzelte verblüfft. Schmerz zuckte durch ihre Hände. Es hatte sich angefühlt, als würde sie den Dolch in eine Stahlplatte stoßen. Sie sah, dass die Klinge nur zwei Fingerbreit ins Fleisch ihres Vaters eingedrungen war. Er hatte den Stich kaum gespürt. Daval drehte sich ganz langsam um und sah Cova in die Augen.

»Was bist du?«, fragte sie und wich vor ihm zurück.

Er bewegte die Lippen, aber die Stimme, die sie hörte, war nicht die seine. Sie klang tief und polternd wie ein heranannahendes Inferno.

Ich bin die Angst.

Dann hob Covas Vater die Hände, und Schwärze hüllte sie ein.

In dem Augenblick, in dem Winter den Donner hörte, in dem Moment, in dem der dunkle Nebel den Raum einhüllte, fand sie sich unter der Kuppel wieder. Ein Monster, größer als alles, was sie sich auch nur vorstellen konnte, ragte vor ihr auf und versuchte, sie mit seinem gewaltigen Maul zu verschlingen.

Doch auf einmal waren die Monster verschwunden, und Winter befand sich allein in der Finsternis. Dies war aber nicht die Leere.

Es war ein Ort des Grauens.

Ganz langsam hob sich die Dunkelheit, und Winter stand wieder im Thronsaal. Sie sah den Thron, die vergoldeten Stufen, auf denen Lian getötet worden war. Da waren die großen Säulen, die ihre Psimantie nicht zerbrochen hatte. Vor dem Thron nahm ein Umriss Form an. Eine große dunkle, in Schwarz gehüllte Gestalt erschien. Die Kapuze warf einen tiefen Schatten auf die Stelle, an der sich das Gesicht des Mannes befinden sollte. Die Robe verschmolz mit dem sich windenden, zuckenden schwarzen Nebel.

Ein Bild blitzte vor Winters innerem Auge auf: der schwarze Schädel, der in noch dunklere Flammen gehüllt war.

»Du hast mich überrascht. Ich hätte Daval davon abraten müssen, den Gatten seiner Tochter schon so früh zu töten. Mein Fehler hat das alles heraufbeschworen.«

Die Stimme dröhnte tief und polternd durch ihren

Kopf und knisterte wie Feuer. Winter konnte nicht reden. Sie war vor Furcht wie erstarrt.

»In meinem Stolz habe ich mir eingebildet, unsere Pläne würden Früchte tragen, bevor sich die Auswirkungen von Girgans Tod bemerkbar machen, aber ich habe mich geirrt.«

Winter sah sich um. Die große Gestalt bewegte sich nicht. Der schwarze Nebel war nirgendwo zu sehen; sie konnte nur die dunklen Schwaden erkennen, die vom Umhang des Mannes aufstiegen.

»Du suchst nach deiner Mutter«, sagte die Stimme. *»Du hast Angst, sie wiederzusehen.«*

»Ich sehe sie immer, wenn du mich hierherbringst«, flüsterte Winter, die endlich ihre Stimme wiedergefunden hatte.

»Du wirst sie dieses Mal nicht sehen, Kind. Ich habe dir schon viele deiner Ängste gezeigt. Es ist nicht notwendig, sie dir noch einmal zu zeigen. Noch nicht.«

Winter wollte die Gestalt fragen, was sie war, aber sie wagte es nicht.

»Es tut mir leid, dass ich dir deine Lieben nehmen musste. Ihr Tod war erforderlich, damit ich dich hierherbringen konnte. Du bist eine wichtige Komponente des bevorstehenden Krieges. Du wirst große und furchtbare Dinge tun, Winter. Ich habe Daval eine Version der Zukunft gezeigt. Erlaube mir, sie dir ebenfalls zu zeigen.«

Winters Geist öffnete sich.

Noth, Astrid, Cinzia und Jane standen einer gewaltigen Bestie gegenüber, einem Dämon, der auf sie zukam. Dann veränderte sich der Blickwinkel und der Dämon wurde zu einer langgestreckten, gefiederten Gestalt, die sich in die Lüfte erhob. Sie sah, wie Noth den Mund aufriss. *Er ist tot*, dachte Winter. *Diese Vision ist ein Trick.*

Die Farben ihrer Freunde wirbelten durcheinander, setzten sich wieder zusammen und zeigten jetzt ein Bild von Krieg und Zerstörung. Zwei Armeen prallten aufeinander, und in der Mitte des Schlachtfelds ragten mehrere große Steine aus der Erde empor. Es waren nicht irgendwelche Steine, erkannte Winter, sondern *Rihnemin*, die uralten stehenden Steine ihres Volkes. Als eine Armee kurz davor schien, sich den Sieg zu sichern, erschienen plötzlich Hunderte winziger Runen auf einem der Rihnemin, die zuvor nicht zu sehen gewesen waren, und leuchteten in hellem Blau auf.

Wieder verschwammen und veränderten sich die Farben, und Winter sah einen großen Steinriesen auf die Knie fallen und ein Beet mit wunderschönen Blumen unter sich zerdrücken. Der Riese zerbrach und zerbröckelte, und jedes Steinfragment wurde zu einer kleinen Frauenfigur, die sich um eine Blume kümmerte. Einige erholten sich, andere verwelkten und vergingen.

Dann erschienen die ersten Strahlen der Morgensonne am Horizont. Hunderte von Dämonen rannten auf eine große Stadt zu, die größer war als jeder Ort, den sich Winter auch nur vorstellen konnte. Zwischen den Dämonen und der Stadt bildete sich eine Lichtsäule. Jeder Dämon, den diese Säule berührte, ging in Flammen auf. Sobald die Sonne aufgegangen war, verwandelte sich das Licht in Feuer und explodierte in einem gewaltigen Ring aus weißen Flammen.

Winter sah ein Schiff, das auf der Suche nach seinem letzten Hafen war. Sie sah ihren Vater, der den dicken Bauch ihrer Mutter tätschelte, und die beiden lächelten einander an. Sie sah Urstadt ohne Rüstung, die die Hände einer jungen Frau mit einer zerbrochenen Krone auf dem Kopf hielt. Urstadt beugte sich vor, aber bevor die

Frauen sich küssten, befand sich Winter schon in ihrem Haus in Pranna. Das Mondlicht fiel durchs Fenster herein, und ein Kind schlief friedlich in einer Krippe davor.

Wieder und wieder veränderte sich das Bild vor ihren Augen, und die Visionen nahmen kein Ende …

Daval schüttelte den Kopf und blickte mitleidig auf seine Tochter herab. Alle Anwesenden – Winter, Urstadt, die Schnitter, Cova – schwiegen und erlebten das wahre Entsetzen im Angesicht des Fürsten der Angst. Daval hatte das selbst viele Male erlebt, und inzwischen beeinträchtigte es ihn kaum noch.

Cova hatte die Augen vor Entsetzen weit aufgerissen. *Früher ist sie immer zu mir gekommen, wenn sie aus einem Albtraum aufgewacht ist,* dachte Daval. *Nach dem Tod ihrer Mutter.* Er kniete sich hin und zog den Kopf seiner Tochter auf seinen Schoß. Dann bewegte er die Schultern, und das Messer, das ihm Cova in den Rücken gestoßen hatte, fiel zu Boden.

»Es wird alles wieder gut, mein Liebling. Der Albtraum ist bald zu Ende.« Daval griff nach dem Messer.

»Herr.«

Er blickte überrascht auf. Wer außer ihm war noch bei Bewusstsein? Wer konnte dem Fürsten der Angst noch widerstehen?

Urstadt stand vor ihm und blickte auf ihn herab. Sie hielt ihre Gleve fest in der Hand.

»Urstadt«, sagte Daval, dessen Gedanken sich überschlugen. Er konnte einfach nicht verstehen, wieso sein Wachhauptmann in der Lage war, ihn anzusprechen. Aber eigentlich war das nicht weiter wichtig. Dies war die Gelegenheit, dafür zu sorgen, dass seiner Macht keine Gefahr mehr drohte.

»Kümmert Euch um Winter, Urstadt«, befahl er. »Sie wird leider in ihre Zelle im Kerker zurückkehren müssen und ständig bewacht werden.«

»Was ist mit Eurer Tochter, Herr?«

»Ich werde tun, was ich tun muss«, flüsterte Daval und hob das Messer.

»Herr?«

Daval knurrte verärgert auf und blickte zu Urstadt hoch. »Welchen Teil meines Befehls habt Ihr …«

Der Schlag kam schnell und unerwartet. Trotz seiner Stärke und seiner festen Haut tat es weh. Urstadt schlug ihn erneut, und er ging zu Boden und ließ das Messer fallen. Er spürte einen schmerzhaften Tritt in die Rippen. »Urstadt«, stieß er grunzend hervor. Als er sich gerade auf alle viere erhob, sah er den nächsten Tritt kommen. Daval fing den Fuß mit den Händen ab und verdrehte ihn. Urstadt stürzte zu Boden.

»Ihr denkt, Ihr liebt mich genug, um mich zerstören zu können?« Der Fürst der Angst hatte Daval Kraft verliehen. Keiner würde sich ihm in den Weg stellen. »Ich fühle mich geschmeichelt, Urstadt«, sagte Daval grinsend. »Und ich liebe Euch auch.«

Dann griff er an.

Cova rappelte sich gerade noch rechtzeitig auf, um mit anzusehen, wie sich ihr Vater mit einem animalischen Schrei auf Urstadt stürzte. Er prallte mit solcher Gewalt gegen sie, dass sich Risse in der Steinwand hinter ihnen abzeichneten und Urstadt vor Schmerzen aufschrie.

»Bei der Göttin«, flüsterte Cova. »Was bist du?«

Cova hatte Urstadt auf dem Übungsgelände kämpfen sehen und beobachtet, wie sie es mit den erfahrensten Kriegern des Reichs aufnahm und sie alle besiegte. Der Hauptmann hatte gegen ganze Gruppen gekämpft, manchmal gegen bis zu einem Dutzend Männer, und kaum einen Kratzer abbekommen. Daval musste in seiner Jugend auch ein passabler Kämpfer gewesen sein, aber jetzt war er alt. Trotzdem schien sich Daval immer schneller zu bewegen als Urstadt. Er wehrte ihre Angriffe mit der Gleve mit bloßen Händen ab und zwang sie in die Defensive.

Zwar hatte Cova gewusst, dass sich ihr Vater verändert hatte, das ganze Ausmaß der Veränderungen erkannte sie jedoch erst jetzt.

Innerhalb weniger Augenblicke hatte Daval Urstadt entwaffnet, die Gleve zur Seite geworfen und Urstadt in ihrer glänzenden rotgoldenen Rüstung über den Kopf gehoben. Er schleuderte sie brüllend gegen den Sims über dem Kamin. Urstadt fiel mit lautem Krach zu Boden und stand nicht mehr auf.

Daval drehte sich zu Cova um und starrte sie mit lodernden Augen an. »Ich habe für heute genug davon, verraten zu werden«, knurrte er und kam immer schneller auf sie zu. Plötzlich prallte etwas gegen ihn und stieß ihn fast von den Beinen. Daval schrie und blickte sich um, und dann wurde er erneut getroffen – ein riesiger Stein war aus der Wand herausgebrochen. Urstadts Schwert flog auf ihn zu und schabte mit einem Geräusch, wie es Metall auf Stein erzeugte, über seine Haut.

Cova blickte sich angstvoll um und bemerkte, dass Winter langsam aufstand und Daval dabei nicht aus den Augen ließ.

»Ich bin nicht mehr länger deine Gefangene«, sagte Winter ruhig.

Der Schreibtisch des Kaisers, ein riesiges, antikes Möbelstück aus massiver Eiche, flog durch den Raum, gegen Daval und zerschellte in tausend Stücke. Daval taumelte und ging in die Knie. Zwei weitere Steinblöcke sausten durch die Luft und prallten von beiden Seiten gegen Davals Schädel. Er schwankte und fiel zu Boden. Wieder und wieder donnerten die Steine auf seinen Kopf, bis sie zu Staub zerfallen waren.

Daval lag ganz still da und rührte sich nicht mehr.

»Eine Sache noch«, sagte Winter. Urstadts Gleve flog durch die Luft und landete in ihrer Hand. Sie trat vor den Kaiser. »Ich liebe dich nicht, du Mistkerl«, erklärte sie und hob die Waffe hoch in die Luft, »und ich werde dich niemals lieben.«

Sie ließ die Gleve mit lautem Schrei herabfahren und legte so viel Kraft in den Schlag, dass sie damit Davals gehärtete Haut durchdrang.

Als sich Urstadt mühsam aufrappelte, war Winter augenblicklich wachsam. Aber die in Rotgold gekleidete Kriegerin hob die Arme. »Wir haben keinen Grund, gegeneinander zu kämpfen«, stieß Urstadt heiser hervor. Winter bemerkte, dass die Frau feuchte Augen hatte. Rings um sie herum standen die Schnitter langsam wieder auf.

»Wir müssen uns möglicherweise den Weg freikämpfen«, murmelte Urstadt und zog ihre Gleve aus Davals Leiche. »Sei darauf vorbereitet, Kleine.«

Winter griff in den Beutel an ihrer Seite. Die Wirkung

des Frosts, den sie vor Betreten der kaiserlichen Gemächer genommen hatte, ließ langsam nach. Sie würde noch mehr schlucken müssen, wenn sie gegen die Schnitter kämpfen wollte.

Die Soldaten sahen Davals Leiche auf dem Boden liegen und musterten Urstadt und Winter. »Der Kaiser ist tot«, sagte einer von ihnen leise.

»Der Kaiser ist tot!«, rief ein anderer.

»Rache!«

Die Schnitter stürmten auf die beiden Frauen zu.

»Halt!« Cova Amok trat neben die Leiche ihres Vaters. Sie hielt den Reif des Kaisers in den Händen, hob ihn hoch und setzte ihn sich auf. »Halt«, wiederholte sie. »Eure Kaiserin befiehlt es.«

Winter beobachtete die Schnitter. Einige sahen verwirrt, andere wütend aus. Doch dann kniete sich der Erste hin. Es dauerte nicht lange, bis es ihm alle nachtaten.

Sie warf Urstadt grinsend einen Seitenblick zu. »Anscheinend müssen wir uns den Weg doch nicht freikämpfen.«

KAPITEL 48

Harmoth-Anwesen

Auf dem Harmoth-Friedhof waren siebenundzwanzig frische Gräber ausgehoben worden. In jedem dieser Gräber lag jemand, der beim Angriff der Kamiten das Leben verloren hatte.

Der Himmel war wolkenverhangen, und es nieselte. Jane, Cinzia, Elessa und Ocrestia standen nach der Beerdigung an einem Ende des Friedhofs beisammen, während andere den Toten noch die letzte Ehre erwiesen. Obwohl sie beim Angriff und durch diejenigen, die mit der Hexe geflohen waren, viele verloren hatten, erstreckte sich die Schlange der Odeniten einmal um das Haus und führte am nördlichen Rand des Anwesens entlang. Hunderte waren gekommen, um Blumen auf die Gräber zu legen und zu beten. Menschen und Tiellaner trauerten gleichermaßen um Freunde und Angehörige.

Aber Cinzia empfand auch eine tiefe Dankbarkeit. Es wären dreimal so viele Gräber gewesen, wenn Jane, Elessa und Ocrestia nicht so viele geheilt hätten. Auch im Familienmausoleum wäre jemand beerdigt worden, wenn Cinzia Ehram nicht hätte heilen können. Auch wenn die siebenundzwanzig Toten eine Tragödie waren, dankte Cinzia Canta dafür, dass sie nicht mehr Opfer zu beklagen hatten.

Sie wandte sich an Jane, da ihr schon seit dem Angriff

der Kamiten etwas auf der Seele lag. »Wir haben noch immer nicht herausgefunden, ob der Einfluss eines Dämons für all das verantwortlich ist.«

»Nein, das haben wir nicht«, stimmte Jane ihr zu.

Ocrestia schniefte. »Ich bin noch immer nicht überzeugt davon, dass ein Dämon der Grund dafür war. Man kann auch Böses tun, ohne von einem Dämon dazu getrieben zu werden.«

»Da hast du recht«, erwiderte Jane, »aber das ändert nichts an der Tatsache, dass sich die Neun Dämonen erheben. Irgendwann werden wir einem von ihnen gegenübertreten müssen, und darauf sollten wir uns vorbereiten.«

»Wenn ein Dämon hier von jemandem Besitz ergriffen hat, dann wohl von der Hexe«, warf Elessa ein. »Hat das von euch denn noch nie jemand in Betracht gezogen?«

Cinzia dachte kurz darüber nach. »Es ist schon merkwürdig, dass eine ehemalige Hohepriesterin so viel über die Neun Dämonen weiß.«

»Wie viele Anhänger hat sie mitgenommen?«, fragte Elessa Jane.

»Über zweihundert, wenn Arvens Zählung korrekt ist«, antwortete diese.

»Und es waren nur Menschen«, fügte Ocrestia hinzu. »Die Hexe hat Hass gepredigt, und ich trauere um niemanden, der sich ihr angeschlossen hat.«

»Dann versuchen wir nicht, diese Leute zurückzuholen?«, fragte Elessa.

Jane atmete tief ein. »Ich weiß es nicht. Unser oberstes Ziel ist die Reise nach Triah. Dort werden sich noch viele weitere unserer Sache anschließen.«

Cinzia konnte nur darauf hoffen, dass sich unterwegs die Gelegenheit ergab, die Hexe zur Rede zu stellen. Das, was diese Frau predigte, hatte auf der Sphaera keinen Platz, denn die Welt war ohnehin schon voller Furcht und Angst.

»Dann müssen wir uns also um die Neun Dämonen kümmern, uns mit einer hasserfüllten Frau abgeben, die unsere Anhänger manipuliert hat, und Hunderte von Odeniten durch das Land in die Hauptstadt von Khale führen und somit vor die Haustür einer rivalisierenden Religion, die schon dreimal versucht hat, dich zu ermorden. Sehe ich das richtig?«, fragte Ocrestia.

Jane nickte, ihr Blick war in die Ferne gerichtet. »Und wir müssen sechs weitere Elevinnen berufen. Ebenso wie die restliche Geistlichkeit der Kirche von Canta.« Sie sah Cinzia in die Augen. »Und wir müssen den Kodex von Elwene übersetzen. Und …«

Cinzia fing an zu lachen. Die drei Frauen sahen sie erst entgeistert an, stimmten dann jedoch ein und lachten so schallend, dass sie sich irgendwann die Seiten hielten und keine Luft mehr bekamen.

»Ich muss zugeben, dass ich mir nicht ganz sicher bin, warum wir lachen«, sagte Ocrestia, nachdem sie sich ein wenig beruhigt hatte, und wischte sich die Tränen von den Wangen. »Mir ist völlig schleierhaft, wie man das alles in einer Lebensspanne und erst recht in naher Zukunft bewältigen soll.«

»Das können wir nicht«, erwiderte Jane lächelnd. »Jedenfalls nicht allein. Aber mit Cantas Hilfe …«

»Wenn wir lernen, auf sie zu vertrauen«, fügte Cinzia hinzu.

»Dann haben wir vielleicht eine Chance«, beendete Jane ihren Satz.

»Wie wäre es mit einer Tasse Tee, bevor wir uns daranmachen, die Sphaera zu retten?«, schlug Cinzia vor.

»Das ist eine hervorragende Idee.«

»Großartig,«

»Wenn ihr alle einen Tee trinkt, dann nehme ich auch einen.«

Die vier Frauen lächelten einander an und gingen zum Haus zurück.

EPILOG

Kaiserpalast, Izet

Cova sah zu, wie der Ceno-Orden die Leiche ihres Vaters präparierte, und empfand dabei rein gar nichts. Sie stand in der Tür der cantischen Kapelle im Kaiserpalast und beobachtete die Männer und Frauen in ihren grünen Roben, die sich leise um ihren ehemaligen Kaiser scharten, ihn wuschen und ankleideten. Der Ceno-Orden hatte darum gebeten, die Waschung in den Gemächern des Kaisers vornehmen zu dürfen, aber Cova hatte es ihm verwehrt. Sie würde auf keinen Fall zulassen, dass die Leiche ihres Vaters diesen Ort noch weiter beschmutzte, als es ohnehin schon geschehen war. Der Orden war nicht glücklich darüber gewesen, den heiligen Ort einer rivalisierenden Religion betreten zu müssen. Die Denomination war deswegen auch sehr aufgebracht. Aber das alles interessierte Cova nicht. Sie war jetzt Kaiserin, und beide Gruppen hatten ihr zu gehorchen. Außerdem hatte sie auch ohne die beiden religiösen Gruppen, die um die Vorherrschaft rangen, genug Probleme.

Zu ihrem Glück gehörte ihr Vater nicht länger dazu. Sie starrte seinen blassen Leichnam ohne jegliche Gefühlsregung an. Es war ihr weitaus schwerer gefallen, dabei zuzusehen, wie die Denomination die Leiche ihres Gatten gereinigt hatte. Doch all das schien jetzt keine

Bedeutung mehr zu haben. Sie hielt die überarbeitete Version des Plans, mit dem Daval sie beauftragt hatte, in der Hand, in der sie den Krieg gegen Khale und den Wiederaufbau des Palasts skizziert hatte. Während sie die Leiche ihres Vaters betrachtete, dachte Cova daran, was er vorgehabt hatte, und am liebsten hätte sie den Teil des Plans, der sich um den Krieg drehte, zerrissen und verbrannt. Doch sie wusste, dass sie das nicht tun konnte. Jetzt stand viel zu viel auf dem Spiel. Entscheidend war vor allem der Wiederaufbau von Roden. Und die Reformierung ihres Regierungsrats. Andia Luce war eine gute Kandidatin dafür. Cova hatte die junge Frau schon immer gemocht, und es wäre gut für das Reich, wenn sich die Beziehungen zwischen den beiden Häusern wieder verbesserten.

Noch viel wichtiger war jedoch, dass sie die Wahrheit über den Ceno-Orden und die Verschmähten Götter herausfand. Ihr Vater hatte versucht, das alles zu verschleiern, so viel stand inzwischen fest. Aber sie würde die Wahrheit ans Licht bringen.

All das war für Cova von großer Bedeutung. Als sie nun jedoch da stand und die Leiche ihres Vaters betrachtete, beherrschte eine Erinnerung ihren Verstand. In dieser Erinnerung gab es nichts als Dunkelheit, unvorstellbare Angst und eine Vorbotin der Dinge, die da kommen würden.

Kaiserliche Docks, Izet

Urstadt marschierte über den Pier und schaute sich neugierig um. Sie hatte das Wasser schon immer mit Skepsis betrachtet und hielt sich lieber an Land auf.

»Seid Ihr schon einmal in Khale gewesen?«

Urstadt schüttelte den Kopf. Winter ging neben ihr her und nahm die Schiffe gründlich in Augenschein.

»Ich würde Euch gern sagen, dass es Euch dort gefallen wird, aber das kann ich nicht, da ich mir nicht sicher bin, dass es in Khale auch nur ansatzweise besser ist als in Roden.«

Sie gingen weiter, und die Brise, die vom Golf von Nahl herüberwehte, fühlte sich auf Urstadts Wangen eisig an.

»Wollt Ihr mich wirklich begleiten? Cova kann Euch hier bestimmt gut gebrauchen. Sie hat momentan viel um die Ohren.«

»Cova kann auf sich aufpassen.«

»Ja«, stimmte Winter ihr zu und näherte sich einem der Schiffe. »Da habt Ihr recht.«

»Würde es Euch etwas ausmachen, wenn ich Euch begleite, meine *garice?*«

Sie drehten sich zu Galce um. Der Schneider stand in Wolle und Felle gekleidet auf dem Dock und trug einen großen Rucksack.

»Natürlich nicht«, antwortete Winter lachend. »Ihr seid mir jederzeit herzlich willkommen.«

»Wohin in Khale reisen wir genau?«, fragte Urstadt.

»Zuerst war ich mir nicht sicher«, gestand Winter. »Aber ich glaube, jetzt weiß ich es. Ich muss an den Ort zurück, an dem alles begonnen hat. In das Dorf Pranna.« Sie tätschelte den hölzernen Rumpf eines Schiffes. »Das hier sollte genügen.«

Urstadt stöhnte auf. Sie hatten Glück, dass ihnen Kaiserin Cova die Wahl ihres Transportmittels überließ. So ungern Urstadt auch zur See fuhr, so gefiel ihr die Vorstellung noch viel weniger, direkt auf das Bluttor von Navone zuzumarschieren.

»Sehr schön«, sagte sie, auch wenn es sie eigentlich gar nicht interessierte, wohin sie reisten. Sie hatte gute Gründe dafür, dass sie Winter begleitete. Urstadt lernte, das Mädchen auf ihre eigene Weise zu lieben. Sie musste sie lieben. So, wie sie gelernt hatte, Daval zu lieben. Denn die Tiellanerin war mächtig – zu mächtig in Urstadts Augen. Eines Tages übertrat Winter vielleicht ihre Grenzen, wie Daval es getan hatte. Und an diesem Tag würde Urstadt bereit sein, um das zu zerstören, was sie liebte. Sie würde bereit für das wilde Unheil sein und es aufhalten, wenn es sein musste.

Am Stadtrand von Izet

Kali hatte Izet schon fast verlassen, als sie plötzlich stehen blieb und sich am Straßenrand übergab.

Sie wischte sich die Stirn mit einem Ärmel ihrer dunkelgrünen Robe ab. Es war nicht sehr warm – der Frühling schien in Roden noch nicht Einzug gehalten zu haben –, aber ihr stand der kalte Schweiß im Gesicht. Das konnten aber auch die Nebenwirkungen eines Lebens als Mann sein; da war sich Kali nicht sicher. Sie hatte beim Verlassen des Palasts einen Blick auf ihren neuen Körper geworfen und war nicht erfreut. Sie war hässlich. Korpulent. Und noch dazu ein Mann!

Aber sie gedachte, diesen Zustand bald zu ändern, sobald sie sich eine bessere Lacuna für ihre Sift erschaffen hatte. Vorerst musste sie allerdings so über die Runden kommen.

Kali stolperte und geriet ins Wanken. Dieser Körper war noch dazu unbeholfen und schien nicht zu wissen, wie man einen Fuß vor den anderen setzte. Trotz des Schweißes, der Tollpatschigkeit und der heftigen Übelkeit war Kali glücklich. Sie hatte die Leere endlich verlassen. Erst jetzt, da sie wieder ihre Freiheit genoss, begriff sie, dass sie diesen Ort die ganze Zeit als ein Gefängnis angesehen hatte. Sie war sich nicht sicher, ob sie jemals freiwillig dorthin zurückkehren wollte, und das sollte aus dem Mund einer Acumantin schon einiges heißen.

Als sie erneut stolperte, fiel sie auf die Knie. Sie stöhnte frustriert auf, als einige Passanten an ihr vorbeigingen und sie neugierig anstarrten, aber keiner sagte etwas oder blieb gar stehen, um ihr zu helfen. Das war ihr nur recht. Kali konnte es nicht leiden, auf Hilfe angewiesen zu sein.

Ihr drehte sich wieder der Magen um, und sie würgte, auch wenn nichts mehr herauskam. Ihr Innerstes zog sich schmerzhaft zusammen. Sie versuchte, wieder aufzustehen, schaffte es jedoch nicht. Ihre Kraft ließ erschreckend schnell nach. Sie sackte auf der Erde in sich zusammen und drückte eine Wange in den Straßenstaub.

Dann spürte Kali, wie sie – ihr wahres Ich, ihre Sift – nach hinten gezerrt wurde. Es ging immer weiter nach hinten, bis sie ein weiteres Mal durch den gewundenen Tunnel in die Leere, den schwarzen Himmel voller Sterne, stürzte.

Nein.

Geistesabwesend griff Kali nach dem Papier, das in ihrer Brusttasche gesteckt hätte, wenn sie denn noch einen Körper besäße, wenn sie die Nachricht nicht in Navone verloren hätte, wenn so viele andere Dinge nicht geschehen wären. Als sie die Nachricht nicht fand, überkam sie eine unglaubliche Traurigkeit, obwohl sie damit gerechnet hatte. Aber Kali verdrängte dieses Gefühl. Traurigkeit passte nicht zu ihr. Das hier – ihre Beziehung zu Winter, ihr Versuch, einen Körper in der wirklichen Welt zu besetzen – ließ sich eher als Erfolg denn als Fehlschlag bezeichnen. Sie würde es erneut versuchen. Und danach ein weiteres Mal. Wieder und immer wieder, so oft, wie es sein musste, bis sie diesen Ort endlich verlassen hatte. Kali hatte den Geschmack der Freiheit gekostet.

Und sie würde ihn sich zurückholen.

Lathe erwachte in der Leere.

Er hatte die Leere noch nie zuvor gesehen, oder … doch? Die schwarze Ausdehnung, die zahllosen Lichter in vielen verschiedenen Farben, all das sah so vertraut und gleichzeitig so völlig fremdartig aus. Er war sich nicht sicher. So vieles fühlte sich fern an, als versuchte er, sich selbst etwas über eine breite Schlucht hinweg zuzurufen.

Er wollte herausfinden, ob eines der Lichter in seiner Nähe vertraut wirkte. Seltsamerweise fiel ihm dabei ein großer schwarzer Fleck auf, in dem es kein einziges Licht zu geben schien. Zögerlich bewegte sich Lathe auf diesen leeren Raum zu, dann hielt er inne. Der Fleck hatte sich kaum merklich bewegt.

Lathe war nicht allein. Ein tiefes, schmerzhaftes Lachen hallte durch die Leere.

»Willkommen zurück, Lathe Tallon.« Die Stimme war tief, aber auch glatt und melodiös.

»Wer ist da?«, rief Lathe. Er versuchte, sich an all das zu erinnern, was er über die Leere gelernt hatte, in der Zitadelle und bei den Nazaniin, aber … nichts von alldem schien sich auf so etwas zu beziehen.

»Ich bin die, die dich geweckt hat«, antwortete die Stimme. »Ich bin Bazlamit.«

Bazlamit. Lathe überlegte. Der Name klang vertraut, aber in seinem Kopf herrschte ein solches Durcheinander, dass er keinen klaren Gedanken fassen konnte.

»Du hast mich geweckt?«, fragte er.

»Ja«, bestätigte Bazlamit. »Ich habe dich geweckt, weil wir einander helfen können. Ich habe dich geweckt, weil du mir helfen kannst, auf etwas zuzugreifen, das wir beide haben wollen.«

»Und was soll das sein?«, fragte Lathe.

»Ein Körper.«

Zwei Monate später

Astrid träumte, sie wäre auf einem Schiff.

Ein Schiff, ein Boot, sie war sich nicht ganz sicher – aber sie kannte sich mit solchen Dingen auch nicht aus. Das hier hatte jedoch Segel und fuhr durch das Wasser einem klaren, hellen Sonnenaufgang entgegen. Astrid wusste sofort, dass sie allein auf dem Boot war, doch das machte ihr nichts aus. Es fühlte sich gut an, allein zu sein. Es war gut, weil Astrid wusste, dass sie zu einem guten Ort fuhr.

Rosa-, orange- und lilafarbene Sonnenstrahlen erglühten am Himmel und kündigten die Sonne an, die langsam am Horizont auftauchte und den Ozean in ein seltsames, wunderschönes Meer aus flüssigem Gold verwandelte.

Die Sonne ging auf, aber Astrid hatte keine Angst. Sie verbrannte nicht. Sie blieb im Licht ganz. Das Schiff drehte bei, auch wenn sie nicht wusste, wie, warum oder wohin, aber es fuhr in einen breiten Fjord. Riesige Klippen ragten an beiden Seiten auf. In diesem Augenblick wusste Astrid, wohin sie fuhr, und das Wort hallte durch ihren Verstand wie das Läuten einer gewaltigen Glocke.

Sie fuhr nach Hause.

»Hey. Bist du da?« Traves raue Stimme holte Astrid zurück in die Wirklichkeit.

Sie blinzelte und fühlte sich so gut, als wäre sie aus einem schönen Traum erwacht.

»Wo bist du denn gerade gewesen?«

Astrid schüttelte den Kopf. Sie wusste es beim besten Willen nicht und konnte sich auch nicht daran erinnern, etwas Derartiges jemals erlebt zu haben.

»Es war … ein Tagtraum, glaube ich«, sagte sie. Sie konnte Schiffe nicht ausstehen. Wieso hatte sie in ihrem Tagtraum auf einem Schiff gestanden?

Astrid schüttelte sich. Trave und sie standen auf den Überresten von Cabrals Turmhaus, von dem jetzt nur noch Schutt und Asche übrig waren. Sie hatten die letzten von Cabrals ehemaligen Sklaven fortgeschickt und ihnen geraten, niemals zurückzukehren, wenn ihnen ihre Freiheit lieb war. Und sie hatten Cabrals Fangzähne getötet. Cabral hielt sich im Osten auf und würde frühestens in einer Woche zurückkehren, jedenfalls hatte Trave das behauptet.

»Er wird lange brauchen, bis er das alles wieder aufgebaut hat«, sagte Trave.

»Aber er wird es wieder aufbauen. Und dann wird er mich jagen.« Als Jane und ihre Anhänger gen Süden aufgebrochen waren, war es für Astrid ein Leichtes gewesen, sich wegzuschleichen und Kontakt zu Trave aufzunehmen. Er hatte ihr mitgeteilt, dass Cabral fort war; und diese Gelegenheit war zu gut, um sie verstreichen zu lassen.

»Ja, das wird er.«

»Aber dafür muss er mich erst einmal finden.«

»Er wird dich finden. Jetzt hat er einen Grund dafür. Bisher warst du für ihn nur eine Belustigung. Jetzt stellst du eine Gefahr dar.«

Astrid erwiderte nichts. Sie wusste, dass Trave recht hatte. Cabral würde sie suchen. Möglicherweise nahm er sich vorher nicht einmal die Zeit zum Wiederaufbau.

»Und ich werde bei ihm sein.«

Astrid beäugte Trave irritiert. »Wie meinst du das?«

»Ich meine damit, dass ich bei ihm sein werde. Und dass ich dich beschützen werde.«

»Warum? Wieso hast du mir dann überhaupt hierbei geholfen?« Astrid breitete die Arme aus. Dieses Chaos war immer noch besser als das, was vorher hier gewesen war.

»Sagen wir einfach, dass ich in letzter Zeit ebenso wie du auf der Suche nach Erlösung bin.«

Astrid wirbelte mit einem Schuh ein wenig Asche auf. »Dann ist das hier Erlösung?«

Trave zuckte mit den Schultern. »Irgendwie schon.«

»Für mich hat es sich eher nach Rache angefühlt.«

»Ich bin mir nicht sicher, ob es da einen Unterschied gibt.«

Astrid nickte. »Ich … ich glaube eigentlich schon, dass es nicht dasselbe ist. Noch habe ich den Unterschied allerdings nicht gefunden.«

»Sag mir Bescheid, wenn du mehr darüber weißt.«

Sie standen noch eine Weile schweigend da, und Astrids Gedanken kehrten zu diesem merkwürdigen Tagtraum zurück. Sie konnte fast schon den Wind in ihrem Haar spüren und das Salz auf ihren Lippen schmecken.

Fühlt sich so Erlösung an?, fragte sie sich.

Doch die Antwort auf diese Frage musste sie erst noch finden.

DANK

Es ist eine allgemein anerkannte Wahrheit, dass Fortsetzungen sehr schwer zu schreiben sind, und das lässt sich auch über dieses Buch sagen. Glücklicherweise kamen mir zahlreiche Spitzenleute mit Ratschlägen, Unterstützung und ihrer Freundschaft zu Hilfe. Einige möchte ich hier besonders hervorheben, darunter vor allem Rachel. Ich verbringe sehr viel Zeit auf Autorenkonferenzen, gehe in Schreibcamps und schreibe natürlich auch, und sie unterstützt mich, was immer ich auch tue. Sie ist meine beste Kritikerin, und ohne sie könnte ich das alles beim besten Willen nicht schaffen. Meine Tochter Buffy war mir seit ihrer Geburt ein ständiger Quell der Freude und Inspiration. Hin und wieder liegt sie friedlich in ihrem Bettchen, nachdem sie ein Nickerchen gemacht hat, damit ich noch ein paar Minuten länger schreiben kann. Ich bin sehr dankbar und demütig, dass ich ihr Vater sein darf. Ein RIESIGES Dankeschön geht an Camille Johnson, die Buffy ein tolles Kindermädchen und eine super Tante ist und mir das Schreiben oft erst möglich macht. Meine Tochter könnte nicht in besseren Händen sein. Danke auch an Liz, Jaime, Chelsea, Buffys Großeltern und meine Schwester Deja, die ebenfalls häufig als Babysitter einspringen. Ich bin euch allen wahnsinnig dankbar!

Meine Schwester hat außerdem einen tollen Typen namens Ben geheiratet, der mir eine großartige Webseite gebaut hat, die unter christopherhusberg.com zu finden ist. (Übrigens danke ich Ben auch dafür, dass er in Dota 2 immer meinen Supporter spielt. Du bist wirklich der Beste.)

D.J. Butler ist ein guter Freund und ein hervorragender Autor, und ich weiß nicht, ob es dieses Buch ohne die Schreibcamps, die er freundlicherweise anbietet, gegeben hätte. Erst auf diese Weise konnte ich zahlreiche Stolpersteine aus dem Weg räumen (und wir haben dort ein paar richtig gute Brettspiele gespielt). Erwähnte ich schon, dass er tolle Bücher schreibt?

Beim Schreiben ist man oft einsam, daher möchte ich mich auch bei meiner Schreibgruppe bedanken, der wir den ebenso zuneigungsvollen wie witzigen Namen »Accidental Erotica« gegeben haben und zu der Megan Walker, Jenn Johansson, Tara Mayoros, Bree Despain, Heidi Summers, Michelle Argyle, Heather Clark, James Goldberg, Cavan Helps und vor allem Janci Patterson gehören, deren großartige Kritik meist genau das war, was ich gebraucht habe. Ich bin sehr dankbar für eure Freundschaft, euer Feedback und für die Möglichkeit, mit anderen großartigen Schriftstellern über das Schreiben reden zu können. Ihr seid die Größten! Ferner danke ich Luke Tarzian, der ein tolles Buch-Event im »Flintridge Bookstore and Coffeehouse« veranstaltet und mir bei diesem Roman hilfreich zur Seite gestanden hat.

Mein Dank geht außerdem an das ganze Team bei Titan Books und vor allem an meine brillante Redakteurin Miranda Jewess. Ich bin immer sehr froh über ihre Anmerkungen und Tipps.

Dieses Buch wäre ohne die Unterstützung der wundervollen Menschen, die bei JABberwocky arbeiten oder gearbeitet haben, nicht existieren. Vielen Dank, Joshua,

Krystyna, Lisa, Brady, Eddie, Christa, Tae, Rebecca, Ben und allen anderen, die ich möglicherweise vergessen habe. Ich bin dankbar für die Freundschaften, die ich mit allen bei der Agentur geschlossen habe, für das, was ich von ihnen lernen konnte, und für ihre hervorragende Arbeit.

Zu guter Letzt möchte ich mich bei meinem Agenten Sam bedanken, der einer der wenigen ist, die genau wissen, was sie in jeder Situation sagen müssen, um mich zu motivieren und zu ermutigen. Mehrere lange Gespräche mit ihm haben mir geholfen, einige größere Probleme, die ich mit diesem Buch hatte, auszumerzen, und ich bin sehr glücklich mit dem Ergebnis. Er ist der Beste in seinem Job!

Der Beginn eines epischen Abenteuers!

James Islington

DAS ERBE DER SEHER

Roman

In Feuer und Blut endete vor 20 Jahren die Herrschaft der Auguren, mächtige Magier mit seherischen Fähigkeiten. Jene, die ihnen dienten – die Begabten –, wurden nur verschont, weil sie sich dem rigiden neuen Gesetz unterworfen haben, das ihre Macht beschränkt.
Der junge Begabte Davian und seine Freunde wachsen in einer Welt auf, die sie verachtet und strengstens überwacht. Doch als Davian herausfindet, dass er über die bei Todesstrafe verbotene Magie der Seher verfügt, setzt er eine Kette von Ereignissen in Gang, die alles für immer verändern werden.
Denn im Norden regt sich ein Feind, den man zu lange besiegt glaubte …

Der Auftakt zu Ken Lius meisterhafter Seidenkrieger-Trilogie – ausgezeichnet mit dem Locus Award für das beste Fantasydebüt 2016

Ken Liu

DIE SCHWERTER VON DARA

– SEIDENKRIEGER –

Roman

Wie ein Sturm fegt die Rebellion über die Inseln von Dara hinweg – nach langen Jahren der Unterdrückung wollen die Menschen frei sein von der grausamen Herrschaft des Kaisers. Zwei Männer werden zu Anführern der Rebellen: der gewitzte Bauernsohn Kuni und der furchtlose Mata, Sohn eines in Ungnade gefallenen Adeligen. Gemeinsam stellen sie sich gegen die übermächtigen Armeen und die gewaltigen Himmelsschiffe des Herrschers – und sogar gegen die launischen Götter selbst.

Ihr Kampf lässt sie alle Unterschiede vergessen, macht sie zu Brüdern – doch sie werden zu Todfeinden, als das erbitterte Ringen um die Nachfolge des Tyrannen beginnt.

»Ein ehrgeiziges, erstaunliches und erhabenes Werk, das in die Riege der besten des Genres gehört.«
Andrew Liptak, io9

KNAUR